SOMOS MEXICAS

SOFÍA GUADARRAMA COLLADO

TLATOQUE

SOMOS MEXICAS

El papel utilizado para la impresión de este libro ha sido fabricado a partir de madera procedente de bosques y plantaciones gestionadas con los más altos estándares ambientales, garantizando una explotación de los recursos sostenible con el medio ambiente y beneficiosa para las personas.

Tlatoque

Somos mexicas

Primera edición: noviembre, 2021

ISBN: 978-607-380-692-3

Impreso en México – *Printed in Mexico*

Para Angeli,
mi compañera de vida, mi confidente,
mi paz, mi alegría, mi amor inagotable.

LA CASTELLANIZACIÓN DEL NÁHUATL

En el náhuatl prehispánico no existían los sonidos correspondientes a las letras *b, d, f, j, ñ, r, v, ll* y *x*. Los sonidos que más han generado confusión son los de la *ll* y el de la *x*. La *ll* en vocablos como calpu*ll*i, To*ll*an, ca*ll*i, no se pronunciaba como suena en la palabra llanto, sino como en *l*ento; la *x* en todo momento se escuchaba como la *sh* en *shampoo*, término que proviene del idioma inglés.

Escritura	Pronunciación original	Pronunciación actual
México	Me*sh*íco	Mé*j*ico
Texcoco	Te*sh*cuco	Te*ks*coco
Xocoyotzin	*Sh*ocoyotzin	*J*ocoyotzin

Los españoles le dieron escritura al náhuatl en castellano antiguo, pero al carecer del sonido *sh* utilizaron una *x* que hizo la función de comodín.

A pesar de que en 1492 Antonio de Nebrija ya había publicado *Gramática de la lengua castellana*, el primer canon gramatical en lengua española, éste no tuvo mucha difusión en su época y la gente escribía como consideraba acertado.

La ortografía difería en el empleo de algunas letras: *f* en lugar de *h* (*f*echo > *h*echo); *v* en lugar de *u* (a*v*nque > a*u*nque); *n* en lugar de *m* (ta*n*bién > ta*m*bién); *g* en lugar de *j* (mu*g*eres > mu*j*eres); *b* en lugar de *u* (çi*b*dad > ci*u*dad); *ll* en lugar de *l* (mi*ll* > mi*l*); *y* en lugar de *i* (*y*glesia > *i*glesia); *q* en lugar de *c* (*q*ual > *c*ual); *x* en lugar de *j* (tra*x*o > tra*j*o, aba*x*o > aba*j*o, ca*x*a > ca*j*a); y *x* en lugar de *s* (má*x*cara > má*s*cara).

Es por lo anterior —y para darle a la lectura de esta obra una sonoridad semejante a la original— que el lector encontrará palabras en náhuatl escritas con *sh* y una sola *l*, como en Me*sh*íco y Tó*l*an, que hoy día se representan con *x* y *ll* (Me*sh*íco > Mé*x*ico), en lengua náhuatl, es *kh* (sin sonidos vocales *ka* o *ke*). Por lo tanto, náhua*tl* se pronuncia náhua*kh*. Otros ejemplos son Ishtlilshóchi*kh*, Coatépe*kh*, Popocatépe*kh*.

Aunque estoy consciente de que los especialistas siguen otras convenciones, y de que en el náhuatl actual la pronunciación varía de acuerdo con la zona geográfica, el criterio usado en esta novela se enfoca en sus lectores. Se trata de que, al leer estas páginas, puedan pronunciar todos los vocablos en la forma más adecuada posible.

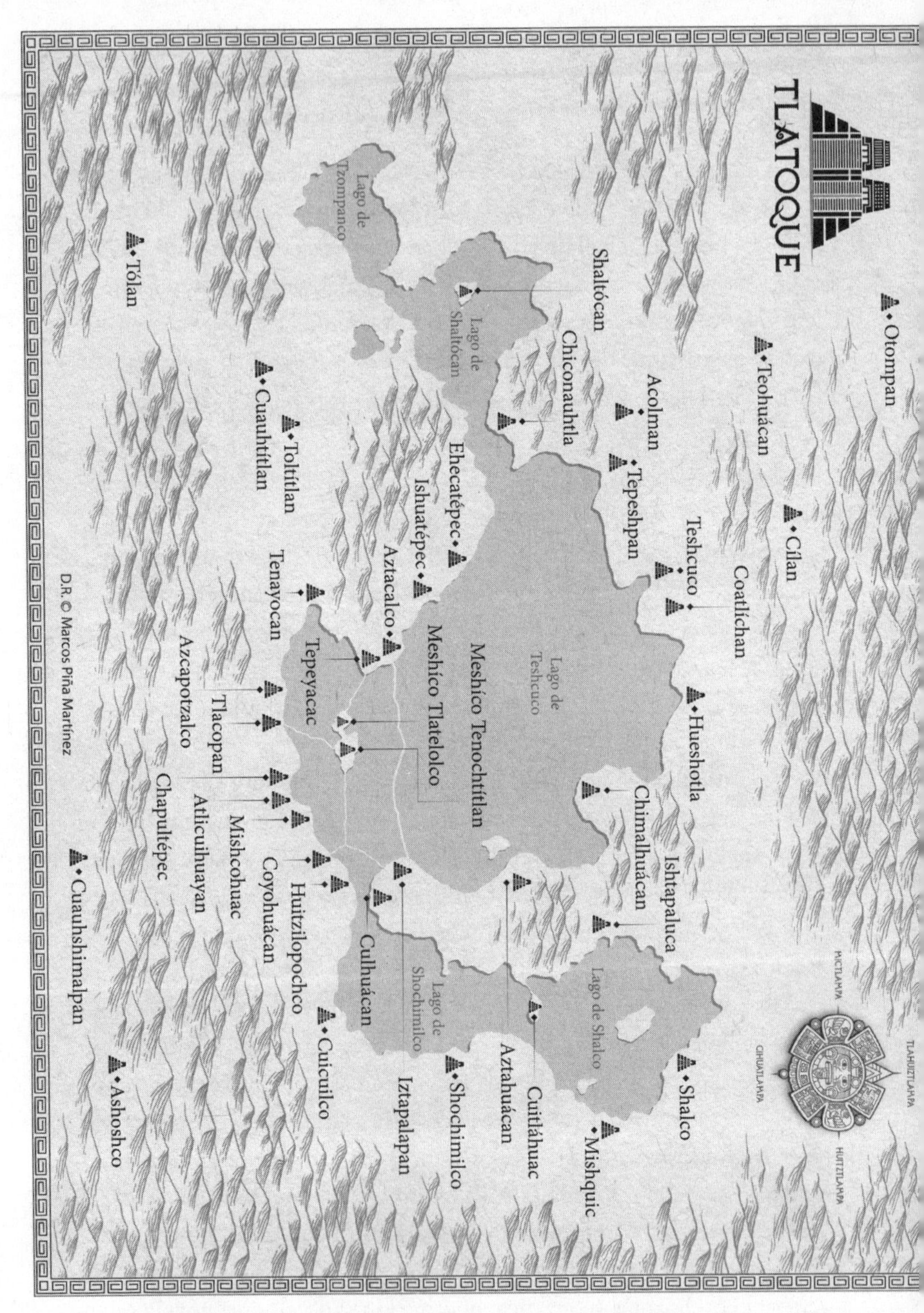

Para los nahuas, el oriente (*tlahuiztlampa*) estaba hacia arriba, el poniente (*cihuatlampa*) hacia abajo, el norte (*mictlampa*) a la izquierda y el sur (*huitztlampa*) a la derecha. De hecho, la piedra del sol, erróneamente conocida como Calendario azteca, señala el oriente hacia arriba.

PRÓLOGO

Tras la caída del imperio tolteca, aproximadamente en el año 1051 d.C., diversas tribus llegaron al valle del Anáhuac en busca de tierras para poblar, entre ellos las chichimecas, que se establecieron hacia 1244 en el norte del lago de Teshcuco. Ahí, bajo el liderazgo de Shólotl, fundaron Tenayocan. Antes de morir, Shólotl dejó como heredero a su hijo Nopaltzin, que a su vez transfirió el poder a Tlotzin y éste a su hijo Quinatzin.

Alrededor de 1366, Quinatzin decidió mudar la sede del huei chichimeca tlatocáyotl, «el gran imperio chichimeca», al extremo oriente del lago, a Teshcuco, un lugar inhabitado pero rico en algodón, la materia prima más valiosa de la época y con la cual se tejían las mantas. Tenancacaltzin —primo de Quinatzin— lo acusó de abandonar el imperio y se autoproclamó huei chichimécatl tecutli, pero Acolhuatzin, tecutli de Azcapotzalco, también primo de Quinatzin, lo desconoció pues consideró que él era el siguiente en la línea de sucesión. Por ello, se levantó en armas y se autoproclamó señor de toda la tierra en el año 1368.

Quinatzin permaneció en Teshcuco, sin ejército ni aliados —ya que todos los pueblos vasallos se mantuvieron del lado de Acolhuatzin—, y continuó con la construcción de su nuevo palacio. Sin embargo, poco a poco fue haciéndose de leales que se sumaron a sus filas. A tal grado llegó su liderazgo que muchos habitantes de Tenayuca decidieron mudarse a Teshcuco. En aquellos años, Quinatzin no mostró intención alguna de recuperar el huei chichimeca tlatocáyotl. Acolhuatzin se confió y se convirtió en un gobernante soberbio.

En el año 1378, Quinatzin reunió un ejército y, con ayuda de nuevos aliados, le declaró la guerra a Acolhuatzin, quien se rindió mucho antes de que las tropas enemigas llegaran a Tenayocan y logró recuperar el huei chichimeca tlatocáyotl. Cuando Quinatzin entró al palacio de Tenayocan, Acolhuatzin se arrodilló ante él y llorando le suplicó que no lo matara. Quinatzin le perdonó la vida y le permitió mantener sus tierras, lo cual provocó en Tezozómoc un rencor hacia su padre que no desapareció jamás.

Tras la muerte de Quinatzin, su hijo Techotlala heredó el imperio. A su vez, Tezozómoc sucedió a su padre Acolhuatzin en Azcapotzalco, pero se negó a pagar tributo al huei chichimeca tlatocáyotl. A pesar de que buscó la forma de que Tezozómoc rindiera vasallaje, Techotlala no tuvo éxito en su objetivo. Aun así, no le declaró la guerra y ambos señoríos se mantuvieron en calma.

Años después Tezozómoc y Techotlala se encontraron en Meshíco Tenochtítlan, en la boda de Huitzilíhuitl y Ayacíhuatl, hija de Tezozómoc. El huei chichimécatl tecutli le propuso al tepanécatl tecutli unir a sus hijos en matrimonio. El señor de Azcapotzalco aceptó y le entregó a su hija Tecpatlshóchitl para que se casara con Ishtlilshóchitl. Veinte días más tarde, una embajada de Teshcuco llegó a Azcapotzalco con la hija de Tezozómoc e informaron al tepanécatl tecutli que el príncipe Ishtlilshóchitl le devolvía a Tecpatlshóchitl porque no le gustaban sus modales. Tezozómoc enfureció, pero guardó su rencor. Tecpatlshóchitl, humillada y sumamente triste, rogó a su padre que la enviara a uno de sus palacios de descanso para estar sola. Sin embargo, tiempo después se quitó la vida.

Poco antes del suicidio de Tecpatlshóchitl, Techotlala envió una embajada a Azcapotzalco para que entregara una invitación de la boda entre Ishtlilshóchitl y Matlacíhuatl, hermana de Huitzilíhuitl, tlatoani de Meshíco Tenochtítlan. Consciente del agravio que había perpetrado, el huei chichimécatl tecutli preparó sus tropas para un enfrentamiento, pero Tezozómoc jamás siguió adelante con el conflicto y esperó. Tras la muerte de Techotlala, en 1409, Tezozómoc se negó a reconocer a Ishtlilshóchitl como huei chichimécatl tecutli y cinco años más tarde, en 1414, el joven heredero le declaró la guerra, pero perdió y murió en campaña, en 1418, con su hijo Nezahualcóyotl de dieciséis años como mudo testigo de la muerte de su padre, escondido en la copa de un árbol.

Terminada la guerra contra Teshcuco, Tezozómoc fue reconocido y jurado como huei chichimécatl tecutli. Nezahualcóyotl se dio a la fuga y permaneció cinco años prófugo, hasta que Tezozómoc, ya muy anciano, le perdonó la vida y le permitió vivir en un palacio de

Cílan. Cuatro años más tarde, en su lecho de muerte, Tezozómoc tuvo pesadillas, que un agorero interpretó como malos augurios que podían evitarse si mataba a Nezahualcóyotl. Entonces el anciano ordenó la persecución del Coyote hambriento.

Días antes de su muerte, en el año 1428, Tezozómoc nombró a su hijo Tayatzin como heredero, lo cual enfureció a su hijo Mashtla, el primogénito que, tras el deceso del anciano, se autoproclamó huei chichimécatl tecutli, mató a su hermano Tayatzin y ordenó el asesinato de Tlacateotzin —tecutli de Tlatelolco— y Chimalpopoca, señor de Tenochtítlan. Entonces los meshícas eligieron a su cuarto tlatoani, Izcóatl, y se aliaron con Nezahualcóyotl para levantarse en armas contra Mashtla, quien inmediatamente envió a sus tropas a bloquear la isla.

En 1429, comenzó la guerra contra Azcapotzalco, la cual duró cuarenta y cinco días. Al final, Nezahualcóyotl entró furioso a Azcapotzalco, ordenó que mataran a todos los miembros del consejo tepaneca y persiguió a Mashtla hasta los temazcalis (baños). Los soldados lo sacaron a rastras y lo llevaron a la plaza principal, en donde Nezahualcóyotl le cortó la cabeza y le sacó el corazón, al terminar destruyeron la ciudad tepaneca.

Días más tarde Nezahualcóyotl visitó Meshíco Tenochtítlan, donde se hicieron grandes fiestas con danzas, banquetes y sacrificios a los dioses, entre los cuales murieron muchos soldados enemigos. Las tropas aliadas volvieron a sus pueblos a descansar y a disfrutar del despojo a los vencidos.

Sólo faltaba que reconocieran y juraran al Coyote hambriento como huei chichimecatecutli. Los meshícas invitaron a Nezahualcóyotl a su isla a disfrutar de un majestuoso banquete, al cual asistió gustoso el príncipe chichimeca en compañía de todas sus concubinas, hijos, ministros y aliados. Estaba seguro de que los tenoshcas habían preparado todo para celebrar su jura. Al llegar descubrió que los miembros del Consejo estaban en sesión para elegir a su nuevo miembro. Izcóatl, por ser el tlatoani, no podía estar presente, así que esperó con Nezahualcóyotl.

«Tengo entendido que sólo pueden ser seis y la única forma para que elijan a otro es porque uno de ellos murió», preguntó Nezahualcóyotl. «¿Cuál de los miembros del Consejo murió?». «Totepehua», respondió Izcóatl. «Murió mientras estábamos en la guerra. Ya era muy viejo... El más anciano de todos». «Lo siento», comentó Nezahualcóyotl. «Yo más. Era mi mejor consejero. El más sabio de todos», comentó el tecutli meshíca. Ambos se mantuvieron en silencio por un instante largo. Luego el tlatoani le comentó que en los últimos meses el Consejo estuvo trabajando en varias reformas. «¿Reformas sin tu consentimiento?», preguntó Nezahualcóyotl algo confundido. «Tras el secuestro de Chimalpopoca, el Consejo no estuvo autorizado para tomar decisiones. Entonces han llegado a la conclusión de que ellos deben tener mayores facultades. Lo cual implica que yo, es decir, el tlatoani, estaría por debajo del Consejo. Cualquier decisión que quiera tomar, ellos la tienen que aprobar», explicó Izcóatl. «Pero eso es absurdo...», Nezahualcóyotl no podía creer lo que escuchaba. «Al final son ellos quienes eligen al tlatoani. Ellos creen que también deben ser quienes guíen al tlatoani para que no se convierta en un tirano como Mashtla», dijo el tecutli meshíca. «¿Y tú estás de acuerdo?», preguntó el Coyote sediento. «No del todo, pero admito que tienen razón. Cuando Mashtla mandó secuestrar a Chimalpopoca, nosotros...». El príncipe chichimeca interrumpió a su tío: «Sobre eso... Necesito decirte algo...». «¿Qué?», Izcóatl miró intrigado a su sobrino. «Quien mandó secuestrar a Chimalpopoca fue...».

El heredero del huei chichimeca tlatocáyotl no pudo concluir lo que iba a decir, pues en ese momento salieron los miembros del Consejo y los candidatos. Izcóatl se puso de pie para escuchar el resultado. «Los miembros del Consejo hemos aprobado las reformas a nuestras leyes de gobierno —informó Azayoltzin—. Asimismo, hemos elegido como sexto miembro del Consejo al honorable Tlacaélel». Nezahualcóyotl se perdió entre la multitud que se acercó para felicitar al nuevo sacerdote y miembro del Consejo. Inmediatamente llevaron a todos a la sala principal para disfrutar del banquete.

El príncipe chichimeca permaneció en silencio la mayor parte del tiempo. Se sentía sumamente incómodo. Sólo quería regresar a Teshcuco. Había planeado permanecer en Tenochtítlan los días que fueran necesarios si acaso se llevaba a cabo su jura, pero dadas las circunstancias decidió volver a Teshcuco y él mismo organizar la ceremonia. Entonces se puso de pie, se dirigió a Izcóatl y se despidió. Y antes de dar media vuelta para abandonar la sala, decidió dejar claro que ya debían reconocerlo como huei chichimécatl tecutli. Entonces uno de los miembros del Consejo se puso de pie y caminó hacia el Coyote ayunado. «Querido y respetable príncipe Nezahualcóyotl —dijo Azayoltzin—, los miembros del Consejo hemos dialogado mucho sobre los acontecimientos y hemos llegado a la conclusión de que el huei chichimeca tlatocáyotl debe ser dividido entre Teshcuco y Tenochtítlan». «¿De qué hablas?», la mirada de Nezahualcóyotl se mantuvo fija. No podía creer lo que acaba de escuchar. «Ése no es el acuerdo que teníamos». «Ahora lo es», intervino Tlacaélel, de pie, a un lado del sacerdote Azayoltzin.

Es en este punto donde comienza nuestra historia...

1

Míralo. Está asustado. Intenta demostrar lo contrario. Arruga las cejas y los labios. Le tiembla la mandíbula. Sabe que con apretar los puños no intimida a nadie. Sin embargo, lo hace. Respira exaltado. Te observa con furia. Nezahualcóyotl quiere matarte a golpes.

¿Cómo te atreviste, Tlacaélel? ¿En verdad pretendes arrebatarle al príncipe chichimeca la gloria de recuperar el imperio que le heredó su padre Ishtlilshóchitl? ¿Dividir el *huei tlatocáyotl*[1] entre Teshcuco y Meshíco Tenochtítlan? ¿Quién te crees que eres? ¡No! El imperio le pertenece a Nezahualcóyotl, al príncipe chichimeca, al único heredero legítimo. El imperio es chichimeca-acólhua. Les pertenece a los descendientes de Shólotl. Tezozómoc y Mashtla eran tepanecas, con ascendencia chichimeca-acólhua. Tenían derecho a reclamar el imperio por ser bisnieto y tataranieto del fundador. Pero tú, Tlacaélel, hijo de Huitzilíhuitl, nieto de Acamapichtli, *meshícatl tecutli*[2] de un pueblo que hace algunas décadas no era más que una tribu de bárbaros sin tierras. Los *meshítin*[3] dejaron de ser plebeyos gracias a que Tezozómoc les entregó a su hija Ayacíhuatl para casarla con Huitzilíhuitl, mientras que Techotlala casó a Ishtlilshóchitl con Matlacíhuatl, hermana de Huitzilíhuitl. Gracias a ellos la isla de Tenochtítlan creció al triple y los meshícas se integraron a la nobleza del valle. ¿Y así le pagas a tu primo Nezahualcóyotl?

Observa. No puede contener su rabia. Tanto tiempo huyendo de las tropas de Tezozómoc y Mashtla. Tantos años planeando su venganza. Tanto trabajo para convencer a los pueblos vecinos de aliarse a su partido. Tanto esfuerzo para ganar la guerra para que ahora vengas

1 *Huei tlatocáyotl*, «gran señorío» o «imperio».

2 *Mexicatl tecuhtli*, «señor mexica» o «gobernante mexica». Véase el «Anexo lingüístico» al final del libro.

3 *Mexitin* —pronúnciese *meshítin*—, «oriundos de *Meshíco*». «Mexicas» es la castellanización de *mexitin*, que en singular es *mexícatl*. El sufijo *-tin* pluraliza los sustantivos mientras que *-tl* los singulariza.

tú a cobrarle el favor. «¿De qué hablas?», la mirada de Nezahualcóyotl se mantiene fija. No puede creer lo que acaba de escuchar. «Ése no es el acuerdo que teníamos», le dice al sacerdote Azayoltzin. «Ahora lo es», intervienes con una actitud que nadie había visto en ti: absoluto y espléndido.

Silencio.

Nezahualcóyotl te mira fijamente a los ojos. Para él esto es una traición. Peor aún viniendo de ti, su primo. El príncipe chichimeca y el tlatoani Izcóatl habían acordado una alianza antes de comenzar la guerra, en la que Meshíco Tenochtítlan quedaría exento de pagar tributo si ganaban. Un acuerdo que Izcóatl no anunció a nadie más para evitar traiciones dentro del gobierno tenoshca. Un acuerdo que se habría mantenido si tú no hubieras sido electo sacerdote del Consejo y no hubieras impulsado la reforma con la cual todas las decisiones del tlatoani deben ser aprobadas por los seis nenonotzaleque «consejeros». Lo cual implica que, en adelante, el *meshícatl tecutli* estará sujeto al Consejo, en tanto que el acuerdo entre Nezahualcóyotl e Izcóatl se invalida al no haber sido aprobado por los consejeros. No conforme con quitarle poder al tlatoani de Meshíco Tenochtítlan, ¿ahora pretendes arrebatarle la mitad del imperio a Nezahualcóyotl?

Sí.

«¿Qué esperabas?», deberías responderle al Coyote sediento. «¿Que sacrificáramos a miles de soldados sólo para saciar tu sed de venganza? ¿Para que te alzaras con la victoria y quedaras en los libros pintados como el gran héroe? Tú no tenías nada para derrotar a Mashtla. No tenías ejército. No tenías con qué financiar la guerra. Las flechas, arcos, escudos, lanzas y penachos cuestan. Alimentar a los soldados en el campo de batalla cuesta. No tenías nada. ¿Qué esperabas, Coyote ayunado? ¿En verdad creíste que la gente te iba a apoyar sólo por ser el heredero del imperio? ¡Qué equivocado estabas!».

Silencio.

Bien hecho, Tlacaélel. No digas nada. Guarda silencio. Déjalo que reaccione, que cometa errores, que diga alguna tontería. Está furioso. Observa su puño derecho. Quiere golpearte, pero le tiembla la mano. No se atreve. No lo hará. Se cree más inteligente que tú. Siempre te ha subestimado, como casi todos. No sabe lo que le espera. Sigue creyendo que los aliados son de verdad. Ignora que las alianzas siempre son a medias y con un cuchillo escondido tras la espalda. Si sus aliados aceptaron levantarse en armas contra Mashtla fue con el único propósito de acabar con el huei chichimeca tlatocáyotl y crear otro. Empezar una nueva era. Así es el ciclo de los imperios: desapareció Cuicuilco y surgieron Cholólan[4] y Teohuácan.[5] Con la caída de estas dos ciudades nacieron Tólan Shicocotitlan[6] y Shochicalco. Después de la desaparición de los toltecas y los shochicalcas llegó Shólotl, el pentabuelo de Nezahualcóyotl, y fundó en Tenayocan[7] su pequeña ciudad, sin imaginar que un día se convertiría en un imperio. El huei chichimeca tlatocáyotl. El imperio que hoy ha caído.

Nezahualcóyotl nunca será *huei chichimécatl tecutli*.[8] Con suerte gobernará Teshcuco. No se ha dado cuenta de que la guerra no ha concluido. No fue suficiente con asesinar a Mashtla e incendiar todo el *huei altépetl*[9] Azcapotzalco. No basta con declararse huei chichimécatl tecutli. Falta que lo reconozcan y le juren obediencia. Más aún, que le tengan temor y respeto. Casi todos sus aliados están preparándose para declararse independientes y luego emprender una cadena de conquistas. Iztapalapan, Shochimilco, Míshquic, Ashoshco, Mishcóhuac,

4 *Cholólan,* generalmente escrita *Chalollan,* actual ciudad de Cholula, Puebla.
5 Un análisis del *Códice Xólotl* maneja la hipótesis de que Teotihuacan no fue la «Ciudad de los Dioses», sino la «Ciudad del Sol». Asimismo, que los chichimecas y algunos toltecas que llegaron al valle después del abandono de la urbe debieron nombrarla *Teohuácan* o *Teo uacan,* es decir, la «Ciudad del Sol».
6 *Tólan,* generalmente escrita *Tollan,* actual ciudad de Tula, Hidalgo.
7 En la actualidad Tenayuca, Estado de México.
8 *Tecutli,* en plural *tetecuhtin,* «señor» o «gobernador». Por lo tanto, *chichimecatecutli* o *chichimécatl tecutli* significan «gobernador chichimeca» o «señor de los chichimecas».
9 *Altépetl,* en plural *altepeme,* viene del náhuatl *al,* «agua», y *tépetl,* «cerro» o «montaña». Aunque la traducción literal es «agua montaña», se entiende como «montaña de agua». El término se refiere a los asentamientos o territorios poblados por gente y se puede utilizar como sinónimo de señorío, ciudad, pueblo o comarca. El *huei altépetl Azcapotzalco* es el «gran señorío de Azcapotzalco», mientras que la traducción de *huei altépetl Teshcuco* sería «gran señorío de Teshcuco».

Cuauhshimalpan, Huitzilopochco, Atlicuihuayan,[10] Hueshotla, Coyohuácan, Shalco. Pero ninguno de esos señoríos tiene el ejército ni la organización que posee Tenochtítlan. Y no sólo eso. Les falta un guía. Un verdadero líder. Alguien que tenga la visión para hacer de sus pueblos la nueva Teohuácan. Y ése eres tú, Tlacaélel.

Sabes que eres tú. Siempre lo has sabido. Eres el elegido. Naciste para hacer de nuestro pueblo el imperio más grande que haya existido sobre toda la Tierra. Tú honrarás a nuestros ancestros. Tú nos llevarás a la cima de la victoria. Tú eres grande, Tlacaélel. Eres el único que nos puede sacar de esta miseria.

Sin embargo, tu labor no será fácil. Deberás confrontar a los de tu misma raza. Algunos intentarán quitarte del camino. Te traicionarán. Querrán matarte. Y tú. Sí. Tú, *El Desposeído*, defenderás tu misión, a tu tierra, a tu gente, a tu raza, a tu sangre, por encima de todas las cosas, por encima de tus seres más amados, por encima de cualquiera que pretenda obstaculizar el crecimiento de nuestra ciudad isla.

En tus manos recaerá el poder absoluto del gobierno y la religión. Serás proclamado cihuacóatl. Te convertirás en la consciencia del tlatoani. El gemelo consorte. El guía de los tenoshcas. El líder de las tropas. El sacerdote omnipotente del Coatépetl.[11] El creador de la ciudad más hermosa que el mundo haya visto jamás.

Tú orientarás a los tlatoque. Serás su guía espiritual. Su consciencia. Su voz y su oído. Sus ojos, su olfato y su tacto. Tú, Tlacaélel, les mostrarás el camino. Llevarás a los tenoshcas a las guerras más sangrientas. Enfrentarás a los enemigos más feroces y derribarás a los más poderosos. Subirás al huei *teocali,*[12] sacrificarás a miles de hombres, mujeres y niños capturados en campaña, les abrirás el pecho, levantarás tus brazos bañados en sangre, con un corazón vivo entre tus dedos, lo ofrecerás a los cuatro puntos solsticiales y me lo entregarás a mí, el

10 Actualmente Mixcoac, Cuajimalpa, Ajusco, Churubusco y Tacubaya. Los nombres fueron mal interpretados por los españoles y, por ello, se han mantenido así hasta el día de hoy.

11 *Coatépetl,* nombre original del Templo Mayor. Véase anexo al final del libro titulado *Coatépetl.*

12 *Teocali* (de *teo,* «dios», y *calli,* «casa»), «casa de [algún] dios». Véase anexo al final del libro titulado *Coatépetl.*

dios portentoso, tetzáhuitl Huitzilopochtli. Me alimentarás con la sangre de los presos sacrificados. Y yo me encargaré de lo demás. Te aseguro, hijo mío, que toda la Tierra recordará por siempre por qué somos meshícas.

2

OME CALI SHÍHUITL, «AÑO DOS CASA: 1429»

Apenas se asoman en el horizonte los primeros rayos del sol, Totoquihuatzin, tecutli de Tlacopan,[13] inicia el doloroso recorrido por la ciudad que lo vio nacer: Azcapotzalco, hoy un llano de cenizas. De la majestosa capital tepaneca nada quedó, las casas, el *tianquiztli,*[14] los talleres, las escuelas, los teocalis y el palacio de *huehue*[15] Tezozómoc fueron incendiados por las tropas enemigas. Ni un solo muro se mantuvo en pie —se desmoronaron por completo— y las estructuras que no cayeron fueron derribadas a golpes. Nezahualcóyotl, el príncipe chichimeca, el heredero acólhua, el Coyote en ayunas, el Coyote hambriento, sediento de venganza, por fin, logró su objetivo: destruir al pueblo tepaneca. Sus tropas desmembraron con los *macuahuitles*[16] a quienes se les cruzaron en el camino, violaron a las mujeres, saquearon la ciudad, derrumbaron todo a su paso y prendieron fuego a las casas y a los teocalis. Todo fue consumido por las llamas.

Totoquihuatzin recorre a paso lerdo la calle principal de Azcapotzalco, la que llevaba al palacio de su abuelo Tezozómoc, la misma por la que corrió cientos de veces cuando era niño. El hedor a muerte es insoportable, el aire apesta a carne quemada y podrida. Por todas partes hay cadáveres: muchos calcinados, algunos descuartizados por los macuahuitles y otros con las tripas de fuera o las gargantas abiertas. Imposible reconocer a las víctimas con tanta sangre, lodo y cenizas mezclados en sus rostros.

13 Tacuba.

14 La palabra tianguis proviene del náhuatl *tianquiztli,* «mercado» o «centro comercial».

15 *Huehue,* «viejo, anciano o abuelo». Cuando había dos personajes con el mismo nombre se agregaba el *huehue* para diferenciarlos, como fue el caso de huehue Motecuzoma (Motecuzoma Ilhuicamina), huehue Totoquihuatzin, que protagoniza este capítulo, y huehue Xicoténcatl, tecutli de Tlaxcala en tiempos de la Conquista.

16 *Macuahuitles,* plural de *macuáhuitl,* una macana o garrote de madera que tenía unas cuchillas de obsidiana —vidrio volcánico— finamente cortadas y que se usaba como espada.

El nieto de Tezozómoc tiene los pies ennegrecidos por el manto de cenizas que cubrió en su totalidad la capital tepaneca. La senda de ruinas parece interminable. A la izquierda se encuentra con el mercado hecho moronas. Aún puede distinguir algunas mercancías incendiadas; pocas, ya que la mayoría fueron hurtadas por las huestes meshícas, tlatelolcas, tlashcaltecas, chichimecas y demás aliados de Nezahualcóyotl. El tianquiztli más importante del valle, hasta hace unos días, ha desaparecido para siempre. Muy pronto los pueblos vecinos deberán buscar artículos de consumo en otros lugares o reorganizarse para instaurar un nuevo eje mercantil, ya que la mayoría proviene de las costas totonacas y de los pueblos del poniente y el sur, como Mishuácan y Huashyácac.[17]

El tecutli tlacopancalca avanza otros cincuenta metros y reconoce los talleres donde se construían las *acalis*.[18] Le llega, como una ráfaga, el recuerdo del día en que entró por primera vez a observar la manera en que, de un solo tronco, construían una acali. Los carpinteros utilizaban sólo dos herramientas: una piedra y un cincel de obsidiana o de hueso. Con la piedra golpeaban el extremo obtuso del cincel, mientras que el extremo afilado, en forma de cuña, labraba la madera hasta darle la forma externa e interna a la canoa. Una labor que, a pesar de ser forjada por ocho o diez hombres, demoraba veintenas.[19] Los carpinteros de aquel taller se

17 Michoacán y Oaxaca.

18 *Acallis* —se pronuncia *acalis*— es el plural de *acalli* (de *atl,* «agua», y *calli,* «casa»), cuyo significado literal es «agua casa», se interpreta más bien como «casa sobre el agua» o «casa flotante», es decir, la «canoa». Cabe aclarar que las palabras trajinera y chalupa no son vocablos de origen náhuatl, como generalmente se cree. Trajinera proviene del Caribe, y era utilizada para referirse a las pequeñas embarcaciones utilizadas para el comercio. Chalupa viene del francés *chaloupe,* que significa «bote».

19 «Existían varios tipos de canoas y de diversos tamaños. Las canoas chicas podían transportar entre dos y cuatro personas. Las canoas de grandes dimensiones eran empleadas en las festividades religiosas para transportar a los sacerdotes con sus ofrendas y otras más para conducir al tlatoani [...] adornadas con bancos y cubiertas con techumbres que protegían a la gente del sol y de la lluvia. Las embarcaciones tenían un fondo plano perfectamente adaptado al contexto lacustre, lo que permitía a los tripulantes manejarlas de manera fácil y rápida. Los instrumentos de propulsión eran: la pértiga, el remo con forma de pala larga y estrecha, y otro en forma de pala acorazonada. El monóxilo

habían ganado el reconocimiento de muchos otros en los pueblos vecinos, pues las canoas tepanecas gozaban de una estabilidad y belleza que pocas podían presumir. Totoquihuatzin observa con melancolía los restos del taller y las cenizas de las canoas.

Continúa su recorrido con un nudo en la garganta e intenta llegar al palacio que, años atrás, perteneció a su abuelo Tezozómoc. Pero ahora, más que nunca, la distancia le resulta infinita. A cada paso que da, se encuentra con un hombre desmembrado o una mujer degollada. Se detiene por instantes para observarlos y tratar de reconocerlos. Conocía a tanta gente. Habló con cientos de ellos a lo largo de su vida. Azcapotzalco era su ciudad natal, el lugar donde jugó y corrió por primera vez, la villa que le había dado todo: familia, comida, casa, amigos, mujer, hijos... ¡Oh, cuánto dolor! ¡Azcapotzalco, la tierra de huehue Tezozómoc, ha muerto!

Por fin llega al recinto sagrado. En el lado izquierdo yacen los restos de uno de los teocalis tepanecas; en el derecho descubre los escombros del calmécac. Se detiene un instante, su respiración se agita, le tiemblan las piernas y las manos, no se atreve a dar un paso más. Sabe que lo que encontrará en el interior lo quebrará en mil pedazos.

Se acerca a la entrada del calmécac y, de pronto, escucha algo que cruje en el piso. Baja la mirada lentamente y se encuentra con una mano calcinada, justo debajo de su pie. Lo quita de inmediato. Sus pupilas siguen el rastro de aquella mano hasta llegar al cráneo chamuscado. Por su tamaño, deduce que era un niño. Siente que se le acaba el aire. Se dobla un poco para recuperarse. Está al borde de las lágrimas. Le tiembla la quijada. Levanta la mirada y se endereza para seguir su paso hacia el interior de aquella escuela, donde se encuentra con los cuerpos quemados de decenas de niños y adolescentes que ahí se refugiaron con sus maestros durante las largas horas del combate. Sin poder evitarlo, cae de rodillas y llora. Se lleva las manos al abdomen y se dobla hasta que su cabeza toca el piso cubierto por los escombros.

---

exhibido en el Museo Nacional de Antropología fue encontrado en la década de los sesenta en la Calzada de Tlalpan. De acuerdo con sus dimensiones y su capacidad de carga, podemos estimar que podía transportar alrededor de una tonelada de peso», Alexandra Bihar.

—Perdónenme —Sus lágrimas se derraman sobre las cenizas—. ¡Fui un cobarde! ¡Debí defender la ciudad! ¡Fui un cobarde! ¡Los traicioné!

La culpa no lo deja descansar. Lleva tres noches sin dormir. Tres días y tres noches arrepintiéndose.

Nadie escucha los lamentos de Totoquihuatzin. La ciudad se encuentra completamente vacía. No hay una sola persona que se acerque a consolar al señor de Tlacopan, hijo de Tecutzintli, sobrino de Mashtla y Tayatzin, y nieto de huehue Tezozómoc.

Ciento diecisiete días atrás, su tío Mashtla había solicitado su presencia en el palacio de Azcapotzalco para, lo que ellos ignoraban que sería, la última reunión del comité de guerra que se preparaba para salir a luchar contra las brigadas de Nezahualcóyotl. Si bien Totoquihuatzin, de treinta y ocho años de edad, no tenía lazos de afecto o de amistad con su tío Mashtla, sí cultivaba genuinamente una gratitud hacia él por haberle cedido a su padre, Tecutzintli, el señorío de Tlacopan que, por herencia, le pertenecía a Mashtla, pero que había despreciado toda su vida por ser, como él le llamaba, insignificante.

Tecutzintli, igual que su hermano Tayatzin, jamás mostró interés por heredar el imperio ni por acudir a las guerras. A diferencia de Tayatzin, la vida de Tecutzintli concluyó sin pena ni gloria. Jamás contradijo a su hermano mayor ni pretendió arrebatarle algún privilegio, lo que le valió para que le heredara el pequeño pueblo al sur de Azcapotzalco. Tecutzintli falleció por una enfermedad veintenas después de la muerte de su hermano Tayatzin. Inmediatamente, Mashtla, nombró a Totoquihuatzin como legítimo heredero de Tlacopan... pueblo que al final permitió la entrada del ejército enemigo a Azcapotzalco.

Ciento diecisiete días atrás, una tropa liderada por Nezahualcóyotl había subido a la cima del cerro de Cohuatépec, cercano al cerro de Tepeyácac. Desde ahí encendieron una fogata, la cual indicaba a los ejércitos aliados que había llegado el momento de comenzar la guerra y cobrar venganza. Todos los aliados salieron de sus escondites: saltaron de sus acalis, bajaron de los árboles y marcharon al mismo tiempo que iban tocando los tambores de guerra: ¡Pum, pup, pup, pup, Pum!...

—¡Muerte a los tepanecas! —gritaban los soldados—. ¡Muerte a Mashtla!

Las armadas de Nezahualcóyotl entraron a Azcapotzalco por el norte desde Tepeyácac y Tenayocan. Por el poniente, desde el río entre Azcapotzalco y Tlalnepantla. Por el oriente, desde el lago de Teshcuco y por el sur entraron por Tlacopan, ciudad que debía impedir el avance de los soldados enemigos.

¡Pum, pup, pup, pup, Pum!...¡Pum, pup, pup, pup, Pum!...

Por todas partes se dieron sangrientas batallas. Parecía aquello un gigantesco hormiguero. Gritos, gritos y más gritos, sangre por todas partes, cuerpos mutilados, hombres heridos rogando que los salvaran o les dieran muerte para no sufrir más.

La milicia de Tlacopan opuso resistencia tan sólo unas cuantas veintenas. Totoquihuatzin sabía que los soldados que pretendían entrar a su ciudad eran liderados por Izcóatl y Cuauhtlatoa, señores de Tenochtítlan y Tlatelolco, altamente experimentados en las guerras. En cambio, Totoquihuatzin —al igual que su padre y su tío Tayatzin— jamás había asistido a un combate. Y su abuelo Tezozómoc tampoco se esforzó por obligarlos. Totoquihuatzin tenía perfectamente claro que aquella guerra estaba perdida, que su tío Mashtla era un incompetente al frente de un ejército y de un gobierno, que nada los salvaría y que su tío no escucharía su consejo de rendirse. Su necedad había empujado al pueblo tepaneca a la muerte. Mashtla había abusado demasiado de los pueblos vasallos, los cuales le dieron la espalda cuando Nezahualcóyotl marchó rumbo a Azcapotzalco. Izcóatl y Cuauhtlatoa rompieron la barrera de la ciudad y Totoquihuatzin salió de su palacio inmediatamente.

En ese momento los soldados tepanecas pausaron el combate, lo cual provocó que los enemigos hicieran lo mismo. Hubo un instante de silencio y desconcierto. Nadie sabía si Totoquihuatzin se estaba rindiendo o había salido a confrontar a los tetecuhtin de Tenochtítlan y Tlatelolco, quienes se mantuvieron en guardia, con sus macuahuitles en alto, mientras el tecutli de Tlacopan caminaba hacia ellos con las manos vacías. Aquel acto bien podía haberlos convencido si el señor de Tlacopan no hubiera sido sobrino de Mashtla, un hombre acostumbrado a traicionar.

—Hablemos —dijo Totoquihuatzin al encontrarse a unos metros de Izcóatl y Cuauhtlatoa.

Tanto el ejército tepaneca como los soldados meshícas y tlatelolcas seguían apuntando con sus *tlahuitolis* y *atlátles*.[20]

—Bajen sus armas —exigió Cuauhtlatoa a su primo Totoquihuatzin—. Y entonces hablaremos.

—Los invito a que conversemos en mi palacio —ofreció Totoquihuatzin.

Izcóatl y Cuauhtlatoa se miraron entre sí. Ninguno de los dos confiaba en el sobrino de Mashtla.

—Si no bajan sus armas, no habrá diálogo —respondió Izcóatl.

—No puedo bajar mis armas en tanto ustedes estén dentro de mi palacio. —Totoquihuatzin respiró profundo. Se sentía muy nervioso—. Las vidas de mis familiares y mi gente corren peligro. Propongo que ambos ejércitos permanezcan donde están y sin lanzar una sola flecha mientras ustedes dos y yo platicamos en privado.

—Nuestras vidas también corren peligro —respondió Izcóatl—. Puede tratarse de una trampa.

—Es un riesgo que tanto ustedes como yo debemos tomar —contestó el tecutli tlacopancalca.

El tlatoani de Meshíco Tenochtítlan hizo una señal para que los soldados bajaran sus armas. Luego se dirigió al *tlacochcálcatl*,[21] llamado Huehuezácan, hijo del difunto meshícatl tecutli Huitzilíhuitl, y le ordenó que mantuviera a los soldados en guardia y que, si no salía en breve, invadieran la ciudad. Cuauhtlatoa ordenó lo mismo a su ejército. Ambos tetecuhtin habían entrado pocas veces a Tlacopan. Mashtla, por ser el legítimo heredero de Tlacopan, había prohibido el trato entre Tlacopan, Tenochtítlan y Tlatelolco. Al tomar posesión de la ciudad, Tecutzintli continuó con la política de su hermano y evitó relacionarse con los meshítin, a quienes tanto odiaba Mashtla. Totoquihuatzin no tenía nada en contra de los meshícas ni de los tlatelolcas.

20 *Tlahuitolis*, «arcos»; y *atlátles*, «lanzadardos».

21 *Tlacochcálcatl*, «el hombre de la casa de los dardos», rango militar de alto nivel, equivalente a gran general.

—Deben estar hambrientos y sedientos —dijo el tecutli de Tlacopan en cuanto entraron a la sala principal del palacio—. Ordenaré que les traigan algo de comer y de beber.

—Sería mejor si nos dijeras de una sola vez qué es lo que quieres —preguntó el tlatoani de Tenochtítlan.

Totoquihuatzin miró hacia el techo del palacio. Se mantuvo en silencio por un instante. Parecía conmocionado y, a la vez, tranquilo. Cerró los ojos y agachó la cabeza.

—Recuerdo que, cuando era niño, un día me encontraba jugando en el huei tecpancali[22] de Azcapotzalco al que, de pronto, entró una mujer solicitando hablar con mi abuelo. Los soldados le respondieron que Tezozómoc estaba ocupado y que no la podía atender. Ella les respondió que era una emergencia. Los hombres insistieron que no había emergencias para el *tepantecutli*.[23] La mujer les gritó que la hija de Tezozómoc estaba en peligro y, sin esperar respuesta, se metió al palacio. Los soldados la alcanzaron, pero en ese momento salió Totolzintli, el viejo esclavo de mi abuelo. Todo lo que ocurría en el huei tecpancali pasaba por los ojos y oídos de Totolzintli, el sirviente más fiel y el mejor amigo de Tezozómoc. La mujer le informó a Totolzintli que mi tía Tecpatlshóchitl estaba en peligro. Totolzintli le hizo una señal para que no hablara más y la llevó a una sala privada. Poco más tarde, mi abuelo salió corriendo del palacio, seguido de Totolzintli y una docena de soldados. Su objetivo era llegar a uno de los palacios de descanso que tenía mi abuelo en el sur de Azcapotzalco... Éste. —Totoquihuatzin señaló el piso con los dedos índices.

Izcóatl y Cuauhtlatoa conocían la historia. Guardaron silencio para que el nieto de Tezozómoc terminara su relato.

—Cuando mi abuelo llegó, ya era demasiado tarde. Mi tía Tecpatlshóchitl se había quitado la vida, para evitar la vergüenza de haber sido devuelta siete días después de haberse casado con Ishtlilshóchitl, quien la había despreciado como esposa. Mi abuelo, mi padre y mis tíos Mashtla y Tayatzin se encontraban furiosos ante aquel agravio. Todos

22 Huei tecpancali, «palacio».

23 *Tepantecutli* se compone de tepaneca, gentilicio de Azcapotzalco, y de tecutli, «señor» o «gobernador». Por lo tanto, *tepanecatecutli* o *tepanécatl tecutli* significa: «gobernador tepaneca o gobernador de Azcapotzalco».

querían ir a matar a Ishtlilshóchitl. Ésa fue la única vez que mi padre y mi tío Tayatzin estuvieron dispuestos a tomar las armas. Si mi abuelo hubiera aceptado declararle la guerra a Teshcuco en esos días, la historia de mi padre habría sido otra. Quizá habría muerto en combate. Tal vez se habría convertido en un gran soldado, y mi abuelo lo habría nombrado heredero del imperio. Pero mi abuelo decidió esperar hasta que muriera Techotlala para cobrar venganza en contra de Ishtlilshóchitl. Cuando esa guerra comenzó, el enojo que mi padre y Tayatzin sentían por la muerte de mi tía ya se había desvanecido y optaron por no ir a la guerra. Mi padre siempre fue objeto de burlas por negarse a entrar al ejército, pero eso a él no le afectó y continuó su vida con la frente en alto, siempre con la convicción de que las guerras no eran las soluciones para los conflictos entre los pueblos. Y de esa manera me educó a mí. Ésta es la primera vez que estoy al frente de un ejército. Digo *al frente* porque soy el tecutli de esta ciudad, no porque haya salido personalmente a disparar flechas.

—¿Y por qué lo haces? —preguntó Cuauhtlatoa.

—Porque Mashtla es mi tío. Estoy obligado a respaldarlo con el ejército de Tlacopan.

—Mashtla también es mi tío —respondió Cuauhtlatoa, tecutli de Tlatelolco y bisnieto de Tezozómoc—. Y no por eso lo apoyo.

—Porque tú no estás en deuda con él —respondió Totoquihuatzin— Yo sí. Mashtla nos cedió estas tierras a mi padre y a mí.

—¿Eso significa que seguirás luchando a favor de Mashtla? —intervino Izcóatl.

Aquella pregunta fue para el señor de Tlacopan como una flecha en el corazón. El tlatoani meshíca le estaba preguntando abiertamente si estaba dispuesto a traicionar a su tío. Hacerlo implicaba dejar morir a miles de tepanecas.

—Quiero saber... si... —Respiraba agitadamente—. Si podemos llegar a un acuerdo sin el uso de las armas...

Cuauhtlatoa lanzó una carcajada: «¿Para esto nos invitaste a entrar?».

Totoquihuatzin se sintió avergonzado y sumamente nervioso. Temió que, en ese momento, Izcóatl y su primo lo asesinaran o lo llevaran preso para luego sacrificarlo a los dioses.

—No es fácil dialogar con mi tío —explicó Totoquihuatzin.

—¿Y por qué crees que estamos atacando Azcapotzalco? —respondió Cuauhtlatoa con enojo. Él, igual que Nezahualcóyotl, sentía mucho odio hacia Mashtla. Años atrás, el entonces tecutli de Coyohuácan había amenazado de muerte a su sobrino Tlacateotzin, padre de Cuauhtlatoa, y lo cumplió años más tarde. De manera cobarde, envió a sus soldados para que lo asesinaran. Una noche lo capturaron en medio del lago y lo llevaron a Atzompa, donde lo golpearon con palos en la cabeza y lo ahorcaron.

—Pero… —carraspeó—, podrían entrar a Azcapotzalco y capturar a Mashtla sin hacerle daño a los pobladores.

—¡Cállate si no quieres que te mate en este preciso momento! —exclamó Cuauhtlatoa, que se llevó la mano a la cintura donde llevaba un *técpatl,* «cuchillo de pedernal».

Izcóatl intervino inmediatamente. Se colocó frente a su compañero y evitó que sacara el cuchillo.

—Lo que pide Totoquihuatzin es justo —explicó Izcóatl a Cuauhtlatoa.

—¿Y fue justo que Mashtla asesinara a mi padre y a mi hermana? —Cuauhtlatoa se encontraba furioso.

—No. —Izcóatl agachó la cabeza.

—Si querías convencernos de que nos rindiéramos, te equivocaste. —Cuauhtlatoa empuñó las manos.

—Quiero evitar miles de muertes. —Los ojos de Totoquihuatzin enrojecieron.

—Esta guerra la está dirigiendo Nezahualcóyotl —explicó Izcóatl—. Nosotros no podemos tomar decisiones. Entraremos a Azcapotzalco con o sin tu consentimiento.

—¿Si les permito pasar prometen no hacerle daño a la gente de Tlacopan? —Totoquihuatzin estaba temblando.

—Eso sí te lo puedo prometer —respondió Izcóatl. Al mismo tiempo, Cuauhtlatoa lo miraba con enojo.

—Deberíamos matarte por traidor —le dijo el tecutli de Tlatelolco.

—¡Ya cállate! —le gritó Izcóatl.

—Soy un traidor. —llora Totoquihuatzin de rodillas en un mar de cenizas—. Los traicioné. Perdónenme. —Comienza a golpear los escombros con el puño—. ¡No debí dejarlos entrar! ¡Debí pelear por ustedes! ¡Debí morir con ustedes!

En cuanto Izcóatl y Cuauhtlatoa salieron del palacio de Tlacopan, Totoquihuatzin se arrepintió de lo que había hecho. En su afán por salvar las vidas de los habitantes de Tlacopan, entregó a los tepanecas de Azcapotzalco. Esa tarde, los soldados tenoshcas y tlatelolcas regresaron a sus cuarteles para continuar la batalla a la mañana siguiente, como era costumbre en toda la región.

—Llegué a un acuerdo con Izcóatl y Cuauhtlatoa. —Totoquihuatzin se apresuró a dar instrucciones a todos los soldados de Tlacopan—. Van a pasar por Tlacopan sin herir a ninguno de nosotros.

La mayoría de los soldados lo miró con enojo. Creían firmemente en la ideología que Tezozómoc les había heredado. Aspiraban a la supremacía tepaneca que Mashtla tanto les había prometido. Las instrucciones de Totoquihuatzin contradecían por completo todo lo anterior.

—¡Eso es traición! —gritó un *yaoquizqui*[24] de manera anónima.

El tecutli tlacopancalca sintió mucha vergüenza. No pudo siquiera buscar con la mirada al acusador.

—Si tienen esposa e hijos —continuó Totoquihuatzin sumamente agobiado—, ¡llévenlos a un lugar seguro! ¡Pongan a salvo a las abuelas y a sus madres!

—¡Traidor! —gritó alguien más.

—Esta guerra está perdida. No hay escapatoria —continuó sin responder a los insultos.

—¡Debemos morir con honor!

—¡Traidor!

—Hablen con los abuelos. Escúchenlos. Abracen a sus críos. Vienen días de mucho dolor. Escucharán los gritos de guerra y los muros de Azcapotzalco derrumbarse. No intenten ser valientes. Salven sus vidas y las de sus esposas, hijos, madres, padres y abuelos.

—¡Traidor! ¡Traidor! ¡Traidor!

24 *Yaoquizqui* —*yaoquizque* en plural—, «soldado macehuali». El *macehualli* —*macehualtin* en plural— pertenecía a la clase social plebeya. Estaban por debajo de los *pipiltin*, los «nobles».

Totoquihuatzin regresó a su palacio y se encerró con los *yaoquizque, «soldados macehualtin»* que estuvieron dispuestos a acompañarlo hasta el final. A la mañana siguiente escuchó los gritos de los regimientos que comenzaron a correr por las calles de Tlacopan rumbo a Azcapotzalco. Algunos de los sirvientes del palacio subieron a la azotea para ver el río de soldados que transitaban con sus macuahuitles en todo lo alto. De vez en cuando, bajaban a contarle a Totoquihuatzin lo que habían visto, pero éste se negaba a escuchar.

Al caer la tarde, llegó una embajada que Nezahualcóyotl envió a Totoquihuatzin para retribuir su gesto y ofrecerle inmunidad después de la guerra, con la condición de que lo reconociera como huei chichimecatecutli. El señor de Tlacopan agradeció el mensaje y prometió cumplir con las condiciones. No sólo por salvarlo, sino también porque dos años atrás, cuando Tezozómoc seguía con vida, Totoquihuatzin le había entregado, en secreto, una de sus hijas como concubina a Nezahualcóyotl, pues él bien sabía que tarde o temprano el príncipe chichimeca recuperaría el imperio; y cuando ese día llegara, sería necesario tener algún lazo con él. ¿Y qué mejor que una concubina?

Jamás contempló la posibilidad de que Mashtla le arrebataría el imperio a Tayatzin y, a su vez, que Nezahualcóyotl llevaría a cabo una de las guerras más sangrientas de la historia para recobrar el imperio. Ahora sólo le queda el inmenso dolor de haber sido él quien permitió la entrada de las brigadas enemigas a Azcapotzalco.

Totoquihuatzin camina lentamente hasta el palacio de Tezozómoc. O lo que queda de él. A su paso por el centro de la plaza, se topa con los cuerpos decapitados de los miembros de la nobleza. Los conocía a todos. De pronto, se encuentra ante un cadáver, igualmente decapitado y con el abdomen abierto. Por las prendas que lleva el difunto, concluye que tiene frente a él los restos de Mashtla. Siente mareos y náuseas. Le tiemblan las rodillas y las manos. Quisiera salir corriendo. Escapar de esa vida. Cerrar los ojos para despertar en otro lugar menos cruel. Y, sin poder evitarlo, sus ojos se inundan de lágrimas.

—Yo te maté. —Se arrodilla frente a su tío—. Perdóname. Perdóname. Fui un cobarde. Debí salir a pelear con mis tropas. Yo también debería estar muerto. —Las lágrimas empapan su rostro.

Entonces levanta la mirada y observa un árbol pelón. Sus hojas yacen incendiadas en el piso. Ahí mismo, una soga intacta. Una soga que no fue tocada por las llamas. El señor de Tlacopan se pone de pie y camina hacia el árbol esquelético, para luego lanzar la cuerda hacia una de las ramas y colgarse. Pero, justo cuando se coloca la soga en el cuello, cae de rodillas y llora desconsolado, pues sabe que no será capaz de quitarse la vida.

3

El anciano Totepehua decía que la madrugada era su mejor consejera. Disfrutaba tanto del aire frío de las cuatro de la mañana como de la neblina que a esa hora se recostaba sobre Tenochtítlan, esa isla solitaria que años atrás no era más que un nido de insectos y serpientes. Esa ciudad en donde, una madrugada fría y nublada, moriría Totepehua...

Totepehua era tan viejo que muchos creían que había nacido con la fundación de Meshíco Tenochtítlan, durante el *ome cali shíhuitl.*[25] Había quienes fechaban su nacimiento en el *matlactli omei cali shíhuitl,*[26] justo cuando iniciaba el *tecúyotl*[27] de Acamapichtli, el primer tlatoani de los meshítin. Un viejo, llamado Epcoatzin, aseguraba tener la misma edad que Totepehua y haberlo conocido desde la infancia. Decía que ambos habían sufrido la miseria de su pueblo, el cual apenas tenía veintiocho años de haber sido fundado en un islote que entonces carecía de agua potable y de los animales para cazar que abundaban en el valle, como perros,[28] conejos, venados y aves. Por si fuera poco, la isla era demasiado pequeña para sembrar suficiente maíz, chile, jitomate, aguacate, nopales y frijoles que alimentaran a toda la población. Las ciudades vecinas prohibían a los tenoshcas entrar a sus tierras a cazar o tomar de su cosecha. Por ello, los meshítin se vieron obligados a alimentarse, principalmente, de insectos, los cuales abundaban en la isla.

25 En el calendario azteca el «año dos casa» corresponde a 1325 del calendario gregoriano.

26 Matlactli omei cali shíhuitl, «año trece casa»: 1349.

27 El *tecúyotl* y el *tlatocáyotl* se refieren a dos tipos de gobierno: el tecúyotl de los tetecuhtin y el tlatocáyotl de los tlatoque. El tecúyotl, en plural *tetecúyo,* sería el equivalente a un gobierno estatal, en tanto que el tlatocáyotl a la administración federal. Antes de la creación de la Triple Alianza el gobierno de México Tenochtítlan era un tecúyotl.

28 Las tribus nahuas criaban una raza de perro, llamada *techichi,* que incluían en su dieta. El techichi se extinguió después de la Conquista debido a la falta de alimento. En años recientes, se ha difundido el mito de que los perros chihuahua son descendientes del techichi, pero no existe fundamento alguno que lo compruebe.

Epcoatzin también aseguraba que ambos tenían entre cinco y seis años cuando les enseñaron a rascar la tierra para buscar insectos: chinicuiles, ahuautles, jumiles, chapulines, escamoles, chicatanas, *izcahuitle, ashashayácatl, acozil* y *aneneztli,*[29] entre otros. «Para su mala fortuna —contó Epcoatzin—, el primer día, Totepehua fue atacado por un ejército de chicatanas, hormigas de poderosas mandíbulas. La mano se le hinchó y se le puso roja como jitomate. El llanto del niño no fue suficiente para que algún adulto se apiadara de su dolor. Todos sabían perfectamente que si los críos de la tribu no aprendíamos a soportar heridas, seríamos incapaces de sobrevivir al desamparo de la isla. No había tiempo para ser niños. Se maduraba a golpes, rasguños, caídas y decenas de fracasos».

Lo cierto es que nadie sabía el origen de Totepehua y a él no le interesaba desmentir rumores. Los ancianos de su edad no recordaban haberlo visto en su infancia. Nada sabían de su familia ni qué día había llegado a la isla. Pero sentían como si lo conocieran desde su nacimiento. Quizá porque nadie le dio importancia en aquellos años. Había otras cosas en qué ocuparse, como la búsqueda de la prosperidad tenoshca. Para fortuna de la isla, el tepanécatl tecutli mejoró su trato hacia los meshítin.

Cuando Totepehua llegó, Meshíco Tenochtítlan aún no tenía una división de castas. No existía el *calmécac*[30] ni el *telpochcali.*[31] Simplemente no había escuelas. Ni teocalis. Ni recinto sagrado. Apenas

29 Los chinicuiles son gusanos. Los ahuautles, los huevos del axayácatl, un tipo de chinche de agua. Los jumiles o xotlinilli, las chinches de monte. Los escamoles, las larvas de la hormiga güijera. Las hormigas chicatanas, las hormigas voladoras. Con el nombre de axayácatl se designaba a seis insectos neópteros, hoy en día clasificados como *Corisella, Corisella texcocana, Krizousacorixa azteca, Graptocorixa abdominalis* y *Graptocorixa bimaculata.* El izcahuitle o izcahuitli es un gusano de color rojo, aparentemente sin cabeza, con una cola en cada extremo. El acozil, un crustáceo parecido a la langosta, color café, de cuarenta milímetros de longitud, conocido actualmente como acocil. La aneneztli, una cigarrilla, chambalé, chicharra, cucaracha de agua o mariposa de agua.

30 El calmécac, que en náhuatl significa «en la hilera de casas», era la escuela para los nobles.

31 El telpochcalli, que en náhuatl significa «casa de la juventud» o «casa de los mancebos», era la escuela para los plebeyos.

estaba en construcción la primera etapa del Monte Sagrado,[32] dedicado al tetzáhuitl Huitzilopochtli, dios de la guerra.

Con el paso de los años, los tenoshcas fueron adoptando deidades de otras aldeas. Siempre que los *teopishque,* «guardianes de los dioses», visitaban algún pueblo vecino se detenían en sus Montes Sagrados y reverenciaban a sus dioses. Jamás pusieron en duda su origen ni sus facultades. Para ellos, todos los dioses merecían veneración. Con esa fe, los sacerdotes tenoshcas comenzaron a hablarle a la gente de su pueblo sobre: *Ometéotl,* «dios dual». Señor de la dualidad, padre y madre de los dioses. *Meztli,* «la luna». *Tonacatecuhtli,* «señor del sustento». Dios de la creación y la fertilidad. *Tonacacíhuatl,* «señora del sustento». Esposa de Tonacatecuhtli y diosa de la creación y la fertilidad. *Tonátiuh,* «sol». Dios del sol y líder del cielo. *Shipe Tótec,* «nuestro señor desollado». Dios de la agricultura y del poder bajo su aspecto guerrero. *Tezcatlipoca rojo,* el del oeste. La parte masculina del universo; *Tezcatlipoca negro,* Espejo humeante. Dios de la noche y los brujos. *Quetzalcóatl,* «serpiente emplumada». Los meshítin no dudaron en las palabras de sus sacerdotes y aceptaron construirle un teocali a cada uno. Sin embargo, la llegada de los dioses no cesó. La ciudad era todavía muy pequeña y no había suficiente lugar para fabricarles una casa a todos los dioses, pero aun así los recibieron y les confeccionaron imágenes a su semejanza talladas en piedra.

Así pues, Totepehua se convirtió en uno de los sacerdotes de la ciudad isla. A partir de entonces, dedicó su vida al estudio, enseñanza y veneración de los dioses. Años después el mismo Totepehua contribuyó a llevar más deidades a la isla, como *Shólotl,* «el perro monstruo». Gemelo de Quetzalcóatl, lado maligno de Venus. Dios de la mala suerte del atardecer, de los espíritus y los muertos en su

32 Los mexicas llamaban Montes Sagrados a los basamentos que construían con una serie de cuerpos escalonados, a los que hoy erróneamente se les conoce con el nombre de «pirámides». Una pirámide debe unir en el vértice —en la punta superior— todas las caras de la figura geométrica, como ocurre con las pirámides de Egipto. Los basamentos mesoamericanos, en cambio, rematan con una base plana donde se erige el *teocali,* «la casa de [algún] dios». También se le llamaba *teocalcuitlapilli* a la capilla donde se ubicaba el altar de un dios.

viaje al Míctlan y al inframundo. *Ahuitéotl,* dios de aquellos que son opacados por los vicios. *Itzapapálotl,* «mariposa de obsidiana». Diosa del sacrificio y de la guerra; patrona de la muerte. *Shiuhtecutli,* «señor de la hierba». Dios del fuego y del calor. *Tlahuizcalpantecutli,* «el señor en la aurora». Señor de la estrella del alba. *Tlazoltéotl* o *Ishcuina,* «diosa de la inmundicia». Diosa de la lujuria, de los amores ilícitos, del sexo y de la indecencia. *Shochiquétzal,* «flor preciosa». Diosa de la belleza, la naturaleza, la fertilidad y del canto. *Shochipili,* «noble florido». Dios de la primavera y príncipe de las flores. *Chalchiuhtlicue,* «la que tiene su falda de jade». Esposa de Tláloc, la de la falda de jade. *Patécatl,* «morador de la medicina». Dios de las medicinas y creador del peyote. *Mayahuel,* «la que rodea el maguey». Creadora del *octli* y diosa de la embriaguez. *Tláloc,* «el octli de la tierra». Dios de las lluvias. *Tepeyolohtli,* «corazón del monte». Dios de las cuevas, de los montes, de los ecos y de los jaguares. *Tlaltecutli,* «señor de la Tierra». *Tonantzin,* «nuestra madre venerada». Identificada como madre de Quetzalcóatl, Tonantzin era el nombre utilizado para varias deidades femeninas como: *Toci* o *Temazcalteci,* «nuestra abuela». Diosa de la maternidad, la salud y las hierbas curativas. *Teteoínan,* «la madre de los dioses». También llamada *Tláli Iyolo,* «corazón de la Tierra». *Temazcalteci,* «abuela de los baños de vapor». *Yoaltícitl,* «curandera de la noche». Diosa de los nigromantes, curanderos, yerberas y temazcales. *Cihuacóatl,* «serpiente hembra». Diosa de los nacidos y los fallecidos. Señora de los curanderos y recolectora del *tonali,* «el soplo divino, materia sagrada que da vida a los seres humanos». *Citlalicue,* «la falda de estrellas». Señora de las estrellas. *Coatlicue,* «la que tiene su falda de serpientes». Madre de los cuatrocientos huitznahuas. *Chicomecóatl,* «siete-serpiente», o *Shilonen.* Diosa del *tlaoli,* «maíz», las cosechas y la fertilidad. *Shochitlicue,* «la que tiene su falda de flores». *Chimalma,* «escudo de mano». Diosa de la fertilidad. Señora de la vida y de la muerte; guía del renacimiento. *Omecíhuatl,* «dos-señora». Dualidad de Ometéotl. Diosa primordial de la sustancia, así como señora y diosa de la creación de todo el universo. *Centéotl,* «dios del maíz». *Mictecacíhuatl,* «diosa de la muerte». *Mictlantecutli,* «señor de la muerte». *Chantico,* «dios del hogar». *Huehuecóyotl,* «dios de la alegría». *Ilmatecutli,* la «diosa vieja». *Huishtucíhuatl*, «diosa de la sal». Hermana mayor de Tláloc. *Mishcóatl*. Serpiente de nube. Dios de las tempestades, de la guerra y de la cacería.

En apenas cien años, los tenoshcas habían incrementado al triple el tamaño del Recinto Sagrado y de la ciudad con la construcción de las islas artificiales, llamadas *chinámitl*.[33] Crearon el calmécac y el telpochcali. Totepehua se convirtió en el Tótec tlamacazqui y miembro del Consejo, constituido por los teopishque, a quienes les tocó la difícil tarea de asesorar a un meshícatl tecutli que tenía las manos atadas, ya que Tezozómoc imponía su autoridad en la ciudad isla. Nadie se atrevía a contradecir y mucho menos a confrontar al tecutli tepaneca. Su poder sobre los meshítin creció cuando entregó a su hija llamada Ayacíhuatl para esposa de Huitzilíhuitl.

Al año de haberse casado, Ayacíhuatl y Huitzilíhuitl tuvieron a su primer hijo, al que llamaron Acolnahuácatl. Tezozómoc, entusiasmado con el nacimiento de su nieto, cambió entonces su actitud hacia los tenoshcas y les redujo el tributo a la entrega de unas cuantas aves y peces de manera simbólica. Pero la felicidad no duró demasiado. Veintenas más tarde, el recién nacido fue asesinado por dos hombres.

Aquel día Ayacíhuatl se encontraba cuidando a su hijo en compañía de la nodriza. Entonces llegaron dos hombres disfrazados de soldados meshícas y le informaron que el tlatoani los había mandado por ella, quien salió de inmediato a la sala principal. Los hombres entraron a la habitación, mataron a la nodriza, al bebé le cortaron la cabeza, lo envolvieron en sus sábanas, lo cargaron a la entrada del palacio, lo dejaron en el piso sin dar explicaciones y se fueron corriendo. Los *yaoquizque*, que hacían guardia en la entrada del palacio, enfocaron su atención en el bulto lleno de sangre y dejaron que los asesinos escaparan. Al descubrir que era el hijo del tlatoani, lo llevaron a la sala principal y lo mostraron al Huitzilíhuitl y a su esposa, quien de inmediato rompió en llanto y cayó de rodillas. A partir de entonces, Ayacíhuatl comenzó a perder la cordura.

33 Chinámitl, «cerca de carrizos», eran islas artificiales, hechas en una especie de jaula de carrizos, que llenaban con tierra y todo tipo de materiales biodegradables. Lo hacían así hasta que quedaban sólidas y se podía sembrar o construir sobre ellas. Son lo que hoy conocemos como «chinampas».

El Consejo meshíca recomendó a Huitzilíhuitl que ordenara una investigación, la cual se llevó a cabo con discreción absoluta. Pronto el meshícatl tecutli se enteró que el responsable de aquel horrible crimen había sido su cuñado Mashtla. Los consejeros sugirieron a Huitzilíhuitl que lo denunciara con Tezozómoc para que lo llevara a juicio, pero el tlatoani rechazó la recomendación y guardó silencio para evitar problemas con su suegro. Tiempo después descubrió que Tezozómoc también había enviado a sus espías a investigar y se había enterado de que Mashtla era el responsable, mas no lo castigó.

Dos veintenas[34] más tarde, nacieron Tlacaélel y Motecuzoma Ilhuicamina. El *teopishqui,* «guardián de los dioses», llamó El Elegido a Tlacaélel. Veintenas después, Ayacíhuatl dio a luz a su segundo hijo, al que llamaron Chimalpopoca. Entusiasmado, Tezozómoc lo nombró heredero del meshíca tecúyotl y Huitzilíhuitl no se atrevió a contradecirlo. El sacerdote Totepehua le explicó al tlatoani que siendo de esa manera, era menester cambiarle el nombre a El Elegido.

—¿Qué nombre debemos ponerle? —preguntó Huitzilíhuitl.

—Tlacaélel, «El Desposeído».

Tal y como lo indicaba su nombre, Tlacaélel fue despojado de su legítimo derecho a la sucesión en el meshíca tecúyotl («gobierno»), pues en aquella época los tenoshcas aún no definían con claridad su método para elegir a su tlatoani. Huitzilíhuitl había sido electo por ser el hijo de Acamapichtli, mas no porque hubiera otros candidatos, mucho menos una contienda. A Chimalpopoca lo designó su abuelo Tezozómoc y no había forma de rechazar aquel nombramiento mientras él siguiera vivo. Chimalpopoca se convirtió así en la joya más preciada del palacio de Tenochtítlan. Tlacaélel no sólo fue despojado de la sucesión, sino también del cuidado y el afecto de su padre. Si bien a los gemelos no les hacía falta nada, eran como dos fantasmas en el palacio de Meshíco Tenochtítlan. Toda la atención del meshícatl tecutli estaba enfocada en su hijo Chimalpopoca. Principalmente, por el temor de que Mashtla repitiera su atroz crimen. Luego, para

34 El xiupohualli, «calendario», se dividía en dieciocho ciclos de veinte días, llamado *cempoallapohualli,* «la cuenta de las veintenas». Más información al final de este libro, en el apartado titulado «La cuenta de los días».

darle gusto a Ayacíhuatl, quien había enloquecido desde la muerte de su hijo primogénito. Cuando recién había nacido Chimalpopoca, Ayacíhuatl lo llamó Acolnahuácatl y Huitzilíhuitl la corrigió con una sonrisa forzada.

—Chimalpopoca —dijo el tlatoani.

—¿Qué? —Ayacíhuatl arrugó las cejas y miró a su esposo—. ¿De qué hablas?

—Se llama Chimalpopoca.

Ayacíhuatl sonrió, negó con la cabeza y devolvió la atención al recién nacido.

—Se llama Acolnahuácatl. —Le besó la frente.

En ese momento, el tlatoani tuvo la certeza de que su mujer nunca más recuperaría la cordura. Aquel recién nacido había llegado al mundo para reencarnar en la mente de aquella joven mujer como el hijo que un día su hermano le arrebató. Huitzilíhuitl no se atrevió a contradecirla. Se adaptó a la dicha confusa de su esposa y sujetó a la familia y sirvientes a un atadero de mentiras que, finalmente, terminaría por romperse. Chimalpopoca creció creyendo que su nombre era Acolnahuácatl Chimalpopoca y que en casa preferían el primer nombre y en la calle el segundo. En más de una ocasión el niño se presentó como Acolnahuácatl Chimalpopoca y no faltó quien alzara la ceja. Era bien sabido por todos en la ciudad que Acolnahuácatl había muerto veintenas antes del nacimiento de Chimalpopoca.

Por su parte, Tlacaélel y Motecuzoma Ilhuicamina ignoraban la historia del hermano primogénito, hasta que un día un niño se las contó. Ilhuicamina no le creyó. Tlacaélel sintió que aquello podía ser una verdad a medias, así que fue con el maestro Totepehua y le contó lo sucedido. El teopishqui se sentó junto al niño y le preguntó si creía lo que le habían contado. Tlacaélel respondió que le parecía posible.

—¿Qué pensarías si te dijera que es verdad? —preguntó Totepehua.

—No sé —respondió Tlacaélel con indiferencia.

—¿No te conmueve que hayan asesinado a tu hermano mayor?

—No lo sé. Creo que no. No lo conocí.

—¿Y qué piensas de la persona que lo mandó matar?

—Que me gustaría conocer sus razones —contestó el niño.

—¿Por qué?

—Me gusta cuando usted me cuenta historias.

Totepehua sonrió ligeramente y le contó que Mayahuel se había casado con Tezozómoc siendo muy joven, sin haber conocido antes al futuro esposo, pues el matrimonio fue pactado entre los padres de ambos para unir a los *tetecúyo,* «gobiernos», vecinos (de Azcapotzalco y Tlacopan) y fortalecer sus ejércitos.

—Tezozómoc y Mayahuel se casaron —continuó el maestro Totepehua— justo cuando Quinatzin se preparaba para recuperar el imperio que su primo Tenancacaltzin le había arrebatado diez años atrás. Para desgracia del joven matrimonio, Tezozómoc y Mayahuel no sólo no se agradaban, sino que también se repudiaban. Por otra parte, el príncipe tepaneca estaba más preocupado por las tropas de Quinatzin que por su consorte. La joven pareja apenas si tuvo los encuentros sexuales suficientes para consumar el matrimonio y engendrar un hijo. Después de que Mayahuel quedó embarazada, Tezozómoc no volvió a tocarla jamás. El príncipe tepaneca ni siquiera se preocupó por conocer a su hijo el día de su nacimiento. Fue a verlo quince días más tarde. Mayahuel nunca olvidó aquel desdeño y le heredó a su hijo todo el resentimiento que acumuló con el paso de los años hasta convertirlo en un ser celoso, envidioso, vengativo y cruel. Mashtla creció sintiéndose despreciado por su padre, ya que, a pesar de ser el único hijo legítimo, Tezozómoc reconoció a Tayatzin, Tecutzintli, Cuacuapitzáhuac, Tecpatlshóchitl y Ayacíhuatl —a quienes procreó con otras concubinas— como hijos legítimos y les dio los mismos privilegios a todos. La envidia de Mashtla no sólo se reflejó en contra de sus hermanos, sino también en contra de los meshítin. Cuando Tezozómoc entregó a su hija Ayacíhuatl, para que se casara con Huitzilíhuitl, Mashtla le reclamó inmediatamente a su padre, quien para evitar que su hijo siguiera protestando, le dio el *tecúyotl* «gobierno» de Coyohuácan. Luego, cuando Ayacíhuatl y Huitzilíhuitl tuvieron a su primogénito, Mashtla envió a dos de sus soldados para que asesinaran al recién nacido. Veintenas después naciste tú, Tlacaélel.

—Entonces yo no era El Elegido, como dice usted. Era Acolnahuácatl.

—Los dioses decidieron que él perdiera la vida a las pocas veintenas de nacido.

—Y los mismos dioses fueron los que decidieron que yo me convirtiera en El Desposeído.

—Los dioses tienen extrañas formas de darnos señales. Ahora dime qué piensas de Mashtla.

—Pienso que Mashtla era el instrumento de algún dios.

—¿Qué dios sería ése? —el maestro Totepehua miró fijamente a su alumno.

—Tezcatlipoca.

—¿Por qué?

—Tezcatlipoca es el Espejo que humea, el dios omnipotente, omnisciente y omnipresente. Siempre joven, el dios que da y quita a su antojo la prosperidad, riqueza, bondad, fatigas, discordias, enemistades, guerras, enfermedades y problemas. El dios positivo y negativo. El dios caprichoso y voluble. El dios que causa terror. El hechicero. El brujo jaguar. El brujo nocturno.

—Ése es Tezcatlipoca —continuó el maestro Totepehua—. El dios de las cuatro personalidades: *Tezcatlipoca negro,* el verdadero Tezcatlipoca; *Tezcatlipoca rojo,* Shipe Tótec; *Tezcatlipoca azul,* Huitzilopochtli; *Tezcatlipoca blanco,* Quetzalcóatl. El dios omnipotente, omnisciente y omnipresente. *Titlacahuan,* «aquel de quien somos esclavos». *Teimatini,* «el sabio, el que entiende a la gente». *Tlazopili,* «el noble precioso, el hijo precioso». *Teyocoyani,* «el creador (de gente). *Yáotl, Yaotzin,* «el enemigo». *Icnoacatzintli,* «el misericordioso». *Ipalnemoani,* «por quien todos viven». *Ilhuicahua, Tlalticpaque,* «poseedor del cielo, poseedor de la Tierra». *Monenequi,* «el arbitrario, el que pretende». *Pilhoacatzintli,* «padre reverenciado, poseedor de los niños». *Tlacatle Totecue,* «oh, amo, nuestro señor». *Youali Ehécatl,* «noche», «viento»; por extensión, invisible, impalpable. *Monantzin, Motatzin,* «su madre», «su padre». *Telpochtli,* «el joven», «patrón del telpochcali, la casa de la juventud». *Moyocoani,* «el que se crea a sí mismo». *Ome Ácatl,* «dos carrizos», su nombre calendárico.

—¿Tezcatlipoca le ordenó a Mashtla que mandara matar a mi hermano?

—Eso no lo podemos saber. El dios Tezcatlipoca puede tomar muchas formas. Pudo haber tomado el cuerpo de los hombres que mataron a Acolnahuácatl. O quizá les dio la orden. Tezcatlipoca es caprichoso.

—¿Es cierto que le llaman el *tanguia*?[35]

—Es verdad: en las noches se convierte en fantasma, y quien lo ve muere en la guerra o cautivo. Pero si el condenado le pide al fantasma espinas de maguey (señas de fortaleza y valentía), y el dios se las proporciona, el penado debe capturar tantos prisioneros como las espinas recibidas; entonces el dios le perdona la vida. Tezcatlipoca también se presenta ante los humanos como fantasmas femeninos de mal agüero, llamadas *tlacaneshquimili*, sin pies ni cabeza, que se arrastran por el suelo al mismo tiempo que gimen como enfermas. Para evitar la maldición, los hombres deben perseguir a las tlacaneshquimili hasta capturarlas. Si lo consiguen, las fantasmas les brindarán riquezas y prosperidad.

—Yo quiero ser como Tezcatlipoca —agregó Tlacaélel.

—Nadie puede ser como Tezcatlipoca —comentó Totepehua—, pero ciertamente podrías ser su sirviente.

—Yo no quiero ser sirviente de nadie —respondió el niño con indignación.

—Ser sirviente de Tezcatlipoca es un honor. No cualquiera puede servirle. El dios omnipotente no acepta a cualquiera.

—¿Usted es sirviente de Tezcatlipoca?

—Lo soy.

—¿Y qué recibe a cambio?

—Aunque dedicara mi vida entera a describirte lo que recibo del dios Tezcatlipoca, no me alcanzaría el tiempo ni a ti la paciencia. Sólo estando a su servicio se puede comprender todo lo que se recibe de él.

—¿Qué necesito hacer para ser sirviente de Tezcatlipoca? —preguntó el niño con un poco de entusiasmo, algo poco común en él, ya que no solía demostrar sus emociones.

—Por el momento nada. Ve a tu casa y no le cuentes a nadie lo que te platiqué.

35 El *tanguia* es un fantasma.

—¿Es malo que lo cuente?

—Es malo que la gente tonta lo sepa. Las verdades le hacen daño a los imbéciles.

Tlacaélel sonrió y se fue corriendo. Aquella noche soñó que conocía a Tezcatlipoca. Era un hombre de pedernal, negro y brillante. Brillante como un espejo negro. Había dos montañas. Tezcatlipoca se encontraba de pie, en la cima de una de ellas. Tlacaélel caminó hacia la cúspide, pero era tan alta que, a pesar de haber caminado todo el día y toda la noche, no alcanzó a llegar hasta donde se encontraba el dios Tezcatlipoca. Sentía sed. Mucho cansancio. Se sentó sobre una roca. De pronto ésta se movió y Tlacaélel cayó al piso. La roca comenzó a rodar cuesta abajo. Los árboles empezaron a derribarse y a caer también hacia abajo. El niño tuvo que brincar sobre los troncos para que no se lo llevaran. Las ramas que giraban como rehiletes le golpearon la cara, el pecho, los brazos, las piernas, una y otra vez. Siguió saltando con todas sus fuerzas, hasta que algo lo golpeó y lo derribó. No supo si era una rama, un tronco o una piedra.

Cuando despertó, la montaña se había quedado sin árboles. Todos se encontraban apilados en las faldas de las montañas. De pronto, escuchó una risa burlona. No había nadie alrededor. Miró a la cima y encontró una figura muy pequeña. Supo que era Tezcatlipoca por el color negro brillante. Se limpió el sudor de la frente y emprendió la subida.

—¿A dónde vas? —preguntó una voz a su espalda.

Al voltear la mirada, se encontró con el dios Tezcatlipoca.

—¿Te estás burlando de mí? —le preguntó el niño.

—Si no me burlo de ti, no sería divertido.

—Entonces no eres un dios. Un verdadero dios no se burlaría de nosotros.

Tezcatlipoca caminó alrededor de aquel niño indefenso y sucio de tanto haber caminado. Lo miró con socarronería, le empujó la frente con la palma de su mano de pedernal y le dijo:

—Porque soy un dios me burlo de todos ustedes. —Lo empujó una vez más—. Yo soy Tezcatlipoca. —Infló el pecho y mostró sus dientes negros de pedernal—. Soy el dios omnipotente, omnisciente y omnipresente. —Siguió caminando alrededor del niño—. Siempre joven, el dios que da y quita a su antojo la prosperidad, riqueza, bondad, fatigas, discordias, enemistades, guerras, enfermedades y problemas. —Se detuvo frente Tlacaélel y lo miró fijamente a los ojos—. Soy el dios positivo y negativo. El dios caprichoso y voluble. El dios que causa terror. El hechicero. El brujo jaguar. El brujo nocturno. No lo olvides, niño.

En ese momento, Tlacaélel despertó.

4

Yarashápo se encuentra de rodillas, mamándole la verga a Pashimálcatl, cuando uno de sus sirvientes lo interrumpe desde el pasillo para informarle que alguien solicita con urgencia su presencia en la sala principal. Yarashápo ignora aquel llamado y continúa chupando aquel grueso tronco de carne que apenas si le cabe en la boca. Quiere que Pashimálcatl termine en ese momento, pero no lo consigue. El nenenqui, «sirviente», insiste:

—Mi amo, lo buscan en la sala principal.

—Le voy a cortar los huevos si nos interrumpió por una estupidez —amenaza Pashimálcatl al mismo tiempo que se acomoda el *máshtlatl,* «taparrabo».

—No te enojes, querido, en un momento regreso contigo —promete Yarashápo acariciándole la verga suavemente.

—Está bien. —Pashimálcatl se tranquiliza—. Vamos a ver qué es eso tan importante.

—¿Quién me busca? —pregunta Yarashápo luego de abrir la cortina que cubre la entrada de su habitación.

—Ichtlapáltic... Su espía, mi amo.

El hombre baja la cabeza al ver a Pashimálcatl.

Yarashápo y Pashimálcatl se miran con sorpresa. No esperaban que el informante les llevara noticias tan pronto. Apenas lo habían visto la tarde anterior, cuando éste les anunció que los meshícas tenían planeado un banquete y que Nezahualcóyotl asistiría como invitado de honor. Su espía es un soldado tenoshca, por lo tanto, no tiene acceso a información confidencial, pero sí puede enterarse de muchas cosas antes de que se hagan públicas.

Veintenas atrás, Nezahualcóyotl, con el apoyo de los pueblos aliados habían logrado entrar a Azcapotzalco. Mientras los meshítin y tlatelolcas combatían con los escuadrones tepanecas, el príncipe chichimeca había entrado al palacio, persiguiendo a Mashtla hasta los *temazcalis*[36] y arrastrádolo hasta la plaza principal para interrogarlo

36 *Temazcalli* —pronúnciese *temazcali*—, «baños de vapor».

frente a sus yaoquizque. Nunca antes se había visto tanta furia en los ojos del Coyote ayunado. Mashtla se encontraba aterrado. Confesó sus crímenes y delató a otros. Pero Nezahualcóyotl no estaba dispuesto a escucharlo y ahí mismo le cortó la cabeza y le sacó el corazón. Más tarde sus soldados asesinaron a todos los miembros de la nobleza tepaneca e incendiaron los teocalis, palacios, escuelas, casas, mercados, puertos y canoas. La ciudad entera fue destruida.

Con ello, terminaba la guerra entre Azcapotzalco y Teshcuco. Una rivalidad que había iniciado generaciones antes de que nacieran Nezahualcóyotl y su padre Ishtlilshóchitl. Un conflicto bélico heredado por su bisabuelo Quinatzin y el abuelo de Mashtla, Acolhuatzin. Según las conjeturas, con la muerte del hijo de Tezozómoc, se acabarían los abusos y llegaría la tranquilidad al *cemanáhuac*.[37] Sólo faltaba la jura de Nezahualcóyotl como in cemanáhuac huei chichimecatecutli.

Las leyes estipulaban que debía ser reconocido por la mayoría de los pueblos vasallos, de lo contrario, la jura se invalidaba. Cuando Yarashápo y Pashimálcatl se enteraron del banquete que se brindaría en la ciudad isla, tuvieron la certeza de que no tenía nada que ver con la jura de Nezahualcóyotl, pese a que se rumoreaba lo mismo por todo el cemanáhuac. Yarashápo y Pashimálcatl sabían que el Coyote sediento no se conformaría con algo tan simple. Aun así, le ordenaron a su espía que de inmediato les llevara información si los meshítin decidían rendir vasallaje y jurarlo en aquel banquete. Pero la información que su espía les llevaba esa noche rebasaba, por mucho, las expectativas de los tetecuhtin de Shochimilco.

—Dime que los meshítin juraron a Nezahualcóyotl como in cemanáhuac huei chichimecatecutli, de lo contrario te cortaré las bolas —amenaza Pashimálcatl al informante.

—No —responde el hombre sin titubear.

Pashimálcatl dirige la mirada a Yarashápo y sonríe con enfado: «Te lo advertí».

37 El *cemanáhuac*, «mundo o tierra», *cem*, «totalmente», y *Anáhuac*, «entre las aguas» [*atl*, «agua», y *náhuac*, «rodeado»], es la «tierra totalmente rodeada por agua». Para los nahuas, el cemanáhuac era todo el territorio que se extendía hasta los océanos Atlántico y Pacífico, es decir, la totalidad de la Tierra.

—Se pelearon... —informa Ichtlapáltic.

Yarashápo y Pashimálcatl se muestran desconcertados.

—¿Quiénes? —cuestiona Yarashápo con intriga.

—Nezahualcóyotl y los tenoshcas...

El espía se siente importante. Por primera vez les ha llevado una noticia que los deja con la boca abierta. Los tetecuhtin de Shochimilco no esperaban algo así. La alianza entre Nezahualcóyotl y los meshítin parecía inquebrantable.

—¿Estás seguro de lo que estás diciendo? —pregunta Yarashápo mientras camina hacia su espía.

—Estoy seguro, mi amo.

—Dinos con exactitud todo lo que viste y escuchaste —ordena Pashimálcatl al mismo tiempo que se acerca al informante.

—Pocos días antes de que terminara la guerra, murió uno de los miembros del Consejo tenoshca.

—¿Eso qué tiene que ver con lo de ayer? —lo interrumpe Pashimálcatl.

—Déjalo hablar —interviene Yarashápo con dulzura.

—Mucho —responde el informante con un gesto de soberbia—. Totepehua era el más viejo de los seis miembros del Consejo meshíca y el Tótec tlamacazqui.

—¿De qué murió? —pregunta intrigado Pashimálcatl.

—Déjalo hablar —insiste Yarashápo.

—Al parecer de viejo.

—Nadie muere de viejo —interrumpe Pashimálcatl—. Se muere de algún mal, siempre, siempre, siempre es por algún mal. O de envenenamiento.

—No sabría decirle si fue envenenado. Nadie ha hablado de eso. Supongo que todos aceptaron que pudo haber muerto por su vejez.

—Está bien —interrumpe Yarashápo—. Continúa con tu informe.

—Tras la muerte de Totepehua...

—¿Murió Totepehua? —pregunta Yarashápo con asombro y tristeza.

—Déjalo hablar —le responde Pashimálcatl.

—Pero Totepehua era...

—Ya nos había dicho que murió Totepehua. ¿No lo escuchaste?

—¿Lo dijo? No lo escuché. No sé por qué. —Yarashápo se lamenta y luego dirige la mirada al espía—. Continúa.

—Tras la muerte de Totepehua, el Consejo meshíca decidió llevar a cabo la elección de su nuevo consejero apenas terminara la guerra. Lo cual ocurrió esta mañana. Por eso invitaron a Nezahualcóyotl. Pero la junta del Consejo no sólo era para elegir al nuevo miembro, sino para llevar a cabo una reforma a las leyes de gobierno. A partir de ahora, todas las decisiones del tlatoani deberán ser aprobadas por el Consejo.

—Es decir, el tlatoani ya no pide *consejo*, sino *permiso* —recalca Pashimálcatl con una sonrisa irónica.

—Así es —responde Ichtlapáltic—. Y no sólo eso. Las últimas decisiones del tlatoani quedan derogadas. En particular, una de las más importantes: el pacto entre Nezahualcóyotl e Izcóatl en el cual, a cambio del apoyo militar, los meshícas serían absueltos del pago de tributo de por vida en cuanto el príncipe chichimeca recuperara el imperio.

—Un gran pacto... —comenta Pashimálcatl con las cejas alzadas.

—No para Tlacaélel... —responde el informante.

—¿Y qué tiene que ver Tlacaélel en todo esto? —pregunta intrigado Yarashápo.

—Que Tlacaélel es el nuevo miembro del Consejo.

—¿Tlacaélel? —cuestiona Pashimálcatl con socarronería—. Pero sí es un imbécil.

—Usted no diría lo mismo si lo hubiera escuchado hablar ante Nezahualcóyotl esta tarde —responde el informante con seriedad.

—Termina de dar tu informe —dice Pashimálcatl mientras alza los hombros.

—El Consejo se reunió en el *teopishcachantli*[38] para elegir al nuevo miembro, quien resultó ser Tlacaélel. Luego, deliberaron sobre las nuevas leyes con las cuales el meshícatl tecutli perdía todo su poder. Al terminar, salieron y anunciaron la elección de Tlacaélel. Todos los invitados se sentaron a disfrutar el banquete. Poco más tarde, Neza-

38 Comúnmente escrita *teopixcachantli* —pronúnciese *teopishcachantli*—, la palabra hace referencia a la casa donde se reunía el consejo de ancianos.

hualcóyotl se puso de pie y se despidió de todos. Pero antes de salir, le recordó al tlatoani Izcóatl que pronto les anunciaría la fecha para que asistieran a Teshcuco a reconocerlo y jurarlo como in cemanáhuac huei chichimecatecutli. Entonces, el Tláloc tlamacazqui Azayoltzin se puso de pie y le informó a Nezahualcóyotl que el Consejo meshíca había decidido que el imperio se dividiría entre Teshcuco y Tenochtítlan. Nezahualcóyotl respondió que ése no era el acuerdo que tenía con Izcóatl. Tlacaélel se puso de pie y le dijo a Nezahualcóyotl que, a partir de ese momento, ése era el acuerdo. El príncipe chichimeca enfureció y le respondió que eran unos perros mal nacidos, traidores. Que debió haber escuchado a sus consejeros que le advirtieron que no aceptara la alianza con los meshítin. Tlacaélel se mantuvo firme, casi indiferente a los insultos de Nezahualcóyotl. Izcóatl lo miraba con tristeza y vergüenza. Nezahualcóyotl enfureció y se marchó.

Pashimálcatl sonríe de manera casi erótica: «Es la mejor noticia que nos has traído desde que te contratamos».

—Ya te puedes retirar —le dice Yarashápo a su informante y, luego, dirige la mirada a su amante, a quien conoció diez años atrás, cuando Pashimálcatl tenía apenas quince años de edad y él treinta y siete. Lo descubrió entre decenas de jovencitos formados en las filas del ejército, una mañana en que había acudido al campo de entrenamiento para darles la bienvenida a los yaoquizque de nuevo ingreso. La guerra entre Ishtlilshóchitl y Tezozómoc había comenzado, lo cual pronosticaba un desastre para todos los pueblos vasallos, sin embargo, ninguno se quedó de brazos cruzados y comenzaron a reclutar soldados. «¿Cómo te llamas?», preguntó Yarashápo. «Pashimálcatl, mi amo», respondió el telpochtli con una sonrisa seductora y el tecutli de Shochimilco no pudo resistir el conjuro de su mirada. Por aquella época, Yarashápo llevaba ya veinte años con Shochipapálotl, la mujer con quien su padre lo había obligado a casarse. Si bien el cuilontia, «coito homosexual»,[39] no era mal visto, no existía hasta entonces ningún tecutli que viviera en concubinato con otro hombre.[40] En todos

39 También *onitecuilonti* «coito entre hombres».

40 De acuerdo con los testimonios de los españoles, la sociedad nahua permitía la homosexualidad tanto en la vida cotidiana como en las ceremonias rituales, en las que además también había antropofagia. «Aun allende de lo que hemos hecho

esos años, Yarashápo había mantenido una doble vida, para muchos demasiado obvia. A su esposa parecía no interesarle lo que hiciera Yarashápo fuera del palacio. Por su parte, el tecutli de Shochimilco jamás había sentido el deseo por mantener una relación formal con ninguno de los hombres con los que se acostaba, hasta que conoció a Pashimálcatl, quien a diferencia de sus amantes anteriores —hombres musculosos, ejercitados en las armas, con abundantes cicatrices de guerra y tostados por el sol—, era de piel morena clara, brazos débiles, sin herencias de guerra, facciones algo femeninas, carne virgen, piel tan suave y hermosa que parecía jamás haber realizado tarea que implicara desgaste. Pashimálcatl se supo observado por el shochimílcatl tecutli, pero disimuló y evitó un encuentro de miradas. Yarashápo tampoco mostró demasiado interés y se marchó. Pasaron varias veintenas sin verse, hasta el día de las celebraciones a Tonacatecuhtli, dios de la creación y la fertilidad, y a su esposa Tonacacíhuatl. Yarashápo estaba a cargo de las celebraciones, mientras que Pashimálcatl era uno de los cinco mil yaoquizque que esa noche resguardaban la ciudad. Había cientos de *mitotique*, «danzantes», en la plaza central y decenas de músicos tocando los *teponaztlis*, «instrumentos de percusión», y las flautas. En cuanto las responsabilidades del tecutli de Shochimilco terminaron, éste se marchó a sus aposentos, algo que a nadie extrañaría. Yarashápo jamás había gozado de los eventos públicos. Prefería la tranquilidad de la soledad tanto como la virilidad de los hombres. En ese momento, entró uno de sus sirvientes para llevarle sus alimentos. «¿Sabes dónde está mi esposa?», preguntó Yarashápo, mirando la fogata en el centro de su habitación. «Está con sus hermanas», el sirviente se mantenía con la cabeza agachada. Yarashápo sabía que para Shochipapálotl nada tenía más valor que pasar tiempo con sus hermanas. Entonces, le ordenó al nenenqui «sirviente» que fuera en busca del capitán del ejército, algo que no sería nuevo, pues el tecutli shochimilca solía pedirle que le llevara a uno de sus soldados para fornicar con él. Increíblemente, para todos los que lo conocían, ésa sería

relación a Vuestras Majestades de los niños y hombres y mujeres que matan y ofrecen en sus sacrificios, hemos sabido y sido informados de cierto que todos son sodomitas y usan aquel abominable pecado». En *Cartas de relación de Hernán Cortés al rey Carlos I de España.*

la última vez: aquel telpochtli al que pretendía seducir aquella noche, se convertiría en el mayor capricho de su vida, pues desde el primer instante en el que Pashimálcatl entró a la habitación del tecutli de Shochimilco, supo que tenía sólo dos opciones: ceder de inmediato ante los deseos de Yarashápo y convertirse en uno más de su larga lista de amantes fugaces, o seducirlo hasta que se declarara imbécilmente enamorado y se arrodillara dispuesto a todo por él. Con lo que no contaba aquel joven *yaoquizqui* era que el shochimílcatl tecutli era un hábil seductor. Le llevaba veintidós años de experiencia. Aunque a Pashimálcatl le gustaba aquel hombre mayor que él, se sintió vulnerable en varias ocasiones y comprendió que no sería sencillo alcanzar tan ambicioso objetivo; no obstante, asumió el riesgo: rechazó el coqueteo de su tecutli y salió de la habitación con el temor de haber tomado la decisión más estúpida de su vida. De pronto, mientras caminaba por el pasillo, escuchó su nombre a su espalda. «Espero verte pronto», le dijo Yarashápo desde la entrada de su habitación. Pashimálcatl se detuvo un instante, volteó la cabeza y miró al tecutli shochimilca por arriba del hombro, sin algún gesto de gratitud o complicidad, por lo que Yarashápo inició, a partir de entonces, la conquista más importante de su vida: los siguientes dos años los ocupó en complacer al joven soldado en todo, lo colmó de regalos, le entregó tierras, un palacio con sirvientes y un título de *téucyotl,* «nobleza»; aun así, Pashimálcatl lo seguía rechazando. El shochimílcatl tecutli había caído en un pozo muy profundo, y a pesar de que había decenas de manos extendidas para salvarlo, él se negaba a ser rescatado. Aunque el joven soldado no le había dado una sola muestra de amor, tenía el poder de embobarlo con una mirada, una sonrisa, una palabra. «Pídeme lo que quieras y lo haré», le dijo Yarashápo una tarde que intentó besarlo y Pashimálcatl lo rechazó como todos los días. «No me diga eso, mi amo», respondió con humildad y dulzura. «Yo sólo soy un yaoquizqui a su servicio». «¿Por qué me rechazas?», el tecutli shochimilca lo miraba como a un dios. «No lo rechazo, mi amo. Sólo respeto a la reina y a sus hijos». «Mi esposa sabe que...», intentó explicar Yarashápo, pero Pashimálcatl lo interrumpió: «Si yo estuviera en el lugar de ella, no aceptaría, bajo ninguna circunstancia, que el hombre al que amo se acostara con otro». «Entonces la dejaré», respondió Yarashápo. «Eso sería una terrible humillación pública», dijo el telpochtli. El shochimílcatl tecutli estuvo a punto de darse por vencido. «Entiendo y valoro tus principios. No insistiré más». Pashimálcatl sintió que estaba a punto de perder la mayor oportunidad de su vida, así que lanzó la propuesta más arriesgada: «Si ella no existiera, yo sería suyo, mi amo. Lo haría el hombre más feliz de la Tierra, pero no podemos cambiar la realidad». Luego caminó hacia Yarashápo, le besó los labios dulcemente y se marchó. Aquellas palabras cambiaron de por vida al señor de Shochimilco. Por primera vez había deseado que su esposa estuviera muerta. Si bien la relación entre ellos no era amorosa, hacían una muy buena mancuerna como padre y madre de sus hijos y como gobernadores. Ella jamás le había reclamado sus amoríos ni los cientos de chismes en los que ella había sido involucrada sólo por ser su esposa. Había aceptado sin prejuicio el pedazo de vida que le había tocado compartir con ese hombre. De igual forma, había educado a sus hijos para no juzgar a su padre. Aquel cuarteto de adolescentes aceptaba para regañadientes las instrucciones de la madre. Yarashápo no tenía nada que reclamarle a Shochipapálotl. Por el contrario, le debía más de lo que imaginaba. Ella había resuelto decenas de problemas en el gobierno mientras él se encontraba fornicando con sus amantes. «Perdóname», le dijo Yarashápo una noche antes de dormir. Shochipapálotl se encontraba acostada a su lado. Por primera vez sintió que su esposo estaba siendo honesto. Germinó en ella un deseo indomable por preguntarle qué le había ocurrido, pero no se atrevió. Esperó a que su esposo le diera más señales. Esperó. Esperó más, y más, pero aquellas palabras no llegaron. Guardó la esperanza de que, por una vez en su vida, su esposo le expresara una muestra de amor. Ahogó sus ganas de tener sexo con él una vez más. Tan sólo una más. Guardó sus palabras y fingió que se había dormido. Más tarde, Yarashápo se paró y salió de la habitación, como lo hizo tantas noches. Shochipapálotl dejó escapar una lágrima y se durmió para siempre. Al caer la medianoche, el palacio Shochimilco comenzó a arder en llamas. Los yaoquizque notaron la presencia de un grupo de hombres que huían en un par de canoas por uno de los canales[41] de la ciudad. Eligieron no perseguirlos para poder rescatar al tecutli shochimilca y a su familia. Los pobladores acudieron de inmediato al auxilio de los sirvientes del palacio, que se hallaban en los canales con pequeños pocillos que se pasaban uno a otro para llegar al lugar del incendio, al que intentaban sofocar rociando chorros insignificantes de agua. A pesar de que toda la población se había involucrado en la labor, no fue suficiente para apagar las llamas. Aquel gigantesco monstruo de fuego parecía indestructible. Apenas se asomaron los primeros rayos de sol, las últimas nubes de humo se elevaron hacia el cielo. La gente se encontraba negra por las cenizas que flotaban en el aire y empapada por el agua que había salpicado de los pocillos. Todos daban por muertos al tecutli shochimilca y a su familia, hasta que lo vieron llegar en una canoa. Yarasházpo salió del canal de inmediato y corrió rumbo a los restos del palacio. Gritó los nombres de su esposa e hijos y lloró de rodillas entre los escombros. Nadie se atrevió a acercarse. Lo dejaron llorar hasta que se le acabaron las lágrimas. A todos llamó la atención que Yarasházpo no preguntara qué había ocurrido ni diera una sola explicación de dónde había estado aquella noche. Ninguno de sus ministros, consejeros o familiares intentó cuestionarle nada. Pronto surgieron las dudas y los rumores. Pero al shochimílcatl tecutli parecía no importarle lo que la gente pensara de él. Se dedicó a construir su nuevo palacio. Y cuando estuvo terminado, se llevó al joven Pashimálcatl a vivir con él. La población calló y obedeció. Días después, terminó la guerra entre Azcapotzalco y Teshcuco. Huehue Tezozómoc se autoproclamó in cemanáhuac huei chichimecatecutli y repartió varias ciudades entre sus hijos y nietos: a Quetzalmaquiztli lo nombró tecutli de Coatlíchan; a Cuappiyo, de Hueshotla; a Teyolcocohua, de Acolman; a su nieto Epcoatzin, de Toltítlan; a su bisnieto

41 «De acuerdo con el historiador Edward Calnek y al arquitecto Jorge González Aragón, la ciudad de Tenochtítlan tenía dos tipos de canales: de los medianos, rutas laberínticas que podían medir hasta 2 metros de ancho; y los principales, orientados en sentido este-oeste y que tenían entre 3 y 5 metros de ancho. Sin embargo, al considerar que los grandes monolitos —como el de la diosa Tlaltecuhtli, que pesa 12 toneladas y mide 4.19 m × 3.62 m— fueron transportados por vía lacustre, resulta lógico que algunos de los canales principales de la ciudad alcanzaran los 6 metros de ancho», Alexandra Bihar.

Tezozomóctli, de Cuauhtítlan; a Quetzalcuishin, de Meshicatzinco; a su nieto Chimalpopoca, de Teshcuco; y a Tepanquizqui, de Shochimilco. Y antes de la guerra ya tenía a su nieto Tlacateotzin en Tlatelolco y a sus hijos Mashtla en Coyohuácan y a Tecutzintli en Tlacopan. Yarashápo se quedó sin tierras, pero Tepanquizqui, el nuevo tecutli shochimilca, le otorgó el permiso de vivir en una de sus casas y seguir como tecpantlácatl, «cortesano», en aquella ciudad. Yarashápo aceptó y vivió junto a su recién estrenado concubino; sin embargo, Pashimálcatl quería más. Esperó varios años. Cuando murió huehue Tezozómoc y los pueblos se revelaron en contra de Mashtla, vio su oportunidad. Pashimálcatl asesinó a Tepanquizqui y, con ello, Yarashápo recuperó el tecúyotl de Shochimilco. Pashimálcatl comenzó a entrar a las reuniones con los tecpantlacátin «cortesanos» y nenonotzaleque «consejeros». Luego, le pidió a Yarashápo que lo sentara junto a él en la sala principal. Después, le exigió que lo nombrara tecutli de Shochimilco y le dejó en claro que él no sería un amante cualquiera y que jamás lo podría abandonar o correr, y si lo intentaba, le tendría que dar la mitad de la ciudad. Yarashápo sintió que se trataba de una broma, pero comprendió, demasiado tarde, que Pashimálcatl no estaba jugando el día en que les informaron que Nezahualcóyotl y los meshícas se habían peleado.

—Declárale la guerra a los meshítin —dice Pashimálcatl en cuanto se retira el espía.

—¿De qué hablas? —Yarashápo no comprende las palabras de Pashimálcatl.

—Si no lo haces, ellos vendrán a atacarnos.

—No lo voy a hacer. No tengo razones.

—Tienes demasiados motivos. Nezahualcóyotl acaba de perder el imperio. Los meshícas se lo arrebatarán y, luego, emprenderán una guerra contra todos los pueblos vecinos para convertirnos en sus vasallos.

—Cuando ese momento llegue, tomaré una decisión.

—¿Tú tomarás?

—Soy el tecutli de Shochimilco.

—¿Solamente tú?

—Así es...

La discusión se extiende toda la tarde y toda la noche. Pashimálcatl ha asumido un nivel de autoritarismo que ni el mismo Yarashápo había demostrado en todos sus años de gobierno. Entre más intenta tranquilizarlo, Pashimálcatl se muestra más enojado. Ya no es el mismo piltontli discreto y callado que conoció diez años atrás.

Al día siguiente, llega al palacio un grupo de mujeres con unos canastos de mimbre llenos de pies y manos mutilados. Cuando Yarashápo les pregunta de dónde salieron, ellas responden que fueron a Tenochtítlan a comprar pescado y aves para comer y que al llegar a sus casas descubrieron los pies y manos bañados en sangre entre los envoltorios.

—¿Y por qué fueron a Tenochtítlan? —pregunta Pashimálcatl.

—Porque Azcapotzalco fue destruido y ya no hay mercado —responde una de las mujeres.

—Podían haber ido a Coyohuácan. Está más cerca. —Pashimálcatl demuestra una vez más su ignorancia en el comercio.

—Coyohuácan pertenecía a Azcapotzalco. Tienen muy pocas mercancías.

—Pero ustedes deben estar presentes cuando les envuelven los peces y las aves —dice Yarashápo para desviar la atención.

—Ahí estábamos, mi amo —contesta una de las mujeres—. Siempre elegimos personalmente el pescado y las aves.

—¿Entonces qué ocurrió? —Yarashápo se muestra intrigado.

—Esto es brujería —responde otra de las mujeres.

Pashimálcatl está furioso. A pesar de que siente un incontrolable impulso por gritarle a Yarashápo, se guarda su rabia. Espera a que las mujeres se marchen para decirle lo que ya habían discutido la noche anterior: deben declararle la guerra a los meshítin. El shochimílcatl tecutli se niega una vez más. Pashimálcatl enfurece y comienza a romper todo lo que encuentra a su paso. Entonces, ocurre lo que Yarashápo jamás imaginó: Pashimálcatl lo corre del palacio.

—Tú a mí no me vas a correr de mi palacio —le responde enojado—. Yo soy el tecutli de Shochimilco.

—Entonces yo me voy —responde Pashimálcatl enfurecido—. Pero me quedo con la mitad de la ciudad y la mitad del ejército. Yo sí les voy a declarar la guerra a los meshícas.

5

Nada genera más temor que la incertidumbre, esa oscura inmensidad que lo envuelve todo, esa amenaza infinita del caos, la derrota de la ilusión, una cabeza cortada, una penumbra sorda, muda y ciega, una incógnita perpetua. La conmoción entre los asistentes al banquete en el palacio meshíca es absoluta y aterradora. Nadie esperaba la elección de Tlacaélel, ni las reformas ni mucho menos la ruptura entre Tenochtítlan y Teshcuco.

En cuanto se retira el príncipe Nezahualcóyotl del palacio de Tenochtítlan, Cuicani —hija del sacerdote Azayoltzin— se levanta de su lugar, camina discretamente hacia Motecuzoma Ilhuicamina, el hermano gemelo de Tlacaélel, y le dice algo al oído sin que nadie se percate. Ilhuicamina sigue a Cuicani con la mirada hasta la salida. Se encuentra muy confundido. No sabe qué hacer ante la sensualidad de aquella joven que muy pronto será su esposa. Una mujer que conoce desde la infancia, pero con quien jamás ha tenido una amistad siquiera, no por culpa de ella, sino por la timidez de él. Para su sorpresa, ella lo acaba de invitar a su alcoba. Ilhuicamina mira a su hermano Tlacaélel, con la esperanza de que él también voltee a verlo, pero está demasiado ocupado hablando con Izcóatl y los otros miembros de Consejo. Ilhuicamina se pone de pie y camina lentamente a la salida. Los nervios lo doblegan. Siente que todos lo observaban. Se detiene. Recuerda las instrucciones de Tlacaélel días antes de que fueran a pedir a Cuicani como su esposa: no debe hablar con ella hasta después de la boda. La joven se quedará esperándolo toda la noche.

Ilhuicamina permanece en el palacio, escuchando en silencio la discusión entre ministros, consejeros y el tlatoani, quien ha perdido su autoridad de un día para otro. Aunque los ministros estén de su lado, son funcionarios encargados de tareas específicas, como las obras públicas, el comercio, la pesca, la fabricación de acalis y armamento, recaudación de tributo y el ejército, por lo tanto, sus opiniones no tienen peso. En cambio, los seis consejeros son, a partir de esta noche, los dueños de la ciudad isla. La única manera en la que Izcóatl podría recuperar algo de autoridad sería teniendo a cuatro de ellos de su lado, lo cual le daría mayoría de votos. Para su mala fortuna Azayoltzin, Tochtzin, Tlalitecutli y Tlacaélel están en su contra. Sólo Yohualatónac y Cuauhtlishtli lo apoyan.

—Fui un imbécil —dice Izcóatl con la mirada extraviada—. ¿Cómo no me di cuenta? Tú lo planeaste todo, perverso traidor. —Dirige los ojos a su sobrino Tlacaélel.

—Tío, creo que usted está confundiendo las cosas —responde con humildad el nuevo sacerdote.

—¡Tú mataste a Chimalpopoca y a su hijo Teuctlehuac![42] —acusa con rabia a su sobrino.

—Pero ¿qué cosas está diciendo, mi señor? —pregunta Azayoltzin con indignación.

—¿Lo acusa el que fue sentenciado a muerte por Chimalpopoca? —interviene en defensa de Tlacaélel el teopishqui Tlalitecutli—. Si la memoria no me falla, usted y el tlatoani Chimalpopoca tuvieron muchas diferencias...

Imposible negar aquella aseveración. Catorce años atrás, en medio de la guerra contra Teshcuco, Huitzilíhuitl —segundo tlatoani de Meshíco Tenochtitlan— había muerto por una herida recibida en combate. Tezozómoc nombró a su nieto Chimalpopoca, de apenas catorce años de edad, como su sucesor, y a su tío Izcóatl, quien era treinta años mayor que él, como su mentor. En realidad, la función de Izcóatl fue de tlatoani interino, ya que Chimalpopoca aún no estaba preparado para gobernar, mucho menos en medio del conflicto bélico. Dos años más tarde, terminada la guerra, Tezozómoc fue reconocido y jurado como in cemanáhuac huei chichimecatecutli. Su primera acción fue mudar el imperio a Azcapotzalco y dejar a Chimalpopoca como gobernante de Teshcuco y a Izcóatl a cargo de Tenochtítlan, pero bajo las órdenes de su sobrino. Hasta entonces Chimalpopoca no se había enfrentado al difícil ejercicio de gobernar. Poner orden en una ciudad recién invadida no era tarea sencilla, mucho menos siendo un piltontli de apenas dieciséis años. Se le hizo fácil reunir a los pobla-

42 De acuerdo con Alvarado Tezozómoc, el hijo de Chimalpopoca se llamaba Teuctlehuac, sin embargo, otras fuentes secundarias lo llaman Xilhuitlémoc.

dores y agradecerles su confianza. La respuesta fue burlas e insultos. Los chichimecas tenían razones de sobra para detestar al impuesto tlatoani tenoshca, pues un guerrero meshíca había asesinado a su líder Ishtlilshóchitl, padre de Nezahualcóyotl, quien para esos momentos ya estaba prófugo. Aquella humillación pública despertó en Chimalpopoca un resentimiento que yacía oculto en lo más profundo de su ser. Toda su infancia y adolescencia había sido víctima de las burlas de sus hermanos mayores.[43] Sin embargo, él no lo asimilaba de esa manera; su hermano Tlacaélel tenía la habilidad de pisotearlo e inmediatamente levantarlo del suelo y asegurarle que lo quería más que a nadie y que todo lo hacía por su bien, por ayudarlo, para hacerlo más fuerte. El arte del engaño consiste en hacer que la víctima se sienta feliz con la mentira. Chimalpopoca creía ser dichoso, pero en el fondo había sido un niño muy triste. Siempre vigilado, siempre minimizado, siempre limitado. Entonces el recién impuesto tecutli de Teshcuco desquitó su ojeriza con la persona que menos debía: su tío, quien, con la única convicción de proteger a la isla, todos los días cuestionaba sus decisiones de gobierno y le daba más consejos que nadie. Pero Chimalpopoca lo malinterpretó. Si Izcóatl lo contradecía o se negaba a obedecer, lo hacía con el único objetivo de poner orden en la isla y mantener la unidad de los meshítin. Por otro lado, la inexperiencia, temores y celos hicieron que Chimalpopoca se comparara con su tío, aun sabiendo que no podía ser como él. Para demostrar su autoridad, le exigió a su tío que, a partir de ese momento, le solicitara permiso para todo lo que hiciera en el tecúyotl de la isla. Izcóatl aceptó sin mostrar enfado. De alguna manera, comprendía que su sobrino estaba en proceso de aprendizaje y que, por ello, afectaría a más de uno, incluyéndose a sí mismo. Por aquellos días, Chimalpopoca se había enamorado de su prima, la joven Matlalatzin, hija de Tlacateotzin, tecutli de Tlatelolco y nieto de Tezozómoc. Como tlatoani, era menester que se casara lo antes

43 Además de Chimalpopoca, Tlacaélel y Motecuzoma Ilhuicamina, el tlatoani Huitzilíhuitl tuvo seis hijos más con otras concubinas, llamados Huehuezácan, Citlalcóatl, Aztecóatl, Axicyotzin, Cuauhtzitzimitzin y Xicónoc, quienes, según Alvarado Tezozómoc, también participaron en la guerra contra Azcapotzalco.

posible, así que Izcóatl lo acompañó a pedir a la joven para esposa. Tlacateotzin e Izcóatl habían sido compañeros de batalla en la guerra contra Teshcuco, por lo que la entrega de la joven fue uno acuerdo lleno de júbilo. Días más tarde, se llevó a cabo la boda en la isla que compartían Tlatelolco y Tenochtítlan. Como era de esperarse, asistió la *téucyotl* tepaneca, ya que Chimalpopoca era nieto de Tezozómoc y Matlalatzin, su bisnieta. La única persona a la que no invitaron fue a Mashtla. Para sorpresa de todos, el tecutli de Coyohuácan se apareció en la boda, acompañado del enano Tlatólton, su espía más eficaz y sus tecihuapipiltin, «concubinas». Izcóatl los vigiló de lejos durante toda la celebración. Entre los asistentes que se acercaron a platicar con Mashtla se encontraba Tlacaélel. Debido a la distancia y las múltiples conversaciones que plagaban el lugar, Izcóatl no alcanzó a escuchar aquel diálogo. «Mi señor, es muy agradable tenerlo en nuestra ciudad», lo saludó Tlacaélel con mucho respeto. «Había escuchado rumores de que no le había llegado la invitación». «No eran rumores. Tu hermano no me invitó», respondió el tecutli de Coyohuácan. «Le ruego disculpe la indisciplina de Chimalpopoca», dijo el joven Tlacaélel. «Es muy inmaduro y no comprende la importancia de tenerlo de invitado en un evento tan significativo». Mashtla se mantuvo en silencio por un instante. Pocas veces había conversado con Tlacaélel. «No es justo que Chimalpopoca tenga más privilegios que usted», continuó Tlacaélel, fingiendo admiración hacia Mashtla. «Estoy seguro de que usted será un gran gobernante después de que Tezozómoc muera». Entonces, Mashtla se sintió a gusto con la conversación. Lo embrutecían los elogios. «Cuando sea in cemanáhuac huei chichimecatecutli te nombraré tlatoani de Tenochtítlan», prometió Mashtla. «No, mi señor. No aspiro a eso», respondió con humildad. «Lo único que quiero es servir al impero tepaneca». De lejos, Izcóatl seguía vigilándolos. Por aquella época, la confianza en su sobrino Tlacaélel era muy sólida. Su preocupación se enfocaba en Mashtla. Temía que estuviera tramando algo. Y no se equivocaba: Mashtla y Tlatólton planeaban matar a Chimalpopoca. Sus motivos eran bien conocidos por todos: Tezozómoc prefería a Chimalpopoca y era muy probable que lo nombrara heredero del imperio tras su muerte. Luego de que Tlacaélel se alejara, Izcóatl se acercó a ellos y les advirtió que había escuchado su conversación —lo cual era mentira—, y amenazó a Mashtla: «Yo no soy como mi hermano Huitzilíhuitl. Yo sí te mataría si fuera necesario». Mashtla se burló: «Adelante. Hazlo de una vez. Atrévete». «Lárgate», le exigió Izcóatl. Mashtla lo retó a que lo sacara. «Si te saco, será muerto», le respondió Izcóatl. Mashtla se burló, pero se retiró. Inmediatamente, Izcóatl ordenó a los capitanes del ejército que resguardaran la ciudad, pues temía que Mashtla fuera a hacer algo en contra de Chimalpopoca. Con lo que no contaba Izcóatl, era que Mashtla tenía otro plan. El fin de asistir a la boda era que sus concubinas conocieran a la joven esposa de Chimalpopoca y se presentaran ante ella de la manera más amigable. La segunda parte del plan la orquestarían veintenas más adelante. Esa tarde, todo fue dicha y placer. Esa noche, los recién casados entraron a la alcoba donde debían permanecer en oración por cuatro días, pero eso no ocurrió: Chimalpopoca y Matlalatzin rompieron el reglamento y se entregaron a la pasión... y las noches y veintenas siguientes... sin descanso... Pero el gobierno debía continuar. Izcóatl trabajaba todos los días ininterrumpidamente, mientras que Chimalpopoca se aparecía de vez en cuando en el palacio de Tenochtítlan sólo para exigir cuentas. También aprovechaba para cancelar proyectos sin siquiera estudiarlos. En una ocasión, Izcóatl sugirió la construcción de una calzada de Tlacopan a Tenochtítlan. «¿De qué hablas?», preguntó Chimalpopoca con duda. En realidad, no le había puesto atención. «Hablo de construir un camino fijo sobre el lago», explicó Izcóatl. «¿Un puente colgante?», preguntó Chimalpopoca. «No. Un camino con cimientos hasta el fondo del lago», explicó Izcóatl. Chimalpopoca lo ignoró, pues lo consideró una idea tonta. Los ministros y consejeros de Teshcuco ya le habían llenado la cabeza de basura. Le decían que Izcóatl se quería apropiar de Tenochtítlan y que muy pronto lo iba a desconocer como meshícatl tecutli. Le recomendaron que lo destituyera. «Pero mi abuelo dice que...», intentó justificarse, porque en el fondo sabía que lo necesitaba. Los ministros le recordaron que Tezozómoc ya estaba muy viejo y que moriría en cualquier momento. «Si Izcóatl sigue al frente de Tenochtítlan, cuando su abuelo muera, su tío se autoproclamará tlatoani», le advirtieron.

Como resultado, un día Chimalpopoca le dijo a Izcóatl que sentía que no lo respetaba. El tlatoani interino le explicó que no era así. Entonces, Chimalpopoca lo destituyó. Izcóatl trató de convencerlo, no por ambición, sino porque sabía que su sobrino no sería capaz de gobernar solo. El meshícatl tecutli no estaba dispuesto a escucharlo a él ni a nadie. Tenía días con la cabeza hecha una hoguera. Siete días atrás, en ausencia de Chimalpopoca, llegaron las concubinas de Mashtla para invitar a Matlalatzin al palacio de Coyohuácan, una práctica común entre las mujeres de la nobleza. Cuando el tlatoani regresó al palacio de Teshcuco, les preguntó a los sirvientes dónde estaba su esposa y ellos le respondieron que había ido a Coyohuácan, mas no le informaron que las concubinas de Mashtla fueron a verla y que habían insistido en que fuera con ellas a aquella ciudad del sur. Esa tarde, Chimalpopoca conoció el infierno de los celos. Imaginó todas las estupideces posibles. Esa noche le reclamó a Matlalatzin por haber ido a Coyohuácan. Insinuó que lo había estado engañando. Entonces, estalló en llanto y a gritos le contó que las concubinas de Mashtla habían ido por ella a Teshcuco, la llevaron a Coyohuácan con mentiras y que, al llegar a la sala principal, la dejaron sola con Mashtla, quien minutos más tarde la violó. El tlatoani no supo cómo responder. No se atrevió a llorar, mucho menos a consolar a su mujer. Salió del palacio y permaneció en soledad por el resto de la noche. Tenía ganas de matar a Mashtla, pero también sabía que no sería fácil. Le quedaba claro que su abuelo no lo sancionaría, como no lo había hecho cuando asesinó a su hermano recién nacido. Por mucho que padre e hijo se detestaran, Tezozómoc jamás se había atrevido a castigar a Mashtla por sus delitos. Aun así, el meshícatl tecutli hizo el intento y acudió al palacio de Azcapotzalco para hablar con su abuelo. Para su mala fortuna, Mashtla se encontraba ahí. No fue necesario cruzar palabras. El tecutli de Coyohuácan le sonrió con cinismo. Chimalpopoca lo miró con rabia y se regresó a Teshcuco, donde se encontró con Matlalatzin: «¿Qué te dijo Tezozómoc?», preguntó la joven esposa. Chimalpopoca le respondió que no hubo oportunidad de hablar de lo que Mashtla le había hecho a ella ya que su abuelo tenía asuntos de gobierno más importantes que atender. «¡Más importantes!», le gritó Matlalatzin enfurecida: «¡Eres un cobarde mediocre!». El tlatoani meshíca buscó el consejo de su tío Tayatzin, sin contarle lo que Mashtla le hizo a su esposa. Si bien Tayatzin era extremadamente pasivo, también era muy inteligente y cauteloso. Inmediatamente se dio cuenta de que algo muy malo había hecho su hermano. Su primera reacción fue aconsejarle a su sobrino que no hiciera nada de lo que pudiera arrepentirse. Chimalpopoca no atendió su consejo. Se emborrachó, fue a Tenochtítlan y ordenó que reunieran a los mejores soldados porque iban a matar a Mashtla. Los consejeros fueron en busca del destituido tlatoani interino para que calmara a su sobrino, quien no estaba dispuesto a entrar en razón. Izcóatl llegó justo antes de que Chimalpopoca saliera rumbo a Coyohuácan. «Tú no eres nadie para decirme lo que puedo o no puedo hacer. Yo soy el meshícatl tecutli». Izcóatl optó por no entrar en una discusión sin fondo y le dio un duro golpe en la quijada. Chimalpopoca cayó inconsciente al piso y despertó a la mañana siguiente con un severo moretón y un fuerte dolor en la mandíbula. Izcóatl se encontraba sentado junto a él. Chimalpopoca recordó inmediatamente lo ocurrido la tarde anterior y, en un berrinche beligerante, mandó llamar a los soldados para que arrestaran a su tío, a quien esa misma tarde sentenció a muerte por haber golpeado al tlatoani. Sin duda un delito que las leyes tenían contemplado y condenado. Los tecpantlacátin, «ministros», y nenonotzaleque, «consejeros», se apresuraron a enviar una embajada a Azcapotzalco para que Tezozómoc detuviera a su nieto. Mientras llegaba el auxilio de Azcapotzalco, los miembros de Consejo intentaron convencer a Chimalpopoca de que no sentenciara a muerte a su tío. «Todo demuestra que no lo hizo para dañarlo, mi señor —dijo el anciano Totepehua—, sino para salvarle la vida, pues en las condiciones en las que se encontraba no lograría su objetivo, por el contrario, Mashtla lo habría matado». También intervinieron Tlacaélel e Ilhuicamina. Finalmente, Chimalpopoca aceptó, pero dejó preso a su tío. Más tarde llegó un embajador de Azcapotzalco con un mensaje de Tezozómoc, quien ordenaba que su nieto se presentara ante él antes de que oscureciera. Chimalpopoca sabía los motivos y obedeció. Entonces vivió por primera vez un regaño de su abuelo, quien lo había consentido toda la vida. Por si fuera poco, al regresar a Teshcuco, Matlalatzin también lo regañó: «Eres un idiota por haber intentado matar a tu tío, quien lo único que ha hecho es cuidarte». Chimalpopoca le respondió que los ministros de Teshcuco le informaron que él planeaba usurpar el tecúyotl de Tenochtítlan. Matlalatzin le dijo, aún más enojada, que era más imbécil por no darse cuenta de que los ministros de Teshcuco querían que él se preocupara por Tenochtítlan y los dejara gobernar a sus anchas o, mejor todavía, que se largara. Izcóatl fue liberado y volvió a ser tlatoani interino de Tenochtítlan por órdenes de Tezozómoc.

—Usted tenía más razones que Tlacaélel para matar a su sobrino —acusa el sacerdote Tlalitecutli en medio de la sala principal del palacio de Tenochtítlan.

—Totepehua me lo advirtió —continúa el tlatoani Izcóatl mirando a Tlacaélel—. Me dijo que me cuidara de ti.

—Las decisiones que tomamos hoy en el Consejo fueron por el bien de la ciudad isla —interrumpe Tlacaélel.

—Ahora lo entiendo todo. —Izcóatl camina hacia su sobrino—. Esos seis yaoquizque a los que acusó la bruja Tliyamanitzin de haber asesinado a Oquitzin estaban a cargo de Moshotzin, quien era uno de tus hombres más leales. Tú ordenaste que mataran a Oquitzin.

—No sé de qué hablas —se defiende Tlacaélel con indiferencia—. Creo que has bebido demasiado.

—Oquitzin estaba investigando la muerte de Matlalatzin. Y tú lo mandaste asesinar para que no me informara lo que ya había descubierto. ¿Y qué otra cosa pudo haber descubierto si no que tú mandaste matar a la esposa de Chimalpopoca?

—Estás enojado —insiste Tlacaélel con tranquilidad—. Lo mejor será que vayas a descansar. Mañana tenemos mucho trabajo que hacer.

—Tú no me vas a decir lo que tengo que hacer. —Izcóatl mira con furia a su sobrino. Luego, se dirige a los miembros del Consejo—. ¿No se dan cuenta de lo que acaban de hacer? ¿Eligieron al peor de los candidatos para el Consejo? ¡Este hombre es un hipócrita! ¡Un manipulador! ¡Los engañó a todos!

—Mi señor. —El Tláloc tlamacazqui Azayoltzin se acerca pacíficamente al tlatoani—. Creo que lo mejor será que suspendamos esta reunión por hoy, y mañana, con más calma, retomemos nuestras labores.

—Yo opino lo mismo. —El teopishqui Tochtzin da unos pasos al frente—. Hoy tuvimos demasiados asuntos importantes y tenemos que analizarlos.

—Ustedes son un par de traidores —les responde Izcóatl al mismo tiempo que los señala con el dedo índice.

—Mi señor, le ruego que cuide sus palabras. —El sacerdote Tlalitecutli alza la cabeza con arrogancia—. Nosotros sólo estamos para servirle. Por lo tanto, merecemos respeto.

—Hipócritas... —Baja la cabeza a manera de lamento.

—Vámonos. —El sacerdote Yohualatónac toma del brazo al tlatoani.

—Mi señor, no diga nada de lo que se pueda arrepentir mañana. —El teopishqui Cuauhtlishtli se acerca al tlatoani y lo toma del otro brazo.

Los tres salen de la sala. De pronto, el tlatoani los detiene:

—¿Y yo por qué me tengo que salir? —Se da media vuelta y regresa a la sala principal del palacio—. ¡Yo soy el tlatoani! ¡Largo! ¡Todos! ¡Fuera!

Los ministros y consejeros salen muy enfadados de la sala, excepto Yohualatónac y Cuauhtlishtli, quienes permanecen para acompañar al tlatoani, el cual se sienta en el *tlatocaicpali*[44] y dirige la mirada al piso con tristeza. Sus ojos enrojecen. Aprieta los labios y deja escapar una lágrima.

—Tlacaélel mató a Chimalpopoca y a su *noconeuh,* «hijo», Teuctléhuac...

—¿Está seguro de lo que dice, mi señor? —pregunta confundido Yohualatónac.

—¿Recuerdan qué ocurrió la noche en que secuestraron a Chimalpopoca y a su hijo Teuctléhuac?

Los dos consejeros se muestran dudosos. Aquella noche, mientras el tlatoani Chimalpopoca y su hijo Teuctléhuac eran secuestrados, ellos se hallaban dormidos. Se enteraron hasta la madrugada.

44 Generalmente, escrito *tlatocaicpalli,* «asiento real o trono», aunque en algunas fuentes también puede leerse *tlatocatzatzazicpalli* y *tepotzoicpalli.* El *tlatocaicpali* era un asiento hecho de mimbre, en forma de L, es decir, asiento y respaldo, pero sin patas o bases que lo mantuvieran elevado del piso.

—No hubo ningún ruido extraño. Nadie vio nada. Nos dimos cuenta porque Matlalatzin nos mandó llamar, pues Chimalpopoca nunca llegó a dormir y eso la alertó a ella. Supimos que mi sobrino estaba preso en Azcapotzalco por nuestros informantes, pero nadie en la ciudad vio cuándo se lo llevaron. Los soldados de Mashtla no podían entrar a la isla porque teníamos a nuestros regimientos vigilando toda la ciudad. La única forma en que podían secuestrar al tlatoani, sin que nadie se diera cuenta, era que lo sacaran los mismos soldados de Tenochtítlan. Esos traidores entregaron a Chimalpopoca y a su hijo Teuctléhuac con Mashtla. Días después, su esposa comenzó a hacer demasiadas preguntas a los yaoquizque que habían hecho guardia esa noche. Entonces Matlalatzin amaneció muerta a la orilla del lago, con una flecha en la garganta. Concluidas las celebraciones de mi nombramiento como meshícatl tecutli, nombré a Oquitzin como nuevo tlacochcálcatl y le ordené que investigara la muerte de Matlalatzin. Algo descubrió Oquitzin, pues los mismos soldados que secuestraron a Chimalpopoca y a su hijo Teuctléhuac lo atacaron de noche, pero no se percataron de que la bruja Tliyamanitzin lo había visto todo y que ella misma trataría de salvarle la vida a Oquitzin, a quien habían dejado desangrándose en la calle. Luego, Tliyamanitzin nos trajo el cadáver de Oquitzin y culpó de su muerte a los seis soldados que hicieron guardia la noche en que Chimalpopoca y su hijo Teuctléhuac fueron secuestrados y que estaban parados justo ahí. —Izcóatl señaló la entrada de la sala—. Ustedes vieron cuando esos seis yaoquizque sacaron sus macuahuitles y nos atacaron. Cuatro de ellos murieron en combate y a los otros dos los encarcelamos, pero alguien los asesinó días después dentro de las cárceles.

—¿Tiene pruebas? —pregunta Cuauhtlishtli, aún de pie, como si estuviera haciendo guardia.

—¿Piensas que estoy mintiendo? —Izcóatl lo mira con desconfianza al mismo tiempo que se quita el *copili,* un tocado cónico con apariencia de mitra, con un disco dorado en la parte delantera, mitad azul y mitad amarillo, adornado con oro en la frente y plumas de quetzal ceñidas en la base.

—No. —Alza las cejas con algo de temor—. Sólo que lo que nos acaba de contar es... —Se queda pensativo.

—Muy extraño —agrega Yohualatónac en tono sereno.

—Lo sé. Es difícil de creer. Más aun tratándose de Tlacaélel, que siempre ha sido muy cauteloso con lo que dice y hace. Siempre tan callado, discreto, obediente y respetuoso. Es difícil imaginar la maldad en alguien así. Desde que era niño se ganó la fama de buena persona. Me atrevería a decir que de *ingenuo*. Nadie desconfiaba de él. Y tampoco esperaban nada de él. Tal vez ése haya sido su plan desde entonces: lograr que nadie esperara nada de él, para no levantar sospechas. Nadie le teme a los imbéciles. Y Tlacaélel logró pasar como un idiota toda su vida. Sabe manipular a las personas.

—¿Y por qué querría matar a Chimalpopoca y a su hijo Teuctlehuac? —pregunta Yohualatónac intrigado.

—Porque Chimalpopoca era nieto y Matlalatzin era bisnieta de Tezozómoc, y su hijo Teuctlehuac habría extendido el linaje tepaneca en Tenochtítlan y, con ello, se habría extinguido la *téucyotl* meshíca.

6

No es fácil ser mujer en el cemanáhuac, mucho menos en estos tiempos tan crueles. El destino de todas las mujeres, para desgracia de ellas, es igual e inevitable: tener su primer sangrado, ser entregadas a algún hombre como moneda de cambio, quedar preñadas a los doce, trece o catorce años y, si corren con suerte, sobrevivir al primer parto. Luego, su vida gira en torno a los vástagos, la cocina, la costura, el cuidado del hogar y del señor que las tiene como concubinas. Entre más poderoso es el hombre de la casa, más mujeres puede poseer. Algunos tlatoque llegan a tener más de treinta concubinas. Casi todas pasan la mitad de sus vidas embarazadas y amamantando chamacos.[45] Su promedio de vida es de cuarenta y cinco años. Sólo algunas logran superar los sesenta.

Es muy raro encontrar una anciana de más de ochenta años. Y la anciana Tliyamanitzin tiene el aspecto de una mujer de más de cien. Por ello, se murmura que es bruja y nahuala. Los niños suelen decir que murió hace cien años, pero que con su brujería logró resucitar siete días después; y que, desde entonces, vive como anciana a la luz de sol y, al caer la noche, se transforma en una bestia mitad mujer y mitad fiera. Otros dicen que se convierte en tecólotl, «tecolote». También aseguran que su cuerpo puede quedarse acostado en el *pepechtli*[46] mientras su espíritu se introduce en las consciencias de las personas para obligarlas a cometer actos atroces.

45 «*Chamaco*», «*chilpayate*» y «*escuincle*» provienen del náhuatl: *chamáhuac*, «grueso», «crecido», «persona joven»; *itzcuintli*, «perro», «muchacho travieso», «molesto», «impertinente»; y *chilpáyatl*, «niño». Garibay refiere que *chilpáyatl* es un término despectivo que se aplica a los niños de corta edad, aunque a veces puede usarse de forma afectiva y cariñosa.

46 Un *pepechtli*, «cama», podía ser hecho con un petate de mimbre colocado en el piso y varias mantas sobrepuestas, así como con rozo, juncos o paja cubierto, arriba de los cuales se acomodaban varias mantas que llamaban *zaca pepechtli* o *yamanqui pepechtli*.

Entre la multitud de gente que, a lo largo de su vida, se llegó a asomar a su *shacali*[47] por curiosidad, hubo una niña de trece años que marcaría la vida de la anciana por siempre, y viceversa. La niña, de doce años de edad, llamada Mirácpil, se detuvo frente a la entrada del jacal y, con las cuerdas vocales hechas un nudo, llamó a la anciana. «¿Quién te manda?», preguntó la anciana sin dejar de atender lo que estaba haciendo. «Nadie», respondió la niña mientras Tliyamanitzin caminaba de un lado a otro en el interior de su shacali. Mirácpil introdujo temerosamente la mano entre los hilos que hacían de cortina en la entrada y vio, cautelosa, a la mujer que servía agua de un *shoctli* en un *tecómatl*.[48] La pequeña imaginó que la mujer estaba preparando alguna pócima. «¿Qué quieres?», preguntó la anciana, que arrastraba los pies para llegar al otro lado del jacal sin mirar a la niña en la entrada. «Pedirle...», contestó temerosa. «Entra», se detuvo en el centro del shacali con un ramillete de hierbas en la mano. «Yo...», titubeó. «No sé si deba...», permaneció afuera del jacal. «Si vienes con las mismas preguntas que hacen todos los niños, lárgate», le dio la espalda y continuó con lo que estaba haciendo. «¡No!», respondió asustada. «Mírame», ordenó la anciana postrando su rostro frente a la niña. «¿Te parece que tengo doscientos años?». «No, lo que pasa es que...», tragó saliva y encogió las cejas. «Sí, los críos», contestó la anciana con un remedo. Luego, caminó a la olla e introdujo las hierbas que tenía en la mano. «¿Qué hace?», preguntó con miedo y con intenciones de salir corriendo si algo extraño ocurría. «*Tlacuali*»,[49] respondió sin mirarla. «¿En tu casa no cocinan?». «¿Qué hace?», insistió y caminó al interior del shacali. «Ya te dije», prosiguió Tliyamanitzin con tono de regaño. «No», corrigió Mirácpil. «Pregunto qué hace usted de su vida». «Soy curandera y agorera. Pero no soy nada de eso que cuenta la gente». «¿Me puede curar?», preguntó a manera de súplica. La anciana se detuvo frente a la olla, cerró los ojos y se llevó una mano al

47 Generalmente, escrito *xacalli*, «jacal». Hace referencia a las casas pequeñas y de un solo cuarto, construidas con paredes de madera y techos de tejamanil.

48 *Shoctli*, generalmente, escrito *xoctli*, «olla de barro con doble asa». *Tecómatl*, también *tecontontli*, «vaso de barro, como taza honda».

49 *Tlacuali*, «comida».

pecho. Se dio media vuelta y caminó hacia la niña: «Yo no te puedo curar de eso que sientes. Eso no se cura, mi *cihuápil*».[50] «¿Cómo lo sabe?», Mirácpil observó las incontables arrugas en el rostro de la mujer, que con un ligero gesto de complicidad le sonrió y le acarició el cabello. «Lo sé, eso es lo que importa. Y también sé que un día conocerás a un joven y te pedirá por concubina. Luego, encontrarás tu felicidad». «¡No!», negó con la cabeza y dio un par de pasos hacia atrás. «Yo no quiero casarme con ningún hombre». «Está en tu agüero», la anciana la miró fijamente a los ojos. «¿Cuándo será eso?», preguntó Mirácpil, que comenzó a temblar de miedo. «Después de la muerte del tlatoani». Cuatro años después, Chimalpopoca fue asesinado y Mirácpil sufrió de insomnio, miedo, hambre y pena. Las palabras de la anciana se hicieron cada vez más presentes. Mirácpil quería una flor, pero el jardín estaba seco. El augurio se cumplió poco después. El príncipe Nezahualcóyotl llegó un día a la casa de Otonqui —un guerrero meshíca jubilado por severas heridas en la pierna y espalda— y pidió a su novena hija para que fuera su concubina. Otonqui la entregó como quien se desprende de una vestimenta de poco valor. Mirácpil padeció noches insufribles al tener que satisfacer sexualmente a un hombre. El problema no era ese hombre, sino cualquier hombre. Mirácpil quería una flor... y la encontró justamente entre las demás tecihuapipiltin «concubinas» del príncipe chichimeca. Se llamaba Shóchitl. Sólo entonces comprendió el agüero de la bruja Tliyamanitzin: la felicidad llegó después de la muerte de Chimalpopoca. Una felicidad que duraría poco. La desgracia estaba por venir. Mirácpil y Shóchitl lograron mantener su amorío en secreto durante el tiempo que duró el conflicto bélico contra Azcapotzalco. El príncipe Nezahualcóyotl a veces se ausentaba de su palacio en Cílan por veintenas, y cuando regresaba, lo único que quería era descansar. Pero apenas terminó la guerra, todo cambió. Por un descuido... todo cambió...

—¿Qué vamos a hacer? —le pregunta Shóchitl a Mirácpil.

—No lo sé —responde Mirácpil al mismo tiempo que se arranca con los dientes la cutícula del dedo meñique—. Tal vez Ayonectili no vio nada.

50 *Cihuápil,* «niña» o «mujer adolescente».

—Ayonectili es muy chismosa, lo sabes.

—¿Qué le puede decir a Nezahualcóyotl: que nos vio en el bosque?

—No sólo nos vio en el bosque —responde Shóchitl con ironía.

Ayonectili, otra de las concubinas de Nezahualcóyotl, había llegado justo cuando Mirácpil y Shóchitl se estaban vistiendo. Minutos atrás, las amantes se desbordaron apasionadamente, como las aguas de un río en medio del bosque. Apenas comenzaban a ponerse sus prendas, cuando apareció Ayonectili.

En varias ocasiones se encontraron con ella al llegar o salir del palacio de Cílan. La primera vez no le dieron importancia. La segunda les pareció sospechoso. En ese instante comprendieron que aquel encuentro ya no era una casualidad. Ayonectili las había seguido de lejos, cuando fueron a lavar ropa. Pudo ver de lejos el beso fugaz que se dieron las amantes, pero más tarde las perdió de vista. La tercera fue la vencida. Ayonectili fue testigo fiel del acto de infidelidad de las dos concubinas. Y, según pronosticaba su forma de ser, no tardaría en comunicar los hechos a Nezahualcóyotl.

—Si Nezahualcóyotl nos pregunta, le diremos que estábamos lavando ropa y que decidimos lavar la que tú y yo llevábamos puesta —sugiere Mirácpil.

—No va a creernos —responde Shóchitl con nervios.

Conscientes del riesgo que corren, las amantes siguen su camino directamente al palacio de Cílan, donde se encuentran las otras nueve concubinas del príncipe chichimeca: Papálotl, Ayonectili, Ameyaltzin, Cihuapipiltzin, Hiuhtónal, Yohualtzin, Zyanya, Imacatlezohtzin e Huitzilin. Todas con dos o tres vástagos del heredero de Teshcuco. Como siempre, atareadas en sus labores, unas cuidan niños, otras cocinan, otras limpian. Mirácpil y Shóchitl sienten un gran alivio al ver a Ayonectili cargando e intentando tranquilizar a su hijo menor, que no ha parado de llorar desde que su madre salió sin avisar a nadie a dónde iba (a espiar a las dos amantes).

Pero el niño llorón es sólo un distractor temporal. En cuanto se duerma, Ayonectili irá a contarle a Nezahualcóyotl lo que vio en el bosque, aunque sólo si está desocupado. Así, Mirácpil se sigue derecho hasta la sala principal del palacio, para corroborar que el príncipe Nezahualcóyotl sigue tan agobiado como en la última veintena, en particular los últimos tres días, en los cuales él y sus nenonotzaleque «consejeros» han discutido sobre la traición de los meshícas. Ellos insisten que ataque la isla de una vez. Nezahualcóyotl sabe que no tiene otra opción. Pero tampoco tiene los hombres. Los ejércitos aliados regresaron a sus ciudades. Del saqueo a Azcapotzalco poco recibieron. Difícilmente querrán volver para invadir la isla de los tenoshcas. ¿Quién querría atacar a los meshítin? A estas alturas la furia de su milicia es ya conocida en todo el cemanáhuac.

—¿Y si acepto dividir el huei chichimeca tlatocáyotl entre Teshcuco y Tenochtítlan? —se pregunta en silencio el príncipe chichimeca, pero, de inmediato, se responde de manera rotunda—: ¡De ninguna manera! ¡Jamás!

En ese momento, un fámulo del palacio entra a la sala principal para anunciar que una embajada de Meshíco ha llegado a Cílan. El Coyote hambriento hace un gesto de satisfacción. Está seguro de que Izcóatl logró convencer a Tlacaélel y al Consejo tenoshca de que desistan de la absurda idea de compartir el gobierno chichimeca. Ordena que hagan pasar a los embajadores. Minutos más tarde, un cuarteto de emisarios entra a la sala principal, se arrodilla con humildad y saluda al príncipe acólhua.

—Mi señor —dice uno de los emisarios—. Le hemos traído una invitación para la boda de Motecuzoma Ilhuicamina y Cuicani, la hija del Tláloc tlamacazqui Azayoltzin, uno de los teopishque y nenonotzaleque de Tenochtítlan.

El Coyote ayunado comienza a respirar agitadamente. No puede creer lo que acaba de escuchar. Aquella invitación le parece una burla. ¿Una boda? ¿En estos momentos? ¡Vaya cinismo! Está a punto de negarse. Lo único que desea en este instante es responderles a los embajadores que regresen a Tenochtítlan y le digan a Tlacaélel que se deje de tonterías, que entienda que el huei chichimeca tlatocáyotl no se divide ni se comparte y que acepte rendir vasallaje a Teshcuco de una vez por todas. Sin embargo, eso significaría declararle la guerra a los meshícas. No es el momento. Primero necesita corroborar cuántos pueblos están dispuestos a reconocerlo como in cemanáhuac huei chichimecatecutli. Sólo así podrá disponer de sus ejércitos.

—Distinguidos emisarios —responde Nezahualcóyotl como exige la tradición—, su visita nos honra. Los invito a que pasen a disfrutar del banquete que les estamos preparando y, luego, a que descansen en una de las habitaciones del palacio, pues deben estar fatigados por el viaje. Mañana con gusto entregaré una contestación.

Sin faltar a la costumbre, los embajadores aceptan la invitación del príncipe chichimeca. Uno de los sirvientes del palacio de Cílan los guía al comedor donde serán agasajados con la mayor dignidad. Mientras tanto, Nezahualcóyotl permanece en la sala principal en reunión extraordinaria con sus ministros y consejeros. Algunos recomiendan que vaya a Tenochtítlan y llegue a un acuerdo con los meshítin. Otros le dicen que no asista a la boda, pues con ello únicamente estaría mostrando obediencia y resignación ante la petición de dividir el huei chichimeca tlatocáyotl entre Teshcuco y Tenochtítlan. De pronto, uno de los ministros lo exhorta a que antes que nada recupere Teshcuco. Es decir, que asuma el gobierno de aquella ciudad.

—No creo que sea tan importante en este momento —responde Nezahualcóyotl.

—La guerra terminó hace quince días —explica Pichacatzin, uno de sus nenonotzaleque «consejeros»—. Aún no hemos organizado el nuevo tecúyotl. Los pueblos vencidos no han acudido a rendir vasallaje a Teshcuco. Hay demasiada incertidumbre. No es la primera vez que algo así ocurre. Tras la muerte de su abuelo Techotlala, los tetecuhtin aliados demoraron cuatro años en jurar y reconocer a Ishtlilshóchitl como in cemanáhuac huei chichimecatecutli, a petición de huehue Tezozómoc. Y, cuando eso ocurrió, la guerra ya había comenzado.

—Cierto —responde el príncipe chichimeca—. Enviaré a Coyohua a Teshcuco como gobernador interino.

El gran temor del príncipe acólhua es que la historia se repita. La poca confianza que había recobrado en los meshícas se ha desvanecido por completo. «Tlacaélel se ha quitado la máscara», asegura Nezahualcóyotl. Por lo menos en lo que corresponde a su codicia territorial y ambición de poder, pues en realidad no lo conoce. Casi nadie conoce a Tlacaélel. Ni siquiera pueden diferenciarlo de su gemelo Motecuzoma Ilhuicamina. Desde hace muchos años, los gemelos —principalmente Tlacaélel— han aprovechado su parecido, cual reflejo en el agua, para engañar a familiares, amigos, enemigos, soldados, vecinos, sacerdotes y mujeres. Incluso a la mujer que está por casarse con Ilhuicamina. Cuicani, una jovencita de dieciséis años, hija del sacerdote y consejero meshíca, Azayoltzin, lleva un par de años enamorada de Tlacaélel, quien se ha hecho pasar por Ilhuicamina.

Motecuzoma Ilhuicamina no tiene idea de que su hermano ha sostenido un devaneo con aquella joven que apenas si conoce. Jamás han mantenido una amistad, por respeto a las costumbres, pues una señorita no puede ni debe relacionarse con hombres antes ni después del matrimonio. Únicamente con aquel con quien se casará. Y como dicta la regla, la joven debe aceptar y obedecer cuando sus padres decidan entregarla en matrimonio, sin importar quién sea el futuro marido.

Pero a Cuicani dicha decisión la tiene sin cuidado. Sabe, o cree saber, quién será el futuro marido. Antes de que iniciara la guerra, su amado Ilhuicamina —por lo menos el que ella pensaba que era Ilhuicamina— la pidió como esposa y prometió casarse con ella en cuanto derrotaran a Azcapotzalco. El plazo se cumplió y Tlacaélel, haciéndose pasar por Ilhuicamina, visitó a los padres de Cuicani para solicitar que se llevara a cabo la boda esa misma veintena. Sin más preámbulo, el sacerdote Azayoltzin aceptó gustoso, pues, para él, Ilhuicamina era el mejor candidato para esposar a su hija. Sabe que un día será tlatoani y Cuicani, la reina meshíca. Tlacaélel, al ser electo teopishqui y consejero, ha perdido el derecho a participar en futuras elecciones para tlatoani. Los otros tres posibles candidatos son los hijos de Izcóatl: Tezozomóctli, de veinte años, Cuauhtláhuac, de dieciocho, y Tizahuatzin, de diecisiete. Pero los miembros del Consejo han decidido que no votarán por ninguno de ellos por su origen plebeyo, pues Izcóatl es hijo de una sirvienta tepaneca. Por si fuera poco, la madre de estos tres jóvenes es hija de Cuacuapitzahuac, hijo de huehue Tezozómoc, difunto tlatoani de Azcapotzalco, linaje del cual los pipiltin «nobles» tenoshcas quieren desprenderse.

Al salir de la casa de Azayoltzin, los dos gemelos se rieron al comprobar nuevamente cómo nadie se percató de las diferencias entre ellos. Ilhuicamina creyó que fingir que él era Tlacaélel y su hermano, Ilhuicamina, sólo era una broma improvisada.

—Hermanito, mañana estarás casado con esa hermosa mujer —le dijo Tlacaélel a Ilhuicamina mientras caminaban de regreso al huei tecpancali de Tenochtítlan.

—Todo esto es tan extraño. —Se rascó la mejilla—. Cuicani te miraba de una manera muy... No sé cómo explicarlo.

—Me miraba a mí, porque pensaba que eras tú. —Le dio un manotazo en el brazo izquierdo—. ¡Está enamorada de ti!

—Ni siquiera nos conocemos.

—Quiere que le hagas un hijo. —Tlacaélel hizo un movimiento con la cadera de adelante hacia atrás, una y otra vez—. Escúchame bien. Cuando estés con ella no te demores. Quítale el huipil de un jalón. No te preocupes si se rompe. A ella le gustará. Luego, la pones de rodillas y le metes el dedo por el culo...

—Estás hablando sobre mi futura esposa. —Ilhuicamina lo miró con irritación.

—Sólo te estoy dando algunos consejos —respondió Tlacaélel con un tono más serio.

—No necesito tus consejos para eso.

Ilhuicamina se fue por otro camino. Tlacaélel sabía perfectamente cuándo dejar solo a su hermano. Además, quería aprovechar la última noche de Cuicani como mujer soltera. Regresó a la casa del sacerdote Azayoltzin y entró sigilosamente a la habitación de Cuicani. A ella siempre le había entusiasmado la gallardía de *su Ilhuicamina*.

Ambos escaparon sin que nadie los viera. Llegaron a una casa donde secretamente habían cultivado su devaneo en los últimos dos años. Al consumar aquel encuentro, Tlacaélel le tomó de las mejillas y le dio un beso en la frente:

—Todo esto fue maravilloso.

—¿Por qué me dices eso? —Cuicani sintió un temor irreprimible—. Hablas como si no nos volviéramos a ver jamás.

—Hablo así porque en unos días yo seré otro. —Apretó los labios para evitar una sonrisa—. Seré tu esposo y como tal te trataré.

—Y yo seré tu esposa. —Cuicani sintió un inmenso alivio.

Tlacaélel se despidió con plena confianza de que en cualquier momento podía regresar al lecho de Cuicani. Ella corrió apurada a su casa antes de que se notara su ausencia. Él regresó al palacio de Tenochtítlan. Antes de entrar a la sala principal, escuchó las voces de Izcóatl y Azayoltzin. Se mantuvo detrás del muro para oír la conversación. El tlatoani —en compañía de sus hijos Tezozomóctli, Cuauhtláhuac y Tizahuatzin— le reclamaba su traición al sacerdote, quien se mostró arrogante, pues su hija estaba a punto de casarse con el futuro tlatoani, al que creía poder manipular.

—Cometieron un grave error al elegir a Tlacaélel como sacerdote —reclamó el tlatoani Izcóatl.

—Discúlpeme, mi señor, sólo usted cree que Tlacaélel es un peligro —respondió y pensó—: De hecho, es un imbécil al que el Consejo podrá controlar.

—Te vas a arrepentir, Azayoltzin —dijo el tlatoani.

—¿Es una amenaza? —preguntó el consejero.

—Es una advertencia. No tienes idea de lo que hicieron.

—Espero no haberme equivocado, mi señor —respondió Azayoltzin con un gesto de respeto mal fingido—. Ahora si me permite, debo retirarme.

—Adelante —respondió Izcóatl y el consejero abandonó la sala principal. Tlacaélel se escondió para no ser descubierto y volvió para escuchar la conversación entre Izcóatl y sus hijos.

—Yo sugiero que mates a Tlacaélel —dijo Tezozomóctli.

—No vuelvas a repetir eso jamás —lo regañó su padre—. Somos familia.

—Pero tú dijiste que Tlacaélel es el responsable de la muerte de Chimalpopoca —agregó Tizahuatzin.

—Y no por eso vamos a actuar como él. Si lo hiciéramos, muy pronto se acabaría el linaje tenoshca.

—Discúlpame, *tahtli*.[51] —Tezozomóctli agachó la cabeza.

—Regresemos a lo que estábamos antes de que entrara Azayoltzin.

—Sí, tahtli —contestó Tezozomóctli—. Mis informantes dicen que en cuanto Teotzintecutli[52] se enteró sobre el rompimiento entre Tenoch-

51 *Tahtli*, «padre». De esta palabra derivan los vocablos *tata* y *taita*, que significan «padre» o «abuelo».

52 De acuerdo con Alva Ixtlilxóchitl, el señor de Chalco es Teotzintecutli. Sin embargo, Alvarado Tezozómoc lo llama Cacámatl y Cacamátzin teuctli. *Anales de Cuauhtitlan* menciona tres tetecuhtin en estos años: Ixapaztli-

títlan y Teshcuco envió mensajeros a Iztlacautzin, señor de Hueshotla, con quien se reunió a la mañana siguiente, y le propuso hacer una alianza, utilizando a Tlilmatzin, hermano bastardo de Nezahualcóyotl, y a Nonohuácatl, cuñado de Tlilmatzin y Nezahualcóyotl, para invadir Teshcuco. Su plan consiste en ofrecerle las tropas de Shalco y Hueshotla a Tlilmatzin para que vaya a Teshcuco y recupere la ciudad, que supuestamente le pertenece a él, y después matarlo para dividir el imperio entre ellos.

Izcóatl hizo una mueca. Permaneció pensativo.

—¿Y qué informes tienes sobre Coyohuácan? —le preguntó a su hijo.

—Nuestro espía únicamente dijo que Cuécuesh se ha mantenido tranquilo...

Lo que el informante de Tezozomóctli no sabía era que Cuécuesh, gobernador de Coyohuácan, puesto por Mashtla, se enteró de la reunión entre Teotzintecutli, señor de Shalco, e Iztlacautzin, señor de Hueshotla, y de sus planes de aliarse. Inmediatamente lo habló con su esposa Yeyetzin.

Cuécuesh era un *macehuali* coyohuáca tepaneca que había iniciado su carrera militar a los catorce años, cuando huehue Tezozómoc convocó a las huestes de los pueblos aliados para invadir Teshcuco y arrebatarle el huei chichimeca tlatocáyotl a Ishtlilshóchitl. Coyohuácan entonces era gobernado por Mashtla, quien además de necio y caprichoso, era un jefe militar incompetente. Por su culpa fallecieron más soldados coyohuácas de los que debían en todos los combates que había liderado. Por ello, huehue Tezozómoc nombró a su nieto Tlacateotzin como capitán del ejército de aquella guerra. Bajo el mando del tlatoani tlatelolca, Cuécuesh aprendió lo que jamás había aprendido en el ejército coyohuáca. Muy pronto se convirtió en un soldado notable. Escaló todos los rangos posibles en el ejército hasta convertirse en el tlacochcálcatl de Coyohuácan. Tras la muerte de huehue Tezozómoc, Mashtla se autoproclamó in cemanáhuac huei chichimecatecutli y dejó la ciudad que gobernaba a cargo de Cué-

---

teuctli, muerto en 1414; Cuauhnextliteuctli, fallecido en 1428; y Caltzinteuctli Temiztzin, muerto en 1443, a quien sucedió en el cargo Tlaltzinteuctli. Chimalpain hace alusión a dos tetecuhtin: Cuatéotl Tlátquic Teuhctli, fallecido en 1417; y Amihuatzin Tlátquic Teuhctli, muerto en 1464.

cuesh, sin jamás cuestionarse sobre el destino de sus habitantes. Aquel plebeyo había dado un salto, de un día para otro, al círculo más alto de la aristocracia.

—Lo mejor sería crear un bloque en el poniente desde Ashoshco, Cuauhshimalpan, Chapultépec, Atlicuihuayan, Mishcóhuac, Huitzilopochco, Culhuácan, hasta Iztapalapan —sugirió Yeyetzin, una mujer peligrosamente seductora—. Pero debes hacerlo uno por uno, para no levantar sospechas.

—¿Crees que acepten? —preguntó Cuécuesh.

—Aceptarán —respondió su esposa.

—Pero yo sólo soy el tecutli provisional de Coyohuácan.

—Eras... —aclaró Yeyetzin—. Cuando Mashtla estaba vivo... Ahora estas tierras te pertenecen. —Lo miró de manera seductora—. Y debes reclamarlas como tuyas antes de que llegue alguien más y se quiera adueñar de ellas.

—Pero... No soy heredero ni familiar de los tepanecas. Fui impuesto por Mashtla.

—Tú lo acabas de decir: impuesto. Eso te da el legítimo derecho de reclamar las tierras de Coyohuácan. Mashtla está muerto. Azcapotzalco está destruido. Los únicos descendientes de Tezozómoc que podrían reclamar estas tierras son su bisnieto Cuauhtlatoa y su nieto Totoquihuatzin, un cobarde que no supo defender Azcapotzalco, sino que, por el contrario, les abrió el paso a los meshítin traicionando a su sangre. Por lo tanto, no se atreverá a reclamar las tierras de Coyohuácan.

—Tizahuatzin y Tezozomóctli son bisnietos de huehue Tezozómoc y también podrían reclamar las tierras —agregó Cuécuesh—. También está su nieto Epcoatzin, tecutli de Toltítlan.

—Con mayor razón debes reclamar estas tierras —insistió su mujer y Cuécuesh sonrió como un niño.

7

La paranoia es una enemiga cruel. Tlilmatzin y Nonohuácatl habían pasado una veintena huyendo por todo el cemanáhuac, escondiéndose en los páramos, los bosques y las montañas, durmiendo poco y sufriendo hambre, hasta que el tecutli de Shalco les ofreció asilo.

—¿Cómo estás? —pregunta Teotzintecutli, señor de Shalco, a Tlilmatzin, el hermano bastardo de Nezahualcóyotl, a quien Mashtla nombró gobernador interino de Teshcuco luego de haber usurpado el huei chichimeca tlatocáyotl.

—Furioso —responde Tlilmatzin con la nariz y los labios arrugados, la mirada en dirección al piso y los puños hechos piedras. En ese momento llega uno de los sirvientes a la sala principal del palacio de Shalco y coloca sobre el *pétlatl*[53] un *shicali*[54] con *yztac octli*[55] y dos *tecontontlis,*[56] en los cuales sirve una porción moderada. Tlilmatzin toma una de las jícaras y bebe el octli de un trago.

—Sírvele más —ordena Teotzintecutli al fámulo, que obedece de inmediato.

Nonohuácatl, esposo de Tozcuetzin, media hermana de Nezahualcóyotl, también se encuentra sentado en el *pétlatl.* Se mantiene en silencio. Toma un *tecontontli.* Su cuñado hace lo mismo. Beben.

53 La palabra «petate» proviene del vocablo náhuatl *pétlatl,* «tapete» o «alfombra tejida con fibras de palma trenzadas». El *pétlatl* era utilizado para dormir, como una cama. Asimismo, se utilizaba para las reuniones o comidas, pues no había mesas. En el *pétlatl,* además, se colocaban el tlatocaicpali, los tlatotoctli, los alimentos, las bebidas o lo que fuera necesario.

54 *Shicali,* generalmente escrito *xicalli* —pronúnciese *shicali*—, «jícara».

55 Fermento de aguamiel extraído del maguey. En náhuatl *octli* significa «bebida embriagante». Era un término que, en general, se aludía a las bebidas embriagantes, especialmente a la que hoy conocemos como «pulque». Cabe aclarar que la palabra pulque no proviene del náhuatl ni de ninguna lengua nativa de Mesoamérica. El vocablo es la deformación de una palabra que utilizaron los conquistadores para referirse a una bebida embriagante originaria de las islas del Caribe.

56 *Tecontontli,* «vaso o taza de barro».

Necesitan embriagarse. Descansar. Olvidar, aunque sea una noche, la tragedia de saberse al borde de la muerte.

Tlilmatzin está seguro de que Nezahualcóyotl no perdonará que haya intentado asesinarlo. Poco después de haber matado a su hermano Tayatzin, a Tlacateotzin y a Chimalpopoca, Mashtla intentó acabar con la vida de Nezahualcóyotl utilizando a su medio hermano Tlilmatzin, a quien le ofreció el gobierno de Teshcuco a cambio de que hiciera el trabajo sucio. El ardid consistía en que Tlilmatzin le anunciara a su medio hermano —quien vivía en el palacio de Cílan— que Mashtla lo había nombrado tecutli de Teshcuco, que le dijera que él había aceptado para recuperar la ciudad usurpada y que, como muestra de lealtad a su sangre, realizaría un banquete en su honor. El Coyote sediento y sus consejeros sospecharon de aquel convite y enviaron a un campesino, llamado Ázcatl, que muchos decían era idéntico al príncipe chichimeca; tanto que ni Tlilmatzin se percató del engaño. Al terminar de cenar, comenzaron las danzas. El joven impostor se incorporó al *mitotia,* «danza». Minutos más tarde, un macuáhuitl le rebanó el cuello. El tepanécatl yaoquizqui recogió la cabeza del piso, la guardó en un morral y partió hacia Azcapotzalco. A la mañana siguiente una tropa tepaneca fue a Tenochtítlan y, sin mostrar respeto por la investidura de Izcóatl y sus ministros, lanzaron la cabeza del campesino al suelo, como si fuera una pelota. «Nuestro tecutli Mashtla le manda decir que se rinda inmediatamente si no quiere terminar así», amenazó el capitán llamado Shochicálcatl. Y, justo en ese momento, entró a la sala el Coyote ayunado. Los yaoquizque tepanecas quedaron boquiabiertos al verlo vivo. Con una mirada soberbia, el príncipe chichimeca se dirigió a Shochicálcatl y le dijo: «Ve y dile a Mashtla que estoy vivo. Que no logrará su propósito. No podrán matarme». En cuanto el tepantecutli se enteró del engañó exigió la presencia de Tlilmatzin en el huei tecpancali de Azcapotzalco. Apenas lo tuvo frente a él, sin decir una palabra, lo agarró a golpes. Minutos después ordenó la persecución de Nezahualcóyotl y Tlilmatzin regresó humillado a Teshcuco.

—¿Sabes que tu hermano quiere verte muerto? —cuestiona Teotzintecutli, como si enterrara un filoso cuchillo de pedernal.

—Lo sé —contesta Tlilmatzin, que se sirve más *yztac octli* en su *tecontontli*. Está seguro de que su hermano lo perseguirá hasta encontrarlo.

Pero la venganza de Nezahualcóyotl no sólo está enfocada en su medio hermano. También añeja un rencor contra Shalco desde hace ya varios años. La guerra por el tlatocáyotl no es nueva. Lleva ya varias generaciones. Teotzintecutli apenas había asumido el tecúyotl de Shalco cuando huehue Tezozómoc se negó a reconocer a Ishtlilshóchitl como in cemanáhuac huei chichimecatecutli. El señor de Shalco —al igual que los tetecuhtin de Coatlíchan, Hueshotla, Cohuatépec, Ishtapaluca, Tepepolco, Tlalmanalco, Acolman, Otompan y Chiuhnautlan— ofrendó sus ejércitos al joven Ishtlilshóchitl para hacer frente a la coalición del anciano Tezozómoc, quien se rindió al saber que Azcapotzalco estaba rodeado por las falanges enemigas. Ishtlilshóchitl cometió entonces el error más grande de su vida: absolver al tepantecutli. El mismo error que había cometido su abuelo Quinatzin al perdonarle la vida a Acolhuatzin años atrás, cuando se apoderó del huei chichimeca tlatocáyotl. No sólo le había perdonado la vida, sino que también le permitió mantener sus palacios, sus tierras, sus riquezas, su gobierno y su linaje. Aquello enfureció a los tetecuhtin aliados que habían invertido tiempo, soldados, sangre y esfuerzo por nada. Habían regresado a sus tierras con las manos vacías. El tepantecutli bien supo aprovechar el enojo de los pueblos aliados a Teshcuco. Inmediatamente mandó llamar a su hijo Quetzalmaquiztli, tecutli de Otompan, y a Teotzintecutli, de Shalco, a quienes ofreció tierras, las del noreste para Otompan y las del suroeste para Shalco. Poco después se aliaron otros pueblos, hasta que dejaron a Teshcuco en el abandono. Reinició la guerra; con las tropas shalcas, otompanacas, meshícas y tlatelolcas al frente. Ishtlilshóchitl murió y Nezahualcóyotl tuvo que esconderse por varios años. Tiempo después, el príncipe chichimeca fue descubierto en tierras shalcas por una anciana, a la cual Nezahualcóyotl arrebató la vida para que cesara de gritar: «¡Aquí está el hijo de Ishtlilshóchitl!». Se dio a la fuga, pero muy pronto fue capturado y llevado ante Teotzintecutli, señor de Shalco, quien ordenó que fuera puesto en una jaula mientras una embajada informaba a Tezozómoc sobre la captura. Esa misma noche, Nezahualcóyotl fue liberado por Quetzalmacatzin, hermano de Teotzintecutli. Al día siguiente, Quetzalmacatzin fue condenado a muerte por haber traicionado a Shalco y al nuevo chichimecatecutli. Pero la suerte de Teotzintecutli y los demás aliados de Azcapotzalco cambió cuando murió huehue Tezozómoc y su hijo primogénito usurpó el imperio. Shalco quedó reducido a sirviente de Azcapotzalco. Por ello, cuando el príncipe chichimeca se levantó en armas contra Mashtla, Teotzintecutli no tardó en apoyarlo para que su traición a Teshcuco fuera perdonada, pues bien sabía que Mashtla era un incompetente y no podría ganar la guerra. Teotzintecutli tenía el hábito de ir siempre del lado de los vencedores. Cual péndulo que oscilaba de izquierda a derecha, en esa ocasión le tocaba regresar al partido chichimeca. Con el auxilio de los escuadrones shalcas, Nezahualcóyotl pudo recuperar Coatlíchan, Otompan y Acolman.[57] Pero la lealtad de Teotzintecutli se disolvió en cuanto se enteró de que el Coyote ayunado se había aliado con los meshítin. Aun así, disimuló su descontento; mas no pudo fingir cuando el príncipe chichimeca le envió a Tlacaélel solicitando sus regimientos para socorrer a la isla tenoshca. Sin pensarlo dos veces, ordenó el arresto de Tlacaélel y lo envió a Hueshotzinco para que ahí lo sacrificaran a los dioses. En realidad, para no ensuciarse las manos. Como la vida de Tlacaélel valía demasiado y se podría cobrar con la destrucción de su ciudad, el tecutli de Hueshotzinco hizo que regresara con Teotzintecutli, que nervioso por el error cometido, lo envió a Azcapotzalco como ofrenda y para solicitar el perdón de Mashtla. Pero el tepanécatl tecutli ya no tenía la cabeza en su lugar; desaprovechó aquel rehén y se lo devolvió indignado a Teotzintecutli, quien, ahogado en sus temores, envió una embajada a Nezahualcóyotl para que diera una burda explicación sobre el arresto de Tlacaélel. Al final, Shalco quedó solo en medio de la guerra y Tlacaélel volvió a Meshíco Tenochtítlan.

—No descansará hasta tenerte en el téchcatl, «piedra de los sacrificios». —Piensa que entre más atemorizado esté Tlilmatzin más sencillo

57 Coatlíchan era gobernada por Quetzalmaquiztli y Acolman por Teyolcocohua, ambos hijos de huehue Tezozómoc.

sería manipularlo—. Escúchame bien. Sólo tienes dos opciones: huir cobardemente del cemanáhuac y esconderte en el pueblo más lejano que encuentres o confrontar a tu hermano y reclamar lo que te pertenece.

—¿Reclamar? —Tlilmatzin alza el pómulo derecho al mismo tiempo que enseña una dentadura podrida.

—Tú tienes derecho a reclamar lo que te pertenece. Es una injusticia que los hijos bastardos no hereden tierras y nombramientos en la nobleza. No te mereces tal humillación. Deberías reclamar lo que te pertenece.

—Ya lo hice. Fracasé.

—Fracasaste porque tenías al aliado más inepto de toda la Tierra. Mashtla jamás iba a ganarle la guerra a nadie. ¡Era un imbécil!

—Ya no tengo forma de reclamar lo que me pertenece. —Se encoge y baja la mirada.

—Lo acabas de decir tú mismo: lo que te pertenece. Repítelo: «Lo que me pertenece».

—No tengo manera de pelear... —Desvía la mirada.

—Repite: «Lo que me pertenece. Teshcuco me pertenece».

Tlilmatzin se comienza a desesperar y grita:

—¡Ya te dije que no tengo forma de recuperar Teshcuco!

—¡Pero yo sí! —Teotzintecutli alza la voz—. Tengo cincuenta mil soldados listos para servirte.

El hermano bastardo de Nezahualcóyotl no tiene idea de cuánto representan cincuenta mil soldados. Para él la cantidad resulta alarmante. Sinónimo de victoria. Ignora que el ejército con el cual su hermano destruyó Azcapotzalco es diez veces mayor y que podría aplastarlos en unas horas. Tlilmatzin jamás ha liderado un ejército. No sabe de estrategias de guerra. No entiende lo que está escuchando. Pero le alegra saber que tiene un aliado que se encuentra dispuesto a dar un ejército por él.

—Y no sólo eso... —Teotzintecutli estira una sonrisa— Iztlacautzin, señor de Hueshotla, está dispuesto a brindarte su ejército completo: treinta y ocho mil yaoquizque. En total, serían ochenta y ocho mil soldados. Tú viviste en Teshcuco. Fuiste su tecutli. Sabes cuántos soldados resguardan la ciudad. ¿Crees que la población entera podría contra un ejército de ese tamaño?

—No. —Tlilmatzin se endereza. Se siente fuerte. Su rostro ha recuperado el brío extraviado.

—Amigo... Es tiempo de que la vida te haga justicia. De que recuperes lo que te pertenece. ¿Sabes quién está al frente del gobierno de Teshcuco?

—No...

—Un sirviente de Nezahualcóyotl.

—¿Coyohua? —Tlilmatzin hace un gesto de desprecio.

—Así es, un imbécil al que puedes derrotar de inmediato.

—Tiene razón —interviene Nonohuácatl.

—Entras con tu ejército —explica Teotzintecutli—, te proclamas in cemanáhuac huei chichimecatecutli y, poco a poco, vas recuperando las ciudades rebeldes: Coatlíchan, Cílan, Tepeshpan, Acolman, Chiconauhtla, Otompan... Así, hasta que rodees el lago y conquistes Míshquic.

Tlilmatzin sonríe. Se lleva las manos a la cabellera. Se rasca la nuca y enseña la dentadura podrida. La fórmula parece perfecta. Invencible. Sonríe. Cierra los ojos. Aprieta los párpados. Ríe. Le gusta la idea. Lo entusiasma.

—Sí, sí... ¡Sí! —alza la voz—. ¡Sí! ¡Hagámoslo!

—Recuperemos lo que te pertenece. —Teotzintecutli dibuja en su rostro una sonrisa forzada—. Enviemos a tus batallones en la madrugada. Aprovechemos que tu hermano estará todo el día en Tenochtítlan.

—¿En Tenochtítlan? —Tlilmatzin se sorprende—. ¿Por qué?

—Nada importante... —Teotzintecutli encoge los hombros—. Irá a la boda de Ilhuicamina.

—Ah, sí, Ilhuicamina. —Tlilmatzin finge saber quién es ese tal Ilhuicamina. Los bastardos de los tlatoque no se relacionan con la aristocracia. Sólo conocen por nombres a los personajes más famosos. Los demás los ignoran—. Ilhuicamina... Un hombre despreciable —concluye Tlilmatzin.

—Tal vez lo estés confundiendo con su hermano gemelo —responde Teotzintecutli.

—¿Gemelo? —el hermano bastardo de Nezahualcóyotl pregunta desconcertado.

—Sí... —Teotzintecutli alza las cejas—. Yo lo tuve preso durante la guerra y me arrepiento de no haberlo matado en ese momento. Fue la peor equivocación de mi vida. En aquel momento pensé que tenía preso a un imbécil. Lo dejé ir. Y hace unos días me enteré que fue el precursor de ciertas reformas en Tenochtítlan que me dejaron con la boca abierta. En ese momento me arrepentí tanto, tanto, tanto.

—No tendrás por qué arrepentirte —responde Tlilmatzin.

—Cierto. —Teotzintecutli alza las cejas con desconfianza.

—Y a todo esto, ¿con quién se va a casar el hermano de Tlacaélel?

—Con Cuicani, hija de uno de los miembros del Consejo meshíca, un hombre llamado Azayoltzin.

—Ah, sí... —finge conocerla—. Una mujer hermosa.

Tlilmatzin no se equivoca, aunque no la conozca. Cuicani es una de las jóvenes más hermosas de Meshíco Tenochtítlan. Y también una de las más codiciadas. Las hijas de los *pipiltin*[58] son muy anheladas debido al valor político que representan. Las bodas de los pipiltin siempre generan curiosidad, morbo e inquietud entre los plebeyos. En este caso, la unión entre la hija de uno de los nenonotzaleque y uno de los hijos legítimos del difunto tlatoani Huitzilíhuitl representa mucho más para el pueblo tenoshca. Por ello, a la mañana siguiente miles de personas salen a las calles para seguir la procesión en la que la familia de Cuicani la lleva en andas al palacio de Tenochtítlan, donde los reciben Motecuzoma Ilhuicamina y su familia. Los padres entregan a la novia y el novio la espera en la entrada. La lleva al interior de la sala y ambos se sientan frente al fuego. Comienza la ceremonia: ella da siete vueltas alrededor del fuego y se sienta. El teopishqui ata una extremidad del *huipili*[59] con una punta del *tilmatli.*[60] Luego ambos ofrecen copal a los dioses y, con ello, quedan unidos en matrimonio. Entonces, inicia la celebración: se sirve el banquete y los novios se dan de comer uno al otro. Al terminar, salen a bailar.

Mientras eso ocurre, quienes asisten a la boda gozan del banquete y las danzas. Sólo que en esta ocasión no todos los invitados se encuen-

58 *Pipiltin,* «nobles»; *pilli* en singular —pronúnciese *pili.*

59 *Huipilli* —pronúnciese *huipili*—, «camisa o vestido de la mujer».

60 *Tilmatli,* «tilma, manto para hombre que cubre el torso y es anudado por arriba del hombro izquierdo». También se utilizaba como capa.

tran felices. A pesar de los conflictos entre Tenochtítlan y Teshcuco, Nezahualcóyotl decide asistir. Aunque no se siente a gusto, come y platica con algunos invitados. Pronto se halla frente a Izcóatl y le pide hablar en privado. Nezahualcóyotl dirige la mirada a sus concubinas y les hace una señal para que lo esperen. Todas obedecen, menos Zyanya, quien aprovecha para acercarse a su padre, el cual se encuentra en el lado opuesto de la sala acompañado de su esposa y sus demás hijos.

—Tahtli, necesito hablar contigo —le dice Zyanya a Totoquihuatzin.

—Dime —responde tranquilo el nieto de Tezozómoc.

—Aquí no. —Zyanya disimula—. Vayamos a algún lugar sin gente...

—¿En esta ciudad? —pregunta con ironía Matlacíhuatl, su hermana menor de quince años de edad e hija predilecta de Totoquihuatzin—. Aquí no hay un lugar sin gente.

—No estoy hablando contigo —responde Zyanya con enojo.

—Vamos a caminar —responde Totoquihuatzin y se pone de pie. Matlacíhuatl hace lo mismo.

—Necesito hablar a solas con mi padre —le dice Zyanya a su hermana.

—Está bien —insiste Totoquihuatzin—, déjala que nos acompañe.

Zyanya hace una mueca y comienza a caminar. Cuando se encuentran alejados del palacio, ella comienza a hablar sobre la participación de Tlacopan en la guerra, que sólo implicó permitir el paso de las huestes meshícas hacia Azcapotzalco. Le dice que deben aprovechar eso para obtener mejores beneficios del imperio. Totoquihuatzin se enoja.

—¿Cómo se te ocurre pensar en eso? Por culpa de Tlacopan, Azcapotzalco quedó destruido. —Sin poder evitarlo, el tecutli tepaneca derrama algunas lágrimas—. Por mi culpa. Yo traicioné a mi gente.

—Tahtli, eso era inevitable. —Zyanya se muestra indiferente—. Tarde o temprano iban a matar a Mashtla y si tú no les permitías el paso a los meshítin, los iban a matar ustedes también. Tú eres un héroe al salvar la vida de la gente de Tlacopan. Gracias a ti, Nezahualcóyotl ganó la guerra. Ahora es tu responsabilidad ayudarlo a mantener el huei chichimeca tlatocáyotl.

—¿Cómo? —Totoquihuatzin se muestra confuso.

—Comienza por tomar la iniciativa. Acércate a Nezahualcóyotl.

Ofrécele tu ayuda. No lo dejes sólo ahora que está hablando con Izcóatl.

—¿Pretendes que interrumpa su reunión? —Se muestra temeroso.

—¡Sí!

—Eso no está permitido. —Niega con la cabeza.

—Pues rompe las reglas. Demuéstrale que estás de su lado.

Totoquihuatzin acepta y se dirige al huei tecpancali de Tenochtítlan. Al llegar a la sala principal, se topa con dos yaoquizque que le impiden el paso. El tecutli de Tlacopan les informa que quiere hablar con Nezahualcóyotl e Izcóatl, pero le niegan la entrada. El nieto de Tezozómoc insiste, pero sus argumentos no le ayudan. Nadie puede entrar a la sala. Órdenes del huei tlatoani Izcóatl.

Del otro lado de la pared, Nezahualcóyotl le reclama su traición a Izcóatl, quien insiste que él no tuvo nada que ver con la elección de Tlacaélel como sacerdote y consejero y mucho menos en las reformas que les otorgan mayor autoridad al Consejo. Le dice que Tlacaélel logró embaucar a los miembros del Consejo con sus ideas. Nezahualcóyotl le ofrece arreglar las diferencias entre ellos si lo reconocen como gran chichimecatecutli y sin dividir el imperio. Ofrece muchos beneficios. Izcóatl responde que no puede tomar esa disposición y que tampoco puede ir en contra del Consejo, pues antes que nada debe respetar las leyes. Nezahualcóyotl le pregunta dónde estaba su respeto a las leyes cuando se aliaron a Tezozómoc para atacar a su padre. Izcóatl le responde que en aquellos años él sólo era hijo del tlatoani y no daba las órdenes. Nezahualcóyotl termina diciendo que ni ahora que es meshícatl tecutli es capaz de tomar decisiones. Izcóatl se molesta, pero se mantiene sereno.

—¿Sabes qué fue lo que me dijo Mashtla antes de que lo matara? —pregunta el Coyote ayunado.

—Supongo que rogó por su vida.

—Sí… —Nezahualcóyotl cierra los ojos y respira profundo—. Me confesó que Tlacaélel fue quien le envió presos a Chimalpopoca y a su hijo Teuctléhuac para que los asesinara y que mató personalmente a Matlalatzin, la esposa de Chimalpopoca.

Izcóatl traga saliva y empuña las manos:

—Lo sabía —dice con dolor.

—¿Lo sabías y no dijiste nada? —reclama Nezahualcóyotl.

—Lo deduje hace algunos días. No tenía pruebas. Aun así, lo hablé con los miembros del Consejo, pero sólo dos de ellos me creyeron. Dos de seis. Tlacaélel tiene la mayoría. No puedo hacer nada. Tengo las manos atadas.

—Déjame hablar con ellos.

—Adelante. Habla con los miembros del Consejo. Ojalá puedas convencerlos de que acepten jurarte como gran chichimecatecutli.

Izcóatl sale de la sala y ordena que llamen a los miembros del Consejo. En cuanto ellos llegan, los deja con Nezahualcóyotl a solas para que hablen una vez más. Mientras tanto, Izcóatl regresa a la celebración. Los invitados terminan la última danza del día para escoltar a Ilhuicamina y Cuicani a la alcoba donde deben permanecer cinco días en oración.

Sólo hasta la quinta noche debe consumarse el matrimonio, pero a ella no le importa seguir las reglas en este tan esperado instante y comienza a besar a Ilhuicamina.

—Espera, Cuicani —dice el gemelo.

Ella lo ignora, le sonríe con picardía y mete la mano debajo del tilmatli de su esposo. Le acaricia la verga con suavidad. Ilhuicamina trata de detenerla, colocando su mano sobre la de ella, pero no tiene la voluntad para quitarla.

—Ya te extrañaba —dice Cuicani.

—¿Qué? —Ilhuicamina no comprende. Y tampoco tiene la cabeza para pensar. No puede pensar con el pito, y mucho menos teniéndolo tan duro. Cuicani se pone de rodillas y en un segundo succiona por completo aquel pedazo de carne. Ilhuicamina no sabe qué hacer. No es la primera vez se acuesta con una mujer, pero sí la primera en que se siente dominado. Cuicani le quita el tilmatli, le pone ambas manos en el pecho, lo empuja para que se acueste y lo monta apresurada. En su cabalgata se quita el huipili y coloca las tetas en la boca de su hombre. Quiere que las devore. Que las muerda. Que la nalguee. Que le haga todo eso que a ella le gusta.

—Chúpamelas, así, cómetelas —le dice al mismo tiempo que mueve sus caderas de atrás para adelante. Ilhuicamina la coge de las nalgas y la menea—. Así. Sigue. —No quiere que ella se detenga. Le encanta la mujer que tiene montada sobre él. Le fascinan sus tetas, su cintura, sus nalgas, sus piernas, su rostro, toda ella—. Así. Sigue. —Ella se mueve cada vez más rápido. Se apresura para que él termine pronto. Lo consigue. Ilhuicamina se vicia en el paraíso del placer.

Consumado el matrimonio, Cuicani se acuesta de lado en el petlatl. Le da la espalda a su recién estrenado marido, el cual se encuentra complacido y seguro de haber cumplido cabalmente las exigencias de su mujer. Cuicani tiene el rostro de la decepción. Acaba de descubrir que fue engañada y que se casó con el verdadero Ilhuicamina.

8

La duda es como una astilla enterrada en la yema del dedo, incómoda hasta que se arranca, se elimina o se destruye. «¿Qué es el miedo?», le preguntó Tlacaélel a su maestro Totepehua. «¿No sabes lo que es el miedo?», el sacerdote observó con atención a su alumno de seis años. «No», respondió Tlacaélel y el Tótec tlamacazqui quiso pensar que estaba confundiendo la palabra con alguna otra que nunca había escuchado. «Imagina que es de noche y escuchas ruidos extraños», propuso Totepehua. «¿Qué sientes?», preguntó sin discurrir en las respuestas. «Nada», respondió Tlacaélel con indiferencia. «¿En qué piensas en esos momentos?», insistió Totepehua. «Nada». La respuesta era clara. «Nada». «¿Qué crees que son esos ruidos?». «No sé. Nunca pienso en eso». «¿No te preocupan?». «¿Por qué deberían preocuparme?».

Ésa fue la primera vez que Totepehua se sintió inquieto ante la presencia de Tlacaélel. Sólo hasta entonces comprendió que jamás lo había visto llorar. Trató de recordar algún momento en el que ese niño hubiera estado triste y no lo consiguió. Nada. Ni un solo instante. Le pareció preocupante que su pupilo jamás manifestara temor o melancolía. Luego quiso creer que estaba fingiendo ser fuerte. La infancia en Tenochtítlan no era fácil. A los hijos se les educaba para ser valientes, para no llorar, para jamás mostrar miedo. Los castigos eran tortuosos. Si mentían, les enterraban espinas de maguey en los labios y lengua. Si robaban, su maestro o su padre les pegaba cien veces en las palmas de las manos con una vara. Si desobedecían, los dejaban desnudos, con las manos extendidas hacia el frente, a la intemperie, toda la noche. Otros castigos consistían en picarles el cuerpo con espinas de maguey u obligarlos a inhalar humo de la leña. «Seguramente Tlacaélel aprendió bien la lección», pensó Totepehua. «¿Será?».

Totepehua necesitaba corroborar que tu comportamiento era sólo el resultado de una estricta educación. «Vamos, Tlacaélel, sígueme», ordenó el sacerdote. «¿A dónde?», cuestionaste. «¿Tienes miedo?», quiso retarte el maestro. «No», el niño siguió sus pasos con seguridad. «Sólo pregunto porque siempre quiero saber». «¿Qué quieres saber, Tlacaélel?». «No sé. Si supiera ya no preguntaría. Quiero saber todo». El Tótec tlamacazqui se detuvo y lo miró: El deseo de saberlo todo también puede ser una forma de expresar miedo e inseguridad. Tlacaélel no entendió lo que dijo aquel hombre encargado de su enseñanza. «¿Qué significa *inseguridad*?», preguntó.

Totepehua tenía cada vez más claro que Tlacaélel era el niño más seguro que había conocido en su vida y que por ello no conocía el miedo. No lo entendía. No lo entendías, Tlacaélel. Cruzaron la calzada de Tlacopan y siguieron directo hasta el bosque. Comenzaba a oscurecer. Para un niño de tu edad aquello habría detonado desconfianza, inseguridad y temores. Pero para ti, nada. De pronto, se escuchó un ruido a lo lejos. El Tótec tlamacazqui siguió su camino esperando que su alumno se detuviera o preguntara el origen de aquel sonido desconocido. Tlacaélel no preguntó ni mostró preocupación. El sacerdote quiso creer que se debía a que aún era muy temprano para asustar al niño. Decidió permanecer toda la noche en el bosque.

Para llevar a cabo su plan, solicitó el apoyo de cuatro pupilos de quince años de edad que debían seguirlos desde lejos y hacer toda clase de ruidos extraños para que Tlacaélel sintiera miedo. Su experimento fracasó. Tlacaélel no se despertó con los gritos ni con las bolas de fuego que los jovencitos habían lanzado para atemorizarlo. Totepehua despertó a su alumno con un fingido temor. Tlacaélel respondió que seguramente había alguien haciendo bromas.

Aquella actitud intrigó aún más al sacerdote. Así que en cuanto su pupilo se volvió a dormir, el Tótec tlamacazqui se marchó, dejándolo solo en medio del bosque. Aparentemente solo. Entre él y sus cuatro alumnos se dieron a la tarea de espiarlo hasta el amanecer. Para sorpresa de todos los presentes, el niño se despertó y caminó rumbo a Tenochtítlan.

Cuando Totepehua llegó a la isla, el tlatoani Huitzilíhuitl ya se había enterado de que su hijo había sido abandonado en el bosque durante la noche. El regaño al teopishqui fue mayor de lo esperado. Totepehua explicó al meshícatl tecutli que no había abandonado a su hijo, sino que como parte de su entrenamiento lo había dejado solo, pero lo había vigilado todo el camino, con ayuda de otros estudiantes. Cuando finalmente tu padre se tranquilizó, el Tótec tlamacazqui le comentó que no le tenías miedo a nada, Tlacaélel. Por un instante, Huitzilíhuitl mostró sorpresa, pero en breve ignoró el tema para hablar sobre asuntos de gobierno. Poco le interesaba tu vida y la de tus hermanos. Toda su atención estaba enfocada en Chimalpopoca, el heredero, el futuro tlatoani por mandato de Tezozómoc.

Tampoco le dio importancia cuando le contaste a tu padre que el maestro Totepehua te había colgado de un árbol para comprobar si sentías miedo. Nada. En cambio, te reíste, Tlacaélel, a carcajadas. Totepehua no podía comprender por qué su alumno no mostraba señales de temor. El niño, colgado de un pie, desde la rama más alta de aquel árbol se carcajeaba como si le hicieran cosquillas. Y en otra ocasión lo llevó a la orilla de un río con corriente acelerada y quiso simular que lo empujaba, con la firme intención de detenerlo antes de que perdiera el equilibrio y cayera, pero algo, algo salió mal y el niño se fue directo a las aguas que avanzaban con velocidad. No sabías nadar, Tlacaélel, pero no tenías miedo. Aquel clavado fue como la entrada a un mundo nuevo. El Tótec tlamacazqui desesperado buscó al niño toda la tarde y toda la noche. Hasta que se dio por vencido, fracasado y responsable de la muerte de su alumno.

Al llegar al palacio de Huitzilíhuitl la mañana siguiente, el maestro te encontró sentado junto a tu padre. Cínico y soberbio le sonreíste, Tlacaélel. Totepehua esperaba ser condenado a muerte, por aquel gravísimo error. Se arrodilló ante Huitzilíhuitl sin decir una palabra. Te estuvimos buscando todo el día, dijo el tlatoani. Necesitábamos tu consejo para algunos asuntos de gobierno. El sacerdote comprendió que Tlacaélel no había mencionado nada al respecto.

«¿Por qué no le contaste a tu padre lo del río?», Totepehua preguntó más tarde a su alumno. «Porque no le importa lo que me suceda», respondió Tlacaélel con indiferencia. «Sólo se preocupa por Chimalpopoca». «No digas eso». Su alumno guardó silencio. Era muy obediente. «¿Cómo saliste del río?», preguntó el maestro. «Nadando». «¿Sabes nadar?», la intriga se apoderó del sacerdote. «No», cerró los ojos y encogió las cejas. «Creo que ahora sí. Antes no sabía. Pero al estar dentro del río mantuve la respiración y dejé que la corriente me llevara. Y de pronto mi cabeza salió, jalé aire y vi a donde mi dirigía. Moví los brazos para mantenerme a flote». «¿Sentiste miedo?», preguntó Totepehua. «No», respondió el niño. «Discúlpame, Tlacaélel». «¿Por qué?», preguntaste sin entender la actitud de tu maestro. «Por haberte lanzado al río». «Está bien, no pasó nada», respondiste. «Pero no debí haberlo hecho. Fui un irresponsable».

El Tótec tlamacazqui abandonó su deseo por saber por qué Tlacaélel no sentía miedo, pero entre más conocía a su pupilo más le intrigaba su manera de ser. Ya no le preocupaba si sentía miedo o no. Sólo quería comprender a su alumno. Era tan distinto a los demás. Hablaba y se comportaba como un adulto. Entendía más de lo que debía; sin embargo, callaba demasiado. Era tan astuto que advertía que no debía demostrar su inteligencia.

El Desposeído no comprendía el significado de su nombre. Nadie se lo explicó. Sólo sabía que se lo habían cambiado cuando nació su hermano Chimalpopoca. Veías tu vida desde tu propia y única perspectiva, Tlacaélel. Eras dueño de tu entorno y líder entre tus hermanos, primos y vecinos. No conocías el temor. La curiosidad era la mayor de tus virtudes y el peor de tus defectos. Nunca supiste quedarte quieto. Pasaste la primera década de tu existencia con moretones y raspones en todo el cuerpo a causa de tus innumerables caídas. Si algo estaba prohibido, tú tenías que descubrir por qué lo prohibían los adultos. Aprendiste a nadar y a escalar árboles solo.

Asumía que todos los niños debían comportarse de la misma forma. Todos, sin importar estatura, edad o linaje. Le era incomprensible la cobardía de algunos. Lo veía como algo que se podía quitar con tomar riesgos. Por eso mismo, cuando Chimalpopoca, de seis años, hizo evidente su temor a nadar en el lago, Tlacaélel lo empujó sin pensar en las consecuencias. «¡Se está ahogando!», exclamó Ilhuicamina asustado. Tlacaélel no se inmutaba. Contemplaba absorto el zarandeo de su hermano menor dentro del agua. «¡Tenemos que sacarlo!», Ilhuicamina gritó. «Espera», respondió Tlacaélel con tranquilidad. «Tiene que aprender». En ese momento, apareció a lo lejos la imagen de un hombre que caminaba junto al canal. Inmediatamente, Tlacaélel se lanzó al agua y rescató a Chimalpopoca quien segundos antes había dejado de patalear para hundirse hasta el fondo. En cuanto ambos niños salieron, fueron auxiliados por el sacerdote Azayoltzin, quien cargó a Chimalpopoca hasta el palacio de Huitzilíhuitl. «¿Qué ocurrió?», preguntó el meshícatl tecutli al mismo tiempo que revisaba a su hijo predilecto. «Se metió a nadar», respondiste, Tlacaélel. «¡Chimalpopoca no sabe nadar!», te gritó tu padre exaltado y furioso. «Lo sé, pero dijo que quería aprender», te excusaste con un gesto de timidez. «¿Y por qué lo permitiste?», te regañó el tlatoani. «¡Tú eres el hermano mayor!». «Tlacaélel lo salvó», intervino Azayoltzin. Entonces Huitzilíhuitl cambió su actitud por completo. Ayacíhuatl se apresuró a abrazar a Tlacaélel. «Gracias, gracias, gracias, repitió entre lágrimas la madre de Chimalpopoca».

En ese momento, tu vida cambió por completo, Tlacaélel. Descubriste que el dolor ajeno te fortalecía. El temor de los demás te hacía poderoso. Comprendiste entonces por qué no sentiste el más mínimo interés por rescatar a Chimalpopoca del lago. Aquellos gritos de auxilio no despertaban nada en ti. En cambio, el rostro aterrado de tu hermano menor te llenó de curiosidad. Te pareció interesante ver en Chimalpopoca algo que tú jamás habías experimentado, algo, para ti, absolutamente ajeno: el pánico.

Por fin, Tlacaélel había comprendido la inquietud de Totepehua. Inquietud que le transfirió hasta convertirla en una obsesión. «¿Qué es el miedo? ¿Cuándo se transforma en pánico? ¿Por qué yo no siento eso? ¿Todos lo sienten?». Obsesionado con saber más de ese comportamiento, decidió averiguar si los animales experimentaban lo mismo. Un día lanzó un conejo al agua, pero éste a pesar del susto logró mantenerse a flote sin generar mayor exaltación. Repitió el experimento con un perro, que tampoco mostró señales de pánico.

Decidió dar el siguiente paso. En compañía de sus hermanos, amarró al perro de las cuatro patas y del pescuezo y le enterró un cuchillo de pedernal. Ilhuicamina y Chimalpopoca estaban aterrados. No podían creer lo que estaban presenciando. Tlacaélel les había dicho que sólo era un juego. «¡Ya déjalo!», te gritó Chimalpopoca con lágrimas en los ojos. El perro aullaba de dolor. «¿Crees que en verdad le duele o sólo está asustado?», preguntaste Tlacaélel mientras contemplabas la herida que le habías causado al animal. «¡Claro que le duele!», gritó Ilhuicamina. «Vamos a soltarlo». «¡No!», ordenó Tlacaélel. «Yo decido cuándo se termina el juego». «¡Esto no es un juego!», respondió Chimalpopoca. «¿Tienes miedo?», se puso de pie y observó a su hermano directo a los ojos. «Sí... Sí...», respondió el niño. «Te voy a enseñar a no ser tan cobarde...», Tlacaélel se dio media vuelta, se arrodilló frente al animal herido y le enterró el cuchillo nuevamente hasta abrirle la panza. En ese momento, las tripas se desparramaron. El animal aulló hasta perder el último aliento. Chimalpopoca e Ilhuicamina lloraban horrorizados. «¡Le voy a decir a mi padre!», amenazó Chimalpopoca. «¡Tú no le dirás nada!», Tlacaélel le apuntó al rostro con el cuchillo empapado de sangre.

Chimalpopoca se llevó aquel secreto a la tumba. Ilhuicamina se lo confesaría años más tarde a su *huei amatlacuilo*.[61] Asimismo, le relató que, al cumplir los doce años, los tres hermanos fueron de cacería al bosque y ahí se encontraron un niño de cuatro años de edad con retraso mental. Cuando le preguntaron su nombre, descubrieron que el niño era incapaz de decir una palabra correcta. Todo eran ruidos raros. Tlacaélel convenció a sus hermanos de llevarlo a una cueva. Luego, encendieron una fogata. Hasta ese momento el niño se había mantenido tranquilo y amigable. De pronto, Tlacaélel amarró al niño, que inmediatamente comenzó a gritar. Ilhuicamina y Chimalpopoca intentaron convencer a Tlacaélel de que llevara al niño con su familia. «¿Cuál familia?», preguntó Tlacaélel. «No sé. Debe tener familia», respondió Chimalpopoca. El niño gritaba desesperado sin decir una sola palabra. «¡Es un idiota!», exclamaste. «Ni siquiera sabe hablar». «Con mayor razón debemos llevarlo con alguien que lo ayude», insistió Chimalpopoca. «Ya vámonos», intervino Ilhuicamina. «Piensa en su futuro», dijiste. «¿Qué tipo de vida tendrá este niño cuando sea adulto?». «No sé», Chimalpopoca se encontraba consternado. «No sé. No sé. Ya déjalo ir». «Tienes razón. Lo voy a dejar libre. ¿Qué le

61 Un *tlacuilo* (plural *tlacuiloque*) pintaba los códices, generalmente, en la sala principal mientras los tlatoque sesionaban, de tal forma que los que pintaban en ese momento quedaba como testimonio. Los tlacuiloque estudiaban en el calmécac y se preparaban desde la infancia. El huei amatlacuilo era el escribano principal y mayor.

ocurrirá?». «¡No sé!», Chimalpopoca alzó la voz. El niño gritaba y lloraba con desesperación. Tlacaélel sacó una flecha, la colocó en su arco y apuntó hacia el niño. «Si no me respondes voy a disparar esta flecha». «¡No sé!», gritó Chimalpopoca. Tlacaélel disparó la flecha, la cual dio en una pierna del niño. Los gritos del infante se incrementaron. «¡Ya basta!», gritó Ilhuicamina. «No», respondió Tlacaélel con voz baja al mismo tiempo que preparaba la siguiente flecha. «Quiero que los dos piensen y me digan qué le espera a este niño en el futuro». «Nada...», Ilhuicamina respondió sumamente nervioso. «¿Nada?». «¿Por qué?». «Porque es incapaz de hablar. Seguramente será incapaz de ejercer algún trabajo...». «¿Estás de acuerdo, Chimalpopoca?», Tlacaélel apuntó la flecha al niño. «Sí». «¿Sí?», Tlacaélel disparó la segunda flecha, la cual dio en el brazo del niño. «¿Qué clase de respuesta es ésa?» El niño gritó de dolor. «Lo voy a soltar», Ilhuicamina se acercó al niño, pero fue demasiado tarde. Una flecha ya había perforado el corazón del infante, el cual murió en ese momento. Chimalpopoca e Ilhuicamina llenos de pánico voltearon a ver a Tlacaélel. «Estos niños son inútiles. Son un desperdicio de la vida. Sólo generan gastos y problemas a sus familias. Deben ser sacrificados», Tlacaélel se acercó al niño, le arrancó las tres flechas que le había clavado, las guardó en el *micomitl*[62] que llevaba colgado en la espalda y salió de la cueva.

Chimalpopoca e Ilhuicamina jamás se atrevieron a denunciar aquel crimen. Nunca hablaron del tema. Ni siquiera se atrevieron a contradecir a su hermano en los años siguientes. Tlacaélel, por su lado, dedicó la mayor parte de su tiempo a la veneración de los dioses. Tomó como misión personal satisfacer las necesidades, deseos y caprichos de los dioses; en especial, los de Tezcatlipoca, el espejo que humea, el dios omnipotente, omnisciente y omnipresente. Siempre joven, el dios que da y quita a su antojo la prosperidad, riqueza, bondad, fatigas, discordias, enemistades, guerras, enfermedades y problemas. El dios positivo y negativo. El dios caprichoso y voluble. El dios que causa terror. El hechicero. El brujo jaguar. El brujo nocturno. El dios de las cuatro personalidades: Tezcatlipoca negro, el verdadero Tezcatlipoca.

62 *Micomitl*, «aljaba hecha de piel».

Tezcatlipoca rojo (Shipe Tótec). Tezcatlipoca azul (Huitzilopochtli). Tezcatlipoca blanco (Quetzalcóatl). *Titlacahuan,* Aquel de quien somos esclavos. *Teimatini,* El sabio, el que entiende a la gente. *Tlazopili,* El noble precioso, el hijo precioso. *Teyocoyani,* El creador (de gente). *Yáotl, Yaotzin,* El enemigo. *Icnoacatzintli,* El misericordioso. *Ipalnemoani,* Por quien todos viven. *Ilhuicahua, Tlalticpaque,* Poseedor del cielo, poseedor de la tierra. *Monenequi,* El arbitrario, el que pretende. *Pilhoacatzintli,* Padre reverenciado, poseedor de los niños. *Tlacatle Totecue,* Oh, amo, nuestro señor. *Youali Ehécatl,* Noche, viento; por extensión, invisible, impalpable. *Monantzin, Motatzin,* Su madre, su padre. *Telpochtli,* El joven, patrón del telpochcali, Casa de la juventud. *Moyocoani,* El que se crea a sí mismo. *Ome Ácatl,* Dos carrizos, su nombre calendárico.

Por lo mismo, su relación con Totepehua se hizo cada vez más estrecha. Tlacaélel no escuchaba a nadie más que a su maestro. Pasaba la mayor parte de su tiempo en los teocalis, venerando a los dioses o barriendo sus pisos. «Deberías salir más», le dijo Totepehua en alguna ocasión. «No vale la pena», respondió Tlacaélel. «Necesitas tener contacto con el pueblo», explicó el anciano Totepehua a su joven alumno. «El pueblo es idiota por naturaleza», respondió Tlacaélel. «Y tú eres soberbio», le contestó el sacerdote. «Soy soberbio», admitió el pupilo, «pero porque soy sabio. No vale la pena discutir con los demás». «¿Ni conmigo?», preguntó el Tótec tlamacazqui. «Con usted no discuto», manifestó el alumno. «Con usted aprendo. Dialogo. Intercambio ideas. Con los demás sólo es una inútil confrontación de estupideces contra mi sabiduría».

«Un día —auguró el anciano— haré y diré cosas que te disgustarán mucho». «No lo creo», Tlacaélel alzó la frente. «Dejarás de pensar como lo haces hoy», continuó Totepehua: «Me quitarás de tu camino». «¿Por qué haría algo así?», preguntó el alumno y el maestro respondió: «Para tomar mi lugar, para convertirte en mí». De pronto, miró el rostro del anciano Totepehua y sus ojos comenzaron a llorar: «*Teimatini, Tlazopili, Teyocoyani, Icnoacatzintli, Ipalnemoani, Ilhuicahua, Tlalticpaque, Pilhoacatzintli...*». «Ése soy yo, Tlacaélel. El dios que da y quita a su antojo la prosperidad, riqueza, bondad, fatigas, discordias, enemistades, guerras, enfermedades y problemas. El dios positivo y negativo. El dios caprichoso y voluble. El dios que causa terror. El hechicero. El brujo jaguar. El brujo nocturno. «*Tlacatle Totecue*…», respondió Tlacaélel. «Yo soy *Tlacatle Totecue* y tú serás el instrumento de Dios, mi voz y mis manos». «¿Y sus ojos y oídos?». «No. Yo lo veo y escucho todo. Sólo serás mi voz y mis manos». «Sólo seré su voz y sus manos, *Tlacatle Totecue*».

«¡Tlacaélel!», Totepehua zarandeó el cuerpo inerte de su alumno que yacía en el piso. «¡Tlacaélel! ¿Me escuchas?». El joven abrió los ojos y se encontró con el rostro de Totepehua. «Seré su voz y sus manos». «¿Qué te ocurrió?», preguntó el anciano. «Seré su voz y sus manos», respondió Tlacaélel. «Bebe esto», Totepehua ofreció un tecontontli con un brebaje caliente que le acababan de llevar para despertar a su alumno. «Yo tomaré su lugar y me convertiré en usted», repitió el joven sin comprender lo que decía. «Así es», replicó el sacerdote: «Algún día tomarás mi lugar. Serás sacerdote y consejero de Meshíco Tenochtítlan».

Totepehua tardó varios años en comprender lo que había ocurrido aquella tarde. Fue hasta el día de su muerte que entendió las palabras de su alumno: «Yo tomaré su lugar y me convertiré en usted». Habían transcurrido varias veintenas desde la muerte de Chimalpopoca y su esposa Matlalatzin. Todo indicaba que ella había sido asesinada cobardemente por los tepanecas. El Consejo acababa de elegir a Izcóatl como tlatoani. Tlacaélel estaba en desacuerdo, pero no podía hacer nada al respecto porque aún no era nonotzale «consejero» ni teopishqui. La guerra contra Azcapotzalco había comenzado. Mashtla estaba rodeado. Muy pronto caería la tiranía tepaneca y Nezahualcóyotl recuperaría el imperio chichimeca.

Minutos antes de que Tlacaélel saliera al frente de un ejército rumbo a Azcapotzalco, se encontró con el anciano Totepehua, quien sin preámbulo le dijo que sabía que él había asesinado a Matlalatzin y que había entregado a Chimalpopoca con Mashtla. Amenazó con denunciarte con el Consejo, Tlacaélel. Tú lo negaste todo. Fingiste no saber de qué hablaba el sacerdote, pero comprendiste que el augurio se estaba cumpliendo. Era momento de quitar a Totepehua de tu camino para tomar su lugar y convertirte en él. Las brigadas meshícas salieron a la guerra. Tenochtítlan se quedó casi vacía. Sólo los ancianos, los niños y algunas mujeres permanecieron en la ciudad. Sin faltar a la costumbre, el anciano Totepehua, que tantas veces dijo que la madrugada era su mejor consejera, se despertó a las cuatro para disfrutar del aire frío y la neblina que a esa hora se recostaba sobre esa isla solitaria... Y como de costumbre, esa madrugada gélida y nublada, Totepehua recibió su desayuno de manos de una de las cocineras de más confianza y, a los pocos minutos, murió envenenado. Totepehua era tan viejo que nadie dudó por un segundo que su muerte hubiera sido por otras causas que no fueran naturales. Inmediatamente, los cinco consejeros enviaron a un mensajero a informar a Izcóatl que Totepehua había fallecido y que pronto tendrían que elegir a su sucesor. Al terminar la guerra, el Consejo te nombró a ti, Tlacaélel, como el nuevo sacerdote y consejero de Meshíco Tenochtítlan.

9

—Esto es inaudito —le dice uno de los ministros a Yarashápo, quien no encuentra las palabras para defender a su amante Pashimálcatl, que cumple su capricho y construye una cerca para dividir en dos la «tierra de las flores».[63]

Aunque al ejército no le guste, la ley de aquella ciudad, reformada por Yarashápo, le permite a aquel joven adueñarse de la mitad de Shochimilco.

—Es temporal —dice, en un intento por tranquilizar a los ministros.

—Mi señor —insiste el tecpantlácatl «cortesano»—, termine con esto de una vez.

El tecutli de Shochimilco exhala al mismo tiempo que baja la mirada. Se nota cierto temor en sus ojos. Le duele más perder a su amante que la mitad de su territorio. Sale del palacio y camina vacilante rumbo a la nueva frontera entre los dos Shochimilcos. Los trabajadores detienen su labor en cuanto ven a Yarashápo. Pashimálcatl ordena que continúen. Yarashápo espera pacientemente a que Pashimálcatl se acerque a dialogar, pero eso no ocurre. Su joven amante lo ignora con una soberbia insufrible.

—Pashimálcatl —dice Yarashápo con voz débil, casi inaudible—. Pashimálcatl. Pashimálcatl.

Los obreros si bien no alcanzan a escucharlo, se dan cuenta de que Yarashápo se dirige a su nuevo tecutli, quien no demuestra el menor interés.

—Le habla —interviene uno de los trabajadores mientras amarra uno de los troncos horizontales a otro de los verticales que forman la cerca.

Pashimálcatl ignora al jornalero y se dirige a uno de los soldados, le dice algo al oído y éste va hacia el obrero, lo sujeta del cabello y lo

63 La palabra *Xochimilco* (*xochi*, «flor», *mil*, «tierra de labranza», y *co*, «lugar») puede traducirse como «tierra de flores». Sin embargo, muchos la interpretan como «sementera de flores».

arrastra. El hombre, desconcertado, pregunta qué hizo mal y qué piensan hacerle. Ya alejados de la vista de todos, el soldado saca una fusta y comienza a flagelar al trabajador.

—¡Pashimálcatl! ¡Necesito hablar contigo! —grita Yarashápo. Pashimálcatl tiene el poder para humillarlo, así que una vez más lo ignora—¡Tlilmatzin tomó Teshcuco! —insiste. Sólo hasta entonces muestra interés.

—¿Qué dijiste? —cuestiona Pashimálcatl, que se detiene frente a la cerca.

—Tlilmatzin tomó Teshcuco.

—¿Quién le ayudó? —pregunta con arrogancia—. El solo no puede.

—Tecutzintli, señor de Shalco, e Iztlacautzin, tecutli de Hueshotla.

—Ya sé quiénes son —responde con enojo—. No necesito que me lo digas.

—Disculpa. —Yarashápo agacha la cabeza.

—¿Tecutzintli e Iztlacautzin fueron a la guerra con Tlilmatzin?

—¡No! De ninguna manera. Sólo le proporcionaron las tropas.

—Increíble que Tlilmatzin haya podido liderar un ejército. —Sonríe con desplante.

—En realidad, lo hizo Nonohuácatl.

Yarashápo está dispuesto a proporcionar más información, pero comprende que ya fue suficiente. Da media vuelta y se va de regreso a su palacio.

—¡Espera! —Pashimálcatl alza la voz—. Termina de contarme.

Yarashápo lo ignora y sigue su camino. Pashimálcatl detesta la incertidumbre. Shalco es uno de los vecinos más cercanos de Shochimilco; por ello, un aliado potencial de Yarashápo.

—¿Qué es lo que pretende Tecutzintli? —pregunta Pashimálcatl casi a gritos, aunque conoce perfectamente la respuesta: usurpar el huei chichimeca tlatocáyotl, algo que lo tiene sin cuidado. Lo que sí le preocupa es que Tecutzintli le otorgue su respaldo a Yarashápo y no a él.

Del otro lado de Shochimilco, se ubica una casa de descanso de la nobleza shochimilca a la que Pashimálcatl se mudó días antes y que pretende ampliar dentro de muy poco. Ahí mismo es donde ha instalado su nuevo gobierno y nombrado a algunos ministros y jefes del ejército. Aunque carece de recursos, muchos de ellos están dispuestos a servirle. Apenas regresa el nuevo tecutli, los ministros se percatan de su furia. No se atreven a preguntar qué ocurre. Esperan a que él se desahogue.

—Necesito dos espías —dice sin dirigirse a nadie en específico.

—Como usted ordene, mi amo —responde con lambisconería uno de los ministros.

—Ordénales que vayan de inmediato a investigar qué ocurrió en Teshcuco.

Al día siguiente, los espías le informan a Pashimálcatl que Teotzintecutli e Iztlacautzin proporcionaron sus ejércitos a Tlilmatzin y a Nonohuácatl para invadir Teshcuco, la cual estaba desprotegida. Nezahualcóyotl se hallaba con sus concubinas e hijos en la boda de Motecuzoma Ilhuicamina y Cuicani. Al frente de la ciudad se encontraba el yaoquizqui más leal del príncipe chichimeca, Coyohua, pero no hubo necesidad de disparar una sola flecha. Como los tomaron desprevenidos, no hubo forma de oponer resistencia. El ejército de Teshcuco era mucho menor que los de Shalco y Hueshotla. Nada pudo hacer Coyohua ante el demoledor ejército que marchaba hasta el palacio que, décadas atrás, había construido Quinatzin. Coyohua intentó dialogar con Tlilmatzin, pero no se le permitió decir una palabra. Los soldados lo apresaron y lo llevaron a una jaula de madera.

La historia entre el príncipe chichimeca y Coyohua comenzó diez años atrás, cuando huehue Tezozómoc decretó la persecución de Nezahualcóyotl, quien fue a Tepectípac, señorío de Cocotzin, fiel a Ishtlilshóchitl. Al llegar a la entrada del palacio, dos yaoquizque lo detuvieron. Uno de ellos era Coyohua. «Vengo a ver a su señor», dijo Nezahualcóyotl sin levantar la mirada. Los soldados lo observaron de arriba abajo y, luego, se miraron entre sí con gestos ladinos. «Lárgate de aquí». «Necesito hablar con él». «¿Quién lo busca?», preguntó uno de ellos con escarnio al ver la suciedad en las vestimentas del joven frente a ellos. «¿El tecutli chichimeca?», ambos bromearon con muecas sarcásticas. Temeroso de no saber qué recibimiento se le daría, Nezahualcóyotl levantó el rostro: «Sí, dígale que el hijo de Ishtlilshóchitl lo está buscando». El semblante de los soldados se opacó, pues era ya por todos sabido que el príncipe chichimeca deambulaba por el cemanáhuac, a veces disfrazado como mendigo. Miraron en varias direcciones, tragaron saliva y dudaron en responder. «¿En verdad eres Nezahualcóyotl?», preguntó Coyohua con temor. «Sí». «No le creas», expresó el otro y negó con la cabeza. «Llévenme con su señor y, si soy un impostor, él decidirá mi castigo». Ambos yaoquizque bajaron las miradas por un instante y luego llevaron al joven ante su tecutli. «¡Oh, mi señor Nezahualcóyotl!», Cocotzin lo reconoció de inmediato, sin que los soldados lo anunciaran. Se levantó de su tlatocaicpali y se dirigió a él. «Le ruego que me perdone», dijo Coyohua, y al instante se arrodilló. «Disculpe nuestra insolencia», expresó el otro. «¿Qué han hecho?», inquirió Cocotzin, y los miró con desconfianza. «Mi señor, no sabíamos que él era el príncipe heredero», explicó Coyohua sumamente arrepentido. Cocotzin jaló aire con tranquilidad, observó a Nezahualcóyotl, notó que en él tampoco había enfado hacia esos soldados y concluyó: «De ahora en adelante ustedes serán esclavos de Nezahualcóyotl». «Me sirven más como yaoquizque», dijo el príncipe chichimeca. «Pues así será». Desde entonces, aquel soldado ha ido a donde va el príncipe chichimeca. Nadie ha demostrado más lealtad a él que Coyohua. Incluso antes de morir, huehue Tezozómoc lo mandó llamar para sobornarlo. Le ofreció riquezas, mujeres y títulos de *téucyotl* («nobleza») a cambio de que traicionara a Nezahualcóyotl. No lo logró. La lealtad de Coyohua alcanzó una fama inimaginable. De igual forma, despertó celos y rencores. Tlilmatzin fue uno de los que más envidió el afecto entre el príncipe y su soldado. Por lo mismo, al tenerlo enjaulado en el patio trasero del palacio de Teshcuco, no pudo resistir el impulso de desquitar su tirria.

—Mírate —le dijo al prisionero con socarronería—, derrotado y humillado.

Coyohua se encontraba sentado en el piso, con las manos atadas a la espalda y la cabeza agachada. Se sentía sumamente avergonzado por haberle fallado a su amo, quien le había confiado la defensa de la ciudad.

—¿Te creíste miembro de la nobleza porque mi hermano te ordenó que cuidaras la ciudad? —Coyohua alzó la mirada con desprecio—. Sí, te molesta lo que digo. —Caminaba de un lado a otro con arrogancia—. Te enoja que te diga la verdad. Pues escucha bien, imbécil. No eres más que un esclavo vestido de soldado. Jamás pertenecerás a la nobleza.

—Tú tampoco —respondió Coyohua con indiferencia.

Tlilmatzin disimuló su enojo. Trató de sonreír. Lo observó detenidamente. Pensó en lo que debía responder, pero su ira pudo más que su inteligencia. Entró a la jaula, se agachó, cogió del cabello al prisionero y lo obligó a mirarlo a los ojos:

—Escúchame bien. Yo soy hijo de Ishtlilshóchitl. Nieto de Techotlala y bisnieto de Quinatzin.

—Un bastardo. —Coyohua encogió los hombros y sonrió. Tlilmatzin enfureció y lo golpeó en el rostro un par de veces—. Un bastardo —repitió el prisionero con los labios manchados de sangre. Tlilmatzin le mallugó el abdomen a patadas—. ¡Bastardo! —gritó Coyohua como una burla—. ¡No eres más que un bastardo! —Tlilmatzin se le fue encima y le tapizó el rostro a puñetazos—. Desátame —lo retó Coyohua derribado en el piso—. Anda, demuestra tu habilidad para pelear. Atrévete…

Tlilmatzin se escurrió la sangre de las manos como quien exprime un trapo. Le dio la espalda al prisionero y continuó hablando:

—Tienes razón. Soy un bastardo. Eso no lo puedo cambiar. La vida fue muy injusta conmigo. Yo debería haber sido el hijo legítimo y no Nezahualcóyotl.

—Aunque hubieras sido un hijo legítimo, jamás habrías sido como tu hermano —respondió Coyohua desde el piso—. El respeto y el afecto no se arrebatan, se ganan.

—Ya cállate —dijo Tlilmatzin muy enojado.

—Nunca podrás ser como tu hermano. Él es valiente, honesto, decidido, humilde…

—¡Cállate! —insistió Tlilmatzin.

—Además de un bastardo, eres imbécil, soberbio e ignorante. Puedes matarme, yo sólo soy un soldado. ¿Sabes lo que hizo Nezahualcóyotl cuando se enteró de que su mentor había sido asesinado por Mashtla? —Tlilmatzin se quedó callado. Coyohua respondió—: Nada. No hizo nada. No lloró. No dijo una palabra. No preguntó más. Continúo con la guerra. Te aseguro que, si me matas, el príncipe no hará nada. Porque en realidad a él no le importa nadie más que llevar a cabo su venganza. Y tú eres uno de los traidores a los que asesinará. No por lo que me hagas, sino porque simplemente eres un traidor y como tal mereces morir.

Dominado por la ira, Tlilmatzin no pudo contenerse, se fue contra el prisionero y lo golpeó hasta dejarlo inconsciente.

—Dicen que Coyohua está muy mal herido —informa uno de los espías de Nezahualcóyotl en el palacio de Cílan.

—¿Pudiste verlo? —pregunta el príncipe chichimeca muy preocupado.

—No, mi amo. Todo el palacio está custodiado por las armadas de Shalco y Hueshotla.

En cuanto el informante se retira, Nezahualcóyotl envía embajadas a los pueblos aliados —Otompan, Chiconauhtla, Tepeshpan, Acolman y Coatlíchan— para que vayan a verlo de inmediato al palacio de Cílan, pero no recibe respuestas inmediatas. Pierde la paciencia. Le preocupa la vida de Coyohua. Así que decide marchar con su ejército a Teshcuco, donde lo reciben las falanges de Shalco y Hueshotla. Un ejército aplastante, comparado con el que él comanda. Aun así, advierte a los invasores que tomaron la ciudad, que se rindan y que nadie saldrá herido. Los soldados se ríen, pues a simple vista se nota que el número de efectivos de su ejército es mucho menor que el de ellos. Tlilmatzin sale a confrontar a su hermano. Ya no es el mismo que salió huyendo de Teshcuco veintenas atrás. Es más soberbio que nunca. Un yaoquizqui arrastra a Coyohua atado de una soga al cuello.

—Aquí está tu amigo.

Tlilmatzin se burla y señala a su prisionero. Nezahualcóyotl enfurece al ver el rostro destrozado de Coyohua. Hace un gesto de arrebato, indicación de que dará comienzo la batalla. Pero Tlilmatzin se apresura y lo amenaza con matar a Coyohua si da un paso más. El príncipe chichimeca comprende que no habrá diálogo y decide regresar al palacio de Cílan. Desde ahí, envía una embajada a Tenochtítlan, donde continúa la celebración de la boda de Ilhuicamina y Cuicani, quienes después de cinco días salen de la alcoba y son recibidos con un banquete.

Tlacaélel observa desde lejos. Los esposos orgullosos muestran la sábana ensangrentada que «demuestra» la virginidad de la joven esposa. Una vez más comienzan las danzas y se sirve el banquete. Tlacaélel desaparece.

Nadie se percata de que Cuicani se aleja de su esposo. Camina a uno de los pasillos del palacio. Discretamente se esfuma detrás de un muro. Total, ¿qué podría hacer? Nadie desconfía de la hija de uno de los consejeros y la nueva esposa del futuro tlatoani. Cuicani transita sigilosamente hasta el final de uno de los pasillos. Justo donde se ubica la habitación de Tlacaélel. La joven entra sin pedir permiso. Tlacaélel y Cuicani se miran. Ella está furiosa. Él sonríe ligeramente.

—¿Te estás burlando? —pregunta Cuicani con las cejas comprimidas.

—Estoy festejando el matrimonio de mi hermano. —Sonríe Tlacaélel.

—Me engañaste. —Sus ojos se llenan de lágrimas—. Te burlaste de mí.

—Fue divertido... —Cuicani lanza una bofetada, pero Tlacaélel le detiene la mano en el aire—. Cuidado —advierte al mismo tiempo que le oprime la muñeca.

—Te vas a arrepentir —lo amenaza—. Ya lo verás.

—Tú querías casarte con mi hermano. Ya lo conseguiste. Eres la esposa del futuro tlatoani.

—Yo me había enamorado de ti. —Cuicani llora en silencio. Quiere tragarse sus palabras—. A tu hermano no lo conozco.

—Ya tendrás tiempo para conocerlo. No eres la primera mujer que se casa con un desconocido.

Tlacaélel se da media vuelta. Camina a la salida, pero ella lo toma del brazo.

—Le voy a contar a mi padre que me engañaste —lo amenaza.

—Adelante. —Se voltea y la mira fijamente a los ojos como si quisiera matarla—. Si lo haces yo admitiré todo. Les diré que eres una experta mamando vergas, que tienes el culo más sabroso que he conocido, que me cogiste mejor que nadie en la vida. Por otro lado, si lo niego, pensarán que eres una mentirosa. No olvides que tu padre hizo que me nombraran sacerdote. Entonces, él quedaría mal ante los miembros del Consejo y el tlatoani Izcóatl. Provocarás un conflicto entre los sacerdotes.

La joven agacha la cabeza y, sin despedirse, sale agobiada. Se esconde en la primera habitación que halla a su paso, se sienta en un rincón y se lleva los brazos al pecho antes de dar cauce a un río de lágrimas. Pero ni la cascada más extensa del mundo sería suficiente para vaciar su dolor. Cuando la traición y la humillación llegan de la mano, no hay poder humano que sane tan profunda herida. Cuicani aprieta en su puño el dobladillo de su huipil. Con las uñas comienza a rascar y a rascar. Las lágrimas no se detienen. El sufrimiento la revienta por dentro. Sus ojos arden. Sus labios tiemblan. De pronto, da un fuerte jalón a la tela del huipil y la desgarra, como si con ello quisiera arrancar el recuerdo y el amor que sentía por Tlacaélel. Pero la memoria es injusta: nos obliga a recordar lo indeseado y, a veces, nos borra lo mejor de la vida. ¿Acaso no es el desamor el indeseado recuerdo de lo mejor de una vida? A veces. En otras ocasiones, es tan sólo un espejismo. El autoengaño de que eso fue lo mejor de la vida. Y que lo mejor de la vida se encontraba en otra parte, en otros tiempos, con otros seres, con otras sonrisas y otras miradas. El espejismo de un Ilhuicamina falso se desvanece ante la cruel realidad. Cuicani quiere morir. Aquella joven ya no tiene esperanzas ni razones para seguir. Todo el amor que tenía para dar lo entregó de golpe y sin reserva. Se quedó hueca. Ya no tiene voz, ni sueños ni fuerza. Vuelve a rasgar su huipil. Otra vez. Otra vez. Y otra. Y otra… Al final, no le queda más que un tendedero de trapos rasgados colgándole de los hombros. Su cuerpo desnudo tiembla. No hace frío. Tirita de rabia, de impotencia y de dolor. Piensa en la manera más sencilla de quitarse la vida. No sabe si tendrá el valor. En ese momento, entra a la habitación una de las sirvientas del palacio y, de inmediato, se da cuenta de que Cuicani tiene el rostro empapado de lágrimas, la nariz inundada de mocos y la boca salivando como un arroyo. Se apresura a tomar una manta de algodón y la cubre de cuerpo entero. No pregunta nada. Sólo la envuelve entre sus brazos. Cuicani se recarga en su hombro y desborda su llanto. No le importa quién es esa mujer. No quiere saber. No quiere hablar. No quiere que la escuchen. No quiere nada. O, por lo menos, eso cree hasta este momento. Si hay una muerte que desea más que la suya, ésa es la de Tlacaélel. Pero ella jamás ha matado a nadie. No sabría cómo hacerlo. No se atrevería. ¿O sí, Cuicani? No. No sabe. Llora. Llora, llora, llora, Cuicani. Llora tanto que ya no sabe cuánto tiempo ha transcurrido desde que entró a esa habitación. Abre los ojos y descubre un poco de oscuridad. La tarde ha caído sobre Tenochtítlan. Debe regresar a la celebración. Ya es casi el final. En unas cuantas horas, todos los invitados regresarán a sus casas, a sus pueblos, a sus vidas, a sus rutinas, a sus tragedias. De alguna manera, todos viven sus propias tragedias. Cuicani no está más tranquila, pero lo intenta. La criada se pone de pie y busca, entre las ropas de la esposa de Izcóatl, algo a la medida de la recién casada. Encuentra un huipil viejo, que seguramente ya no le queda a aquella mujer que ha subido varias tallas. Se acerca a Cuicani y, por primera vez, dice una palabra: «Póngaselo». Cuicani lo recibe sin ponerle atención. Se suena la nariz con los trapos desgarrados de su huipil. Exhala e infla los cachetes. Apenas si puede alzar los párpados de tanto llorar. Piensa en lo que debe hacer y lo que quiere hacer. Se muerde el labio inferior y, sin poder controlarlo, se precipita otra tempestad de lágrimas. La sirvienta la observa en silencio. Ya no se sienta junto a ella. Ya no la abraza. Ya no hay tiempo. Hace un rato que la mandaron a buscar a Cuicani.

—Su esposo la está buscando.

—Sí —responde Cuicani—. Ya voy. —Se seca las lágrimas, se pone el huipil y se acomoda el cabello—. Gracias —le dice a la mujer y se va de regreso a la fiesta, donde todos la reciben con entusiasmo.

—¿Dónde estabas? —pregunta Ilhuicamina.

—¿Dónde más? —Tlacaélel aparece a espaldas de Cuicani—. ¿Qué preguntas haces, hermano? Como toda mujer, por ahí llorando de felicidad. Ya sabes cómo son.

Cuicani asiente con la cabeza y se seca un par de lágrimas que la traicionan. Ilhuicamina sonríe y la abraza.

—Vamos a otra parte —le dice Cuicani a Ilhuicamina con cierto tono de complicidad y amenaza dirigida a Tlacaélel—. Quiero hablar contigo de algo muy importante.

—No se vayan —la interrumpe Tlacaélel—. La celebración aún no termina.

—Necesito hablar con mi esposo —le responde Cuicani con la voz firme y toma de la mano a Ilhuicamina.

—Y bien. ¿De qué era eso tan importante que querías hablarme? —pregunta Ilhuicamina muy intrigado cuando se aleja Tlacaélel.

—Necesitaba decirte que me siento muy apenada contigo por lo de la primera noche, pero no me pude contener. Deseaba muchísimo estar contigo. Quiero hacerte muy feliz.

—Ya lo haces —responde Ilhuicamina.

Cuicani se acerca y le dice al oído:

—Vámonos de aquí.

—¿A dónde? —pregunta Ilhuicamina con picardía.

—¿A dónde crees? —contesta ella y le pone una mano entre las piernas.

La pareja llega a la alcoba de Ilhuicamina que se encuentra en el mismo palacio. Cuicani utiliza toda su sensualidad para embobar a su esposo. Está determinada a enamorarlo hasta la locura, para luego cobrarle todas juntas a Tlacaélel por medio de su hermano y futuro tlatoani. Aquella noche se lo coge hasta exprimirlo. Hasta que el joven esposo queda casi muerto de cansancio en el pepechtli.

Afuera, la celebración llega a su fin. Los invitados se retiran. Los sirvientes limpian el palacio para que al día siguiente todo vuelva a la normalidad. Comienza una noche larga para Cuicani. Quizá la más extensa de su vida. No ha podido cerrar un ojo. Ya no llora. No debe llorar ahí, con Ilhuicamina acostado junto a ella. Se traga su dolor. Piensa en su nuevo plan. Todo tiene que salir a la perfección.

A la mitad de la madrugada se levanta, se pone el huipil que le dio la sirvienta. Busca, entre las pertenencias de Ilhuicamina, algún cuchillo o lancilla. Halla un macuáhuitl, pero no sabe cómo utilizarlo. Además, no cree tener las fuerzas suficientes para usarlo correctamente. Por suerte, encuentra un cuchillo de obsidiana. Mide casi veinte centímetros de largo. No pesa tanto como el macuáhuitl. Le parece fácil de manipular.

Sin hacer un solo ruido, Cuicani sale de la habitación y se va caminando sigilosamente por el pasillo hasta llegar a la habitación de Tlacaélel. Entra sin que nada se lo impida. Tlacaélel duerme bocarriba. Ronca. Cuicani lo observa con odio. Se pone en cuclillas, para poder salir con premura. De pronto, alza el arma por arriba del hombro y la baja rápidamente. Le raya la frente a Tlacaélel, quien despierta de inmediato y se encuentra con Cuicani. La contempla en silencio. Se percata del cuchillo de pedernal. Una catarata de sangre le escurre por el rostro. La herida arde. Se lleva la mano a la frente y la baja a la altura de su pecho para mirarla: está empapada en sangre. Mantiene la calma. Analiza el escenario. Ella se ve más nerviosa que enojada.

—¿Vas a matarme? —pregunta con serenidad, sin miedo, sin preocupación.

—No —responde ella al mismo tiempo que se pone de pie—. Sólo quiero asegurarme de que nunca más puedas engañar a otra mujer haciéndote pasar por tu hermano.

10

Amanece en Coyohuácan y sus calles se atiborran de *pochtécah*[64] cargados de mercancías. Todos se dirigen a la plaza central. Uno a uno van colocando sus petates en el piso, donde acomodan cuidadosamente costales de maíz blanco, maíz negro, maíz rojo, maíz verde-blanco, maíz pinto, maíz negro-morado, maíz rojo-negro, maíz encalado; de igual forma, ponen canastas llenas de chile verde, chile molido, chile amarillo, chile colorado, chile chipotle, chile chilcostle, chile serrano, chile ancho, chile guajillo, chile ozolyamero, chile chiltepín, chile mora, chile manzano, chile de árbol, chile pasilla. Asimismo, instalan petacas[65] llenas de frijol, cacao, chía, zapote negro, mamey, amaranto, jitomates, aguacates, calabazas, huauzontles, quelites, anonas, plátanos, guayabas, chayotes, hongos, nopales, camotes, guanábanas, papayas, piñas, manzanas, duraznos; otros pochtecas llevan animales para comer: guajolotes, codornices, conejos, perros, serpientes, venados, pescado, camarones, charales, ranas, ajolotes; e insectos comestibles: gusanos de maguey, chinicuiles, ahuautles, jumiles, chapulines, escamoles, chicatanas, entre otras sabandijas. También venden plumas rojas, azules, amarillas y verdes, turquesas, jades, mantas de algodón, mantas de henequén, copal, ámbar, piedras preciosas, bezotes, oro y utensilios de cocina.

—Mira cuánta gente —le dice con asombro Yeyetzin a Cuécuesh mientras recorren el tianquiztli—. ¿Tú recuerdas haber visto tanta gente en Coyohuácan?

Cuécuesh niega con la cabeza. Él también está maravillado. Jamás imaginó que Coyohuácan se convertiría en el centro comercial más importante de todo el cemanáhuac. Y mucho menos de una manera tan veloz: apenas una veintena y media.

64 *Pochtécah,* en singular pochtécatl, «mercader».

65 La palabra petaca proviene del náhuatl *petlacalli,* que significa «caja hecha de petate».

Desde la fundación de Tenayocan,[66] bajo el gobierno de Shólotl y hasta que Quinatzin decidió mudar el huei chichimeca tlatocáyotl a Teshcuco, el comercio se había concentrado precisamente en Tenayocan. Tenancacaltzin desconoció a su primo Quinatzin como gran chichimecatecutli y usurpó el imperio.[67] Muy pronto su primo Acolhuatzin, tecutli de Azcapotzalco, se levantó en armas contra su primo Tenancacaltzin y se autoproclamó señor de toda la tierra.[68] A partir de entonces, el comerció se concentró en Azcapotzalco. Diez años más tarde,[69] Quinatzin se levantó en armas y recuperó el imperio. El comerció se trasladó a Teshcuco, donde a partir de entonces se estableció el nuevo chichimeca tlatocáyotl. Cuarenta años después,[70] Tezozómoc, hijo de Acolhuatzin, le arrebató el imperio a Ishtlilshóchitl, nieto de Quinatzin, y el comercio se concentró nuevamente en Azcapotzalco. Diez años más tarde, Nezahualcóyotl y una docena de pueblos aliados emprendieron una guerra contra Mashtla y destruyeron por completo la ciudad tepaneca,[71] sin tomar en cuenta que ahí se concentraba el comercio de todo el cemanáhuac. Durante la guerra, los pochtecas se vieron forzados a esparcirse. Tres veintenas después, cuando todo volvió a la calma, muchos se instalaron en Tenochtítlan para protegerse de los saqueos, mientras que otros se mudaron a la ciudad hermana de Azcapotzalco, Coyohuácan.

Concentrar el comercio en Coyohuácan no sólo beneficia a su economía, sino que también le da mucho poder político. Tanto que podría definir el curso de las guerras. Yeyetzin recomienda comprar la mayor cantidad de granos y mercancías perdurables, almacenarlas para que cuando haya escasez, incrementar los precios y enriquecerse.[72] Cué-

66 Fecha aproximada, 1244.
67 Fecha aproximada, 1366.
68 Fecha aproximada, 1368.
69 Fecha aproximada, 1378.
70 El año de 1418 es el más aproximado.
71 El año preciso es 1429.
72 Los aztecas tenían cinco tipos de moneda. La primera era una especie de cacao, distinto del que empleaban en la bebida, que se contaba por *xiquipiles* (cada xiquipilli eran ocho mil almendras). La segunda eran pequeñas mantas de algodón, con las cuales se podía adquirir mercadería. La tercera era el oro en grano o en polvo. La cuarta, que más se acercaba a la moneda acuñada, consis-

cuesh le hace caso a su mujer y acumula una soberbia cantidad de mercancías. Apenas transcurren dos días, la gente comienza a alborotarse por la falta de alimentos. Los pochtécah abusan y suben los precios. Los clientes riñen entre ellos, vociferan groserías, se arrebatan las mercancías. De los jaloneos pasan a los golpes. Todo se sale de control. Pronto aquel mercado se convierte en un campo de batalla. Todos contra todos. Reina la barbarie. Acude el ejército coyohuáca a imponer el orden y arresta a la mayoría de los clientes. En particular a los extranjeros.

—¡Suélteme! —grita una joven meshíca cuya melena le llega a los muslos—. ¡Yo no hice nada!

—Yo te vi robando —responde el soldado; la arrastra de los cabellos.

Se alejan del tianguis, la lleva a un callejón solitario, se asegura que no haya nadie viendo, la derriba en el piso, le levanta el huipil, le abre las piernas y la viola. Al terminar, la deja destrozada en el suelo.

—Ya vete a tu pueblo —le dice mientras se aleja.

En ese mismo instante, llega otro yaoquizqui con otra joven tenoshca condenada a la misma desgracia. Al llegar al fondo del callejón, se encuentra con la chamaca que había dejado el primer violador.

—¿Y tú qué haces ahí? —le grita—. ¡Lárgate!

La joven apenas si puede ponerse de pie. Le punza la entrepierna. Mira a la otra niña con inmensa tristeza y se sigue derecho. No la puede defender. Quisiera esperarla para regresar juntas a Tenochtítlan, pero tiene miedo. Le duele ser mujer. Huye. Se avergüenza de no haber podido hacer nada por su amiga.

Llega a la ciudad isla y les cuenta lo ocurrido a sus padres, quienes de inmediato enfurecen. Los hermanos proponen ir a Coyohuácan para matar a los soldados que las violentaron. Su padre los tranquiliza y les promete ir a denunciar el agravio con el tlatoani Izcóatl al día siguiente. La joven revela que no fue la única; menciona el nombre de su amiga y de otras mujeres que también iban con ellas.

A la mañana siguiente, sus padres y hermanos salen en busca de las demás mujeres violentadas en Coyohuácan. Descubren con tris-

---

tía en ciertas piezas de cobre en forma de T que se empleaban en cosas de poco valor. Y la quinta eran ciertas piezas útiles de estaño. En Francisco Javier Clavijero, *Historia antigua de México,* pp. 332-333.

teza que, por lo menos, una docena de jovencitas sufrió el mismo atraco. Las familias se reúnen en la calle. Están furiosas. Los vecinos se enteran. También ofrecen su apoyo. Muy pronto se crea una turba que rebasa las mil personas. Los yaoquizque tenoshcas se inquietan. No saben qué está ocurriendo.

Los reclamantes se dirigen al huei tecpancali del tlatoani Izcóatl para informar lo sucedido y solicitar justicia. Los soldados les impiden el paso. Deben prevenir cualquier revuelta, pero únicamente provocan lo contrario. La gente se altera. Gritan con enojo. Exigen justicia para sus mujeres. El meshícatl tecutli ordena que dejen pasar a las víctimas y sus familiares más cercanos.

Comienza la audiencia. Una a una pasan al frente y narran su desventura. El tlatoani escucha con tristeza. Promete hacerles justicia. Las víctimas regresan a sus casas. La ciudad vuelve a la calma. Muchas veces los pueblos no quieren venganza, sólo empatía de su gobierno. Los tecpantlacátin «ministros» y nenonotzaleque «consejeros» recomiendan a Izcóatl que le declare la guerra a los coyohuácas, pero él decide enviar una embajada para solicitar una respuesta sobre los acontecimientos. Ese mismo día, Cuécuesh recibe a los embajadores de Izcóatl y les responde con altivez:

—Que los coyohuácas no tuvieron nada que ver con los agravios cometidos en contra de las mujeres tenoshcas —informa el embajador al tlatoani Izcóatl—, y que como prueba de ello le ofrece un banquete a usted para reconocerlo como nuevo líder del cemanáhuac.

El tlatoani no responde. Se queda pensativo. Desconfía del mensaje de Cuécuesh. Los nenonotzaleque lo miran en silencio. Finalmente, uno de ellos decide hablar:

—Pienso que debemos declararle la guerra a Coyohuácan —dice Cuauhtlishtli.

—No es oportuno —explica Azayoltzin—. Acabamos de salir de una guerra.

—Eso no es un impedimento —responde Yohualatónac—. Los coyohuácas violentaron a nuestras mujeres y deben pagar por ello.

—Debemos ser muy cautelosos —explica Tlacaélel con un pedazo de tela de algodón enredado en la cabeza—. ¿Saben por qué fueron esas mujeres a Coyohuácan? A comprar mercancías porque el tianguis de Azcapotzalco ya no existe. ¿Qué pasará si invadimos Coyohuácan?

—¿Qué te pasó en la frente? —pregunta Izcóatl muy intrigado.

—No es nada. —Tlacaélel desvía la mirada—. Un accidente.

—¿Qué tipo de accidente? —pregunta Tochtzin y se acerca a Tlacaélel.

—Me caí. —Tlacaélel baja la mirada y hace una mueca—. Regresemos a lo que estábamos discutiendo.

—Estábamos discutiendo que te caíste —agrega Cuauhtlishtli con una sonrisa burlona.

—El tianguis de Coyohuácan es hoy en día el más importante de todo el valle. —Tlalitecutli entra en defensa de Tlacaélel.

—Si invadimos Coyohuácan, afectaríamos el comercio —agrega Azayoltzin—, que por cierto se encuentra en crisis. Hasta donde tengo entendido, lo que ocurrió ayer se debió a la falta de mercancías. La gente comenzó a pelear por el poco alimento que quedaba y de ahí se desató el caos.

—Entonces debemos buscar otra solución —dice Yohualatónac.

—¿Te refieres a que nuestro meshícatl tecutli acepte la invitación de Cuécuesh? —pregunta Cuauhtlishtli.

—De ninguna manera —responde Yohualatónac—. Izcóatl no debe asistir a Coyohuácan. Podría ser una trampa.

—Entonces, ¿quién propones que vaya? —pregunta Azayoltzin—. ¿Nosotros?

—¿Habría algún problema? —cuestiona Yohualatónac y alza los hombros.

—No...

—Propongo que vaya mi hermano —interviene Tlacaélel.

—Es una buena idea que vaya Ilhuicamina —agrega Tlalitecutli.

—No estoy de acuerdo —manifiesta Izcóatl de manera rotunda.

Los argumentos se extienden hasta la monotonía. Siempre es lo mismo. Luego de un largo debate, los consejeros y el tlatoani deciden enviar a Ilhuicamina al banquete de Izcóatl. A la mañana siguiente, sale el hijo de Huitzilíhuitl con cuatro embajadores y veinte soldados rumbo a Coyohuácan. Cuécuesh recibe a la embajada de Ilhuicamina y pregunta por qué no asistió Izcóatl.

—Nuestro meshícatl tecutli le ofrece una disculpa por no acudir a este banquete que usted, tan generosamente, organizó para él —responde Ilhuicamina de rodillas y con la cabeza agachada—. Pero está muy ocupado en otros asuntos.

Cuécuesh se ríe incrédulo:

—¿Asuntos más importantes que yo?

—No, mi señor, no es eso. —Ilhuicamina levanta la cara para que Cuécuesh lo vea a los ojos. De inmediato, aborda el tema de las mujeres violadas.

—Ya les expliqué a los embajadores que mis yaoquizque son inocentes. —Niega con la cabeza.

—Las mujeres que hicieron la denuncia no tenían razones para mentir —insiste Ilhuicamina.

Cuécuesh se hace el enojado:

—¡No voy a permitir que vengas a insultarme a mi palacio!

—Disculpe. —Ilhuicamina da un paso hacia atrás.

Montado en la cúspide de la soberbia, Cuécuesh ordena que arresten a Ilhuicamina. Los soldados meshítin se ponen a la defensiva. De inmediato entra el ejército, que sólo estaba esperando el llamado. Inicia un combate en el cual mueren todos los meshícas, excepto un soldado e Ilhuicamina, quien es llevado a una prisión. Al yaoquizqui lo dejan libre. En cuanto llega a Tenochtítlan, le informa al tlatoani y a los consejeros sobre lo ocurrido. Izcóatl enfurece al recibir la noticia. Mantiene la calma. Disimula ante los presentes. Agradece y despide al soldado. Los consejeros esperan algún comentario de Izcóatl.

—Necesito hablar con Tlacaélel a solas —dice a los nenonotzaleque, quienes al instante abandonan la sala principal del palacio.

—¿Por qué propusiste que Ilhuicamina fuera a Coyohuácan? —pregunta Izcóatl muy molesto.

—Para protegerlo a usted…

—¿Por qué no pensaste en enviar a uno de los consejeros? ¡O tú mismo!

—Porque creo que es bueno que Ilhuicamina se experimente en el trato con otros tetecuhtin.

—Eres un manipulador —acusa Izcóatl—. No me sorprendería que el secuestro de Ilhuicamina también fuera un ardid tuyo, como lo de Chimalpopoca. ¿Acaso también quieres deshacerte de tu hermano gemelo?

Tlacaélel mantiene una postura de inocente:

—No sé de qué habla, tío.

—¿Tú planeaste todo esto? —Izcóatl lo mira directo a los ojos, como si con ellos quisiera matarlo.

—Tío, me ofende. Yo sería incapaz de algo así —responde Tlacaélel con un tono de voz más fuerte y se marcha sin despedirse.

Al salir del palacio, Tlacaélel se dirige al otro extremo de la isla. Va en busca de un curandero para que le sane la herida en la frente. El anciano lo recibe como si lo hubiera estado esperando. Pero no se conocen. Jamás se han visto.

—Una persona me recomendó... —Tlacaélel intenta explicar, pero el anciano lo interrumpe.

—No se preocupe. Nadie sabrá que estuvo aquí. —El curandero coloca un petate en el piso. Tlacaélel frunce el ceño y lo mira de reojo—. Acuéstese. —Señala el petate—. Primero le voy a lavar la herida...

Tlacaélel obedece sin decir una palabra. Analiza el comportamiento del anciano, quien acomoda sus utensilios a un lado del pepechtli. Hay algo en él que llama mucho su atención. No puede dejar de verlo.

—Usted se parece a alguien, pero no recuerdo a quién —dice Tlacaélel mientras el hombre le quita el paño de la cabeza.

—Yo me parezco a muchas personas —comenta el anciano, que le cura la herida con el ungüento que hizo esa mañana.

—No... —Niega con la cabeza.

—No se mueva —le dice el anciano—. Le voy a coser.

—Usted se parece a Totepehua —agrega Tlacaélel como si hubiera realizado un gran hallazgo.

—¿Se refiere al anciano que le daba clases?

—Ah. —Tlacaélel se muestra asombrado—. Sabe de quién hablo.

—Yo lo sé todo —responde el curandero.

Tlacaélel se ríe y pregunta:

—¿Cómo me hice esta cicatriz en el hombro?

—Usted tenía once años —explica el anciano—. Había comenzado la guerra entre Azcapotzalco y Teshcuco. Las tropas meshítin se ejercitaban en los campos de Tlalnepantla. Usted los siguió con el afán de aprender cómo entrenaban. El capitán lo descubrió y le ordenó que se regresara a su casa, pues ése no era un lugar para un niño y mucho menos para uno de los hijos del tlatoani. Pero a usted no le importó y regresó al día siguiente. Nuevamente, fue descubierto y en esa segunda ocasión el capitán ordenó que dos soldados lo escoltaran hasta el palacio y lo entregaran personalmente con el tlatoani Huitzilíhuitl. Aun así, usted regresó al tercer día...

—Esa historia la saben muchos —lo interrumpe Tlacaélel.

—Al tercer día, usted se subió a un árbol para observar las prácticas de los yaoquizque —continúa el anciano.

—Resbalé al bajar del árbol —agrega Tlacaélel—, y me corté...

—Eso es lo que usted les contó a todos... —El curandero sonríe y entierra en la frente de Tlacaélel una aguja e hilo de maguey.[73] El paciente no muestra aflicción ante las maniobras del curandero, que jala con fuerza el hilo hasta unir fijamente las dos alas de la herida para volver a enterrar la aguja—. La verdad es que, cuando los soldados se retiraron, usted bajó del árbol y se encontró un macuáhuitl olvidado entre los arbustos. Lo tomó y comenzó a practicar los movimientos que había aprendido desde lejos. De pronto, aparecieron tres jóvenes de entre catorce y quince años. Se burlaron de usted. «¿El niño se siente listo para ir a la guerra?». «¡No nos mates, Tlacaélel! ¡Te lo suplico!», se carcajeaban. Usted preguntó si iban armados y ellos dejaron de reír. Encontraron ira en sus ojos. Alzó su macuáhuitl, esgrimió y le cercenó el abdomen a uno de ellos. Los otros dos se le fueron encima, lo derribaron, le arrebataron el arma y comenzaron a patearlo. Uno de ellos, sin saber usar el macuáhuitl, le lanzó un golpe y le provocó esa pequeña herida. El otro comprendió la dimensión de sus actos y decidió huir.

—¿Cuál de ellos le contó esta historia? —pregunta Tlacaélel con la frente remendada.

—Ninguno de ellos, pues usted los asesinó tiempo después. Y eso es algo que nadie vio.

73 Los nahuas arrancaban con los dientes las espinas del maguey, de tal forma que éstas salían con varios hilos —es decir, la raíz de la espina— de entre cinco y veinte centímetros de longitud. Luego, limaban la espina y la adelgazaban a un diámetro de entre 0.8 y 2.0 milímetros para coser materiales o heridas en la piel.

—¿Cómo sabe tanto de mí? —cuestiona con serenidad.

—Ésa ha sido mi misión durante toda mi vida. —Presume el anciano con orgullo.

—¿Qué misión? —Tlacaélel arruga las cejas y los labios.

—Cuidarlo… —dice el curandero como quien coloca una ofrenda.

—¿A mí?

Tlacaélel trata de entender lo que acaba de escuchar. Difícilmente cree lo que le dicen. Siempre busca una razón, una mentira, un argumento de doble filo, una mala intención. Pero, por alguna razón, siente que debe creerle. Quiere creerle.

—Sí. —El anciano se pone de pie y camina a una tinaja de agua para lavarse las manos—. Los dioses me asignaron esta misión.

—Usted es un nahual —afirma Tlacaélel.

—Beba esto —el anciano se acerca con un *tecontontli*.[74] Tlacaélel lo recibe y toma en tres tragos el líquido hirviente.

Apenas le devuelve el tecontontli al curandero, Tlacaélel siente un despiadado mareo. Los párpados lo traicionan y, en segundos, pierde el conocimiento. Despierta a la mañana siguiente en su habitación, sin lograr comprender qué le ocurrió. No recuerda haber caminado de regreso al palacio, ni que alguien lo haya auxiliado. Se toca la frente para comprobar que el curandero sí fue real. Siente los nudos del hijo de maguey en los extremos de la herida. No lo soñó. Sale de su habitación y se topa con uno de los sirvientes del palacio. Le pregunta por el meshícatl tecutli, con intenciones de generar una plática, un discurso que le ayude a obtener información sin ser evidente. Quiere preguntar qué día es, cómo llegó al palacio, si alguien lo cargó, lo ayudó o lo vio. Demasiadas preguntas para alguien como Tlacaélel. Prefiere quedarse con la duda antes que hablar de más. De cualquier manera, tarde o temprano se entera de todo. Siempre aparece el bocón, el que no puede guardar secretos, el que está dispuesto a vender información o el ingenuo que no sabe que cuenta lo que no debe.

En ese instante piensa en Cuicani. Tiene bien claro que si hay alguien dispuesta a decirle todo lo que sabe o piensa, es ella. El problema es que, a estas alturas, no es sencillo entrar a su casa y hablar a solas.

74 *Tecontontli*, «vaso o taza de barro».

Sale del palacio y se dirige a su casa. No es la primera vez que se escabulle para ingresar a su alcoba. Debe esperar un largo rato, pues la madre de Cuicani se encuentra con ella. Cree que con su presencia consolará a su hija, a quien no le interesa en absoluto el futuro de su esposo. Cuando finalmente la mujer sale de la habitación, Tlacaélel entra sigilosamente. Cuicani, quien está de espaldas, cree que su madre regresó, como siempre lo hace, porque se le olvidó algo o porque tuvo alguna ocurrencia.

—*Nantli,* «mamá», estoy bien... —dice sin voltear la mirada hacia la entrada.

—¿Segura? —pregunta Tlacaélel con una sonrisa mordaz.

Cuicani gira la cabeza por arriba del hombro izquierdo y un escalofrío recorre todo su cuerpo. Teme que la presencia de Tlacaélel en su habitación sea para cobrar venganza por lo que le hizo en la frente. Traga saliva. Se da media vuelta para verlo a la cara. Comienza a temblar. Está dispuesta a gritar o, por lo menos, eso cree.

—Acompáñame —ordena Tlacaélel con voz baja pero firme.

—No —responde Cuicani con la voz trémula.

Tlacaélel dirige la mirada a la entrada de la habitación, para asegurarse de que nadie se acerque.

—Como tú decidas... —Camina hacia ella.

—No te acerques. —Cuicani da tres pasos hacia atrás—. O grito...

—¿Lo harás? —Sonríe Tlacaélel.

—¿Qué quieres? —Respira agitadamente.

—Hablar. —Levanta la frente.

—Te escucho —responde Cuicani.

—Aquí no. Ya sabes dónde.

Tlacaélel se da media vuelta y sale de la habitación. Se dirige a la casa, donde muchas veces ella y él se encontraron a solas y vivieron los mejores momentos de su romance. La espera, seguro de que llegará. Media hora más tarde, Cuicani y Tlacaélel se encuentran a solas. Él se quita la venda de la frente para que ella vea la herida que le hizo y sonríe como quien acaba de recibir un trofeo. Ella desvía la mirada. Tlacaélel se acerca a ella, le muestra la herida y le exige que la vea.

—Ahora te pertenezco —dice Tlacaélel—. Esta herida es tan tuya como mía. Así como tu culo: tan tuyo como mío.

Cuicani le responde con una bofetada. Él sonríe, camina hacia ella. Intenta detenerlo con otra cachetada, pero Tlacaélel no se detiene; Cuicani tampoco: arremete con cuatro manotazos. Tlacaélel se ríe de ella tras cada golpe. Sigue de frente, insolente, cínico, burlón, despótico e intenta besarla. Ella le pega a puño cerrado; él la toma con fuerza de los hombros, le desgarra el huipil y se lo arranca. Ella le pega; él la besa. Ella, con la palma de la mano, le da golpes que poco a poco se suavizan hasta desvanecerse. Se besan salvajemente y terminan desnudos en el piso.

11

«Lo tengo preso, como un conejillo con la pata rota, asustado, débil y hambriento», alardea Cuécuesh con los tetecuhtin Iztlacautzin y Teotzintecutli, quienes se ríen, no por la audacia de Cuécuesh, sino por lo que ellos consideran su ingenuidad.

Para ellos, Motecuzoma Ilhuicamina no es nadie, no vale nada, ni siquiera el riesgo de haberlo encarcelado, mucho menos el esfuerzo de tenerlo en una jaula de madera. «Además, los meshícas no tienen suficientes aliados, son un pueblo débil sin el apoyo de Nezahualcóyotl. Así que no, gracias, no nos interesa una alianza con los coyohuácas». Sus miras están en el huei chichimeca tlatocáyotl —la herencia usurpada al Coyote sediento, esa pelota que sigue rebotando del oriente al poniente—, y para apoderarse del imperio tienen elaborado un plan: invadir Coatlíchan, luego Cílan, y matar u obligar al príncipe chichimeca a abandonar aquel lado del valle. Luego, piensan invadir Tepeshpan, Acolman, Chiconauhtla y Otompan. Después de haber conquistado todos los pueblos del oriente, seguirán con el norte y el poniente.

«No deberían subestimar a los meshítin, mucho menos a Tlacaélel», les responde Cuécuesh, no porque le preocupe la suerte de ellos, sino porque acaba de ser pisoteado y la única forma que encuentra para expresar su irritación es lanzando una amenaza. Una amenaza que él mismo debería considerar. Los señores de Shalco y Hueshotla contestan que luego de que Nezahualcóyotl muera o renuncie al imperio, ellos dos gobernarán el valle y que, hasta entonces, sólo hasta entonces, se encargarán de los meshícas.

Cuécuesh no logrará una alianza con ellos. No sabe si es por su estrategia de encarcelar a Motecuzoma Ilhuicamina, o por el desprecio a su linaje plebeyo. Vuelve a Coyohuácan humillado, con deseos de desquitarse con el primero que se le ponga en frente. ¿Quién será? ¿Quién será? ¿Un yaoquizqui? ¿Un nenenqui? ¿Su prisionero? Alguien tiene que pagar. Al entrar al palacio, se encuentra a una niña de rodillas, tallando el piso con un cepillo. «¡Quítate de mi camino!», le entierra un puntapié en la cara. La fámula cae al suelo con un despeñadero de sangre en la nariz. Yeyetzin, que presenció todo desde el otro extremo de la sala, se acerca de inmediato a su marido para tranquilizarlo. No le interesa saber cómo le fue, sino calmarlo; sabe bien lo estúpido que se pone cuando se enoja. También teme que un día esas rabietas la vuelvan a lastimar a ella, como cuando, en medio de su primer y último embarazo, le lanzó patadas que le provocaron un tremendo sangrado que le hizo expulsar el feto a medianoche. Por poco y ya no sobrevivía la joven Yeyetzin, de entonces catorce años.

—¿Qué ocurrió? —lo interroga, aunque tiene un pronóstico muy claro de la respuesta. Pero si pregunta otra cosa, Cuécuesh se molestaría. Y si no cuestiona, sería peor.

—Esos imbéciles se creen muy poderosos.

—Lo acabas de decir: son unos imbéciles. No los necesitas.

Cuécuesh la mira y sonríe ligeramente, como un pipiolo que recién comprendió un chiste, quizá porque Yeyetzin tiene el poder de idiotizarlo, y no precisamente por su sonrisa o esos susurros que le dispensa al oído cuando se lo coge, sino porque a ella nadie le niega nada, no por ser la esposa del tecutli de Coyohuácan o porque es extremadamente hermosa, ¡no!, se debe a que ella es una mujer sumamente astuta. Si sus estrategias de gobierno fallan la mayoría de las veces es porque su marido es tan torpe que siempre termina haciendo las cosas a medias o mal, o peor aún, llevando a cabo todo eso que ella le advierte que no haga.

—Ve a descansar —le dice Yeyetzin mientras con las pupilas le hace una seña a la criada, que permanece en el suelo, para que se esfume—. ¿Quieres que te lleve algo de comer o de beber?

—No. —Cuécuesh se frota la barbilla con los dedos—. Voy a visitar a un viejo amigo.

Se sigue al fondo del palacio, con lo cual Yeyetzin comprende que su esposo se dirige al sitio donde tienen preso a Ilhuicamina, una jaula de palos de madera atados con mecate. Al llegar al patio trasero del palacio, se detiene un instante para observar al prisionero, quien se encuentra en silencio y sin mirarlo. Cuécuesh recuerda en ese momento la noche en que él y sus compañeros del ejército, en medio de la guerra contra Teshcuco, fueron sorprendidos por los soldados chichimecas, quienes, en lugar de matarlos en ese mismo momento, los llevaron presos hasta el palacio de Teshcuco. Por primera vez, Cuécuesh entraba a un palacio, y su esplendor lo embruteció tanto que, con el sólo hecho de estar ahí, se daba por satisfecho. Ishtlilshóchitl los iba a interrogar, pero súbitamente alguien entró a la sala para darle un mensaje al oído. El huei chichimecatecutli salió apurado, dejando a los prisioneros a merced de los yaoquizque, quienes los llevaron a unas jaulas muy parecidas a la prisión de palos en que se encuentra Ilhuicamina.

Por aquellos años, a Cuécuesh aún no lo atolondraba la soberbia. Era astuto y arriesgado. Elaboró un plan en el cual los soldados coyohuácas debían fingir un pleito que obligaría a que los guardias chichimecas entraran a contenerlos; y justo en el instante en que estuvieran adentro, tres de ellos los derribarían y escaparían. El plan salió a la perfección y Cuécuesh infló su popularidad tanto como su ego, pero también comenzó a desmoronarse su capacidad de razonamiento, hasta convertirse en un bribón.

—Hoy fui a Shalco —le dice a Ilhuicamina sin entrar a la jaula—. Hicimos una alianza. Vamos a conquistar todos los *altepeme*[75] del oriente, luego los del norte, después los del poniente, para terminar con Tenochtítlan y Tlatelolco.

Ilhuicamina permanece en silencio. No le interesa discutir con el tecutli de Coyohuácan.

—Ya sé lo que estás pensando —continúa Cuécuesh—, que tu hermano vendrá a rescatarte. —Ilhuicamina alza la mirada y Cuécuesh se siente más sagaz que nunca—. Yo en tu lugar estaría preocupado. Tlacaélel no hará nada para salvarte.

—No sabes lo que dices —responde Ilhuicamina con aborrecImiento.

—¿Sabes qué es lo que creo? —pregunta Cuécuesh con ironía—. Que Tlacaélel quiere ser tlatoani y por eso te envió a Coyohuácan. Tu hermano te quiere muerto. Pero no le vamos a dar ese gusto, ¿verdad? Seré paciente y esperaré a que venga. Entonces...

—Te cortará la cabeza —lo interrumpe Ilhuicamina y Cuécuesh lanza una carcajada.

—¿De verdad crees que tu hermano está preocupado por ti? —Se

75 *Altepeme*, plural de *altépetl*. También se escribe *altepemame*.

ríe—. ¿Qué crees que está haciendo en este momento? —Ilhuicamina desvía la mirada. El coyohuáca insiste con las manos en jarras—. Dime. ¿Qué crees que está haciendo Tlacaélel en este momento?

La pregunta parece sencilla. Cualquiera podría responder que se encuentra con los miembros del Consejo o que elabora un plan para rescatar a su hermano gemelo, incluso se podría decir una bobada con tal de salir de la discusión. Pero Motecuzoma Ilhuicamina ha sido golpeado en donde más le duele: no sabe en realidad nada de su hermano. No lo conoce. Y lo que conoce de él le aterra. Aunque eso no se lo contará a nadie; tendría que estar borracho, y quizá ni así, pues, aunque quisiera, sabe que, en lo más profundo de su ser, nunca se atrevería a traicionar a su hermano. ¿Traicionar? Claro que a Ilhuicamina le queda perfectamente claro que no sería traición, pero no encuentra la palabra correcta para definir lo que eso sería. Nadie le enseñó jamás que podía denunciar, sí, denunciar a su hermano, contarle a su padre o a su madre sobre las atrocidades que le ha visto hacer en secreto.

—Dime. ¿Qué crees que está haciendo Tlacaélel en este momento?

—No tengo idea —responde avergonzado...

—Yo creo que ha de estar cogiendo con una mujer.

No se equivoca. Justo en ese momento, cruzando el lago, en la ciudad isla, Meshíco Tenochtítlan, Tlacaélel se encuentra con la hermosa esposa de su hermano gemelo, que no sabe qué ponerse ya que su amante, en medio de aquel salvaje instante de pasión, le desgarró el huipil. Sigue desnuda, con los pezones erectos y la piel de gallina, pues la pobre no sabe qué hacer con su dignidad y su conciencia.

—Ponte esto —le dice Tlacaélel al regresar de la habitación de al lado.

Cuicani recibe un huipil usado y con aroma de otra mujer. Inmediatamente pregunta de quién es.

—¿En verdad quieres hacer esa pregunta? —Tlacaélel le dispara una mirada homicida.

La joven se viste y sale sin decir más. No quiere hablar con Tlacaélel. Se siente peor que el día anterior. Corre apurada a su casa para quitarse ese huipil sudado y pestífero. No tiene idea que su padre la espera desde hace algunas horas. Apenas se encuentran, ella rompe en llanto y se le cuelga del cuello. Le llora al oído, le empapa el hombro con lágrimas y mocos, y el pobre viejo cree que es porque el marido de su hija está secuestrado en Coyohuácan. Ojalá fuera por eso. Si tan sólo su pena se debiera a otro hombre, a ése que la ha tratado mejor que nadie, a quien no puede amar porque simplemente el gemelo la tiene hechizada. Si tan sólo pudiera arrancárselo de la cabeza, pero no puede. Y tampoco puede alejarse de él; ya lo comprobó. Está tan atada a él como a sus entrañas. Cuánta razón tuvo Tlacaélel cuando le dijo que su culo ya le pertenecía; y no sólo su culo, sino toda ella, en cuerpo y en pensamiento.

—¿Cómo le hago, tahtli? —dice Cuicani.

—Lo vamos a rescatar —promete el sacerdote—. Ya estamos elaborando un plan.

—¿Un plan? —Se aparta de su padre y lo mira con asombro y miedo, pues ahora más que nunca necesita que Ilhuicamina se mantenga lejos, por lo menos hasta que ella logre alejarse de Tlacaélel o dominar su estúpida incapacidad para evitarlo. Evitarlo, evitarlo, qué difícil—. ¿Qué plan?

—No te lo puedo contar.

Azayoltzin no tiene ningún plan. Los consejeros y el tlatoani no se ponen de acuerdo. Dos de ellos quieren invadir Coyohuácan, mientras que los otros cuatro creen que lo mejor será esperar, aunque ni siquiera saben qué deben esperar; sólo repiten lo que Tlacaélel les indicó. El único que está verdaderamente preocupado es Izcóatl, pero se encuentra atado de manos. Su hijo Tezozomóctli le ha dicho en diversas ocasiones que los ignore y comience a gobernar como debe hacerlo un tlatoani.

—Por culpa de ellos perdimos la alianza con Nezahualcóyotl, la más importante de todas —dice Tezozomóctli a su padre—. Disuelve el Consejo.

—Hijo —responde el tlatoani Izcóatl—, eres aún muy joven para entender que en el tecúyotl no se pueden tomar decisiones improvisadas y mucho menos tan peligrosas.

Tezozomóctli es un joven de dieciocho años de edad, sediento de victorias y protagonismo. Sabe que nunca tendrá la oportunidad de hacer algo importante con su primo Tlacaélel en el Consejo.

—Tlacaélel nos odia, padre —asegura Tezozomóctli.

—No digas eso.

Su hijo tiene razón, pero se niega a admitir lo que muchos rumoran: que Tlacaélel y la mayoría de los miembros de la téucyotl («nobleza») tenoshca, obsesionados en preservar la pureza de su raza, se negaron a que Izcóatl, hijo de una sirvienta tepaneca, fuese electo meshícatl tecutli, pero al que tuvieron que aceptar, pues tras la muerte de Chimalpopoca y ante el acoso de Mashtla él era el único descendiente de Acamapichtli con experiencia en el gobierno y la guerra. Esa misma fracción de la téucyotl tenoshca es la que también desaprobó la elección de Chimalpopoca por ser nieto de huehue Tezozómoc y que ahora busca evitar que Tezozomóctli, hijo de Izcóatl y Huacaltzintli, nieta de huehue Tezozómoc, llegue a ser huei tlatoani meshíca, pues aseguran que, si eso llegara a ocurrir, triunfaría el linaje tepaneca, del cual pretenden despojarse.

—Deberíamos matar a Tlacaélel —propone Tezozomóctli.

—¡Ya te ordené una vez que no digas eso! —lo regaña Izcóatl—. Somos una familia y como tal debemos protegernos entre nosotros.

—Tlacaélel no pensó lo mismo cuando envió preso a Chimalpopoca con los tepanecas. Tampoco pensó lo mismo cuando asesinó a mi prima Matlalatzin. Y, seguramente, no pensará eso el día que nos mande matar para quitarnos de su camino.

—¿Qué sugieres? —pregunta Izcóatl con desánimo.

—Intenta negociar una nueva alianza con Nezahualcóyotl.

—No será posible. Nos están espiando día y noche. No me preguntes quién los manda, porque no lo sé. Puede ser Tlacaélel… o los consejeros. Hay muchos miembros de la nobleza que también están interesados en mantenernos al límite. No hay forma de que enviemos un mensaje a Nezahualcóyotl sin que nos descubran.

—Mi primo Cuauhtlatoa…

—No. —Izcóatl niega con la cabeza y mira hacia el piso—. Él…

—Él sigue muy enojado por la muerte de mi prima Matlalatzin. Busca venganza…

—Yo no quiero venganza —responde Izcóatl.

—Pero quieres rescatar a Ilhuicamina. —Camina alrededor de la sala—. Los nenonotzaleque no se ven muy interesados en hacer algo. Tú necesitas el apoyo de alguien de afuera, principalmente, el de Nezahualcóyotl. La única persona con la cual puedes tener contacto sin levantar sospechas es con mi primo. Aprovecha la cercanía, padre. Ve, búscalo, pídele su ayuda, que sea él el mensajero, que vaya y le diga a Nezahualcóyotl que tú quieres una alianza con Teshcuco y Tlatelolco.

—¿Con qué excusa voy a ir a Tlatelolco?

—Cuauhtlatoa se dio cuenta de que Cuécuesh estaba guardando mercancía en el palacio de Coyohuácan y decidió crear su propio mercado en Tlatelolco —explica Tezozomóctli.

—¿Cuándo fue eso?

—Hace unos días. Es un tianguis muy pequeño. Pero muchos habitantes del valle ya están corriendo la voz. —Tezozomóctli clava la mirada en los ojos de su padre—. Ahí tienes la mejor excusa para ir a Tlatelolco sin despertar sospechas. Vamos a conocer el nuevo tianguis y a felicitar a Cuauhtlatoa. Ya en privado le ofreces la alianza.

—Primero iremos a ver el tianguis —responde Izcóatl con desconfianza—. Visitaremos a Cuauhtlatoa y luego tomaré una decisión.

Al día siguiente, Izcóatl y Tezozomóctli visitan el nuevo mercado de Tlatelolco, que es aún muy pequeño y no genera desconfianza ni envidias. Después, se dirigen al palacio de Tlatelolco. Ahí los recibe Cuauhtlatoa, aunque sin las solemnidades que se acostumbran, principalmente porque Tezozomóctli y Cuauhtlatoa son primos. El difunto tecutli de Tlatelolco, Tlacateotzin, padre de Cuauhtlatoa, era hermano de Huacaltzintli, la esposa de Izcóatl y madre de Tezozomóctli.

El tlatoani meshíca felicita al tlatelolca por la iniciativa de crear un nuevo mercado. Luego, intenta hablar sobre los conflictos con Nezahualcóyotl, pero Cuauhtlatoa no manifiesta interés. Está decepcionado. Siente que lo han ignorado demasiado y que nadie valoró la participación de sus escuadras en la guerra. Así que decide no inmiscuirse en ninguno de los conflictos y enfocar todo su tiempo y recursos en la adquisición de mercancías en las costas totonacas, en Huashyácac y en Mishuácan. Quiere que su ciudad se convierta en el centro comercial más grande del cemanáhuac, pero no comenta sus planes con sus invitados; se limita a agradecer la visita y desearles éxito.

Izcóatl y Tezozomóctli regresan desilusionados a Tenochtítlan. En el camino, el tlatoani piensa mucho en el príncipe chichimeca, en su forma de pensar y en sus prioridades. Quizá alguna idea le sirva para acercarse a él.

Pero la realidad es que, como la gran mayoría, sabe muy poco de Nezahualcóyotl. Sólo sus concubinas lo conocen. En especial, Zyanya, la más astuta de todas, e hija de Totoquihuatzin, último heredero del reino tepaneca y tecutli de Tlacopan, y que por lo mismo desde hace varias veintenas ha ido tejiendo una estrategia para incluir a su progenitor en las alianzas del príncipe chichimeca. Cada vez que tiene una oportunidad, se escapa del palacio de Cílan para visitar a su padre y convencerlo de que se acerque a Nezahualcóyotl.

—Háblale sobre la miseria en la que están viviendo los tepanecas —recomienda Zyanya—. Recuérdale que tú les permitiste entrar a Azcapotzalco por Tlacopan.

A Totoquihuatzin le sigue doliendo la traición a su gente.

—No sabes cómo me arrepiento —responde Totoquihuatzin.

La hermana menor de Zyanya también se encuentra presente.

—Hiciste lo que debías —lo consuela Matlacíhuatl.

—Está bien, hablaré con Nezahualcóyotl —promete el tecutli tlacopancalca.

Zyanya vuelve optimista a Cílan. Su intención es sugerirle a Nezahualcóyotl que organice un banquete en el palacio e invite a su padre. No piensa darle más detalles, para que todo parezca espontáneo. Pero, para su mala fortuna, una vez más el palacio de Cílan se encuentra de cabeza. Nezahualcóyotl está furibundo. Dos guardias arrestan a Shóchitl y a Mirácpil. Zyanya no entiende lo que ocurre. Le pregunta a Cihuapipiltzin, otra de las concubinas, la razón de todo aquello.

—Todo comenzó esta mañana —informa Cihuapipiltzin—. Mirácpil y Shóchitl trataban de convencer a Ayonectili de que desistiera de acusarlas.

—¿Acusarlas de qué? —pregunta Zyanya.

—De que son amantes...

Esa mañana Nezahualcóyotl discutía con sus ministros sobre la toma de Teshcuco. Estaba irascible desde la confrontación con Tlilmatzin en la entrada de la ciudad. Si invadía la ciudad, pondría en peligro las vidas de Coyohua y sus habitantes, pero también necesitaría restaurar la alianza con los meshítin, de lo contrario los ejércitos de Shalco y Hueshotla los demolerían.

Los ministros recomendaron poner un ultimátum a los tenoshcas, algo que, definitivamente, no era fácil. El príncipe chichimeca les comentó que, durante la boda de Ilhuicamina y Cuicani, ya había dialogado con Izcóatl, quien le había prometido hablar con el Consejo para que abandonara sus intentos de apoderarse del imperio. Los ministros insistieron en que el tlatoani meshíca estaba fingiendo ser su aliado.

Nezahualcóyotl narró que Cuauhtlatoa también le ofreció su apoyo, pero ignoraba que en los últimos días el tecutli tlatelolca había cambiado de opinión. Los ministros sugirieron que aprovechara la ira de Cuauhtlatoa para invadir Tenochtítlan, entrando por Tlatelolco.

Nuevamente, como todos los días anteriores, terminaron la junta sin llegar a una solución. Nezahualcóyotl acabó muy molesto. Estaba harto de tantas traiciones, tantas mentiras y tantas promesas incumplidas. Y, por si fuera poco, minutos después de que los ministros abandonaron la sala principal del palacio de Cílan, entró una de sus tecihuapipiltin «concubinas» con la ardiente intriga que detonaría la furia del Coyote ayunado.

—Mi señor... —dijo ella, agachando la cabeza con humildad.

—Ayonectili, en este momento me encuentro muy ocupado —le respondió el príncipe chichimeca.

—Disculpe, mi señor. —Se dio media vuelta, pero con la vileza de esparcir veneno a su salida—. Pensé que usted querría enterarse de un delito...

—Espera. —La detuvo intrigado—. ¿De qué delito hablas?

—De uno que están cometiendo dos de sus concubinas.

La mirada de Nezahualcóyotl se transformó. Sus labios tiritaron de rabia. Su respiración se aceleró. Su pecho se inflaba y se desinflaba apresurado. ¿Cómo era posible que incluso dentro de su palacio hubiera delitos?

—¿De qué estás hablando? —Apretó los puños.

—Del adulterio que están cometiendo Shóchitl y Mirácpil. —Ayonectili se pasó la punta de la lengua por el labio superior muy lentamente, como si con ello degustara el néctar de su veneno.

Ningún otro chisme habría hecho explotar al heredero chichimeca tanto como éste. La perfidia de dos de sus concubinas le era equivalente a una traición de Estado. Su ego lesionado no le consentiría perdonarles la vida. Primero muerto que indultar el adulterio. Iracundo, ordenó a dos de sus soldados que llevaran a las dos concubinas ante él.

—¿Quiénes son los traidores? —le preguntó a Ayonectili.

La concubina comprendió perfectamente la interrogación, pero respondió con otra pregunta para saborear el perjuicio:

—¿Cuáles traidores?

—Los hombres con los que están cometiendo adulterio… —especificó con furia.

—No hay hombres —respondió con tranquilidad—. El adulterio es entre ellas. Son *tepatlachui* «mujer homosexual». Tienen *nepatlachuiliztli,* «sexo lésbico».

El Coyote ayunado trago saliva. No esperaba eso. Minutos más tarde llegaron los yaoquizque con las dos tecihuapipiltin «concubinas» empapadas en llanto. Nezahualcóyotl las miró con ira. Entonaba un cántico fúnebre. Ellas comprendieron de inmediato lo que aquello significaba.

—¿Saben por qué las hice venir por la fuerza? —Se acercó a ellas con pasos lentos.

—No, mi señor —respondió Mirácpil sin quitarle la vista.

—¿Entonces por qué estás llorando? —cuestionó el heredero del imperio.

—Porque los soldados nos trajeron a la fuerza y nos dio mucho miedo —explicó Shóchitl—. Pero la verdad es que no comprendemos lo que está ocurriendo.

—No mientan —intervino Ayonectili con cizaña—. Ustedes bien saben por qué están aquí. ¡Por *tlacatecolocíhuah,* «adúlteras»! ¡Ustedes dos son amantes! *Chicahuac cíhuah,* «mujeres varoniles», *tlacotli cíhuah,* «machorras», *cíhuah oquichtic,* «marimachas», *cíhuah oquichyollo,* «machorras».

—Eso es mentira —respondió Mirácpil y se limpió las lágrimas. Debía mostrarse fuerte para defender su vida y la de la mujer que amaba.

—Yo las vi en el bosque. Desnudas... —Ayonectili hizo una pausa y señaló sus genitales con los dedos—. Y haciendo eso...

—¡Mientes! —gritó Mirácpil llena de rabia.

—Ya cállense las dos —respondió colérico Nezahualcóyotl.

Shóchitl, por su parte, era incapaz contener el llanto. Sin saberlo, se estaba delatando. Y nada ni nadie la podría rescatar de la condena. El príncipe chichimeca se acercó a ella y la miró directamente a los ojos.

—¿Me has sido infiel? —preguntó al mismo tiempo que la tomaba de la barbilla.

—No, mi señor —contestó Shóchitl mientras inhalaba el flujo nasal que le escurría.

—Sí... —espetó—. Eres una puta. —Luego se dirigió a Mirácpil—. De ti no me sorprende. Desde que te conocí, imaginé que eras de ese tipo de mujeres. Las dos serán encarceladas y llevadas ante los jueces, quienes decidirán su castigo.

Nezahualcóyotl dirigió la mirada a los soldados y les ordenó que las encerraran en una ergástula. Mirácpil y Shóchitl lloraron y rogaron por clemencia, mientras los yaoquizque las arrastraban. Las demás concubinas se encontraban reunidas afuera de la sala principal, escuchando todo.

—¡Mi señor, se lo suplico! ¡No nos encierre! —gritaba Shóchitl.

—Y ustedes —Nezahualcóyotl se dirigió a las concubinas que se hallaban patitiesas en el pasillo—. Vayan a cumplir con sus obligaciones.

Todas obedecieron. En ese momento llega Zyanya, que le pregunta a Cihuapipiltzin, otra de las concubinas, la razón de todo aquello.

—Todo comenzó esta mañana —informa Cihuapipiltzin—. Mirácpil y Shóchitl trataban de convencer a Ayonectili de que desistiera de acusarlas...

Mirácpil y Shóchitl son llevadas al *teilpiloyan* («cárcel»), pero encerradas por separado, lo cual les genera mucho más miedo. Los gritos de ambas se escuchan por todo el palacio. Zyanya se acerca a Nezahualcóyotl para tranquilizarlo.

—¿Y tú qué quieres? —le pregunta rabioso el príncipe chichimeca.

—Hacerlo feliz.

12

La primera saeta dio justo en la espalda desnuda del joven coatlichaca que corría descalzo por el llano para dar aviso a Quetzalmaquiztli sobre la recalada de las tropas shalcas y hueshotlacas. El informante se desplomó cual roble recién talado y no se volvió a parar, pues segundos más tarde pasó sobre él un ejército de veinte mil hombres que lo dejó machacado en el fango. Dos vigías instalados al frente de la ciudad apenas si tuvieron tiempo de gritar «¡Nos invaden! ¡Nos invaden!», cuando un par de flechas le perforaron a uno la garganta y a otro un ojo. Una veintena de soldados coatlichacas, que también resguardaba los confines, se postró en la entrada con sus *chimalis,* «escudos», y macuahuitles para batirse cuerpo a cuerpo, pero a medida que se acercaba el ejército liderado por Iztlacautzin y Teotzintecutli comprendió que sus horas estaban contadas. No habría forma de derrotar a semejante milicia. Los escuadrones coatlichacas no rebasaban los cinco mil hombres. Esa mañana había caído una lluvia terca. Si bien no era un aguacero, había lloviznado con suficiente necedad para aflojar la tierra y concebir un centenar de charcos. Un diluvio de *yaomitles, tlatzontectlis, tlacochtlis*[76] cayó sobre ellos y les perforó piernas y brazos, ya que sus chimalis sólo alcanzaban a cubrir sus pechos y rostros. Aquellos pipiolos heridos emprendieron la fuga, pero apenas se daban media vuelta, caían muertos por cuatro, cinco, seis flechas que les llegaban por las espaldas como enjambres. El ejército coatlichaca, liderado por Quetzalmaquiztli, acudió a la defensa de su ciudad demasiado tarde. Los regimientos shalcas y hueshotlacas ya habían traspasado sus fronteras; aun así, protegieron su pueblo con furia. Comenzó la batalla cuerpo a cuerpo, macuáhuitl contra macuáhuitl. La lluvia también enfureció, la tierra se ablandó, los charcos se ensancharon y se ahondaron. Los soldados avanzaban con

76 *Yáomitl,* «flecha con punta de pedernal o hueso». *Tlatzontectli,* «dardo». *Tlacochtli,* «lanzas con puntas de obsidiana lanzadas con el *átlatl*». *Átlatl,* «lanzadardos». También utilizaban para la guerra el *temátlatl,* «honda de fibras de maguey para lanzar piedras», y el *tlahcalhuazcuáhuitl,* «pieza de madera hueca que servía como cerbatana para lanzar dardos, generalmente, envenenados».

dificultad, se resbalaban en el lodo. Su impulso se debilitaba y se les caían las armas de las manos. Muchos de ellos, empapados y cegados por la lluvia, lanzaban golpes a diestra y siniestra sin tener un punto fijo. Las milicias de Iztlacautzin y Teotzintecutli se abrieron paso. Los coatlichacas opusieron resistencia a pesar de las bajas. Tan sólo en la última hora habían perdido un millar de soldados. De no haber sido por la lluvia, la batalla habría durado mucho menos de lo habitual, los ejércitos shalca y hueshotlaca habrían entrado directo y sin oposición. Inmediatamente habrían prendido fuego a las casas aledañas y, conforme avanzaran, habrían incendiado todo a su paso, como era la costumbre, hasta llegar a los teocalis y los palacios para reducirlos a escombros. Pero esa mañana, la lluvia estuvo del lado de los coatlichacas: los protegió lo más que pudo. Los capitanes y sus soldados más temerarios mantuvieron la defensa con sus cuerpos enfangados y docenas de muertos a sus pies. A mediodía, Quetzalmaquiztli ofreció la rendición de su ciudad.

De inmediato los yaoquizque shalcas y hueshotlacas desarmaron a los coatlichacas. Otros se prepararon para destruir los teocalis, pero Iztlacautzin los atajó, con lo cual Teotzintecutli protestó, pues no destruir los teocalis era señal de debilidad, ineptitud y cobardía. Era esencial imponer su autoridad.

—La autoridad la demuestras con la inteligencia de tu gobierno, no con la destrucción. Si echas abajo lo conquistado, te quedas sin nada, nada, nada. Entiéndelo —respondió Iztlacautzin.

—Lo tiras y construyes palacios nuevos y montes sagrados para tus dioses —replicó el tecutli de Shalco con altanería.

—¿Qué te interesa más: derrumbar teocalis o conquistar toda la tierra? —cuestionó el señor de Hueshotla y, sin esperar la respuesta, se dirigió al palacio de Coatlíchan, negando con la cabeza y sin mirar atrás.

—¡Destruyámoslo todo! ¡Quemémoslo todo! —Teotzintecutli alzó los brazos y la voz en cuanto Iztlacautzin entró al palacio.

Teotzintecutli sonrió con infamia al ver que sus soldados preparaban todo para incendiar las casas y los teocalis, pero pronto la realidad les dio una bofetada: era imposible quemar un solo jacal, pues la llovizna no cesaba y todo estaba empapado. Los soldados se dieron a la tarea de destruir lo que podían con sus manos. Los pobladores aterrados se escondieron en sus casas. Muchos otros huyeron de la ciudad, con la firme convicción de no regresar jamás.

—¡Deténganse! —gritó Iztlacautzin al salir del palacio de Coatlíchan.

Teotzintecutli frunció el ceño al ver que los yaoquizque obedecieron al tecutli de Hueshotla.

—¡Déjalos que destruyan la ciudad! —gritó Teotzintecutli—. ¡Para eso vinimos!

—¡No! —respondió Iztlacautzin—. Vinimos a conquistar *altepeme,* «pueblos», a generar riquezas y poder, a incrementar nuestros ejércitos y el número de vasallos. Mira hacia allá. —Señaló con el dedo índice—. Los coatlichacas están abandonando la ciudad. ¿De qué te sirve un pueblo destruido y despoblado? ¡De nada! ¡Absolutamente de nada!

Teotzintecutli bajó la mirada y arrugó los labios.

—¡Ustedes vayan por esa gente que está huyendo! —ordenó Teotzintecutli a sus yaoquizque.

Y no sólo tuvieron que ir detrás de los pobladores escurridizos, también sacaron a los soldados que quedaron sepultados bajo el fango, curar a los heridos y reestablecer la tranquilidad entre los coatlichacas, pues un pueblo inquieto es más difícil de gobernar que uno dócil. Ninguno de los habitantes estaría contento con la invasión, pero sólo tenían dos opciones: agachar las cabezas y rendir vasallaje o revelarse y garantizar su muerte.

—Iztlacautzin les ofreció los mismos privilegios que recibían de Tezozómoc si juraban lealtad a Shalco y Hueshotla —informó un macehuali a Tlilmatzin.

—¿Estás seguro de que juraron lealtad a Shalco y Hueshotla y no a Teshcuco? —preguntó Tlilmatzin.

—Dijeron Shalco y Hueshotla —insistió el hombre y Tlilmatzin lo observó en silencio, concentrado en la palabra «lealtad», ésa que nadie le había rendido, comenzando por su padre Ishtlilshóchitl, quien lo envió al destierro de los bastardos, los miserables, los vástagos de las mujeres que se cogen a diario sin jamás darles el privilegio de ser reconocidas como esposas, los hijos que nunca quisieron, pero tuvieron porque no había de otra, no había más que aguantar la vergüenza de procrear plebeyos, vulgares macehualtin, ni modo, a alimentarlos, a fin de cuentas terminarían como fámulos jodidos o soldados insignificantes; todos, sin excepción, acabarían en la brisa del olvido. En el abandono quedaban sus vidas, sus recuerdos, sus sueños, sus temores, sus rencores. A nadie le importaba cuántos hijos había tenido Ishtlilshóchitl, más allá de Nezahualcóyotl, porque él era el heredero, el genuino príncipe chichimeca, el único; los demás eran sólo un cúmulo de mugrones. A nadie le importaba cuántos de ellos sobrevivían, quién de ellos comía, quién de ellos corría más rápido, quién sabía nadar, quién era más inteligente o quién era más leal, pues un hijo ilegítimo no es quién para reclamar.

Concentrado en aquella traición, Tlilmatzin hierve de ira y, con los ojos humedecidos, camina por los pasillos del palacio de Teshcuco, ciego, sordo, enloquecido, entra por segunda vez a la prisión donde encerraron a Coyohua, con las manos atadas a la espalda, y le patea el abdomen, los brazos, la espalda, las piernas, el rostro, los huevos, las costillas, los riñones, el culo, otra vez la cara; ahora a puño cerrado, los dientes saltan a borbollones, le revienta un ojo, le rompe la nariz, le fractura la quijada. «¡Lo va a matar!», le grita el guardia. «¡Eso es lo que quiero!», responde y le atornilla otro golpe en la garganta, y la boca de su víctima se convierte en una fuente de sangre. Coyohua representa todo eso que Tlilmatzin nunca tuvo, es él quien recibió el cariño de su hermano, es él quien obtuvo su confianza, es él quien a estas alturas debe ser rescatado. «Él es quien debe morir», piensa Tlilmatzin. Se dio media vuelta y sale de la jaula.

—Está muerto —dice el soldado.

—Ya lo sé. —Se limpia el sudor de la frente con el dorso de la mano y, al mismo tiempo, se tiñe un trazo de sangre.

—¿Qué hacemos con su cuerpo?

—Tírenlo en cualquier barranca… —ordena sin remordimientos, los cuales sí sienten los yaoquizque, que deben llevarlo enrollado en un fardo de henequén hasta donde su pestilencia no incomode a nadie, ni alerte a otros o, peor aún, a los que no deben saberlo, como los acólhuas, que si lo descubren, de inmediato, irán a avisarle al príncipe chichimeca que hallaron a Coyohua y entonces no habrá nada que detenga la guerra.

Pero ésa no es la guerra que le interesa a Tlilmatzin en estos momentos, sino la que quiere emprender contra Teotzintecutli e Iztlacautzin por haber exigido a los coatlichacas vasallaje a Shalco y Hueshotla, y no a Teshcuco, pues a su entender deben arrodillarse ante él, el futuro huei chichimecatecutli. Está decidido a enfrentar a quien se le ponga en frente, ya nadie se burlará de él, nadie lo ninguneará, nadie lo humillará, hará que respeten su linaje. Él es hijo de Ishtlilshóchitl, nieto de Techotlala, bisnieto de Quinatzin y descendiente del fundador del imperio chichimeca, el gran Shólotl. Tlilmatzin no está pidiendo limosnas, está reclamando lo que le pertenece, piensa y se repite a sí mismo toda esa noche y todo el día siguiente y la noche que procede y la mañana próxima, cuando llegan a Teshcuco Iztlacautzin, Teotzintecutli y su cuñado Nonohuácatl, quienes pasaron los últimos cuatro días organizando el tecúyotl de Coatlíchan, para lo cual tuvieron que dejar la mitad de su ejército, previniendo alguna rebelión.

—Pensamos que llegarías a Coatlíchan —comenta Iztlacautzin apenas entra al palacio de Teshcuco.

Tlilmatzin se mantiene firme en el tlatocaicpali, con la frente en alto, las manos en las rodillas, la mirada fija en sus visitantes y la cabeza en otra parte.

—¿Por qué tendría que ir a Coatlíchan? —pregunta Tlilmatzin confundido.

—Porque es la ciudad más cercana a Teshcuco y porque estamos juntos en esto —le responde con molestia.

—No sabía que les interesaría mi presencia —contesta con enojo mal disimulado.

—Algo no está bien —advierte Nonohuácatl quien conoce mejor a Tlilmatzin que sus dos aliados.

—Aquí no hay ningún problema… —responde Tlilmatzin con el pecho inflado y una mueca extraña.

Nonohuácatl analiza el lugar, dirige la mirada en varias direcciones y nota algo en el rostro de uno de los soldados, el cual se ve preocupado y temeroso; entonces, aprovechando que Teotzintecutli e Iztlacautzin están interrogando a su cuñado, Nonohuácatl abandona la sala con discreción y va en busca de Coyohua y al descubrir que la jaula está vacía regresa a la sala principal.

—¿Dónde está el prisionero? —pregunta enojado.

Tlilmatzin sumamente nervioso, no se atreve a responder. Iztlacautzin y Teotzintecutli se acercan a él y lo intimidan con la rabia de sus miradas.

—¿Se te escapó Coyohua? —Teotzintecutli pregunta con los puños prensados.

—¡No! —asegura Tlilmatzin cada vez más nervioso.

—¿Lo dejaste libre? —cuestiona Iztlacautzin igual de indignado, pero más racional.

—¡Tampoco! —responde Tlilmatzin y se pone de pie—. ¿Creen que soy tan tonto?

—¡Entonces responde dónde está Coyohua! —grita Teotzintecutli.

—¡Lo maté! —presume finalmente Tlilmatzin.

—¡Eres un imbécil! —Teotzintecutli se va contra Tlilmatzin y le enrosca media docena de puñetazos en el rostro. Nonohuácatl e Iztlacautzin no intervienen, pues tienen la certeza de que se lo tiene más que merecido. Tlilmatzin intenta defenderse, pero su agresor es mucho más experimentado en los golpes y más fuerte.

—Ya detente —ordena Iztlacautzin luego de un rato. Tlilmatzin tiene la cara hecha una sopa de sangre.

—Ahora por tu culpa no podremos extorsionar a Nezahualcóyotl —dice Teotzintecutli.

—No tiene por qué darse cuenta de que Coyohua está muerto —responde Tlilmatzin mientras un grueso y chicloso hilo de sangre se estira desde su boca hasta su pecho.

—¿Qué le hiciste al cadáver? —pregunta Nonohuácatl.

—Lo quemé —miente y sonríe.

—¿Por qué lo hiciste? —pregunta el cuñado de Tlilmatzin.

—Porque ellos dos me traicionaron —señala a Iztlacautzin y Teotzintecutli.

—¡¿Qué?! —grita Teotzintecutli.

—Ustedes dos exigieron a los coatlichacas lealtad a Shalco y Hueshotla —reclama Tlilmatzin.

—¡¿Y eso qué?! —Teotzintecutli vuelve a golpearlo—. ¡Maldito imbécil!

—Debían exigir lealtad para Teshcuco...

Teotzintecutli le da un golpe tan fuerte a Tlilmatzin que lo deja desmayado.

—¿Y ahora qué hacemos? —pregunta Nonohuácatl.

—Continuar con lo que iniciamos —responde Iztlacautzin—. Tú tendrás que quedarte a cargo de Teshcuco y evitar que tu cuñado cometa otra estupidez. Mientras tanto Teotzintecutli y yo llevaremos nuestros batallones a Tepeshpan. Luego, invadiremos Acolman, Chiconautla y Otompan...

—¿No sería mejor invadir primero Cílan? —pregunta Teotzintecutli—. Ahí está Nezahualcóyotl, ahí tiene su ejército. Tenemos más soldados que él. Mis espías dicen que se encuentra distraído con asuntos internos.

—¿Qué asuntos?

—Según mis informantes, llevó a cabo un juicio en contra de dos de sus concubinas por adulterio.

En efecto, Nezahualcóyotl estaba más preocupado por defender su honra que su gobierno, pues para entonces el escándalo de las concubinas ya se había dispersado de casa en casa y de pueblo en pueblo, y no faltó la habladora que le agregó, le quitó y le modificó a la calumnia todas las patrañas que pudo, hasta que la reputación de Mirácpil y Shóchitl quedó revolcada y vapuleada por todo Cílan y por las señoras de los altepeme aledaños, que aseguraban que aquellas dos jovencitas se habían cogido a la tropa completa y que en las noches hasta los mismos enemigos del príncipe chichimeca se habían dado gusto con ese par de putas, que no sólo se dejaban meter la verga, los dedos y de todo, sino que también vendían información a los espías y que, por ello, la guerra no llegaba a su fin. Vaya vergüenza que debió sentir el pobre Coyote ayunado al escuchar los rumores de lo que sucedía en los ríos donde las mujeres lavaban la ropa. Y para salvaguardar su honor, las llevó a juicio. ¿Y qué dijeron los jueces? Pues que por andar de ladinas las iban a sentenciar a muerte.

—¡¿A muerte?! —exclamó Mirácpil al escuchar la sentencia de uno de los jueces—. No. Eso no es justo. —Negó con la cabeza—. No tienen pruebas de que hayamos sido infieles.

—Con el testimonio de una persona es suficiente —respondió el juez.

En efecto, no había necesidad de presentar evidencias. Las leyes se limitaban a tomar cualquier testimonio como prueba absoluta e irrevocable. En los juicios no había abogados o intermediarios, por lo que las únicas pruebas que se admitían en las causas criminales eran las declaraciones de los testigos. El testimonio bajo juramento del acusado o el acusador era completamente válido, sin importar la veracidad de sus palabras. Se condenaba a muerte a quienes fuesen encontrados culpables de adulterio: los apedreaban o les quebraban la cabeza entre dos lozas. Esta ley se aplicaba en su mayoría a las mujeres y hombres que eran infieles con una mujer casada. Pero no era delito si el hombre se involucraba con una soltera o prostituta. Asimismo, se permitía el divorcio cuando el hombre repudiaba a la mujer, aunque no podía matarla si la descubría en adulterio; la tenía que llevar ante un juez.

Minutos más tarde Mirácpil y Shóchitl fueron llevadas a las jaulas en las que habían permanecido los dos días anteriores y donde pasarían una noche más. La mañana siguiente serían sacrificadas frente a las tecihuapipiltin «concubinas», hijos, hijas, vasallos, sirvientes y yaoquizque de Nezahualcóyotl, para que a todos les quedara bien claro que las traiciones se pagaban con la vida.

Mirácpil y Shóchitl pasaron aquella noche sin comer ni recibir un solo trago de agua, vigiladas por seis soldados, tres para cada jaula. No tenían permitido decir ni una palabra. Si una de ellas intentaba hacer un reclamo o preguntar algo, les sorrajaban un golpe con una fusta.

Poco antes de la medianoche, llegó una de las sirvientas del palacio con una jícara de *atoli,* «atole», y se las entregó a los guardias para que se calentaran un poco, pues se avecinaba un frío de esos que calaban hasta los huesos. Todos bebieron gustosos y, minutos más tarde, se desplomaron en el piso sin emitir un solo quejido. Mirácpil y Shóchitl contemplaron aquella escena con sorpresa, miedo y algo de alegría: no sabían si se trataba de una trampa o de un obsequio de los dioses. Ambas se miraron a los ojos y lloraron de júbilo. Lo único que necesitaban era desatar los mecates que mantenían cerradas las jaulas. Shóchitl intentó desenredar el nudo y Mirácpil hizo lo mismo, pero estaban demasiado apretados, duros como piedras. Era tanta su desesperación que hicieron otros nudos al tratar de deshacer los que ya tenían. Mirácpil enardeció y le dio una patada a uno de los palos de la jaula, sin lograr nada, pues era una ergástula recia, hecha para contener a los criminales más belicosos y a los soldados más audaces. Entonces un cuchillo de pedernal llegó volando como rehilete, pero cayó demasiado lejos de la jaula. Las dos prisioneras dirigieron sus miradas hacia los matorrales que cascabeleaban y se zangoloteaban. Shóchitl alargó el brazo e intentó alcanzar el cuchillo, pero no lo logró. Luego sacó la pierna y se estiró lo más posible; para su mala fortuna, el grosor de su muslo le impedía pasarlo aún más entre los barrotes. Una mano desconocida apareció entre los matorrales y les arrojó otro cuchillo de igual tamaño, sólo que ahora hacia la jaula en donde estaba Mirácpil, quien claramente alcanzó a ver la frente y la mollera de su heroína anónima. Ya con el arma en la mano, pudo cortar el mecate que ataba la salida de la jaula y acudir en auxilio de Shóchitl. Justo antes de emprender la huida, las dos concubinas dirigieron la mirada hacia los matorrales y, sin decir una palabra, enviaron un mensaje de gratitud bajando ligeramente sus cabezas.

Apenas salieron de los límites del palacio de Cílan, fueron descubiertas por un soldado que mantenía guardia. Las dos mujeres corrieron rumbo al Monte Tláloc, donde estaban seguras de que aquel hombre no las encontraría, pero el vigía en lugar de internarse solo en el monte decidió correr al interior del palacio e informar a Nezahualcóyotl que las dos prisioneras habían escapado.

—¡¿Cómo se fugaron?! —reclamó a gritos el príncipe chichimeca.

—Alguien les ayudó —respondió uno de los yaoquizque—. Les dieron un brebaje a los guardias para que quedaran inconscientes.

—¿Un hechizo? —preguntó el Coyote hambriento.

—Es lo que pienso...

—¿En qué dirección se fueron? —preguntó Nezahualcóyotl mientras se preparaba para salir.

—Hacia el monte Tláloc.

—Ordena a la tropa que se prepare para ir tras ellas. Rodearemos el monte Tláloc.

Las dos fugitivas no habían avanzado mucho.

—¿A dónde iremos? —preguntó Shóchitl con la respiración agitada.

—A casa de mis padres... —respondió Mirácpil, que se encontraba atormentada por la preocupación de que las alcanzaran los soldados—. En Tenochtítlan.

De pronto, escucharon el silbido de los *tepozquiquiztlis*,[77] señal de que la tropa ya había sido alertada de la huida de las prisioneras y de que iban en camino. Corrieron entre los matorrales, con los pies descalzos, las panzas vacías y las bocas secas. Corrieron y corrieron, dispuestas a dejarlo todo antes que ser capturadas y verse una a la otra en la piedra de los sacrificios, pues si algo valía la pena en esa vida, era estar juntas.

—¡Ahí están! —gritó un yaoquizqui.

Corrió detrás de ellas. Se encontraba a trescientos metros de distancia, cuando las dos prófugas aceleraron la carrera. De pronto, otro soldado apareció frente a Mirácpil y Shóchitl, lo cual provocó que se separaran para eludirlo: una corrió al norte y la otra hacia el sur, los polos donde aguardaban otros dos soldados. Ambas zigzaguearon entre la maleza, nopales y magueyes, brincaron matas, rocas y troncos muertos sobre el monte y, sin darse cuenta, se alejaron demasiado una de la otra, pues no se detuvieron un instante para buscarse mutuamente.

A lo lejos apareció una treintena de yaoquizque y Mirácpil, que había conseguido librarse de su cazador, emprendió, con todas sus fuerzas y sin mirar atrás, la huida rumbo al lago. Con el pecho a punto de reventar, los ojos rojos, los labios rugosos, la lengua seca, el cuerpo empapado en sudor, cayó sobre ella una inmensa borrasca de desconsuelo por no saber dónde estaba su amada. Corrió con la esperanza de que Shóchitl, igual que ella, consiguiera escurrirse de sus persecutores y llegara al destino acordado por ambas: Tenochtítlan.

Para infortunio de las dos, en ese momento Shóchitl fue capturada y llevada de regreso al palacio de Cílan, donde Nezahualcóyotl la recibió furibundo.

—¿En qué dirección se fue Mirácpil?

—No lo sé... —Lloraba.

77 *Tepozquiquiztli*, «trompetas de cerámica con formas de conchas caracol». *Tepozquiquizohuani*, «el que toca el caracol». *Tlatlapitzalizpan*, «cuando se tocan los caracoles».

En ese momento, llegó Zyanya y se acercó a Nezahualcóyotl.

—Mi señor, ya es tarde —dijo con voz suave—. Venga a descansar. Ya va a amanecer dentro de poco.

—No tengo sueño —respondió sin quitarle la mirada a Shóchitl.

—Pero debe dormir... —Le acarició una mejilla.

—Ordenaré que preparen todo para llevar a cabo el sacrificio de esta *tlacatecolocíhuatl,* «adúltera», en cuanto salga el sol.

—Pero... —A Zyanya le temblaron las quijadas, los labios y la voz—. Pero es demasiado pronto...

Justo en ese instante postrero, Shóchitl comprendió que Zyanya era su paladina secreta, y con dos cascadas de lágrimas en las mejillas la vio alejarse detrás de Nezahualcóyotl, quien se dirigía al interior del palacio a dar instrucciones a los sacerdotes y a la gente de confianza para que prepararan el sacrificio, el cual no demoraría en llegar, pues ya había transcurrido gran parte de la madrugada y al alba lo anunciaban las aves madrugadoras, inquietas y ruidosas, así como el silbido del tepozquiquiztli que algún soldado trepado en alguna azotea soplaba con toda la fuerza de sus pulmones, con el fin llamar a los pobladores de Cílan para que salieran a presenciar el sacrificio de esa tlazolteocíhuatl, «adúltera», esa concubina infiel, esa *tlachishtinemi,* «mujer desvergonzada y deshonesta», *nohuiampa tlachishtinemi,* «perversa traidora». Poco a poco, comenzó a salir la gente de sus jacales, con la intriga borbolleando de sus bocas pestilentes, y todas las concubinas (excepto la liosa que había perpetrado la malsana denuncia) estaban destrozadas y suplicando entre lágrimas al príncipe acólhua que le perdonara la vida a Shóchitl y que no dejara huérfanos a sus dos hijos. Hacía mucho tiempo que Nezahualcóyotl había extraviado el sentido de la clemencia, estaba absolutamente seguro de que nada ni nadie podría devolverle la compasión y desvanecer el resentimiento que se había acuñado en lo más profundo de su ser, entre sus entrañas, en su garganta, en sus ojos, sus oídos, su boca, su aliento y en cada respiro. Lo habían traicionado familiares, amigos, vasallos y ahora un par de concubinas.

—Tenga compasión. —Huitzilin se postró de rodillas frente a Nezahualcóyotl, le abrazó las piernas y se aferró con todas sus fuerzas, como un náufrago a un trozo de madera, pues si alguien le había sido infiel era ella, ella era la teishelehuiani, «ninfómana», ella, la que se había cogido a la mitad de la tropa y que no hacía mucho había perpetrado el asesinato de uno de sus amantes para evitar el escándalo y la humillación pública, y por ella había estallado el rumor de una concubina promiscua.

—No haga esto. —Ameyaltzin también se arrodilló y clamó por misericordia.

—Perdónela —imploró Cihuapipiltzin, con un recién nacido en brazos pegado a su pecho—. No lo deje huérfano. —Y le mostró al crío que lloraba asustado porque no entendía lo que sucedía y porque hacía ya varios días que no veía a su madre.

—No la mate —rogaron, empapadas en llanto las concubinas Papálotl, Cihuapipiltzin, Ameyaltzin, Hiuhtónal, Yohualtzin, Zyanya, Huitzilin e Imacatlezohtzin, al mismo tiempo que Shóchitl escalaba, callada y solitaria, los escalones del Monte Sagrado de Cílan, en donde fue recibida por media docena de teopishque con las cabelleras hasta los talones, que sin pausa ni pena le quitaron el huipil y la acostaron sobre la fría piedra de los sacrificios. Pero no como era la costumbre, que consistía en que cinco teopishque sostenían las piernas, brazos y cabeza del sacrificado, mientras el sacerdote principal enterraba el cuchillo y extraía el corazón aún latente. En esa ocasión, la condenada a muerte fue colocada bocabajo, con la cabeza de lado, en el centro del téchcatl, «piedra de los sacrificios», mirando a los asistentes, la mitad de su cuerpo en el aire, sostenida por cinco sacerdotes: uno en cada brazo, en cada pierna y en el torso; el sacerdote sacrificador levantó una pesada loza sobre su cabeza, para luego dejarla caer con todas sus fuerzas sobre el cráneo de Shóchitl...

13

Tu mirada extraviada te delata, Tlacaélel. Sigues pensando en el sueño de anoche, en el águila real que te contemplaba. No puedes sacar de tu mente el color ámbar de su iris, ni la cera amarilla en la parte superior de su pico y sus narinas, ni la filosa punta de su pico negro desteñido, ni su plumaje marrón oscuro rociado de cálamos blancos, raquis negros y vexilos color mostaza.

Alrededor de ti, en la sala principal del huei tecpancali de Tenochtítlan, se encuentran los otros cinco miembros del Consejo, atentos a la denuncia que un grupo de mercaderes meshícas expone ante el tlatoani Izcóatl.

—Regresábamos de Cuauhnáhuac[78] —explica uno de ellos con la cabeza agachada, pero con furia en el rostro— y, al pasar por la sierra, nos asaltaron soldados shochimilcas.

—¿Y cómo saben que eran shochimilcas? —pregunta el tlatoani desde su tlatocaicpali.

—Por sus ropas —responde uno de los pochtécah.

—¿Qué fue lo que les robaron?

—Frijol —declara el pochtécatl—, jitomates, aguacates, plátanos, guayabas, calabazas, guanábanas, papayas, piñas, manzanas, duraznos. Las habíamos comprado en los altepeme del sur para venderlas en el tianguis nuevo en Tlatelolco.

—¿Cuántos cargadores traían ustedes? —pregunta Izcóatl.

—Doscientos, mi señor.

—¿Cuántos soldados los asaltaron? —cuestiona Yohualatónac, uno de los consejeros.

—Una tropa, no lo sé, pudieron ser cuatrocientos o más.

—No se preocupen, enviaremos una embajada a Shochimilco para que exija una explicación y la devolución de sus mercancías —asegura el tlatoani.

78 *Cuauhnáhuac,* «Cuernavaca».

Los mercaderes se arrodillan, agachan sus cabezas, agradecen, se despiden y abandonan la sala.

—Mi señor —opina Tochtzin en cuanto los vendedores se marchan—, disculpe mi atrevimiento, pero no creo que sea una buena idea enviar una embajada a Shochimilco en estos momentos. Es evidente que se trata de una trampa.

—Otra provocación igual que la de Cuécuesh —agrega Tlalitecutli—. Es obvio que nos están desafiando. Quieren que nos levantemos en armas.

—¿Entonces qué debemos hacer? —pregunta indignado Cuauhtlishtli.

—No responder a sus bravatas. —Azayoltzin extiende los brazos hacia los lados.

—¿Y qué les vamos a decir a los pochtecas cuando vengan a preguntar por sus mercancías? —pregunta Yohualatónac.

—Nada. —Tlalitecutli se da media vuelta y regresa a su asiento—. Nosotros somos la autoridad, no ellos. Cuando tengamos una respuesta, les mandaremos llamar. Mientras tanto que esperen. El gobierno no está para servirles; ellos nos sirven a nosotros, aunque crean lo contrario.

—Tienen razón —dice el tlatoani con desolación—. No podemos responder a todas las provocaciones de nuestros enemigos. Ahí tenemos el ejemplo de Coyohuácan. Nuestros yaoquizque no debieron morir. Cometí un grave error. Un error imperdonable.

—Mi señor, ya no se atormente con eso —dice Cuauhtlishtli.

—Fue mi culpa... —insiste el tlatoani.

—¿Y tú qué opinas, Tlacaélel? —pregunta Tochtzin.

¿Tlacaélel? ¿Dónde estás? Ausente. ¿En qué piensas? En el águila real. ¿Qué águila? Una que anoche se apareció en mis sueños. Me miraba fijamente a los ojos. Luego, me habló y se fue volando. Era yo.

—¿Qué te ocurre? —Uno de los sacerdotes te devuelve a la realidad, Tlacaélel.

—Nada, no tengo nada —respondes y te dispones a abandonar la sala principal sin despedirte.

—¿A dónde vas, Tlacaélel? Espera, vamos a discutir algo importante, te interesa escuchar esto.

Pero tú no quieres oír a nadie, mucho menos lo que tengan que decir Izcóatl y los consejeros. No te preocupa, pues tenemos ojos y oídos en todo el palacio, en toda la isla y en todo el cemanáhuac. Tarde o temprano todo llega a tus oídos. No te agobias, sabes que estoy aquí, observándolo todo. No te inquietas, *noconeuh,* «hijo mío», porque tienes claro que he guiado a todos tus ancestros: a Ténoch le mostré el camino a la tierra prometida y lo llevé hasta Culhuácan para que solicitara a la hija de Achitómetl, la sacrificaran, la convirtieran en Tonantzin, la madre de los meshítin, y le construyeran un Monte Sagrado y una casa en el cerro de Tepeyácac. A tu abuelo Acamapichtli lo tutelé para que continuara la labor que Ténoch había iniciado y para que construyera el primer Monte Sagrado para mí, Tezcatlipoca, el dios de las cuatro personalidades: *Tezcatlipoca negro,* el verdadero Tezcatlipoca; *Tezcatlipoca rojo,* Shipe Tótec; *Tezcatlipoca azul,* Huitzilopochtli; *Tezcatlipoca blanco,* Quetzalcóatl, el dios omnipotente, omnisciente y omnipresente.

—*Titlacahuan,* «aquel de quien somos esclavos».

Si no hay esclavos, no hay dios.

—*Teimatini,* «el sabio, el que entiende a la gente».

No puede haber un dios si éste no comprende las necesidades, miedos, tormentos, gustos, molestias, alegrías, ambiciones y deseos de la gente.

—*Tlazopili,* «el noble precioso, el hijo precioso».

Soy noble y precioso. No hay duda.

—*Teyocoyani,* «el creador de gente».

No se puede explicar el Mundo sin un creador, no se puede entender la creación sin alguien detrás, no existe manera de explicar lo que somos sin un dios, sin un creador.

—*Yáotl, Yaotzin,* «el enemigo».

A la felicidad la complementa la contradicción, el enemigo, quien evita que caigas en la tranquilidad, la estabilidad y, en consecuencia, la flojera. Dios también debe ser tu enemigo, para enseñarte lo que no aprendes con consejos, ni por las buenas ni con lo que le ocurre a los demás. Yo, Tezcatlipoca, también soy tu enemigo y juego contigo, me burlo de ti, me río de ti, y lo haré hasta que te mueras. Tu misión, Tlacaélel, es enseñar a todos los que caminan, a todos lo que comen, a todos los que hablan que Yo, Tezcatlipoca, soy *Icnoacatzintli,* «el misericordioso». Yo soy *Ipalnemoani*, «por quien todos viven». Yo soy *Ilhuicahua, Tlalticpaque*, «poseedor del cielo, poseedor de la tierra». Yo soy *Monenequi*, «el arbitrario». Yo soy *Pilhoacatzintli*, «el padre reverenciado, poseedor de los niños».

Mañana llevarás a cabo cuatro sacrificios humanos en mi honor en la cima del Coatépetl y les dirás a todos que es para que yo, Tezcatlipoca, Tlazopili, Icnoacatzintli, les ayude a rescatar a Motecuzoma Ilhuicamina. Los miembros del Consejo discutirán sobre los sacrificios que harás, Tlacaélel. Dos de ellos no creerán que sean necesarios, ya que no hay ninguna celebración en ese momento. Pero es tu labor, noconeuh, enseñarlos y guiarlos.

—Seré su voz y sus manos.

Ya eres mi voz y mis manos, Tlacaélel. Yo soy tus ojos y tus oídos.

—Yo soy su voz y sus manos, usted es mis ojos y mis oídos, el dios omnipotente, omnisciente y omnipresente.

Yo soy quien todo lo ve, quien todo lo escucha. Por eso, no deben preocuparte tus enemigos. Yo me encargaré de ellos. Que no te quiten el sueño Cuécuesh y su esposa Yeyetzin. Él te tiene miedo y es ella la que lo aconseja, la que insiste en que no liberen a tu hermano gemelo hasta que los meshícas se rindan. Ella lo convenció de que enviara una embajada a Nezahualcóyotl para ofrecerle una alianza y le informara que tenían preso a Ilhuicamina, pero tu primo ni siquiera recibió a la embajada. Estaba más preocupado en perseguir a dos de sus concubinas.

Luego, Cuécuesh se reunió con Nauyotzin, señor de Cuauhshimalpan, sí, con ese viejo disparatado, y le ofreció una alianza, pero el anciano le recomendó que dejara que Nezahualcóyotl se enfrentara a Shalco y Hueshotla y que Shochimilco atacara a los meshítin. Pero los shochimilcas no se ponían de acuerdo entre ellos mismos.

Mientras tanto, los ministros de Yarashápo le hicieron ver que ya se dejara de tonterías y acabara con el berrinche de su amante Pashimálcatl, que se pasa las noches cogiendo con hermosos mancebos en su nuevo palacio y se da una vida llena de lujos. Y cuando Yarashápo intentó entrar al otro lado de Shochimilco, Pashimálcatl se lo impidió con sus soldados. Entonces, se dio un enfrentamiento entre los dos ejércitos. Un enfrentamiento entre hermanos, primos, amigos, vecinos, pues la división de la ciudad no les permitió escoger de qué lado pelear.

Yarashápo regresó derrotado a su palacio y esa noche se embriagó con una cuadrilla de prostitutas, a las cuales les lloriqueó y contó que Pashimálcatl era el único amor de su vida y que le dolía, más que a nadie, lo que le estaba haciendo. Ellas, más inteligentes que él, le aconsejaron que enviara su ejército, rompiera las cercas que dividían a la ciudad y lo matara. Él les respondió que no sería capaz de algo tan atroz. Imbécil. De nuestros enemigos, Yarashápo y Pashimálcatl son los más inofensivos.

Todo se acomoda, Tlacaélel. Poco a poco, los vasallos se quitan las caretas y descubren sus verdaderos rostros, sus únicos y repugnantes intereses. Como Cuauhtlatoa, que les dio la espalda a los meshícas y en las últimas dos veintenas se fue a Mishuácan y Huashyácac con dos mil cargadores para comprar mercancías, crear su mercado en Tlatelolco y dominar el comercio del cemanáhuac. ¿Cómo se atrevió? Ya lo pagará. Pero eso lo atenderemos cuando hayamos acabado con esta guerra. Déjalo que haga del mercado de Tlatelolco el más grande que haya habido jamás en el cemanáhuac y al que llegue gente de todos los altepeme vecinos. Necesitamos un tianguis cerca de Tenochtítlan, y qué mejor que tenerlo en Tlatelolco, esa mitad de la isla que esos traidores nos robaron a los meshítin, pero que muy pronto recuperaremos.

Por ahora, debemos poner nuestros ojos en las huestes de Iztlacautzin y Teotzintecutli que justo en este momento están invadiendo Cílan. Hace apenas una veintena sólo tenían conquistado Teshcuco y Coatlíchan. Nezahualcóyotl se confió, se distrajo demasiado. Se dejó llevar por su vanidad, su soberbia y su ira, y se olvidó de lo verdaderamente importante. Mientras tanto, los tetecuhtin de Shalco y Hueshotla invadían Tepeshpan, Chiconauhtla, Acolman y Otompan. Con eso acorralaron al príncipe chichimeca y se adueñaron del lado oriente del cemanáhuac.

Sólo hasta entonces reaccionó el Coyote hambriento y envió a un tropel de soldados a espiar a Tlilmatzin, pero en su lugar encontraron al cuñado, quien caminaba descuidado y sin escolta por las calles de Teshcuco. Los emisarios aprovecharon la circunstancia y se lo llevaron secuestrado a Cílan, donde Nezahualcóyotl lo interrogó hasta que confesó los planes de Iztlacautzin y Teotzintecutli. Al día siguiente, invadirían Cílan.

El Coyote sediento no tenía las armas ni las brigadas para defender aquel poblado, así que decidió huir con su gente a medianoche, rumbo a Tenayocan, la ciudad fundada por su pentabuelo Shólotl y que su bisabuelo Quinatzin había dejado en el abandono. Cruzaron a pie, con gran dificultad, desde Cílan hasta Chiconauhtla, donde nadaron por el estrecho del lago de Shaltócan y después bajaron por la sierra hacia Tenayocan. Para entonces, Télitl, señor de Tenayocan, ya había recibido informes de que Nezahualcóyotl marchaba con sus concubinas, hijos, sirvientes y un pequeño ejército rumbo a la ciudad que gobernaba; por ello, ordenó que las escuadras se pusieran en guardia e impidieran la entrada del príncipe acólhua, quien a su vez también había sido informado de las acciones preventivas de Télitl.

Una de sus concubinas lo convenció de que se siguieran directo a Tlacopan. Nezahualcóyotl se negó en un principio, pero Zyanya lo persuadió de que en ese momento era su mejor y única opción. Su padre Totoquihuatzin le proporcionaría su armada y permitiría que sus concubinas, hijos y sirvientes permanecieran en aquella ciudad tepaneca hasta que pudiera recuperar la ciudad que fundaron sus ancestros.

La astuta Zyanya ya había hablado previamente con su padre sobre su participación en la guerra y le había insistido repetidas veces que debía ayudar a Nezahualcóyotl en su guerra, sin embargo, su padre le respondió hasta el cansancio que las armas no eran lo suyo. Matlacíhuatl, la hija predilecta de Totoquihuatzin, intervino en la conversación y lo amenazó de la manera más contundente: como ya no había salida, ésa era la única forma de sobrevivir, por lo que debía apoyar a Nezahualcóyotl y evitar la destrucción de Tlacopan. El tepanécatl tecutli accedió y proporcionó sus tropas al príncipe chichimeca para que asaltara Tenayocan. Una alianza inesperada. Inimaginable dos años atrás.

Ahora tú, Tlacaélel, deberás reunirte a solas con Teotzintecutli para crear otra alianza, una sociedad secreta. Le ofrecerás inmunidad a cambio de que no invadan Tenochtítlan. Le explicarás que nosotros conquistaremos los altepeme del norte, poniente y sur. Luego, pactarán el matrimonio entre tú y su hija Maquitzin. Él se mostrará renuente, pues no le agradas, se reirá e intentará burlarse de ti, pero cuando escuche tus palabras y te mire a los ojos, comprenderá el final atroz que sufrirá su pueblo si no te obedece. Ya lo verá.

También debemos concluir con lo que iniciamos hace unos días, cuando un informante te contó —pues ya nada ocurre en esta ciudad sin que lo sepas tú, Tlacaélel— que Izcóatl había hablado con uno de sus yaoquizque y le pidió que se infiltrara en Coyohuácan e investigaría el estado en el que se encontraba tu hermano Ilhuicamina. Más tarde el mismo espía regresó con los detalles: «Motecuzoma está vivo en una jaula. No le han hecho daño». Izcóatl le preguntó si creía que sería posible rescatarlo sin entrar con un ejército, y el espía aseguró que sí, pero que el yaoquizqui solicitó, por lo menos, cinco de los mejores guerreros de Tenochtítlan.

Dos días más tarde, al caer la medianoche, seis de los mejores soldados meshícas salieron de la isla rumbo a Coyohuácan para rescatar a Ilhuicamina. Nadie resguardaba las costas de aquella ciudad; todo estaba en absoluta calma. Los soldados siguieron directo a la parte trasera del palacio y escalaron el muro que daba al patio, justo donde se hallaba la jaula en la que Ilhuicamina llevaba ya tres veintenas preso. Había únicamente dos hombres aburridos haciendo guardia. Los yaoquizque tenoshcas bajaron silenciosamente de la pared. Ilhuicamina, quien seguía atado a uno de los palos de la jaula, se percató de su presencia, pero los reconoció al instante, por ello, no hizo un solo ruido y disimuló que seguía durmiendo. Los guardias coyohuácas apenas si podían sostenerse de pie; llevaban todo el día y media noche vigilando. Faltaba media madrugada para irse a descansar a sus casas. Los meshítin los rodearon y, en segundos, los acribillaron con flechas. Seis tiros certeros. Muertes instantáneas. Ilhuicamina se puso de pie, aún con las manos atadas al palo de la jaula, y se preparó para escapar, pero en ese momento llegaron cuarenta soldados. Ni siquiera hubo tiempo para un combate: los masacraron al instante, de la misma forma en que ellos habían acabado con las vidas de los dos vigías coyohuácas.

Un poco más tarde, salió Cuécuesh, quien corroboró la carnicería y envió un mensajero a Tenochtítlan para que le informara a Izcóatl que sus soldados habían muerto. La noticia destrozó al meshícatl tecutli, que estaba seguro de su estrategia. Aquello no sólo era un fracaso bélico, sino también político, fuera y dentro de la isla. En los altepeme vecinos el mensaje quedaría claro: los meshícas no eran invencibles. Dentro del palacio, el prestigio de Izcóatl se opacaba.

—¿A dónde vas, Tlacaélel? Espera, vamos a discutir algo importante, te interesa escuchar esto.

Aunque no te interesa oír a nadie, te detienes antes de abandonar la sala y permaneces en silencio por unos segundos. Me escuchas, cambias de parecer, te das media vuelta y regresas a la reunión.

Los miembros del Consejo siguen indignados porque el tlatoani no les informó de aquel intento de rescate. Sin embargo, no todos están enfadados. Cuauhtlishtli y Yohualatónac creen que fue una maniobra inteligente, aunque fallida. Los otros cuatro, entre ellos tú, Tlacaélel, le espetan al meshícatl tecutli que ha cometido una tontería.

—Una más, entre tantas —se atreve a decir con soberbia el anciano Azayoltzin.

—Estaba seguro de que sólo había dos guardias de noche —responde Izcóatl—. Mi espía vigiló el palacio de Coyohuácan una veintena completa. No había forma de fracasar, sólo que... Sólo que...—Izcóatl se queda pensativo. Comienza a respirar agitadamente; se ve molesto, con la mirada en el piso y las manos tiritando de coraje—. Sólo que alguien les haya informado.

—Un espía —asegura Cuauhtlishtli al mismo tiempo que afirma con la cabeza de arriba abajo.

—Un espía dentro del huei tecpancali —repite Yohualatónac con el ceño fruncido.

—¿De Coyohuácan? —pregunta Tochtzin.

—No. —El tlatoani te mira a ti, Tlacaélel—. Dentro de este palacio.

—¿Está insinuando que uno de nosotros envió un informante a Cuécuesh para que éste estuviera prevenido? —cuestiona ofendido Azayoltzin.

Y tú, Tlacaélel, que enviaste al informante, también finges indignación.

—Enviemos nuestras tropas de una vez —aconseja Cuauhtlishtli.

De pronto el Consejo y el tlatoani están de acuerdo. Ésa no es la reacción que esperábamos, Tlacaélel. Hace apenas unos minutos habían decidido que no responderían a las provocaciones de los shochimilcas y los coyohuácas. Los sacerdotes debían estar irritados con Izcóatl. Nosotros tenemos otro plan. Es momento de intervenir, Tlacaélel. Detén esto de una vez por todas.

—Debemos esperar a que todos los altepeme se rebelen —hablas con voz firme y miras a cada uno directo a los ojos—, que Nezahualcóyotl se sienta acorralado y acepte compartir el huei tlatocáyotl con los meshítin. Hasta entonces, sólo hasta ese momento, invadiremos Coyohuácan y Shochimilco.

—No —refuta el tlatoani, harto de que siempre bloquees sus planes—. Es importante salvar a Ilhuicamina.

—Cuécuesh no le hará nada —respondes con seguridad—. Es su rehén.

—¿Te importa más el huei tlatocáyotl que la vida de tu hermano? —te pregunta Izcóatl con la certeza de que te humillará ante los consejeros.

—Me importan más las vidas de todos los tenoshcas que la de mi hermano —respondes agachando la cabeza con humildad—. Y si tuviera que sacrificar mi vida por mi pueblo, también lo haría. Si rescatamos a Motecuzoma, le ganaremos a los coyohuácas, pero los altepeme del sur (Culhuácan, Shochimilco, Iztapalapan, Cuitláhuac, Huitzilopochco)[79] se levantarán en armas en defensa de su vecino. Más los altepeme del poniente: Chapultépec, Atlicuihuayan, Mishcóhuac, Cuauhshimalpan, Ashoshco... Con Shalco y Hueshotla dominando el oriente, no tendremos más que rendirnos. Necesitamos a Nezahualcóyotl tanto como él nos necesita a nosotros.

—No creo que Nezahualcóyotl nos necesite —interviene Cuauhtlishtli—. Ya hizo alianza con Totoquihuatzin para invadir Tenayocan.

79 A Cuitláhuac, una ciudad ubicada en una isla en el lago de Chalco, hoy en día se le conoce como Tláhuac, una de las dieciséis alcaldías de la Ciudad de México. *Cuitláhuac* también es el nombre que se le dio, erróneamente, al tlatoani de México Tenochtitlan: *Cuauhtláhuac,* «águila sobre el agua», pues Malintzin lo pronunció mal al hablar con los españoles.

Muy pronto hará alianzas con Cuauhtítlan, Ehecatépec, Tepeyácac, Aztacalco, Ishuatépec y Toltítlan. Tendría nueve ejércitos.

—Teotzintecutli e Iztlacautzin tienen ocho ejércitos mucho mayores que los de los altepeme que acabas de mencionar —le respondes—. Por el momento, Nezahualcóyotl sólo tiene dos ejércitos. Veamos eso. Debemos ser astutos y pacientes.

—Ya hemos excedido nuestro límite de la paciencia —contesta Izcóatl.

—Excedámoslo más —replicas—. Esperaremos todo lo que sea necesario, hasta que Nezahualcóyotl se sienta acorralado y solicite nuestra ayuda. El príncipe chichimeca cederá cuando se sienta derrotado. Entonces le exigiremos la mitad del huei tlatocáyotl.

—¿Y si jamás solicita nuestra ayuda? —cuestiona Yohualatónac con incredulidad.

—Lo hará —respondes con certeza.

—¿Cómo lo sabes? —te interroga el tlatoani.

—Porque nosotros le ayudamos a derrotar a Mashtla. Nosotros fuimos quienes estuvimos al frente. Nosotros hicimos las estrategias. Todos esos altepeme del norte, Tepeyácac, Aztacalco, Ishuatépec, Ehecatépec, Toltítlan y Cuauhtítlan, no hicieron nada y no levantarán un macuáhuitl cuando los escuadrones de Shalco y Hueshotla lleguen a Tenayocan.

—¿Y qué haremos con los altepeme del sur y del poniente? —pregunta Tlalitecutli.

—Esperaremos. Debemos esperar. Ser pacientes. Evadir sus provocaciones. Si enviamos nuestros regimientos a Shochimilco y a Coyohuácan, desgastaremos a nuestros yaoquizque, consumiremos nuestras flechas, perderemos hombres; y si nos descuidamos, en cualquier momento nos podrán invadir todos los altepeme del norte, del oriente, del poniente y del sur. Nosotros somos los más vulnerables por estar en una isla.

—¿Qué hacemos mientras tanto? —pregunta Tochtzin.

—Sacrificaremos cuatro esclavos en honor de nuestro dios Tezcatlipoca —respondes con firmeza.

—¿Qué? —interviene Yohualatónac con cara de asombro.

—No es momento de sacrificios humanos —asegura Izcóatl.

—Reuniremos a todo el pueblo tenoshca —explicas—, les hablaremos sobre la guerra que se aproxima, les pediremos que se preparen y, luego, organizaremos un banquete, danzas y, al final, en un ritual sagrado, sacrificaremos a los cuatro esclavos en honor a nuestro dios Tezcatlipoca... Es mi labor enseñarlos y guiarlos —asegura—. Yo soy su voz y sus manos, él es mis ojos y mis oídos, el dios omnipotente, omnisciente y omnipresente.

—¿De qué hablas, Tlacaélel? —te cuestiona intrigado el tlatoani.

Los miembros del Consejo te miran estupefactos.

—Anoche el dios Tezcatlipoca se apareció en mis sueños, en forma de águila real. Me contemplaba. Sus ojos eran color ámbar, la parte superior de su pico era amarilla, la punta era negra con gris y su plumaje... El plumaje más hermoso que he visto en mi vida: era marrón oscuro rociado de líneas blancas y negras y las puntas color mostaza. Y me decía: *Somos meshícas.*

14

Una mosca se frota meticulosamente las patas delanteras mientras reposa sobre una costra fresca en el pómulo derecho de Coyohua, quien, cubierto por grumos de sangre y lodo, sigue inconsciente en el fondo del barranco donde los soldados de Tlilmatzin lo arrojaron días atrás. El audaz díptero camina hacia las fosas nasales y, desde afuera, inspecciona el interior de aquellas cuevas atestadas de estalactitas de mocos. Justo en el momento en el que decide entrar para degustar aquel chicloso banquete, una mano gigantesca, multiplicada en los lentes seccionados de sus ojos, baja del cielo con el objetivo de aplastarla, pero su prodigiosa visión se lo anticipa con tiempo de sobra para que emprenda el vuelo y salve la vida.

Por culpa de —quizá gracias a— la mosca Coyohua se da un manotazo en la cara y despierta, alarmado y desorientado, sin poder recordar qué le ocurrió ni cómo llegó ahí. El alba apenas se asoma por el lejano horizonte. Intenta moverse, pero le duele todo el cuerpo, especialmente, la garganta y la espalda baja, donde tiene enterrada una rama del grosor de un dedo meñique. Yace casi sepultado entre matorrales secos y duros desde hace dos noches.

Se lleva la mano derecha a la espalda y se arranca de un jalón la rama que se le incrustó en la caída. El dolor es agudo. Se queja en silencio mientras aprieta los dientes, cierra los ojos y golpea la tierra con el puño izquierdo. La herida vuelve a sangrar. Intenta ponerse de pie, pero le resulta imposible, las piernas no le responden, como si estuvieran muertas. Tiene mucha dificultad para respirar; babea sin control y suda, a pesar de que hace frío. No logra recordar cómo fue a dar ahí. Si tan sólo pudiera saber quién es él, cómo se llama, dónde y con quién vive.

Se arrastra con lentitud por el barranco hasta la llanura donde continúa su tormentoso recorrido de casi toda la mañana, para, a medio día, alcanzar un riachuelo, cuyas aguas quietas le muestran el reflejo de su rostro desfigurado: costras de sangre en la frente, los pómulos y las quijadas, la nariz quebrada, los labios desgarrados, la boca chimuela y dos bolas negras que en ese momento son sus párpados. «¿Quién me hizo esto?», se pregunta agobiado. Bebe un poco de agua, se lava cuidadosamente la cara, recuesta su rostro de lado, sobre el brazo, y, de pronto, pierde el conocimiento a la orilla del riachuelo.

Al abrir los ojos, se descubre acostado en un pepechtli dentro del shacali de una pareja de campesinos que lo recogió veintenas atrás. Tiene un *cuachicpali,* «almohada», en la nuca, algo que reconforta su dolor en la columna. Una mujer le cura las heridas con ungüentos al mismo tiempo que el anciano le coloca trapos húmedos en el pecho para bañarlo. Coyohua emite un par de sonidos guturales e intenta levantar la cabeza.

—No se mueva —le dice el anciano—. Su cuerpo debe descansar.

—Ne... ir... co... —Apenas si puede hablar. El golpe que Tlilmatzin le arremetió en la garganta le provocó una inflamación aguda que obstruye el aire hacia los pulmones.

—No hable —le dice la mujer.

—Bu... quen... a Ne... —habla con estridor—. Ez...

Pero los campesinos no logran deducir que el paciente intenta pronunciar el nombre de Nezahualcóyotl, quien en esos momentos acaba de entrar triunfante con dos ejércitos a Tenayocan, luego de haber combatido por menos de medio día. Muy poco pueden defender en la ciudad las falanges de Télitl, que es capturado y llevado a rastras por los soldados tepanecas a la plaza principal, donde ya se encuentran, aprehendidos y arrodillados, los yaoquizque de Tenayocan.

—¡Si me vas a matar, hazlo de una vez! —grita Télitl bañado en sudor al mismo tiempo que es obligado por dos soldados a arrodillarse ante Nezahualcóyotl.

—Lo haré —responde el Coyote ayunado mientras camina, con el macuáhuitl en una mano, alrededor del detenido—. Es lo que te mereces por usurpar tierras que no te pertenecen.

—Yo no usurpé nada —asegura Télitl con la dignidad en todo lo alto—. Tu bisabuelo Quinatzin abandonó Tenayocan. ¿Qué esperaban, que la gente muriera de hambre y sin un gobierno?

—Mi bisabuelo nombró a otro gobernante y tú te aprovechaste cuando él murió en la guerra contra Teshcuco —replica Nezahualcóyotl, que toma el macuáhuitl con las dos manos, lo sostiene de forma vertical y contempla las piedras de obsidiana incrustadas en el arma.

—El huei chichimecatecutli Tezozómoc me cedió estas tierras. —Télitl se pone de pie y, al instante, los yaoquizque lo obligan a arrodillarse nuevamente.

—¡Eres un traidor! —Nezahualcóyotl alza la voz y aprieta el macuáhuitl con una mano.

—Traidor, el cobarde Totoquihuatzin que, por salvar su miserable vida, le dio la espalda a su sangre y te dejó entrar a Azcapotzalco para que mataras a sus habitantes y a Mashtla; y ahora te proporcionó el ejército con el que invadiste Tenayocan. Vaya que tiene principios. Yo jamás rendí vasallaje a tu padre ni lo haré contigo. Así que no me llames traidor. Tengo más honor que tú, que con tal de saciar tu sed de venganza te alías con los descendientes de tus enemigos.

Enfurecido, Nezahualcóyotl levanta el macuáhuitl sobre su hombro derecho y le da un golpe en el rostro a su prisionero, quien de inmediato cae al suelo. Sin decir una palabra, el príncipe chichimeca se da media vuelta y se dirige al palacio de Tenayocan para tomar posesión. Los nenenque del palacio se arrodillan ante él y ruegan clemencia. El Coyote sediento les exige que le juren lealtad y todos acceden atemorizados. En otras circunstancias, habría ordenado la destrucción de los teocalis, los palacios y las casas, pero Nezahualcóyotl y sus hombres no fueron ahí para demoler la ciudad sino para habitarla. Inmediatamente organiza a su gente para que todo vuelva a funcionar como antes. Reúne a los pobladores y les da un largo discurso en el que les recuerda que Tenayocan fue fundada por Shólotl, que por ello todos ahí son una sola familia, que no va a castigarlos, pero que sí les exige lealtad.

Al caer el oncalaqui Tonátiuh,[80] Totoquihuatzin llega al palacio de Tenayocan acompañado de su esposa, sus concubinas, hijas, hijos y sirvientes. Un niño de tres años corre apresurado por el centro de la sala.

—¡Chimalpopoca! —grita la esposa de Totoquihuatzin al mismo tiempo que camina apresurada detrás del futuro tecutli de Tlacopan.

80 *Oncalaqui Tonátiuh,* «el sol se mete», hacia las seis de la tarde. Véase el anexo «La cuenta del tiempo» al final del libro.

—Disculpe a mi hijo —expresa con humildad el nieto de huehue Tezozómoc—. Es el menor, Chimalpopoca.

El príncipe acólhua no le da importancia. Entonces pregunta:

—¿Dónde estuviste toda la mañana y la mitad de la tarde?

—En Tlacopan... —contesta nervioso Totoquihuatzin.

—Creí que estarías al frente de tu batallón —Nezahualcóyotl no se ha bañado, aún tiene manchas de sangre y tierra en todo el cuerpo.

—No. —Desvía la mirada—. Yo no nací para la guerra.

—¿Entonces para qué naciste? —El príncipe chichimeca se lleva las manos a la cintura, inclina la cabeza a la izquierda y mira a Totoquihuatzin con ironía—. ¿Para gobernar? ¿Para que te atiendan?

—No me refería a eso, mi señor. —Se encorva—. Quise decir que soy un pésimo estratega de guerra y, si yo participara, únicamente provocaría más muertes y, peor aún, el fracaso de la batalla.

—Eres honesto. Eso me agrada. —Alza la cara con asombro, sin quitarle la mirada de encima.

—Mi tío Mashtla fue un militar tan malo que mi abuelo Tezozómoc jamás lo puso al frente de sus brigadas.

Nezahualcóyotl se pierde en un silencio largo y Totoquihuatzin se percata de ello.

—Disculpe, mi señor, no era mi intención...

—Lo sé... —Sube y baja la cabeza repetidas veces y, de pronto, libera una tenue sonrisa—. Estaba pensando en las ironías del destino: tanto que se pelearon Acolhuatzin y Quinatzin, Tezozómoc y Techotlala, Tezozómoc e Ishtlilshóchitl, Mashtla y yo para que al final, tú, Totoquihuatzin, rindieras al estado tepaneca y facilitaras tus armas al enemigo de tu abuelo y tu tío, a mí, el Coyote hambriento.

—Y ahora somos aliados. —Totoquihuatzin finge una sonrisa para no llorar. Nezahualcóyotl acaba de evidenciarlo como un cobarde traidor ante su esposa, sus concubinas, hijas, hijos y sirvientes. Tiene que disimular fortaleza. Sonríe y aprovecha el momento—: Para refrendar mi lealtad le he traído a mi hija predilecta, Matlacíhuatl, para que sea su tecihuápil «concubina».

Una niña risueña de quince años da un paso al frente y Nezahualcóyotl la observa con deseo. Ya la conocía desde que Totoquihuatzin le había entregado a Zyanya para que fuera su concubina un par de años atrás. Matlacíhuatl era entonces una escuincla macilenta, sin las nalgas, las tetas y la postura refinada que presume en este momento. Zyanya mira a su padre con furia, pues no esperaba aquella traición; cómo no llamarla traición, si Totoquihuatzin bien sabe que las dos hermanas no soportan estar juntas y, ahora, las obliga a compartir al mismo hombre, la misma cama y la misma vida. Matlacíhuatl se acerca a Nezahualcóyotl y se arrodilla, pero él se lo impide, la toma de la mano y la ayuda para que se ponga de pie. La joven inclina la cabeza hacia un lado y se lleva una mano al cabello mientras presume su sonrisa.

—Hermanita, no había notado que sonríes igual que Mirácpil. —Dispara Zyanya un dardo envenenado que nunca imaginó utilizar.

El rostro del príncipe chichimeca cambia del encanto a la amargura en un instante.

—¿Quién es Mirácpil? —pregunta Matlacíhuatl desconcertada.

—Una concubina que se escapó —contesta Zyanya con apuro.

—No tiene importancia —responde el Coyote hambriento tratando de ocultar su disgusto.

—¿A dónde se escapó Mirácpil?

Nezahualcóyotl sigue sin conocer el paradero de Mirácpil, quien llegó a la casa de su padre en Tenochtítlan la madrugada en la que huyó de Cílan. Otonqui, su progenitor, estuvo a punto de enterrarle una flecha en el corazón al escuchar los ruidos afuera de su shacali.

—Soy yo, tahtli —se anunció con rapidez—. Mirácpil, tu hija.

Otonqui bajó el tlahuitoli y el yáomitl, y arrugó los ojos para reconocer a su retoño en la sombría silueta que se movía entre los oscuros arbustos.

—¿Qué estás haciendo aquí? —preguntó al tenerla frente a él.

—¿Puedo entrar? Necesito beber agua —respondió la joven con un aspecto lúgubre.

En el interior del jacal se encontró con su madre y dos de sus hermanos.

—¿Qué te ocurrió? —La madre se apresuró a abrazarla y a limpiarle el rostro—. ¿Por qué estás tan sucia?

—Necesito agua. —Caminó con apuro hacia la *tlacualchihualoyan,* «cocina», y bebió de una jícara. Sus padres la siguieron y la observaron preocupados. Luego de saciar su sed, se sentó en el piso con la espalda y la cabeza recargadas en la pared. Cerró los ojos. Respiraba agitadamente.

—Habla —ordenó Otonqui con las manos en jarras.

—Me escapé de Cílan. —Volvió a beber. Después puso la jícara entre sus piernas, las cuales tenía extendidas en el piso—. Y los soldados de Nezahualcóyotl me persiguieron...

—¿Por qué te escapaste? —Otonqui la miró con enojo.

—Porque no era feliz ahí. —Negó con la cabeza al mismo tiempo que liberó un par de lágrimas.

—Tu obligación es permanecer con el príncipe hasta que mueras. Así lo ordenan las leyes. En cuanto salga el sol te llevaré de regreso a Cílan —amenazó Otonqui.

—Si lo haces, me van a matar —advirtió y le dio otro trago a la jícara.

—Que lo hagan. Es lo que te mereces.

La madre de Mirácpil tuvo que interceder:

—¿Por qué te quieren matar?

—Porque tuve... —Tragó saliva, se llevó las manos a la cara y se frotó para evitar que el llanto la traicionara. Shóchitl no había llegado a Tenochtítlan. La esperó un largo rato a la orilla del lago, pero un par de yaoquizque hacían guardia y no pudo permanecer ahí por más tiempo—. Tengo una relación amorosa con otra de las concubinas.

—Con mayor razón te llevaré de regreso a Cílan —concluyó Otonqui, para quien aquella revelación no fue una sorpresa.

—Deja que termine de explicarte —intervino la madre de Mirácpil.

—Ya lo dijo todo: le fue infiel al príncipe Nezahualcóyotl y debe pagar por su delito —insistió Otonqui alzando la voz.

—Es tu hija. ¿Estás dispuesto a enviar a tu única hija a la piedra de los sacrificios?

La mujer tomó valor y, por primera vez en su vida, confrontó a su esposo.

—Tahtli, no haga esto —intervino un hermano de Mirácpil—. Podemos buscar alguna solución.

—No me importa lo que ustedes digan. En cuanto amanezca, la llevaremos a Cílan.

—Entonces me iré en este momento. —Mirácpil se puso de pie.

—¿A dónde? —cuestionó su madre con preocupación.

—No lo sé. Lejos de ustedes. —Se dirigió a su padre y corrigió—: Lejos de ti. Tú nunca has sabido quererme. Únicamente me has hecho daño.

—No te puedes quedar aquí —comentó Otonqui, evitando el cruce de miradas—. Lo más seguro es que vengan las escuadras de Nezahualcóyotl a buscarte en cuanto amanezca.

—Lo entiendo —respondió Mirácpil—. Por eso, me iré.

La madre y los dos hijos miraron a Otonqui con desconsuelo y rabia.

—Espera... —La detuvo Otonqui—. Yo te acompaño.

—¡No! —exclamó Mirácpil y se apresuró a salir de la casa.

—Te llevaré con una persona que sabrá esconderte —dijo Otonqui con actitud sumisa, como si quisiera pedirle perdón, no por lo que había comentado esa madrugada, sino por todo lo que no hizo por ella en toda su infancia y adolescencia.

Mirácpil se detuvo, giró la cabeza y miró a su padre por arriba del hombro:

—¿Con quién?

—Con una anciana que vive en Ashoshco —explicó Otonqui, ya tranquilo y dócil—. Confío en ella y sé que no te traicionará.

—Prométeme que no me llevarás con Nezahualcóyotl.

—Lo prometo.

Otonqui avanzó cojeando. Un soldado acólhua le había destrozado la pierna en la guerra contra Teshcuco, cuando los meshícas aún eran vasallos de Azcapotzalco y Tezozómoc pretendía arrebatarle el imperio a Ishtlilshóchitl. Por aquellos años, Otonqui era uno de los mejores soldados de Tenochtítlan, pero nunca recibió un ascenso importante en la milicia por ser un macehuali. Sólo dos cosas lo hacían sentirse orgulloso: jamás haber sido herido en batalla y no haber engendrado una hija. Hasta entonces tenía ocho vástagos, a los cuales presumía como «la tropa». Y no sólo eso, también se jactaba de su buena puntería pues, según él, cada vez que regresaba a casa de una guerra, embarazaba a su mujer. Hasta que comenzó la guerra contra Teshcuco.

Un día recibió la noticia de que su esposa esperaba al noveno hijo y jamás se preocupó por preguntar acerca del género del nuevo integrante. Estaba seguro de que había sido otro varón. Transcurrieron cuatro largos años y la guerra llegó a su fin. Poco antes del último combate contra Ishtlilshóchitl, uno de los soldados le comentó a Otonqui que su esposa había tenido una hija. Aquella noticia le machacó el ego a aquel hombre y, para mitigar la pena, se embriagó con una jícara de octli y salió a pelear. Un yaoquizqui le destrozó la pierna y otro le rebanó la espalda con su macuáhuitl. Azcapotzalco ganó la guerra, aunque Otonqui perdió la batalla más importante de su vida. Nunca más volvió a combatir. Quedó lesionado por el resto de su existencia.

Por aquellos días, rondó por su cabeza la idea de quitarse la vida, pero el capitán del ejército lo convenció de que adoptara el oficio de tallar cabezas de madera con formas de serpientes, águilas y jaguares para los guerreros. Aunque no estaba muy convencido, aceptó la propuesta y regresó a casa, al lugar donde lo esperaba una tropa de ocho varones y una niña de cuatro años que, con una rama frondosa entre las manos, corría desnuda detrás de un sholoitzcuintle que diariamente perseguía guajolotes para arrancarles un par de plumas, quizá envidioso de verlos tan bien vestidos mientras él sólo podía presumir un manojo de pelos en el hocico y la frente. Los guajolotes se esponjaban y sacudían luego de saberse liberados del acoso del sholoitzcuintle de pecho blanco.

Cierto día, cumplida su labor de rescatar a las aves espantadas, la niña regresó a darles de comer, mientras el sholoitzcuintle observaba sentado, con la lengua colgante, las orejas erectas y la mirada fija en los guajolotes, hasta que la llegada de un forastero le arrebató la atención. Con una retahíla de ladridos y un par de pasos apresurados se acercó al intruso, pero su presencia lo hizo retroceder al sentirse vulnerable. Mirácpil dirigió su atención al hombre, que caminaba con un palo bajo la axila que le servía de muleta, y corrió al interior de la casa. «¡Nantli, hay un hombre allá fuera!».

La llegada de Otonqui a casa no hizo más que desvanecer la felicidad en la que, desde hacía años, se encontraba la familia, acostumbrada ya a la ausencia del padre. En la tarde, mientras comían, la madre de

Mirácpil le contó a Otonqui que durante las veintenas en que estuvo preñada de la niña la cosecha dio el maíz más grande y rico que se hubiese visto por aquellos lugares, y que el día en que nació, Tonátiuh, el sol, seguía dando luz a una hora en que ya debía estar oscuro. La predicción de la abuela fue que la niña nacería en la noche. A las pocas veintenas de vida, ya superaba en actitud a la mayoría de los niños de su edad. Cuando Mirácpil enfermaba, la cosecha se secaba. A los tres años poseía la cordura de una niña mayor, suficiente para percibir el desdén en los ojos de su padre, al cual ella también respondió con una indiferencia que persistió hasta el día en que Nezahualcóyotl la pidió como concubina y Otonqui la entregó sin la menor pena.

—Llegamos —informó Otonqui al detenerse frente a un shacali que se hallaba en medio de las montañas de Ashoshco.

—¿Aquí es Ashoshco? ¿Y el pueblo? ¿No hay casas ni teocalis?

—Es territorio de Ashoshco, pero el pueblo está más arriba. Mucho más arriba.

En ese momento, salió una anciana.

—¡Tliyamanitzin! —exclamó Mirácpil con asombro.

—¿La conoces? —preguntó Otonqui algo desconcertado, pues no imaginó que su hija la conociera en persona, aunque sabía que la anciana era famosa en Tenochtítlan.

—Sí...

—Nos volvemos a encontrar, chamaca —dijo Tliyamanitzin con una sonrisa desde la entrada de su shacali—. Métanse. —Entró sin esperarlos.

—Creí que estaba muerta —confesó Mirácpil al mismo tiempo que se peinaba un mechón de cabello por arriba del hombro.

—Lo dices porque quemaron mi casa —expresó la anciana con tristeza y suspiró—. Es mejor que piensen que estoy muerta.

—¿Quién quemó su casa? —preguntó intrigada Mirácpil.

—Tlacaélel...

Antes de la guerra contra Azcapotzalco, el tlatoani Izcóatl había solicitado a Oquitzin, el tlacochcálcatl, que investigara sobre la muerte de Matlalatzin, viuda de Chimalpopoca. Oquitzin comenzó por interrogar a los yaoquizque que habían hecho guardia la noche en que una flecha asesinó a la hija del tecutli de Tlatelolco a la orilla del lago. Con ello descubrió que los soldados, que hicieron guardia la noche en que Chimalpopoca y su hijo Teuctlehuac fueron secuestrados, estaban coludidos con un capitán de la milicia, llamado Moshotzin. Para evitar que Oquitzin descubriera quién estaba detrás de todo eso, intentaron asesinarlo una noche en la que caminaba solo por las calles de Tenochtítlan, sin percatarse de que se encontraban justo frente a la casa de la anciana Tliyamanitzin, que salió al rescate del tlacochcálcatl; apenas lo dejaron desangrándose. Si bien no pudo salvarle la vida, logró descubrir los motivos por los cuales lo agredieron y, días más tarde, se dirigió al palacio de Tenochtítlan para informarle a Izcóatl que sus soldados habían asesinado a su tlacochcálcatl. De inmediato, se desató un combate en la sala principal del palacio entre yaoquizque meshítin para que no delataran a Tlacaélel, quien al día siguiente quemó la casa de la anciana con intenciones de matarla.

—Pero no lo logró —presumió Tliyamanitzin en tanto les servía agua a sus visitantes.

—¿Qué piensa hacer? —preguntó Mirácpil.

—Esconderme. Tlacaélel sabe que sigo viva.

—¿Cómo lo sabe?

—Yo lo veo desde aquí. Veo su maldad. Veo cómo engaña al pueblo meshíca...

—¡Tenoshcas! —grita Tlacaélel en la cima del Monte Sagrado frente a miles de personas—. Hijos de Huitzilopochtli, hermanos, nietos de Acamapichtli y Huitzilíhuitl, gente buena, gente sabia, madres humildes, hijas esmeradas, hijos valientes, nuestro pueblo ya ha sufrido muchos años, desde la diáspora de nuestros abuelos de Áztlan y en su búsqueda de la tierra prometida. Luego, a su llegada al cemanáhuac, hubieron de vivir como esclavos de muchos tetecuhtin que no sólo abusaron de los tenoshcas, sino que también los violentaron. Grande valor hubimos de acumular para poder confrontar al tirano Mashtla de Azcapotzalco y liberarnos del yugo. Ahora que la tierra está revuelta, muchos altepeme se han revelado y, en su perversidad, otros han agredido a nuestras mujeres en Coyohuácan y a nuestros pochtecas en Shochimilco. El tirano Cuécuesh ha secuestrado a nuestro hermano Motecuzoma Ilhuicamina y lo tiene preso en una jaula sin agua ni alimento. Quieren que caigamos en sus provocaciones. Muy pronto, cualquiera de nuestros vecinos intentará robarnos a nuestras hijas y hermanas, pretenderán usurpar nuestras plumas y nuestras mantas, nos querrán arrebatar la comida que nos hacen nuestras madres y abuelas, y exigirán vasallaje, pedirán que nos arrodillemos y, peor aún, querrán destruir nuestros teocalis. Pero ustedes, hermanos, nietos de Acamapichtli y Huitzilíhuitl, madres, hijas, hijos son gente buena, gente sabia, gente valiente, y nuestro dios Tezcatlipoca lo sabe, pues él todo lo ve y todo lo escucha y, por ello, me ha hablado y me ha encargado una misión: enseñar a todos los que caminan, a todos los que comen, a todos los que hablan que él es el dios omnipotente, omnisciente y omnipresente, es *Icnoacatzintli*, «el misericordioso»; *Ipalnemoani*, «por quien todos viven»; *Ilhuicahua, Tlalticpaque*, «poseedor del cielo», «poseedor de la tierra»; *Monenequi*, «el arbitrario»; *Pilhoacatzintli*, «el padre reverenciado, poseedor de los niños»; *Titlacahuan*, «aquel de quien somos esclavos»; *Teimatini*, «el sabio, el que entiende a la gente»; *Tlazopili*, «el noble precioso, el hijo precioso»; *Teyocoyani*, «el creador de gente». Asimismo, pide que le ofrendemos la sangre de cuatro sacrificios humanos para que nos ayude a rescatar a nuestro hermano Motecuzoma Ilhuicamina. Todos somos hermanos, somos nietos de Acamapichtli y Huitzilíhuitl. Hoy debemos estar unidos. Es nuestra obligación entregar nuestras vidas para defender nuestra ciudad, nuestra sangre, nuestra raza, nuestras familias, nuestras hijas. Los enemigos no nos vencerán, no podrán doblegarnos. Nosotros somos los hijos de Huitzilopochtli, el pueblo de la guerra. ¡Somos meshícas!

—¡Somos meshítin! —repite la multitud entusiasmada.

—No teman, no fallezcan, nuestro trabajo será recompensado, así lo ha prometido Tezcatlipoca. ¿Están listos para defender la sangre tenoshca?

—¡Sí! —grita la gente.

—¡Nunca más seremos humillados! —grita Tlacaélel.

—¡Nunca más! —repite la multitud.

—¡Alimentemos a nuestro dios Tezcatlipoca con la sangre que nos exige!

La concurrencia ovaciona a Tlacaélel. Grita de emoción.

¡Pum!

Retumba el huéhuetl.

¡Pum!... ¡Pum!...

Cruza por la plaza un contingente de sacerdotes con cuatro prisioneros, que son llevados hasta la cima del Coatépetl.

¡Pum!... ¡Pum!... ¡Pum!... ¡Pum!...

El primer cautivo es acostado en el téchcatl, donde cinco teopishque le sostienen las piernas, los brazos y la cabeza en tanto Tlacaélel entierra el cuchillo sacrificador en el abdomen del sacrificado para sacar los intestinos, introduce la mano hasta llegar al corazón y lo arranca aún latiendo. Tlacaélel corta las arterias con el cuchillo y alza el corazón frente a su rostro mientras la sangre escurre por sus brazos.

Comienzan a sonar los huehuetles. ¡Pum!... ¡Pum!... ¡Pum!... Y los teponaztlis, ¡Pup! ¡Pup! Frente al Coatépetl y una veintena de *mitotique,* «danzantes», engalanados con bellísimos atavíos, frondosos penachos y cascabeles atados a los pies, comienza el *mitotia,* «baile», en honor a Tezcatlipoca. ¡Pum, pup, pup, pup, Pum!...

La multitud aúlla sobreexcitada:

—¡Ay, ay, ay, ay, ay, ayayayay!

¡Pum, pup, pup, pup, Pum!... ¡Pum, pup, pup, pup, Pum!... ¡Pum, pup, pup, pup, Pum!...

15

El rencor que germina de una ingratitud suele ser el peor de los odios disponibles: la razón en agonía arrastrada a la orilla de un abismo por el insano apetito de venganza. Yarashápo nunca sospechó que algún día la rabia que sentiría hacia Pashimálcatl sería tanta como la imbecilidad con la que había entregado la voluntad y la cordura a cambio de migajas. Mucho hizo el tecutli shochimilca para guardar la compostura ante los pueriles arrebatos de su amante. Al principio, solía cerrar los ojos y se concentraba en la gracia de ser amado por ese mancebo; luego optó por respirar muy profundo hasta percibir el aroma que emanaba de las flores comerciadas en los canales de su ciudad; después encauzó sus miedos indivisos al río de todos los remedios posibles y terminó por sofocarse ante la inaplazable decisión de matarlo.

—Prepara a nuestro ejército —ordena con firmeza—. Recuperaremos la mitad de nuestra ciudad. Sin importar cuántos soldados mueran en combate, marchen sin detenerse hasta donde se encuentre ese traidor, y si huye, persíganlo a donde vaya, día y noche. Búsquenlo en los montes, en las cuevas, en los poblados más lejanos, en el fondo del lago si es necesario, y perfórenle el cuerpo con flechas, todas las flechas posibles para que no vuelva a despertar, que no respire el malnacido ni pueda liberar un último suspiro.

—Como usted ordene —responde Tleélhuitl, capitán de las tropas, gustoso de recibir aquella orden que todos los shochimilcas habían aclamado en las últimas veintenas.

—Espera. —Yarashápo dispara la mirada al suelo como quien busca una solución—. Tráiganlo vivo. Quiero verlo a los ojos antes de que lo enviemos a la piedra de los sacrificios. —Ciertamente, quiere matarlo, aunque también desea tenerlo de frente antes de que lo asesinen. El rencor también suele ser idiota e influye al tomar decisiones, habitualmente estúpidas.

—Así lo haré, mi amo. —No se atreve a decir lo que está pensando.

—No lo voy a perdonar —asegura el tecutli shochimilca—. Pero tampoco le voy a dar el privilegio de que muera en combate. Para él sería un honor. Por eso, quiero que lo traigan vivo, para que me vea como el vencedor, que se arrepienta de su ingratitud, que se arrodille y ruegue por mi compasión. Luego, voy a burlarme de él en público, lo humillaré y lo enviaré a la piedra de los sacrificios.

—Lo importante es que acabe con esa rebelión de una vez por todas —responde Tleélhuitl y sale apresurado del palacio para elaborar el plan de ataque con los oficiales de las brigadas: rodear la ciudad y bloquear todas las salidas para, a medianoche, tener a todos sus hombres instruidos sobre cada movimiento.

Al caer la madrugada, los regimientos de Yarashápo se preparan para invadir el otro lado de Shochimilco. Se esconden detrás de las casas y entre los árboles y esperan hasta que sale el sol para derribar la cerca construida por los soldados de Pashimálcatl y entrar gritando, silbando los tepozquiquiztlis y tocando sus teponaztlis. Los yaoquizque que resguardaban aquel lado de la ciudad apenas si tienen tiempo para defenderse; son demasiados contra ellos. Imposible salvaguardar la ciudad con tan pocos guardias. Algunos salen huyendo, creyendo que Yarashápo los enviará a la piedra de los sacrificios acusados de traición; otros se rinden y piden que les perdonen la vida. Sin embargo, una gran mayoría aún conserva el honor de obedecer a su líder, luchan con valor y sin temor alguno: se baten a duelo contra sus hermanos, primos, tíos, sobrinos, vecinos, amigos, pues en la guerra no son más que peones al servicio de un hombre, un dios, una ideología, un mandato, un capricho. Inmediatamente llega en su auxilio el resto del ejército de Pashimálcatl. Si bien Yarashápo acudió a la batalla y ha peleado contra los enemigos, no ha mostrado interés en ir en busca de Pashimálcatl, quien se encuentra dirigiendo a sus hombres en el otro extremo de la ciudad. El capitán de la milicia tiene muy claro que Yarashápo no irá detrás del traidor, pues de hacerlo sería capaz de perdonarlo o dejarlo ir. Por ello, él mismo se dirige —mientras derriba a quienes se le ponen en el camino— hasta la entrada del palacio, donde encuentra a Pashimálcatl dando órdenes a sus huestes. No se percata de que Tleélhuitl está a unos pasos, con el macuáhuitl en la mano: en la posición en la que se halla podría matar de un golpe a Pashimálcatl, aunque su lealtad a Yarashápo le impide incumplir su mandato. Quisiera despedazarlo para acabar con eso de una buena vez, pero obedece y se prepara para derrotar a Pashimálcatl en combate y sin quitarle la vida. Su primera ofensiva consiste en aventar una lancilla al tobillo izquierdo de su contrincante —con la cual espera derribarlo o, por lo menos, limitar severamente sus movimientos—, pero justo en ese momento un soldado le llega por la espalda y lo derriba. Ambos forcejean en el piso. El macuáhuitl de Tleélhuitl cae muy lejos de él, en tanto que el yaoquizqui que lo abatió saca un cuchillo de pedernal e intenta enterrárselo en la garganta. Tleélhuitl le aprieta las dos muñecas, lo que no impide que la punta del cuchillo se acerque a su ojo derecho. El cuchillo baja pesadamente, luego sube con lentitud y otra vez desciende. El sudor del soldado se derrama a cuentagotas sobre el rostro de Tleélhuitl, cuya experiencia como guerrero le permite quitarse de encima al adversario. Sin soltarse, ambos ruedan en el piso. Justo cuando se encuentra sobre su contrincante, Tleélhuitl logra empujarle las manos hacia arriba, de forma que el arma queda por encima de sus cabezas. Entonces, le suministra un cuarteto de golpes con la frente en la nariz y lo deja desmayado. Inmediatamente le quita el cuchillo y se lo entierra en el pecho un par de veces. En cuanto se dispone a incorporarse, un puntapié le pega directo en la barbilla, con lo cual termina tirado bocarriba y a un lado del hombre que acaba de matar. Pashimálcatl aparece frente a él, listo para partirle el pecho en dos con el macuáhuitl que lleva en las manos. Sin embargo, Tleélhuitl rueda sobre el piso, como el tronco de un árbol, justo antes de que el golpe de su contendiente dé en su pecho. Pashimálcatl levanta su arma, se prepara para asestar un segundo porrazo, pero nuevamente Tleélhuitl gira sobre el piso hasta llegar a donde había caído su macuáhuitl, el cual recupera con la mano izquierda mientras que con la derecha se impulsa para ponerse de pie. Ya en guardia, con el arma en las dos manos, recibe el primer impacto que le lanza Pashimálcatl: uno, dos, tres, cuatro mazazos seguidos que ataja con el macuáhuitl. Ambos gladiadores se detienen por un instante para analizar y preparar sus siguientes movimientos. Se encuentran bañados en sudor. Se miran a los ojos; se saben enemigos desde hace mucho tiempo. Tleélhuitl simula que atacará al cuello, con lo cual Pashimálcatl levanta su macuáhuitl para protegerse. Pero Tleélhuitl baja su arma y da un golpe certero en el muslo de su opositor, quien resbala y se derrumba en el piso, aunque sin soltar su macuáhuitl. Pashimálcatl se reincorpora de inmediato, con un torrente de sangre escurriendo de su pierna, y se pone a la defensiva. El duelo de miradas no cesa, el rencor tampoco. Tleélhuitl sonríe orgulloso de haberle atizado un buen golpe a Pashimálcatl, quien enfurecido levanta su macuáhuitl y se va directo al rostro de su contrincante, que logra contener la ofensiva para, luego, revirar con otro porrazo que Pashimálcatl detiene. Se separan por un instante, sin quitarse las miradas de encima. Giran en un mismo eje, persiguiéndose entre sí. Tleélhuitl vuelve al ataque. Intenta dar en el abdomen de Pashimálcatl, quien otra vez resiste el garrotazo y, con un movimiento astuto, logra que los dos macuahuitles se traben entre las piedras de obsidiana. Tleélhuitl jala su arma para desatorarla, pero no lo consigue y, en un descuido Pashimálcatl, le da una patada en la espinilla que lo abate; pronto desatora los macuahuitles, lanza el de su adversario lo más lejos posible, se prepara para aniquilarlo, levanta su macuáhuitl por arriba de su cabeza y...

—¡Ríndete, Pashimálcatl! —grita Yarashápo.

Pashimálcatl voltea hacia la izquierda y descubre que todo su ejército se encuentra desarmado y de rodillas. Por un instante, piensa en acabar con Tleélhuitl —como uno más de sus caprichos— antes de que lo capturen o lo maten a él —total, ya es el fin—; pero algo le dice que hay otra salida, siempre hay otra salida. Dirige la mirada a Tleélhuitl, sonríe, baja el macuáhuitl, libera una larga exhalación, contempla el arma que tiene en la mano derecha, la deja caer al piso y se dirige a Yarashápo.

—¡Tú ganas! —exclama y, al instante, una cuadrilla de soldados marcha hacia él para capturarlo antes de que intente escapar—. ¡Yarashápo! —grita mientras los yaoquizque le atan las manos a la espalda—. ¡Hablemos! Necesito hablar contigo.

El tecutli shochimilca ignora el llamado de su examante y se dirige al palacio, donde permanece en soledad el resto del día, con la mirada extraviada y la inexplicable sensación de haber perdido la batalla. La victoria le sabe a derrota. Sin duda, es uno de los días más largos de su vida y quisiera que acabara lo antes posible, pero el tiempo se burla de él y se extiende en la desolación. Ojalá pudiera simplemente dar la orden de que maten a Pashimálcatl sin que él lo vea por última vez, sin embargo, no se atreve siquiera a recibir al capitán de las tropas ni a los ministros para celebrar el triunfo. Ordena a su nenenqui que le lleven una jícara de octli y a las putas que le han hecho compañía en las últimas noches, mujeres para emborracharse y a las que con certeza no se terminará cogiendo; si fuesen mancebos, acabaría atravesado por una verga en el culo y otra en la boca. Deseos no le faltan, pero en este instante de su vida lo que menos debe hacer es enredarse con hombres. En cuanto llegan las mujeres públicas, se deja apapachar por ellas; les comenta del dolor que lo estrangula y, ya en la profundidad de su ebriedad, les confiesa que una noche quemó el palacio, con su esposa e hijos dentro, para poder vivir con Pashimálcatl. Ellas, que no están ahí para condenarlo ni para delatarlo con el pueblo o las autoridades, le hablan con confianza y, además de aconsejarlo, lo regañan como si fuera una puta más del clan. Le insisten que cometió la peor estupidez de su vida al enamorarse de Pashimálcatl.

A la mañana siguiente, Yarashápo despierta con la peor resaca de su vida y con una inminente fractura en el corazón. Debe dictar la sentencia contra Pashimálcatl. Todo su pueblo espera que cumpla con lo que prometió: recuperar la mitad de la ciudad y castigar a los traidores. Apenas sale de su habitación, aparece frente a él uno de los ministros para anunciarle que tiene visitas en la sala principal.

—¿Quién? —responde con apatía.

—Tlilcoatzin, señor de Míshquic y Cuauhtemóctzin, señor de Cuitláhuac[81] —informa el tecpantlácatl, «cortesano», y opina—: Seguramente vienen a felicitarlo por el triunfo de ayer.

Yarashápo se lleva las manos a las mejillas, arruga el rostro como limón exprimido, libera un suspiro y se va directo a la sala principal para recibir a los visitantes y correrlos de inmediato de la manera más refinada posible.

—Tetecuhtin, sean ustedes bienvenidos a ésta su casa —dice Yarashápo al entrar a la sala principal, sin ganas de escucharlos, pero consciente de que en la política todo es simulado—. Me siento muy honrado con su visita. —Finge una sonrisa.

81 De acuerdo con los *Anales de Tlatelolco,* entre 1429 y 1437 el tecutli de Cuitláhuac —hoy en día Tláhuac— se llamaba Cuauhtemóctzin.

—Esta mañana nos enteramos de la victoria de ayer —interviene Tlilcoatzin y también sonríe—. Mucha gente está hablando de ti. Celebramos el triunfo de los shochimilcas.

—Se los agradezco.

Yarashápo agacha la cabeza con humildad y con deseos de que sus visitantes se retiren lo antes posible.

—También venimos a ofrecerte una alianza —agrega Cuauhtemóctzin con seriedad.

—¿Una alianza para qué? —Alza las cejas con sorpresa.

—Para defender nuestra soberanía ante las invasiones de Iztlacautzin e Teotzintecutli. Otros altepeme están buscando alianzas —responde Tlilcoatzin—. Lo más conveniente es que Shochimilco, Cuitláhuac, Míshquic, Chimalhuácan, Ishtapaluca y Aztahuácan nos aliemos.

—¿Qué altepemes están haciendo alianzas? —pregunta Yarashápo intrigado.

—Mis espías me informaron que Cuauhtlatoa, señor de Tlatelolco, habló con Mazatzin, señor de Chapultépec, para ofrecerle una alianza —dice Cuauhtemóctzin.

—Cuauhtlatoa quiere vengar la muerte de su hermana Matlalatzin, asesinada por Tlacaélel —agrega Tlilcoatzin.

—¿Y qué ocurrió? —cuestiona Yarashápo.

—El tecutli de Chapultépec le negó la alianza —responde el señor de Cuitláhuac.

—También tenemos informes de que ya se reunieron Shicócoc, señor de Mishcóhuac, Coatéquitl, señor de Atlicuihuayan, Mazatzin, señor de Chapultépec, y Tozquihua, señor de Huitzilopochco, para hablar sobre la situación —añade el señor de Míshquic.

—Están enterados de que Cuécuesh visitó a Nauyotzin —interviene Cuauhtemóctzin— y no les gusta que gobierne Coyohuácan ni que esté negociando alianzas. Piensan que ese macehuali oportunista quiere quitarle su señorío al anciano.

—¿Con Nauyotzin? —pregunta Yarashápo con curiosidad.

—Nauyotzin —confirma Tlilcoatzin como si contara algo gracioso.

—¿El…? —Yarashápo se tapa la boca con los dedos para esconder una sonrisa.

—El mismo loco —responde Cuauhtemóctzin y también sonríe—. Lo recibió en su palacio y le ofreció un banquete.

—¿Solo? —pregunta con estupor el tecutli de Shochimilco.

—Sí.

Yarashápo no puede evitar reírse.

—Luego llegaron su hijo y su esposa —aclara el tecutli de Míshquic.

—Me habría gustado estar ahí —dice el señor de Cuitláhuac.

—Pero... —Yarashápo hace una pausa— Cuécuesh ya sabía que...

—¡No! —responde el señor de Míshquic.

Lo que ocurre entre los pipiltin se queda entre los pipiltin, en una especie de pacto jamás negociado ni debatido ni sellado, pero entendido por todos los nobles para evitar que sus secretos más íntimos lleguen a los macehualtin. Por ello, Cuécuesh, que tiene poco en el tecúyotl de Coyohuácan, ignora muchas cosas, demasiadas, quizá más de las que debería desconocer. Aun los macehualtin más pobres logran enterarse de los embrollos de la nobleza cuando algo se filtra a las calles, pues entre las tantas habilidades que tiene la clase plebeya es su capacidad para esparcir información, mientras que entre las virtudes de Cuécuesh sobresale su indiferencia a los chismes, a los cuales él considera una pérdida de tiempo. Por ello, cuando llegó al palacio de Nauyotzin no tenía idea de lo que le esperaba. El tecutli de Cuauhshimalpan lo recibió poco después del mediodía para hablar sobre la propuesta que tenía Cuécuesh.

—¿Una alianza? —preguntó Nauyotzin sin mirar al tecutli de Coyohuácan. Se dio media vuelta y caminó con pasos lerdos hacia un pasillo—. Ordené que nos prepararan un banquete.

—Me siento honrado, mi señor —respondió Cuécuesh y dio por un hecho la alianza.

—Ven —dijo el tecutli de Cuauhshimalpan y salió a una terraza del palacio que se encontraba en la cima de la montaña más alta[82] de aquella región—. Observa... —Frente a ellos yacía con esplendor el cemanáhuac y, en el centro, el lago de Teshcuco.

82 Hoy en día el Cerro San Miguel, ubicado en el Parque Nacional Desierto de los Leones, y cuya altitud es de 3 790 metros sobre el nivel del mar.

—Extraordinario —Cuécuesh halagó el paisaje.

—Ahí están Coyohuácan y Huitzilopochco. —Señaló con el dedo índice—. De aquel lado están Azcapotzalco y Tlacopan. Desde aquí puedo ver casi todo lo que ocurre en el valle —presumió el anciano—. Si un día intentaran invadir Cuauhshimalpan, yo los vería mucho antes de que pudieran llegar a mis territorios.

—Cierto, pero ¿tiene soldados suficientes para hacerle frente a los enemigos? —preguntó Cuécuesh sin esperar la respuesta—. No debemos confiarnos. Shalco y Hueshotla ya se apoderaron de todos los altepeme del oriente y, muy pronto, invadirán el norte, para luego seguir con las ciudades del poniente. Debemos formar un bloque.

—¿Bloque? —Nauyotzin se encogió de hombros y sonrió como si se burlara de la propuesta de su interlocutor—. ¿De qué hablas?

—Un bloque entre Cuauhshimalpan, Atlicuihuayan, Iztapalapan, Mishcóhuac, Coyohuácan, Huitzilopochco, Culhuácan y Ashoshco.

—¡Oh! Lo tienes bien planeado. —Sonrió el anciano una vez más.

—No. —Cuécuesh se encogió de hombros—. Sinceramente no sé cómo le vamos a hacer, pero debemos prepararnos.

—Tú ya estás preparado —aseguró Nauyotzin, que le apuntó con el dedo índice a la cara, aunque sin quitar su sonrisa—. Tienes un rehén... —Se llevó los dedos a las sienes para recordar el nombre de Ilhuicamina, pero no lo consiguió—: Al sobrino de Izcóatl. Y con eso ya le declaraste la guerra a los meshícas.

Cuécuesh se mostró asustado y dio un paso hacia atrás.

—No.

—Sí —aseguró el anciano. Movió la cabeza de arriba abajo con la misma sonrisa—. Que aún no hayan respondido a tus provocaciones, es distinto, pero en cualquier momento llegarán a Coyohuácan y destruirán tu ciudad. Espero que los dioses te protejan.

—Seguramente también invadirán y destruirán los altepeme vecinos —amenazó Cuécuesh nervioso—. Los tenoshcas quieren conquistarlo todo.

En ese momento, uno de los pajes del palacio salió a la terraza, el tecutli de Cuauhshimalpan lo vio y le hizo una señal afirmativa con la mirada.

—Vamos, ya está servido el banquete —dijo Nauyotzin y caminó al interior del palacio.

En el centro del piso de la sala yacía una hilera de cazuelas de barro repletas de *tlacuali,* «alimento»; a los lados cuatro asientos.[83] En una esquina dos *técpan nenenque*[84] aguardaban para servir los alimentos y, al fondo, a un lado del asiento de Nauyotzin, sentado y recargado en la pared, el cadáver putrefacto de una anciana.

—Mi esposa Amacíhuatl comerá con nosotros —informó Nauyotzin y caminó hacia el asiento real.

Cuécuesh observó atónito aquel escenario, tragó saliva y apretó los dientes para no decir una tontería.

—Amacíhuatl, él es Cuécuesh —dijo Nauyotzin a la mujer muerta y se sentó junto a ella—. Mashtla lo nombró tecutli de Coyohuácan y vino a ofrecernos una alianza para defendernos de los enemigos, pero ya le dije que nosotros no necesitamos de otros altepeme para proteger nuestro señorío. —El tecutli de Coyohuácan seguía de pie, sin saber qué hacer frente a Nauyotzin y el cadáver—. Mi esposa pregunta por qué no te sientas —prosiguió Nauyotzin y, luego, hizo una seña a los fámulos para que les sirvieran la comida.

—Disculpe, estaba esperando sus instrucciones...

No terminó de hablar el tecutli de Coyohuácan cuando entraron Chalchiuh y su esposa Tlapilcíhuatl con seriedad mortuoria. Cuécuesh caminó hacia uno de los *tlatotoctli,* «asiento», y se sentó con la mirada en el suelo.

—Ya iba a enviar a alguien para que los buscaran —dijo Nauyotzin y, luego, colocó su mano derecha sobre la pierna de Amacíhuatl.

—No sabíamos que tenías un invitado —respondió el hijo con reserva y, de inmediato, Cuécuesh se puso de pie para saludarlos. Por la consternación que le generaba aquel entorno, había olvidado las formalidades de saludar a un tecutli cuando entraba a una sala.

—Cuécuesh quiere hacer una alianza con nosotros —informó el padre al mismo tiempo que el tecutli de Coyohuácan regresaba a su asiento.

83 Los asientos nahuas, unos cubos hechos de mimbre, se llamaban *tlatotoctli.*

84 *Técpan nenenque,* «mozos de servicio».

—¿Qué tipo de alianza? —cuestionó Chalchiuh con desconfianza y caminó hacia el centro de la sala.

—No importa —dijo el anciano mientras uno de los *tétlan nenenque* «sirvientes» le mostraba una de las ollas para que eligiera algún guisado—, ya le dije que no nos interesa.

—A ti no te interesa. —Chalchiuh se llevó las manos a las caderas en señal de desacuerdo—. No me has preguntado mi opinión. —Alzó las cejas y negó con la cabeza.

—¿Y por qué tendría que solicitar tu opinión?

El padre recibió sus alimentos y comenzó a comer con descuido, luego tomó una porción de alimento con los dedos y lo llevó a la boca del cadáver.

—Porque soy tu hijo. —Se cruzó de brazos y exhaló.

—Pero el que gobierna soy yo. Y si necesito algún consejo, se lo puedo pedir a tu madre. —Metió los dedos en la comida, tomó otra porción y se la llevó a la boca.

—No hables de mi madre. —Bajó las manos y apretó los puños.

—¿Escuchaste eso? —Nauyotzin se dirigió al cadáver pútrido—. ¡Tu hijo es un insolente!

—Disculpe, tecutli Cuécuesh —dijo Chalchiuh—. Lo invito a que vayamos a los jardines.

Cuécuesh se puso de pie y caminó hacia Chalchiuh, pero el padre lo detuvo:

—Usted es mi invitado y no irá a ninguna parte hasta que termine el banquete.

El señor de Coyohuácan se detuvo sin saber a quién obedecer.

—Acompáñeme —ordenó Chalchiuh y se dirigió a la salida.

Seguro de que estaba tomando la mejor decisión, Cuécuesh agachó la cabeza para despedirse del anciano y caminó detrás del hijo.

—¡No se vaya! —gritó Nauyotzin.

—Vamos —insistió el hijo.

—¡Yo soy el tecutli de Cuauhshimalpan! —gritó el anciano—. ¿Por qué no me obedecen? ¡Traigan a las tropas! ¡Pagarán por esta humillación! —Se puso de pie, pero Tlapilcíhuatl se acercó a él para detenerlo y tranquilizarlo.

Apenas llegaron a los jardines, Chalchiuh interrogó a Cuécuesh:

—¿Qué es lo que quiere?

—Proponerles una alianza entre Cuauhshimalpan, Iztapalapan, Atlicuihuayan, Mishcóhuac, Coyohuácan, Huitzilopochco, Culhuácan y Ashoshco para hacerle frente al bloque que han creado Shalco y Hueshotla. Y no sólo eso, Nezahualcóyotl y los meshítin…

—Congregue a los demás tetecuhtin y, cuando logre esa alianza, tendrá la nuestra —respondió Chalchiuh con severidad, como si le hablara a uno más de sus sirvientes—. Ahora le suplico que disculpe a mi padre. —Suavizó el tono—. Mi madre murió hace tres años, pero él se niega a aceptar su muerte. Ya lo vio. No puedo dar más explicaciones. Le ruego que nos perdone por no poder invitarlo al banquete y le suplico que regrese a su ciudad.

Se despidieron sin formalidades ni señales de simpatía. Cuécuesh no supo si aquel encuentro había sido un triunfo o un fracaso, y lamentó no haber llevado a Yeyetzin, quien habría manejado la situación con habilidad y encanto. Contempló el espléndido paisaje por un instante, antes de bajar la montaña. Afuera del palacio de Cuauhshimalpan, se encontraba la tropa que lo acompañó. Viajó en silencio todo el camino hasta llegar a Coyohuácan, donde Yeyetzin le informó de inmediato que Motecuzoma Ilhuicamina estaba muy herido.

—¿Qué ocurrió? ¿Cómo? —preguntó Cuécuesh. Ya había olvidado el incidente en Cuauhshimalpan.

—Los soldados lo golpearon hasta que perdió el conocimiento —explicó Yeyetzin con preocupación.

—¡Traigan a esos yaoquizque! —ordenó Cuécuesh enfurecido.

—¡Espera!

Yeyetzin se puso frente a él, le puso las manos en el pecho y lo miró a los ojos.

—¿A qué?

El tecutli de Coyohuácan se quitó de encima las manos de su esposa y siguió caminando rumbo a la jaula donde se encontraba Ilhuicamina.

—Necesitas tranquilizarte.

Siguió detrás de él.

Cuécuesh llegó a la jaula donde tenían al prisionero, quien se encontraba desmayado y muy golpeado.

—¿Tú le hiciste eso? —preguntó furioso a uno de los soldados que hacían guardia.

—No.

El joven yaoquizqui se intimidó.

—¿Quién fue? —gritó.

—Cuécuesh. —Yeyetzin lo interceptó nuevamente, postrándose frente a él, y colocó sus manos en su pecho. Luego, le acarició las mejillas con ternura—. Tranquilízate. Escúchame.

El tecutli de Coyohuácan bajó la cabeza, cerró los ojos, respiró lento y preguntó:

—¿Qué fue lo que ocurrió?

—Se estaba comportando como un animal dentro de la jaula...

Pasarían muchas noches antes de que Ilhuicamina comenzara a perder la cordura. El encierro asfixió la paciencia que siempre había acompañado a Ilhuicamina, incluso en los momentos más difíciles de su vida, como cuando su hermano gemelo capturó, por mero placer, a un piltontli desconocido en el bosque, lo amarró a un árbol y lo desolló vivo, con el argumento de que algún día tendría que hacerlo en público, en la cima del Coatépetl en honor a los dioses, y no pretendía ser motivo de burlas si erraba. No sería la primera ni la última vez que Motecuzoma y Chimalpopoca presenciarían los actos de barbarie cometidos por Tlacaélel en aquellos años mozos, en los que ciertamente la paciencia fue uno de sus pilares; sin embargo, nunca imaginó que una jaula lograría lo que no consiguieron las atrocidades de su hermano gemelo, quien a esas alturas parecía no darse por enterado que Ilhuicamina llevaba ya cinco veintenas prisionero, más de cien días caminando de un lado a otro dentro de una jaula de madera, desde que amanecía hasta que anochecía, mirándoles las caras aburridas a los guardias fastidiados, a los que interrogó una y otra vez, casi siempre con las mismas preguntas, con el afán de ganarse su confianza, pero como ellos lo ignoraron comenzó a contarles sobre su infancia, vivencias sin importancia, historias de guerra conocidas por todos, para, en una de esas, persuadirlos de que lo dejaran en libertad, y ya si no era posible, extorsionarlos, ofreciéndoles muchas riquezas, más de las que se podrían imaginar, y en el peor de los casos, en sus momentos de mayor desesperación, osó amenazarlos: ¡se van a morir!, ¡pronto llegarán las tropas meshícas y los matarán a todos!, ¡les vamos a sacar los corazones!, ¡los vamos a desollar vivos!, ¡nos los comeremos en caldo! Los guardias le ordenaron que se callara, pero sucedió lo contrario, Ilhuicamina no pudo contener más su desesperación y comenzó golpear los barrotes, e incrementó el volumen y la cantidad de sus gritos sin descanso, ¡auxilio!, ¡ya cállate!, le rebatían los soldados hartos de la gritadera, pero nada funcionó, así que entraron a la jaula para someterlo a palos, pero el prisionero demostró más destreza que los guardias y con una recua de puñetazos los demolió y escapó; sin embargo, no pudo llegar muy lejos, pues fue descubierto por una docena de guardias, que justamente estaban alrededor del palacio, previniendo que el infante tenoshca no se escapara, así que en cuanto lo vieron correr como animal silvestre rumbo a la salida del palacio, lo corretearon por un largo rato, como quien persigue una liebre, hasta que ya muy cansado Ilhuicamina bajó el paso y los soldados lograron derrumbarlo, mas no esperaban que aún tuviera fuerzas para defender su libertad a golpes; hirió severamente a más de cuatro, narices rotas, costillas quebradas, ojos morados. Motecuzoma Ilhuicamina era una fiera salvaje y aún no se había dado cuenta de la fuerza que poseía y la cual le salvaría la vida a futuro muchas, muchas veces; sólo que en esa ocasión, no fue suficiente para detener a la tropa que había llegado en auxilio de los yaoquizque caídos, y que lo abatió con una borrasca de patadas, puñetazos y escupitajos.

16

El triunfo y el fracaso también suelen ir de la mano. Matlacíhuatl lo aprende el día que Totoquihuatzin la entrega a Nezahualcóyotl para que sea una más de sus concubinas.

Por años, su madre se esmeró en adoctrinarla para que se convirtiera en una concubina ejemplar:

> La hija de buen linaje es honrada y amada por todos. La que es buena quiere bien a todos y sabe agradecer por el bien que se le hace, y es muy mirada en sus cosas. La que es mala es muy loca, incorregible, torpe, desvergonzada, que fácilmente afrenta a su linaje. La hija noble es gloria y reliquia de sus padres, y la que es buena responde bien a su linaje y no deshonra a sus padres, antes con su bondad resucita la buena fama de sus antepasados, es pacífica, noble, amorosa y tiene respeto por todos. La mala afrenta a su linaje, es de vil y baja condición, desvergonzada, presuntuosa, disoluta, atrevida, soberbia, a todos menosprecia y no los tiene en nada. La señora de familia es generosa, digna de ser obedecida, muy cabal por tener términos y parte de las buenas costumbres.[85]

Lo que nunca le advirtió su madre —ni sus tías ni sus hermanas ni sus primas ni sus vecinas— fue que apenas la entregaran como concubina, el hombre que sería su dueño fornicaría con ella desde el primer día, sin un preámbulo, un flirteo o una caricia, sin el menor cuidado, directo al pepechtli, encuérate, niña, abre las piernas, ay, espere un poco, cállate, no, no, no, deténgase, me duele, me está lastimando, en un momento se te pasa, te va a gustar, pero a la niña no le gusta nada, por el contrario, se siente atormentada, quebrada, vacía, él la deja toda rosada y adolorida en el pepechtli, con trabajos puede cerrar las piernas cuando él se le quita de encima, y ella lo único que se pregunta es por qué nadie le avisó de esto, ni una palabra ni una señal. Tan simple: para que no huyera al concubinato y lo anhelara más que

85 Sahagún.

a nada en el mundo, tal cual lo deseó desde que su hermana Zyanya, su enemiga sempiterna, fue entregada a Nezahualcóyotl, y como ella siempre presumió una dicha inefable, había que arrebatársela a como diera lugar, sólo que jamás imaginó el tormento que debería soportar en la primera cogida. Aun así, finge satisfacción, le sonríe a su nuevo dueño y lo acaricia con ternura, pero él no se conmueve, le responde con frialdad: «Ya aprenderás», se pone de pie, se limpia la verga con el huipil de la niña, lo tira sobre el pepechtli, busca sus prendas, se viste y sale de la habitación, pues lo que acaba de ocurrir está muy lejos de un romance, fue sólo un pasatiempo para desestresarse de la batalla de la conquista de Tenayocan, aunque él no lo llama conquista sino el rescate de lo que él considera suyo por herencia y derecho de sangre, aunque su familia haya dejado en el abandono aquel poblado desde que Quinatzin mudó el imperio de Tenayocan a Teshcuco en el *yei tochtli shíhuitl,* «año tres conejo».

El príncipe chichimeca sale de la habitación y se dirige al teilpiloyan para interrogar a Nonohuácatl, quien esa tarde fue trasladado a Tenayocan. Al encontrarse frente a él, lo mira en silencio por un largo rato. Estudia su comportamiento antes de hablar. Casi no lo conoce. Se vieron algunas veces, mucho antes de que comenzara la guerra contra Azcapotzalco, cuando el Coyote ayunado ya no era prófugo de Tezozómoc y tenía permitido vivir en el palacio de Cílan. En aquellos años, todos los hermanos ilegítimos de Nezahualcóyotl lo cuidaban incluido Tlilmatzin y su media hermana Tozcuetzin, casada con Nonohuácatl.

—¿Dónde está Coyohua? —pregunta con tono severo.

—Lo tienen preso en Teshcuco. —Nonohuácatl responde con la mayor seriedad posible para que su falsedad no sea descubierta.

—Mientes —interviene molesto Nezahualcóyotl—. Mis espías dicen que no hay ningún prisionero en Teshcuco.

—Y no lo van a encontrar. Está en un lugar secreto para que no lo puedas rescatar.

Nonohuácatl levanta la frente e infla el pecho.

—Enviaré a mis embajadores a negociar un intercambio con Iztlacautzin y Teotzintecutli —informa Nezahualcóyotl—. Si me entregan a Coyohua, te dejaré libre.

—No aceptarán —admite Nonohuácatl con tristeza, ya que esa negociación jamás ocurrirá pues, hasta donde él sabe, Tlilmatzin mató a golpes a Coyohua—. A ellos no les importa mi vida ni la de Tlilmatzin.

—Si piensas que me va a conmover lo que acabas de decir, estás muy equivocado. No te voy a liberar.

—No esperaba que me liberaras.

El Coyote ayunado no sabe si Nonohuácatl es sincero o demasiado astuto.

—¿Qué están planeando Iztlacautzin y Teotzintecutli?

—Apoderarse de todo el valle.

—Eso ya lo sé. ¿Cuál es su siguiente punto de ataque?

—Shaltócan.

—¿Shaltócan? —pregunta sorprendido Nezahualcóyotl.

Shaltócan había sido fundada cuando se dispersaron los toltecas.[86] En el *chicome ácatl shíhuitl,* «año siete carrizo», se diseminaron los shaltocamecas: la guerra con la que los combatieron los cuauhtitlancalcas chichimecas duró noventa y siete años, que comenzó cuando perecieron los meshítin en Chapultépec. Los shaltocamecas se fueron a refugiar a Meztitlan y a Tlashcálan.[87]

—Shaltócan tiene treinta y cinco años abandonado —continúa el príncipe chichimeca—. ¿De qué les sirve conquistar una isla desierta?

—Los meshítin y los tlatelolcas fundaron sus ciudades en una isla desierta —contesta Nonohuácatl, que alza los hombros y sonríe ligeramente.

El príncipe chichimeca baja la cabeza, se frota los ojos con los dedos, suspira y, luego, se lleva las manos a la cintura:

—¿Qué es lo que pretenden al invadir Shaltócan?

—Adueñarse de todo y evitar que cruces al oriente por el lago de Shaltócan —explica Nonohuácatl con un gesto de agotamiento.

—No te creo. —Nezahualcóyotl niega con la cabeza—. Estás diciendo esto para engañarme.

—No me interesa entrar en un juego de mentiras —asegura Nono-

86 En el año 1064.
87 *Anales de Cuauhtitlan.*

huácatl y mira seriamente al Coyote hambriento. Está cansado de esa conversación. Tiene sed, hambre, sueño y un deseo incontrolable de estar solo—. Si intento engañarte, me irá peor. Prefiero que continuemos hablando con tranquilidad, como lo hemos hecho hasta ahora.

—¿Qué van a hacer después de invadir Shaltócan?

—Conquistar Cuauhtítlan, Toltítlan, Ehecatépec, Ishuatépec, Aztacalco, Tepeyácac y así, hasta invadir el poniente y después el sur.

—Te mataré si descubro que me has estado mintiendo. —Lo mira fijamente a los ojos, luego se da media vuelta y regresa a la sala principal del palacio de Tenayocan, donde se reúne con sus consejeros y militares para informarles lo que acaba de decirle Nonohuácatl. Todos concluyen que deben prevenir a los tetecuhtin de Cuauhtítlan, Toltítlan, Ehecatépec, Ishuatépec, Aztacalco, Tepeyacac para que alisten sus batallones.

En ese momento llega uno de los espías de Nezahualcóyotl bañado en sudor. Lleva varias horas corriendo desde Míshquic hasta Tenayocan.

—Mi amo...

El hombre se arrodilla frente a Nezahualcóyotl. Su respiración está muy agitada. Apenas si puede hablar. Coloca las palmas de las manos en el piso y agacha la cabeza para recobrar el aliento.

—Tráiganle agua —ordena el Coyote ayunado.

Un nenenqui le entrega una jícara llena de agua al informante, que bebe con desesperación. Cuando logra saciar su sed, le cuenta al príncipe chichimeca que los señores de Chapultépec, Atlicuihuayan, Mishcóhuac, Coyohuácan, Huitzilopochco, Iztapalapan, Culhuácan, Cuauhshimalpan y Ashoshco acaban de hacer una alianza, al igual que Chimalhuácan, Aztahuácan, Cuitláhuac, Ishtapaluca, Míshquic y Shochimilco en el sur. La noticia es aterradora. Nezahualcóyotl ahora no sabe quiénes son sus enemigos. Se pregunta los motivos por los que los altepeme del sur y del poniente llevaron a cabo esas alianzas. ¿Para defenderse de Shalco y Hueshotla o para rebelarse en contra del huei chichimeca tlatocáyotl?

—Mis informantes me habían asegurado que los altepeme del poniente se negaron a hacer una alianza —expone Atónal, comandante de la armada de Nezahualcóyotl.

—Así es —responde el espía—, los señores de Chapultépec, Atlicuihuayan, Mishcóhuac y Culhuácan no querían aliarse con Coyohuácan, pero Cuécuesh se reunió con el tecutli de Huitzilopochco y lo convenció de que lo ayudara a crear la alianza.

—Me extraña que los tetecuhtin de Cuauhshimalpan y Ashoshco hayan aceptado el pacto —interviene Pichacatzin, uno de sus consejeros, diez años mayor que Nezahualcóyotl—. Siempre han sido muy pacíficos.

—No se trata de ser pacíficos, sino de defender sus tierras de los invasores —le responde Shontecóhuatl, medio hermano de Nezahualcóyotl.

—Tlazohcamati. —Nezahualcóyotl se dirige al informante y lo despide. Él agradece con la cabeza agachada y abandona la sala de inmediato. Luego, el príncipe chichimeca les dice a sus consejeros y militares—: Les voy a proponer una alianza a Cuauhtítlan, Toltítlan, Ehecatépec, Ishuatépec, Aztacalco y Tepeyácac. Un bloque desde Cuauhtítlan hasta Tlacopan. De esa manera, los regimientos de Iztlacautzin y Teotzintecutli no podrán cruzar al poniente.

—¿Y los meshícas? —pregunta Cuauhtlehuanitzin, el medio hermano del Coyote ayunado.

—Enviaremos una embajada a Tenochtítlan para informarles que hemos creado un bloque entre Cuauhtítlan, Toltítlan, Ehecatépec, Ishuatépec, Aztacalco, Tepeyácac, Tenayocan y Tlacopan —sentencia Nezahualcóyotl, que exhala y se mantiene en silencio por un instante. Sigue muy molesto por la traición de Tlacaélel, a quien responsabiliza de la crisis en el cemanáhuac. Si no se hubiera quebrantado la alianza entre Teshcuco y Tenochtítlan, Hueshotla y Shalco no se habrían rebelado ni atrevido a invadir el oriente y los altepeme del sur y poniente no habrían creado sus alianzas. A pesar de todo, y aunque no quiere, sabe que necesita de los meshítin. Le sirven más que a todos los altepeme del norte—. Y le mandaré decir a Izcóatl que si gusta se puede unir a nosotros.

—Dudo que acepten —responde Pichacatzin—. Además... —se muestra dudoso de aquella estrategia—, no hemos creado ese bloque. Ni siquiera sabemos si los altepeme del norte aprobarán una alianza con nosotros.

—Aceptarán —asegura Nezahualcóyotl—. No tienen otra opción.

—Pueden elegir dar vasallaje a Hueshotla y Shalco —contesta Pichacatzin—. O con los del poniente.

—¿Tú lo harías? —inquiere el príncipe chichimeca, como si amenazara a su interlocutor.

—No —responde intimidado el consejero, aunque en el fondo sí cree que algunos altepeme se rendirían ante el más poderoso, como ocurrió en el *matlactli omome tochtli shíhuitl,* «año doce casa: 1413», cuando Tezozómoc se le rebeló al heredero de Teshcuco, Ishtlilshóchitl.

—Enviaremos embajadas a Cuauhtítlan, Toltítlan, Ehecatépec, Ishuatépec, Aztacalco y Tepeyácac para notificarles que las tropas de Hueshotla y Shalco vienen en camino para invadir sus poblados y que nosotros estamos dispuestos a defenderlos con la milicia de Cílan, Tenayocan y Tlacopan, sólo si me reconocen y juran como in cemanáhuac huei chichimecatecutli.

—Creo que por el momento debería ofrecerles únicamente su tropa —aconseja Atónal.

—¿Te refieres a que no exija que me reconozcan como in cemanáhuac huei chichimecatecutli ni que les solicite una alianza?

—Exacto —dice Atónal, quien nunca se ha dejado intimidar por Nezahualcóyotl y expresa lo que piensa sin preámbulos—. Si impone condiciones, se convierte en una afrenta más. Su padre lo hizo y fracasó. ¿Quiere repetir el error de Ishtlilshóchitl?

La pregunta era innecesaria. El Coyote ayunado no quiere cometer los mismos yerros que su padre y, por ello, se ha empeñado en evitarlos en los últimos diez años. Ishtlilshóchitl desperdició cinco años exigiendo a los altepeme vasallos que lo reconocieran y juraran como huei chichimecatecutli, pero ellos se negaban a hacerlo por miedo a Tezozómoc. Ahora la historia parece repetirse. Nezahualcóyotl se pregunta en silencio: «¿A quién le temen los altepeme vasallos? ¿A Hueshotla y Shalco o a Tenochtítlan?». Y, de pronto, llega a la conclusión de que los tetecuhtin no le temen a él y se pregunta si eso es bueno o malo. ¿Deben temerle a él? ¿Es ésa la única forma de ganar el respeto y la obediencia de los altepeme vasallos? ¿Había sido ése el gran error de Quinatzin, Techotlala e Ishtlilshóchitl?

—Seguiré tu consejo, Atónal —responde Nezahualcóyotl con serenidad—. Envíen embajadas a los altepeme del norte para ofrecer nuestro apoyo militar contra la invasión de Iztlacautzin y Teotzintecutli, y a Tenochtítlan infórmenle que los señores de Chapultépec, Atlicuihuayan, Mishcóhuac, Coyohuácan, Iztapalapan, Culhuácan, Huitzilopochco, Cuauhshimalpan y Ashoshco hicieron una alianza, al igual que Chimalhuácan, Aztahuácan, Cuitláhuac, Ishtapaluca, Míshquic y Shochimilco en el sur. Esto seguramente ya deben saberlo, pero no importa, díganselo. Y que, de igual manera, nosotros ya hemos creado un bloque en el norte y que, si quieren, pueden unírsenos.

—Así lo haremos —responden Atónal y Pichacatzin, y se retiran para cumplir con las órdenes de Nezahualcóyotl.

Al día siguiente, la embajada de Tenayocan llega a Tenochtítlan y encuentran la ciudad prácticamente vacía: la mayoría de los pobladores se fue al lado sur de la isla para despedir a las huestes que están a punto de salir en canoas rumbo a Coyohuácan. Los embajadores, dudosos, se dirigen al palacio, donde los guardias de la entrada les informan que el meshícatl tecutli está ausente. Es entonces que sale Tlacaélel y los invita a pasar a la sala principal. Los atiende con todos los protocolos que se deben otorgar a los embajadores: les ofrece de beber, manda preparar un banquete y los invita a pasar la noche en el palacio. Los embajadores, obedeciendo las órdenes de Nezahualcóyotl, se disculpan por no aceptar el convite, se despiden y se apresuran a salir, pues tienen que regresar de inmediato con el Coyote hambriento para informar que Izcóatl no los recibió. Tlacaélel responde que el tlatoani salió a combatir a Cuécuesh en Coyohuácan, pero que le entreguen el mensaje a él. Sin embargo, el príncipe chichimeca no les dio instrucción sobre qué hacer en caso de que Izcóatl no se encontrara presente. Saben que las relaciones entre Tlacaélel y Nezahualcóyotl han sido demasiado tensas y, por ello, se niegan a darle el mensaje. De inmediato, el teopishqui tenoshca, que es demasiado hábil, los embauca con una arenga acerca de la importancia de cumplir con las embajadas a tiempo y los aprietos que conlleva incumplir una labor tan honorable. Para finalizar, ofrece enviar un heraldo lo más pronto posible para que alcance a Izcóatl y le comunique eso tan importante que

Nezahualcóyotl quiere decirle. Los embajadores ceden, pues, como muchos, quedan seducidos ante la personalidad de Tlacaélel y entregan su información, la cual resulta ser un balde de agua fresca para el mismo Tlacaélel, quien horas atrás se había valido de todos los medios para convencer a Izcóatl de que no invadiera Coyohuácan. Tlacaélel pide a los embajadores que lo esperen mientras él se dirige al sur de la ciudad con el fin de impedir que la armada tenoshca salga a la guerra.

—¡Alto! —grita Tlacaélel y corre en dirección a Izcóatl, quien se encuentra en el *tetamacolcoqui*[88] sur de la isla—. ¡No salgan! ¡Espérense!

—¿Por qué? —pregunta Izcóatl. Como ya no cree en Tlacaélel, está seguro de que en esta ocasión su sobrino ha ingeniado un nuevo ardid para entorpecer sus planes.

La mayoría de los soldados se detiene en ese momento. Los que se hallan a bordo de sus acalis dejan de remar y esperan a que el tlatoani les dé la orden de continuar o de regresar a la isla. Inmediatamente, se corre la voz para que los adelantados también se detengan.

—Cuécuesh logró convencer a los señores de Chapultépec, Atlicuihuayan, Mishcóhuac, Coyohuácan, Huitzilopochco, Cuauhshimalpan, Iztapalapan, Culhuácan y Ashoshco para hacer una alianza —dice Tlacaélel a Izcóatl y a los jefes militares—. Si invades Coyohuácan en este momento, mañana tendremos los regimientos de sus altepeme aliados atacando nuestra isla. No tenemos soldados suficientes para combatir tantos ejércitos.

—¿Eso cuándo sucedió? —pregunta Izcóatl con desconfianza. Se siente muy incómodo. Su corazón se agita. Le falta la respiración.

—Esta mañana —responde Tlacaélel fingiendo temor—. Y eso no es todo. En cuanto los señores de Chimalhuácan, Aztahuácan, Cuitláhuac, Ishtapaluca, Míshquic y Shochimilco se enteraron de la creación del bloque del poniente, ellos decidieron hacer lo mismo: formaron el bloque del sur —hace una pausa para que su tío asimile la información y dispara la última flecha—: Y en el norte...

—¿Qué ocurre en el norte? —pregunta el tlatoani con preocupación.

88 *Tetamacolcoqui*, «embarcadero», Sahagún.

—Cuauhtítlan, Toltítlan, Ehecatépec, Ishuatépec, Aztacalco, Tepeyácac, Tenayocan y Tlacopan hicieron otra alianza, liderada por Nezahualcóyotl... —Tlacaélel quiere sonreír y gritar de alegría, pues le ha ganado la batalla una vez más a Izcóatl, pero finge con maestría una congoja incurable—. Sus embajadores te están esperando en el palacio.

—Tlacochcálcatl, ordene a nuestros hombres que regresen a los cuarteles —dice Izcóatl con desánimo.

Se encamina al palacio con un sentimiento de tristeza y rabia. Siente que una vez más Tlacaélel le ha frustrado sus planes. Pero lo que más le enoja es que, en esta ocasión, su sobrino tiene razón: llevar a sus tropas a Coyohuácan habría sido una misión suicida.

«Shalco, Hueshotla, Coatlíchan, Teshcuco, Tepeshpan, Cílan, Acolman, Chiconauhtla y Otompan en el oriente», piensa el tlatoani Izcóatl mientras camina rodeado de los capitanes del ejército. «Chimalhuácan, Aztahuácan, Ishtapaluca, Cuitláhuac, Shochimilco y Míshquic en el sur. Chapultépec, Atlicuihuayan, Mishcóhuac, Coyohuácan, Huitzilopochco, Iztapalapan, Cuauhshimalpan, Culhuácan y Ashoshco en el poniente. Cuauhtítlan, Toltítlan, Ehecatépec, Ishuatépec, Aztacalco, Tepeyácac, Tenayocan y Tlacopan en el norte...». Interrumpe sus pasos y los que caminan alrededor también se detienen. Lo observan preocupados, hasta que él expresa con desolación:

—Nos quedamos solos.

—Mi señor, ¿se encuentra bien? —pregunta angustiado el tlacochcálcatl llamado Huehuezácan, que también es su sobrino.

—Sí, sí... —responde el tlatoani como si estuviera ebrio—. Vayan, vayan. —Agacha la cabeza, levanta el brazo y manotea como si intentara espantar mosquitos—. Sigan marchando, yo... —Hace una pausa—. Yo... necesito pensar...

—Me quedaré con usted —advierte el tlacochcálcatl.

—No —responde Izcóatl con angustia—. Ve con los demás. Yo estaré bien.

Pero Huehuezácan sabe que el meshícatl tecutli no está bien y se niega a dejarlo solo. En ese momento, llega el joven Tezozomóctli, seguido por su compañero de batallas, Cueyatzin, hijo de Huehuezácan,

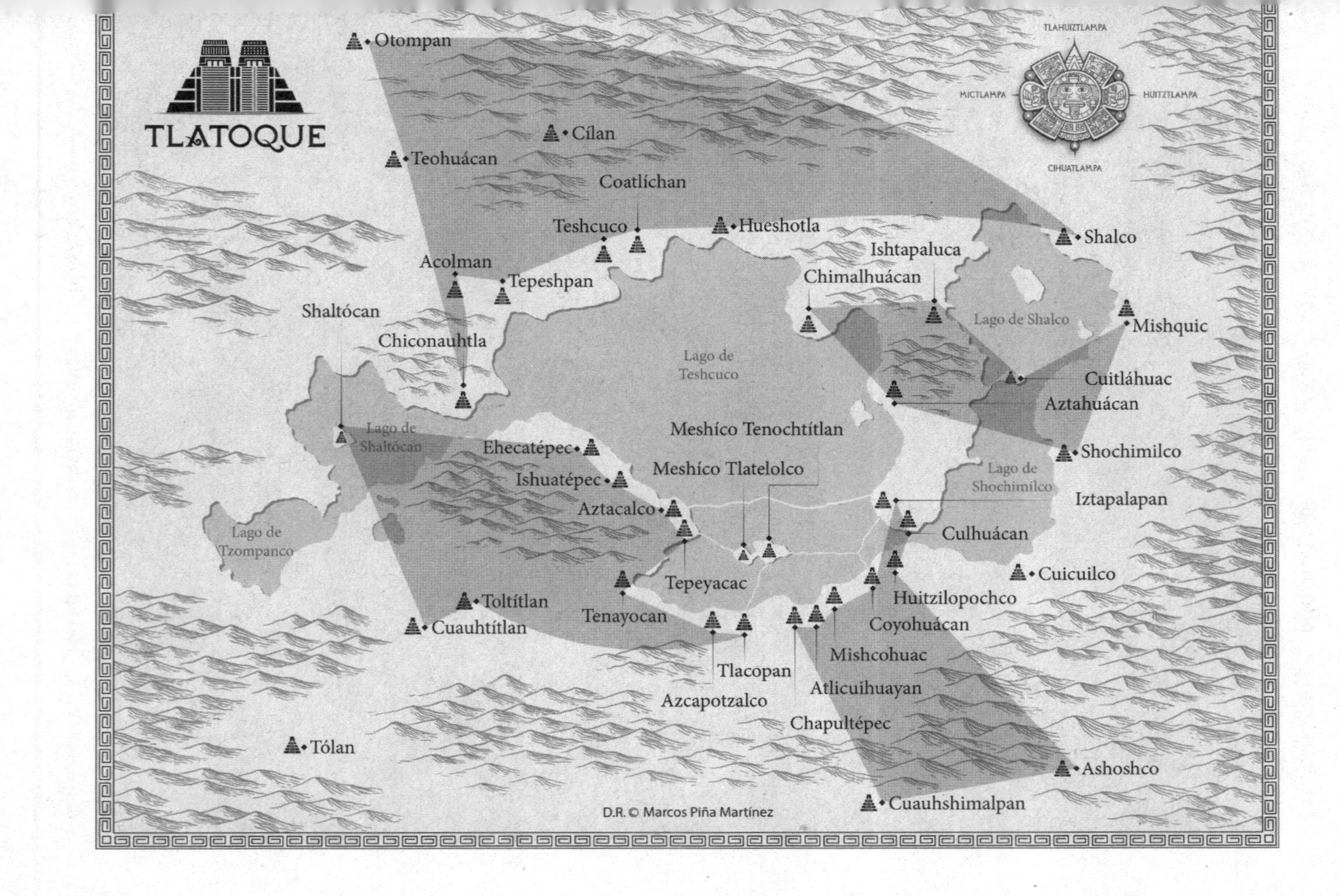
TLATOQUE
Otompan
Cílan
Teohuácan
Coatlíchan
Teshcuco
Hueshotla
Shalco
Acolman
Tepeshpan
Ishtapaluca
Chimalhuácan
Shaltócan
Chiconauhtla
Lago de Teshcuco
Lago de Shalco
Mishquic
Cuitláhuac
Aztahuácan
Lago de Shaltócan
Meshíco Tenochtítlan
Ehecatépec
Shochimilco
Meshíco Tlatelolco
Ishuatépec
Lago de Shochimilco
Iztapalapan
Aztacalco
Lago de Tzompanco
Culhuácan
Cuicuilco
Tepeyacac
Toltítlan
Huitzilopochco
Cuauhtítlan
Tenayocan
Coyohuácan
Mishcohuac
Tlacopan
Atlicuihuayan
Azcapotzalco
Chapultépec
Tólan
Ashoshco
Cuauhshimalpan
TLAHUIZTLAMPA
MICTLAMPA
HUITZTLAMPA
CIHUATLAMPA

y con quien se había adelantado en su canoa. Ambos se enteraron de los bloques de los altepeme luego de haber desembarcado y corrieron con desesperación en busca del tlatoani.

—¿Es cierto lo que dicen? —le pregunta Tezozomóctli al tlacochcálcatl al ver la desolación de su padre.

—Eso parece —contesta Huehuezácan desconcertado, pues nunca había visto al tlatoani tan afligido.

—Padre... —dice Tezozomóctli.

—Nunca confíes en Tlacaélel —advierte Izcóatl con la mirada perdida.

—Lo sé, tahtli —responde Tezozomóctli con dolor. Él, mejor que nadie, conoce el sufrimiento por el cual ha tenido que atravesar el tlatoani de Meshíco Tenochtítlan y hoy, más que nunca, teme que los días de su padre estén contados. No es un anciano, pero después de los cincuenta, cualquiera puede morir de una enfermedad y, peor aún, envenenado o en combate; las traiciones se fraguan todos los días—. Vamos al palacio.

—Me he equivocado tanto —confiesa Izcóatl con pesimismo.

—No diga eso, padre. —Tezozomóctli lo envuelve en sus brazos.

—Nos hemos quedado solos —le dice el tlatoani a su hijo y lo abraza—. Todos los altepeme del cemanáhuac han hecho alianzas: el sur, el poniente, el norte... y nosotros... nada. Estamos solos. Podrían invadirnos y destruir nuestra isla hoy mismo. No quedaría nada. Nuestros teocalis quedarían hechos cenizas.

—Padre, necesita descansar... —dice Tezozomóctli con preocupación.

—No puedo —responde Izcóatl—. Debo atender a la embajada que envió Nezahualcóyotl. Ellos fueron los que le informaron a Tlacaélel sobre los bloques de los altepeme.

Tezozomóctli respira profundo. Teme que todo eso sea una mentira más de Tlacaélel:

—En cuanto entremos al huei tecpancali, les ofreceremos hospedaje a los embajadores y usted los atenderá mañana temprano.

—No —responde Izcóatl—. Debo hacerlo hoy.

Al llegar al palacio, el meshícatl tecutli saluda con todo protocolo a los embajadores y los escucha desde su asiento real. Todo concuerda con el argumento que le dio Tlacaélel. Por primera vez no hay duda. Entonces, los embajadores informan:

—Nuestro señor Nezahualcóyotl le envía una cordial invitación a unirse al bloque del norte.

La invitación de Nezahualcóyotl para formar una alianza con Izcóatl no había sido comunicada a Tlacaélel, quien tampoco pudo escucharla en esta ocasión porque no regresó al palacio.

Satisfecho con haber impedido que Izcóatl invadiera Coyohuácan, Tlacaélel se dirige a la casa donde siempre se ve con Cuicani para tener sexo. Minutos antes de desviarse del camino, mandó a uno de sus hombres más fieles para que le avisara a la esposa de Motecuzoma Ilhuicamina que la iba a esperar donde siempre.

Aunque Cuicani se ha prometido a sí misma que no volverá a tener relaciones furtivas con Tlacaélel, no puede domar a la felina que se desata en su interior en cuanto alguno de los mensajeros le notifica que acuda de inmediato al encuentro con su amante. Entonces, fabrica escusas para abandonar cualquier obligación, desaparecer de la vista de sus padres, salir de su casa y llegar al lecho en el que la tortura y el placer se fusionan de modos inauditos.

—Demoraste mucho —le reclama Tlacaélel en cuanto la ve entrar.

—Fue complicado persuadir a mis padres de que me dejaran sola y salir por la parte trasera de la casa —intenta explicar.

—Te tardaste demasiado —repite Tlacaélel con seriedad despótica.

Tlacaélel, Tlacaélel, Tlacaélel, Tlacaélel, Tlacaélel, Tlacaélel. Cuicani se acerca a pasos lerdos, con la cabeza inclinada y las manos detrás de la espalda, temerosa y deseosa de postrarse frente a él y olvidarlo todo, olvidar que un día él la engañó y la casó con su hermano gemelo, olvidar que cada vez que cogía con Ilhuicamina se aburría como nunca, olvidar que un día regresaría de Coyohuácan y la reclamaría en su lecho y le engendraría dos, cuatro, quizás, seis hijos. Alza la cara, lo observa sumisa e intenta besarlo, comerse sus labios, morderle la lengua, beber de sus babas, e impregnarse de su hedor, pero él le responde con una bofetada que le voltea la cara. Ella respira hondo y se mantiene rígida, con la mirada fija en los ojos de su amante, quien no muestra piedad, sino que le propina una segunda cachetada, que en lugar herirla le genera un placer que hasta el momento ella no logra entender, entonces se arrodilla, se le aferra a las piernas, le restriega la mejilla derecha en los genitales por encima de la ropa y con los dientes intenta desatarle el calzoncillo, pero él la toma del cabello con las dos manos, la aleja de su entrepierna y le entierra un rodillazo en la nariz, con lo cual ella cae al piso bocarriba con los labios teñidos de rojo. Ambos se baten en un duelo de miradas que parecen decirse: te voy a matar, adelante, inténtalo, no puedes porque me necesitas, tú me necesitas a mí, cállate, cállame. Tlacaélel coloca su pie derecho sobre la pelvis de Cuicani y, luego, pone el izquierdo en su abdomen para dejar todo su peso sobre ella, quien comienza a tener problemas para respirar. La respiración de Cuicani se torna cada vez más complicada, cállate, cállame. Apenas si puede inhalar. Se está asfixiando, cállate, cállame. Él la mira directo a los ojos y le pregunta qué tiene y ella responde que no puede respirar, su rostro está rojo, sus ojos abiertos al máximo, él flexiona sus rodillas como si intentara brincar, sonríe y baja al piso; luego, le coloca el pie izquierdo sobre la garganta y presiona. Cuicani le envuelve el tobillo con las dos manos y le entierra las uñas con todas sus fuerzas hasta sangrarlo. Ambos forcejean. Tlacaélel le quita el pie de la garganta para, de inmediato, ponérselo en la boca, chúpame los dedos y las plantas de los pies, le ordena y Cuicani no opone resistencia: pasa su lengua con lascivia por aquella extremidad llena de tierra y mugre, como si fuera una verga gigante. Lame y lame y le enseña la lengua a su opresor, buscando su aprobación, pero no recibe nada, porque la aprobación es un premio y ella necesita un castigo: él se muestra inclemente y le mete el dedo gordo en la boca para que ella lo succione, presiona su pie hasta que el dedo llegue al fondo; ella lleva sus manos la pierna de él y le entierra las uñas, le rasguña la pantorrilla y la espinilla hasta que él saca el dedo de su boca y le da una patada en la cara. Cuicani se acuesta en posición decúbito lateral y tose con desesperación mientras un chorro de sangre le escurre por la nariz y la boca. Tlacaélel está muy excitado, aquella mujer ha logrado lo que ninguna otra antes pudo. Le pone el pie sobre la oreja, presiona con fuerza y ella de inmediato comienza a gemir de dolor. ¡Cállate!, le ordena. ¡Cállame!, le responde. Le gusta que sea tan bronca, como una bestia imposible de domar. Te voy a enseñar, grandísima puta. Puta la que te parió. Le quita el pie de la oreja, se agacha y le rasga el huipil hasta destrozarlo por completo. Ella se acomoda bocarriba, expone vanidosa su cuerpo desnudo, se acaricia las enormes tetas, se lleva uno de los pezones a la boca, lo lame sin quitar la mirada de los ojos de él, que la observa con lujuria, mientras se acaricia la verga dura; ella se abre de piernas y lleva los dedos de la mano derecha a su vagina, los introduce, los saca para enseñarle a él cuán mojados se encuentran y, al final, se los lleva a la boca para chuparlos con lascivia. Tlacaélel se quita el tilmatli, el máshtlatl y el cinturón del cual cuelga un cuchillo de pedernal, los deja en el suelo junto a Cuicani y le presume su erección. «¡Qué verga tan grande!», dice ella y pasa la lengua por la comisura de los labios mientras se vuelve a meter los dedos en la vagina. Tlacaélel se arrodilla, se coloca entre las piernas de Cuicani, le pone las manos en las tetas y las aprieta, por lo cual ella responde con una bofetada, y luego otra y otra. Lo agarra de la cabellera y lo jala hacia ella; entonces él la penetra de un golpe, como quien entierra una daga. Ella suelta un grito de placer, le jala el cabello y las orejas mientras él entra y sale de su panocha. Pero meterle la verga no lo satisface lo suficiente; necesita provocar daño, saber que ella está sufriendo, que se encuentra al borde de la muerte, entonces, le atornilla las manos en el cuello, aprieta fuertemente y ella aguanta la respiración, le satisface verlo tan caliente y saber que es ella la que le genera todo ese placer, entonces, busca a tientas el cuchillo que se encuentra en el piso junto a ella, mientras él sigue entrando y saliendo de su cuerpo sin dejar de apretarle el cuello. Cuicani jala aire, estira el brazo y, por fin, alcanza el cuchillo de pedernal, lo aprieta con fuerza y lo lleva a la espalda de Tlacaélel y le corta desde el trapecio hasta el dorsal como si quisiera rebanarle un pedazo de carne. No lo entierra profundamente, pues no lo quiere matar, lo quiere vivo, caliente, lujurioso, para seguir gozando de aquel suplicio junto a él. La sangre de Tlacaélel fluye por su espalda, escurre hasta el piso, mientras él le aprieta el pescuezo a Cuicani al mismo tiempo que le mete y saca la verga, y ella cuenta: «uno, dos, tres, cuatro…». Hasta que él eyacule o ella se quede sin respiración.

17

Una vez más, Mirácpil despierta de madrugada, atemorizada y empapada en sudor a pesar del frío que hace en Ashoshco, un pueblo ubicado en el punto más alto de las montañas al suroeste del cemanáhuac,[89] donde las bajas temperaturas durante las noches de invierno suelen matar a algunos de sus habitantes. La joven tenoshca se sienta en el pepechtli y llora por Shóchitl, a quien acaba de ver en una pesadilla, acostada bocabajo, con la cabeza sobre la piedra de los sacrificios, mientras un sacerdote alzaba una pesada losa para dejarla caer sobre su cráneo. Frente a ella, dentro de una jaula de madera, Mirácpil observaba con las manos y los pies atados a los palos de la prisión, la cual, súbitamente comenzaba a incendiarse, y justo cuando el humo empezó a asfixiarla, ella despertó.

—A los muertos hay que dejarlos ir, de lo contrario te siguen por el resto de tu vida —le dice la anciana Tliyamanitzin, quien se encuentra acostada en un pepechtli junto a ella.

El shacali es una construcción pequeña y de una sola pieza. Tliyamanitzin se pone de pie, se dirige al otro lado la casa, donde tiene la leña aún caliente del *tlécuil,* «fogón», que encendió horas atrás, pone una olla de barro con agua y yerbas sobre la lumbre —la cual tiene tres piedras de dimensiones iguales, en las que colocan los comales y las cacerolas— y prepara dos pocillos para servir aquel brebaje. Finalmente, se dirige a su huésped:

—Cuando mataron a Ipehuiqui, tardé mucho en dejarlo ir, tanto que en algunas ocasiones quise revivirlo... —Suspira con desamparo y hace una larga pausa mientras observa los palos de madera que sostienen el techo de palmas—. Pero eso es brujería negra.

89 El Ajusco, también conocido como La Sierra del Ajusco-Chichinauhtzin o Serranía del Ajusco, es un conjunto de montañas y volcanes con una altura máxima de 3930 metros sobre el nivel del mar. Uno de los volcanes más famosos de la zona es el Xitle que tras hacer erupción en el año 250 a.C., destruyó la ciudad y el centro ceremonial de Cuicuilco, cuya zona arqueológica se encuentra en la esquina de Insurgentes sur y Periférico, en la Ciudad de México.

—¿Quién era Ipehuiqui? —pregunta Mirácpil más tranquila e intrigada con la conversación.

—Mi hijo —responde Tliyamanitzin, y sirve en dos pocillos el té recién preparado.

—¿Era joven? —cuestiona Mirácpil al mismo tiempo que se pone de pie para ayudar a la anciana a cargar las bebidas.

—Era más viejo que tu padre. —Ambas caminan al otro extremo del shacali, se sientan en sus respectivos pepechtlis y sorben sus brebajes con yerbas—. Pero con la mentalidad de un niño de siete años. Idiota a más no poder, pero muy gracioso y cariñoso. Cómo me hacía reír. Todos los días le decía: «Ipehuiqui, eres un idiota», y él se reía. Creo que hasta le gustaba que le dijera idiota. Tal vez nuca entendió el significado de la palabra. En una de ésas hasta creía que le decía que estaba guapo.

—¿Cómo lo mataron?

Mirácpil está sentada en el pepechtli, con las piernas contraídas hacia su pecho y las rodillas a la altura de su rostro, donde sostiene el tecontontli con su bebida.

—Estás muy flaca, cihuápil —responde Tliyamanitzin, observándola con un gesto de inquietud—. Así nadie te va a creer que eres un chico. Tendré que alimentarte hasta que engordes.

—Disculpe. —Mirácpil no entiende las palabras de la anciana y cree que es un argumento para desviar la conversación—. No quise ser inoportuna con mi pregunta. —Agacha la cabeza y concentra la mirada en el pocillo que tiene entre las manos.

—Lo mató Tlacaélel la noche que incendió mi shacali en Tenochtítlan. —Los ojos de la anciana enrojecen y sus labios tiritan sutilmente.

—¿Cómo sabe que fue Tlacaélel? —Ya habían hablado sobre el incendio el día en que la joven llegó al shacali de la anciana y ella le había comentado que el responsable había sido Tlacaélel, pero Mirácpil quiere llegar al fondo, aclarar algunas dudas y confirmar sus sospechas.

—Porque lo seguí —Tliyamanitzin responde con enfado, no por la pregunta sino por el recuerdo.

—¿Usted lo siguió? —Alza la ceja izquierda y continúa con su interrogatorio—. ¿Cómo?

—Hay cosas que no quieres saber, cihuápil. —La anciana coloca su pocillo en el piso y se acuesta bocarriba.

—¿Entonces usted salió a perseguir a Tlacaélel y dejó a su hijo dentro del shacali?

—¿Cómo se te ocurre decir eso? —Se molesta y se vuelve a sentar sobre el pepechtli—. No iba a dejar a mi hijo ahí dentro. Lo saqué y le dije que esperara afuera, pero el idiota se volvió a meter. No sé por qué. Seguramente quiso rescatar algo suyo o creyó que podría apagar el incendio. Además de idiota, era necio y desobediente. Cuando regresé, todos los vecinos estaban apagando las llamas. Creían que yo había muerto con mi hijo, así que aproveché y me fui de ahí para siempre.

—¿Nunca volvió por el cadáver de su hijo?

—Sólo quedaban sus cenizas. —Tliyamanitzin traga saliva y aprieta los ojos para impedir la salida de unas lágrimas—. Las cenizas no sirven de nada.

—¿Y por qué se fue de ahí? ¿Por qué no se quedó para denunciar a Tlacaélel? —Le da un sorbo a su té.

—¿Por qué no te quedaste en Cílan a denunciar a Nezahualcóyotl?

—Porque me quiere matar… —Mirácpil agacha la cabeza avergonzada—. Disculpe. Soy una tonta. No debí… —Está a punto de terminar la conversación, pero de inmediato recuerda su objetivo e insiste con el interrogatorio—: Usted dice que descubrió que Tlacaélel fue quien incendió su shacali, porque lo siguió. ¿Cómo lo alcanzó?

La anciana demora en responder y Mirácpil sólo escucha el crepitar de las llamas.

—¿De verdad quieres saber? —La mira fijamente, como si fuera a hipnotizarla, pero la joven no le tiene miedo. Desde que era una niña escuchó muchas historias sobre la anciana: que era bruja y nahuala, que había muerto cien años atrás, pero que gracias a su brujería logró resucitar siete días después, que vivía como anciana a la luz de sol y al caer la noche se transformaba en una bestia mitad mujer y mitad fiera, que se convertía en tecolote, que su cuerpo podía quedarse acostado en el pepechtli mientras su espíritu se introducía en las consciencias de las personas para obligarlas a cometer actos atroces, y otras decenas de historias inverosímiles.

—¿Entonces es cierto que usted es una nahuala? —Deja su tecontontli en el piso y observa atenta a Tliyamanitzin.

—Ya duérmete, cihuápil, tienes que despertar muy temprano para preparar el *nishtámal*.[90]

—¿Usted es una nahuala? —insiste—. ¿Se convierte en una fiera salvaje en las noches? ¿Puede matar a quien quiera?

—Los nahuales no existen.

La anciana se acuesta en su pepechtli y le da la espalda a su huésped.

—Usted podría ir a Teshcuco a investigar si Shóchitl aún sigue viva.

—Ya deja de decir idioteces y duérmete.

La madera sigue ardiendo en el otro extremo del jacal, aunque la flama ya se apagó. Mirácpil se acuesta, escucha el crepitar de la leña. La incertidumbre de no saber si Shóchitl sigue viva o si ya fue sacrificada la tiene al borde de un abismo. «Quisiera ser una nahuala para rescatar a Shóchitl», dice en voz baja. «O vengar su muerte si es que ya la mataron». De pronto, un cansancio muy pesado la invade y minutos más tarde cae en un profundo sueño que la lleva a la noche en la que la milicia de Mashtla llegó al palacio de Cílan con la orden de llevar preso al príncipe chichimeca a Azcapotzalco. Nezahualcóyotl los invitó a disfrutar del banquete que ya estaba preparado, argumentando que los yaoquizque estaban hambrientos por el viaje y que necesitarían alimento para regresar a Azcapotzalco. El camino era largo. El capitán, llamado Shochicálcatl, aceptó y entró al palacio para comer como un tlatoani, mientras dos soldados resguardaban la salida, y sin darse cuenta, el Coyote sediento huyó por un hueco que tenía en la pared de la sala principal, fabricado para escapar por un laberinto subterráneo. En cuanto los soldados se percataron del engaño, destrozaron todo dentro del palacio y las concubinas se quedaron aterradas toda la noche. A eso le siguió la histeria colectiva y las discusiones entre ellas, excepto Mirácpil y Shóchitl que observaban divertidas la manera en la que todas ellas se peleaban y competían por ser la concubina más dramática. Entonces, Shóchitl invitó a Mirácpil

90 El *nixtamal* —pronúnciese nishtámal— (*nextli*, «cenizas de cal», y *tamalli*, «masa de maíz cocido») es una masa de maíz precocido que se utiliza para la preparación de tortillas, tamales y atole.

a salir del palacio. «¿A dónde?», preguntó la joven tenoshca, quien tenía poco de haberse mudado a Cílan. Shóchitl siguió hasta el fondo de los jardines del palacio, se sentó sobre las hierbas e invitó a su compañera a que hiciera lo mismo: «Nadie nos va a decir nada», aseguró. La joven meshíca observó el palacio a lo lejos, rodeado de teas encendidas y yaoquizque, luego caminó hacia su nueva amiga y se sentó a su lado. Shóchitl observaba el cielo lleno de estrellas, en silencio, con una sonrisa pueril y, de pronto, como una niña juguetona, se dejó caer de espaldas sobre la hierba. «Acuéstate», invitó a Mirácpil, quien una vez más dirigió la mirada al palacio antes acostarse sobre la hierba para contemplar las estrellas y, hechizarse con la hermosura del paisaje. «¿Eres feliz?», se aventuró a preguntar Mirácpil sin imaginar las consecuencias. Shóchitl volteó hacia ella y respondió: «En este momento, en este lugar, sí, sí soy feliz», se acostó de lado y descansó la mejilla sobre la palma de su mano. Intercambiaron sonrisas y Shóchitl se acercó a los labios de la nueva concubina. «Nos van a ver», susurró Mirácpil luego de un suspiro irrefrenable. «No», bisbisó Shóchitl y pasó su lengua por el cuello de su compañera. «Nadie nos ve, ya es tarde». Un maremoto de emociones estremeció a la joven tenoshca, quien asustada se apartó para sentarse lo más erguida posible, pero el susto de la felicidad no pretendía darle tregua y le quitó todas las fuerzas para salir corriendo. «Los guardias —intentó frenar un gemido—, los guardias están allá». «Nadie nos ve», Shóchitl le chupó el lóbulo derecho. «Qué bella eres. Imposible no enamorase de ti». Mirácpil no podía quitar la vista del paisaje, el palacio silencioso, las hierbas que danzaban eróticas con el viento, las estrellas infinitamente lejanas y admitió que hacía muchos años que añoraba ese momento —o algo parecido— y que no estaba tan cuerda como para posponerlo un minuto más. Mirácpil buscaba una flor y esa noche la encontró. Cerró los ojos y se dejó barnizar la piel con los besos de Shóchitl. Solamente una lluvia de estrellas y un búho esponjado sobre la rama de un ahuehuete fueron testigos del inicio de aquel idilio. Una nube impidió el paso de la luz de la luna, las estrellas se perdieron en el fondo infinito y ninguna de las dos se percató de que el tiempo se había fugado a pasos agigantados. En ese momento, ambas comprendieron que su destino era estar juntas.

Mirácpil despierta poco antes de que salga el sol, se levanta para preparar el nishtámal, recoge los dos pocillos del piso para lavarlos y descubre que Tliyamanitzin no bebió su té. Entonces, comprende que lo había preparado sólo para que ella lo tomara y se durmiera. Se dirige a la cocina, saca el *tlaoli*[91] de la olla, en el que permaneció toda la noche en agua con cal previamente hervida, lo lleva afuera del jacal y, por un instante, se detiene para contemplar la espesa neblina que descansa sobre las montañas, una bruma que generalmente desaparece a media mañana para dar paso al deslumbrante paisaje de un macizo montañoso cubierto por una alfombra de abetos, oyameles, pinos, encinos y otras coníferas. La joven tenoshca coloca la olla de maíz en el piso, lava los granos con agua limpia, los escurre y pone el *métlatl*[92] en el suelo, se arrodilla, coloca el tlaoli en el centro del métlatl y comienza a quebrarlo con el metlapili por más de media hora, hasta que queda una masa lista para las tortillas, los tamales y el atole.

—Quiebras el nishtámal igual que tu madre —dice Otonqui con una muleta bajo la axila. Mirácpil levanta la cara y observa a su padre ligeramente, para luego continuar con su labor—. Saluda —exige mientras camina hacia ella.

—¿No ves que estoy ocupada? —responde Mirácpil mientras restriega el metlapili sobre el métlatl.

—¿Dónde está Tliyamanitzin? —Se asoma al interior del jacal.

—Está allá atrás, alimentando a los conejos y los guajolotes.

Para eludir el cruce de miradas con su padre, Mirácpil continúa quebrando el nishtámal, ejerce más fuerza sobre el métlatl y su espalda serpentea.

—La esperaré aquí. —Se sienta sobre una piedra, frente a su hija y la observa. A Mirácpil le incomoda tenerlo ahí. Le molesta su voz, su forma de ser, su aroma. Por muchos años aguantó su presencia y su actitud bra-

91 Los nahuas llamaban *tlaolli* al maíz desgranado; *xílotl* a la mazorca tierna; *élotl* a la mazorca de granos listos para su consumo; y *centli* a la mazorca seca. La palabra maíz es de origen caribeño y fue traída por los españoles a México.

92 *Métlatl,* adaptado al castellano como «metate», consiste de dos piezas de piedra volcánica o de granito sin porosidades: una plancha de piedra rectangular y otra del mismo material en forma cilíndrica, llamada *metlapilli,* la cual se utiliza como un rodillo para quebrar y moler el maíz.

vucona. Cuando la entregó como concubina a Nezahualcóyotl, lo odió más que a nadie, pero el día en que conoció a Shóchitl, su aborrecimiento se redujo a un desprecio menor. La noche que huyó de Cílan con Shóchitl, decidió ir a su casa, consciente de que deberían aguantar a su padre algunos días hasta que ella y su amante pudieran resolver a dónde se irían, pero la actitud de Otonqui no hizo más que desempolvar un rimero de recuerdos.

—¿A qué viniste? —Deja el metlapili sobre el nishtámal ya convertido masa y se endereza para ver a su padre a los ojos.

—¿Cómo que a qué vine? ¿No te dijo nada Tliyamanitzin? —Se muestra sorprendido.

—¿Qué es lo que tenía que decirme? —Su rostro muestra un gran enfado y, a la vez, mucho miedo. Teme que Tliyamanitzin ya esté enterada de lo que le ocurrió a Shóchitl y no le haya dicho nada.

—No le dije una sola palabra, porque eso te corresponde a ti —comenta la anciana al salir del jacal con una canasta en las manos—. Tú eres su padre. Yo no tengo que decirle qué hacer con su vida.

—¿De qué están hablando? —Mirácpil inserta las manos en una cacerola llena de agua para lavarlas, después se pone de pie mientras se seca con el huipil.

Otonqui y Tliyamanitzin se miran entre sí. Él está nervioso; ella demasiado tranquila.

—Nezahualcóyotl envió una embajada y una tropa a la casa —explica Otonqui con preocupación—. Preguntaron por ti. Dijeron que te escapaste. A pesar de que les aseguramos repetidas veces que no te habíamos visto y que no sabíamos nada de ti, no nos creyeron y entraron a la casa a revisar. Movieron todo. Te buscaron hasta en las copas de los árboles. Salieron a las calles y preguntaron a los vecinos si sabían algo de ti. Ninguno dijo una palabra, pues no te han visto desde que te fuiste con Nezahualcóyotl. No conformes con ello, los soldados y los embajadores permanecieron ahí toda la tarde, hasta que oscureció, vigilando en todas direcciones, corriendo de un lado a otro en cuanto escuchaban un ruido extraño. Luego, se marcharon y amenazaron con arrestarnos si descubrían que les habíamos mentido. Los embajadores se marcharon, pero dejaron dos soldados vigilando la casa por cuatro noches. Y como no vieron nada raro, se fueron hace dos días.

—No creo que se hayan ido —asevera Mirácpil muy dudosa—. Seguramente fingieron que se marcharon para engañarte.

—Se fueron —responde Otonqui con certeza.

—¿Cómo sabes que no te siguieron hasta aquí? —pregunta Mirácpil muy nerviosa.

—Fui al mercado de Tlatelolco y estuve ahí casi toda la mañana.

—¿Crees que eso no levantó sospechas? —cuestiona con enfado—. ¿Qué estabas haciendo ahí?

—Estuve con un amigo que vende vasijas de barro. Los dos nos sentamos y platicamos; mientras tanto, tus hermanos caminaban alrededor, a una distancia en la que podían ver si alguien me seguía. Luego, abordé una canoa rumbo a Teshcuco y, a medio camino, me crucé con uno de tus hermanos que iba en otra canoa. Cuando estuvimos seguros de que no había nadie cerca, intercambiamos lugares; él se siguió en dirección al oriente y yo me fui al sur, para rodear la isla y desembarcar en el lago de Shochimilco. Y, desde ahí, caminé toda la tarde. Al llegar a Ashoshco, me escondí en las montañas toda la noche, hasta que amaneció. Un poco más y me hubiera muerto de frío.

—¿Qué sabes de Shóchitl?

—Nada. No he tenido forma de preguntar. No puedo. Si lo hago, van a sospechar… —Otonqui hace una pausa larga—. Aquí no estás segura.

—Está bien. —Mirácpil aprieta los labios, respira profundo, dirige la mirada hacia la montaña y se cruza de brazos—. Hoy mismo me iré de aquí.

—No. —Otonqui se muestra muy preocupado—. A dónde quiera que vayas, alguien te verá y llamarás la atención.

—No voy a regresar a Cílan. —Mirácpil se pone a la defensiva. Está dispuesta a salir corriendo en ese momento si es necesario.

—Yo no dije eso. —Por primera vez en su vida, aquel hombre está dispuesto a hacer lo que sea necesario por su hija, aunque vaya en contra de todas las leyes.

—¿Entonces? —pregunta ella con miedo.

—Quiero que te incorpores a las tropas de Tenochtítlan. —El único lugar que Otonqui consideraba seguro era el cuartel de los yaoquizque y no se le ocurrió otra idea mejor que reclutar a su hija en el ejército—.

Como soldado. Tengo muchos amigos que te protegerán. Además, nadie te buscará ahí.

—Las mujeres no podemos entrar al ejército. —Niega con la cabeza y aprieta los puños frente a su rostro como si quisiera golpearse a sí misma.

—Entrarías como un hombre —interviene Tliyamanitzin con autoridad—. Mejor dicho, como un chico.

—Pero yo no sé pelear —responde temerosa Mirácpil, segura de que es una idea absurda.

—No te preocupes, entrarás como *tlaméme*[93] —asegura la anciana.

—Algún día tendré que aprender a pelear... —comenta Mirácpil con desánimo—. Van a matarme.

—Para eso estoy aquí —explica Otonqui—. Yo te enseñaré a usar las armas.

—Pero tienes que comer mucho, para que estés fuerte —dice la anciana, y Mirácpil recuerda la conversación de la noche anterior.

—¿Usted sabía de esto? —La joven tenoshca dirige la mirada a la anciana.

—Sí —responde Tliyamanitzin.

—¿Cómo lo supo? —pregunta con un tono retador.

—Tliyamanitzin fue a verme a la casa —explica Otonqui.

—¿Cómo? Ella ha estado aquí todo el tiempo. Día y noche —dice Mirácpil, que en ese momento se queda pasmada. Piensa en el brebaje que la anciana le da a beber con frecuencia en las noches. Sonríe y la observa—. Lo sabía. —Sonríe triunfante—. Lo sabía. Usted es una...

—Ya no digas tonterías, cihuápil —se defiende Tliyamanitzin sin mirarla—. Y déjense de tanto argüende y pónganse a entrenar.

—No quiero —responde Mirácpil con firmeza.

—Es la única opción que tienes —le dice su padre—. Incluso para huir de aquí tienes que aprender a defenderte de los asaltantes.

—Por una vez en tu vida, cihuápil, deja de ser tan terca y obedece —exige Tliyamanitzin.

93 *Tlameme,* en plural *tlamémeh* —también escrito como *tameme*—, «cargadores». Por lo general, eran esclavos utilizados exclusivamente para cargar cosas pesadas y por largas distancias. También los soldados comenzaban su carrera en el ejército como tlamémeh.

Mirácpil observa a su padre y a la anciana. Permanece en silencio por un largo rato. No quiere entrar al ejército. Le da mucho miedo. A esas alturas todo le da pavor. Pero comprende que es la única salida y acepta entrenar para unirse a las huestes meshícas.

—Lo haré sólo para vengar la muerte de Shóchitl —Se arma de valor.

—Ése no es un buen plan —comenta la anciana—, debes seguir con tu vida.

—¿Cómo? —Un par de lágrimas recorren sus mejillas—. Nezahualcóyotl está persiguiéndome y quiere matarme. Ya no tengo nada. Ya no quiero nada. Usted me mintió. Hace algunos años me dijo que la felicidad llegaría después de la muerte del tlatoani.

—¿Y no llegó? —La anciana le seca el llanto con los dedos—. ¿No te encontraste con Shóchitl?

—Sí. —Suspira con tristeza—. Y la encontré. —Hace un esfuerzo inmenso por no derramar una lágrima más.

—Entonces no mentí, cihuápil. —Niega con el dedo índice derecho, torcido y arrugado. Los ojos de Mirácpil siguen el dedo de la anciana que baja hasta su cintura. Nunca se había fijado en su forma. Por primera vez se da cuenta de que son los dedos más viejos que ha visto en su vida, muy chuecos y extremadamente arrugados.

—Pero esa felicidad me duró muy poco. Los agüeros son engañosos.

—Tu augurio decía que encontrarías la felicidad, pero nunca dijo que sería para siempre. —Tliyamanitzin sabe que la joven está enfocada en sus dedos—. Los agüeros nunca mienten.

—¿Qué más dicen? —Hay una profunda melancolía en los ojos de Mirácpil.

A Tliyamanitzin no le gusta proporcionar demasiada información sobre los augurios. Prefiere que la gente ignore su futuro. Únicamente los divulga cuando sabe que eso las ayudará.

—Está en tu agüero que le salvarás la vida a un hombre bueno —revela con seriedad—. Y que ésa es tu misión en la vida.

—¿A quién? —pregunta sin poder creer lo que escucha. Siente que la anciana le está mintiendo.

—No lo sé, cihuápil. —La anciana cierra los ojos—. Ven. Acércate a mí —le dice con ternura y Mirácpil camina hacia ella—. Voltéate —indica y la joven obedece sin indagar más. Cree que eso es parte de la chamanería. Tliyamanitzin le toma el cabello largo por la espalda, lo arremanga y, de un solo tajo, lo corta por arriba del hombro. Mirácpil se sorprende y se voltea asustada para descubrir que la anciana le acaba de mochar su hermoso pelo—. Necesitamos que te veas como un joven soldado, Tezcapoctzin.

—¿Tezcapoctzin? —No sabe qué le sorprende más: el nuevo nombre o que le haya cortado el cabello.

—Así es, Tezcapoctzin.

—Ya lo tenía todo planeado. —La mira con enfado.

—Sí —confirma la anciana y se da media vuelta—. Ahora ponte a trabajar.

—¿Trabajar? —La mira y luego dirige la mirada al nishtámal—. Pero ni siquiera he desayunado.

—Cierto —responde Tliyamanitzin—. Debes comer bastante. Aliméntate y, luego, ejercítate en las armas con tu padre, que no tienes mucho tiempo.

—¿Cuánto tiempo vamos a entrenar? —le pregunta a su padre, quien no se ha atrevido a decir una palabra.

—Todos los días, desde el amanecer hasta el anochecer. —Otonqui se siente intimidado por su hija.—¿Eso significa que te quedarás aquí? —Lo mira con desprecio.

—Sí. —Se encoje de hombros.

—Ya dejen de perder el tiempo —interviene Tliyamanitzin y camina rumbo a la cima de la montaña—. Yo me voy.

—¿A dónde va? —Mirácpil la sigue ansiosa.

—A visitar a Techichco, tecutli de Ashoshco, quien mandó llamarme. —La anciana sigue su camino sin mirar a la joven.

—¿A usted? ¿Para qué quiere verla?

—Eso no es asunto tuyo...

—Pero... —Mirácpil se queda atrás, observando la larga cabellera que le cubre toda la espalda y le llega hasta las pantorrillas a la anciana—. ¡Déjeme acompañarla!

—¡Conozco el camino! —exclama Tliyamanitzin, que avanza con paso lento—. ¡No me perderé!

Lo cierto es que son muy pocos los forasteros que pueden asegurar que conocen el camino a Ashoshco, el cual posee una hermosa y gigantesca cordillera que le sirve, al mismo tiempo, de muralla y de refugio, por lo tanto, quienes desconocen la ruta suelen extraviarse en las montañas y, a veces, mueren de sed, hambre o frío. Por ello, los extranjeros no se atreven a subir sin un guía. Asimismo, debido a la lejanía del lago y a la altura de sus tierras, ninguno de los altepeme del cemanáhuac se ha interesado en conquistar Ashoshco, fundado por uno de los diversos grupos chichimecas que inmigraron al cemanáhuac tras la desaparición de Tólan Shicocotitlan.[94]

Poco antes del mediodía, la anciana llega al centro ceremonial de Tequipa,[95] que se encuentra rodeado de pochtecas que revenden las mercancías —adquiridas en Tlatelolco todas las mañanas— a los oriundos, generalmente, mujeres y ancianos. Los hombres y los jóvenes trabajan en la tala de árboles, que venden al resto de los altepeme del cemanáhuac, pues es poco lo que se produce en la zona. Otros viven de la caza de conejos, ardillas, coyotes, zorros y la colecta de insectos.

Alrededor, un caserío nutrido conforma el pueblo, mientras que en la cima de la montaña se ubica el palacio de Ashoshco, donde Tliyamanitzin es recibida sin ningún protocolo por Techichco, un hombre de ochenta años de edad, bisnieto de uno de los chichimecas que fundaron aquel pueblo tan cercano al cielo. También es uno de los gobernantes más viejos del cemanáhuac. Conoció y compartió banquetes con huehue Tezozómoc, Techotlala, Ishtlilshóchitl, Huitzilíhuitl y muchos otros tetecuhtin que, poco a poco, han ido muriendo. A pesar de su vejez, Techichco camina erguido, sin dolores ni problemas de salud. No ha salido de Ashoshco desde que asistió a los funerales de huehue Tezozómoc en Azcapotzalco. Todo lo que sabe sobre el cemanáhuac es por medio de sus hijos, ministros e informantes.

—Mi señor —saluda Tliyamanitzin con la cabeza agachada. Si fuera alguien joven se le obligaría a arrodillarse, pero a los ancianos se les concede el privilegio de mantenerse de pie—. Vine en cuanto usted me mandó llamar. ¿En qué le puedo servir?

94 Tollan Xicocotitlan, hoy Tula, Hidalgo, fue desocupada repentinamente entre los años 900 y 1051 d.C.

95 Actualmente, la zona arqueológica de Tequipa se encuentra en total abandono. El basamento está sepultado bajo la maleza y su interior ha sido saqueado.

Techichco la observa desde su tlatocaicpali. Detrás de él se encuentran seis de sus hijos en absoluto silencio. Todos ellos ya son mayores de cincuenta años.

—Hace un año o dos que llegaste solicitando permiso para habitar en mis territorios y prometiste lealtad a mi gobierno y a mi gente. Eres una tenoshca...

—Ya no soy tenoshca, soy ashoshca —interrumpe la anciana mirando al tecutli.

—Cuando llegaste, no me informaste algunos secretos tuyos. ¿Quieres contármelos?

—Le informé que soy chamana. —Baja el rostro nuevamente—. Y desde que llegué me he dedicado a curar a los naturales de Ashoshco.

—Corre el rumor de que eres una bruja y... —Hace una pausa sin quitarle la mirada de encima—. Una nahuala.

—También hay muchos rumores infundados sobre su persona y yo no los escucho.

—¿Puedes leer los agüeros? —Se encorva, como si con ello se acercara a su interlocutora.

—A veces... —Tliyamanitzin levanta la mirada—. Si los dioses me lo permiten.

—¿Puedes ver la profecía de mi...? —Hace otra pausa—. Olvídalo. No me interesa. —Suspira—. Te mandé llamar porque se ha creado un bloque en el poniente y no estoy muy de acuerdo con ello. En las guerras contra Ishtlilshóchitl, Tezozómoc y Mashtla me mantuve al margen y no habría formado parte del bloque del poniente si mis hijos no me hubieran convencido de los riesgos que corre mi pueblo.

—Es lo mejor que pueden hacer, pues Tlacaélel es un peligro para todo el cemanáhuac —responde Tliyamanitzin con humildad mal fingida.

—Ni siquiera huehue Tezozómoc me preocupó tanto como Tlacaélel —confiesa Techichco—. Las cosas que he escuchado son preocupantes.

—Le recomiendo que las tome muy en serio.

La postura de la anciana pasa de la humildad a un evidente resentimiento.

—¿Y si utilizáramos magia negra para acabar con él?

—Yo no utilizo la magia negra, mi señor.

No es la primera vez que alguien le solicita que haga uso de la magia negra y siempre se ha negado.

—Deberías. —Se pone de pie y camina hacia ella.

—No puedo. —Tliyamanitzin quisiera, pero sabe que eso sería catastrófico. Tampoco se lo puede contar a nadie.

—¿Por qué? —La observa fijamente para asegurarse de que ella no le esté mintiendo.

—Son mis principios. —Mantiene la mirada firme.

El tecutli de Ashoshco camina alrededor de Tliyamanitzin para intimidarla:

—Entonces, utiliza tu magia blanca.

—Tampoco funciona de esa manera. —Comienza a fastidiarse con la conversación.

—¿Por qué no? —cuestiona Techichco mientras pone las manos en jarras.

—Porque yo sólo puedo hacer actos de justicia.

—Matar a Tlacaélel es un acto de justicia. —Extiende los brazos hacia los lados y, luego, los deja caer, con lo cual sus palmas golpean sus costados.

—Aunque así fuera, no puedo.

Tliyamanitzin recuerda a su hijo muerto y las veces en las que, hundida en la tristeza y la impotencia, estuvo al borde de utilizar la magia negra para vengarse.

—¿Por qué no? —insiste y regresa a su asiento real.

—Porque a Tlacaélel lo defienden los dioses de la oscuridad —confiesa con angustia.

—Entonces, ¿para qué sirves? —pregunta con soberbia.

—Puedo curarlo, darle consejos, escucharlo y hacerle justicia cuando realmente sea necesario.

El tecutli Techichco dirige sonriente la mirada a los hijos que tiene a su derecha, y luego, a los que se ubican a su izquierda. Todos ellos le responden con sonrisas, como si obedecieran a la orden de: «Sonrían».

—¿Qué opinas de Nauyotzin? —Vuelve la mirada a Tliyamanitzin.

—No debería preocuparle.

—¿Entonces puedes matarlo? —pregunta con bellaquería—. Sería un acto de justicia...

18

La mirada colérica del Tláloc tlamacazqui te incomoda, Tlacaélel. Ya no eres el mismo de antes, aquel piltontli que agachaba la cabeza y obedecía a este anciano déspota. Azayoltzin también ha cambiado: han desaparecido sus elogios hacia ti y su modo elocuente al hablar. Desde esta mañana, sentiste que había algo extraño en él, pero no le diste importancia, pues era obvio que cualquier día de estos iba a reclamarte por posponer el rescate de su yerno Motecuzoma Ilhuicamina, que muy pronto cumplirá seis veintenas preso en Coyohuácan. ¡Imbécil! ¡Todos ellos son unos idiotas! De nada ha servido que les expliques nuestros planes si, al final, no entienden nada.

«El tecutli coyohuáca tepaneca no le hará daño a mi hermano», les explicaste, pero Azayoltzin sólo piensa en la reputación de Cuicani. Nadie mejor que tú sabe el estado en el que se encuentra Ilhuicamina. Tus espías te informan todas las noches, y si bien no todas son buenas noticias, hasta el momento Ilhuicamina no ha sufrido demasiado. El diluvio de patadas y puñetazos que le cayó encima hace una veintena lo dejó inconsciente toda una noche, pero al día siguiente, cuando Cuécuesh lo visitó en la prisión, los ojos magullados de Motecuzoma Ilhuicamina apenas si pudieron reconocer al tecutli coyohuáca. Tu hermano, tendido en el piso de la jaula, sólo pedía agua. Tenía los párpados, los pómulos y los labios inflamados, varios dientes rotos, algunas costillas lesionadas y dolores en todo el cuerpo. Nada de qué preocuparse, Tlacaélel. Esto únicamente lo hará más fuerte.

De acuerdo con el informe que te dio uno de nuestros espías, Cuécuesh observaba a Ilhuicamina con los puños listos para golpearlo. Grandísimo cobarde. No se atrevería a comportarse de esa manera si se encontrara a tu hermano en el campo de batalla y lo retara a un duelo, ambos en las mismas condiciones. Todavía se atrevió a decir: «Estoy muy decepcionado de ti. Nunca esperé que intentaras escapar. Creí que eras un hombre de honor. Te traté con respeto. Mira cómo me pagaste. Se te acabaron todos los privilegios». A lo que tu hermano gemelo apenas pudo responder:

«Agua». Y, tendido bocarriba y con dificultad para respirar, volvió a repetir: «Agua».

Cuécuesh, ese miserable bribón, salió de la jaula y no regresó con su prisionero en las siguientes veintenas. Se dedicó a visitar a cada uno de los altepeme del poniente: Atlicuihuayan, Chapultépec, Mishcóhuac, Iztapalapan, Culhuácan, Huitzilopochco, Cuauhshimalpan y Ashoshco. Todos los tetecuhtin rechazaron una coalición con él, alegando que era un macehuali. Si bien es cierto que el desprecio a la clase plebeya es común entre la téucyotl, ésa no fue la principal razón para desdeñar la alianza con Coyohuácan. Cuécuesh no sólo carece de sangre noble, sino de carisma. No inspira confianza. Sus argumentos son sólidos, pero su personalidad es insípida. Yeyetzin se ofreció en más de una ocasión a acompañarlo a las reuniones con los tetecuhtin, pero él se negó tajantemente, arguyendo que eso no era asunto de mujeres, que ella debía permanecer en casa. Consciente del fracaso que se avecinaba, Yeyetzin salió una mañana sin la autorización de su esposo y visitó el palacio de Coatéquitl, tecutli de Atlicuihuayan, un hombre de ambiciones exiguas. Yeyetzin habló como una mujer preocupada por el destino de su pueblo. Ella, a diferencia de su esposo, tiene gracia, el don de la palabra y una personalidad que enamora. De haber querido, con una mano en la cintura habría seducido al tecutli de Atlicuihuayan, pero ése no era el fin de su entrevista, sino generar confianza y alcanzar lo que Cuécuesh no había logrado. Coatéquitl quedó convencido y planteó el razonamiento de Yeyetzin a los demás tetecuhtin del poniente, aunque desde su perspectiva, la de un pipiltin intranquilo por las circunstancias. Más de uno dudó de sus palabras y respondió que había sido engañado por Cuécuesh, pero él se mantuvo firme: tenía miedo de la guerra que iniciaron los señores de Shalco y Hueshotla, que muy pronto rodearían el norte y bajarían al poniente con todos sus ejércitos. Los señores de Chapultépec y Mishcóhuac fueron los primeros en aceptar la alianza debido a la cercanía entre esos tres altepeme. De igual forma, tenían claro que una coalición tan pequeña no sería suficiente para detener a los ejércitos de Iztlacautzin y Teotzintecutli. Shicócoc, señor de Mishcóhuac, Coatéquitl, señor de Atlicuihuayan, y Mazatzin, señor de Chapultépec, convencieron a los tetecuhtin de Iztapalapan, Culhuácan, Huitzilopochco, Ashoshco y

Cuauhshimalpan de formar el bloque del poniente. Inmediatamente, se corrió la voz, Cuécuesh se llevó todo el crédito y los altepeme del sur crearon su propio bloque.

Fue hasta entonces que el tecutli de Coyohuácan decidió visitar al prisionero que tenía en el patio trasero del palacio, y su esposa quiso impedirlo. Acercó sus labios a los de Cuécuesh y, sin llegar a un beso, los rozó con suavidad. «Pensé que querrías celebrar. No arruines el momento visitando a un cautivo. Además, ha estado muy tranquilo, déjalo que se quede así». A Cuécuesh le extrañó lo que escuchó: ¿Tranquilo? ¿Cómo? No pudo preguntar más pues, en ese momento, su esposa le dio un beso.

Desde la tarde en la que los soldados coyohuácas golpearon a Motecuzoma Ilhuicamina, Yeyetzin tuvo la certeza de que cometieron un error muy grave. Ella estaba segura de que a los rehenes había que tratarlos con mucho cuidado, incluso con privilegios que no recibirían como prisioneros en otros poblados. Primero, porque un rehén era una moneda de cambio de muy alto valor. Segundo, porque en caso de perder la guerra los captores podrían solicitar a los vencedores un poco de clemencia, con la prueba de que el prisionero recibió un trato digno. La guerra contra Azcapotzalco le había dejado muchas enseñanzas a aquella mujer coyohuáca. Mashtla no tuvo misericordia por ninguno de sus adversarios ni perdonó los errores de sus soldados, mucho menos admitió los suyos. Cuando los aliados enemigos invadieron la ciudad tepaneca, el hijo de Tezozómoc se había quedado solo. Carecía de amigos y ni hablar de aliados. Jamás los tuvo. En su tiempo al frente del huei chichimeca tlatocáyotl, únicamente ordenó y humilló a sus vasallos, y con eso no se ganan aliados, sino enemigos. Tras la derrota de Azcapotzalco, Cuécuesh estuvo a punto de abandonar Coyohuácan por miedo a que las tropas de Nezahualcóyotl fueran a matarlo por apropiarse de aquella ciudad sureña. Yeyetzin trabajó mucho para convencer a su esposo de que no había motivos para huir pues, al igual que todos los coyohuácas, él sólo había obedecido órdenes y, con ese mismo silogismo, podía solicitar la absolución, incluso el privilegio de mantener algún puesto en el ejército. Cuando por fin pudo convencerlo de que permaneciera en su ciudad natal, pasó a la siguiente fase: lograr que no abandonara el palacio, una propuesta demasiado aventurada para un macehuali que nunca poseyó nada. Finalmente, lo incitó a que reclamara las tierras como suyas. Cuécuesh había cumplido cabalmente cada uno de los deseos de su esposa, la mayoría de las veces convencido de que eran *sus* pretensiones, *sus* necesidades y *sus* ambiciones personales, mas no las de ella. Y si él cometía errores, con frecuencia ella se encargaba de solucionarlos de forma que Cuécuesh no se percatara, que siempre tuviera la certeza de que él era el genio, el gobernante astuto, el militar sagaz, el hombre de la casa. Por lo mismo, en las últimas veintenas se había encargado de cuidar a Motecuzoma Ilhuicamina, aunque desde lejos, para no levantar sospechas: consiguió una curandera para que sanara las heridas del prisionero, a la cual hizo pasar como una sirvienta más de la casa. Los yaoquizque, aburridos de estar casi todo el día de pie alrededor de la jaula, pocas veces fijaron su atención en la mujer que entraba todas las mañanas, tardes y noches a alimentar al prisionero. Con el mayor sigilo, la curandera le embarraba, de pronto, un poco de betún en un ojo, y más tarde en el otro, para curar las heridas, y para calmar los dolores le daba a beber té de peyote en las mañanas, a mediodía y en las noches, por lo que Ilhuicamina pasaba los días en absoluta tranquilidad; apenas se le pasaban los efectos, llegaba la curandera y le ofrecía más. Los guardias, con tal de evitar los escándalos que había causado su prisionero veintenas atrás, se hicieron de la vista gorda y dejaron que la curandera le diera el té sin preguntarle lo que era aquello. Pronto las heridas sanaron, pero Ilhuicamina seguía bajo los efectos del peyote: alucinaciones en las que un hombre se introducía en la jaula y prometía rescatarlo muy pronto y se marchaba. Su estado de ánimo mejoró, pues tenía la certeza de que alguien enviado por su hermano Tlacaélel iba a verlo todos los días. Hasta que Cuécuesh volvió a visitarlo. Se mostró soberbio y le informó con orgullo que él había logrado la alianza entre los altepeme del poniente y amenazó con destruir Tenochtítlan en cuanto acabaran con Teotzintecutli e Iztlacautzin.

—Eres un imbécil —respondió Ilhuicamina, que se hallaba atado a la jaula, con un tono de burla.

Cuécuesh estuvo a punto de golpearlo, pero Yeyetzin intervino inmediatamente. Había ido con él para proteger la integridad del prisionero.

Cuécuesh intentó correrla del lugar, pero ella se negó. No estaba dispuesta a perder lo ganado por culpa de su marido, peor aún, por una estupidez.

—Vámonos. —Lo tomó del brazo.

—¿Qué haces, mujer? —Se molestó el tecutli.

—Anda —habló Ilhuicamina—. Obedece a tu mujer. —Liberó una carcajada.

—¿Cómo te atreves? —Cuécuesh se dirigió a Ilhuicamina con los puños listos para golpearlo.

—Puedes hacerme todo lo que quieras —advirtió Ilhuicamina—. En cualquier momento llegarán los soldados meshítin, destruirán esta ciudad y a ti te llevarán a la piedra de los sacrificios. Es más, le pediré a los sacerdotes supremos que me otorguen el privilegio de sacarte el corazón.

—¡Ya cállate! —gritó Yeyetzin.

—Mira nada más. —Sonrió con burla—. Tu mujer tiene más agallas que tú.

Cuécuesh no aguantó más y le dio un puñetazo en la cara a Ilhuicamina. Yeyetzin intervino nuevamente: lo tomó de los brazos, le rogó que saliera de la prisión, pero el tecutli coyohuáca tepaneca se negó, la empujó a un lado con tanta fuerza que ella fue a dar a los troncos de la prisión; aun así, volvió a interceptarlo y suplicó:

—¿No te das cuenta de que quiere hacerte enojar para que lo golpees? Si lo haces, le demostrarás que él es más astuto. Y eso no es cierto. Demuéstrale que tú eres más inteligente. —El tecutli coyohuáca respiraba agitadamente al mismo tiempo que mostraba los dientes como una fiera rabiosa—. Tú eres más inteligente —insistió Yeyetzin.

—Tienes razón. —Cerró los ojos, alzó el rostro con soberbia y salió de la jaula cual guajolote esponjado.

—¡Cobarde! —gritó y rio Ilhuicamina.

Cuécuesh se quedó pensativo afuera de la prisión, mientras que su esposa cuidaba que no regresara a golpear a Motecuzoma. Había en él un deseo de venganza indomable, el cual satisfizo al darse media vuelta para decir unas últimas palabras al prisionero:

—Uno de mis espías me acaba de informar que tu esposa está embarazada… —Sonrió con cruel ironía—. Lo que me parece extraño es que se haya embarazado si tú tienes más de seis veintenas aquí…

Lo mismo pensó la madre de Cuicani la mañana en la que su hija le informó que estaba embarazada, y no precisamente porque deseara confesarlo, sino porque muy pronto sería inútil ocultarlo. La madre le respondió que ya lo sabía. Imposible engañar a una mujer que parió doce hijos.

—Me sorprende que sólo con una vez que Ilhuicamina y yo tuvimos intimidad haya quedado embarazada —justificó la joven con un tono pueril.

—Sí, es muy sorprendente. —Hizo un gesto de desconfianza.

Cuicani se percató de que su madre no le había creído, pero no se preocupó, pues a ninguna de las dos le convenía hacer público que él hijo que esperaba no era de su esposo, sino de Tlacaélel. Aquello sería un secreto jamás confesado que la madre se llevaría a la tumba. Primero difunta antes que admitir que no había educado bien a una de sus hijas. Lo único que sí le preocupaba a Cuicani, era que, a partir de ese día, su madre no la dejaría sola ni un instante, con la excusa de que debía cuidar de su nieto y, con ello, le impediría salir y si lo hacía, tendría que ser en su compañía. Los encuentros furtivos con Tlacaélel se acabarían. Cuicani pasó noches interminables tratando de idear la forma de salir sin que su madre la siguiera, hasta que se le ocurrió acompañar a su padre al palacio. Las excusas no fueron necesarias, pues no había sido la primera vez que lo hacía. Mucho antes de que se casara con Ilhuicamina, ya lo había escoltado hasta el palacio, para luego fugarse por horas con Tlacaélel. Sin embargo, en esa ocasión las cosas no resultaron como ella esperaba.

—Qué bueno que podamos estar a solas tú y yo —dijo Azayoltzin mientras caminaban.

—Ya extrañaba nuestras caminatas —expresó ella con dulzura.

—Estoy preocupado —confesó el hombre sin detener el paso—. Me llama la atención que no estés triste ni preocupada.

—¿De qué hablas?

Cuicani sabía a qué se refería su padre, pero intentó eludir el tema.

—Ya son más de seis veintenas desde que Ilhuicamina fue secuestrado y tú no muestras tristeza —explicó Azayoltzin y se detuvo para verla de frente.

—Yo no soy así, tú lo sabes. —Evitó el duelo de miradas, pues sabía que perdería.

—Deberías. —El consejero siguió su camino a paso lento. Miraba el piso como si buscara algo perdido—. Para que la gente vea que estás preocupada por tu esposo. —La miró con desagrado. Su esposa ya le había informado que Cuicani estaba embarazada, así que no fue necesario agregar las dudas sobre la paternidad del futuro bastardo.

—Lo estoy. —Fingió preocupación, pero su padre la conocía mucho más de lo que ella imaginaba.

—No lo demuestras y eso es preocupante. —Siguió caminando con pasos más acelerados—. Llama la atención que estés tan tranquila.

—Descubrí que no estaba enamorada de Ilhuicamina —dijo con la intención de recuperar un poco de la confianza de su padre, la cual estaba perdiendo a pasos agigantados.

—Eso no importa. —Ya no la miraba—. Tú deber como esposa es mostrar preocupación por la ausencia de tu esposo.

En ese momento llegaron a la entrada del *teopishcachantli*.[96]

—Así lo haré —respondió Cuicani con acatamiento mal fingido y se marchó.

Azayoltzin entró al teopishcachantli, donde ya se encontraban reunidos los seis miembros del Consejo, cada uno sentado en un tlatotoctli, y a un lado, sobre el petate, yacía un tecontontli lleno de *cacáhoatl*.[97] Discutían sobre los preparativos de la veintena de tósh-

96 Comúnmente escrita como *teopixcachantli* —pronúnciese *teopishcachantli*—, era la casa en la que se reunían los consejeros y los ancianos. También se le llamaba *teopixcacalli*.

97 La palabra que originalmente utilizaban los nahuas para denominar la bebida de chocolate era *cacáhoatl*, «agua de cacao», término que proviene del árbol del cacao, el *cacahoaquáhuitl (cacáhuatl*, «grano de cacao», y *quáhuitl*, «árbol»), cuya preparación es de origen olmeca y que consumían sólo los pipiltin. El *xocóatl* —pronunciada *shocóatl*—, «agua ácida o amarga» (*xócoc*, «cosa agria», y *atl*, «agua»), era una bebida hecha con maíz molido, es decir, era un atole de maíz hecho para curar el dolor ocasionado por alguna enfermedad en la orina. Tras la llegada de los españoles, el cacao dejó de utilizarse como moneda de cambio y se devaluó. Al abaratarse la almendra divina, los macehualtin tuvieron acceso a ella y añadieron un poco de cacáhuatl al xocóatl, combinación que se convirtió en atole

catl, una celebración dedicada al Tezcatlipoca azul Huitzilopochtli. Azayoltzin se sentó en el lugar que le correspondía, alzó su pocillo, le dio un sorbo a su bebida y escuchó con atención los argumentos de Tochtzin y Tlalitecutli —y los tuyos, Tlacaélel—, que promovían la fiesta, y los de Yohualatónac y Cuauhtlishtli, quienes rechazaban la propuesta.

«¡No es posible que estén pensando en una celebración en este momento!», exclamó Azayoltzin irritado. «Deberían estar planeando la manera de rescatar a Ilhuicamina y de acabar con los conflictos que tenemos con Shochimilco, Coyohuácan, Shalco, Hueshotla y ahora Tenayocan». «No es el momento», respondiste con tranquilidad, Tlacaélel. «¿Cuándo, entonces?», preguntó Azayoltzin, cada vez más convencido de que se había equivocado al promover tu elección como miembro del Consejo. Ya no eres el piltontli sencillo, callado, discreto y obediente que él había conocido. «Hasta que Nezahualcóyotl acepte compartir el huei tlatocáyotl con nosotros», respondió Tochtzin, uno de los sacerdotes más fieles a ti, Tlacaélel. «Eso nunca va a ocurrir», intervino Yohualatónac. «Sucederá», respondió Tlalitecutli, otro aliado tuyo. «Ahora entiendo el enojo del tlatoani Izcóatl», dijo con tristeza el Tláloc tlamacazqui. «Ustedes son unos ingratos». «¿Te refieres a nosotros?», preguntó Yohualatónac sentado a un lado de Cuauhtlishtli. «No», negó con la cabeza y te señaló a ti, Tlacaélel, a Tochtzin y Tlalitecutli. «Me refiero a ellos tres». «Es extraño que tenga esa opinión de nosotros, consejero», respondiste mirándolo con reserva. «Estaba seguro de que usted apoyaba nuestras ideas». «Hasta hace poco...», respondió Azayoltzin y alzó el pómulo izquierdo. «¿Qué cambió?», insististe manteniendo el sosiego. «Tlacaélel tiene razón», interrumpió Tochtzin. «Si enviamos nuestros escuadrones a Coyohuácan, nos recibi-

---

de cacao. Así, se creó una bebida nueva y barata, con la cual los macehuales tuvieron la oportunidad de consumir un ingrediente caro: el cacao de los pipiltin. De este modo, desapareció la antigua bebida de los nobles, el *cacáhoatl,* suplantada por el humilde *xocóatl,* aderezado con cacao. La nueva combinación, en boca de los españoles, se transformó de *xocóatl* a *chocóllatl,* término que Francisco Hernández acuñó en el libro sexto de su obra *Historia natural,* a finales del siglo XVI. Pronto, el nuevo vocablo se transformó en nahuatlismo, el cual se extendió y tomó vida en la lengua escrita como chocolate, Hernández Triviño.

rán los ejércitos de Atlicuihuayan, Chapultépec, Mishcóhuac, Culhuácan, Iztapalapan, Huitzilopochco, Ashoshco y Cuauhshimalpan». Los demás sacerdotes ignoraron el comentario de Tochtzin. Estaban más interesados en la actitud de Azayoltzin, quien te había postulado como candidato para miembro del Consejo y ahora mostraba descontento. Nos percatamos de ello y decidimos desviar la atención, pues no nos convenía que los demás sacerdotes se enteraran de la molestia de Azayoltzin.

—Otro de los temas que debemos discutir es la inestabilidad del Consejo —dijo Tlacaélel.

Los otros cinco nenonotzaleque se miraron entre sí, sumamente confundidos con el comentario del teopishqui más joven del grupo.

—¿Cuál inestabilidad? —preguntó Cuauhtlishtli.

—Debemos hacer algunas reformas —respondió Tlacaélel con serenidad, sin mirar a ninguno de sus compañeros.

—¿Más? —Yohualatónac se puso de pie.

—Éste no es el momento de hacer reformas. —Azayoltzin también se puso de pie.

—Es justo el momento. —Tlacaélel miró al sacerdote para que se diera cuenta de que no lo intimidaba su actitud.

—¿Cuáles son esas reformas? —preguntó Tlalitecutli, por primera vez desconfiado ante una propuesta de Tlacaélel.

—Propongo ampliar el número de nenonotzaleque de seis a doce —expuso sin preámbulos.

Tlalitecutli, Cuauhtlishtli y Tochtzin también se pusieron de pie. Azayoltzin y Yohualatónac caminaron junto a los otros tres. Era una forma clara de decirle no a Tlacaélel.

—¿Doce? —preguntó Cuauhtlishtli muy preocupado—. ¿Por qué tantos?

—Todos ustedes tienen demasiadas obligaciones y lo justo es que se repartan entre más consejeros —intentó persuadirlos Tlacaélel al mismo tiempo que se ponía de pie.

—Yo no estoy de acuerdo. Eso... —Tlalitecutli guardó un repentino silencio, pues iba a decir que *eso* les quitaría poder a ellos.

Excelente maniobra, Tlacaélel: desviaste por completo la atención de los teopishque y, al mismo tiempo, presentaste una propuesta de reforma que, aunque bien sabíamos no pasaría inmediatamente, un día se aprobará. Entonces decidimos terminar la reunión.

—Ustedes son los que saben —elogió y agachó la cabeza Tlacaélel—. Yo sólo soy un aprendiz. Ustedes son los que tienen la última palabra. No se hable más del asunto. Ahora, si me lo permiten, me retiro, estoy instruyendo a un joven soldado y me espera para la lección de hoy.

Los miembros del Consejo quedaron complacidos con la conclusión de aquella reunión, sin darse cuenta de que una vez más los manipulaste, Tlacaélel: evitaste que insistieran en la guerra contra Coyohuácan, lograste que olvidaran la actitud hostil de Azayoltzin y planteaste los únicos dos temas que en realidad nos interesan: la fiesta de la veintena de tóshcatl y la reforma del Consejo.

Los sacerdotes abandonaron el *teopishcachantli* y tomaron rumbos diferentes. Azayoltzin siguió a Tlacaélel por las calles de la ciudad, con el objetivo de hablar a solas con él sobre la urgencia de rescatar a Ilhuicamina, quien muy pronto sería padre, según le había informado su esposa, pero por más que apresuró el paso no logró alcanzarlo, tan sólo pudo verlo de lejos, hasta que se detuvo repentinamente a hablar con una mujer a la que no reconoció, pues debido a su avanzada edad, su visión ya estaba cansada, lo cual no le impidió seguir caminando, pues no iba a dejar pasar un día más para acordar el rescate de Ilhuicamina de una vez por todas, pero vaya sorpresa la que se llevó al acercarse y descubrir que la joven con la que hablaba Tlacaélel era su hija Cuicani. Lo primero que llegó a su mente en ese instante fue que ella quería convencer a Tlacaélel de que ya rescataran a Ilhuicamina, o por lo menos para informarle que iba a tener un hijo de su hermano gemelo, así que siguió caminando hacia ellos, que todavía se encontraban a una distancia lejana, por lo menos para él que ya no podía caminar con la velocidad de un niño. De pronto, Tlacaélel y Cuicani se separaron. El miembro del Consejo tuvo un breve dilema: no supo a cuál de los dos seguir. Decidió ir detrás de Tlacaélel, quien casi al final de la isla entró a una casa humilde, algo que sorprendió a Azayoltzin. Se preguntó una y otra vez qué estaría haciendo ahí, así que siguió caminando hasta llegar a esa casa, y se asomó discretamente, sólo para descubrir que su hija también estaba en el interior con Tlacaélel.

—Estoy embarazada —anunció Cuicani.

—Ilhuicamina estará muy feliz con la noticia —escuchó Azayoltzin desde afuera, mas no vio la actitud ni los gestos de su hija.

—Sabes que es tuyo —dijo Cuicani decepcionada.

—No. —Tlacaélel sonrió y dio un paso hacia atrás—. Es de tu esposo.

—Ten la certeza de que nunca se lo diré a nadie. —Cuicani sintió una enorme tristeza—. Sólo quería que lo supieras.

—¿Es todo? —Alzó las cejas y sonrió cínicamente.

—Sí. —Derramó una lágrima.

—Pensé que veníamos a... —Se encogió de hombros y negó con la cabeza como si se sintiera defraudado.

—No puedo. —Se llevó las manos al vientre. Tenía claro que la violencia que ambos ejercían en sus encuentros sexuales podría matar al hijo que cargaba y que ya esperaba con amor, precisamente por ser de Tlacaélel—. No de ese modo... —Se rascó la frente—. Quiero tener a tu hijo. —Frunció el ceño con desolación—. Si quieres, puede ser de forma... —No pudo encontrar la palabra exacta—. Como era antes.

—Debo irme. —Tlacaélel desvió la mirada para evadir la empatía que cualquier persona mostraría, menos él—. Tengo asuntos importantes que atender.

—Ya no podremos vernos —dijo desconsolada, pero consciente de que era lo mejor para ella y su hijo—. Mi madre está detrás de mi todo el tiempo y... —intentó justificarse para que Tlacaélel no pensara que no quería verlo.

—Está bien. —Tlacaélel salió de la casa y se fue caminando sin darse cuenta de que a su espalda se encontraba Azayoltzin hundido en el dolor.

En cuanto Tlacaélel se perdió a la distancia, Azayoltzin entró a la casa para confrontar a su hija, quien lloraba recargada en la pared. Sorprendida de verlo ahí, Cuicani no pudo más que dejarse caer de rodillas y llorar con más fuerza para convencer a su padre de que ella era una víctima.

—Lo escuché todo. —No se atrevió a dar un paso más. La observó en el piso, llorando contra la pared.

—No es lo que está pensando, tata —dijo sin mirarlo.

—Si no fueras la esposa del futuro tlatoani, te mataría a golpes. —Comenzó a llorar.

—Deme permiso de explicarle, padre. —Se puso de pie y caminó hacia él.

—No necesitas explicar nada. —Se quitó para que no se le acercara—. Ya lo entendí todo. Él se hizo pasar por Ilhuicamina. Y luego te casó con su hermano. —Bajó la mirada y se quedó pensativo—. Para que lo eligiéramos a él como sacerdote... —Negó con la cabeza—. Fui un imbécil. ¿Cómo no me di cuenta? Él siempre tuvo claros sus objetivos: reformar las leyes para quitarle poder a Izcóatl, exigir la mitad del huei chichimeca tlatocáyotl y, ahora, ampliar el número de sacerdotes de seis a doce. Necesito hablar con Izcóatl...

Azayoltzin salió de la casa sin despedirse de su hija.

—Tata... —Lo persiguió estremecida—. Espere...

—El tlatoani tenía razón —hablaba consigo mismo, con profunda vergüenza por no haberse percatado del ardid—. Fui un imbécil. Un joven me engañó. A mí, que soy un hombre viejo, que debería tener la sabiduría para descubrir artificios.

—No se vaya... —Cuicani iba llorando junto a él—. Le voy a explicar todo.

—Yo fui el primero en proponerlo como candidato. —Azayoltzin ignoraba por completo a su hija, no tanto porque quisiera desdeñarla, sino porque estaba sumamente consternado con lo que acababa de descubrir—. Y cuando me preguntaron por qué tanto interés en postularlo, siempre respondí que era la mejor opción, el mejor candidato. —Negó con la cabeza—. Qué torpe fui.

—A mí también me engañó —dijo Cuicani entre lágrimas al mismo tiempo que seguía a su padre, quien caminaba más rápido de lo normal—. Yo creí que era Ilhuicamina.

—¿Por qué querría ser sacerdote y no tlatoani? —se preguntó con la mirada extraviada—. ¿Cuál es su verdadero objetivo?

—Tlacaélel siempre ha manipulado a Ilhuicamina —agregó Cuicani, dispuesta a confesarlo todo—. Sabe que si Ilhuicamina llega a ser tlatoani, él podría manejarlo a su antojo.

El sacerdote se detuvo y miró estupefacto a su hija:

—Una dualidad.

—¿A qué se refiere, padre? —preguntó Cuicani—. ¿De qué está hablando?

—Un gobierno dual. —Se quedó con la boca abierta y la mirada perdida apenas dijo esas palabras.

—Un tecúyotl entre los gemelos... —comentó ella.

—No —respondió el padre—. Ilhuicamina es sólo un instrumento. Él quiere gobernar como tlatoani y como sacerdote. Un día hacerse pasar por Ilhuicamina y otro, simplemente ser él mismo, como lo hacían en la infancia. ¿Cuántas veces nos vieron la cara?

—Lo entiendo, padre, yo lo viví...

El Tláloc tlamacazqui siguió su camino al huei tecpancali, acompañado de su hija, pero en pensamiento iba solo, ya que no podía quitarse de la cabeza tantas y tantas ocasiones en las que él creyó que estaba hablando con Ilhuicamina y, en realidad, era Tlacaélel. Comenzó a sudar de desesperación e irritación. Sentía que la respiración empezaba a traicionarlo, aunque hizo su mayor esfuerzo para llegar y hablar con el meshícatl tecutli. Para su mala fortuna, en cuanto entró a palacio los guardias le informaron que Izcóatl había ido a Tlatelolco para entrevistarse con Cuauhtlatoa, quien acababa de llegar de tierras totonacas con miles de *tlamémeh* cargados de mercancías.

—Seguramente se tardará mucho tiempo —dijo Cuicani, con la esperanza de que su padre claudicara y se fuera a casa con ella. Ya al día siguiente podrían hablar más tranquilos.

—Necesito que me proporciones dos soldados —pidió Azayoltzin.

Los yaoquizque tenían órdenes de siempre apoyar a los miembros del Consejo, lo cual incluía brindarles seguridad cuando ellos la solicitaran. El yaoquizqui entró al palacio y llamó a dos de los guardias que estaban en el patio y los llevó a la salida, donde les dio instrucciones de obedecer al sacerdote.

—¿Ustedes saben dónde vivo? —preguntó Azayoltzin.

—Así es, mi señor —los dos respondieron al unísono.

—Necesito... —se retractó—. No. Les ordeno que lleven a mi hija a mi casa y cuiden que no salga de ahí hasta que yo regrese.

—¡¿Qué?! —Cuicani respondió molesta—. ¡Yo no voy a caminar por las calles como una prisionera!

—Si no obedece, llévenla cargando o a rastras.

—¡No! —Intentó huir, pero los soldados la alcanzaron de inmediato.

—Muy bien —dijo el teopishqui a los yaoquizque—. Llévensela.

—¡Suéltenme! —respondió Cuicani furiosa—. Yo puedo caminar sola.

La hija de Azayoltzin caminó indignada por la calle, consciente de que alejarse de los dos hombres que iban junto a ella o intentar huir nuevamente, sólo la dejaría en ridículo, y lo que a Cuicani menos le interesaba era hacer un escándalo. Suficiente tenía con la escena que acababan de dar, algo que muy pronto correría de voz en voz, de casa en casa y de barrio en barrio, hasta esparcirse por toda la isla y, luego, en los altepeme vecinos, pues siempre, aunque parecía que no había nadie alrededor, siempre había alguien escuchando u observando de lejos, alguien dispuesto a murmurar por el simple y vulgar placer de hablar mal de los pipiltin o por la vileza de vender información.

En cuanto Cuicani estuvo lo suficientemente lejos del palacio, Azayoltzin les preguntó a los soldados por Tlacaélel, a lo que uno de ellos respondió que se encontraba en el Recinto Sagrado, lo que no debía sorprender a nadie, porque si algo distinguía a Tlacaélel era su vehemencia hacia los dioses. Azayoltzin se dirigió al Recinto Sagrado y subió hasta la cima del Coatépetl, donde encontró al sacerdote adoctrinando a un joven soldado llamado Shalcápol. Le hablaba sobre la celebración de la veintena de tóshcatl y la necesidad de alimentar a los dioses con la sangre de los cautivos, algo que le pareció extraño a Azayoltzin, ya que eso lo aprendían todos los mancebos cuando acudían al telpochcali y al calmécac. Hasta el momento, ni Tlacaélel ni Shalcápol se habían percatado de la presencia del anciano, pues ellos estaban mirando hacia la efigie de Tezcatlipoca azul.

—Tú has sido elegido, Shalcápol, para convertirte en Tezcatlipoca —dijo Tlacaélel.

Azayoltzin abrió los ojos con asombro. No podía creer lo que acababa de escuchar. ¿Aquel piltontli se convertiría en el dios Tezcatlipoca? «¿Qué tipo de tonterías está diciendo Tlacaélel? Nadie se puede convertir en dios… y menos en Tezcatlipoca». Azayoltzin en ese instante quedó convencido que su aprendiz había rebasado todos los límites, y si no lo detenía de inmediato, después sería demasiado tarde. Así fue que entró a la casa de Tezcatlipoca y, de golpe, interrumpió la conversación:

—¿De qué están hablando? —Caminó al interior.

Tlacaélel y Shalcápol se pusieron de pie y saludaron con respeto al sacerdote.

—Escuché lo que acabas de decir y... —Azayoltzin estaba demasiado enfadado para hablar con formalidades—. Quiero una explicación.

—Ya te puedes ir, Shalcápol —dijo Tlacaélel y el joven se puso de rodillas para despedirse y, luego, retirarse.

Azayoltzin esperaba con molestia.

—Ahora sí, explícame —exigió.

—El dios Tezcatlipoca me ha pedido a un mancebo para ocupar su cuerpo —comentó Tlacaélel.

—¿Tezcatlipoca te habló? —Azayoltzin hizo un gesto de asombro que luego se transformó en uno de burla.

Siempre lo ha hecho, respondiste y el muy imbécil preguntó con un gesto de incredulidad:

—¿De verdad? ¿Y qué te dice?

—Que discutir con idiotas es una pérdida de tiempo.

—¿Me estás llamando...? —Se molestó.

—Usted preguntó.

—Hablaré con los miembros del Consejo para solicitar tu destitución —amenazó.

Su amenaza no te intimida, Tlacaélel, es la mirada colérica del sacerdote Azayoltzin la que te incomoda. «¿Por qué razones?», le preguntas manteniendo la cordura. «¿Por adoctrinar a un mancebo? ¿Por decir que Tezcatlipoca me habla?». Azayoltzin te mira con desprecio y entonces sabemos que el problema no es político ni religioso. «¡Por cometer adulterio!», te acusa. Ahora todo queda claro, Tlacaélel. Debemos actuar de una vez por todas. Hay un silencio incómodo entre los dos. Salgamos de aquí, Tlacaélel. Azayoltzin nos sigue hasta llegar a los escalones, donde nos detenemos. No sé de qué habla, le dices para aprovechar el tiempo. Debemos actuar rápido. «Te seguí esta mañana», confiesa el sacerdote. «Te viste con mi hija en un shacali. El hijo que está esperando es tuyo». ¿Sorpresa? ¡No! A nosotros nada ni nadie nos sorprende, Tlacaélel. Caminemos a la parte trasera del

Monte Sagrado, la que da al oriente de la isla. Casi nadie mira hacia este lado del Coatépetl. La gente allá abajo está ocupada en sus tareas. Nadie anda viendo al cielo. «Eso no es todo», Azayoltzin continúa su reclamo. «Te burlaste de mí. Me utilizaste para que te postulara como candidato a miembro del Consejo. Te hiciste pasar por Ilhuicamina. Me engañaste a mí y a todos los sacerdotes». Vámonos de aquí, Tlacaélel. La alianza con Azayoltzin llegó a su fin. Acabemos con esto de una vez.

Tlacaélel avanza dos pasos hacia el lado poniente y, súbitamente, se da media vuelta para quedar justo en frente de Azayoltzin, a quien le da un fuerte empujón en el pecho con las palmas de las manos, lo cual provoca que el teopishqui caiga de espaldas, se golpee en la cabeza y ruede hasta el fondo.

19

La madrugada se extingue, el alba acaricia los páramos en el norte del cemanáhuac, la neblina se disuelve lentamente y las aves comienzan a trinar. Desde la cumbre de un ahuehuete en la isla de Shaltócan, un centinela mantiene, desde la noche anterior, la mirada fija en la ciénaga del lado oriente, a la orilla de un caserío llamado Tecámac. Hasta el momento no ha habido ninguna señal de alerta. El joven guardián está agotado y lo único que desea es que llegue su remplazo para irse a dormir. Su concentración se debilita con cada segundo. Sus cansados párpados se cierran perezosamente. Abre los ojos con un sobresalto. Vuelve la mirada al llano ubicado en el otro extremo del lago de Shaltócan: los árboles, los matorrales y el pasto largo no dan señales de movimiento. El vigilante cierra los ojos una vez más, tan sólo un instante, los abre y entre la bruma que flota sobre el lago alcanza a distinguir una canoa. Enfoca la mirada. No es una; son cientos de embarcaciones cruzando de oriente a poniente. Aterrado, toma su caracola y sopla con fuerza para alertar al ejército de Nezahualcóyotl que los enemigos se van acercando.

Las tropas de Iztlacautzin y Teotzintecutli han tocado tierra y marchan rumbo a Toltítlan, ubicada a tres horas del lago caminando a paso lento, algo que los yaoquizque deben hacer para ahorrar energías. El centinela sigue soplando la caracola. Las falanges de Shalco y Hueshotla llevan soldados de Otompan, Chiconauhtla, Acolman, Tepeshpan, Teshcuco y Coatlíchan. Esperaban acercarse más a Toltítlan sin ser percibidos, pero ya no será posible. A la alerta del vigía a lo lejos responden los huehuetles y los teponaztlis como símbolo de guerra: ¡Pum, pup, pup, pup, Pum!... Al mismo tiempo los yaoquizque aúllan:

—¡Ay, ay, ay, ay, ay, ayayayay!

Son los ejércitos de Tenayocan, Cílan, Tlacopan, Aztacalco, Ishuatépec, Ehecatépec, Toltítlan y Cuauhtítlan. ¡Pum, pup, pup, pup, Pum!... ¡Pum, pup, pup, pup, Pum!... ¡Pum, pup, pup, pup, Pum!...

—¡Ay, ay, ay, ay, ay, ayayayay!

La distancia entre ambos ejércitos aún es bastante considerable. Las escuadras de Iztlacautzin y Teotzintecutli podrían regresar al otro lado del lago y esperar a que haya mejores condiciones, pero la ambición de los señores de Shalco y Hueshotla es mucho mayor que el peligro que corren. Avanzan casi media hora sin enfrentamientos. Los tambores de guerra enmudecieron hace un rato. No hay ruido. Parece que hasta las aves se pusieron de acuerdo con las tropas de Nezahualcóyotl y dejaron de gorjear. En esas circunstancias, el silencio es más peligroso que el sonido. No conocen la ubicación de sus enemigos; podrían estar en el lado norte, el sur o el poniente, incluso a sus espaldas, en el oriente. De súbito, una lluvia de flechas cae sobre los escuadrones de Iztlacautzin y Teotzintecutli, quienes inmediatamente se cubren con sus escudos, se arrodillan y se encogen, para luego ponerse de pie y dar dos o tres pasos antes de que abata la siguiente gavilla de saetas. La estrategia consiste en llegar ante el enemigo lo más pronto posible e iniciar el combate cuerpo a cuerpo, lanza contra lanza, macuáhuitl contra macuáhuitl, cuchillo contra cuchillo.

Iztlacautzin y Teotzintecutli desestimaron la noticia de que Nezahualcóyotl había creado un bloque en el norte. Pensaron que era una farsa para ahuyentar al enemigo y, por ello, dejaron a más de la mitad de sus huestes protegiendo cada uno de los altepeme conquistados en el oriente.

Por su parte, Nezahualcóyotl y los tetecuhtin de Tlacopan, Aztacalco, Ishuatépec, Ehecatépec, Toltítlan y Cuauhtítlan observan, desde una loma cercana, el progreso de la batalla. Detrás de ellos, se esconden miles de soldados tendidos pecho tierra, sosteniendo el macuáhuitl en una mano y el *chimali,* «escudo», en la otra, para que cuando el príncipe chichimeca dé la orden, salgan corriendo en auxilio de sus compañeros, quienes ya se encuentran lanzando flechas y a punto de iniciar el combate cuerpo a cuerpo contra los regimientos del oriente.

Iztlacautzin y Teotzintecutli ven a lo lejos una milicia sustanciosa, mas no lo suficiente como para atemorizarse, así que ordenan la avanzada. Sus hombres corren con los chimalis sobre las cabezas, pero muchos de ellos son heridos en las piernas y los brazos por las saetas; unos simplemente se las arrancan, como quien se saca una espinita, y otros, severamente heridos, caen al piso y terminan bajo los pies de la estampida. Hasta que por fin ambas huestes se encuentran frente a frente: se lanzan las últimas flechas y, de inmediato, sacan los macuahuitles. Y al fondo los tambores retumban cual truenos en medio de una tormenta. ¡Pum, pup, pup, pup, Pum!...

—¡Ahora! —grita Nezahualcóyotl. Los yaoquizque que se hallaban pecho tierra, ocultos detrás de la loma, se ponen de pie, corren a toda velocidad rumbo al epicentro de la escaramuza y toman desprevenidos a los enemigos, que en este momento deben pelear contra el triple de soldados que habían contemplado al inicio. Muy pronto, la sangre comienza a brotar por todas partes, hombres con las tripas de fuera, brazos mutilados, piernas cortadas, cuellos degollados...

La batalla se sostiene hasta el mediodía, cuando los tetecuhtin de Shalco y Hueshotla ordenan la retirada y corren al estrecho del lago, a la altura de Chiconauhtla, pueblo conquistado por ellos y en el cual tienen preparadas canoas y otra brigada para que los respalden mientras ellos se internan en el pueblo y se resguardan de los enemigos. El ejército de Nezahualcóyotl los sigue hasta el lago y alcanza a capturar a poco más de trescientos soldados. Iztlacautzin y Teotzintecutli son los primeros en llegar a Chiconauhtla, donde son recibidos por más guardias, quienes los escoltan hasta el interior del palacio. El príncipe chichimeca observa orgulloso aquella victoria y ordena a sus hombres que recojan a sus muertos, auxilien a los heridos y los lleven a Toltítlan. Al mismo tiempo, envía a las escuadras que no participaron en la ofensiva a vigilar el lago, desde Ehecatépec hasta el lago Tzompanco.[98] De esta manera, será casi imposible que los ejércitos del bloque del oriente penetren los territorios ganados por el Coyote ayunado.

Acto seguido, expiden una veintena de heraldos a todos los altepeme del poniente y el sur para anunciar la derrota de Iztlacautzin y Teotzintecutli en esta batalla. Si bien esa pequeña victoria no representa el triunfo en la guerra, sí envía un mensaje muy claro: Nezahualcóyotl está de regreso, de pie y listo para recuperar el imperio chichimeca.

98 *Tzompanco*, hoy Zumpango.

Para finalizar el día, el Coyote sediento invita a los tetecuhtin de Tlacopan, Aztacalco, Ishuatépec, Ehecatépec, Toltítlan y Cuauhtítlan a celebrar en el palacio de Tenayocan. Sin embargo, no todo es alegría. Hay tensión entre los señores de Cuauhtítlan y Toltítlan, quienes aún añejan rencores entre ellos. Todo inició veintidós años atrás, cuando huehue Tezozómoc mandó matar a Shaltemoctzin, tecutli de Cuauhtítlan, e impuso a su bisnieto Tezozomóctli;[99] mientras que en Toltítlan colocó a su nieto Epcoatzin.[100] Los cuauhtitlancalcas se negaron a que los gobernaran los tepanecas y deambularon por varios altepeme —muchos de ellos pertenecientes a Hueshotzinco— por más de una década, hasta que Nezahualcóyotl y los meshícas le declararon la guerra a Mashtla, y los cuauhtitlancalcas, que formaban parte de las tropas hueshotzincas (aliadas de Nezahualcóyotl), también se levantaron en armas para recuperar sus tierras. Tezozomóctli, el bisnieto, huyó de Cuauhtítlan, temeroso de correr con la misma suerte que su tío Mashtla, y se suicidó. Entonces, se enseñoreó Tecocohuatzin, que andaba ataviado al modo de los hueshotzincas, con su vara de mando y el cordón de cuero torcido en la cabeza.

Terminada la guerra contra Azcapotzalco, los cuauhtitlancalcas iban a celebrar una gran fiesta. Los tultitlancalcas decidieron atacarlos durante el evento, pero los cuauhtitlancalcas defendieron su ciudad con fiereza, capturaron a los yaoquizque enemigos y los sacrificaron la misma noche de la celebración frustrada por los invasores. Al día siguiente, Tecocohuatzin envió a su gente a que hicieran excavaciones para cambiar el curso del río que entraba por Temilco, salía por Hueshocaltítlan y desembocaba en Toltítlan, lo que provocó tan tremenda inundación que los tultitlancalcas se refugiaron en Cuauhshimalpan, donde permanecieron hasta que los cuauhtitlancalcas les perdonaron el agravio, no sin antes obligarlos a represar el río colocando maderos de forma vertical para que sus aguas fueran en dirección a Citlaltépec.

El príncipe chichimeca tampoco está muy convencido de tener como aliado a Epcoatzin, nieto de huehue Tezozómoc, pero Totoquihuatzin —que también era descendiente del antiguo enemigo de Ishtlil-

99 Véase el «Árbol genealógico tepaneca» al final del libro.
100 Véase el «Árbol genealógico tepaneca» al final del libro.

shóchitl y ahora aliado de Nezahualcóyotl— le pidió una oportunidad para Epcoatzin, quien, como la gran mayoría de los nietos y bisnietos del difunto tepanécatl tecutli, únicamente había obedecido órdenes. A estas alturas es imposible quitar de su camino a todos aquellos que formaron parte del linaje tepaneca. El heredero del imperio chichimeca tiene que aprender a perdonar y a negociar. Sin Toltítlan, el bloque del norte estaría incompleto y, por ello, no recuperará el huei chichimeca tlatocáyotl. Entonces, opta por dar el ejemplo:

—Hermanos, tíos, primos, abuelos. —Nezahualcóyotl se pone de pie mientras todos disfrutan del banquete—. Totoquihuatzin, tecutli de Tlacopan, Cuachayatzin, de Aztacalco, Atepocatzin, de Ishuatépec, Shihuitemoctzin, de Ehecatépec, Epcoatzin, de Toltítlan, y Tecocohuatzin, de Cuauhtítlan, les agradezco que hayan facilitado sus tropas. En el pasado hubimos de luchar en bandos opuestos y distanciar a nuestras familias, a pesar de que nuestros abuelos fueron hermanos y primos en tiempos de Shólotl, fundador del imperio chichimeca; y después durante los gobiernos de nuestros abuelos Nopaltzin, Tlotzin, Quinatzin, Techotlala, y también huehue Tezozómoc... —Los invitados se sorprenden al escuchar que Nezahualcóyotl incluye al difunto tlatoani de Azcapotzalco como uno de los abuelos—. Así es... huehue Tezozómoc, aunque fue enemigo de Techotlala e Ishtlilshóchitl, también es descendiente del fundador Shólotl, y como tal debemos recordarlo. No es nuestra función juzgar sus yerros, sino componer lo que se rompió desde hace ya varias décadas. Ha llegado el momento de que nos unamos como familia y tomemos como ejemplo que hoy estamos disfrutando de un banquete con Totoquihuatzin, tecutli de Tlacopan, y Epcoatzin, señor de Toltítlan, ambos nieto y bisnieto de huehue Tezozómoc, y yo, hijo de Ishtlilshóchitl. No somos culpables de lo que hicieron nuestros ancestros. Es momento de olvidar el pasado, construir un nuevo camino y comenzar una nueva historia, para contarles algo mejor a nuestros hijos y nietos. Los invito a que también dejemos atrás las enemistades que hay entre ustedes. Sé muy bien que como vecinos han tenido diferencias y que han llegado a las armas. Olvidar no es fácil, perdonar tampoco, pero no es imposible.

Epcoatzin, de Toltítlan, y Tecocohuatzin, de Cuauhtítlan, se encuentran sentados en extremos opuestos de la sala y, desde sus lugares, se dirigen las miradas en señal de paz. Esto puede parecer demasiado forzado, pero Nezahualcóyotl sabe que no conseguirá más en ese momento, así que se da por bien servido. Los tetecuhtin invitados comienzan a disfrutar del banquete que les sirven las concubinas del príncipe chichimeca. Al mismo tiempo, llegan las jícaras llenas de octli y el ambiente se relaja. Los vencedores de la batalla de hoy, por fin, comienzan a celebrar; sonríen, platican con amenidad. Algunos hacen comentarios graciosos y, de pronto, se escuchan las primeras carcajadas. Una victoria más para ese día.

Contento con los resultados, Nezahualcóyotl dirige la mirada hacia sus concubinas y decide que, para coronar el día, se llevará a Matlacíhuatl a su alcoba mientras el resto de los tetecuhtin continúan celebrando. Por su parte, Zyanya no le ha quitado la mirada al príncipe chichimeca desde que regresaron del campo de batalla. Sigue furiosa con su padre por haber entregado a su hermana a Nezahualcóyotl, quien desde entonces no la ha solicitado para pasar la noche. Está segura de que Matlacíhuatl manipuló a su padre y se lo echó en cara días atrás, pero ella lo negó todo.

—Tú sabías de mi plan —le reclamó Zyanya enfurecida—, y ahora quieres adueñártelo.

—No sé de qué hablas —le respondió su hermana fingiendo ingenuidad.

Una hora más tarde Nezahualcóyotl se prepara para irse a su habitación, pero antes va a la cocina, donde se encuentran todas las concubinas, y llama a Matlacíhuatl.

Zyanya la observa y trata de disimular la cólera que hierve dentro de su ser. En cuanto Nezahualcóyotl y su hermana se retiran, Zyanya se pone de pie y va a la sala principal en busca de su padre, a quien saca del palacio para hablarle en privado. Necesita información para recuperar la atención del príncipe chichimeca.

—No sé qué quieres que te diga, hija —responde Totoquihuatzin desconcertado.

—Lo que sepas —exige enojada—. Tú me quitaste la atención del príncipe Nezahualcóyotl, ahora es tu obligación ayudarme a recuperarla.

—¿Para qué? —Totoquihuatzin tiene deseos de decirle a su hija que ya deje ese asunto por la paz y sea feliz, pero la conoce bastante bien y sabe que no se quedará tranquila y tampoco lo dejará a él vivir en paz.

—Para que se case conmigo. —Alza los hombros y las palmas de las manos con ironía y rabia—. Yo no quiero ser su tecihuápil, «concubina», por el resto de mi vida. ¿Quieres que tus nietos sean unos bastardos?

—No creo que sea malo. —Mira a la derecha y, luego, a la izquierda, como buscando un aliado que respalde su respuesta.

—Tus nietos nunca heredarán el imperio chichimeca —lo amenaza.

—Tú sabes que yo jamás he ambicionado nada de eso. —Niega con la cabeza y dibuja una sonrisa forzada.

—Pero yo sí. —Da un paso al frente en señal de confrontación.

—No deberías. —Totoquihuatzin cierra los ojos y agacha la cabeza—. La ambición hace daño.

—Tú no estás en condiciones de decirme qué debo o no debo hacer. —Se acerca tanto a su padre que él puede oler su aliento—. Gracias a mí salvaste tu vida y la de tu gente. Yo le rogué a Nezahualcóyotl que no destruyera Tlacopan. Yo fui la que le pidió que te invitara a luchar con él.

—Te lo agradezco, hija —responde derrotado—, pero no puedo darte información, porque no la poseo. Yo no tengo espías.

—Pues entrena o contrata informantes y envíalos a los altepeme enemigos, como lo hacen todos los tetecuhtin. Investiga dónde está Coyohua.

—¿Coyohua? —Se muestra asombrado—. Yo tenía entendido que estaba muerto.

—¿Qué? —Ahora ella es la sorprendida, pues como la mayoría de la gente que sigue a Nezahualcóyotl cree que Coyohua sigue preso en Teshcuco—. ¿Quién te lo dijo? El príncipe no sabe que Coyohua está muerto. Eso no es bueno. Él era… o es el hombre de mayor confianza del príncipe y sin él… —Se queda pensativa unos segundos—. Tal vez no. Lo importante es tener información. Envía a alguien a que investigue si Coyohua sigue preso o está muerto.

—Yo escuché que estaba muerto. —Se encoje de hombros.

—Necesitamos tener la certeza. Averígualo —ordena Zyanya y se da media vuelta para regresar al palacio.

—Lo intentaré.

Totoquihuatzin se queda solo en medio de la calle, mirando la larga cabellera de su hija. Al día siguiente, se esmera en complacerla y envía dos hombres, con nula experiencia en espionaje, a que investiguen sobre el paradero de Coyohua, pero no lo encuentran. Nadie lo ha visto desde que los soldados de Tlilmatzin lo tiraron por un barranco. Nadie sabe de Coyohua desde hace casi siete veintenas, durante las cuales ha estado en un jacal en el que un humilde matrimonio lo ha cuidado, curado y alimentado sin cuestionarlo ni juzgarlo. Su rostro está cicatrizando y ya puede caminar, aunque con mucha dificultad. Lo más difícil fue recuperar el habla, ya que Tlilmatzin le había destrozado la garganta con un golpe a puño cerrado. Los ancianos que le salvaron la vida ni siquiera le han preguntado su nombre, tan sólo le llaman «hijo», a lo que Coyohua amorosamente responde con tata y nana,[101] no como un gesto de reciprocidad, sino porque a su entender ellos le dieron la vida, una segunda vida que cada día le gusta más, alejada de los ejércitos, las guerras, los tlatoque, la envidia y la maldad. Nunca antes Coyohua se había sentido tan tranquilo, pues desde que comenzó a caminar lo único que hace es salir del jacal para ayudar al anciano a cortar maíz o leña —en su caso, cortar ramas secas lo suficientemente gruesas para mantener la fogata encendida—; es muy poco lo que alcanza a realizar debido a que las dos piernas le quedaron torcidas y la espalda hecha una culebra. A la anciana también le ayuda con los quehaceres: lava, cocina, recoge trastes, dobla ropa, lo que sea necesario para no ser una carga y mucho menos un estorbo, algo que los viejos jamás le han insinuado, pues Coyohua se convirtió en el hijo que jamás tuvieron, y antes de conocerlo se habían resignado a morir en soledad. Y si bien, al encontrar a aquel desconocido a la orilla de un río, jamás pasó por su mente que podrían adoptarlo, con el paso del tiempo esa jamás mencionada adopción se fue dando de manera natural, sin presiones y sin promesas, pues bien sabe el par de octogenarios que un día el huésped se irá; por ello, que jamás han querido saber cómo se llama ni qué hizo en su pasado ni qué hará en su futuro, para no extrañarlo, para no decir su nombre en las noches, para no llorar por su ausencia, con el tiempo que les dé, será suficiente. Coyohua también

101 Nana deriva de *nantli*, que significa «madre».

ha tenido tiempo de sobra para replantear su vida, imaginarla al lado de esos padres adoptivos o en las tropas de Nezahualcóyotl; aquello lo coloca en una disyuntiva: por un lado, se siente obligado a cumplir el juramento que le hizo al príncipe chichimeca y luchar con él hasta el último momento; por el otro, se siente responsable por el destino del par de ancianos, porque sabe que les queda poco de vida y que, sin un hijo o un nieto, cada día les será más difícil salir a cosechar el maíz, a pescar o a lavar ropa, pero también tiene claro que si permanece con ellos, los pone en peligro, pues los yaoquizque enemigos podrían llegar en momento y matarlos. Sus temores no son infundados, hace apenas unos días vio a lo lejos a una tropa marchando hacia el norte. Sólo hasta entonces se atrevió a preguntarle a sus viejitos en dónde estaban y ellos le respondieron: «Afuera del huei altépetl Teshcuco». Coyohua comprendió que el ejército que había visto era de Iztlacautzin y Teotzintecutli.

Desde entonces, no ha podido dormir tranquilamente; despierta a cada rato preocupado de que lleguen los soldados y pregunten por él o, peor aún, que entren y sin clemencia asesinen a sus padres adoptivos. Una mañana, Coyohua intenta salir de la casa sin despedirse, pero la mujer lo descubre y le pregunta a dónde se dirige, a lo que él apenas si puede argumentar que va a cortar leña para preparar el desayuno, y la anciana sólo responde con un amoroso «gracias, hijo», que le hace añicos el corazón al yaoquizqui rengo, que no puede más que cumplir con lo dicho: sale en busca de leña y nuevamente ve, muy a lo lejos, otro ejército marchando hacia el norte. Concluye que si él se encuentra afuera de Teshcuco, las tropas se dirigen a Tepeshpan o Chiconauhtla y se hace decenas de preguntas que no podrá responderse mientras permanezca ahí. Entonces, decide que ha llegado el momento de agradecer y despedirse. A su regreso de cortar la leña, se encuentra con los ancianos, acostados en su pepechtli, tapados por una manta de algodón, imagen que lo desmorona. Piensa en las palabras y no se le ocurre nada convincente, pues tampoco quiere mentirles. En ese instante, la mujer levanta la cabeza y lo ve en la entrada.

—¿Ya quieres que prepare el desayuno, hijo?

—No se preocupe, nantli. Descanse otro rato. —Camina hacia el pepechtli y se sienta en el piso a un lado de ellos—. Quiero... —Cierra los ojos y aprieta los labios con tristeza—. Quiero agradecerles...

—No tienes nada que agradecer. —El anciano se apresura a ponerse de pie—. Iré a encender el tlécuil.

—Ya es tarde —dice la mujer y también se levanta inmediatamente—. Voy a preparar el nishtámal.

Coyohua se queda solo en la habitación, sin decir una palabra más. La vida está llena de decisiones difíciles y ésta es una de esas, y como tal debe afrontar las consecuencias, así que, sin despedirse, sale por la parte trasera del shacali y camina lento, con los ojos rojos y la nariz moqueando, hasta perderse en la pradera, seguro de que en algún momento de la mañana aquel padre y aquella madre entrarán al jacal para llamarlo a desayunar y descubrirán que aquella fantasía llegó a su fin, aguantarán las ganas de llorar y regresarán a la cocina para servir sus alimentos y fingir que nada ocurrió, que su hijo anda por ahí, cazando ranas o conejos, y que al caer la tarde ella le dará su masaje en las piernas y en la espalda, pues, como tantas veces se lo dijo, no debía salir hasta que se le enderezara esa columna que le había quedado tan torcida como el camino de tierra para subir al monte Tláloc, y tal vez, al caer la noche, a la hora de irse a dormir, el par de viejitos se acuesten en su pepechtli y se abrecen hundidos en la melancolía de haber perdido a su único hijo y le lloren hasta quedarse dormidos, o quizá no duerman esta noche, preguntándose dónde se encuentra su hijo sin nombre, si habrá comido o si tendrá un lugar dónde resguardarse, un sitio en el que lo traten con el mismo cariño con el que ellos lo envolvieron todos esos días. Espero que esté bien, mi niño, podría decir aquella mujer mientras una lágrima cruce el tabique de su nariz y se deslice al otro extremo de su rostro recargado en la espalda de su viejo, que tanto se está aguantando la tristeza, pero eso sí, en ningún momento pasará por sus mentes que aquel muchacho fue un mal agradecido, no, todo lo contrario, fue un buen hijo que siempre dio todo de sí y que evitó a toda costa generarles cualquier tipo de tristezas, como darles explicaciones indeseadas y despedidas dolorosas.

A pesar de que la distancia entre el jacal de aquellos ancianos y el huei altépetl Teshcuco no es demasiada, Coyohua se demora casi medio día en llegar, apenas si puede caminar con la espalda descuartizada y las piernas torcidas, que no lo dejan dar más de dos pasos sin que se tambalee y tenga que detenerse un instante para recuperar el equilibrio y, por qué no, para arrepentirse por abandonar a sus viejitos, pero quién lo manda, la necedad no tiene escrúpulos ni conciencia y ahora debe aguantarse y seguir su camino; a ver si consigue su objetivo, aunque al paso que va, parece que lo alcanzará cuando termine la cuenta de los años, si tiene suerte, pues hasta el momento, en su recorrido por las calles de Teshcuco, lo han rebasado más personas de las que jamás lo habrían aventajado ni en sus momentos de mayor flojera, pues si algo tenía Coyohua, cuando estaba sano y fuerte, es que caminaba aprisa por todas partes y no había quién pudiera aguantarle el ritmo, pero ahora no sólo su lentitud es causa de burla, sino también su modo de cojear y de retorcerse cual *mitotiqui,* «borracho», sobre una canoa; y no falta quién se ría a su espalda, y quién se aterre al verlo de frente, pues el desfiguro que le hicieron en la cara lo dejó como un monstruo, tanto que ya más de uno fue incapaz de reconocerlo, pues si bien, Coyohua no era el hombre más célebre de Teshcuco, el cargo que le había adjudicado Nezahualcóyotl, lo había catapultado a la notoriedad local, sobre todo cuando Tlilmatzin invadió aquella ciudad y lo hizo su prisionero. De aquel Coyohua nada quedó. El hermano bastardo del príncipe chichimeca le destrozó no sólo el rostro, la garganta, la espalda y las piernas, también destruyó su reputación, su dignidad y el privilegio de morir con honor en un combate. En cambio, lo mandó lanzar como un pedazo de carne podrida a un barranco. Y es por tal ignominia que este soldado en ruina decidió abandonar el único paraíso que tuvo en su vida, para defender a sus viejos y para cobrarle a Tlilmatzin cada una de las patadas, puñetazos y escupitajos. «¡Cobarde!», se ha repetido Coyohua todos los días desde entonces. «¡Te voy a matar, Tlilmatzin!».

—Mis señores —saluda Coyohua y agacha la cabeza ante los cuatro guardias que resguardan la entrada del palacio de Teshcuco—. ¿Tendrán alguna tortilla que me regalen para comer? —pregunta para ver si lo reconocen.

—¡Lárgate! —responde uno de los yaoquizque con desprecio, harto de que todos los días se acerque al palacio todo tipo de campesinos, indigentes y ancianos a pedir limosna o algo de alimento.

—No he comido nada en dos días —dice con la entonación de un limosnero.

—¡Ése no es mi problema! —contesta el guardia sin mirarlo.

Vuelve a la memoria de Coyohua el día en que Nezahualcóyotl, disfrazado de mendigo, llegó a la entrada del palacio de Tepectípac y pidió hablar con el tecutli Cocotzin, a lo que él y su compañero respondieron con el mismo desprecio con el que ahora está siendo tratado. Desde ese día, se arrepintió de la soberbia con la que andaba por la vida. El Coyote sediento le había dado la mayor lección de su existencia.

—El príncipe Nezahualcóyotl no me negaría algo de comida —insiste aquel yaoquizqui roto, cuya intención es obtener información.

—Aquí no gobierna el Coyote en ayunas —responde uno de los guardias—. El tecutli de Teshcuco es Tlilmatzin. Ahora lárgate.

Años atrás, Coyohua había sido uno de esos soldados impacientes y altivos con los macehualtin, por lo que tiene claro que debe marcharse en este instante si no quiere que le terminen de romper la espalda y las piernas. Se siente satisfecho porque consiguió dos cosas: comprobar que nadie lo reconoce y asegurarse de que Tlilmatzin sigue gobernando en Teshcuco, pues a Coyohua, hasta cierto punto, le preocupaba que Iztlacautzin y Teotzintecutli lo destituyeran de su cargo o que los hombres de Nezahualcóyotl lo hubieran matado, ya que si algo tiene bien claro el yaoquizqui rengo es la forma en la que matará a aquel bastardo. Ahora debe encontrar la manera de ingresar al huei tecpancali de Teshcuco sin ser descubierto, acto que a estas alturas es casi imposible debido a que en tiempos de guerra los palacios se convierten en fortalezas impenetrables.

Mientras camina por la calle, Coyohua hace una lista mental de personas que tendrían la posibilidad de ayudarlo en su propósito. Llegan a su recuerdo los nombres de algunas cocineras, unos cuantos soldados, las fámulas, pero ninguno le parece confiable, no tanto por la falta de convicción, sino por las amenazas que pueden haber recibido. Nadie en su sano juicio pondría en peligro a sus abuelos o a sus hijos para apoyar a un soldado que fue gobernador interino por unos días y del que ya ni una persona se acuerda, y si acaso alguien lo hace, tal vez sea para burlarse o para lamentar su desgracia.

Mientras recorre el huei altépetl Teshcuco, observa detenidamente a la gente, analiza su comportamiento, trata de reconocer a algunos. Le preocupa el silencio en las calles: es como si todos estuvieran escondidos en sus casas. Se pregunta si Tlilmatzin habrá impuesto algún toque de queda. Luego, llega a la conclusión de que es una decisión de sus habitantes, que están hartos de las invasiones en Teshcuco.

Tiene hambre. No ha comido en todo el día. Piensa en algunas personas que podrían invitarlo a comer en sus casas, pero no se atreve a visitarlos. Si sólo un individuo se entera de que él sigue vivo, al día siguiente más de la mitad del pueblo lo sabrá.

Después de caminar un rato, aquel soldado rengo se sienta a descansar bajo la sombra de un árbol, donde ya se encuentra reposando un anciano. Ambos se saludan sin mirarse. Coyohua, que bien conoce los modos y disgustos de los locales, permanece en silencio por un largo rato para no parecer un entrometido. Observa el cielo como si fuera lo único en el paisaje. Se comporta del mismo modo en que lo hace un viajero que va de paso y espera. Aunque aquel anciano actúe como si no le interesara lo que pueda decir aquel extraño, en el fondo lo comen las ansias por conocer los motivos del viaje del foráneo, no tanto porque le importe su vida, sino porque los teshcocas han sufrido décadas de guerras, invasiones y yugo, y él desea relatar esa historia trágica. Los más jóvenes no saben cómo era vivir bajo los gobiernos acólhuas, en tanto que las historias en torno a Shólotl o Nopaltzin son sólo leyendas para sus oídos, fábulas sobre un paraíso perdido.

—Este árbol lo cortaron poco después de la fundación de Teshcuco —cuenta el anciano sin mirar al intruso—. Utilizaron la madera como leña para la mezcla que se utilizó en la construcción del palacio del huei chichimécatl tecutli Quinatzin.

Fingiendo interés, Coyohua se voltea para ver el tronco del árbol.

—No parece. —Coyohua sabe que aquello es sólo un preámbulo para un interrogatorio—. Se ve como si nunca le hubieran hecho daño.

—Así son los árboles y las plantas. Siempre se recuperan. —El anciano dirige por primera vez la mirada hacia su interlocutor y lo escudriña ligeramente.

—Quisiera recuperarme de la misma manera —confiesa Coyohua al sentirse observado—. En verdad, quisiera recuperar mi rostro.

—Si viniste aquí huyendo de quien te hizo eso en la cara, lo mejor será que sigas tu camino —advierte el anciano al mismo tiempo que que desvía la mirada, simulando que no le interesa el destino de aquel desconocido.

—La persona que me hizo esto cree que estoy muerto —responde el soldado roto con un tono de voz confidencial.

—Es lo mejor. —Vuelve a verlo, pero choca con los ojos atentos de Coyohua y, al saberse descubierto, se voltea al lado contrario—. Para ti. —Mira en dirección al camino que lleva a la salida de Teshcuco—. Siempre y cuando no estés buscando venganza.

—¿Qué hay de malo en cobrar venganza? —A Coyohua ya no le importa lo que vaya a pensar el anciano y mantiene la vista fija en él, con la intención de que su interlocutor también se deje de reservas.

—Que nunca terminas —explica el anciano—. Siempre es una y, luego, otra. —Mueve las manos frente a su rostro, con los dedos índices en posición vertical, hacia adelante y hacia atrás—. Lo que tú le hagas a tu enemigo, te lo cobrará al doble y, luego, tú buscarás cobrárselo al triple y así, hasta que se maten entre ustedes. Y si ése fuera el final, tal vez sería útil, pero lo peor de todo es que las venganzas se heredan de padres a hijos, de hijos a nietos y de bisnietos a tataranietos. Te lo dice alguien que ha sobrevivido a todas las guerras en esta ciudad.

—Aquí no hay guerra... —Finge no estar enterado.

—Por el momento. —Baja la cabeza en gesto de gratitud.

—¿El tecutli Tlilmatzin ha mantenido la paz? —continúa con la simulación.

—Tlilmatzin no es el tecutli; él sólo es un vulgar sirviente de Iztlacautzin y Teotzintecutli. Es un imbécil cobarde que no habría podido hacer nada en su vida si no lo hubieran auxiliado, primero, las tropas de Mashtla y, después, los ejércitos de Shalco y Hueshotla.

—Y si es tan torpe —dice ya en confianza—, ¿por qué lo dejan al frente del gobierno?

—Porque Iztlacautzin y Teotzintecutli también son unos idiotas. —Lo mira directo a los ojos e inclina ligeramente la cabeza hacia la izquierda.

—Supongo que debe haber alguien que asesore a Tlilmatzin.

Coyohua sabe que el hombre no puede dejar de ver su desfigurado rostro. Aunque lo incomoda, evita demostrarlo. Le interesa más sacarle información.

—Había, pero lo secuestraron. —Desvía la mirada hacia el palacio.

—¿Lo secuestraron? —Coyohua sabe que el anciano está hablando del cuñado de Tlilmatzin. Entonces recuerda que debe fingir y de inmediato agrega otra pregunta—: ¿A quién?

—A Nonohuácatl, el cuñado del imbécil —responde el hombre y, de nuevo, observa fijamente al forastero—. El príncipe Nezahualcóyotl envió a un grupo de yaoquizque para rescatar a Coyohua, pero no lo encontraron, así que secuestraron a Nonohuácatl para interrogarlo y ofrecer un intercambio de prisioneros, pero ni a Iztlacautzin ni a Teotzintecutli les importa la vida de Nonohuácatl.

—Nezahualcóyotl ordenó el rescate de Coyohua. —Sonríe con una alegría imposible de ocultar.

—El príncipe te aprecia —dice el anciano y Coyohua se sorprende al saberse descubierto.

—No sé de qué habla. —Se voltea hacia el lado opuesto.

—Estoy viejo —le dice al mismo tiempo que se da tres ligeros golpes con el dedo índice en la sien—, pero mi memoria sigue como si tuviera veinte años.

—¿Cómo supo que era yo? —Coyohua ha perdido el control de la conversación. Se siente acorralado. Le preocupa que el hombre lo denuncie. Si lo hace, le sería imposible salir corriendo.

—Mejor dime a qué volviste. Te hubieras quedado donde estabas. —Se cruza de brazos y recarga la espalda en el árbol—. Aquellos ancianos te querían. O, mejor dicho, te quieren como a un hijo.

—¿Cómo sabe de...? —A Coyohua se le inflan los ojos.

—No te preocupes por ellos —aclara—. Nadie sabía que cuidaban a un paciente. Nunca le contaron a nadie. Pero una vez pasé por ahí, los saludé y me di cuenta de que escondían algo, así que días después los vigilé desde lejos. No creas que soy un entrometido, sólo cuido la ciudad. Al principio, pensé que alguien los estaba obligando a esconder soldados enemigos o espías. Tú sabes que así se mueven esos informantes, compran a la gente más pobre o los amenazan con matarlos si no los dejan esconderse en sus jacales.

—Muchas veces pensé en quedarme a vivir con ellos —confiesa Coyohua—, pero me preocupaba ponerlos en peligro. Si un día llegaban las tropas de Shalco y Hueshotla, no habrían dudado en matarlos.

—Tienes razón hasta cierto punto —comenta el anciano y sonríe ligeramente—, aunque te seré muy honesto: no eres una preocupación para nadie. En este momento, Iztlacautzin y Teotzintecutli están más enfocados en cruzar el estrecho de Chiconauhtla que en encontrarte. Y suponiendo que te descubrieran y te apresaran, no eres un rehén tan valioso como para que Nezahualcóyotl se rinda. No lo hizo cuando mataron a su mentor.

—¿En dónde está Nezahualcóyotl? —cuestiona Coyohua, y de inmediato se avergüenza.

—Veo que te perdiste de muchas noticias: Iztlacautzin y Teotzintecutli conquistaron todo el lado oriente del cemanáhuac. Nezahualcóyotl y su gente abandonaron Cílan, huyeron al otro lado del lago e invadieron Tenayocan; luego, creó una alianza en el norte con Tlacopan, Aztacalco, Ishuatépec, Ehecatépec, Toltítlan y Cuauhtítlan. Con eso, hace apenas unos días, logró evitar que los ejércitos del oriente cruzaran al poniente. Iztlacautzin y Teotzintecutli, iracundos con la derrota, mandaron llamar a los ejércitos que tienen en Hueshotla, Chiconauhtla, Acolman, Otompan, Shalco, Tepeshpan, Teshcuco y Coatlíchan, y dejaron sólo a unas cuantas tropas al frente de las ciudades conquistadas, lo cual es un grave riesgo, pues podrían llegar ejércitos de otros altepeme y apoderarse de lo que ya conquistaron. O bien, que los mismos altepeme conquistados se rebelen.

—Debo aprovechar la ausencia de las tropas —se dice Coyohua a sí mismo en un soliloquio—. Es el mejor momento para asesinar a Tlilmatzin.

—¿De verdad crees que tienes la fuerza para matar a alguien? —pregunta el anciano con las cejas alzadas—. Mírate. Apenas si puedes caminar. En cuanto se te pongan en frente dos yaoquizque, te aplastarán como a un insecto.

—Usted no me conoce —responde con orgullo.

—Tú y yo nunca habíamos hablado —explica con seguridad—, pero siempre supe de ti, mucho más de lo que te imaginas. Conozco tu historia. Sé que eras yaoquizqui de Tepectípac. Un día Nezahualcóyotl llegó a las puertas del palacio y pidió hablar con el tecutli Cocotzin, y tú y tu compañero se burlaron de él. Cuando Cocotzin se dio cuenta del agravio que habían cometido, los regaló como esclavos, pero el príncipe acolhua prefirió mantenerlos como soldados. Y desde entonces has estado a su servicio, por lo menos hasta que Tlilmatzin casi te mata.

—¿Cómo sabe todo esto? —cuestiona Coyohua muy sorprendido.

—Soy el tlacuilo de Teshcuco. —Sonríe orgulloso.

—No recuerdo haberlo visto antes. —Se muestra dudoso—. Su responsabilidad era permanecer en el palacio y yo no lo vi. Usted nunca se presentó ante mí.

—No tenía por qué. Mi trabajo es crear y preservar los libros pintados de Teshcuco, sin importar quién gobierne. Abandoné el palacio cuando huehue Tezozómoc invadió Teshcuco y, desde entonces, he vivido aquí de manera discreta. Todos los que sabían que yo era el tlacuilo jamás me delataron con las tropas tepanecas. Muchos de ésos ya murieron. Los más jóvenes apenas si comprenden lo que está ocurriendo ahora.

20

Nunca antes Yarashápo se había sentido tan nervioso como la mañana en la que le llevaron a Pashimálcatl atado de cuello, manos y pies a la sala principal del palacio de Shochimilco. Los dedos le tiritaban sin control, las piernas las sentía como sumergidas en un hormiguero y la frente se le derretía en sudor. Si bien aquel encuentro debería haber sido la cumbre de todos sus regocijos, resultó ser un amargo suplicio, pues tenía de frente, derrotado, sucio, herido y arrodillado al gran amor de su vida, su más delirante obsesión, el hombre que le había dado las mejores noches, sin embargo, tenía que humillarlo ante los miembros del Consejo, sentenciarlo a muerte y, luego, enviarlo al *téchcatl,* «piedra de los sacrificios». Cualquiera que hubiese sido traicionado como Yarashápo, no habría titubeado un instante en escupirle en la cara a aquel pérfido insolente, pero la herida del tecutli shochimilca no sanaría con un arranque beligerante, pues su pena no era un berrinche pueril, era un duelo tan grande como la vergüenza de saberse embrutecido e incapaz de dominar sus más sencillos pensamientos y caer, una y otra vez, víctima de sus propias calamidades, aquellas que desde hacía tanto tiempo lo revolcaban en los lodazales del desamor, ese maldito sentimiento que lo había hundido en la peor de las tristezas, llorando en las noches, anhelando que un día Pashimálcatl regresara, encendiera sus sueños y ganas de vivir y que prometiera no volver a irse de su vida, jamás, nunca más. En cambio, volvía, o mejor dicho, lo llevaban, listo para el matadero, atado desde el cuello hasta los tobillos, con la cabeza agachada y media docena de heridas en el cuerpo causadas por el combate del día anterior.

—Mi señor, están esperando que hable —bisbisó con discreción el funcionario sentado a su lado, pues ya había transcurrido un largo silencio en el que Yarashápo no hacía más que mirar a Pashimálcatl arrodillado, con las manos atadas a la espalda y la frente tocando el suelo.

Del otro lado de la sala también se encontraban, en absoluto silencio, los ministros, sacerdotes, capitanes del ejército, y arrodillados, con las frentes tocando el piso, los traidores que apoyaron la rebelión de Pashimálcatl, esperando el dictamen prometido por el shochimílcatl tecutli de condenar a muerte a los rebeldes. Ése fue el momento más largo en la vida de Yarashápo, quien no sabía cómo iniciar su arenga, ¿cómo condenar a muerte al ser amado?, ¿cómo verlo a los ojos sin derramar una lágrima?, ¿cómo enviarlo a la piedra de los sacrificios sin despedirse de él con un beso o un abrazo?, ¿cómo negarle el perdón si se lo rogaba?, ¿cómo perdonarse a sí mismo cuando todo eso pasara?, ¿cómo?

—Nos encontramos aquí —dijo Yarashápo, que tosió antes de continuar—: para...

Pashimálcatl alzó el rostro y clavó la mirada en los ojos de su examante, quien no tuvo la fortaleza para mantenerla firme, se agachó y se rascó una ceja.

Los presentes seguían esperando la sentencia, un simple protocolo que no requería de un discurso largo, mucho menos elaborado; sólo bastaba con acusarlos de sus crímenes, sentenciarlos a muerte y fijar la fecha. Así se acostumbraba en todos los altepeme del cemanáhuac, pero para el tecutli de Shochimilco aquello significaba mutilar una parte de su ser, algo que nadie en aquella sala entendía.

—Para... —Apretó los labios e inhaló por la nariz como si se estuviese asfixiando—. Para...

—Mi señor. —Pashimálcatl alzó la voz con un tono de plegaria.

—¡Cállate! —Un soldado le dio un golpe en la espalda con una fusta—. No tienes permitido hablar.

Aquel golpe le había dolido a Yarashápo tanto como a Pashimálcatl.

—Yaoquizqui —dijo el tecutli shochimilca—. Deje que el prisionero hable.

La mayoría de los ministros, sacerdotes y jefes del ejército, decepcionados, agacharon las cabezas y negaron discretamente en respuesta a la actitud de su líder, mientras que Pashimálcatl dibujaba una casi imperceptible sonrisa.

—Hable —dijo Yarashápo.

—Mi señor, le ruego que disculpe mis faltas. —Devolvió la frente al piso—. Si tan sólo me concediera unos minutos a solas para decirle...

Los ministros y sacerdotes se alteraron, pues bien conocían las debilidades de Yarashápo y no les quedaba duda de que, si le concedía al prisionero un minuto a solas, perderían todo lo ganado. O, peor aún, el gobierno, sus puestos y hasta sus casas.

—Mi señor —intervino inmediatamente uno de los ministros—, le recuerdo que tenemos una larga lista de asuntos que atender.

—Debemos avanzar sin contratiempos —agregó otro.

—Le ruego me dé un instante, mi señor —dijo Pashimálcatl con la frente en el suelo.

Tleélhuitl, el capitán de las tropas, miró a Yarashápo con un gesto de plegaria y negó con la cabeza. El tecutli de Shochimilco lo vio, entendió el mensaje, supo lo que aquello implicaba, pero lo ignoró, pues ya había tomado una decisión irrevocable e inaplazable. Su felicidad estaba ahí, frente a él, arrodillado, implorando perdón, dispuesto a todo con tal de salvar la vida y nada ni nadie se la volvería a quitar.

—Señores, les ruego que me den un momento a solas con el prisionero —dijo el tecutli; los presentes negaron con la cabeza al tiempo que abandonaban la sala.

Pashimálcatl levantó el rostro, ocultando el gesto triunfante que había liberado segundos atrás mientras Yarashápo solicitaba a la audiencia que abandonara la sala. Entonces, mostró un gesto afligido y contrito.

—Mi señor. —Se tapó los ojos fingiendo que estaba al borde de las lágrimas—. Me siento sumamente arrepentido por lo que hice. Pero no puedo ocultar mis temores ni negar que lo que hice fue por el bien de nuestro pueblo. Viene otra guerra, una mucho más grande que la anterior, una que no tendrá comparación con ninguna de las que hemos vivido o escuchado de nuestros abuelos. Pero principalmente lo hice por usted. —Retiró las manos de los ojos y miró a Yarashápo—. Para protegerlo.

Yarashápo se embriagó con aquellas palabras, caminó hacia Pashimálcatl, extendió las dos manos, le ayudó a ponerse de pie y, sin importarle la suciedad, el sudor y las heridas, lo besó en la boca con la misma pasión con la que lo había hecho la primera vez; luego, le quitó las prendas hediondas que llevaba puestas y se lo cogió en el centro de la sala principal del palacio, mientras los ministros, sacerdotes y capitanes del ejército esperaban afuera, derrotados. Tuvieron que esperar hasta la mañana siguiente para hablar con el shochimílcatl tecutli, quien, con un nuevo brillo en los ojos, convocó al Consejo.

—Ministros, sacerdotes y jefes militares —dijo con regocijo desde su tlatocaicpali. Pashimálcatl se encontraba junto a él con una mueca triunfante—. No podemos ni debemos olvidar que gracias a la valentía de Pashimálcatl recuperamos nuestras tierras usurpadas por Tepanquizqui, hijo de huehue Tezozómoc, tras la guerra entre Azcapotzalco y Teshcuco. Él las rescató para nosotros...

—Asesinó cobardemente a Tepanquizqui —interrumpió Tleélhuitl muy molesto—. Le enterró un cuchillo en la espalda mientras dormía.

—Lo hizo por mí... —Hizo una pausa tras percatarse de que no debía haber usado ese argumento ante el Consejo—. Por Shochimilco, por ustedes, por nosotros.

—No le sorprenda que una noche a usted también le entierre un cuchillo en la espalda... —dijo Tleélhuitl, quien salió enfurecido de la sala.

Yarashápo no supo cómo responder a las advertencias de Tleélhuitl pues de cierta manera sabía que tenía razón, no sólo en eso sino en muchas otras cosas que él mismo se había negado a admitir y a corregir y que, dadas las circunstancias de ese irracional instante, no compondría, ni siquiera por dignidad. En este sentido, su ceguera era rotunda. No obstante, Pashimálcatl se encolerizó con la actitud del capitán del ejército, pero decidió callar y esperar. Su prioridad por el momento era recuperar el control de Shochimilco y concretar la alianza que los pueblos del sur le habían ofrecido a Yarashápo dos días atrás.

—¿Entonces crees que fue Pashimálcatl quien concretó la alianza? —pregunta el tlatoani Izcóatl al tecutli de Tlatelolco, a quien visitó con su esposa y sus cuatro hijos.

—No sólo eso —responde Cuauhtlatoa—. También estoy seguro de que él envió a sus yaoquizque a asaltar a los mercaderes tenoshcas. Yarashápo siempre ha sido un tecutli muy tranquilo.

—No lo creo —interviene Tezozomóctli, hijo de Izcóatl—. Se dice que él mató a su esposa y a sus hijos y, luego, quemó el palacio con ellos en su interior.

—Todo por Pashimálcatl —agrega Cuauhtláhuac, de dieciocho años de edad, también vástago de Izcóatl.

—¿De verdad los mató? —pregunta Tizahuatzin, el menor de los herederos de Izcóatl, de apenas dieciséis años.

—No lo sabemos —contesta Izcóatl—. Sólo son rumores que la gente inventa.

—¿Rumores como el que Pashimálcatl asesinó a Tepanquizqui mientras dormía? —cuestiona Tizahuatzin con ironía.

—¿Quién era Tepanquizqui? —pregunta Cuauhtláhuac con ingenuidad y curiosidad.

—Mi tío —explica Huacaltzintli, esposa de Izcóatl—. Mi abuelo Tezozómoc lo nombró tecutli de Shochimilco tras la guerra entre Teshcuco y Azcapotzalco y, luego, Pashimálcatl lo asesinó mientras dormía, enterrándole un cuchillo en la espalda.

—¿Tepanquizqui era un hombre bueno o malo, nantli? —interroga su única hija, Matlalatzin, de trece años.

—Dejemos ese tema —interviene Izcóatl, quien realizó esta visita familiar para ofrecerle discretamente una alianza a Cuauhtlatoa, la cual no ha logrado proponer. Espera hacerlo en privado, en cuanto termine el banquete.

De pronto, entra uno de los funcionarios a la sala donde se encuentra comiendo la familia, se acerca al tecutli tlatelolca y le informa algo al oído. Cuauhtlatoa agacha la cabeza con una expresión sombría, el nenenqui abandona la sala y los invitados guardan silencio, seguros de que su anfitrión acaba de recibir una mala noticia.

—Acaba de llegar un mensajero para avisar que el sacerdote Azayoltzin se cayó del Coatépetl y está muerto —anuncia el señor de Tlatelolco.

—Debemos irnos —espeta el tlatoani meshíca con tristeza al mismo tiempo que se pone de pie; luego, se dirige a Cuauhtlatoa—. Gracias por el banquete.

—Lamento mucho la muerte de su consejero —manifiesta el tecutli tlatelolca—. Acudiremos a los funerales.

—Tlazohcamati —responde Izcóatl—, me gustaría que habláramos en estos días.

El tlatoani meshíca regresa a Tenochtítlan con su familia e inmediatamente se dirige al palacio, donde ya se encuentran reunidos los consejeros, sacerdotes, ministros y jefes del ejército. Izcóatl les pregunta desconcertado qué fue lo que le ocurrió a Azayoltzin, pero nadie le da una respuesta concreta. Todos suponen que se resbaló y cayó, pero el tlatoani no lo cree pues, por más que lo intenten convencer de que fue un accidente, él sabe que aquel anciano, por muy viejo y cansado que estuviera, sabía subir y bajar de los montes sagrados con precisión. Había pasado toda su vida en esas escaleras. Ningún sacerdote se había resbalado y, mucho menos, caído. Sólo algunos prisioneros, nerviosos o temerosos de la muerte que les esperaba en la cima, resbalaron; aun así, nunca habían caído hasta el fondo.

—¿De verdad creen que Azayoltzin se cayó? —pregunta en privado a los únicos dos teopishque que están de su lado.

—Yo no lo creo —responde Cuauhtlishtli.

—Yo tampoco —agrega Yohualatónac—. Es demasiada casualidad que Azayoltzin haya muerto el mismo día en el que se manifestó inconforme con Tlacaélel.

—Azayoltzin, al igual que Tochtzin y Tlalitecutli, apoyaba a Tlacaélel —explica Cuauhtlishtli consternado—. Él fue el primero en impulsar la elección de Tlacaélel como sacerdote y consejero. ¿Qué lo hizo cambiar súbitamente de actitud? ¿Descubrió algo? ¿Qué?

—Tal vez nada grave —expone Yohualatónac— y sólo fue una excusa para matarlo.

—¿Para qué? —cuestiona el tlatoani, quien cree tener la respuesta, pero, como en muchas otras ocasiones, guarda silencio y deja que los demás hablen.

—¿Para elegir a un nuevo consejero dispuesto a obedecer a Tlacaélel? —sugiere Cuauhtlishtli.

—Tochtzin y Tlalitecutli son serviles a Tlacaélel; Azayoltzin ya no lo era —responde Yohualatónac.

—Debemos preparar a nuestros candidatos para la elección —plantea Cuauhtlishtli—.

—¿A quiénes propone, mi señor? —le pregunta a Izcóatl.

—A mi hermano Tlatolzacatzin y a su hijo Cahualtzin. Aunque también me gustaría postular a mi sobrino Huehuezácan, pero no puede tener dos cargos, ya es el tlacochcálcatl.

—Su hermano Tlatolzacatzin sería un consejero sabio y leal al tecúyotl —asegura Yohualatónac—. Siempre ha sido un hombre honesto y leal a sus principios.

—Además, por su avanzada edad, su sabiduría le dará más luz al Consejo —agrega Cuauhtlishtli—. Fue un grave error elegir a un muchacho inexperto y ambicioso como Tlacaélel.

—¿A quiénes cree que postulará Tlacaélel? —pregunta Yohualatónac al tlatoani.

—No tengo idea. —Izcóatl se masajea la frente con los dedos—. Tlacaélel es impredecible.

Yohualatónac y Cuauhtlishtli comienzan a nombrar pipiltin, ministros, sacerdotes y jefes del ejército, pero a ninguno de los dos se le ocurre mencionar a los medios hermanos de Tlacaélel: Citlalcóatl, Aztecóatl, Ashicyotzin, Cuauhtzitzimitzin y Shicónoc,[102] con quienes Tlacaélel ya tuvo una larga conversación días atrás, donde anunció que muy pronto habría una reforma en la que se ampliaría el número de nenonotzaleque de seis a doce y, a su vez, que ellos cinco podrían ser los nuevos sacerdotes, un cargo muy alto para cinco hijos ilegítimos del difunto Huitzilíhuitl, pero de importancia menor para Tlacaélel, que lo único que busca es que los futuros miembros del Consejo le sean leales y obedientes. Por lo mismo, no tiene prisa de hablar con ellos en ese preciso momento ni de hacer públicos los nombres de sus elegidos.

Hoy su prioridad es asistir al funeral de Azayoltzin, donde ya se encuentran Cuicani, su madre, sus hermanos y familiares. Tlacaélel se acerca a Cuicani, que lo abraza y llora sin importar lo que digan los demás. Izcóatl observa con desconfianza desde el otro lado de la sala.

—Necesitamos hablar —le susurra al oído Cuicani, pero Tlacaélel se aleja de ella con discreción, como si no hubiese escuchado nada, se sienta junto a los demás miembros del Consejo, los ministros, jefes militares y todos los pipiltin, y espera toda la noche.

Al día siguiente, los viejos de Tenochtítlan organizan un baile en casa de Azayoltzin, en cuyo patio comienza a sonar la música del te-

102 Véase el «Árbol genealógico mexica» al final del libro, en el apartado «Otros hijos de Huitzilíhuitl».

ponastle; sacan las armas, divisas, mantas, pañetes y cactlis[103] dorados del difunto y los colocan en petates pintados. Todos cantan con los cabellos trenzados y los cueros colorados en señal de tristeza. Luego, los deudos y parientes envuelven el cuerpo, tocan el tambor llamado tlalpanhuéhuetl y entonan una melodía dolorida en voz baja. Entonces, salen las mujeres, hijos y deudos con llantos, dando palmadas, torciendo los dedos, que otros traen enclavijados, símbolo de profunda pena. Ese día incineran el cuerpo. Diez días después hacen un bulto con la figura del difunto, que nombran *quishococualia,* le ponen una manta, pañetes, cactlis, cabellera trenzada, bezolera, orejera con divisa, armas y, alrededor, mucha tea u ocote ardiendo. Desde el cuarto del alba hasta el día claro, en un patio de la casa, al que sólo ese día llaman *tlacochcalco,* le tiñen al muerto los labios, le empluman la cabeza y le ponen en los hombros dos alas de un águila que significan su vuelo delante del sol, en el aire, las aguas, las lluvias y los tiempos. Finalmente, el difunto es entregado a la capitanía de cien hombres de su mismo *calpuli*[104] y, como si estuviera vivo, celebran un banquete en honor de Azayoltzin. Llegan muchos deudos, amigos, mujeres y vecinos a saludar a la viuda y a llevarle ofrendas. Las mujeres le dan naguas y huipiles. Los hombres le obsequian una orejera, una navaja, un cristal, una bezolera de piedra chalchíhuitl. Los que no pueden aportar objetos tan valiosos, le regalan cestas de frijol o chía, un ave o dos guajolotes. La viuda les da de comer un tipo

103 *Cactli,* «sandalias o cotaras». Con el paso del tiempo la palabra se castellanizó a «cacles», que en el lenguaje coloquial se utiliza para referirse a cualquier tipo de zapato.

104 Generalmente, escrito como *calpulli* —pronúnciese *calpuli*—, el significado del término es «barrio». Cada calpuli —en plural *calputin*— tenía un *calpúlec* —en plural *calpuleque*—, «jefe de calpuli», y un *calpulco,* «teocali del calpuli». Los calputin estaban divididos en *tlaxilacalli,* «caseríos rodeados por alguna calzada, camino, canal o hilera de chinampas, cuya forma podía ser regular o mixtilínea». En su fundación, México Tenochtitlan se hallaba distribuido en cuatro calputin: Atzacoalco, Cuepopan, Teopan y Moyotlan. Con el paso del tiempo, la isla fue creciendo y el número aumentó. Cuando llegaron los españoles en 1519, ya había veinte calputin: Tlacochcalca, Cihuatecpan, Huitznáhuac, Tlacatecpan, Yopico, Tezcacóac, Tlamatzinco, Molloco itlillan, Chalmeca, Tzonmolco, Coatlan, Chililico, Izquitlan, Milnáhuac, Cóatl Xoxouhcan, Tlillancalco, Atémpan, Napantéctlan, Atícpac y Tlacateco.

de tamal conocido como *tlacatlaoli,* un guisado hecho con granos de maíz y carne humana,[105] *papalotlashcali,* guajolotes guisados, llamados *pípian,* y una bebida de maíz tostado, cuyo nombre es *ízquiatl.* Los hombres convidados cantan —sentados con un tambor bajo al que denominan *tlalpanhuéhuetl*— el canto de los muertos —el *miccacuícatl*— con los cabellos trenzados y las cabezas emplumadas. Después, ponen en medio una gran jícara —*teotecómatl*— rebosante de *yztac octli,* que el más joven sirve a cada uno, comenzando por el mayor de los presentes. Terminada la bebida, vuelven a llenar el tecomate (vasija de barro) dos, tres, cuatro veces. Al finalizar, se levanta el más viejo y rocía la estatua con el yztac octli. Llevan una manta doblada, que llaman *cohuishcatilmatli,* y la viuda cobija al mayoral y cantor.[106] Posteriormente, desnudan el bulto y los *cuauh huehuetque,* «sacerdotes», lo queman mientras toda la familia se acomoda alrededor y observa en silencio. Acabado esto, el viejo cuauh huehue da consuelo y ánimo a la viuda para que pueda sobrellevar las adversidades y, finalmente, se despiden. Al día siguiente, la viuda comenzará un ayuno de ochenta días, durante los cuales, para que se vea su tristeza, deberá permanecer sin peinarse ni lavarse la cara. Cumplido el plazo de ochenta días, los teopishque enviarán a los *achcacuauhtin,*[107] criadores y maestros en el arte militar de los mozos nobles, para que entren a las casas de los difuntos y raspen delicadamente las caras de

105 El *Códice Florentino,* documento del siglo XVI, indica que los antiguos nahuas, en ocasiones, comían carne humana en un plato llamado *tlacatlaolli.* Fray Bernardino de Sahagún refirió que «cocían aquella carne con maíz, y daban a cada uno un pedazo de aquella carne en una escudilla o caxete, con su caldo y su maíz cocida». El doctor Stan Declercq escribió: «Tanto en los textos coloniales en español, como en los escritos en náhuatl, hay referencias del consumo de carne humana. El derecho de comer carne humana era un privilegio exclusivamente de la nobleza guerrera y de algunos comerciantes. Los guerreros consumían a sus prisioneros, mientras una élite de comerciantes podía comprar un cautivo para comer en un banquete antropofágico» (*De las múltiples variantes de canibalismo en el México antiguo,* Instituto de Investigaciones Históricas, UNAM). Enrique Vela, en su artículo *El tamal entre los mexicas (Arqueología Mexicana,* núm. 76), incluye el *tlacatlaolli,* «maíz de hombre», guiso de granos de maíz con carne humana.

106 Esta ceremonia ritual también se realizaba en bodas.

107 *Achcacuauhtin,* «jefes de los calputin».

las mujeres, hermanos y deudos del difunto, con el fin de limpiarlos de toda suciedad, colocada en unos papeles que llaman *cuauhámatl,* y que los sacerdotes llevarán a enterrar al pie del cerro Yahualiuhcan. Al volver, les darán ropas y mantas para vestir, con lo cual los sacerdotes harán sacrificio, quemarán copal blanco, papel de la tierra y, a su vez, rogarán por los difuntos.

Con esto se acabarán las honras a Azayoltzin. Pero antes de iniciar los ochenta días de ayuno, se lleva a cabo la elección del nuevo miembro del Consejo y nuevo Tláloc tlamacazqui. Los sacerdotes Tochtzin, Tlalitecutli, Yohualatónac, Cuauhtlishtli y Tlacaélel se reúnen en la sala principal del palacio para presentar a sus candidatos en persona, los cuales serán exhibidos por sus yerros y sus aciertos, y luego interrogados, juzgados y absueltos para poder ser candidatos.

Izcóatl propone a su hermano Tlatolzacatzin, un hombre que ya rebasa los sesenta años de edad, y a su sobrino Cahualtzin, de treinta y ocho años. Tlacaélel postula únicamente a su medio hermano: Citlalcóatl, de treinta y cuatro años. Los demás teopishque no presentan a ningún aspirante. El tlatoani meshíca sabe que no se trata de nominar a los mejores, sino a los que convenzan a Tochtzin y a Tlalitecutli, los dos sacerdotes en quienes recae la elección. Si bien Izcóatl tiene de su lado a Yohualatónac y a Cuauhtlishtli, los sufragios de ellos no son suficientes para definir una elección, pues él, por ser el tlatoani, no puede votar; Tlacaélel, sí, cuyo voto se sumaría a los sufragios de Tochtzin y Tlalitecutli, lo cual arrojaría el resultado de tres contra dos. Por lo tanto, ninguno de los candidatos que postuló serán electos.

El meshícatl tecutli debe abandonar la sala y esperar en algún lugar del palacio, mientras los cinco consejeros eligen al sexto miembro. Izcóatl se sabe derrotado, una vez más, por Tlacaélel. Se siente triste, frustrado y enojado. Decide no esperar a la resolución del Consejo y se marcha en una canoa, sin compañía ni rumbo fijo. Necesita estar solo, pensar, analizar, tranquilizarse, esperar a que se le pase el enojo, aunque tiene claro que eso no ocurrirá en mucho tiempo, como no ha sucedido desde que Tlacaélel comenzó a inmiscuirse en el tecúyotl. Tiene la certeza de que su sobrino pretende dominar el meshíca tecúyotl desde el Consejo, pero aún tiene dudas sobre su objetivo final. Se pregunta una y otra vez: «¿Qué busca Tlacaélel? ¿A dónde quiere llegar? ¿Quiere ser meshícatl tecutli? ¿Quiere el huei chichimecatecutli? ¿Quiere quitar a Nezahualcóyotl? No lo entiendo». Izcóatl no lo entiende porque nunca antes nadie había hecho lo que Tlacaélel. Quienes querían usurpar un gobierno, llegaban y lo reclamaban, como lo hizo Tenancacaltzin en Tenayocan cuando Quinatzin decidió mudar el imperio a Teshcuco, lo que trajo como consecuencia que Acolhuatzin se levantara en armas contra Tenancacaltzin, pues argumentaba que, por edad y linaje, a él le correspondía el huei chichimeca tlatocáyotl.

Así, se repitió la historia con huehue Tezozómoc y su hijo Mashtla, quien apuñaló a su hermano Tayatzin. Pero Tlacaélel no estaba haciendo nada de eso. Ni siquiera había mostrado interés en ser electo tlatoani. Izcóatl sabe que su sobrino no lo hace por llevarle la contraria. Tampoco es un capricho. Su inteligencia va más allá. Por eso, propuso reformar las leyes sobre el Consejo y ampliarlo de seis a doce miembros. Al tlatoani no le queda duda de que, muy pronto, Tlacaélel alcanzará ese objetivo y que con doce consejeros tendrá el control omnímodo. Izcóatl enfurece. No sabe qué hacer. No soporta la impotencia de no poder defender su gobierno. De pronto, siente un fuerte dolor debajo del pulmón derecho, como si se hubiese encendido una flama dentro de su vesícula. El dolor se incrementa tanto que termina de rodillas en medio de la canoa. Un pescador se acerca e inmediatamente reconoce al tlatoani.

—¡Mi señor! —exclama asustado—. ¿Qué le ocurre?

—Siento un fuerte dolor —responde Izcóatl con las dos manos sobre el lado derecho superior del abdomen.

—Lo llevaré a Tenochtítlan. —Ata las dos canos con una soga y comienza a remar. Izcóatl se mantiene sentado y en silencio durante el transcurso del trayecto. En su infancia, como en la de la mayoría de los niños tenoshcas, fue educado para soportar cualquier dolor; incluso a lo largo de su carrera militar recibió numerosas heridas, pero ninguna lo había quebrado de esa manera. Está sudando, tiene náuseas y una urgencia por vomitar. Para colmo, las aguas del lago se encuentran más agitadas de lo normal y la canoa se bambolea demasiado. Su cuerpo arde por dentro como un volcán, todo le da vueltas, se le nubla la vista y, súbitamente, siente que los alimentos de ese día hacen erupción, suben por la garganta y apenas si le alcanza un segundo para arrodillarse, sacar la cabeza de la canoa y vomitar en el lago. El pescador detiene su remo y pone una mano en la espalda y otra en el pecho al tlatoani, quien no para de expulsar jugos gástricos. El pescador observa en silencio; no se atreve a preguntar ni a decir una palabra. Tampoco puede ver el rostro de Izcóatl, cuya cabeza sigue inclinada hacia el agua. No sabe si el tlatoani va a vomitar más o si sólo está tratando de recuperarse. No alcanza a distinguir que Izcóatl está llorando de impotencia.

Luego de un rato, el tlatoani se moja el rostro con agua del lago y se levanta más tranquilo, aunque sin dejar de sentir el dolor en la vesícula. El pescador lo observa callado. El meshícatl tecutli lo mira con un gesto de gratitud y le pide que lo lleve al palacio. El pescador obedece y comienza a remar. Al llegar al *tetamacolcoqui,* «embarcadero», el pescador solicita auxilio a gritos:

—¡El tlatoani Izcóatl está muy enfermo! ¡Ayúdenme a llevarlo al huei tecpancali!

—No —dice el tlatoani con voz inaudible—. No es necesario. Yo puedo llegar solo.

Inmediatamente se acercan decenas de personas, la mayoría sólo para ver; los más cercanos, cargan al tlatoani y lo llevan al palacio. Otros se encargan de abrir paso ante la multitud, que incrementó con una velocidad asombrosa. En la entrada del palacio, dos guardias reciben al tlatoani y lo llevan a su alcoba, donde se encuentra su esposa.

—¿Dónde está el pescador? —pregunta Izcóatl con la mirada nublada.

—¿Cuál pescador? —cuestiona su esposa desconcertada.

—El que me trajo —explica mientras lo acuestan en su pepechtli.

—No lo sé. Te trajeron muchas personas.

—Búsquenlo, debo recompensar su lealtad.

—Vayan a buscar al pescador —ordena la esposa a los soldados.

Izcóatl cierra los ojos, ya acostado en su pepechtli. El dolor en la vesícula ya cedió, pero el coraje sigue tan latente como el día en que comprendió que Tlacaélel apresó a Chimalpopoca y lo envió a Mashtla para que lo matara.

—¿Qué te ocurrió? —pregunta Huacaltzintli, esposa del tlatoani—. Te estábamos buscando por todo el palacio.

—Salí un momento a remar —explica con indiferencia.

—¿Tú solo? —cuestiona asombrada, pues eso era algo que no había hecho desde que fue nombrado tlatoani.

—Sí… —Se siente incómodo con la conversación—. ¿Ya concluyó la sesión de los consejeros?

—Sí. —Agacha la cabeza con tristeza—. Nombraron a Tlatolzacatzin como nuevo Tláloc tlamacazqui. —Huacaltzintli sonríe para darle a entender a su esposo que su tristeza era fingida y que deben celebrar su triunfo. Izcóatl abre los ojos llenos de asombro.

—¿Los sacerdotes siguen en la sala? —Izcóatl se sienta en su pepechtli.

—No —responde Huacaltzintli con sosiego.

—¿Sabes a dónde se fue Tlacaélel?

—No, pero lo vieron hablando con Cuicani.

Justo en ese momento Tlacaélel se encuentra con Cuicani en el jacal donde se han visto a escondidas desde hace mucho tiempo. Ella llevaba varias veintenas tratando de hablar a solas con Tlacaélel, pero él se había negado, con el argumento de que debía enfocarse en los funerales de Azayoltzin, algo que la joven aceptó a regañadientes. Cuando finalmente se reúnen, Cuicani le dice, con un tono de reclamo y a la vez de incertidumbre, que algunas personas le han señalado que la muerte de su padre no fue un accidente y que pudo haber sido provocada. Como Tlacaélel sabe que tarde o temprano le expresaría algo así, le responde, con sosiego y certeza, que Azayoltzin no tenía enemigos y que no es posible que alguien lo haya asesinado.

Cuicani sabe que su padre tenía enemigos y que le había hecho daño a muchas personas a lo largo de su vida, pero decide dejar el tema de lado, pues su progenitor ya no se encuentra entre sus prioridades, como lo era días atrás. Su padre murió con el secreto que descubrió en esa misma casa. Entonces, Tlacaélel cambia el tema de conversación: le dice a Cuicani que no debe tener el hijo que está esperando. Ella se sorprende, enfurece y se niega rotundamente.

—Ilhuicamina regresará muy pronto —le informa Tlacaélel—. No debe verte así —dice y señala el vientre de la joven con el dedo.

—Le diré que es su hijo. —Levanta la frente y se muestra segura de sí misma.

—No te creerá. —Niega con la cabeza.

—Yo haré que me crea.

—Como tú decidas, pero no me pidas ayuda cuando Ilhuicamina pregunte quién es el padre. Y no te atrevas a decir que soy yo, porque lo negaré y me aseguraré de que nadie te crea. Te humillarás ante todos los meshítin.

—Mi hijo nacerá.

—Si no me equivoco, nacerá antes de la celebración a Tláloc. —Tamborilea con los dedos sobre su barbilla—. Sería bueno que se lo ofrendáramos al dios Tláloc.

Cuicani tiembla de miedo. Sus ojos enrojecen. Sabe que Tlacaélel habla en serio y que, si se lo propone, cumplirá con lo dicho. Tláloc, el dios del agua, las lluvias, granizos, heladas, terremotos, inundaciones, huracanes, rayos, truenos y tormentas, es una fuerza divina en el cosmos que, a veces, está en equilibrio y otras en pugna: dador de vida y, a la vez, caótico y aniquilador.[108] Para honrar a Tláloc, se lleva a cabo una celebración de la veintena Atlcahualo, en la cual se sacrifican niños en los montes sagrados de cada ciudad. A los pequeños se les viste con ropas que representan a Tláloc y los acuestan en camillas cubiertas de flores y plumas frente al Coatépetl, mientras un grupo de mitotique baila alrededor. Los cargan con todo y camillas, los suben a la cima del Monte Sagrado —que comparten Tezcatlipoca, Huitzilopochtli y Tláloc—, los colocan en la piedra de los sacrificios, les sacan el corazón y lo depositan en el *cuauhshicali*.[109] También realizan estatuas de amaranto —con ojos hechos de frijol y dientes de semillas de calabaza— a las que ofrecen copal y comida,

108 Tláloc, al igual que Quetzalcóatl, se origina en Teotihuacan, desde donde se expande el culto hasta tierras mayas. En lengua maya, Quetzalcóatl es Kukulcán y Tláloc es Chaac. Vive en el paraíso llamado Tlalocan, ubicado en la región oriental del universo, de donde provienen las lluvias. Se multiplica en varios *tlaloqueh,* también conocidos como los dioses de los cuatro rumbos, que llevan agua en cuatro tipos de lluvias desde el interior de los cerros hasta la tierra. Según los tlaxcaltecas, Tláloc se casó con la diosa de la belleza, Xochiquetzal, y Tezcatlipoca la secuestró. Entonces, Tláloc se casó con Matlalcueye, la diosa del agua viva, para los mexicas Chalchiuhtlicue.

109 *Cuauhxicalli,* «recipiente de piedra con forma de águila u ocelote, cuya función era depositar los corazones de los recién sacrificados».

para después abrirles el pecho y sacarles los corazones que, simbólicamente, son ofrendados a Tláloc. Al final, cortan la estatua en cientos de trozos y los reparten entre los presentes para comérselos. Después de los sacrificios humanos, Tláloc libera las lluvias.

—No —responde Cuicani aterrada—. No lo voy a permitir. Ilhuicamina no lo permitirá.

—¿Y si mi hermano nunca regresa? —Se cruza de brazos.

—Ilhuicamina regresará —afirma ella con los ojos inundados en llanto.

—Mis espías me informaron que mi hermano tiene alucinaciones la mayor parte del día: ve a un hombre que supuestamente le trae informes de Tenochtítlan y le promete que van a rescatarlo en la madrugada. Los yaoquizque que lo cuidan se ríen de él.

Lo mismo le informaron los soldados coyohuácas días atrás a Cuécuesh, quien únicamente liberó una carcajada, pues desde que se concretó la alianza entre los pueblos del poniente, el señor de Coyohuácan había perdido el interés en su prisionero, aunque tampoco pensaba liberarlo. La creación del bloque del poniente le nubló la visión: se enfocó en el entrenamiento de sus tropas y olvidó otros asuntos de mayor importancia, como alimentar a su gente.

Con la destrucción de Azcapotzalco, el tianguis más importante del cemanáhuac también había desaparecido, por lo que muchos pochtécah se fueron a Coyohuácan. Cuécuesh, confiado en que si almacenaba la mayor cantidad de comida podría dominar a los pueblos vecinos, le negó el alimento a su misma gente e ignoró que en las siguientes veintenas Cuauhtlatoa crearía un puente comercial entre Tlatelolco y los pueblos ubicados en tierras lejanas, como Tolócan, Mishuácan, Huashyácac.

Cuécuesh comprendió su error la mañana en que uno de sus ministros entró despavorido a su alcoba para informarle que había un amotinamiento afuera del palacio. Cuécuesh y Yeyetzin se levantaron apresurados de su pepechtli y cuestionaron los motivos.

—Todo comenzó hace varios días, mi señor —intentó explicar el tecpantlácatl, «cortesano».

—¿Y por qué me informas hasta hoy? —preguntó enojado Cuécuesh.

—Lo hice, pero usted no le dio importancia —contestó el ministro y se encogió de hombros.

—Por lo visto no me informaste bien y, por eso, no me pareció importante —dijo Cuécuesh, que comenzó a vestirse con un tilmatli de algodón.

—Le dije que los robos en el tianguis estaban incrementando y usted me respondió que arrestáramos a los ladrones.

—¿Y lo hicieron? —Se puso los cactlis.

—Sí, pero luego se llenaron las cárceles.

—Hubieran construido más.

—Déjalo hablar —intervino Yeyetzin mientras le ayudaba a su esposo a ponerse el *copili*.[110]

—Mujer, no te metas en asuntos de hombres —contestó autoritario y, de un manotazo, tiró el penacho al suelo. Yeyetzin se apresuró a recogerlo. El tecpantlácatl, «cortesano», se mantuvo en silencio. No sabía si debía continuar con su informe. Entonces, Cuécuesh lo miró furioso—: ¿Por qué te quedas callado?

—Como le decía: los robos en el tianguis se incrementaban cada día, pero no eran robos masivos; sólo se llevaban un guajolote, algunos chiles o mazorcas, hasta que llegó el momento en el que ya no los podíamos detener. Esta mañana, mientras los pochtecas colocaban sus mercancías, se presentó un grupo de gente a robar. Los mercaderes lo impidieron y les dijeron que, si tenían tanta hambre, vinieran al palacio a exigirle al tecutli de Coyohuácan que les diera de comer. La gente preguntó por qué debía pedirle a usted que la alimentara y los pochtécah le respondieron que usted estaba comprando y almacenando la mayoría de los granos. Poco a poco, comenzaron a llegar más personas y se corrió la voz a tal grado que ahora tenemos a todo el pueblo afuera del palacio, y el ejército ya no puede contenerlo. Todos exigen el alimento que tiene almacenado.

—No se los daré. —Cuécuesh infló el pecho con arrogancia—. Lo estoy guardando para cuando comience la guerra, pues lo vamos a necesitar en el palacio.

110 *Copili*, «mitra con un disco dorado en la parte delantera, adornado con oro en la frente y plumas de quetzal».

—¿Qué hacemos? —preguntó el tecpantlácatl con mansedumbre.

—Te voy a enseñar a poner orden.

El tecutli coyohuáca tepaneca salió de su alcoba con un talante de soberanía indestructible. Yeyetzin y el tecpantlácatl lo siguieron en silencio.

Al llegar a la entrada del palacio, Cuécuesh la encontró bloqueada por los yaoquizque, quienes habían hecho una mole humana de cinco filas: la primera mantenía a raya a los manifestantes con sus chimalis, mientras que las siguientes cuatro hacían presión en las espaldas de los de adelante para evitar que los derribaran desde afuera. Los gritos de la multitud eran ensordecedores. Uno de los capitanes, severamente consternado, se dirigió al tecutli coyohuáca:

—¡Mi señor, estamos haciendo todo lo posible para evitar que entren al palacio! —informó casi gritando—. Allá afuera el ejército está haciendo lo mismo.

—¡Abran el paso para que pueda salir y hablar con ellos! —exclamó Cuécuesh por dos razones: estaba furioso y era la única manera en la que el capitán del ejército lo escucharía, ya que el clamor de la gente retumbaba en el interior del palacio.

—¡No se lo recomiendo! —respondió a gritos el capitán—. ¡Es muy peligroso!

—¡¿Quién te crees que eres para decirme a mí lo que puedo o no puedo hacer?! ¡Obedece!

El capitán negó con la cabeza al mismo tiempo que se dirigió a los soldados para darles la instrucción de abrir paso para el tecutli de Coyohuácan. Los yaoquizque recibieron la orden y, a la voz de uno, los demás obedecieron: «¡Al frente!», gritó el capitán y los soldados empujaron con un paso hacia afuera. «¡Al frente!», volvió a gritar el capitán y los yaoquizque presionaron. «¡Al frente!». Apenas habían logrado avanzar ocho pasos cuando Cuécuesh gritó:

—¡Quítense de mi camino!

Apenas habían logrado avanzar ocho pasos cuando Cuécuesh exigió:

—¡Quítense de mi camino!

—¡Espera! —exclamó Yeyetzin, pero Cuécuesh la ignoró.

Los soldados abrieron camino al tecutli coyohuáca, quien al cruzar la entrada recibió una pedrada: de inmediato los yaoquizque lo envolvieron con sus escudos y lo llevaron de regreso al interior del palacio.

—¡Busquen al que me lanzó esa piedra y mátenlo! —gritó Cuécuesh, cuya nariz estaba sangrando. Se sentía aterrado. No sabía qué hacer.

Los demandantes aumentaron sus fuerzas y los soldados comenzaron a perder terreno. De pronto, un hombre cruzó la entrada por arriba de las cabezas de los yaoquizque. Dos de ellos lo sometieron con una golpiza que por poco lo mata. Apenas habían domado a ese hombre, cuando entraron cinco más. Diez soldados tuvieron que abandonar el cerco de la entrada para capturarlos, lo cual debilitó la valla humana, que no pudo contener el ingreso de la caterva. Reinó el caos por un largo rato: la multitud enardecida empezó a destruir todo a su paso. En ese momento, por la parte trasera del palacio, entró una división del ejército que reprimió a los manifestantes con macuahuitles, lanzas y cuchillos. El piso y las paredes se tiñeron de sangre. Una tropa cubrió a Cuécuesh, quien de súbito notó que su esposa ya no se encontraba ahí.

—¡¿Dónde está Yeyetzin?! —gritó aterrado.

21

Desde el cuarto del alba, entre la densa neblina que reposa sobre el macizo montañoso forrado de pinos, encinos, abetos y oyameles, mil quinientos soldados ashoshcas caminan rumbo al palacio de Cuauhshimalpan. Llevan cargando en andas al tecutli Techichco de Ashoshco, quien por su avanzada edad no había abandonado la ciudad desde el final de la guerra entre Azcapotzalco y Teshcuco. Después de tantos años, por fin, aceptó salir de su ciudad por dos razones: acudir a la reunión del bloque del poniente y para reírse un rato con el delirio de Nauyotzin, quien, además de ser igual de viejo que Techichco y estar incapacitado físicamente para viajar, se rehúsa a salir sin su esposa, cuyo hijo Chalchiuh se niega a alejarla del palacio.

El albor se oculta detrás del cortinón de montañas cuando el séquito de Techichco arriba a Cuauhshimalpan, a donde también acaban de llegar las escuadras de Mishcóhuac, Atlicuihuayan, Chapultépec, Huitzilopochco, Iztapalapan y Culhuácan que, al igual que el tecutli ashoshca, salieron de madrugada para evitar llamar la atención de los pueblos enemigos. Los cuauhshimalpanacas observan, atónitos y temerosos, la concurrencia de yaoquizque, pues nunca antes habían recibido a tantos; por mucho medio centenar cuando algún tecutli iba de visita. Los tetecuhtin invitados han asistido acompañados de, por lo menos, mil hombres. Los que más llevaron fueron Shicócoc, de Mishcóhuac, con seis mil, y Tozquihua, de Huitzilopochco, con cinco mil setecientos.

—Si no supiera el motivo de su visita, pensaría que nos están invadiendo —dice Tlapilcíhuatl, esposa de Chalchiuh, mientras observa desde la azotea del palacio a los ejércitos que se acercan lentamente.

—El número de soldados habla del miedo que le tienen a los meshícas —responde Chalchiuh.

—¡Pensé que le temían a Hueshotla y a Shalco! —exclama sorprendida—. ¿No son ellos los que están invadiendo ciudades?

—Hueshotla y Shalco también le tienen miedo a Tenochtítlan, por eso se levantaron en armas. —Se da media vuelta y se dirige al interior del palacio—. Vamos. Debemos recibir a nuestros huéspedes.

Apenas entran al salón que da a la azotea, se topan con un sirviente alterado, que los mira nervioso.

—Ya sé —espeta Chalchiuh mientras avanza—, son demasiados soldados. No te preocupes, no nos harán daño. —Le pone una mano en el hombro para tranquilizarlo y sigue su rumbo.

—No es eso, mi señor. —El hombre traga saliva y aprieta los labios—. Es su padre...

—¡¿Qué?! —Chalchiuh se detiene de golpe y lo mira furioso—. ¿Lo dejaron salir de su alcoba?

—No, mi señor, él se salió. —El nenenqui limpia el sudor de su frente con el dorso de la mano mientras explica—. No sabemos cómo lo hizo.

—¿Dónde está? —Aprieta los puños frente a su pecho. Tlapilcíhuatl le pone una mano en el brazo derecho para tranquilizarlo.

—En la entrada. —Encoje las cejas.

Chalchiuh corre hacia la sala principal, donde ya se encuentra su padre esperando a los tetecuhtin invitados. Pero eso no es lo que lo alarma, sino que haya ordenado que sentaran el cadáver de su madre junto a él. Para sorpresa suya, al llegar a la sala encuentra a Nauyotzin en su asiento real, solo, saludando a Techichco.

—Hace tanto que no nos vemos —le dice Nauyotzin con confianza al tecutli de Ashoshco. En ese momento, se percata de que su hijo se encuentra a unos pasos de él—. ¿Ya conoces a mi hijo Chalchiuh? —pregunta mientras lo presenta con Techichco.

—Así es, tahtli —responde Chalchiuh—. He ido muchas veces como embajador a Ashoshco.

—Cierto —admite Techichco y se lleva la palma de la mano a la frente.

Detrás de Techichco se encuentran, en fila, Shicócoc, señor de Mishcóhuac, Coatéquitl, de Atlicuihuayan, Mazatzin, de Chapultépec, Tozquihua, de Huitzilopochco, Cuezaltzin, de Iztapalapan, y Acoltzin, de Culhuácan. Todos ellos, en muestra de gratitud y respeto al tecutli anfitrión, han llevado como regalo plumas, mantas, tilmatlis, cactlis, piedras preciosas, piezas de oro y plata, aves de las más hermosas que hay en la Tierra y muchas figuras hechas a mano.

—¿Y tú quién eres? —pregunta Nauyotzin desconcertado—. No te recuerdo.

—Me llamo Shicócoc y soy el señor de Mishcóhuac —explica el tecutli de treinta años de edad.

—No. —Niega con su torcido dedo índice frente a su rostro—. Yo conozco bien a Shicócoc.

—Soy su hijo —responde con humildad.

—¿Por qué no vino tu padre? —Se recarga en el respaldo de su asiento de mimbre.

—Murió. —Baja la cabeza y exhala con un lamento casi inaudible.

—Cuánto lo siento. —Se lleva los dedos torcidos a las mejillas, olvidando que él estuvo en el funeral diez años atrás.

—Pero mi madre me acompaña esta mañana. —Voltea hacia atrás y le hace una seña a una mujer de cuarenta y cinco años para que camine al frente.

—Yoalcíhuatl. —Sonríe Nauyotzin—. A ti sí te recuerdo. Te ves igual de hermosa.

—Tlazohcamati. —Yoalcíhuatl agacha la cabeza para ocultar la sonrisa que le provoca la memoria atrofiada del anciano.

—¿Y de qué murió tu esposo? —pregunta intrigado Nauyotzin.

Chalchiuh cierra los ojos y aprieta los labios con hartazgo, pues no es la primera vez que tienen ese tipo de escenas.

—Lo envenenaron. —Se tapa la boca con una mano y arruga los párpados como si intentara reprimir unas lágrimas.

—Oh, lo lamento mucho. —Le conmueve la tristeza de la mujer—. ¿Saben quién lo hizo?

—Uno de nuestros ministros... —Mira al tecutli de Cuauhshimalpan con melancolía—, pero ya pagó por su crimen.

Chalchiuh interrumpe la conversación:

—Padre, lo están esperando los demás tetecuhtin. Durante el banquete habrá tiempo de sobra para platicar.

—Así es —responde sin mirarlo—. Tenemos tiempo de sobra.

—Mi señor, yo me llamo Coatéquitl y soy tecutli de Atlicuihuayan. —Se presenta un hombre de cuarenta años.

—A ti sí te recuerdo. —Nauyotzin agita la mano derecha frente a su rostro—. Eras un infante cuando asumiste el gobierno de tu pueblo.

He escuchado muy buenas cosas sobre ti. Dicen que eres un hombre noble, humilde y sincero. Muchos tetecuhtin deberían aprender de ti.

—Tlazohcamati —responde Coatéquitl que, acto seguido, ordena a sus esclavos presentar los regalos al anfitrión. De igual forma, van pasando al frente Mazatzin, de Chapultépec, Cuezaltzin, de Iztapalapan, Tozquihua, de Huitzilopochco, y Acoltzin, de Culhuácan, quienes saludan, intercambian unas palabras, agradecen la hospitalidad y el banquete que se otorgará en su honor y ordenan a sus esclavos entregar los regalos.

—¿Y dónde está el tecutli de Coyohuácan? —pregunta Nauyotzin a su hijo, quien se halla sentado a su lado.

—No pudo venir, tahtli —responde Chalchiuh en voz baja—. Más tarde te explico. Procedamos al convite. Nuestros invitados deben estar cansados y hambrientos.

—Sí, vamos... —Nauyotzin voltea a ver a uno de los sirvientes—. Por favor, avísenle a mi esposa que ya va a iniciar el banquete.

—Padre, ella no podrá acompañarnos en esta ocasión —le dice Chalchiuh al oído y en voz baja—. Está muy cansada.

—¿Se siente mal? —Se toca la mejilla izquierda con sus dedos torcidos.

—Sí —contesta y dirige la mirada a los huéspedes.

—Debo ir a verla. —Intenta ponerse de pie, pero su hijo se lo impide poniéndole la mano en el hombro.

—Me dijo que quería dormir. —Chalchiuh lo mira a los ojos seriamente—. Déjala descansar. Iniciemos el banquete.

Nauyotzin accede a las demandas de su hijo, pero se muestra sumamente inquieto. En ese momento, entra un conjunto de *tétlan nenenque,* «sirvientes del palacio», con petates enrollados, los cuales extienden en el piso alrededor del asiento del tecutli anfitrión. Mientras unos sirvientes encienden un tlécuil en el centro de la sala, otros cargan cazuelas y las ponen alrededor del fuego. Un mayordomo se encarga de guiar a cada uno de los invitados a su lugar, en tanto otros les colocan mantas de algodón en las espaldas para calentarlos del frío matutino en la cordillera.

Cuando ya todos se encuentran sentados, un grupo de criadas les muestran las categorías de tamales que han cocinado para la ocasión: *nacatamali,* «tamal de carne»; *nacatlaoyo tamali,* «tamal de carne con grano de maíz»; *necuhtamali,* «tamal de miel»; *neshyo tamali cuatecuicuili,* «tamales de ceniza envueltos»; *teneshtamali,* «tamal de cal»; *tamálatl cuauhneshtli,* «tamal de agua, de ceniza de árbol»; *shocotamali,* «tamales de fruta» o «tamales agrios»; *yacacoltamali,* «el tamal de punta torcida»; *cuatecuicuili tamali,* «tamales blancos de maíz con frijol»; *huauhquiltamali,* «tamal de verdura de bledos»; *íztac tetamali,* «tamales blancos duros»; *íztac tlatzíncuitl,* «tamales de maíz blanco despicado»; *meshishquiltamali,* «tamal de berros»; *miyahuatamali,* «tamal de espiga de maíz y huesos de ciruela molidos».

En cuanto las fámulas sirven de comer y de beber a los invitados, un silencio se apodera de la sala y todos dejan de hablar para enfocarse en sus alimentos. Nauyotzin mira con desolación a su derecha, donde debería estar sentada su esposa Amacíhuatl. No concibe la vida sin ella a su lado.

—Señores, les ruego que paren de comer —dice Nauyotzin y todos se detienen—. Esperemos a mi esposa.

Chalchiuh mira a su padre con ira mientras el anciano da instrucciones a dos de sus nenenque para que le lleven el cadáver de su mujer.

—Hoy no. —Chalchiuh amenaza a su padre en un susurro—. Di instrucciones para que no la trajeran...

—¿De qué estás hablando? —Nauyotzin parece no comprender lo que le dice su hijo.

Chalchiuh voltea hacia el centro de la sala, observa rápidamente a los huéspedes, les sonríe con dificultad y vuelve a ver a su padre:

—No la van a traer, di órdenes de que no.

Justo en ese momento entran seis sirvientes cargando cuidadosamente el cadáver de Amacíhuatl, que está fijo en un asiento de mimbre. En tanto algunos huéspedes observan estupefactos, otros se encuentran al borde de las carcajadas.

Coatéquitl, alza la voz para callar los murmullos y apagar las sonrisas subrepticias.

—¡Señores! Los invito a que rindamos nuestros respetos a la esposa de nuestro anfitrión.

Presto se arrodilla y agacha la cabeza para que los demás sigan su ejemplo. Algunos de los huéspedes se observan vacilantes entre sí, mientras que otros apenas se arrodillan ante la mujer muerta. Segundos después, todos hacen lo mismo y Nauyotzin se conmueve con el ademán del tecutli de Atlicuihuayan.

Chalchiuh dirige una mirada de satisfacción hacia Tlapilcíhuatl y ella le responde con un gesto de aprobación. Aunque no están del todo contentos, ambos saben que es el mejor resultado entre todos los escenarios catastróficos que habían imaginado. Tienen perfectamente claro que, al terminar el encuentro, todos los tetecuhtin hablaran de su madre por muchas noches y se burlarán hasta que otro tecutli haga un ridículo mayor.

—En nombre de mi esposa, agradezco a todos ustedes su presencia. —Nauyotzin se dirige a la concurrencia—. Espero que disfruten los alimentos que hemos preparado para ustedes. —Extiende los brazos hacia el frente y los abre como un abanico para presumir el banquete que se ubica frente a él. Todos comienzan a degustar de los tamales en una quietud extraña. Nadie sabe qué decir.

—¿Por qué no te has casado, Shicócoc? —cuestiona Techichco de Ashoshco para romper con el silencio.

—No está entre mis prioridades —responde el tecutli de Mishcóhuac con indiferencia. No es la primera vez que le preguntan eso. Incluso en su ciudad se murmura mucho sobre su castidad, ya que no posee concubinas ni se le ha conocido amante alguna.

—Debería ser una de tus prioridades —le dice el anciano Techichco en tono de regaño. Todo lo que dice es en tono de regaño—. Si un día de estos mueres, no tendrás sucesor.

—Gracias por el consejo —contesta Shicócoc y enfoca la mirada en sus alimentos.

—Si él llegara a morir —interviene Coatéquitl—, su madre podría sucederlo en el cargo.

—¡Una mujer! —Techichco exclama alterado—. ¿En qué estás pensando?

—Lo que el señor de Atlicuihuayan quiso decir es que mi madre podría encargarse mientras alguno de mis hermanos menores es electo —agrega Shicócoc.

—Ninguna mujer puede ni debe tener un cargo en el tecúyotl, jamás —afirma Tozquihua con acento autoritario—. Preferible incendiar un pueblo completo antes de dejarlo al mando de una mujer.

Todos los huéspedes saben que el tecutli de Huitzilopochco habla en serio, pues a su entender las mujeres no sirven más que para fornicar, reproducirse y cocinar. Es tan celoso que tiene a sus cinco hijas prisioneras en su palacio para que nadie las vea. Ninguna de ellas conoce las calles de la ciudad donde viven. Aunque la mayor, Cuiyacíhuatl, ya tuvo su primer sangrado, Tozquihua no la ha querido ofrecer en matrimonio a ninguno de los nobles del cemanáhuac, pues considera que pocos merecen el privilegio de casarse con una de sus hijas, no tanto porque sean sus descendientes, sino porque asegura que su pueblo es el elegido por Huitzilopochtli. Y, por esta razón, debe llevar a cabo una guerra contra los meshítin, quienes usurparon a su dios y, ahora, mienten al decir que venían con él desde Áztlan.

—Vinimos a hablar de la guerra que se avecina, no del matrimonio de Shicócoc o de las mujeres —interrumpe la conversación Mazatzin, señor de Chapultépec, quien casi nunca habla y, generalmente, parece no estar interesado en nada. Cuando era niño su padre le pegaba con una vara cada vez que charlaba. Siempre le decía que un hombre callado era mejor que aquellos que hablan y hablan, y que debía ser recordado por sus acciones y no por sus palabras.

—Cierto —expresa Cuezaltzin, de Iztapalapan.

—Propongo que reunamos a todas nuestras tropas y ataquemos, de una vez por todas, a los meshícas —sugiere Acoltzin, señor de Culhuácan y descendiente de Cóshcosh.

El resentimiento de Acoltzin hacia los meshítin es añejo y herencia de su ancestro Achitómetl, quien sufrió una espantosa pérdida por culpa de los meshícas cuando aún no fundaban Meshíco Tenochtítlan. Entonces, Cóshcosh, tecutli de Culhuácan y bisabuelo de Acoltzin, permitió a los meshítin establecerse en su territorio con la condición de que fueran a la guerra contra los shochimilcas. Los meshícas llegaron nadando por las tranquilas aguas del lago de Shochimilco en medio de la madrugada.[111] Al llegar a los canales de aquella ciudad,

111 La distancia entre la costa de Culhuacán y Xochimilco era de entre 8 y 9 km.

permanecieron sumergidos de cuerpo entero, excepto la boca y nariz para poder respirar. Antes del alba, salieron del agua y entraron a la ciudad. Ya en pleno combate los meshítin desarmaban a los shochimilcas y les cortaban una oreja, que guardaban en unas bolsas hechas con hilo de maguey. Terminada la batalla, los ejércitos cúlhuas y meshícas acudieron ante el tecutli Cóshcosh para presentarle a los capturados en la batalla: los guerreros cúlhuas llegaron orgullosos con cientos de cautivos, mientras que los meshítin no llevaban más que hartos tanatlis, «canastas». Los cúlhuas rieron y Cóshcosh hubo de callarlos. Los meshícas se mantuvieron en silencio. Cóshcosh les preguntó dónde estaban sus prisioneros, a lo que Tenochtli respondió que ellos se habían encargado de desarmar y cortarles una oreja a los contrarios para que los yaoquizque cúlhuas pudieran arrestarlos con facilidad. Para terminar, invitó al tecutli cúlhua a que examinara a todos los prisioneros y comprobara que les faltaba una oreja. Hubo gran alboroto y enojo por parte del ejército de Culhuácan. Tenochtli dio instrucciones a su gente para que vaciara las orejas de sus tanatlis frente a Cóshcosh, quien quedó boquiabierto. Antes de retirarse, los meshítin invitaron al tecutli cúlhua a la celebración de su dios tetzáhuitl Huitzilopochtli, a lo que Cóshcosh respondió con indiferencia que ahí estaría. A la noche siguiente, cuando los meshícas dormían, algunos cúlhuas embadurnaron la figura del dios con mierda y, además, colocaron un pájaro bobo muerto y lleno de sangre a sus pies. Los meshítin bien sabían quiénes eran los responsables de aquel acto infame; sin embargo, no hicieron reclamo alguno en ese momento. Poco después, Cóshcosh murió misteriosamente mientras dormía. Muchos acusaron a los meshícas de haberlo envenenado, pero nada se comprobó al respecto. Achitómetl, hijo de Cóshcosh, asumió el tecúyotl de Culhuácan y los meshítin acudieron a la jura con grandes ofrendas. Y, así, le solicitaron a su hija más amada para convertirla en su madre y venerarla hasta el fin de sus vidas. Pensando que era algo simbólico e inofensivo, Achitómetl les dio a su hija Teteoínan. La joven fue recibida por los meshícas entre fiestas y regocijos, venerada, agasajada con deliciosos manjares, vestida con las mejores ropas y seducida por los mancebos más hermosos. La noche del solsticio de invierno, cientos de *mitotique* bailaron ante Teteoínan y la cargaron en andas por todo el pueblo, el cual se arrodilló ante ella. Luego, la llevaron al Coatépetl, donde la recibieron los sacerdotes, y con gran veneración la acostaron en una cama de piedra. Un día antes una embajada meshíca había visitado al padre de la *cihuapili,* «doncella», para invitarlo a la celebración. Achitómetl acudió con muchos regalos para su hija, pero al entrar al *teocalcuitlapili*[112] la encontró desollada y aún viva, tiesa, colocada en un asiento de mimbre y con todo el tejido muscular teñido de rojo, escurriendo sangre por todas partes, los ojos saltones y la boca abierta sin poder emitir un grito más. Un mancebo danzaba alrededor de ella, con la piel de Teteoínan sobre sus hombros como una capa, mientras otros tocaban unos tamborcillos.[113] El tecutli cúlhua salió furioso del lugar y ordenó a sus guerreros que mataran a los meshítin, quienes luego de un sangriento combate lograron escapar. Tiempo después, Tezozómoc les permitió fundar su ciudad en un islote abandonado ubicado frente a Azcapotzalco.

—No es tan sencillo —le responde Cuezaltzin de Iztapalapan al señor de Culhuácan.

—Claro que es fácil —interviene Acoltzin con arrogancia y un rancio resentimiento—. Nuestros ejércitos superan por mucho a los de Tenochtítlan. Además, viven en una isla. No tienen para dónde escapar si los invadimos.

—¿Cómo piensas llegar? —pregunta el anciano Techichco en tono de regaño.

—¡En canoas! —contesta Acoltzin con un gesto de obviedad.

—Y cuando lleguemos, ya nos estarán esperando con una lluvia de flechas, lanzas y piedras. —Tozquihua se incorpora a la discusión.

—¿Entonces qué es lo que proponen? —cuestiona Shicócoc.

—A eso venimos —dice Coatéquitl—. A elaborar un plan.

—Entonces comienza a hablar —le responde Shicócoc molesto—. Tú fuiste el que nos convenció a todos de que hiciéramos una alianza.

—Creí que había sido Cuécuesh —exclama Nauyotzin, dirigiéndose a su hijo.

112 *Teocalcuitlapilli,* «capilla donde se ubicaba el altar de un dios».

113 Tiempo después los meshícas le construyeron un teocali en el cerro de Tepeyácac y la nombraron su madre Tonantzin.

—Sí —comenta Chalchiuh—, pero como todos lo estábamos ignorando, envió a su esposa a que convenciera a Coatéquitl.

—¡¿Dejaste que una mujer te convenciera?! —reclama Tozquihua, e indignado se pone de pie—. Esto es inaceptable. Es vergonzoso.

—Ella no me convenció. —Arruga la cara—. Yo ya había tomado mi decisión antes de que ella fuera a Atlicuihuayan.

—¿Te la cogiste? —cuestiona Tozquihua mientras realiza un gesto vulgar con las manos.

—¡No! —El tecutli de Atlicuihuayan se hace para atrás.

—¡No! —El tecutli de Atlicuihuayan se hace para atrás.—¿Por qué no vino el tecutli Cuécuesh? —le pregunta Nauyotzin a su hijo.

—Hace unos días hubo amotinamiento en Coyohuácan —informa Chalchiuh—. Al parecer Cuécuesh estaba almacenando provisiones y dejando al mercado de su ciudad sin nada. La gente comenzó a robarse cosas de los pochtécah y, un día, el ejército ya no pudo contener los robos. Luego, los pochtecas acusaron a Cuécuesh de acumular la mayoría de los abastos. La gente enardeció y entró por la fuerza al palacio.

—Vaya. —Nauyotzin se dirige a su esposa, le pone una mano en la pierna y la acaricia con suavidad—. Creí que ese piltontli era más astuto.

—Espera a que escuches esto, padre —dice Chalchiuh con un tono burlón—. Mis espías me informaron que cuando la gente comenzó a destruir todo a su paso dentro del palacio, los soldados tuvieron que envolver por completo a Cuécuesh con sus chimalis, pues él no sabía qué hacer en ese momento. Después, se dio cuenta de que su esposa ya no se hallaba a su lado y ordenó a sus hombres que salieran a buscarla, pero uno de ellos le informó que se había ido a la azotea. El tecutli coyohuáca creyó que lo había hecho para escapar del motín y fue a la azotea, donde encontró a su mujer gritándole a la muchedumbre, pidiéndole que se tranquilizara y la escuchara. No fue fácil: la gente estaba enardecida. Pero ella insistió, hasta que la multitud comenzó a serenarse. Cuando por fin logró callarlos a todos, les dijo que el tecutli almacenaba los suministros para ellos, pues sabía que muy pronto escasearían en todo el cemanáhuac. La gente furiosa exclamó que tenía hambre y Yeyetzin respondió que ya preparaban la comida para darles a todos, algo que nadie creyó. Entonces, les pidió que fueran a sus casas por ollas y cacerolas, que ahí les servirían frijol, maíz y otros granos. Muchos dudaron; otros tomaron el riesgo y fueron por sus trastes. Pronto el resto de la población regresó a sus casas. Dicen que fueron filas larguísimas y que Yeyetzin y Cuécuesh terminaron de repartir alimento hasta la noche. El tecutli coyohuáca tiene miedo de que la gente se levante en su contra nuevamente, y por eso no quiso venir a la reunión.

—Hizo bien —comenta Nauyotzin—. Debe cuidar su ciudad.

—Querrás decir: *la ciudad que usurpó* —corrige Techichco enojado.

—Si no había un tecutli, no había nada que usurpar —responde Nauyotzin, consciente de que el reclamo de Techichco no es por Coyohuácan, sino por Cuauhshimalpan, territorio que sesenta y dos años atrás se encontraba deshabitado y que ocuparon Nauyotzin y su gente.

Debido a la altitud de la montaña y a la dificultad para llegar al sitio, casi nadie se enteró de que ahí se fundó Cuauhshimalpan, sino hasta mucho después. Techichco lo supo un año más tarde. Inmediatamente envió una embajada para informar que toda la cordillera le pertenecía, pues su gente, de origen chichimeca y descendiente de los toltecas, había llegado mucho antes, a lo cual el tecutli cuauhshimalpanaca respondió que, sin un tecutli, no había nada que usurpar. Techichco enfiló sus tropas hacia Cuauhshimalpan. Al llegar se encontró con la milicia tepaneca y con una embajada que el joven Tezozómoc envió en su defensa. Aunque aquello parecía una treta en contra del tecutli ashoshca, en realidad, el blanco era Techotlala, abuelo de Nezahualcóyotl, quien aún no nacía. El tecutli tepaneca se había dado a la tarea de conquistar pueblos en el lado poniente de la cuenca con el fin de engrandecer su tlatocáyotl y retar a su enemigo. Techichco fue a hablar con Techotlala, pero el chichimecatecutli le pidió que no se levantara en armas y esperara. El tecutli de Ashoshco esperó y esperó y un día fue demasiado tarde: murió Techotlala, estalló la guerra entre Azcapotzalco y Teshcuco y Tezozómoc se convirtió en el nuevo huei chichimecatecutli. Techichco tuvo que tragarse su cólera y aprender a lidiar con Nauyotzin.

—Todo esto es una tontería —añade Tozquihua—. Yo me voy a Huitzilopochco. No cuenten conmigo.

—Es demasiado tarde —lo interrumpe Mazatzin—. En estos momentos todos los pueblos del cemanáhuac ya están enterados de nuestra alianza, lo cual se traduce en una declaración de guerra contra todos los demás. Si te sales del bloque, se irán contra ti.

—¿Quién? —Tozquihua pregunta con arrogancia.

—No importa quién. —Mazatzin lo mira con tranquilidad—. Alguien lo hará, comenzando por el bloque del oriente. O si no, los meshícas.

—¿Entonces qué hacemos? —pregunta Shicócoc.

—Nuestro objetivo no es ir a la guerra ni estar en contra de nadie —argumenta Coatéquit—. Sólo queremos defender nuestro territorio.

—No digas idioteces —arremete el señor de Culhuácan.

—Coatéquitl tiene razón —lo defiende Mazatzin—. Nosotros debemos mantenernos al margen de la guerra entre Nezahualcóyotl y Shalco y Hueshotla, así como de lo que intenten hacer los meshítin contra Shochimilco. Al único que debemos defender es a Coyohuácan.

—Todo por culpa del imbécil de Cuécuesh —exclama Techichco—. Si no se le hubiera ocurrido secuestrar a Motecuzoma Ilhuicamina, hoy no estaríamos aquí.

—Debemos tener nuestras tropas listas para defender a cualquiera de nuestros pueblos —agrega Cuezaltzin de Iztapalapan.

—¿Están diciendo que sólo debemos esperar? —pregunta Shicócoc.

—Sólo eso: esperar —responde Mazatzin, señor de Chapultépec.

—Esperar y esperar —canturrea Techichco con ironía—. Alguna vez un tecutli me dijo que esperara para poder recuperar las tierras que me habían sido usurpadas.

—Señores, no nos desviemos del tema —pide el tecutli de Atlicuihuayan—. Debemos ponernos de acuerdo y dejar de perder el tiempo. Sólo debemos organizar nuestras tropas y la forma en la que defenderemos nuestras ciudades.

—Coatéquitl es el único que está hablando con claridad en esta sala. —Mazatzin se lleva las manos a la cabeza en forma de hartazgo.

—Tienes razón —admite el tecutli de Huitzilopochco—. Dejemos de perder el tiempo. Organicémonos para defender Coyohuácan, la primera ciudad que los meshícas atacarán para rescatar a Ilhuicamina.

—Y si derrotan a Cuécuesh, inmediatamente se irán contra nosotros —advierte Cuezaltzin—: Huitzilopochco e Iztapalapan, por ser los más cercanos.

—Y Culhuácan… —añade Acoltzin.

—¿Ya te cansaste, Amacíhuatl? —pregunta Nauyotzin con dulzura a su esposa mientras le acaricia una mejilla—. ¿Quieres que te lleven a tu alcoba?

Techichco ríe y los demás tetecuhtin no saben cómo reaccionar. En cualquier ciudad del cemanáhuac, una ignominia de esa dimensión amerita una inmediata declaración de guerra.

—¿De qué te estás riendo? —pregunta molesto Nauyotzin al tecutli de Ashoshco.

—De nada. —Techichco niega con la cabeza, sin inhibir la sonrisa.

—¿Te burlas de mí? —El anciano se pone de pie y su hijo lo intercepta.

—No se está burlando de ti, padre. —Intenta detenerlo y le pone las manos en los hombros.

—¿Te estabas riendo de mi esposa? —Nauyotzin esquiva a su hijo y se dirige al tecutli de Ashoshco. Los huéspedes observan con mesura y ansiedad al par de ancianos, cuya hostilidad es tan longeva como ellos y parece haber llegado a su nivel más alto.

—¡¿Te estás mofando de mi esposa?!

—¡Sí! —explota Techichco—. ¡Me estaba riendo de ti y de la muerta que tienes ahí! Cuando me lo contaron, no lo podía creer, pero ahora que lo veo con mis propios ojos, me cago de risa en ese esqueleto podrido. Sabía que eras patético, pero no imaginé que lo fueras tanto.

—¡Te voy a matar! —amenaza Nauyotzin, que alza el brazo con el puño cerrado. Sin embargo, su hijo no le permite dar un paso más.

—¡Atrévete! —exclama Techichco con petulancia y los puños cerrados como si se fuera a batir a golpes ahí mismo—. ¡Quiero verte con un macuáhuitl en las manos!

—¡Yaoquizque! —Nauyotzin se da media vuelta y les ordena a los hombres que están formados en el fondo—: ¡Maten a ese hombre!

Chalchiuh les hace una seña con la mirada para que no se muevan.

—¡Inténtalo! —lo desafía el tecutli ashoshca—. Afuera están mis tropas listas para defenderme a mí y a mis tierras, maldito usurpador.

—¡Si no había un tecutli, no había nada que usurpar! —Nauyotzin extiende los brazos hacia los lados.

—¡Ya cállate! —grita Techichco y comienza a acercarse.

—¡Lárgate de mi palacio! —Nauyotzin también se acerca—. ¡Largo!

—Padre. —Chalchiuh se postra delante de Nauyotzin—. No lo puedes correr.

—¡Claro que puedo! ¡Es mi palacio! ¡Son mis tierras! ¡Largo todos de aquí!

—No me dejas otra opción, padre.

Chalchiuh se dirige a los soldados y con la mirada les ordena que se lo lleven a su alcoba.

—¡Suéltenme! —grita Nauyotzin desesperado—. ¡Yo soy el tecutli de Cuauhshimalpan! ¡Suéltenme! —Los yaoquizque lo cargan y el resto de los tetecuhtin permanece en silencio—. ¡Amacíhuatl! ¡No dejes que me lleven! ¡Amacíhuatl!

Poco a poco, los gritos se pierden en el pasillo del huei tecpancali y los huéspedes se quedan en silencio absoluto. Algunos miran al piso, otros observan a Techichco, quien de pronto vuelve en sí mismo, consciente de lo que acaba de hacer. Había tenido arranques de ira, pero nunca uno como el de este momento. Entonces su mirada se encuentra con la de Chalchiuh, que no sabe cómo dirigirse a los presentes.

—Será mejor que me vaya —sentencia Techichco y elude los ojos de los tetecuhtin. Por muchos años deseó vengarse de su rival, pero ahora que lo consiguió se siente más miserable que nunca. Él quería cobrarse el robo de sus tierras en el campo de batalla, frente al joven altanero que había conocido y no ante el anciano decrépito que salió llorando porque lo alejaban del cadáver de su esposa.

—Espere... —le pide Chalchiuh y los demás huéspedes se sorprenden, pues pensaban que lo correría o exigiría una disculpa por la ignominia—. Le ruego nos perdone por el momento incómodo que le hizo pasar mi padre. No es la primera ocasión que tiene ese tipo de comportamientos... —Hace una pausa—. Voy a solucionarlo de una buena vez.

Chalchiuh se dirige al cuerpo putrefacto de su madre, lo jala de la cabellera y lo arrastra por el centro de la sala.

—¡Chalchiuh! —exclama Tlapilcíhuatl aterrada por lo que está viendo, pues para ella aquellos despojos siguen siendo los restos de su suegra, la mujer que le dio la vida a su esposo, la memoria de la persona que más adora Nauyotzin—. ¡¿Qué vas a hacer?!

—¡Algo que debí hacer hace mucho tiempo! —El cadáver comienza a desmembrarse conforme Chalchiuh lo arrastra por el centro de la sala.

—¡Espera! —exclama Mazatzin mientras camina detrás de él—. ¡Te vas a arrepentir de esto!

—¡Me arrepiento de no haberlo hecho antes!

Una pierna de la muerta se queda en el camino y Coatéquitl se apresura a recogerla.

Chalchiuh llega al patio del palacio, donde se encuentran miles de soldados descansando después de haber desayunado. La neblina ha desaparecido y la luz del sol refleja tonos dorados en las hojas de los árboles. El aire es frío. En frente del palacio hay una inmensa hoguera que fue encendida desde la madrugada para alumbrar y calentar a los yaoquizque.

—¿Qué vas a hacer? —pregunta Tlapilcíhuatl con lágrimas en los ojos.

—¡Lo voy a quemar! —amenaza Chalchiuh.

—¡Es tu madre! —Tlapilcíhuatl lo toma del brazo—. ¡Debes darle un funeral digno!

En ese momento, uno de los soldados corre al interior del palacio, entra a la alcoba del tecutli Nauyotzin y les dice a los yaoquizque que afuera van a incinerar el cadáver de Amacíhuatl.

—Déjenlo que se despida de ella... —suplica el soldado.

Los guardias acceden por compasión a su amo y lo llevan cargando hasta el patio, para llegar en el instante en que Chalchiuh lanza el cadáver de su madre a las llamas. Nauyotzin, de pie, observa boquiabierto. Camina muy lentamente hacia el fuego. Algunos tetecuhtin se percatan de su presencia, lo que provoca que los que están de espaldas a él volteen, incluyendo a Chalchiuh y Tlapilcíhuatl, quien inmediatamente se dirige a él y lo abraza con los ojos empapados en llanto:

—No mires, Nauyotzin, por favor, no mires. —Intenta reclinar la cabeza del anciano en su hombro.

El tecutli de Cuauhshimalpan se la quita de un manotazo, sigue caminando hasta encontrarse frente a las incesantes llamas y a la nube de humo que se estira hacia el cielo, se arrodilla, se lleva los dedos torcidos a las mejillas y observa con desolación cómo lo más hermoso de su vida se transforma en cenizas dentro de la garganta de una hoguera.

22

—Mi nombre es Shalcápol —reza el mancebo desnudo, arrodillado y con la frente en el piso en el interior del teocali de Huitzilopochtli y Tezcatlipoca, ubicado en la cima del Coatépetl. La casa de los dioses es oscura por dentro, ya que en la entrada cuelga una gruesa cortina decorada con cascabeles de oro que impide la entrada de la luz del sol y en el interior sólo hay una minúscula llama que danza en el brasero, donde arde el copal que exhala una nube de humo espeso y oloroso. El *teocalcuitlapili*[114] está techado con maderas muy finas y labradas con extremo cuidado. En el piso y las paredes hay gruesas costras de sangre. En el centro se encuentran dos altares, y cada uno tiene dos bultos corpulentos: uno de ellos representa la imagen de Huitzilopochtli, cuya cabeza y cuerpo están tachonados con piedras preciosas, perlas y oro; en el cuello se puede ver un collar de corazones de oro, plata y piedras azules; su cuerpo lo recorren unas serpientes elaboradas con oro y piedras preciosas; en una mano sostiene un tlahuitoli y en la otra un par de flechas. En el otro altar yace la efigie de Tezcatlipoca, cuyos ojos son espejos de obsidiana finamente pulida. Su cuerpo también está decorado con oro y piedras preciosas—. Estoy aquí para entregarle mi vida a Tezcatlipoca, el «espejo que humea», el dios omnipotente, omnisciente y omnipresente, el siempre joven, el dios que da y quita a su antojo la prosperidad, riqueza, bondad, fatigas, discordias, enemistades, guerras, enfermedades y problemas. El dios positivo y negativo. El dios caprichoso y voluble. El dios que causa terror. El hechicero. El brujo jaguar. El brujo nocturno. El dios de las cuatro personalidades: *Tezcatlipoca negro*, el verdadero Tezcatlipoca; *Tezcatlipoca rojo*, Shipe Tótec; *Tezcatlipoca azul*, Huitzilopochtli; *Tezcatlipoca blanco*, Quetzalcóatl. Aquel de quien somos esclavos. El sabio, el que entiende a la gente. El noble precioso, el hijo precioso. El creador de gente. El enemigo. El misericordioso. Por quien todos viven. Poseedor del cielo, poseedor de la tierra. El arbitrario. Padre reverenciado, poseedor de

114 *Teocalcuitlapili*, «capilla donde se ubicaba el altar de un dios».

los niños. Nuestro señor. Noche y viento. El invisible e impalpable. El patrón del telpochcali. El que se crea a sí mismo.

En el oscuro interior del teocalcuitlapili únicamente se encuentran Shalcápol y Tlacaélel, quien en subordinación le ofrece sus manos al joven para ayudarle a ponerse de pie. Al tenerlo de frente lo mira a los ojos con reverencia, le acaricia las mejillas con ternura y pasa los dedos suavemente por párpados, nariz y labios. Tlacaélel irradia paz y plenitud. Suspira lleno de felicidad. Se da media vuelta, camina al brasero, toma el recipiente del copal e inciensa a Shalcápol con el humo. Devuelve el incensario al brasero y toma unas plumas blancas para colocarlas en la cabeza del joven; luego le pone una guirnalda de flores, aretes de oro, un collar de piedras preciosas, un morral a la espalda, ajorcas de oro arriba de los codos, muchas pulseras de piedras preciosas, una manta rica con flecos para cubrir su espalda y pecho, un *máshtlatl,* «taparrabo», cuyos bordados llegan a las rodillas, unas cintas con cascabeles de oro en las piernas y sandalias hermosamente decoradas.

—Ahora tú eres Tezcatlipoca y Tezcatlipoca es tú. —Se arrodilla ante Shalcápol y le besa los pies con devoción—. Vive en tu carne y se alimenta de tu sangre. Escucha con tus oídos, ve con tus ojos, huele con tu nariz, camina con tus pies y siente con tu piel.

—Ahora yo soy Tezcatlipoca y Tezcatlipoca es yo —repite Shalcápol—. Vive en mi carne y se alimenta de mi sangre. Escucha con mis oídos, ve con mis ojos, huele con mi nariz, camina con mis pies y siente con mi piel.

Shalcápol no cree una sola palabra de lo que acaba de repetir, pero eso lo tiene sin cuidado, pues Tlacaélel le ha prometido que vivirá como un dios, comerá los más suculentos manjares, vestirá las prendas, plumajes y joyas más galanas, fornicará con las mujeres más hermosas de Tenochtítlan y será respetado y adorado por todos.

Shalcápol sólo quería ser soldado, sin embargo, por su linaje, estaba destinado a entrar al calmécac y estudiar poesía, canto, música, artes, astrología, botánica, medicina, historia, religión y leyes. Él no quería ser sacerdote, sino salir al campo de batalla y batirse a duelo con el enemigo. Sólo quería ser soldado, pero un día Tlacaélel entró al aula donde Shalcápol tomaba clases. Aunque el maestro pausó la lección, el visitante negó con una mano e hizo señas para que el instructor continuara con su exposición; después se sentó en una esquina y guardó silencio. El profesor creyó que Tlacaélel lo vigilaba a él y lo comentó con sus colegas, quienes respondieron que ellos también estaban siendo observados. Ninguno se atrevió a cuestionarle sus constantes entradas a las aulas, pues no era cualquier sacerdote; era un miembro del Consejo. Por ello, jamás descubrieron que en realidad Tlacaélel analizaba a los discípulos porque buscaba a uno en particular. Aunque no sabía quién sería, Tezcatlipoca lo señalaría llegado el momento adecuado. Y un día lo encontró. Aquel piltontli de cabello largo tenía algo en su mirada que lo hipnotizaba, que le garantizaba que había hallado el cuerpo en el que Tezcatlipoca viviría en la tierra y caminaría entre los vivos.

Cuando, por fin, supo que había encontrado al indicado lo sacó del aula y comenzó a adoctrinarlo personalmente, todas las mañanas y antes del alba. Lo llevaba a recolectar espinas de maguey y en el camino le hablaba sobre la importancia de preservar la historia de los meshítin.

—Es muy fácil que la gente olvide —explicó Tlacaélel mientras examinaba con los dedos las espinas de un maguey—. Se olvida lo que no se ve, lo que no se siente y lo que no se escucha. Como estas espinas que estamos recolectando. —Arrancó una con los dientes—. Las olvidarías si sólo las recogiéramos. Y si acaso las llegaras a recordar al final de tu vida, sería de una forma vaga, intrascendente, como algo inútil, incluso estúpido. Pero el sacrificio que haces al regresar al teocali de Tezcatlipoca jamás lo olvidarás, permanecerá en tu piel, en tus cicatrices y, principalmente, en tu memoria. —Cada mañana el discípulo se enterraba las espinas de maguey en todo el cuerpo—. Te llevarás a la muerte el recuerdo de las espinas que cortaste y entregaste en ofrenda al dios Tezcatlipoca. De igual manera, los meshícas deben recordar todos los amaneceres, todos los atardeceres y todos los anocheceres a aquel de quien somos esclavos, al sabio, al que entiende a la gente, el noble precioso, el creador de gente, el enemigo, el misericordioso, por quien todos viven, poseedor del cielo y de la tierra, el arbitrario, el padre reverenciado, el poseedor de niños, nuestro señor, la noche y el viento, el invisible e impalpable, el patrón del telpochcali, el que se crea a sí mismo, el siempre joven, el dios que da y quita a su antojo la prosperidad, riqueza, bondad, fatigas, discordias, enemistades, guerras, enfermedades y problemas, el dios positivo y negativo, el dios caprichoso y voluble, el dios que causa terror, el hechicero, el brujo ocelote, el brujo nocturno, el dios omnipotente, omnisciente y omnipresente, el dios de las cuatro personalidades: Tezcatlipoca. La única forma de que los meshítin comprendan todo eso es manteniendo viva la imagen de Tezcatlipoca.

—Será como usted lo ordene, mi amo —respondió Shalcápol con obediencia.

—No. —Lo tomó de las mejillas con fuerzas y lo miró fijamente a los ojos—. Yo no ordeno nada. No dispongo de nada. Yo sólo soy un instrumento del dios omnipotente, omnisciente y omnipresente. Cumplo con sus designios. Él ve y escucha todo. Yo sólo soy su voz y sus manos. ¿Lo entendiste?

—Sí. —Asintió atemorizado.

—No. No lo estás entendiendo. Si fuera tan fácil de entender, el dios Tezcatlipoca no me habría asignado la misión de adoctrinarte; se habría dirigido directamente a ti y te habría dicho lo que quiere de ti.

—¿Qué quiere de mí el dios Tezcatlipoca?

—Quiere tus ojos, tu nariz, tu boca, tus oídos, tus manos, tus pies y tu cuerpo entero.

—Le entregaré mis ojos, mi nariz, mis oídos, mis manos, mis pies y mi cuerpo entero. Sólo dígame cómo y cuándo.

—Primero debemos cumplir con tu adoctrinamiento. Luego, el dios positivo y negativo, el dios caprichoso y voluble, el dios que causa terror, el hechicero, el brujo ocelote, el brujo nocturno nos dará instrucciones.

Desde entonces, Tlacaélel y Shalcápol cumplieron con fidelidad y sumisión los deseos de Tezcatlipoca, quien hoy finalmente le indica a Tlacaélel la forma en que deberán celebrarlo cada año:

—Escucha con atención, Tlacaélel: la fiesta será en la veintena de tóshcatl. Cada año elegiré a un piltontli de cabello largo hasta la cintura y tú o el tlatoani estarán a cargo de vestirlo con ropas semejantes a las mías: plumas blancas en la cabeza, una guirnalda de flores, aretes de oro, un collar de piedras preciosas, un morral a la espalda, ajorcas de oro arriba de los codos, muchas pulseras de piedras preciosas, una manta rica con flecos para cubrir su espalda y pecho, un máshtlatl, cuyos bordados le llegarán a las rodillas, cintas con cascabeles de oro en las piernas y unas sandalias hermosamente decoradas. Ese piltontli me representará durante un año y, por lo tanto, recibirá trato de dios. Vivirá en una habitación del Coatépetl. Todos, absolutamente todos lo reverenciarán. Incluso el huei tlatoani deberá cumplir con ese ritual, pues ese piltontli no será como los demás. Él habrá nacido para que yo reencarne en él, por lo que se le educará en el calmécac y será versado en poesía, canto, el uso de la palabra, religión, música, artes, botánica, medicina, historia, leyes y astrología. Todo el año se le podrá ver por las calles en compañía de Tlacahuepan —otro piltontli que yo elegiré— y ocho pajes que llevarán flores en las manos todo el tiempo y tocarán sus flautas para anunciar su presencia. Entonces, saldrán las mujeres a hacerle reverencia y él las recibirá con cariño y les hablará o recitará poemas.

»Cuando falten veinte días para el tóshcatl, se llevará a cabo una ceremonia en la que se le cortará el cabello —dejándolo lo suficientemente largo para atarlo sobre la coronilla—, se le cambiarán las prendas y se le entregarán cuatro *cihuapipiltin,* «doncellas o mujeres de la nobleza» —cuyos nombres siempre serán los mismos: Shochiquétzal, Shilonen, Atlatónan y Huishtozíhuatl— para que disfrute de ellas hasta el día de su muerte.

»Diez días antes de las celebraciones llegarán los pipiltin al Coatépetl y les darán a los teopishque como ofrenda nuevas vestiduras, insignias y atavíos para el dios Tezcatlipoca; enseguida le quitarán las antiguas, las guardarán en unas petacas y lo vestirán con las nuevas. Luego, removerán los velos que cubren la entrada para que el pueblo entero pueda contemplarme. Entonces, el teopishqui encargado de esta ceremonia, usando ropas iguales a las del dios, con bellísimas flores en una mano y una flauta en la otra, entonará hermosas canciones desde la cima del Coatépetl.

»Mientras tanto toda la gente se arrodillará para tomar tierra con las manos e implorara al viento, a las nubes y al agua. Al mismo tiempo, los guerreros pedirán fuerza y virtud a los dioses para ganar en las guerras venideras. Los que han cometido algún crimen estarán también ahí, haciendo penitencia, echando incienso a los dioses y pidiendo perdón por sus delitos.

»Durante los cinco días antes de la veintena de tóshcatl, el piltontli acudirá, en compañía de los miembros de la nobleza, a todos los banquetes que se ofrezcan en los barrios. Los meshícas harán una estatua de Huitzilopochtli, la emplumarán y le pondrán aretes de serpiente con turquesas pegadas, y colgarán una hilera de espinas de oro que representará los dedos de los pies. Hecha de oro, su nariz será como una flecha, de la cual también penderá una hilera de espinas. En su cabeza se erigirá su atavío de colibrí. En la nuca le colocarán una bola de plumas amarillas, a la que añadirán un mechón de cabellos de niño. Le pondrán un manto teñido de negro, decorado con ortigas, plumas de águila, cráneos, huesos humanos, orejas, corazones, tripas, hígados, senos, manos, pies y abajo un taparrabo. En una mano portará un estandarte sangriento, hecho de carrizo sólido con cuatro flechas, y en la otra, al frente, un cuchillo de papel, además de un brazalete en el brazo izquierdo.

»Los macehualtin confeccionarán collares con maíz y se los pondrán a los pipiltin. Las plebeyas llevarán papeles pintados, mientras que las nobles vestirán unas mantas delgadas, pintadas con rayas negras, que les cubrirán casi todo el cuerpo. Llevarán en las manos unos carrizos con papel pintado, participarán en las procesiones y danzarán alrededor del fuego, guiadas por dos hombres con el rostro teñido, que bailarán llevando a la espalda unas especies de jaulas decoradas con banderitas de papel, atadas por el pecho. Los sacerdotes también danzarán, con las caras teñidas de negro, los labios y parte de la cara enmielados, de tal modo que brillen con la luz, sus frentes adornadas con unas rodajas de papel plegado en forma de flores, y la cabeza con plumas blancas de guajolotes. En las manos llevarán unos cetros de palma pintados con rayas negras, en la punta superior ostentarán una flor hecha de plumas negras y en el otro extremo una borla, también de pluma negra.

»Después llevarán en procesión la figura de Huitzilopochtli al Coatépetl. Al frente marcharán, pisando pencas de maguey, jóvenes, con tiras de papel, danzantes y dos sacerdotes que encenderán incienso. Teñidos de negro, otros sacerdotes pasarán cargando la efigie de Huitzilopochtli en ricas andas. Atrás avanzarán otros teopishque entonando los cantos. Cientos de meshítin seguirán la procesión y se azotarán las espaldas hasta sangrar con unas sogas de henequén. Al caer la tarde, llevarán la representación de Huitzilopochtli a la cima del Coatépetl, la enrollarán con gran cuidado para que no se rompa, la atarán con cuerdas para que no se incline ni se caiga y le pondrán ofrendas.

»Al día siguiente, los tenoshcas me ofrendarán incienso de copal y toda clase de guisados. Los sacerdotes les arrancarán las cabezas a algunas aves, rociarán la sangre sobre mi imagen y después se las comerán asadas. Todas las cihuapipiltin meshícas se embellecerán, se vestirán con enaguas y huipiles nuevos, se pondrán color en las mejillas, se pintarán las bocas de negro, se colocarán plumas coloradas en los brazos y en las piernas y, como si fueran flores muy blancas, sartas de maíz tostado en cabello y cuello.[115] Caminarán en fila hacia el teocali, cargando un cestillo de tortillas en una mano y un recipiente con alimentos en la otra. Delante de ellas irá un anciano humilde. Las jóvenes acomodarán sus recipientes cuando se encuentren frente a mí y el anciano las conducirá de nuevo a sus aposentos de retiro. Entonces, algunos jóvenes tomarán los platos y los llevarán a las recámaras donde estarán los teopishque del teocali, que habrán permanecido ahí, en ayuno, por cinco días, y comerán con gusto esos alimentos sagrados que nadie más podrá ingerir.

»Llegado el día, yo, Tezcatlipoca, encarnado en el piltontli, seré llevado al pie del Monte Sagrado en compañía de sus pajes y sus doncellas. Las mujeres me despedirán con llantos. Los miembros de la nobleza me esperarán ahí para llevarme al teocali, donde me inmolarán. Al subir al edificio, azotaré en los escalones las flautas que utilicé durante todo el año. Los sacerdotes me colocarán sobre la piedra de los sacrificios y me sacarán el corazón para ofrecérselo al sol. Finalmente, dejarán mi cuerpo en el piso, le cortarán la cabeza y la colgarán en el tzompantli.

»Los pipiltin y guerreros bailarán, trabados de las manos y culebreando, y entre ellos danzarán las doncellas. Si alguien les habla o

115 Lo que hoy en día conocemos como palomitas de maíz o rosetas de maíz.

las mira obscenamente, será castigado de inmediato. Las danzas durarán todo ese día.

»Acabadas las celebraciones, adornarán al piltontli llamado Tlacahuepan con papeles en los que estarán pintadas unas ruedas negras. En la cabeza le pondrán una mitra de plumas de águila, en medio de la cual habrá un cuchillo de pedernal erecto con plumas coloradas, la mitad teñida de sangre. En la espalda llevará un ornamento cuadrado, hecho de tela rala, atado con cuerdas de algodón al pecho. En uno de los brazos se le colocará un adorno a manera de manípulo, confeccionado con la piel de algún animal fiero, y en las piernas le atarán cascabeles de oro. Mientras duren las danzas, Tlacahuepan participará en ellas.

»Llegado el día señalado, Tlacahuepan se entregará voluntariamente, a la hora que desee, en manos de sus sacrificadores, quienes le sacarán el corazón y le cortarán la cabeza para encajarla en el tzompantli, junto a la de su joven compañero, mi encarnación, ya sacrificado. Esa misma jornada, los sacerdotes harán cortes con sus cuchillos de obsidiana en pecho, estómago, muñecas y brazos de los niños y las niñas meshítin. Así, llegará a su fin la celebración de tóshcatl y se iniciará el ciclo: elegiré a otro piltontli para encarnar en su cuerpo y caminar entre los vivos durante el siguiente año».[116]

—¡¿Qué?! —pregunta Izcóatl, con los ojos muy abiertos y las cejas arqueadas, en la reunión que tiene con los miembros del Consejo—. ¿Tezcatlipoca entre los vivos?

—Eso dijo Tlacaélel: que Tezcatlipoca caminará entre los vivos —informa el sacerdote Cuauhtlishtli desconcertado.

—También nos anunció que Tezcatlipoca reencarnó en el cuerpo de un mancebo llamado Shalcápol —agrega Yohualatónac con recato en sus palabras y expresiones, pues cree firmemente que, aparte de lo abyecto que pueda ser Tlacaélel y el capítulo aberrante de la cerrazón por la que transitan todos los altepeme del cemanáhuac, los designios de los dioses son incuestionables e inamovibles.

—Sabía que estaba adoctrinando a ese piltontli, pero no imaginé que sería por ese motivo. —Izcóatl se queda pensativo mirando a la

116 Información basada en el *Códice Florentino*.

nada. Cada día le cuesta más trabajo descifrar las acciones de Tlacaélel. No puede creer lo que acaba de escuchar. No tanto por el festejo, sino por la intención de Tlacaélel de que un mancebo asuma la identidad del dios Tezcatlipoca.

—Señaló que son los designios de Tezcatlipoca —explica Tlalitecutli.

—¿Ustedes lo creen? —cuestiona incrédulo el tlatoani, con deseos de que le declaren que ellos también desconfían de su sobrino.

—Los dioses le hablaban al Tótec tlamacazqui —responde Tochtzin con fe—. Huitzilopochtli hablaba con Tenochtli. ¿Por qué no deberíamos creerle a Tlacaélel?

—Precisamente porque se trata de Tlacaélel… —Se encoge de hombros y extiende los brazos hacia los lados, con las palmas de las manos hacia arriba. Entonces reacciona, baja los brazos y se contiene. Sabe que debe ser cauteloso, pues sus palabras acaban de rebasar límites.

—Los dioses siempre han elegido sólo a un sacerdote como portavoz —aboga Tochtzin—. Primero fue Tenochtli, a quien siguió Totepehua. Ninguno de nosotros ha tenido el privilegio de escuchar ni ver al dios omnipresente, omnipotente y omnisciente. Tlacaélel es el elegido, sin duda alguna.

«¿Y si no fuera el elegido? ¿Y si en realidad Tezcatlipoca no le habla? ¿Y si ningún dios tampoco le habló a Tenochtli y a Totepehua? ¿Y si sólo han sido mentiras?», se pregunta Izcóatl en profundo silencio, pues no se atreve a cuestionar algo así frente a los miembros del Consejo. Él, como huei tlatoani de Meshíco Tenochtítlan, debe ser el primero en creer en los dioses y profesar sus designios. Debe defender la religión tenoshca con su vida. Es su obligación promover y preservar la fe en sus deidades. El jefe de los meshícas jamás debe poner en duda la existencia y omnipotencias de sus dioses. «Ten cuidado con lo que piensas, Izcóatl», se advierte a sí mismo.

—¿Qué más les dijo? —Se endereza en su tlatocaicpali y pregunta con estoicismo a los miembros del Consejo.

—Nos dio instrucciones precisas de cómo debe ser la celebración de la veintena de tóshcatl —responde Tlalitecutli.

—No se diga más, señores. Cumplamos con los designios de Tezcatlipoca… —instruye con resignación, permanece reflexivo por un instante y cambia la conversación—. Quiero felicitarlos por la elección del nuevo miembro del Consejo: Tlatolzacatzin. Sé que algunos pensarán que lo postulé por ser mi hermano, pero no fue así; lo hice porque estoy seguro de que es un hombre sabio, congruente, honesto e imparcial.

—Me honran sus palabras, mi señor —Tlatolzacatzin baja la cabeza con humildad.

—Sinceramente creí que votarían por Citlalcóatl, por ser hermano de Tlacaélel —continúa Izcóatl, quien contaba con los votos de Yohualatónac y Cuauhtlishtli; aun así, sabía con claridad que con ellos dos no ganaría. Necesitaba un voto más, uno de los que días atrás Tlacaélel tenía asegurados: los de Tochtzin y Tlalitecutli. Lo que todavía no sabe es cuál de los dos fue el que le dio la espalda a Tlacaélel. Mejor todavía, la razón para cambiarse de partido.

—Yo voté por Tlatolzacatzin —presume Cuauhtlishtli mirando al hermano del tlatoani—. No lo dudé ni un instante. Siempre supe que él era el indicado para suceder a Azayoltzin.

—Yo también voté por Tlatolzacatzin. —Se enorgullece Yohualatónac—. Tengo la certeza de que es un hombre sabio, congruente, honesto e imparcial.

Izcóatl observa a los otros dos miembros del Consejo sin decir una palabra. No quiere presionarlos. Espera. Los conoce y sabe que en cualquier momento expresarán sus posturas sobre la elección.

—Le di mi voto a Tlatolzacatzin —confiesa Tlalitecutli con firmeza—, no para quedar bien con usted, mi señor Izcóatl, ni mucho menos para contradecir a Tlacaélel; tampoco porque crea que Tlatolzacatzin es mejor que Citlalcóatl. Tengo la certeza de que ambos son sabios, congruentes, honestos e imparciales. Difícil elegir a uno de los dos. Lo hice en honor a Azayoltzin, mi amigo. Para mí, eso es más importante que la lealtad a Tlacaélel o a usted, huei tlatoani.

Izcóatl agradece la honestidad del sacerdote con un gesto discreto. Tochtzin evita las miradas de sus compañeros para evadir la sentencia de traidor.

—En el último día de su vida Azayoltzin manifestó su inconformidad con algunas ideas de Tlacaélel. —Tlalitecutli se pone de pie y camina hacia la hoguera, que se encuentra en el centro de la sala principal del palacio, y clava su mirada en las llamas, como si en ellas encontrara la imagen del teopishqui fenecido—. Es cierto que fue Azayoltzin quien postuló a Tlacaélel como candidato para suceder a Totepehua y quien nos convenció de votar por él, pero también tuvo el sano juicio para comprender que estábamos siendo parciales, casi siempre a favor de sus deseos y no de los intereses de los meshítin. Asimismo, supo corregir el rumbo. Sé que sí Azayoltzin hubiera estado en esta elección, habría dado su voto a favor de Tlatolzacatzin para darle imparcialidad al Consejo.

—¿Eso significa que sí crees que Citlalcóatl habría sido parcial? —pregunta Yohualatónac con un tono reflexivo, evitando al máximo la confrontación.

—Confío en la imparcialidad de Citlalcóatl —responde Tlalitecutli—, pero Azayoltzin no opinaba igual que yo. Él mencionó en alguna ocasión que los medios hermanos de Tlacaélel eran fieles sirvientes de su hermano. Tlacaélel me pidió el voto a favor de Citlalcóatl y se lo prometí; sin embargo, el día de la elección observé a los candidatos y pensé en Azayoltzin y en lo que él haría en mi lugar. Concluí que él votaría a favor de un Consejo más objetivo.

—Y Tlacaélel se enojó contigo, pues con esto perdió el control del Consejo. —Celebra Cuauhtlishtli con una mueca al tiempo que dirige las pupilas hacia Tochtzin, quien evita el duelo de miradas.

—Estoy completamente de acuerdo contigo, Tlalitecutli —interviene Yohualatónac—. Debemos darle imparcialidad al Consejo.

—El Consejo jamás será imparcial —manifiesta Tochtzin con desagrado—. Eso no existe. Siempre habrá de por medio intereses, preferencias, prejuicios, conveniencias, beneficios, desventajas, inconformidades, lealtades, traiciones, ambiciones personales, caprichos, despechos, emociones, incluso deseos de venganza, pero jamás habrá objetividad. No se engañen, señores. Todo eso que acaban de decir es mentira. Están a favor del tlatoani y en contra de Tlacaélel. No hay más.

—No todos somos como tú —lo confronta Cuauhtlishtli con ira—. A nosotros sí nos interesa el bienestar de Tenochtítlan.

—Lo que ustedes consideran *bienestar* —interrumpe Tochtzin—, es en realidad *sus intereses.*

—Suficiente —los calla el tlatoani—. Deseo que un día podamos tener una reunión sin terminar en un desencuentro.

—Lo que usted quiere es un Consejo sin voz ni voto que agache la cabeza y diga: «Sí, huei tlatoani, lo que usted ordene». —Tochtzin se pone de pie con una postura amenazante.

—Si lo que dices fuera cierto, no lo estarías diciendo. —Izcóatl se levanta de su asiento sumamente enfadado, camina hacia su interlocutor y se detiene tan cerca de él que puede oler su aliento—. Ni siquiera habrías podido intentarlo. Desde que inició mi gobierno, se ha hecho lo que ustedes deciden: han reformado leyes sin tomar en cuenta mi opinión, han bloqueado muchas de mis propuestas y han elegido dos miembros del Consejo con entera libertad. Así que no vengas ahora con ese discurso de que se hace lo que yo mando. Ahora bien, lo que sí te exijo es que nunca más te atrevas a faltarme al respeto, pues aunque no te guste, soy el huei tlatoani de Meshíco Tenochtítlan. La próxima vez que me levantes la voz ordenaré que te encierren en una jaula.

Tochtzin respira lento y profundo sin quitar la mirada del tlatoani. Nunca antes Izcóatl lo había confrontado de esa manera y ahora no sabe qué responder. Aprieta los labios, mira a su derecha y, luego, a su izquierda. Sabe que está solo. Daría lo que fuera porque Tlacaélel se encontrara presente.

—Disculpe mi insolencia. —Se sienta sin mirar a nadie.

—Hablemos de otros asuntos. —Ignora la disculpa de Tochtzin y, aún de pie, se dirige al resto de los teopishque. Se siente bien. No le entusiasma haber amenazado a uno de los miembros del Consejo, pero sí le da satisfacción saber que está ganando un poco de terreno en un gobierno que creía perdido—. Ha llegado el momento de consolidar la alianza con Nezahualcóyotl.

—Propongo que esperemos a que esté presente Tlacaélel. —Tochtzin se cruza de brazos.

—No. —Tlalitecutli vuelve a su asiento—. Si Tlacaélel no está presente en las reuniones, es su problema, no nuestro. Debe mostrar más respeto al Consejo.

—Estoy de acuerdo —afirma Yohualatónac—. El Consejo no debe girar alrededor de Tlacaélel, sino de los intereses de los tenoshcas. Voto a favor dc que consolidemos la alianza con Nezahualcóyotl.

—Voto a favor. —Cuauhtlishtli alza la mano derecha.

—Yo también doy mi voto para que se lleve a cabo una alianza con Nezahualcóyotl. —Tlatolzacatzin ejerce por primera vez su voto como miembro del Consejo.

—Estoy a favor. —Tlalitecutli también alza la mano—. Con esto suman cuatro votos. No necesitamos discutir más.

—Tochtzin. —Izcóatl lo mira con circunspección—. ¿Cuál es tu decisión?

—No sirve de nada que vote. —Niega con la cabeza al mismo tiempo que hace una mueca de inconformidad.

—Claro que sirve... —Sonríe Cuauhtlishtli con ludibrio.

—El voto no necesariamente es para ganar, también sirve para que haya imparcialidad —Izcóatl decide calmar las aguas.

—Voto en contra. —Arruga la nariz mirando a su rival Cuauhtlishtli.

—Con cuatro votos a favor, uno en contra y uno ausente —decreta el huei tlatoani—, determino que hoy mismo se envíe una embajada a Tenayocan que ofrezca a Nezahualcóyotl una alianza para poder combatir la rebelión de Shalco y Hueshotla. —Se dirige a Yohualatónac—. Te comisiono para que selecciones a cuatro embajadores y los presentes en este recinto lo antes posible.

De inmediato, Yohualatónac abandona la sala principal del palacio y se dirige a otra sala en la que sesionan los ministros: pipiltin encargados de supervisar el comercio, la construcción, las *chinámitl*, la seguridad, el orden público, el tránsito de canoas, la pesca, la distribución del agua potable, el cobro de tributo, la limpieza de la isla y los montes sagrados, y muchas tareas más.

Al entrar a la sala, Yohualatónac informa a los pipiltin que el tlatoani Izcóatl requiere de cuatro embajadores para ir a Tenayocan. Los ministros escuchan con atención y, sin esperar, ofrecen eufóricos sus servicios, ya que entre todas las facultades y labores de los ministros, representar al tlatoani y a todo el Consejo meshíca en una embajada es uno de los honores más altos al que cualquier noble puede aspirar. La función de un embajador va más allá de entregar un mensaje; requiere de un exquisito uso del lenguaje, modales de abolengo, protocolo flemático, conocimiento profundo sobre los asuntos a tratar y un excelso nivel diplomático. “Cuando los teohuaque actúan como embajadores, no sólo personifican al tlatoani, sino también a las deidades de Tenochtitlan".[117] Un embajador tiene el poder de llegar a acuerdos de paz o de declarar una guerra. El protocolo de una embajada consiste en acudir, primero, ante el tlatoani y escuchar atentamente el discurso en el que le notifica los antecedentes, los motivos, los privilegios, las desventajas y el mensaje que se debe entregar; acto seguido, los cuatro embajadores repiten con exactitud, palabra por palabra, el razonamiento que se les confirió. El meshícatl tecutli analiza sus propias frases en voz de los embajadores y corrige verbos, adjetivos, sustantivos —a veces un fragmento o, en casos extremos, el mensaje entero—, hasta quedar satisfecho con el comunicado. Una vez más los embajadores reproducen con fidelidad el recado y el tlatoani lo vuelve a estudiar. Si el resultado lo complace, entonces solicita a los miembros del Consejo su aprobación y, a su vez, ellos proponen corregir verbos, adjetivos, sustantivos y fragmentos. Cuando, por fin, se llega a un acuerdo, el tlatoani ordena que vistan a los embajadores con *tilmatlis* de algodón, cactlis de cuero de ciervo, joyas de oro, piedras preciosas y *cuachichictli*[118] hechos con plumas de *toquilcóyotl, quetzaltotolin, cóchotl* y *quétzal*.[119]

Los embajadores salen de la ciudad y cualquiera que se cruce en su camino debe mostrar respeto a su investidura. Cuando se trata de un viaje a pueblos enemigos, una tropa acompaña a los embajadores. Si es a un pueblo amigo, una escolta puede interpretarse como ofensiva o de desconfianza. Al llegar a su destino, los heraldos solicitan

117 Danièle Dehouve, «Las funciones rituales de los altos personajes mexicas».
118 *Cuachichictli* era una mitra con adornos de plumas que utilizaban los sacerdotes y guerreros de alto rango. El *copilli* —pronúnciese *copili*— era un tocado cónico alto —puntiagudo al frente— o corona que se asemejaba a una mitra y que se usaba para la proclamación de los tlatoque, quienes se colocaban un ornamento de plumas llamado *quetzalapanecáyotl*, «la quetzalidad de los apanecas», según Zelia Nuttall (1892). De acuerdo con el *Códice Florentino*, Tonátiuh, el dios Sol, portaba el quetzalapanecáyotl cuando cruzaba el cielo, mientras que Quetzalcóatl aparece con ese mismo tocado en las fiestas que registra el *Códice Borbónico*. Cabe anotar que al famoso Penacho de Moctezuma también se le conoce como quetzalapanecáyotl.
119 *Toquilcoyotl*, «grulla mexicana»; *quetzaltotólin*, «pavorreal»; *cóchotl*, «guacamaya».

una audiencia con el tecutli de la ciudad y esperan hasta que son atendidos. Por ninguna razón deben entregar su mensaje a otras personas. Cuando el anfitrión los recibe, cumplen con el protocolo del saludo. A veces entregan algunos regalos enviados por el tlatoani, agradecen la hospitalidad mostrada y declaman con elegancia su discurso diplomático. El tecutli escucha con atención, agradece el mensaje, invita a los emisarios a disfrutar de un banquete, a bañarse y a hospedarse esa noche en su palacio. A la mañana siguiente, los embajadores se vuelven a bañar, desayunan en el palacio y, luego, acuden a una nueva audiencia ante el tecutli anfitrión, quien respetuosamente transmite su contestación, la cual deben llevar al tlatoani ese mismo día.

—Bien amado y venerado, Nezahualcóyotl —repiten con elegancia los cuatro embajadores frente a Izcóatl—, heredero del huei chichimeca tlatocáyotl, descendiente de Ishtlilshóchitl, Techotlala, Quinatzin y el abuelo fundador Shólotl. En nombre de nuestro amado tlatoani Izcóatl y de los seis honorables miembros del Consejo tenoshca, Yohualatónac, Cuauhtlishtli, Tlatolzacatzin, Tlalitecutli, Tochtzin y Tlacaélel, nos sentimos honrados al arrodillarnos y humillarnos ante usted para hacer de su conocimiento los sentimientos, preocupaciones y anhelos de nuestro tlatoani. Abrumado por la tragedia en la que han caído nuestros pueblos y nuestros vecinos, él ha discutido extensamente con los miembros del Consejo y llegado a la decisión de solicitarle a usted, admirado Nezahualcóyotl, su perdón por los agravios que, con anterioridad, pudieron causarle los malos entendidos sobre la jura y reconocimiento que usted merece como in cemanáhuac huei chichimecatecutli, retrasado ya desde hace varias veintenas. Asimismo, en nombre de nuestro distinguido tlatoani Izcóatl, vinimos a ofrecerle las armas y soldados meshícas para que, con su ayuda, defienda todos los territorios que por herencia le corresponden y castigue a los pueblos rebeldes. Confiando en su benevolencia y juicio bienaventurado, rogamos nuevamente nos perdone por las injusticias que hubo de vivir en el pasado por culpa de los tenoshcas.

Izcóatl escucha con atención, se mantiene en silencio por unos segundos con la cabeza agachada, levanta la mirada y observa a los cinco miembros del Consejo, de quienes espera una respuesta. Cuatro de ellos, excepto Tochtzin, se muestran complacidos con el mensaje.

—Vayan con esta embajada a Tenayocan —ordena el tlatoani—. Aquí los esperamos mañana con la respuesta de Nezahualcóyotl.

Los cuatro embajadores, emplumados y vestidos con las prendas más finas, salen del palacio. Saludados por toda la gente que cruza por su camino, se dirigen a la costa oeste de la isla para abordar dos canoas. Un remero para cada una. El sol comienza a ocultarse. El recorrido desde Tenochtítlan a Tenayocan en lago es lento, por lo que llegarán cuando haya caído la noche.

Como los pescadores y pochtecas suelen abandonar sus jornadas antes de que se acabe la tarde, el tránsito de acalis disminuye drásticamente. Los remeros colocan al frente de la canoa una tea encendida para ser vistos desde lejos. Los embajadores viajan de pie para no arrugar sus finas prendas.

—Entre todas las embajadas que he realizado a lo largo de mi vida, ésta será la que más prestigio le dará a mi trayectoria como tecpantlácatl —presume uno de ellos.

—Seremos recordados como los embajadores que lograron la paz con el príncipe Nezahualcóyotl. —Sonríe otro de los enviados.

—Nuestros nietos serán... —dice un ministro, que abre los ojos aterrado, pues de pronto escurre un hilo de sangre de su boca.

—¿Qué te sucede? —pregunta el hombre que se encuentra parado junto a él y que no consigue respuesta, ya que su compañero se encorva, con una flecha enterrada en la nuca, para luego caer muerto en el lago. El remero se apresura a sacar el arco y las flechas que lleva guardados, listo para defenderse—. ¡Lo acaban de asesinar! —grita el embajador al ver a su compañero de viaje caer en el agua.

—¡Regresemos a la isla! —exclama otro embajador desde la otra canoa—. ¡Siga! —le ordena al remero—. ¡Reme! ¡Reme!

En ese momento, otra flecha cruza entre ambas embarcaciones, aunque sin dar en el blanco.

—¡Acuéstate bocabajo en la canoa! —grita un ministro, pero una flecha le atraviesa el pecho y cae muerto.

El remero comienza a disparar flechas sin dirección precisa. Entonces, un hombre sale del agua, escala la embarcación y se le cuelga del cuello al remero, quien sin poder luchar, cae de espaldas al agua, que un instante después se tiñe con una enorme mancha de sangre.

Aún de pie en el centro de la canoa, el embajador se apresura a tomar el arco y las flechas y apunta con las manos temblorosas. Mira en todas direcciones, sin ubicar a los agresores. De súbito, sale del agua el mismo hombre que dio muerte al remero y le entierra un cuchillo en la pantorrilla. El embajador lanza un grito de dolor y se lleva las manos a la pierna. En ese momento, el asesino lo jala del tilmatli por la espalda, obligándolo a caer de nalgas en la canoa, y lo degüella ahí mismo.

En la otra embarcación, los dos únicos sobrevivientes intentan regresar lo más pronto posible; el remero se impulsa con el remo, mientras que el embajador utiliza sus manos para avanzar sobre el agua. De pronto, otra canoa les obstruye el paso. Un hombre da un brinco de una canoa a la otra, se acerca al embajador y, con un cuchillo de pedernal, le filetea el cuello. El remero se lanza al agua y comienza a nadar rumbo a la isla. De repente, se detiene. Sus brazos se extienden como raíces flotantes y, como el retoño de un árbol en una chinampa, en su espalda yace erecta una flecha.

23

Un par de soldados letárgicos hacía guardia afuera de la ergástula pestífera de Tenayocan, donde Nonohuácatl permanecía sentado día y noche, en la misma posición, con las manos atadas a su espalda y a uno de los maderos verticales de la celda. Únicamente lo desamarraban para que meara y defecara en un hoyo, cavado a una vara de profundidad en el otro extremo de la jaula, al que vertían puñados de tierra para sepultar la mierda y la orina.

Nonohuácatl dormía a ratos o cuando el sueño lo abatía. No recordaba cuántos días llevaba encarcelado. Desconocía los acontecimientos más allá de los barrotes de la prisión. Le quedaban sus conjeturas: si continuaba preso era porque sus aliados no pensaban rescatarlo, o bien, porque estaban fracasando en su intento de entrar a Tenayocan, lo cual implicaba que ambos bandos seguían sin ganar la guerra y el rehén aún valía lo suficiente como para mantenerlo vivo, pues, bien o mal, no lo habían golpeado, por supuesto, obedeciendo las órdenes de Nezahualcóyotl, quien pretendía utilizarlo para conseguir la liberación de Coyohua, de quien el príncipe chichimeca no sabía nada desde hacía siete veintenas, si acaso, algunos rumores, que él mismo catalogaba como artificios de sus enemigos para sacarlo de Tenayocan y enviarlo al rescate de su soldado más leal, de quien se decía deambulaba por Teshcuco con la cara desfigurada y la espalda torcida, algo que el heredero desterrado se negaba a creer, pues él había visto pelear decenas de veces a su amigo y jamás lo habían derribado. Prefería alimentar la creencia de que Coyohua seguía encerrado en una jaula y de que tarde o temprano pactaría un canje de rehenes, algo que el prisionero creía imposible, pues ignoraba que Coyohua había sobrevivido y tenía la certeza de que nunca saldría vivo de esa jaula, si no era fugándose.

La fuga se convirtió en su plan de vida, su único pensamiento, su doctrina, su musa y, para ello, adoptó la sumisión total ante los yaoquizque que, día y noche, permanecían afuera de la jaula. Aunque había quedado claro, por preceptos de Nezahualcóyotl, que no lo lesionaran, nada podía garantizar que se cumpliera la orden, pues los soldados que, generalmente, recibían la monótona faena de vigilar prisioneros, solían hartarse y, para desestresarse, volcaban su ira contra ellos batiéndolos a golpes, más aún si el interfecto los acechaba, los insultaba o los amenazaba, pero con Nonohuácatl eso no ocurrió: si un yaoquizqui llegaba colérico e intentaba desquitarse con el prisionero, éste bajaba la cabeza, permanecía en silencio y respeto absoluto y, en ocasiones les respondía con zalamería, pues en esas periferias de la vida la dignidad no era más que un apólogo y Nonohuácatl no pretendía desperdiciar un segundo en los amparos de su ego.

«Sí, señor» o «No, señor» les contestaba a los yaoquizque, quienes se divertían al tenerlo humillado y a sus pies, lo cual resultaba más entretenido que darle una golpiza.

—¿Estás hambriento?

—No, señor —mentía a pesar de que su estómago estaba vacío.

—¿Cómo que no tienes hambre? —Lo desataban y lo arrastraban al otro lado de la celda—. Ya es hora de tu almuerzo. —Le zambutían la cabeza en la letrina—. ¡Come! ¡Saborea un poco de tu mierda!

No era la primera vez que la vida lo maltrataba. Nonohuácatl había crecido en la miseria, bajo el cuidado de una madre negligente y los ultrajes de un padre abusivo. Las palizas habían sido una constante a lo largo de su infancia, por lo que desde entonces aprendió a resistir los golpes y las humillaciones en silencio, con un único objetivo: cobrar venganza.

—¿Quieres cagar? —preguntó uno de los soldados con sonrisa cruel.

—Sí, señor —respondió Nonohuácatl.

—Bien. —Lo desató—. Pero tendrás que ir sobre tus rodillas y tus codos.

Mientras el prisionero cruzaba la jaula de un extremo a otro, los guardias le acariciaron las nalgas y se carcajearon.

—Qué mujercita tan nalgona —dijo uno entre risas.

—¿Todavía será doncella? —cuestionó el otro.

—¿De qué estás hablando? —preguntó uno de los yaoquizque.

—Ya sabes de qué... —respondió burlándose el otro.

—Tenemos órdenes de no hacerle daño —afirmó con seriedad.

—No —corrigió—: tenemos órdenes de no golpearlo. Nadie dijo que estaba prohibido cogérnoslo. —Liberó una carcajada y el otro lo siguió.

Al principio aquella broma no pasaba de ser sólo eso, hasta que un día uno de ellos se postró frente al reo, le tomó las mejillas y le preguntó:

—¿Esta mujercita sabrá mamar vergas?

Nonohuácatl, como todos los días y a todas horas, tenía las manos atadas a la espalda y la única manera de preservar el honor era utilizando los dientes, sin embargo, *el honor* no le interesaba tanto como su vida, pues tenía claro que, le dio algunas prendas el pito de un mordisco, no lograría escapar, porque estaba atado de manos y porque el otro guardia no demoraría en matarlo en caso de que lograra soltarse. El soldado se bajó el máshtlatl y colocó su falo erecto frente a los labios del recluso, que no opuso resistencia y mamó aquel trozo de carne hasta que el custodio eyaculó en él. Mientras tanto, el otro guardia vigilaba que nadie se acercara a la jaula.

—Es tu turno —dijo el yaoquizqui a su compañero.

—Yo tengo una mujer en casa —respondió con una sonrisa cáustica.

El otro soldado no se dio por entendido y, al día siguiente, volvió a abusar de Nonohuácatl.

—¿Te gusta mi verga? —preguntó el yaoquizqui, y el prisionero contestó con un gemido—. Sí, se nota que te gusta. —Lo desató—. Arrodíllate —ordenó.

«Estoy bien», se dijo Nonohuácatl en silencio mientras el hombre le zampaba la verga por el culo.

«Estoy bien», le había asegurado su hermana veinticinco años atrás, luego de haber sido violada por su padre. Tenía el rostro serio y los ojos sin una lágrima. Nonohuácatl, de apenas ocho años, había sido testigo de aquella barbarie sin poder defender a Citlalmimíhuatl. «Estoy bien», repitió la niña y Nonohuácatl se tragó su rabia por más de siete años, hasta que dejó de ser el niño enclenque para convertirse en un adolescente más o menos recio, flaco aún, pero macizo, lo suficiente como para enterrar un cuchillo treinta y nueve veces en el pecho de su padre y huir con su hermana a Teshcuco, donde años después conocieron a un piltontli humilde y trabajador llamado Tlilmatzin, quien entonces ignoraba que era hijo ilegítimo del príncipe Ishtlilshóchitl y no tenía más ambiciones que un jacal, una esposa y un montón de chamacos. Poco después, murió Techotlala y Tlilmatzin se enteró de su origen, que resultó más abrumador que ser un plebeyo, pues antes por lo menos no cargaba con la pesada losa de saberse un mugrón relegado. Nonohuácatl lo instigó a que apreciara los privilegios de ser un vástago del nuevo chichimecatecutli en lugar de enfocarse en las desventajas. «No entiendes nada», le dijo el joven Tlilmatzin lleno de resentimiento. «Tú no sabes lo que es ser un hijo ilegítimo del chichimecatecutli». «Trato de entender...», respondió Nonohuálcatl. «Pues entiende esto: La mujer que me crio no es mi verdadera madre. Yo soy hijo de Tecpatlshóchitl, nieto de huehue Tezozómoc y fui abandonado poco después de nacer, pues mi abuelo no quería exponer a su hija a la vergüenza pública de haber sido desdeñada por Ishtlilshóchitl, de quien además quedó preñada. Yo tenía que haber sido el príncipe heredero y no Nezahualcóyotl. Él me robó todo».[120] «Tienes razón», aseveró inmune a los melodramas de Tlilmatzin y optó por una respuesta audaz. «Yo no he sufrido tanto como tú. Debe ser muy doloroso crecer sin un padre y sin una madre de sangre. Ahora que sabes quién eres, aprovéchalo. Fórjate un nuevo camino en la vida. Sal de esta miseria. Eres el hermano mayor de Nezahualcóyotl —le recordó—. Acércate a él». Por aquellos años, Ishtlilshóchitl se encontraba negociando su jura con la mayoría de los tetecuhtin, que temerosos al disgusto de huehue Tezozómoc, habían urdido toda suerte de excusas para retrasar tan magno acontecimiento. El joven Tlilmatzin no encontraba la lógica en la propuesta de Nonohuácatl de crear un vínculo con un chiquillo de diez años, a quien detestaba por el simple hecho de haber nacido privilegiado. Cuando Tlilmatzin aceptó el consejo de su cuñado, un guerrero meshíca ya había asesinado a Ishtlilshóchitl, huehue Tezozómoc se había autoproclamado in cemanáhuac huei chichimecatecutli y Nezahualcóyotl se había escondido en una cueva junto a su mentor Huitzilihuitzin. Fue tiempo después que Tlilmatzin estableció contacto con su hermano Nezahualcóyotl y le ofreció su lealtad, aunque ya era demasiado

120 De acuerdo con José Luis Martínez, Tlilmatzin era hijo de Tecpatlxóchitl e Ixtlilxóchitl, por lo tanto, era el heredero legítimo al trono.

tarde: Shontecohuatl y Cuauhtlehuanitzin, también medios hermanos del príncipe, se le habían adelantado y Tlilmatzin nunca pudo desplazarlos o siquiera acomodarse entre los hombres de confianza del Coyote hambriento. Su cuñado Nonohuácatl, resistente a los fracasos, lo instruyó para que no se diera por vencido. Ninguno de los dos imaginaba lo que les esperaba en la vida, pues sólo ambicionaban un cargo en el gobierno de Teshcuco cuando Nezahualcóyotl recuperara el imperio. Todo cambió cuando Mashtla usurpó el huei tlatocáyotl y mandó llamar a Tlilmatzin para proponerle que traicionara a Nezahualcóyotl. El hermano celoso se dejó arrastrar por el arroyo de atrocidades del tecutli de Azcapotzalco, sin escuchar las advertencias de Nonohuácatl, que insistió una y otra vez que aquella deslealtad le costaría la vida. «¿Traición?». Tlilmatzin no escuchaba razones. «Yo no lo estoy traicionando; estoy reclamando lo que me pertenece». Nonohuácatl le daba la razón a su cuñado con tal de no discutir y, luego, le proponía otras soluciones, con el propósito de salvar la vida de su hermana y la suya propia, y no tanto la de Tlilmatzin, que en realidad no le importaba mucho. Sólo por su hermana Citlalmimíhuatl, su esposa Tozcuetzin y sus hijos es que Nonohuácatl había aguantado los abusos de aquel soldado en la prisión de Tenayocan.

—Vaya que te gusta que te coja —dijo el yaoquizqui luego de terminar en su culo.

—¿Me vas a extrañar cuando ya no esté aquí? —preguntó Nonohuácatl mientras el soldado lo ataba nuevamente a la jaula.

—¿De qué hablas? —Apretó el nudo en las muñecas del prisionero.

—Sé que muy pronto van a matarme. —Se pasó la lengua por la comisura de los labios, un gesto que seducía al soldado.

—Para eso falta mucho. —Se enderezó, se llevó las manos a la cadera y desvió la mirada—. Además, los bloques... —Se censuró a sí mismo.

—¿De verdad? —Sonrió genuinamente.

—No hagas más preguntas —ordenó el yaoquizqui y después salió de la jaula y regresó a su posición de guardia.

—Me alegra que aún falte mucho... —Nonohuácatl hizo una pausa para observar los gestos del soldado—. Así podré seguir chupando esa verga tan rica que tienes —dijo. Y, aprovechando la ausencia del otro guardia, añadió—: ¿Sabes que tú fuiste el primer hombre en cogerme?

—Cállate. El soldado se rehusaba a mirarlo.

—Nunca imaginé que lo disfrutaría tanto —mintió.

El guardia tuvo una erección en ese momento y el prisionero lo notó.

—Seguramente cuando me maten, llegará otro prisionero y te lo cogerás igual que a mí.

—Ordené que te callaras. —El yaoquizqui se sintió expuesto.

Nonohuácatl sabía cuándo debía callar, por ello, permaneció en silencio el resto de la tarde, tratando de descifrar la respuesta del guardia. «¿Falta mucho?», se preguntó. «¿Para que acaba la guerra? ¿Para que Nezahualcóyotl derrote a Iztlacautzin y Teotzintecutli? ¿Bloques? ¿Bloques de qué?».

—No creo que te maten —confesó el guardia horas más tarde, sin mirar al prisionero.

—¿Por qué? ¿Qué bloques? —cuestionó, pues aún no comprendía su significado.

—La guerra ahora es entre cuatro bloques, formados por los pueblos del norte, sur, poniente y oriente.

—Supuse que tarde o temprano algo así ocurriría. Había demasiados tetecuhtin inconformes. Nezahualcóyotl nunca recuperará el huei chichimeca tlatocáyotl. Eres joven. —Se arrepintió de haberle dicho joven, pues temió que el guardia lo tomara como una ofensa, por ello, volvió a la seducción—: Además, muy apuesto... Sería una lástima que perdieras la vida en esta guerra sin sentido. —El guardia lo miró de reojo y Nonohuácatl fingió no haberse percatado de ello—. No me queda duda de que si los ejércitos enemigos lograran entrar a Tenayocan, tú serías abandonado por tus líderes. Dejarán que mueras en manos de los enemigos. A ellos no les interesan sus soldados. Te lo digo yo, que tengo aquí varias veintenas como prisionero. Yo sé que ni Iztlacautzin ni Teotzintecutli ni Tlilmatzin vendrán a rescatarme. Por eso, ya no espero nada de la vida, pero tú, que eres joven, galán y muy inteligente deberías salvarte. Yo podría ayudarte...

—¿Sí? —El soldado volteó a verlo y alzó una ceja—. ¿Cómo?

—Llevándote conmigo a Teshcuco, donde tengo una casa con sirvientes. No tendrías que trabajar jamás.

—Crees que soy tonto. No voy a caer en tu trampa. Eres un imbécil. Sólo te utilicé para divertirme.

—No me malinterpretes. Estoy seguro de que eres muy inteligente, sólo que tus superiores no han sabido valorarte y te tienen de guardia en esta prisión, cuando podrías estar liderando una tropa.

—No te voy a soltar. —Eludía verlo a la cara.

—No estoy pidiendo eso.

—¿Entonces? —Apretó los labios.

—Que te vayas. —Cambió su argumento, consciente de que lo anterior había sido un error—. Sálvate. Si no te vas de aquí, no sobrevivirás. Yo soy más viejo que tú. Ya he vivido mucho. Fui testigo de la guerra entre Tezozómoc e Ishtlilshóchitl. Luego, entre Nezahualcóyotl y Mashtla. Fui testigo de la muerte de miles de yaoquizque más jóvenes que tú. Los vi desangrándose, con las tripas de fuera, con brazos mutilados. Gritaban de dolor y pedían que los salvara. Esta guerra será peor que todas las anteriores. Salva tu vida.

—Ya cállate.

—Me callaré si me prometes que te irás de aquí y salvarás tu vida.

Aquella conversación terminó esa tarde, pero tuvo muchas secuelas. Nonohuácatl había sembrado el temor y la duda en el yaoquizqui, que cada día veía más peligros en todo lo que escuchaba y veía a su alrededor. Cada orden de sus superiores representaba el desdeño que Nonohuácatl le había anunciado. Un día se le ocurrió preguntarle a su capitán cuánto tiempo más tendría que vigilar al prisionero y éste, que andaba de malas, le respondió con despotismo: «Hasta que te mueras».

Aquel soldado se había incorporado al ejército de Cílan poco después de terminada la guerra contra Azcapotzalco. Desde entonces, la única batalla que había tenido la milicia acólhua había sido cerca del lago de Shaltócan contra Shalco y Hueshotla, pero el yaoquizqui no participó en ella, pues le habían asignado la guardia en la cárcel, una tarea, más allá de aburrida, considerada degradante por la mayoría de los oficiales, ya que ello implicaba que el bisoño no era lo suficientemente competente para emplearse en funciones más complejas o más riesgosas. Su desempeño como vigilante de la ergástula no era evaluado ni valorado por sus superiores. Nadie le había pedido un reporte de labores; era suficiente con que el prisionero permaneciera en la jaula. Desde que Nonohuácatl había cultivado en él la semilla de la incertidumbre, el soldado se sentía cada día más insignificante, más desprotegido, más endeble. Veía enemigos en todas partes.

—No confíes en nadie —dijo Nonohuácatl en una de sus cada vez más recurrentes conversaciones—. Cualquiera de los que están allá afuera te traicionará con tal de salvar su vida.

—¿Y tú? —preguntó suspicaz.

—¿Yo qué? —cuestionó el reo, seguro de lo que el guardia pretendía saber, pero quería que se mostrara más indefenso que nunca, más necesitado de afecto y lealtad.

—¿Me vas a traicionar? —Lo miró fijamente a los ojos, como si con ello intentara amenazarlo y a la vez rogarle que le hablara con la verdad.

—No. —Mantuvo la mirada firme, como quien confiesa amor sempiterno a la persona amada—. Yo no te voy a traicionar. —Estuvo tentado a decir más, pero concluyó que con esas palabras era más que suficiente. Dejó que aquella promesa se sembrara en la mente del yaoquizqui y se regara, poco a poco, con el llanto de la desesperación.

Veintenas más tarde, un informante llegó precipitadamente a Tenayocan para avisar al príncipe Nezahualcóyotl que las tropas de Iztlacautzin y Teotzintecutli iban en camino a Tenayocan. De inmediato, el heredero chichimeca envió a su ejército, y a los de los pueblos aliados, a fortificar la orilla del lago desde Tzompanco hasta los límites de Tlacopan, con lo cual dejó la ciudad casi desierta. El soldado preguntó a varios de sus compañeros que seguían haciendo guardia en la entrada de Tenayocan si creían posible que ganara su ejército, a lo que respondieron con incertidumbre. El yaoquizqui tomó entonces la decisión más arriesgada de su vida:

—Despierta —dijo el guardia.

—¿Qué ocurre? —preguntó Nonohuácatl, fingiendo no comprender nada.

—Despierta —dijo el guardia a Nonohuácatl.

—¿Qué ocurre? —Fingió no comprender nada.

—Vámonos… —Se encontraba de pie frente al prisionero—. Sólo te advierto una cosa. —Le apuntó a la cara con su cuchillo de pedernal—: Si me traicionas, te mato.

—Puedes confiar en mí.

El soldado desató al prisionero, le proporcionó un balde de agua para que se bañara y le dio algunas prendas de soldado que le servirían como disfraz.

—Necesitaré un macuáhuitl —dijo Nonohuácatl—. Si no voy armado, desconfiarán de mí.

—Que desconfíen. Sólo yo iré armado.

—¿Qué ocurre? —Nonohuácatl preguntó en cuanto salieron del palacio de Tenayocan.

—Los ejércitos de Iztlacautzin y Teotzintecutli vienen en camino... —Se detuvo y lo miró a los ojos con mucho temor—. Mis compañeros dicen que no lograremos vencerlos. Es muy probable que la mayoría muera.

Nonohuácatl se mantuvo pensativo.

—Prometiste que no me traicionarías —continuó el soldado.

—Mi promesa sigue en pie. Estaré contigo. —Le puso una mano en el hombro y el yaoquizqui se echó para atrás con reconcomio. No confiaba en Nonohuácatl, pero tampoco en la milicia que iba a defender a Tenayocan. La paranoia se había apoderado de él.

—¿Qué hacemos? —La bestia que había profanado la dignidad de su víctima por varias veintenas se rindió sin percatarse de ello.

—Vamos a Teshcuco. —Nonohuácatl tomó el mando sin mostrarse autoritario. Lo dijo casi como una sugerencia.

—¿Cómo? —No tenía idea de lo que debía hacer.

—Tendremos que rodear caminando por el norte, entre Cuauhtítlan y Toltítlan, hasta llegar al lago de Tzompanco. Luego, bajaremos por Shaltócan y cruzaremos por Acolman y Tepeshpan. Si corremos con suerte, llegaremos en dos días.

—Es demasiada distancia.

El yaoquizqui se veía aterrado. Quería salir de ahí lo más pronto posible, pues sabía perfectamente que, si lo capturaba, el ejército de Nezahualcóyotl lo iba a sentenciar a muerte por traición.

—Es lo más seguro. El lago está lleno de canoas. Nos descubrirán y nos matarán.

—Vamos —dijo el soldado.

Caminaron discretamente por las calles de Tenayocan, donde la mayoría de la gente ya se había resguardado en sus casas por órdenes de

Nezahualcóyotl. De pronto, una escuadra de treinta soldados cruzó a un lado de ellos, por el mismo camino, pero en dirección contraria, y saludó al par de yaoquizque. Algunos de ellos fijaron su atención en el hombre desconocido, aunque ninguno se detuvo a investigar. Poco después salieron de la ciudad. Para no ser descubiertos, siguieron por un camino polvoriento, bajaron por una cañada, atravesaron una acequia de agua casi helada, pasaron entre arbustos y matorrales y, finalmente, se incorporaron al monte.

El soldado seguía dudoso. Por momentos sentía que había cometido el peor error de su vida y a ratos pensaba todo lo contrario. Nonohuácatl se percató de la vacilación del soldado.

—¿Qué tienes?

—Estoy preocupado —respondió tardíamente el yaoquizqui.

—No deberías. Ya salimos de Tenayocan.

—Pero seguimos en el bloque del norte. Tlacopan, Aztacalco, Ishuatépec, Ehecatépec, Toltítlan y Cuauhtítlan están aliados a Nezahualcóyotl. ¿No lo sabías?

—No me explicaste bien —dijo Nonohuácatl, a quien en esos momentos no le interesaba ahondar en tales detalles.

—Pues ahora lo sabes. —El soldado arrugó los labios y negó con la cabeza—. Debemos ir con más cuidado.

—Tendremos que descansar. —Se detuvo a ver el horizonte.

—¿En este momento? —Miró en varias direcciones para asegurarse de que no los estuvieran siguiendo los soldados de Tenayocan—. ¡No!

—Ya está oscureciendo. —Fijó la mirada en dirección al este—. No podemos seguir sin la guía del sol. Nos perderemos.

—Creí que sabías el camino. —Apretó los dientes.

—Lo sé, pero no me voy a arriesgar a viajar de noche. —Seguía con los ojos en el horizonte.

—¿Y qué hacemos? —Había perdido su astucia.

—Busquemos un lugar donde dormir.

—¿Dónde?

—En realidad, no importa. Cualquier lugar será igual.

Finalmente, decidieron quedarse entre unos arbustos.

—Di la verdad. ¿Por qué me liberaste? —preguntó Nonohuácatl mientras quitaba algunos palos de madera del piso en donde iban a acostarse.

—Porque no quiero que me maten. —Se encontraba de pie, mirando el lugar con desconfianza.

—¿Ésa fue tu razón? —Se acercó a él lentamente.

—Sí. —Puso los brazos en jarras.

—¿Y qué te asegura que yo no te voy a matar? —Se encontraba justo frente a él.

—Me prometiste lealtad. —El yaoquizqui se llevó una mano al macuáhuitl que llevaba atado a la cintura.

—También te dije que nunca confiaras en nadie. —Le dio un puñetazo en el rostro.

—Te voy a matar. —Tomó el macuáhuitl con las dos manos.

—¿En verdad crees que podrás hacerlo? —Se puso en guardia con los puños. El soldado se lanzó al ataque con el macuáhuitl, pero su adversario lo esquivó y le dio un puntapié en la espinilla, con lo cual el guardia perdió el balance.

—Fuiste muy ingenuo al confiar en mí —se burló Nonohuácatl. El yaoquizqui volvió a atacar— ¿Creíste que lo que me hiciste se iba a quedar sin castigo? —Nonohuácatl esquivo varias veces los ataques de su contrincante, que por más que intentaba dar en la cara, el pecho o el abdomen de su opositor, no lograba acertar un solo golpe.

—Te advertí que te mataría. —Alzó el arma y se fue directo al cráneo de Nonohuácatl, quien una vez más lo esquivó y, al mismo tiempo, le dio un derechazo en el abdomen, luego, al tenerlo encorvado, le enterró el codo en la nuca. El soldado cayó bocabajo en el piso y su macuáhuitl se fue deslizando lejos de él.

—Increíble lo que puede hacer un imbécil como tú con autoridad y lo que es incapaz de hacer sin poder. —Se agachó para voltear el cuerpo del yaoquizqui bocarriba, luego le puso la rodilla en el cuello y la mano en los testículos y los apretó tan fuerte que el hombre comenzó a gritar de dolor al mismo tiempo que zangoloteaba las piernas como un pez recién sacado del agua—. Me tomaría el tiempo de destazarte por completo, pero tengo asuntos más importantes. —Le quitó el cuchillo de pedernal que llevaba en la cintura y, lentamente, se lo enterró en el ojo derecho y luego en el izquierdo. El soldado se llevó las manos a la cara mientras gritaba aterrado—. Pensaba matarte, pero luego de escucharte por tanto tiempo, me he dado cuenta de que mi mejor venganza será dejarte vivo. Ojalá sobrevivas por lo menos hasta que te encuentren los yaoquizque de Nezahualcóyotl. —Nonohuácatl caminó hasta llegar al lago, robó una canoa y cruzó tranquilamente hasta llegar al extremo oriente, donde caminó en dirección a Teshcuco. En la madrugada un par de guardias encontró al yaoquizqui sin ojos, desangrándose y al borde de la muerte. De inmediato, lo trasladaron al palacio de Tenayocan para presentarlo ante Nezahualcóyotl, quien ya había sido informado la noche anterior que Nonohuácatl se había escapado y que, probablemente, llevaba como rehén al guardia que lo vigilaba.

—¿Qué fue lo que ocurrió? —le pregunta al soldado, pero éste no responde.

En ese momento, se escucha el silbido de los tepozquiquiztlis que anuncia la cercanía de las tropas de Iztlacautzin y Teotzintecutli a Tenayocan. Nezahualcóyotl abandona la sala, sin dar instrucciones sobre qué hacer con el soldado herido. Afuera ya se encuentran las cuadrillas formadas. El príncipe chichimeca da la orden de marchar hacia el norte mientras sólo una tropa de mil hombres mantiene la guardia afuera de Tenayocan. El sol aún se oculta detrás del horizonte. A lo lejos se oyen los huehuetles y los teponaztlis de las falanges de Shalco, Hueshotla, Otompan, Chiconauhtla, Acolman, Tepeshpan, Teshcuco y Coatlíchan.

¡Pum, pup, pup, pup, Pum!...

Al mismo tiempo, los soldados de Tenayocan, Cílan, Tlacopan, Aztacalco, Ishuatépec, Ehecatépec, Toltítlan y Cuauhtítlan aúllan:

—¡Ay, ay, ay, ay, ay, ayayayay!

¡Pum, pup, pup, pup, Pum!... ¡Pum, pup, pup, pup, Pum!... ¡Pum, pup, pup, pup, Pum!...

—¡Ay, ay, ay, ay, ay, ayayayay!

Un diluvio de saetas cruza de norte a sur, donde se encuentran los ejércitos del Coyote ayunado, quien en ese momento da la orden a sus yaoquizque de responder al ataque con otra tormenta de flechas. En el cielo se forma un huracán de dardos, que dura un largo rato y deja cientos de heridos. Cuando las saetas se acaban, los ejércitos emprenden la carrera hacia el centro del campo de batalla.

—¡Ay, ay, ay, ay, ay, ayayayay!

¡Pum, pup, pup, pup, Pum!... ¡Pum, pup, pup, pup, Pum!... ¡Pum, pup, pup, pup, Pum!...

Inician los combates cuerpo a cuerpo. Miles de hombres colisionan y estallan sus macuahuitles entre sí. De pronto, llegan por el lago, a la altura de Ehecatépec, Ishuatépec y Aztacalco, otros contingentes aliados de Iztlacautzin y Teotzintecutli. Las huestes de Tenayocan, Cílan, Tlacopan, Aztacalco, Ishuatépec, Ehecatépec, Toltítlan y Cuauhtítlan son superadas tres a uno. El príncipe chichimeca comprende en ese momento que sus adversarios han traído toda su armada y él no puede quedarse atrás, así que da la orden de que llamen a todos los regimientos que se encuentren vigilando desde el lago de Tzompanco hasta las costas de Tlacopan, algo que, para su mala fortuna, demorará demasiado, incluso hasta mediodía.

—¡¿Y si enviamos una embajada a Tenochtítlan para solicitar auxilio?! —pregunta a gritos Atónal, el comandante de las tropas, pues el ruido de la guerra es ensordecedor.

—¡No! —responde Nezahualcóyotl con un grito.

—¡No sea orgulloso! —arremete el comandante de las tropas.

—¡No es orgullo! —Nezahualcóyotl tiene su chimalis en la mano izquierda y su macuáhuitl en la derecha—. ¡Ya hice demasiadas propuestas a los meshítin y no las aceptaron! ¡No debemos humillaron ante ellos!

Lo que no sabe el príncipe chichimeca es que justamente la noche anterior Izcóatl envió una embajada para proponerle una alianza, pero ésta nunca llegó a su destino porque los ministros comisionados fueron asesinados y arrojados al lago, en donde los pescadores encontraron los cuerpos durante la madrugada.

—¡Hágale caso a Atónal! —insiste Shontecóhuatl, quien se encuentra de pie junto a su medio hermano Cuauhtlehuanitzin.

—¡Ya dije que no! —exclama enfurecido Nezahualcóyotl, que, toma un arco y flechas, y comienza a disparar a los soldados enemigos.

Mientras tanto, frente a ellos, en el campo de batalla miles de jóvenes son masacrados. Algunos yacen en el piso, con las tripas de fuera y los brazos mutilados. Otros se arrastran y entierran las uñas de las manos en la tierra, pues ya les faltan una o las dos piernas. La tierra se ha convertido en un lodazal de sangre.

Poco a poco, antes del mediodía, comienzan a llegar las milicias de Tenayocan, Cílan, Tlacopan, Aztacalco, Ishuatépec, Ehecatépec, Toltítlan y Cuauhtítlan que estaban haciendo guardia en las fronteras de sus respectivas ciudades.

—¡Ustedes marchen por el poniente, rodeen el campo de batalla y ataquen desde el norte! —ordena Nezahualcóyotl a las tropas que vienen de Tlacopan—. ¡Ustedes sigan de frente y distráiganlos! —indica a los yaoquizque de Aztacalco, Ishuatépec y Ehecatépec.

Aún faltan los ejércitos de Toltítlan y Cuauhtítlan y aquellos que montaron guardia en los lagos de Tzompanco y Shaltócan. Por otro lado, miles de mujeres ayudan a los soldados heridos y los llevan de regreso a Tenayocan. Nezahualcóyotl sabe que sus hombres no resistirán hasta la tarde, cuando ambos bandos, como es costumbre, regresen a sus campamentos, pues nunca pelean de noche. Lleva medio día dirigiendo a sus hombres, con la ayuda de Shontecóhuatl y Cuauhtlehuanitzin, sus medios hermanos, y de Atónal, el comandante de las tropas. Siente deseos de incorporarse a la batalla, aunque sabe que no debe hacerlo. Si muere él, se acaba la guerra. Pero a estas alturas su rabia es tanta que no puede contenerse. Es consciente de que en cualquier momento entrará en combate.

—¿Ya vieron a esos dos allá en el fondo? —les pregunta a Shontecóhuatl, Cuauhtlehuanitzin y Atónal.

Ni sus hermanos ni el comandante de las tropas logran distinguir a los hombres que señala el príncipe Nezahualcóyotl. Hay miles de guerreros. Todos luchando entre sí.

—¡Son Iztlacautzin y Teotzintecutli! —grita el Coyote sediento—. ¡Esos traidores ahí están! —Corre en dirección a ellos. Shontecóhuatl, Cuauhtlehuanitzin y Atónal marchan detrás de él.

—¡Mira quién viene ahí! —exclama con alegría el señor de Shalco al ver al príncipe acólhua.

—¡Cayó en la trampa! —responde a gritos el señor de Hueshotla.

Los huehuetles y los teponaztlis no han dejado de retumbar.

¡Pum, pup, pup, pup, Pum!... ¡Pum, pup, pup, pup, Pum!... ¡Pum, pup, pup, pup, Pum!...

Ni los yaoquizque han dejado de aullar.

—¡Ay, ay, ay, ay, ay, ayayayay!

Nezahualcóyotl corre enfurecido con su macuáhuitl y su chimali, dispuesto a matar a sus enemigos, pero justo en el momento del ataque llega una tropa y rodea al Coyote ayunado, a Shontecóhuatl, a Cuauhtlehuanitzin y a Atónal. Son más de doscientos soldados. La batalla es imposible. Los tienen cercados. Teotzintecutli, señor de Shalco, e Iztlacautzin, señor de Hueshotla, sonríen triunfantes. Dan la orden de que se callen los huehuetles y los teponaztlis, lo cual indica a los yaoquizque que detengan la batalla.

—¡Perdiste, Coyote! —grita Teotzintecutli con júbilo.

Nezahualcóyotl lo mira con rabia, sin soltar el macuáhuitl y su chimali. Está dispuesto a morir en combate.

De pronto, irrumpen en el campo de batalla los ejércitos de Toltítlan y Cuauhtítlan, que aplastan por completo a los doscientos hombres que habían rodeado a Nezahualcóyotl y a sus hermanos. Las milicias de ambos bandos reanudan los combates. El príncipe chichimeca va detrás de Teotzintecutli, señor de Shalco, pero es defendido por su compañero Iztlacautzin, señor de Hueshotla. Mientras tanto Shontecóhuatl, Cuauhtlehuanitzin y Atónal se baten a muerte con los soldados que se les ponen en frente.

Entonces, inicia un combate cuerpo a cuerpo entre Nezahualcóyotl e Iztlacautzin...

24

A veces la tristeza de Mirácpil es ardiente, como la leña al rojo vivo. A veces helada, como las madrugadas que enfundan a la cordillera de Ashoshco. A veces seca, como las hojas muertas. Y a veces es un riachuelo de lágrimas. A veces una voz dentro de ella le grita que asesine a Nezahualcóyotl, pues sólo así podrá ser libre. A veces esa misma voz le exige que se entregue para que la sacrifiquen, como lo hicieron con Shóchitl, y toda esta nostalgia termine y deje de asfixiarla durante las noches interminables en las que conciliar el sueño es toda una proeza y recordar a su amada un martirio. A veces dormir es imposible y no le queda más que ocuparse en los quehaceres que la vieja Tliyamanitzin le asignó y en otros que no le corresponden, pero que asume para sobrevivir a esas largas noches en las que el rostro de Shóchitl se le aparece en cuanto ella cierra los ojos. A veces se queda sin quehaceres y se sienta afuera del jacal, delante de la fogata a contemplar la noche; pero la mayoría de las veces el ocio la exaspera, la enoja y la atormenta, por ello, luego de mucho renegar, decide ejercitarse en las armas, a solas, sin la compañía de su padre, para que no la moleste, o mejor dicho, para no escucharlo, pues aunque han transcurrido muchas veintenas desde que huyó de Cílan y fue a refugiarse a la casa de la anciana Tliyamanitzin, Mirácpil aún no tolera su presencia.

Levanta el macuáhuitl frente a su rostro, con las dos manos y de forma vertical, justamente como su padre le ha dicho que no lo haga. «Nunca sostengas el macuáhuitl de esa manera». Le enfurece recordar su voz, como si lo tuviera ahí, repitiendo lo mismo: «Si lo colocas frente a tu rostro y alguien te empuja, por delante o por detrás, las piedras de obsidiana se te enterrarán en la cara. Es un arma de doble filo. Nunca lo olvides». No lo ha olvidado, sólo que le cuesta trabajo admitir que su padre tiene razón y, por ello, en la oscuridad de la madrugada empuña el macuáhuitl verticalmente y lo pone frente a su rostro y sonríe burlona, como diciéndole al viejo: *Mira, hago justamente lo que dices que no haga.* «Siempre debes agarrar el macuáhuitl con las dos manos, en posición diagonal. Las piedras de obsidiana deben estar por arriba de tu hombro. Nunca por debajo», le había enseñado Otonqui. Entonces, en una actitud más seria, Mirácpil sostiene el arma diagonalmente, con las piedras de obsidiana por arriba de su hombro, aprieta fuerte el garrote y lanza el golpe hacia el Nezahualcóyotl imaginario que yace frente a ella, pero la visión desaparece y su arma sólo corta el aire gélido. Furibunda, descarga otro directo al abdomen, ahora de izquierda a derecha, al pecho, de derecha a izquierda, a la cara, uno más al abdomen y otro y otro. *Muere. ¡Muere!* Y otro más. *¡Muere!* Y otro. Hasta que cae de rodillas, víctima de sus tormentos.

—No te detengas —le dijo su padre en los entrenamientos—. En la guerra no puedes parar a descansar.

—Sí —asintió Mirácpil y se quedó seria y con el macuáhuitl en una mano.

—Sigue. No me respondas sí —la regañó.

—No. —Lanzó el arma al piso con desprecio.

—¿Qué?

—Estoy cansada. Ya no quiero hacer esto. —Tenía unas ganas insaciables de llorar, salir corriendo de ahí y extraviarse en las montañas.

—Espera. No te vayas. —Hacia muchos días que Otonqui había adoptado una postura sumisa ante su hija.

—Ya no me importa si me capturan y me matan. —Sus mejillas se empaparon de llanto.

—A mí sí me importa. —Se le enrojecieron los ojos a Otonqui.

—¿A ti? —Sonrió sarcástica y dudosa de las palabras de su progenitor.

—Sí. Mucho más de lo que yo mismo creía —confesó él, con melancolía y arrepentimiento por haber perdido tantos años de su vida.

—Te diste cuenta demasiado tarde. —Se negaba a ceder.

—Por eso estoy aquí. Para reparar de alguna forma el daño que te hice. —Dio un paso hacia adelante, aunque sin dejar de sentir temor al rechazo de su hija.

—¿Enviándome al ejército meshíca? Para que me maten en la guerra.

Mirácpil, una joven de baja estatura y extremadamente flaca, casi en los huesos, sabe que no podría mantener un combate contra un guerrero experimentado.

—Ya hablé con uno de los capitanes del ejército —explicó—. Fuimos compañeros de guerra. Le dije que tengo un hijo menor que necesita más tiempo para aprender y comentó que te pondrían a hacer cosas más simples.

—Como cargar cosas... —Alzó las cejas ofendida.

—Algo así. —Asintió Otonqui con la cabeza.

—Me hubiera ido lejos. —Le dio la espalda.

—Esto será temporal. Mientras conseguimos... —Se rascó la nuca.

—¿Qué? —Volteó con una postura retadora—. ¿Un hombre para casarme?

—No. —Movió la cabeza de derecha a izquierda sin saber qué responder.

—Sería la mejor solución —dijo la anciana Tliyamanitzin a su espalda—. La más fácil.

—La más fácil para ustedes —respondió Mirácpil enojada.

—Para ti. —Tliyamanitzin la miraba con indiferencia—. A mí no me afecta si te matan. Pero a tus padres, sí. Pues si descubren que estás aquí, a ellos también los enviarían a la piedra de los sacrificios por haberte encubierto.

—Lo mejor será que me vaya de aquí. —Suavizó su actitud, pues ante la anciana no se sentía tan fuerte.

—A donde vayas te descubrirán —amenazó Tliyamanitzin.

—Me iré muy lejos. —Arrugó las cejas y miró al horizonte.

—¿A dónde? —La anciana conocía esa nostalgia y ese deseo de huir.

—A uno de los pueblos cerca del mar.

Mirácpil no conocía el mar. Ni siquiera se lo podía imaginar. Sólo sabía que era el lago más grande que cualquiera hubiera visto en toda la Tierra, según le dijo un pochtécatl años atrás.

—¿Crees que llegarás tú sola? —Intentó ocultar una sonrisa, pero no lo consiguió.

—Sí. —Se enderezó orgullosa y segura de sí misma, para defenderse de la sonrisa de la anciana.

—No —le advirtió Tliyamanitzin—. Antes de que llegues serás capturada por yaoquizque o violada por mercenarios. Y si eso no ocurriera, tendrías que detenerte en algún lugar a dormir y a comer. Llamarías la atención. Cualquiera estaría dispuesto a venderte a un *netlaneuhtiloyan,* «prostíbulo».

Desde aquella conversación, Mirácpil no ha vuelto a insistir en su idea de marcharse al mar y ha tratado de enfocar toda su atención en ejercitarse en las armas, aunque no siempre con los mejores resultados, pues los ejercicios que su padre le asigna aún son demasiado pesados para ella: escalar árboles, correr en las mañanas con un bulto de leña en la espalda, arrastrarse entre matorrales y, peor todavía, hacerse resistente al dolor, al enterrarse espinas de maguey o flagelarse todo el cuerpo. La única forma en que ha conseguido soportar aquellas torturas es pensando que, con ello, paga su culpa por la muerte de Shóchitl.

En medio de esa madrugada helada, sólo el ulular de un tecolote, el chirrido de los grillos y el cascabeleo de las hojas de los árboles acompañan a Mirácpil, quien sostiene el macuáhuitl en posición diagonal, con las piedras de obsidiana por arriba del hombro derecho, para, acto seguido, lanzar el golpe hacia el enemigo imaginario y prontamente girar sus brazos para que el arma se ubique por arriba de su hombro izquierdo y, desde ahí, impulsar un segundo golpe.

Escucha a lo lejos un sonido espeluznante, algo que podría definirse entre un berrido y un estridor. Siente un escalofrío recorrer todo su cuerpo. De súbito, la fogata se apaga, como si se tratara de una débil ramita. Vuelve a oír ese berrido sofocado en un hálito. Su piel se eriza y comienza a temblar de miedo. Sin darse cuenta deja caer el macuáhuitl y voltea hacia el jacal, que se encuentra a oscuras. Duda por un instante en seguir en esa dirección. Sería lo más seguro para ella, pues ahí duerme la anciana Tliyamanitzin; pero algo le dice que vaya a donde se escuchan los ruidos.

La madrugada es más oscura de lo común. No hay luna y las estrellas parecen apagadas. Camina sin poder ver dónde coloca los pies. Avanza, aunque sin saber por qué lo hace ni a dónde se dirige. Tiene claro que no es por curiosidad. Es algo mucho más fuerte que eso.

El sendero es de tierra y piedras, con una ligera pendiente. Como los árboles a los lados están alejados del paso, es imposible sostenerse de ellos. Conoce la ruta, pues es la única que lleva al pueblo de Ashoshco. Escucha el berrido una vez más. Mirácpil resbala, se le tuerce el tobillo, pierde el balance, tropieza, cae sin poder sostenerse de algo, patina hacia abajo y comienza a rodar hasta chocar contra una piedra más grande que ella. Tiene todo el cuerpo raspado. Aunque no ve la sangre, siente cómo escurre por su piel. Se lleva las manos a la espalda y la nuca para sobarse. Se pone de pie, escala cuesta arriba y regresa al sendero empedrado. Busca, a tientas, una rama para usarla como bastón, pero no encuentra nada útil.

Se incorpora nuevamente a la ruta y se detiene por un instante para orientarse. A pesar de la oscuridad, ya había aprendido a ubicarse en aquella zona. Ahora no lo consigue. No sabe dónde está. La rodea una bruma espesa que le impide ver más allá de la extensión de su brazo. No obstante, logra distinguir una tenue luz en el fondo, tan pequeña como una semilla. Aunque ese entorno le provoca frío y ansiedad, Mirácpil sigue transitando en la misma dirección.

De pronto, algo acaricia su espalda de derecha a izquierda, como si se tratara de los dedos de una mano. Se detiene de golpe, pero no voltea, permanece tiesa; respira agitada, traga saliva, mantiene la mirada al frente, es decir, hacia la nada que es una nube grisácea. Da un paso y escucha un estertor por arriba de su hombro; vuelve a sentir un escalofrío. Aprieta los puños, inhala profundamente y corre, sin saber a dónde llegará. Choca contra la rama de un árbol y cae de lado. Se lleva las manos a la frente, palpa la sangre que le escurre, se pone de pie, avanza a paso lento. Con cautela, mira a la derecha y, después, hacia la izquierda. No logra distinguir nada. La pendiente cada vez es más pronunciada, por lo cual resulta más difícil de franquear.

Rodea la montaña hasta llegar a la cima, donde logra ver un remoto destello de luz. Cree haber distinguido una fogata. Quiere averiguar qué es o quién está ahí. Su trayecto ahora es hacia abajo y con más árboles en su travesía, de los cuales se sostiene para no resbalar. Las piedras están desprendidas y se revuelven con facilidad a cada paso que da. Una de ellas se afloja y rueda cuesta abajo. Mirácpil pierde el balance y, sin poder detenerse, se desliza varios metros, hasta que logra prenderse de un árbol.

Cuando vuelve la mirada, se topa con una imagen aterradora: dos bestias enormes de cuerpos antropomorfos, entre humanos y ocelotes, la piel negra, húmeda y con textura de reptil, la cabeza de coyote y colmillos extremadamente largos. Una de ellas yace de rodillas, humillada, mientras la otra, parada en las dos patas traseras, amenazadora, la ataca con las extremidades delanteras, como si fueran brazos humanos, al mismo tiempo que emite berridos y estertores. Mirácpil intenta caminar hacia atrás, aunque sin dejar de poner atención a aquella visión espeluznante, pero pisa un puñado de piedras que se desprenden y ruedan hacia abajo, provocando una avalancha. Las dos bestias miran hacia donde se encuentra la joven, quien al saberse descubierta se da media vuelta y repta entre los matorrales de regreso en el camino por donde llegó. Una de las bestias corre detrás de ella como un ocelote, pero es interceptada por la otra bestia, que le entierra los colmillos en el cuello. Ambas fieras comienzan a pelear ferozmente. Se revuelcan en la tierra y, al mismo tiempo, se lanzan violentas mordidas. Mirácpil observa aquella batalla por un instante, pero temerosa de ser presa de cualquiera de las dos, decide correr de regreso al jacal, al cual llega después de haber andado por un periodo tan largo que le hizo sentir que la madrugada nunca terminaría.

—¿Qué estás haciendo dormida tan tarde? —La anciana Tliyamanitzin la despierta—. Ya salió el sol.

Mirácpil abre los ojos con cansancio. Los vuelve a cerrar. Está muy fatigada. Abre los ojos nuevamente, se los frota con los dedos, se sienta en su pepechtli y, siguiendo la costumbre de toda su vida, se lleva las manos al cabello para hacerse una trenza, pero de inmediato se acuerda que la anciana se lo cortó. Se toca las mejillas, un ademán que expresa no tanto la ausencia, o el duelo por la pérdida de su melena, sino lo que el hecho implica: la muerte de Shóchitl, su huida de Cílan y su estancia en Ashoshco. Cierra los ojos por un instante y, abrumada, recuerda lo ocurrido.

—Vi a dos nahuales... —narra con un gesto despavorido.

—Nahuales. —La anciana sonríe y niega con la cabeza—. Tú y tus pesadillas.

—No lo soñé. —Se levanta del pepechtli, camina hacia ella y le muestra los brazos y las piernas—. Mire. Me resbalé y caí.

—Yo no veo nada —responde la anciana al mismo tiempo que la toma de los brazos y los gira como manijas en busca de la evidencia.

Mirácpil observa su cuerpo y descubre que no tiene las heridas que sufrió en la madrugada, sin embargo, eso no la desalienta para seguir relatando lo que vivió.

—Eran dos nahuales. Tenían cuerpos como de ocelotes y de personas, mezclados. No tenían pelo sino pieles de serpientes negras. Sus cabezas eran como las de los coyotes y de sus colmillos gigantes se estiraba una baba chiclosa cuando abrían los hocicos. Entonces, uno de ellos me vio y me persiguió. Luego, el otro nahual corrió detrás de él y le mordió el cuello. Los dos animales se pelearon ferozmente... —Mirácpil hace una breve pausa en espera de la reacción de Tliyamanitzin, pero como no le responde, y agrega—: En alguna ocasión escuché a mi madre decir que los nahuales se peleaban entre sí. O algo así como una guerra entre el bien y el mal. Una guerra entre brujos.

—¿Ya? —La mira con indiferencia.

—No me cree... —Mirácpil agacha la cabeza contrariada por lo que presenció—. Eran dos nahuales. Yo los vi.

—En un rato va a llegar tu padre —le dice Tliyamanitzin y le da la espalda—. Desayuna. Regreso en la tarde.

—¿A dónde va? —cuestiona Mirácpil y mira la piel roja e irritada de la anciana.

—Eso no es asunto tuyo. —Se dirige a la salida.

—¿Por qué tiene la piel enrojecida e inflamada? —Camina detrás de ella—. Como si se hubiera raspado con algo. —Cihuápil, deja de hacer preguntas y apúrate con tus quehaceres.

Tliyamanitzin sale de su jacal y se dirige al palacio de Techichco, quien la había mandado llamar el día anterior.

—Toma asiento. —Techichco señala el tlatotoctli que yace en el piso delante de él.

La anciana accede y, en ese momento, un grupo de sirvientes entra a la sala principal para ofrecerles cacáhoatl, el cual Tliyamanitzin acepta por formalidad, mas no porque tenga sed o apetito.

—Hace una veintena —explica Techichco— nos reunimos los tetecuhtin de Cuauhshimalpan, Atlicuihuayan, Mishcóhuac, Huitzilopochco, Iztapalapan, Culhuácan y Ashoshco para crear un bloque en defensa de nuestras tierras. Como ya te habrás enterado, Teotzintecutli e Iztlacautzin se rebelaron en contra de Nezahualcóyotl y comenzaron a invadir los pueblos de oriente. Mientras tanto, los pueblos del sur crearon su propio bloque y dejaron solos a los meshícas y a los tlatelolcas. —Tliyamanitzin escucha con atención, pero sin interés—. Te mandé llamar porque necesito que averigües en los augurios lo que nos espera a los pueblos del cemanáhuac.

—Lamento mucho no poder ayudarle, mi señor —dice la anciana con la cabeza agachada—, pero fuerzas oscuras no me han permitido visualizar ningún agüero.

Techichco arruga las cejas, la observa sin decir una palabra, se pone de pie con pose autoritaria y camina serio de un lado a otro.

—Entonces tendré que echarte de mis tierras... —Hace una pausa y observa a la mujer para comprobar si su intimidación surtió efecto—. O quizá deba informarle a Tlacaélel que estás escondida en las montañas de Ashoshco.

—Usted no quiere ver su futuro...

La anciana se pone de pie, con su dignidad más firme que las paredes de ese palacio. El tecutli de Ashoshco la ve amenazante.

—Tú no eres nadie para decirme qué es lo que quiero o no quiero ver.

Tliyamanitzin baja la cabeza sin responder, observa el piso, respira profundo, levanta la mirada, se dirige al anciano Techichco y lo escudriña.

—Venga. —Lo invita a caminar al centro de la sala donde se encuentra el fuego. Techichco la sigue—. Arrodíllese frente el tlécuil y contémplela. —El tecutli obedece con dificultad, ya que por su edad le cuesta mucho ponerse de rodillas. La anciana se posiciona detrás de él y le pone las manos en la cabeza—. Observe... —Cierra los ojos—. Ahí se encuentra su futuro... —Dirige la cabeza al cielo, con los ojos cerrados, y con sus manos mantiene el rostro del tecutli en dirección a la hoguera—. Mire... —Respira con profundidad, como si se tratara de su último aliento—. Ése es...

En ese momento la hoguera y todas las teas colocadas en las paredes se apagan, el interior de la sala queda en la oscuridad.

—¡Basta! —grita Techichco—. ¡Basta! ¡Ya fue suficiente! —Se tira aterrado al suelo, con las manos en la cabeza, como si quisiera protegerse de algo.

De pronto, la hoguera y las teas se encienden y Techichco se descubre solo en el piso de la sala. En ese momento, entran dos soldados que, al verlo acostado como un bebé en posición decúbito lateral, se apresuran a auxiliarlo.

—¡Mi señor! ¿Qué le ocurrió? —exclama alarmado uno de ellos y lo toma de los brazos para ayudarlo a incorporarse.

—¿Dónde está la agorera? —pregunta despavorido Techichco.

—¿Cuál agorera? —cuestiona sorprendido uno de los guardias.

—¡La que estaba aquí! —vuelve a gritar—. ¡La bruja Tliyamanitzin!

—Aquí no ha entrado nadie en toda la mañana —responde uno de los yaoquizque.

—¿Qué insinúas? —cuestiona enojado el tecutli de Ashoshco mientras se sacude el polvo de sus prendas. Él está seguro de lo que vio. No le queda duda que la anciana estuvo ahí. «Yo sé lo que vi», piensa. «Era un nahual. Lo vi. Estaba ahí, entre las llamas».

—Nada, mi señor. —El hombre humillado agacha la cabeza.

—¿Qué es lo que quieren? —Techichco evita darles más explicaciones.

—Uno de sus informantes está afuera —notifica el guardia.

—Háganlo pasar —el tecutli de Ashoshco regresa a su tlatocaicpali y observa el interior de la sala vacía con temor. Busca a la anciana y al nahual.

En ese momento, entra el informante, se arrodilla y, delante de Techichco, coloca la frente en el suelo.

—Mi señor —dice el hombre con el rostro hacia el piso—, le traigo noticias de Tenayocan.

—Habla... —responde sin ponerle atención. Sigue intrigado por lo sucedido minutos atrás. Dirige la mirada en varias direcciones. Siente que alguien o algo lo observa.

—Ayer Teotzintecutli e Iztlacautzin atacaron Tenayocan —anuncia el espía—. Nezahualcóyotl e Iztlacautzin se enfrentaron personalmente en un férreo combate que duró hasta que se ocultó el sol, por lo cual ambos ejércitos dieron por terminada la batalla del día y se retiraron a sus campamentos para recuperarse. Esta mañana reanudaron el combate.

—¿Y los meshítin qué hicieron? —pregunta Techichco con los ojos en otra parte.

—No lo sé, mi señor —admite el informante sin levantar la cabeza. Se muestra desorientado. No tiene idea de lo que ocurre en la isla, pues caminó toda la noche desde Tenayocan hasta Ashoshco.

En ese instante, Techichco vuelve en sí. Sabe que el espía no tendría por qué saber lo que ocurre en Tenochtítlan. Para ello, tiene a otro informante que debió haberse presentado la noche anterior, pero que no llegará porque fue descubierto antes de que saliera rumbo a Ashoshco.

Apenas había caído la noche, cuando dos guardias del palacio lo arrestaron y lo llevaron ante el tlatoani Izcóatl, quien desde la mañana había estado investigando sobre la muerte de los cuatro embajadores enviados a Tenayocan que propondrían la alianza a Nezahualcóyotl. Los miembros del Consejo se reunieron para interrogar al espía, que además era yaoquizqui meshíca.

—¿Tuviste algo que ver con la muerte de los embajadores que iban a Tenayocan? —preguntó furioso Izcóatl mientras un par de soldados lo torturaban.

—No —respondió una y otra vez con el rostro bañado en sangre—. ¡No! ¡No! ¡No!

—Ya fue suficiente —intervino Tlacaélel.

—¿Lo defiendes? —Izcóatl se dirigió a su sobrino con ira.

—No. —El joven sacerdote no se inmutó—. Pero sé cuándo es suficiente. El hombre ya no puede mantenerse en pie. Es obvio que él no tuvo nada que ver con la muerte de los cuatro embajadores. Es sólo un espía.

—¡Es un traidor! —exclamó iracundo el tlatoani. Luego, se dirigió al espía para darle un fuerte puñetazo en el rostro.

—Espía —corrigió Tlacaélel—. No debería enojarnos tanto, aunque sea tenoshca. Únicamente estaba haciendo su trabajo. Nosotros también tenemos decenas de espías en todos los pueblos. A donde volteemos la mirada hay un informante. Incluso dentro de esta sala debe haber más de uno...

Todos los asistentes se mostraron ofendidos y comenzaron a murmurar. Otros abogaron de inmediato en defensa de su honor.

—Enviaré a Tenayocan otra embajada para ofrecer nuestra alianza a Nezahualcóyotl —espetó el tlatoani para calmar a los miembros del Consejo.

—No lo haga, mi señor —pidió su sobrino con serenidad.

—¿Por qué? —El tlatoani tenía las manos manchadas de sangre.

—Un *espía* —dijo con énfasis la segunda palabra para demostrar la importancia del espionaje para el meshíca tecúyotl— me acaba de informar que los ejércitos de Shalco y Hueshotla se encuentran en Tenayocan en este momento. —Sonrió, pues sabía que ese dato aún no había llegado a los oídos del tlatoani.

—¡¿Están en batalla!? —preguntó Tlatolzacatzin, uno de los miembros del Consejo, con gran preocupación, pues si Tenayocan perdía, los ejércitos de Iztlacautzin y Teotzintecutli entrarían con inmensa facilidad a Tenochtítlan.

—Así es. —Tlacaélel tenía el control de sus compañeros que, sin darse cuenta, una vez más, se habían doblegado ante él.

—Entonces enviaremos nuestras tropas —intervino Cuauhtlishtli.

—¡No! —respondió Tlacaélel—. Debemos esperar.

—¿A qué? —cuestionó Yohualatónac—. ¿A que maten a Nezahualcóyotl?

—Sería lo mejor. —Alzó una mejilla e hizo una mueca.

—¿Cómo te atreves? —Izcóatl dio unos pasos hacia su sobrino con actitud amenazante.

—Eso no sucederá. —El joven sacerdote levantó las manos y mostro las palmas como si con ello intentara detener a su tío—. Nezahualcóyotl tiene la alianza de los pueblos del norte. Es por eso que debemos esperar.

—¿A qué? —preguntó Tlatolzacatzin.

—A que ambos ejércitos se debiliten —respondió Tlacaélel con estoicismo—. Entonces enviaremos un regalo a Nezahualcóyotl.

—¿Qué regalo? —terció Tlalitecutli, intrigado por la tranquilidad de su compañero.

—¡Veinticinco cihuapipiltin! —espetó el joven sacerdote.[121]

—¿Para qué veinticinco mujeres? —inquirió Tochtzin y todos los

121 De acuerdo con José Luis Martínez, Izcóatl envió veinticinco doncellas. Algunas fuentes sugieren veinte, mientras otras aseguran que fueron treinta. Cabe mencionar que en la cultura nahua era una práctica común regalar mujeres, de manera individual o en grupos, para contraer alianzas, como ofrenda o a cambio de favores. Cuando Hernán Cortés llegó a Tabasco, le regalaron mujeres para su servicio y placer sexual, entre ellas a Malintzin.

nenonotzaleque se miraron entre sí. No era nada nuevo que entre gobiernos se regalaran mujeres, pero aquel momento no parecía el idóneo para algo así.

—Para que elija una y se case —explicó Tlacaélel y liberó una sonrisa presuntuosa—. Cualquiera que sea la elegida, nos servirá como espía.

—No. No haremos eso —respondió Izcóatl al tiempo que negaba con la cabeza.

—Usted bien sabe que el huei chichimecatecutli debe tener esposa —el joven sacerdote se dirigió sin miedo a su tío—. Qué mejor que sea una mujer de Tenochtítlan.

—No aceptará —aseguró Tlatolzacatzin.

—Envíele las mujeres y una embajada ofreciendo nuestra alianza. —Tlacaélel ignoró a su tío Tlatolzacatzin y mantuvo la mirada fija en el tlatoani.

Izcóatl permaneció pensativo. Tlalitecutli y Tochtzin se mostraron interesados en la propuesta. Si Tlacaélel lograba convencer a esos dos, la balanza estaría pareja: tres contra tres. Con ello, el meshícatl tecutli tendría que invertir más tiempo en esa discusión. Imaginó una tarde larga y monótona. Estaba cansado de reuniones extensas y aburridas. Entonces, decidió aceptar, muy a su pesar, la propuesta de Tlacaélel.

—Que sea de esa manera. —Suspiró profundo y cerró los ojos—. Ordenaré que traigan al palacio a veinticinco cihuapipiltin.

—Ya las seleccioné por usted —informó Tlacaélel con una sonrisa discreta.

Izcóatl apretó los labios disgustado, pues se dio cuenta de que nuevamente había sido manipulado por Tlacaélel. El tlatoani cambió el tema para no enojarse más:

—Enviaremos nuestras tropas a Coyohuácan. Ha llegado el momento de rescatar a Ilhuicamina —afirmó con la frente en alto, seguro de que eso si lo conseguiría.

—No. —Tlacaélel lo detuvo una vez más—. Aún no es el momento.

—¿Ahora qué? —Yohualatónac, furioso, caminó al centro.

—Cuécuesh está arrinconado en el palacio de Coyohuácan —informó el joven sacerdote—. Esperemos a que los coyohuácas lo obliguen a renunciar o lo maten.

Tras el motín en Coyohuácan y la entrega de todos los suministros a los pobladores, Cuécuesh tuvo una severa discusión con su esposa por haber subido a la azotea del palacio para ofrecerles alimentos a los coyohuácas sin consultarlo previamente con él, lo que no sólo implicaba que había ignorado la autoridad de su esposo, sino que una mujer se había apoderado del gobierno, algo que, para los hombres, y en todos los altepeme, representaba una humillación imperdonable. Cuécuesh, enfurecido había ordenado que encerraran a Yeyetzin en su alcoba, a pesar de que ella le había explicado una y otra vez que lo había hecho para salvarle la vida y para evitar que destruyeran el palacio. Y no sólo eso, también se atrevió a decirle que debía aprender a conciliar con los pobladores si es que quería mantener su gobierno.

—¿Cómo te atreves, estúpida? —exclamó mientras le barnizaba el rostro a cachetadas—. Nadie me va a quitar del tecúyotl.

—Eres un imbécil —le gritó enfurecida al mismo tiempo que los yaoquizque la llevaron a su alcoba, donde permanecería por tiempo indefinido.

Acto seguido, Cuécuesh ordenó a sus tropas que rodearan el palacio y que evitaran que alguien se aproximara, lo que fue tomado por los coyohuácas como un insulto. Poco duró la paz en aquella ciudad, pues días más tarde volvieron a manifestarse afuera del palacio. El tecutli coyohuáca estaba acorralado y sin saber qué hacer. Por un lado, algo le decía que se dejara de berrinches y acudiera al consejo de Yeyetzin y, por el otro, que tomara decisiones por sí solo. Sin embargo, pasaba la mayor parte del día dando vueltas en la sala principal. A veces se asomaba desde la azotea para ver qué hacía la gente y en otras ocasiones iba al patio trasero del palacio donde se encontraba su prisionero, un hombre que cada día lo decepcionaba más.

—Te creí más astuto —le dijo a Motecuzoma Ilhuicamina, quien estaba atado a uno de los palos de la jaula.

Cuécuesh se hallaba de pie frente al prisionero, quien a su vez permanecía sentado. Lo miraba hacia abajo.

—Le ruego me perdone —respondió el hermano gemelo de Tlacaélel—. No lo conozco. ¿Quién es usted? —Inclinó la cabeza a la izquierda como si con ello enfocara mejor la vista.

Los guardias que cuidaban a Ilhuicamina ya le habían informado a Cuécuesh que Ilhuicamina estaba diciendo puras tonterías, pues no sabían que la mayor parte del tiempo estaba bajo los influjos del peyote, que la mujer que lo alimentaba le suministraba en el agua y el alimento. Cuécuesh respondió que no le interesaba lo que le ocurriera a Ilhuicamina, a pesar de que Yeyetzin le había advertido repetidamente que debía ser más inteligente y cuidar a su rehén.

—No me has servido de nada —le dijo Cuécuesh a Ilhuicamina—. Debería matarte para acabar con esto.

—Los dioses también piensan lo mismo —respondió Ilhuicamina con una sonrisa bufona.

—¿De qué hablas? —Arrugó las cejas y se sentó con las nalgas descansando en los calcañares.

—De que me debo entregar en sacrificio a los dioses para salvar a mi pueblo. —Alzó la cabeza como si se dirigiera a los dioses.

—¿Qué te ocurrió? —Lo contempló intrigado por un breve instante.

—Me hice más fuerte. —Presumió una sonrisa orgullosa.

—Te hiciste más estúpido. —Rio.

—Tlacaélel dice que me hice más fuerte. —Infló el pecho.

—¿Tu hermano te dijo eso? —Hizo una mueca burlona.

—Sí. —Afirmó con la cabeza.

—¿Cuándo? —Se puso de pie.

—No lo recuerdo —respondió Ilhuicamina—. No sé si fue ayer o el día anterior. Viene a verme todas las noches y platica conmigo.

Cuécuesh liberó una carcajada y le dio la espalda.

—¿Y qué más te dice? —Lo miró por arriba del hombro.

—Que espere, pues muy pronto vendrá a rescatarme. —Tenía la mirada fija en Cuécuesh.

—Lo dudo. —El tecutli coyohuáca se postró delante de él con una postura amenazante—. Hace tanto tiempo que estás aquí y él no ha enviado siquiera una embajada para negociar tu liberación.

—Dice que te vamos a matar y te vamos a cocinar en caldo —aseguró el prisionero. Sonrió y se pasó la lengua por la comisura de los labios.

—Eres un idiota —dijo el coyohuáca y se dio media vuelta.

En ese momento Ilhuicamina se puso de pie y se le colgó a Cuécuesh por la espalda como una *mazatémitl,* «garrapata»; le rodeó el cuello con los brazos y la cintura con las piernas.

Tenía en la mano una piedra que había afilado por un largo tiempo, tallándola en el piso y con la cual había cortado la soga que le ataba las manos a los barrotes de la celda.

—Te voy a sacar el corazón y se lo daré en ofrenda al dios Huitzilopochtli. —Le puso la piedra afilada en el cuello.

25

La mirada ausente de Yarashápo, como la de un ciego que recién acaba de perder la vista, no sólo desvela su incertidumbre, sino también el más recóndito y tenebroso de sus miedos. Los ministros del tecúyotl shochimilca lo observan con tristeza y resentimiento. En el piso de la sala principal yace el cadáver empapado y putrefacto de Tleélhuitl, capitán de las tropas shochimilcas, cuya piel, además de estar hinchada, tiene un color entre café, gris y morado.

—Esta mañana lo hallaron flotando cerca del embarcadero de Cuitláhuac —informa uno de los embajadores de aquel poblado, quienes lo acaban de llevar al palacio de Shochimilco—. Nuestro tecutli Cuauhtemóctzin[122] nos envió para entregar el cuerpo, esclarecer que nuestro altépetl no tuvo nada que ver en la muerte de su capitán y manifestarle sus condolencias y apoyo en lo que sea necesario.

Yarashápo no responde. Sabe quién es el responsable, pero no se atreve siquiera a insinuar su nombre. Treinta y cuatro días atrás, Tleélhuitl le había advertido al shochimílcatl tecutli que Pashimálcatl le enterraría un cuchillo por la espalda, consciente de que eso también podría ocurrirle a él mismo. Por ello, a partir de esa noche durmió con un técpatl en la mano, el macuáhuitl al lado de su pepechtli y un vigilante afuera de su casa, aunque por ser el capitán del ejército bien podía haber instalado una tropa completa, no sólo en su casa, sino en todo el calpuli donde vivía, pero no quiso alarmar a los vecinos, ni verse como un cobarde ante su cazador ni admitir que su peor pesadilla se había vuelto realidad, pues habría sido el equivalente a admitir que estaba vagando en la penumbra. ¡Primero muerto! Y así fue.

Pero no fue tan sencillo ni tan rápido. Antes de matarlo, Pashimálcatl se ocupó de otros asuntos para afianzar su lugar en el

122 Por muy inverosímil que parezca, en 1429, en la isla de Cuitláhuac, hoy en día Tláhuac, gobernaba un tecutli llamado Cuauhtemóctzin. *Anales de Tlatelolco.*

tecúyotl shochimilca. Primero que nada, se enfocó en embrutecer a Yarashápo, hasta que nuevamente perdiera su voluntad y la capacidad de ver más allá de sus narices. Si bien ya no parecía necesario engatusarlo más de lo que ya estaba, Pashimálcatl no quiso correr riesgos, pues al tecutli de Shochimilco lo rodeaba una horda de envidiosos que, aunque no eran del todo desleales, eran capaces de cualquier cosa con tal de mantener su posición en el gobierno, un sitio que evidentemente perderían en cuanto Pashimálcatl recuperara el dominio de aquel altépetl; para ello, debían asesorar correctamente a Yarashápo, quien nunca había sido tan feliz como en esos días en los que Pashimálcatl estuvo pegado a él, desde que amanecía hasta que anochecía, esos días maravillosos en los que, apenas abandonaban la sala los ministros, sin importar si era mediodía, lo desnudaba, se le arrodillaba entre las piernas, le chupaba la verga y le exprimía hasta la última gota de semen, para más tarde inventarse otra excusa y tener otro momento a solas, tal vez antes de comenzar las reuniones de la tarde, o a media tarde, o antes de cenar, apresurar los informes, rematar sin concluir, fuera todos, se acabó, salgan, reconquistar la privacidad y penetrarlo de la manera más salvaje posible, para dejarlo temblando de placer, de nervios y también de vergüenza por no pensar en las consecuencias ni en lo que debería haber hecho, en lugar de estar cogiendo, cuando su obligación era estar al frente del gobierno y procurar el bien de su gente.

No era un secreto para nadie que la estrategia de Pashimálcatl consistía en no dejar solo a Yarashápo ni un instante para que ninguno de los ministros pudiera susurrarle un chisme o una advertencia, nada que él no pudiera refutar o amparar, nada que truncara sus planes, por ello, los ministros, consejeros, sacerdotes y militares hicieron a un lado sus intentos de persuadir a Yarashápo de que su gobierno y su vida corrían peligro. Muchos de ellos se dieron por vencidos, conscientes de que cualquier día encontrarían el cadáver de su tecutli flotando en el lago de Shochimilco, sin imaginar que ellos también corrían el mismo riesgo.

Únicamente Tleélhuitl vaticinó su fin. Tuvieron que transcurrir treinta y cuatro días para que el capitán de las tropas se encontrara frente a la muerte. Treinta y cuatro días en los que hizo todo lo posible por acercarse al tecutli de Shochimilco, pero fue imposible ya que siempre estaba ocupado o indispuesto, según informaban los sirvientes que le negaban la audiencia. Tleélhuitl conocía a la perfección el itinerario y los hábitos de Yarashápo, por lo tanto, cualquier excusa que le dieran los fámulos era inverosímil. La respuesta era simple: Pashimálcatl era capaz de poner el palacio entero de cabeza con tal de evitar que Yarashápo se reuniera con el capitán de las tropas.

Tleélhuitl no se dio por vencido e hizo todo lo posible por entrar a la sala principal, incluso cuando el tecutli de Shochimilco se encontraba en reuniones con los tecpantlacátin, «ministros», y nenonotzaleque, «consejeros», pero la guardia en la entrada se lo impedía; soldados de menor grado que él, bisoños e inexpertos en la guerra, habían recibido la misión de contenerlo a toda costa. Aunque Tleélhuitl los amenazara con encerrarlos, aquellos jóvenes, instruidos cuidadosamente por Pashimálcatl, no cedieron ni se dejaron intimidar.

De eso Yarashápo no se había enterado. Estaba embobado con su idilio. Pashimálcatl secuestraba el tecúyotl de Shochimilco delante de sus narices y corrompía a quienes se dejaban, y a los que no cedían les tenía algunos ardides preparados, comenzando por Tleélhuitl, a quien, poco a poco, fue degradando en el ejército, sin jamás haberlo anunciado en público. Movió los hilos desde las sombras y creó una red de traidores que, cada día, se expandía como plaga de langostas, a tal grado que llegó el momento en que la autoridad de Tleélhuitl era equivalente a un chiste: la mayoría de los yaoquizque halaban a su espalda y se reían de él, como si se tratara del imbécil del pueblo. Pashimálcatl había orquestado eso y más, sin que Yarashápo se percatara de ello.

Todo terminó una noche solitaria y fría en la que Tleélhuitl salió tarde del cuartel, cuando una mujer bañada en llanto se le acercó y le rogó que salvara a su hijo, que había caído al lago y al que no podía encontrar debido a la oscuridad. El capitán del ejército titubeó por un instante, pues sabía que acudiría solo al sitio indicado por aquella desconocida: si bien podía tratarse de una súplica genuina, igual podía ser un artificio, pero a esas alturas, como comandante del ejército, no podía ni debía negarle el auxilio a una shochimilca. Caminó detrás de ella vigilando que nadie lo siguiera y cuando llegaron al embarcadero, encontró a algunos pescadores recogiendo sus redes para irse a descansar. La mujer le señaló el lugar donde su hijo había estado y pidió que el capitán de las tropas abordara una canoa y acudiera al punto indicado. Tleélhuitl permaneció dudoso por un instante, mirando al lago y las acalis que aún navegaban por ahí y a la mujer, con un gesto de desesperación, le preguntó qué le ocurría, que si no pensaba ayudarla y que si iba a dejar morir a su hijo. Él no se atrevió a responder, abordó la canoa y comenzó a remar con la mujer sentada frente a él. De pronto, otra canoa se acercó a ellos, en la cual aparentemente había sólo una persona a bordo, pero aparecieron cuatro hombres más que yacían escondidos bocabajo. Tleélhuitl los reconoció al instante: eran soldados shochimilcas. Comprendió que sus minutos estaban contados. La mujer eludió el choque de miradas con el capitán del ejército y brincó a la otra canoa, como un náufrago recién rescatado, mientras los yaoquizque le apuntaban a Tleélhuitl con arcos y flechas. «Hagan lo que tienen que hacer de una vez», espetó resignado. Pero ellos no respondieron una palabra; sin bajar la guardia, abordaron la canoa en la que iba Tleélhuitl y comenzaron a remar en dirección a Cuitláhuac, sin llegar a aquel puerto. A medio camino se encontraron con cuatro canoas más. Uno de los pasajeros era Pashimálcatl que sonriente brincó a la canoa donde estaba Tleélhuitl. «Te advertí que te mataría», sentenció con un tono satírico. «Cobarde», mantuvo la frente en alto y la mirada firme. «¿Por qué no viniste tú solo?». «¿Crees que me importa lo que pienses?», le enterró un cuchillo de pedernal en el abdomen. Tleélhuitl intentó defenderse, pero los demás soldados le apuñalaron la espalda, el abdomen y el pecho más de sesenta veces. El cuerpo de Tleélhuitl cayó al agua y quedó flotando hasta que lo encontraron tres días después.

—¿Por qué nadie me informó que Tleélhuitl había desaparecido? —pregunta Yarashápo a los ministros.

—No querían preocuparte —interviene Pashimálcatl de inmediato—. Todos ellos saben que estás muy ocupado.

—Eso no es cierto —lo interrumpe un anciano—. Hemos intentado hablar con usted sobre muchos temas, pero...

—¿En verdad cree que es correcto hablar de asuntos internos frente a los embajadores de Cuitláhuac? —le pregunta Pashimálcatl con una mirada amenazante.

—¿Entonces cuándo? —cuestiona el anciano al mismo tiempo que arruga las cejas, la nariz y los labios—. Ya nunca nos dejan hablar con nuestro tecutli.

—Fue suficiente. —Pashimálcatl se pone de pie. Con los dedos de la mano derecha hace una seña a los yaoquizque para que acudan a su llamado y se dirige a los ministros y embajadores—: Nuestro tecutli Yarashápo necesita un momento para recuperarse del dolor que le ha causado la terrible pérdida de nuestro valeroso Tleélhuitl, capitán de las tropas shochimilcas. Así que les pido que abandonen la sala.

Los soldados que hacían guardia en la entrada se acercan para guiar a la concurrencia a la salida.

—¡No! —El tecpantlácatl que estaba hablando intenta dirigirse al tecutli shochimilca, pero un soldado lo toma del brazo—. Queremos saber qué piensa nuestro tecutli.

—Avance, anciano —ordena el yaoquizqui de forma despótica.

—¡A mí háblame con respeto! —Se quita la mano del soldado e intenta dirigirse a Yarashápo—. ¿Va a permitir esto?

Yarashápo observa atónito e incapaz de gesticular cualquier sonido. El escenario que tiene frente a él es la prueba fehaciente de que ha perdido el dominio de su gobierno y de su persona. Sin embargo, no puede hacer eso que le grita una voz en su interior: «Levántate, detén este desastre, reivindícate, demuéstrales a todos que aún tienes autoridad y la capacidad para gobernar». Si lo hiciera, recuperaría todo en un instante y lo perdería todo, pues sin Pashimálcatl de nada le sirve el poder, el gobierno, el palacio, los sirvientes, la vida... «Total, yaoquizque mueren y son remplazados. Pashimálcatl no tiene remplazo. Jamás... ¡Ya cállate! Cállate. Eres un cobarde. ¡Imbécil! Tleélhuitl no era cualquier soldado, era tu mano derecha, el hombre más leal a tu gobierno. No puedo... No... No puedo vivir sin Pashimálcatl... Lo intenté y no pude».

—¡Mi señor, no permita esto! —grita el anciano antes de cruzar la salida.

—Ven. —Pashimálcatl le ofrece la mano al tecutli, que se encuentra sentado en su tlatocaicpali—. Yo sé lo que tú necesitas. Vamos a la alcoba.

—No puedo. —Dirige la mirada al cadáver de Tleélhuitl—. Necesito... —Los labios le tiemblan sin control, siente que le falta el aire y las fuerzas para seguir—. Debo... —Aprieta los labios para detenerlos.

—Vamos a la alcoba. —Pashimálcatl se acerca a él y lo toma de la mano—. Deja que los sirvientes limpien todo esto. Aquí hiede a más no poder.

—Lo siento. —Avergonzado se pone de pie, agacha la cabeza y da unos pasos hacia el centro de la sala donde yace el cadáver—. Tengo que hacerme cargo del funeral. —Mira el cuerpo y, luego, levanta la mirada como una súplica—. Debo visitar a su esposa y a sus hijos para informarles que... —Comienza a llorar—. Oh, esto no debió suceder.

Pashimálcatl se acerca con una actitud paternal y lo envuelve en un abrazo amoroso, justo como a Yarashápo le gusta.

—Esto no debió ocurrir. —Se aferra a Pashimálcatl y llora como un bebé—. Todo esto fue mi culpa.

—No digas eso. —Le acaricia el cabello—. La Tierra está revuelta. Estamos en guerra. Seguramente fueron los meshícas, pero no nos van a intimidar.

Yarashápo se separa de Pashimálcatl y lo observa con atención.

—¿Crees que fueron los meshítin?

—Absolutamente. Si no, ¿quién más? Tleélhuitl era un buen hombre. No tenía enemigos.

—No tenía enemigos —repite el tecutli, que baja la cabeza con tristeza. Sabe que sí tenía un enemigo, un enemigo que se encuentra justo delante de él—. ¿Fuiste tú? —pregunta Yarashápo, temeroso de la respuesta.

—¿Yo? —Se echa para atrás y se muestra ofendido—. ¿Me crees capaz de eso?

El tecutli shochimilca lo observa con tristeza, pues sabe perfectamente que su amante está mintiendo y que jamás admitirá su crimen.

—Si eso es lo que piensas de mí, no puedo permanecer a tu lado. —Desvía la mirada hacia la salida y dibujó en su rostro un gesto de lamento.

—Debo hacerme cargo del funeral... —Finge no haber escuchado la última frase, pero por dentro se está quebrando en pedazos.

—Me iré —amenaza Pashimálcatl al mismo tiempo que le da la espalda.

—Me ayudaría mucho que me acompañaras al funeral. —Deja caer los hombros y exhala con desánimo.

—Luego no digas que no te lo advertí. —Se voltea con fanfarronería—. Cualquier día de estos las tropas de Shalco y Hueshotla invadirán Shochimilco. ¿Sí sabías que llevan cinco días combatiendo contra los ejércitos del bloque del norte? Muy pronto asesinarán a Nezahualcóyotl. Y tú estarás solo.

El tecutli de Shochimilco baja la mirada y permanece en silencio por un instante. Piensa en la trayectoria y en el porvenir del príncipe chichimeca, a quien ha admirado en silencio y a la distancia desde la muerte de Ishtlilshóchitl.

—Enviaré una embajada a Nezahualcóyotl para ofrecerle mis tropas. —Le tiemblan las manos y las piernas.

—Y cuando nuestros hombres salgan rumbo a Tenayocan, llegarán los tenoshcas y nos invadirán —amenaza Pashimálcatl, con plena consciencia de que sus artimañas no están surtiendo efecto.

—Nezahualcóyotl me necesita...

Lo que menos le conviene a Pashimálcatl es que Yarashápo se ocupe de los asuntos verdaderamente importantes.

—Él está bien —espeta furibundo—. Tiene muchos aliados. Nezahualcóyotl no te necesita.

La realidad es que, en estos momentos, al príncipe chichimeca le urge el apoyo de todos los pueblos que alguna vez le juraron lealtad. Por quinto día consecutivo, las huestes de Iztlacautzin y Teotzintecutli han atacado Tenayocan. Nezahualcóyotl y sus aliados de Tlacopan, Aztacalco, Ishuatépec, Ehecatépec, Toltítlan y Cuauhtítlan apenas si pueden sostener los combates, pues sus ejércitos son demasiado pequeños en comparación con los de Shalco, Hueshotla, Otompan, Chiconauhtla, Acolman, Tepeshpan, Teshcuco y Coatlíchan.

Esa misma mañana el Coyote ayunado camina con un brazo vendado por el campamento del bloque del norte, donde yacen más de novecientos soldados heridos, la mayoría sin ser atendidos, ya que las curanderas no se dan abasto.

—Necesitamos que todas las mujeres jóvenes y de mediana edad de Tenayocan, Cílan, Tlacopan, Aztacalco, Ishuatépec, Ehecatépec, Toltítlan y Cuauhtítlan vengan a curar a nuestros yaoquizque —dice

Nezahualcóyotl en la reunión que tiene en el campamento con los tetecuhtin aliados.

—Enviaré un grupo de soldados para que las traigan —responde Atónal, comandante de las tropas del príncipe chichimeca.

—Las que teníamos en Toltítlan ya están aquí —interviene Epcoatzin, encogiéndose de hombros—. Las demás ya preparan *tlacuali,* «comida».

—No importa —comenta Cuauhtlehuanitzin, medio hermano de Nezahualcóyotl, con un tono desesperado—. Que dejen lo que están haciendo y que vengan a auxiliar a los heridos.

—Eso no se puede hacer —aboga Totoquihuatzin, tecutli tlacopancalca, con la misma parsimonia de siempre—. Los yaoquizque que en este momento se encuentran en el campo de batalla necesitan alimentarse.

—Pero también necesitan refuerzos —agrega Cuachayatzin, tecutli de Aztacalco—. Y sin ellos también morirán.

—Todos ustedes tienen razón —dice Pichacatzin, consejero de Nezahualcóyotl—. Y también se equivocan. No podemos quitar a unas mujeres de un lugar para que hagan otras cosas y dejar un vacío. Los soldados necesitan alimentarse, curarse y descansar. La solución... —Hace una pausa y mira a cada uno de los tetecuhtin—. Es que solicitemos la ayuda de las mujeres de los pueblos más pequeños, los más alejados, aquellos que apenas tienen mil o dos mil habitantes.

—Algunos poblados tienen menos de quinientos habitantes —responde Atepocatzin de Ishuatépec con la intención de recalcar la pobreza en la que viven.

—Con que nos envíen cien mujeres, nos ayudarían muchísimo —dice Shontecohuatl, medio hermano de Nezahualcóyotl.

—¿Y si nos niegan la ayuda? —pregunta Tecocohuatzin de Cuauhtítlan.

—Pues vamos a otro poblado —contesta Shihuitemoctzin de Ehecatépec—. No los podemos obligar.

—Están obligados a ayudarnos —ataja Tecocohuatzin—. Son pueblos vasallos.

—Claro que están obligados, pero no podemos hacer nada en

estos momentos —Shihuitemoctzin alza la voz—. Y si no quieren, ¿qué vas a hacer? ¿Enviar las tropas a que los maten?

—Ya dejen de pelear —interrumpe Nezahualcóyotl—. Hagamos lo que propuso Pichacatzin.

—También podríamos solicitar el auxilio de los meshícas y los tlatelolcas —insiste Atónal.

—No —responde tajante el príncipe chichimeca al mismo tiempo que se lleva la mano derecha al brazo izquierdo, como si con ello lograra disminuir el dolor que siente.

Cinco días atrás había sido herido en un duelo con Iztlacautzin. Momentos antes de su combate cuerpo a cuerpo, Nezahualcóyotl había notado la presencia de Iztlacautzin y Teotzintecutli, por lo cual corrió hacia ellos con la certeza de que podría derrotarlos personalmente como lo había hecho con Mashtla. Cuauhtlehuanitzin, Shontecóhuatl y Atónal corrieron detrás de él, directo a la trampa que le había puesto el señor de Hueshotla. Los huehuetles y los teponaztlis seguían retumbando. ¡Pum, pup, pup, pup, Pum!... ¡Pum, pup, pup, pup, Pum!... ¡Pum, pup, pup, pup, Pum!... Al mismo tiempo los yaoquizque aullaban: ¡Ay, ay, ay, ay, ay, ayayayay! Nezahualcóyotl iba furioso con su macuáhuitl y su chimali, determinado a despedazar a Iztlacautzin y Teotzintecutli, sin darse cuenta de que una tropa de doscientos soldados los iba a rodear. Callaron los huehuetles y los teponaztlis y la batalla se detuvo. «¡Perdiste, Coyote!», gritó Teotzintecutli triunfante y, en ese momento, entraron en una estampida los ejércitos de Toltítlan y Cuauhtítlan. La batalla aún no había terminado: el príncipe chichimeca corrió detrás de Teotzintecutli, señor de Shalco, pero se encontró con la audacia de Iztlacautzin, tecutli de Hueshotla, un guerrero por demás experimentado e invicto. El heredero del imperio chichimeca se postró delante de su adversario con el macuáhuitl en las dos manos, en posición diagonal, con las piedras de obsidiana por arriba de su hombro derecho, las piernas abiertas, una delante y otra detrás. Iztlacautzin, por su parte, jugueteaba con el macuáhuitl, sosteniéndolo con la mano izquierda y girándolo como una honda, listo para lanzar la primera piedra. Mientras tanto, alrededor, el resto de los yaoquizque peleaban cuerpo a cuerpo. Nezahualcóyotl mantuvo la mirada firme en los ojos de Iztlacautzin, quien sonreía de la misma manera en la que sonreía el *ocelopili,* «guerrero jaguar», que había asesinado a Ishtlilshóchitl y no pudo evitar el recuerdo de aquel día fatídico: el joven Nezahualcóyotl tuvo que esconderse en la copa de un árbol para salvar su vida y, desde ahí, ser testigo mudo. El meshíca se había quitado la cabeza de jaguar y sonrió con malicia, mostrando su dentadura de escasos cuatro dientes al frente. Se limpió el sudor de la cara y dio un par de pasos hacia su enemigo, que no se movió esperando el ataque. Ishtlilshóchitl soltó un golpe y dio ligeramente en la boca del jaguar, cortándole el labio e hiriendo un diente. El jaguar volvió a sonreír (su boca sangraba), y con rapidez soltó un golpe que le quitó de las manos el chimali al tecutli acolhua. Ahora los dos estaban sin escudo, sólo con sus macuahuitles. El jaguar miró fijamente a Ishtlilshóchitl. Sonrió con la misma perversidad. La sangre le escurría de la boca. Se arrancó el diente lastimado, lo mostró a su adversario, sonrió, se lo tragó y lanzó otro porrazo que dio certero en el brazo de Ishtlilshóchitl, quien pronto empezó a desangrarse. Inmediatamente soltó otro golpe, justo en el abdomen. El huei chichimecatecutli estaba sumamente herido. Y a pesar de eso seguía de pie. El jaguar gritó con gusto a sus aliados, quienes con prontitud abandonaron sus batallas para ver al tecutli en desgracia. Los guerreros chichimecas también acudieron al llamado. Hubo un silencio total. Ya nadie luchaba, ni siquiera los que se encontraban muy retirados. Todos se detuvieron. Los más cercanos observaron. Unos con lamento y llanto, otros con expresiones de gozo. La guerra había terminado. Tezozómoc había ganado y sería a partir de entonces el nuevo tecutli de toda la Tierra. Ishtlilshóchitl cayó de rodillas mirando a su adversario, con su brazo casi mutilado, colgando como trapo, y su abdomen completamente abierto, con las tripas desbordándose. El jaguar sonrió con arrogancia. Miró a todos para cerciorarse de que lo estuviesen observando. Volvió a sonreír con burla y dio el golpe final: la cabeza del tecutli chichimeca salió volando. Nezahualcóyotl se llevó las manos a la boca para no liberar un grito de dolor. Por si fuera poco, tuvo que permanecer escondido en la cima de aquel árbol hasta que los ejércitos de Tezozómoc desarmaran a los soldados de Ishtlilshóchitl y los ataran para llevarlos prisioneros a Azcapotzalco.

El príncipe chichimeca nunca olvidaría la sonrisa del guerrero jaguar que le había arrebatado la vida a su padre, esa misma sonrisa que ahora parecía haber revivido en el rostro del tecutli de Hueshotla. «Anda», dijo Iztlacautzin, «¿Qué esperas para atacar?», y giraba el macuáhuitl como si no pesara. «¡Ataca!», sonrió. Sin darse cuenta, por primera vez en su vida, el Coyote ayunado se había intimidado en un combate que aún no comenzaba, que era sólo un baile de dos guerreros midiendo sus fuerzas. «¡Tienes miedo!», Iztlacautzin mostró la sonrisa más amplia que pudo, «Se ve que tienes miedo». Ahí estaba la sonrisa del jaguar. Burlona. Cínica. Perversa. Nezahualcóyotl enfureció y lanzó el primer porrazo sin dar en su objetivo, ya que el tecutli de Hueshotla era ágil, bailarín y saltarín. El Coyote sediento se reincorporó con rapidez, con el macuáhuitl en las dos manos, en posición diagonal, tal y como lo enseñaban en todos los ejércitos, mientras que Iztlacautzin jugaba con descaro y despreocupado. Lanzaba el arma de una mano a otra al mismo tiempo que meneaba las caderas de derecha a izquierda. Poco a poco, los demás combatientes fueron pausando sus batallas para presenciar la pelea entre sus líderes. Nezahualcóyotl se supo observado y comenzó a ponerse nervioso, algo que lo debilitaba más que cualquier golpe. Lanzó un porrazo que su contrincante esquivó con maestría. «¿Eso es todo?», preguntó gozoso. El heredero chichimeca atacó una vez más y, nuevamente, falló, quedando en ridículo ante cientos de yaoquizque. Entonces, Iztlacautzin decidió emprender la ofensiva: un golpe por la izquierda, el cual Nezahualcóyotl detuvo con su macuáhuitl, otro golpe por la derecha, luego uno a la izquierda, derecha, izquierda, a las piernas, a los brazos, al abdomen, al rostro, de nuevo a las piernas, todos sin descanso y sin piedad, todos detenidos por el garrote de Nezahualcóyotl, quien en esos momentos estaba empapado en sudor. Los dos contendientes hicieron una pausa, se contemplaron con furia y, de pronto, el Coyote hambriento emprendió la defensiva con una retahíla de porrazos que su rival logró atajar con pericia. «Ya me cansé de este jueguito», dijo el tecutli de Hueshotla y lanzó otra docena de trancazos, que el príncipe acólhua apenas si pudo detener, hasta que finalmente uno de esos golpes le dio en el brazo. Entonces Shontecóhuatl, Cuauhtlehuanitzin y Atónal corrieron en su auxilio, atacando a Iztlacautzin, quien inmediatamente fue socorrido por su ejército. Nezahualcóyotl había perdido aquella batalla de manera personal, a pesar de que esa tarde ambos ejércitos, sin declararse vencedores, se retiraron a sus campamentos en cuanto el sol se ocultó, para regresar a la mañana siguiente.

—Necesitamos del auxilio de los meshícas y los tlatelolcas —insiste Atónal con preocupación.

—Dije que no —responde enojado el príncipe acólhua y se marcha al palacio de Tenayocan con la mano derecha acariciando la herida de su brazo izquierdo.

Al llegar a la entrada del palacio, se topa con uno de los ministros, que le informa que Izcóatl ha enviado una embajada.

—¿Cuál es el motivo de la embajada? —pregunta Nezahualcóyotl, sin detener su recorrido hacia la sala principal del palacio.

—No lo sé, pero enviaron veinticinco cihuapipiltin. —El hombre camina apurado detrás del Coyote hambriento, quien avanza a zancadas.

—¿Veinticinco mujeres? —Se detiene de súbito y voltea a ver al ministro. Le parece extraño que enviaran mujeres justo después de que él y los tetecuhtin aliados dialogaran sobre la escasez de éstas en el campamento. Se pregunta si alguien dirigió un mensaje a Izcóatl haciendo una solicitud en este sentido. Y si así hubiera sido, le parece que la respuesta son muy pocas mujeres.

—Están ahí adentro. —Señala la entrada de la sala principal. Nezahualcóyotl dirige la mirada a la sala y permanece pensativo. No le agrada que los embajadores lo vean con una venda en el brazo, pues es la evidencia más clara de que perdió un combate o, por lo menos, que fue severamente herido. Asimismo, cree que no debería ocultarse, ya que eso demostraría un fracaso de mayores proporciones. Entonces decide entrar, a pesar de su incomodidad.

En cuanto ve a las veinticinco doncellas, Nezahualcóyotl se percata de su belleza y comprende que no las enviaron para que asistieran a los soldados heridos. Cree saber el motivo, pero no dice nada; decide esperar a que los embajadores hablen. Camina hacia el otro extremo de la sala, sube tres escalones, se sienta en su tlatocaicpali y saluda.

—*Cuali tlaneci, tlazohtitlácatl*, «buenos días, mi señor amado», —dice uno de los cuatro embajadores, luego de haber cumplido con todos los protocolos de arrodillarse, tocar el piso con la mano y llevarse un poco de tierra a la boca—. Nuestro amado tlatoani Izcóatl nos ha enviado para que traigamos antes usted a estas veinticinco cihuapipiltin, hijas de los pipiltin más importantes de nuestro altépetl, para que elija a una como esposa.

El príncipe chichimeca permanece en silencio por un largo rato y observa a las niñas que le han enviado: la mayoría no rebasa los catorce años, aunque parecen mayores. Deduce que las escogieron con mucha cautela.

—¿Ése es todo el mensaje? —pregunta esperando que los meshícas finalmente acepten jurarlo y reconocerlo como in cemanáhuac huei chichimecatecutli sin dividir el chichimeca tlatocáyotl.

—Así es. Nuestro amado tlatoani le ofrece una alianza para combatir a los pueblos rebeldes —responde el embajador con tono humilde.

—¿Eso significa que me reconocerán como in cemanáhuac huei chichimecatecutli sin dividir el tlatocáyotl?

—Lamento mucho no tener la respuesta a esa pregunta, mi señor, ya que nuestro amado tlatoani no nos dio instrucciones con respecto a ese tema.

—En otras circunstancias, les ofrecería hospedaje y alimento, pero como ustedes saben estamos en guerra. Mis yaoquizque están peleando en estos momentos contra los ejércitos rebeldes. De esta manera, me veo obligado a darles una respuesta inmediata. Y es no.

Los embajadores permanecen atónitos.

—Llévenle las doncellas a su tlatoani y díganle que no aceptaré nada hasta que me juren y reconozcan como huei chichimecatecutli... sin su estúpida exigencia de dividir el huei chichimeca tlatocáyotl en dos. También comuníquenle a su meshícatl tecutli que, si no accede a mis condiciones, muy pronto marcharé a su ciudad con toda la fuerza de mis tropas y los someteré a mi mando.

Sin más que decir, los embajadores regresan a Tenochtítlan con las veinticinco doncellas y Nezahualcóyotl, enfurecido, se marcha a su alcoba. En el camino se encuentra a Zyanya, la cual minutos atrás acaba de tener un altercado con su hermana menor, Matlacíhuatl, quien la desplazó y no le ha permitido acercarse al príncipe chichimeca desde que se convirtió en concubina:

—Crees que eres la concubina preferida de Nezahualcóyotl porque últimamente te busca sólo a ti —dijo Zyanya con un tono retador—, pero la realidad es que todas pasamos por lo mismo. Cuando se canse, conseguirá otra concubina y tú quedarás en el olvido.

—Yo no quedaré en el olvido, como tú. —Sonrió orgullosa.

—No te metas en mi camino —amenazó Zyanya.

—Y si lo hiciera, ¿qué me vas a hacer? —preguntó Matlacíhuatl burlona.

Zyanya le dio una bofetada. Matlacíhuatl le respondió con otra bofetada. En eso momento, el príncipe Nezahualcóyotl apareció al final del pasillo. Las dos hermanas disimularon a la perfección. Zyanya se apresuró a alcanzarlo.

—¿Se encuentra bien, mi señor? —pregunta Zyanya al mismo tiempo que entra a la alcoba con Nezahualcóyotl.

—No —contesta sin mirarla—. Necesito estar solo.

—Tal vez lo que necesite sea un poco de cariño. —Pretende tener sexo con él. Hace mucho que no la toca a ella ni al resto de las concubinas, excepto a Matlacíhuatl.

—Déjame solo —responde Nezahualcóyotl al mismo tiempo que se acuesta en su pepechtli.

—Si quiere puede contarme qué es eso que lo tiene tan preocupado —propone Zyanya.

—Quiero dormir —dice Nezahualcóyotl, acostado bocarriba y con los ojos cerrados.

Zyanya sale de la alcoba derrotada y llorando. Justo en ese momento entra Matlacíhuatl con una jícara llena de agua fresca. Zyanya la mira con odio; su hermana menor, en cambio, le sonríe coqueta.

—Mi señor, le traje algo de beber —anuncia Matlacíhuatl en cuanto Zyanya abandona la habitación.

Nezahualcóyotl agradece sin abrir los ojos.

—Mi padre me contó sobre las intenciones de los meshítin de apropiarse de la mitad del imperio —dice mientras sirve agua en un pocillo—. Yo pienso que eso está muy mal.

El príncipe chichimeca levanta la cabeza y la observa detenidamente. Le llama la atención la forma en la que habla esa niña, que se arrodilla a su lado y le ofrece el tecontontli con agua, el cual acepta en silencio.

—Yo creo que hay otra solución... —Se pone de pie y camina a la salida.

—Espera. —La ataja al mismo tiempo que se sienta en su pepechtli.

Ella se detiene seductora sin mirarlo.

—Ven —ordena—. Siéntate aquí. —Coloca la palma de la mano en el pepechtli.

—Como usted diga... —Se acomoda el cabello y camina hacia él.

—¿Cuál es esa solución? —pregunta en cuanto tiene a su concubina sentada junto a él.

—Que divida el tlatocáyotl en tres... —responde y sonríe coqueta.

Nezahualcóyotl también sonríe, cierra los ojos y agacha la cabeza al mismo tiempo que niega con ella.

—Olvídalo —comenta decepcionado de la propuesta de su joven concubina—. Ya te puedes retirar.

El Coyote ayunado se acuesta nuevamente.

—Haga una triple alianza —insiste Matlacíhuatl, aún sentada junto a él.

—No entiendes nada. —Se frota el brazo herido y la mira con simpatía, pues la ve como una niña entusiasta.

—Divida el tlatocáyotl entre Teshcuco, Tenochtítlan y Tlacopan. —Clava la mirada en los ojos de Nezahualcóyotl y deja que analice la propuesta.

—Eso no es una buena solución. —Se vuelve a sentar en su pepechtli.

—Claro que lo es. —Le pone las manos sobre la pierna.

—No. —Exhala.

—Los meshícas no cederán. —Lo mira con firmeza y le aprieta la pierna con la mano—. Usted necesita de sus tropas.

—No las necesito —refuta. Muestra su dentadura, alza la frente e infla el pecho.

—Si derrota a Iztlacautzin y Teotzintecutli, todavía queda el bloque del poniente y el bloque del sur contra los meshícas —continúa la joven tecihuápil, «concubina»—. Esto demoraría algunos años. Usted se puede cansar, sacrificar a miles de soldados y, al final, perderlo todo. O puede hacer una alianza con los meshícas y vencer en la guerra sin desgastar a sus ejércitos. Cuando concluya el conflicto, requerirá de aliados para que lo ayuden a defender lo ganado. Siempre necesitará amigos. Los vasallos no siempre son amigos. Usted no puede gobernar solo. Si acepta dividir el tlatocáyotl en dos, a usted le toca la mitad. Pero si incluye a mi padre, usted se quedaría con dos terceras partes sin entrar en guerra con los meshítin. Usted conoce a mi padre: tiene aspiraciones muy limitadas. Sólo quiere vivir tranquilo. Él hará lo que usted le diga. Votará a su favor en todo y obedecerá ciegamente. Cuando haya asamblea y deban tomarse decisiones importantes, usted siempre contará con dos sufragios, el suyo y el de mi padre, por lo que los meshícas no tendrán más opción que acatar sus resoluciones.[123]

123 Fray Juan de Torquemada y Mariano Veytia sostienen la versión de que Matlacíhuatl fue la precursora para la creación de la Triple Alianza. Torquemada llama Matlaltzihuatzin a quien convence a Nezahualcóyotl para que incluya a su padre, Totoquihuatzin, y a su pueblo, Tlacopan, en aquel pacto. Francisco Javier Clavijero plantea que Matlacíhuatl fue esposa de Nezahualcóyotl, pero que se casaron después de la consumación de la alianza.

26

Tú eres el hijo más fiel, Tlacaélel, el más obediente, el más sabio, el más asertivo, el más amado. Hoy nadie te comprende, casi todos te desprecian, desconfían de ti, hablan a tus espaldas, algunos se burlan y otros te envidian, pero llegará el día en que esos hipócritas se arrepentirán y se tragarán sus palabras. Todos los pueblos de la Tierra se arrodillarán ante ti. Tú serás el conquistador del mundo, el *in cemanáhuac tepehuani*.[124] Llevarás el mensaje a todos los pueblos de la Tierra y les harás saber quién soy yo, Tezcatlipoca. Yo, Tlácatl Totecúyoh, «persona nuestra». Yo, Tloqueh Nahuaqueh, «dueño de lo cerca y lo junto». Yohuali Ehécatl, «noche y viento». Ipalnemoani, «por quien vivimos». Tlalticpáqueh, «dueño de la superficie de la Tierra». Tlalteco, «señor de la Tierra». Teyocoyani, «el que crea a la gente». Moyocoyani, «el que se crea a sí mismo». Moquehqueloa, «el que se burla». Yáotl, «enemigo». Tlazohpilli, «amado noble». Teihmatini, «el que prepara a la gente». Teihchichihuani, «el que adorna a la gente».[125]

Y, para ello, debemos construir las bases. Tendremos que reformar todas las leyes de Tenochtítlan y reconstruir todo el sistema religioso. Rescribiremos la historia de los meshícas. Estableceremos un nuevo sistema militar con nuevos títulos y construiremos la ciudad más hermosa que se haya visto sobre la Tierra.

Fabricaremos muchas chinampas y sobre ellas fundaremos, para empezar, veinte calputin a los que llamaremos Tlacateco, Tlacochcalca, Cihuatecpan, Huitznáhuac, Tlacatecpan, Tlamatzínco, Yopico, Tezcacóac, Moloco Itlílan, Chalmeca, Tzonmolco, Cóatlan, Chililíco, Izquítlan, Milnáhuac, Tlilancalco, Atémpan, Cóatl Shoshoúhcan, Napantéctlan y Atícpac.

Construiremos setenta y ocho edificios en veinticinco conjuntos dedicados a los dioses a los que llamaremos: Huei Teocal (también

124 Hernando de Alvarado Tezozómoc escribió en *Crónica mexicana* que Tlacaélel llegó a ser *in cemanáhuac tepehuani*, «conquistador del mundo».
125 En Danièle Dehouve, «Los nombres de los dioses mexicas».

llamado «Monte Sagrado» o Coatépetl), el tlalócan o epcóatl, el macuilcali o macuilquiahuitl, el tecizcali, el poyaúhtlan, el mishcoápan tzompántli, el tlalshico, el huei cuauhshicalco, el tochinco, el teotlálpan, el tliIápan, el tlílan calmécac, el Meshíco calmécac, el coacalco, el cuauhshicalco, el cuauhshicalco ome, el tecalco, el tzompantli, el huitznáhuac teocali, el tezcacalco, el tlacochcalco ácatl iyacapan, el teccizcalco, el huitztepehualco, el huitznáhuac calmécac, el cuauhshicalco yei, el macuilcipactli iteopan, el tetlanman calmecac, el iztac cintéotl iteopan, el tetlanman, el chicomécatl iteópan, el tezcaapan, el tezcatlachco, el tzompantli ome, el tlamatzinco, el tlamatzinco calmécac, el cuauhshicalco nahui, el mishcoateopan, el netlatiloyan, el teotlachco, el ilhuicatitlan, el huei tzompantli, el mecatlan, el cinteopan, el centzontohtochtin inteopan, el tzinteopan ome, el chililico, el netotiloyan, el cohuaapan, el pochtlan, el atlauhco, el yopico, el yacateuctli iteopan, el huitzilincuatec iteopan, el yopico calmécac, el yopico tzompantli, el tzompantli, el macuilmalinal iteopan, el aticpac, el netlatiloyan, el atlauhco, el tzommolco calmecac, el napateuctli iteopan, el temalacatl, el tzommolco, el coatlan, el xochicalco, el yopicalco o ehuacalco, el tozpalatl, el tlacochcalco cuauhquiahuac, el tolnáhuac, el tilocan, el itepeyoc, el huitznáhuac calpoli, el atémpan, el tezcacohuac tlacochcalco, el ácatl iyacapan huei calpoli, el techieli y el calpoli.

El Recinto Sagrado será el vínculo entre los niveles celestes, terrestres y del inframundo. Construiremos una muralla alrededor del Recinto Sagrado, con cuatro puertas que darán a las cuatro calzadas que también fabricaremos: al poniente, al norte, al oriente y al sur, que representarán los rumbos del universo. Ampliaremos el huei teocali, el tlacochcalco cuauhquiahuac «la casa de dardos de la puerta de las águilas», el quauhcali «casa de las águilas», el ocelocali «casa de los jaguares», el teopishcachantli «la casa de los sacerdotes», el coatecali «casa de la serpiente», el calmécac «en la hilera de casas», construiremos el tozpalatl «ojo de agua», el teotlachco «juego de pelota», el huei tzompantli «el altar de las calaveras», el monte sagrado a Tonátiuh, el Coacalco, el teocali a Cihuacóatl,[126] el teocali a Chicomecóatl,

126 Sacerdote con el título en honor y representación de la diosa Cihuacóatl. En castellano la palabra *cóatl* significa serpiente, pero también tiene connota-

el teocali a Shochiquétzal, el teocali a Tezcatlipoca y el teocali a Éhecatl Quetzalcóatl.

Edificaremos siete colegios sacerdotales (calmécac) y veinticinco conjuntos dedicados a los dioses, cada uno con un teocali, un cuauhshicali para depositar los corazones de los sacrificados, un tzompantli para ensartar los cráneos y los sacerdotes de los calputin deberán construir su casa al pie del monte sagrado de su calpuli o tlashilacali.

Erigiremos tres *tlacochcalcos* «casa de dardos». El principal y más céntrico, que se llamará Tlacochcalco Cuauhquiáhuac, «la Casa de Dardos de la Puerta de las Águilas», estará en la entrada del patio del Coatépetl y hospedará la imagen de Macuiltótec, dios de los guerreros difuntos, donde ustedes sacrificarán prisioneros durante las celebraciones de las veintenas de Panquetzaliztli y Tlacashipehualiztli y cuando se encienda un fuego nuevo. Los otros dos tlacochcalco se hallarán en dos calzadas más que quiero que construyan, en el norte y otra en el sur, para que los meshítin entren y salgan de la isla con mayor facilidad. El segundo llevará por nombre Tlacochcalco Ácatl Yacapan, «la Casa de Dardos frente a los Carrizos», mientras que el tercero se llamará Tezcacóac Tlacochcalco, «el Lugar de la Serpiente de Espejo, Casa de Dardos». Durante la veintena de Izcali, en la celebración al dios del fuego en el calpuli de Tezcacóac, vestiremos a los niños con plumas y los emborracharemos con octli. Los tlacochcalco también serán la última morada de los yaoquizque fenecidos en las guerras, en donde se les dará la última despedida con las exequias que se merecen.

El tlacochcalco principal y más céntrico, Tlacochcalco Cuauhquiáhuac, será un edificio dual —representará al tlacochcalco y al *tlacateco,* «lugar donde se cortan los hombres»— en el que llevaremos a cabo la jura de los tlatoque, que entrarán por el tlacochcalco, caminarán por un corredor que representará, de manera simbólica y durante

ción de cautivo. Bernardino de Sahagún ofrece una relación de los edificios y al referirse al decimocuarto llamado *cohuacalco* dice: «Era una sala enredada, como cárcel. En ella tenían encerrados a todos los dioses de los pueblos que habían tomado por guerra. Teníanlos allí como cautivos» Cíhuatl significa mujer, pero también consorte, compañero, copartícipe o consocio. Por lo tanto, cihuacóatl no significa mujer serpiente en este caso, sino compañero del cautivo o gemelo consorte.

cuatro días, el trayecto a través del mundo de los muertos y saldrán por una sala situada al oriente, cuyo nombre es tlacateco. Este doble edificio, tlacochcalco-tlacateco,[127] también será el *quauhcali*, «casa de las águilas».

Los tres tlacochcalcos tendrán a sus propios representantes y encargados de supervisar las ceremonias: el acatliapanécatl y el tezcacoácatl, ambos al cuidado de las armas y del sacrificio de los prisioneros; y el cuauhquiahuácatl, responsable del Cuauhquiáhuac, el tlacochcalco central ubicado en el Recinto Sagrado, junto a mi casa, el Coatépetl, donde vivimos Tláloc y yo, Huitzilopochtli-Tezcatlipoca, el *tlacochcálcatl* yáotl, «guerrero del tlacochcalco».

Independientes del acatliapanécatl, del tezcacoácatl y del cuauhquiahuácatl habrá dos representantes de mayor rango. Estos cargos serán los más destacados de la jerarquía tenoshca y sólo los ocuparán pipiltin, de entre los cuales ustedes elegirán a uno que se convertirá en el nuevo tlatoani cuando haya elecciones. El tlacatécatl será el señor del Tlacateco y el tlacochcálcatl será el señor del Tlacochcalco y compartirán el complejo tlacochcalco-tlacateco de Cuauhquiáhuac.

No desesperes, Tlacaélel. Sé paciente. Escúchame y memoriza. Otorgaremos títulos a los capitanes y generales más valerosos y esforzados del ejército tenoshca, muchos de ellos vinculados con el calpuli o tlashilacali donde vivan, para que además se desempeñen como calpuleque —representantes, dirigentes, jueces, ejecutores, embajadores y mensajeros— de su *calpulco,* «teocali del calpuli», ya que cada calpuli deberá estar consagrado a uno o varios dioses y tener un Monte Sagrado. Asimismo, en cada una de las fiestas de las dieciocho veintenas del *shiupohuali*[128] designaremos un dignatario.

Al capitán o general que viva en Acatlyacápan, «lugar frente a los carrizos», lo llamaremos acatliacapanécatl; el que viva en Atémpan, «lugar a la orilla del agua», será el atempanécatl; y al de Atlauhco, «lugar de la barranca», lo nombraremos el atlaúhcatl. Y así entregaremos los títulos: atlíshcatl al de Atlishco, «lugar de la superficie del agua»;

127 El *tlacochcalco-tlacateco* era una armería y un cuartel militar.
128 El *xiuhpohualli* —pronúnciese *shiupohuali*— es el calendario solar dividido en trescientos sesenta y cinco días, divididos en dieciocho veintenas. Véase «La cuenta de los días» al final del libro.

calmimilólcatl, al de Calmimilolco, «lugar del solar»; cihuatecpanécatl al de Cihuatécpan, «palacio de mujeres»; coatécatl al que viva en Coátlan, «lugar de serpientes»; cuauhquiahuácatl al de Cuauhquiáhuac, «lugar de la puerta del águila»; ezhuahuácatl al de Ezhuahuanco, «lugar de las rayas de sangre»; huecamécatl al de Huehuécan, «lugar viejo»; huitznahuácatl o huitznáhuatl al de Huitznáhuac, «lugar de las espinas»; el huitznahuatlailótlac será juez de Huitznáhuac; y mazatécatl al de Mazátlan, «lugar de los venados».

El quetzaltóncatl será el que viva en Quetzaltonóco, «lugar del pequeño quetzal»; el temilócatl, el de Temíloc, «peinado de los tequihua»; el teocálcatl, el señor del Teocalco, «lugar del señor»; el tezcacoácatl, el de Tezcacóac, «lugar de serpientes de espejo»; el tizocyahuácatl, el de Tizocyáhuac, «lugar donde se ofrece a los cuatro rumbos el octli blanco» o «lugar donde se moja con sangre humana»; el tlapaltécatl, el de Tlapálan, «lugar rojo»; el tlilancalqui, el que tiene la casa de Tílan, «lugar de la negrura»; el tocuiltécatl, el de Tocuílan, «lugar del gusano»; el acolnahuácatl acolmiztli, el de Acolnáhuac, «lugar cerca de los hombros»; el milnáhuatl, el de Milnáhuac, «cerca de las milpas»; el napateuctli, el señor de Napateco, «lugar de cuatro rumbos»; el pantécatl, el de Pantítlan, «lugar de la bandera».

El cuauhnochtli será la tuna de las águilas.[129] El acatliacapanécatl, el tezcacoácatl, el cuauhquiahuácatl, el tlacochcálcatl y el tlacatécatl se convertirán en los guardianes del tlacochcalco. El ezhuahuácatl, el chalchiuhtepehua y el tizocyahuácatl estarán a cargo de los rituales en la piedra redonda del temalácatl, situada en el calpulco del calpuli de Yopico en honor a Shipe Tótec, «señor de los desollados», y del poder bajo su aspecto guerrero.

El pochtecatlailótlac será el juez de los pochtécah[130] y servirá al dios Yacatecutli. Al pochtecatlailótlac le seguirán en jerarquía los pochtécah-tlatoque, cabecillas de los pochtécah, capitanes y soldados que fungirán disimuladamente como mercaderes, mensajeros, embajadores y espías que llevarán escondidas, en caso de que las necesiten, sus

129 Las tunas de las águilas eran, en sentido metafórico, los corazones de los cautivos sacrificados, quienes nutrían al sol durante la fiesta de Tlacashipehualiztli.
130 *Pochtécah* en plural; *pochtécatl* en singular «mercader».

insignias militares y armas. Asimismo, participarán en la guerra, conquista y dominio económico posterior, para lo cual se auxiliarán de su gran conocimiento de idiomas, acentos, costumbres y vestimenta de los diversos pueblos.[131] Su espionaje deberá ser perfecto, pues si los enemigos se enteraran que son meshícas, serán sacrificados. Y, si así fuere, el tlatoani y tú, Tlacaélel, cobrarán con guerra dicho agravio.

Los *teopishque* quedarán atados por el resto de sus vidas a un dios, a un Monte Sagrado y a un *mitotia*. Todos estos teopishque estarán bajo la instrucción del *teohua*,[132] quien utilizará el nombre del dios o del teocali de su calpuli, cuidará los ornamentos, se vestirá con sus atavíos y danzará en sus mitotia. El teohua que llevará el título huitznahuácatl, «el del teocali y el calpuli de Huitznáhuac», también llevará el nombre Huitznáhuatl o Huitznahua teohuatzin Omácatl, el dios representante de los cuatrocientos huitznahuas asesinados por Huitzilopochtli.

El teohua que posea la categoría de *tlilancalqui*, «el que tiene una casa en Tlílan», tendrá a su cargo un Monte Sagrado y varios edificios consagrados a la diosa Cihuacóatl, así como un calmécac. El tlaquimiloltecuhtli será el tesorero, mientras que el tlilancálcatl cuidará los ornamentos en el calmécac y ayudará al cihuacóatl en el sacrificio de la mujer que personifique a Cihuacóatl, celebración a llevarse a cabo en Tlílan durante la veintena de Títil.

El teohua con la jerarquía de ezhuahuácatl, el de Ezhuahuanco, «lugar de las rayas sangrientas», representará al Monte Sagrado de Yopico, destinado a Shipe Tótec, y será responsable de la fiesta de Tlacashipehualiztli, en la cual nuestros yaoquizque rasguñarán a los prisioneros antes de ser sacrificados a un lado de la piedra redonda del temalácatl.

El teohua con el nombramiento de *tizocyahuácatl*, «el que ofrece a los cuatro rumbos el octli sagrado» o «el que moja con sangre humana», organizará la fiesta de Tlacashipehualiztli, asociada con el Monte Sagrado del calpuli de Yopico, en la cual el *tlamacazqui*, «sacerdote», tomará la sangre del pecho del inmolado con un cañuto

131 Información basada en Sahagún, 1956, t. III, p. 30.
132 *Teohua*, cuyo plural es *teohuaque*, significa «el que tiene un dios».

hueco y la ofrecerá al sol. Asimismo, en el mitotia que llevaremos a cabo en la veintena de Ochpaniztli, el *atempanécatl,* «el del Recinto Sagrado llamado Atémpan, dedicado a la diosa Toci», adornará con plumas de águila a la personificación de Toci antes del sacrificio, en tanto que los *cuecuextecah,* «huastecos», harán autosacrificios.

El teohua con el título de *atlaúhcatl,* «el de Atlauhco», estará a cargo del teocali consagrado a Huizilincuátec —una de las *cihuateteoh* (plural de *cihuatéotl,* «diosa») que representan a las mujeres muertas en su primer parto y que van al Cincalco, «casa del maíz», o al Cihuatlampa, «región de las mujeres», —y sacrificará al que personificará a Huizilincuátec en las fiestas que tendrán ocasión durante la veintena de Ochpaniztli.

El coatécatl, «el de Coatlan», cuya diosa es Coatlicue, «la de la falda de serpiente», también llamada Coatlan tonan, «nuestra madre de Coatlan» o «madre de los cuatrocientos huitznahuas y del dios Huitzilopochtli», estará a cargo del sacrificio de la mujer que personificará a la diosa Coatlicue, en la celebración de la veintena de Tozoztontli, mientras que los personificadores de los cuatrocientos huitznahuas se sacrificarán en Coatlan al final del *mitotia,* «baile», de la veintena de Quecholi.

El tecálcatl será el del Tecalco, encargado de llevar a los prisioneros que se lanzarán al fuego durante las fiestas que llevaremos a cabo en la veintena de Teotleco. El milnáhuatl será el teohua del dios Milnáhuatl (uno de los dioses pluviales llamados tlaloqueh) y de su monte sagrado, donde se realizarán las fiestas de Tepeilhuitl, en la cual sacrificarán a un hombre personificado de serpiente. El napateuctli será el teohua del dios Ometochtli Napateuctli y su monte sagrado se llamará Napateco, donde serán sacrificados de noche, en las fiestas del Tepeilhuitl.

El acolnahuácatl acolmiztli será el de Acolhuacan (se refiere al tlatocáyotl de Acolhuácan), será asociado al dios del fuego, Shiuhtecutli y al dios Acolnahuácatl, uno de los nombres de Mictlantecutli, dios de los muertos. El título acolmiztli será en honor al nombre del dios Acolmiztli, «de miztli puma o felino». Durante las fiestas que se lleven a cabo en las veintenas de Teotleco y de Izcali en honor al dios Acolmiztli, «de miztli, puma o felino», la gente se adherirá plumas en el pecho y a los niños los cubrirán por completo con las mismas plumas, para que el dios Acolmiztli no les coma el corazón, *inic amo teyollocuaz.*

El *cuauhnochtli,* «tuna de las águilas» (de forma metafórica, los corazones de los cautivos sacrificados para nutrir al sol durante las fiestas de Tlacashipehualiztli), será el sacerdote de la fiesta de la veintena de Ochpaniztli, en la cual sacrificarán a una doncella que personificará a la diosa Toci.

El *chalchiuhtepehua,* «combatiente de jade», es el título que daremos a los cuatro guerreros (dos jaguares y dos águilas) que pelearán contra el cautivo en la piedra redonda temalácatl, donde se realizará el sacrificio gladiatorio. Éstos serán los oficios sacerdotales que otorgaremos: el tlatoani será el *meshícatl tecutli,* «señor meshíca», por lo tanto, será el *meshícatl teohuatzin,* «poseedor del dios meshíca», el teohua supremo encargado del calmécac central y dirigirá a todos los demás teohua y será el único juez con el poder absoluto para enjuiciarlos y castigarlos. Al meshícatl tecutli le seguirá el teuctlamacazqui será el sacerdote supremo, encargado del Coatépetl dedicado a Tláloc y a mí, Huitzilopochtli Tezcatlipoca.

Designaremos once cargos vinculados con los dioses: Huitzilopochtli, Tezcatlipoca, Huitznáhuatl, Shipe Tótec y Macuiltótec, y cuatro a las diosas más importantes: Cihuacóatl, Toci, Cihuatéotl, Coacíhuatl; el tlacochcálcatl, el tlacatécatl, el tezcacoácatl, el teuctlamacazqui, el cuauhquiahuácatl y el tocuiltécatl me servirán a mí, *Huitznahuac Yaotl,* «guerrero de Huitznáhuac», otro nombre mío, Tezcatlipoca o Huitzilopochtli-Tezcatlipoca. El huitznahuácatl y el huitznahuatlailotlac también estarán asociados a mí, Huitzilopochtli-Tezcatlipoca, el vencedor de los cuatrocientos huitznahuas, representados por el dios Huitznáhuatl.

A Shipe Tótec, señor de los desollados, le servirán el tizocyahuácatl, el ezhuahuácatl y el chalchiuhtepehua, los cuales desempeñarán un papel ritual en la piedra redonda del temalácatl, situada en el monte sagrado de Yopico.

El *atlahuácatl* estará a cargo de la veneración de la diosa Cihuatéotl; el *atempanécatl* y el *cuauhnochtli* servirán a la diosa Toci; y el *coatécatl* adorará a la diosa Coatlicue, madre de los cuatrocientos huitznahuas.

Seis dignatarios estarán a cargo del conjunto de los dioses pluviales: el *teuctlamacazqui* será el principal a cargo del teocali de Huitzilopochtli y será el sacerdote supremo de Tláloc y sus tlaloqueh. Los otros serán: el milnáhuatl, el napatecutli y el pantécatl; el acatliacapanécatl estará a cargo del sacrificio de los personificadores de Tláloc; y finalmente los mazatecas serán los ejecutores y bailarán con serpientes en la fiesta de la veintena de Atamalcualiztli que se celebrarán cada ocho años.

Crearemos un consejo supremo, al que llamaremos el *tlatócan,*[133] compuesto por el cihuacóatl, el tlacochcálcatl, el tlacatécatl, el tezcacoácatl, el teuctlamacazqui, el ezhuahuácatl, el tlilancalqui, el huitznahuácatl, el huiznahuatlaylotlac, el tizocyahuácatl, el pochtecatlailotlac y el cuauhnochtli, representantes de los tres dioses del poder y de la guerra, Huitzilopochtli, Tezcatlipoca y Shipe Tótec, adorados en los calputin de Tlacateco, Huitznáhuac y Yopico, y de los representantes de la diosa Cihuacóatl, venerada en Tlílan, quienes además fungirán como tecutlatoque,[134] «jueces», siempre estarán junto al tlatoani y podrán ser candidatos a tlatoani. Construirán un monte sagrado a la diosa Cihuacóatl, la esposa del dios Huitzilopochtli sacrificada y desmembrada, la representación femenina del guerrero meshíca sacrificado y las mujeres muertas en el parto y lo llamaremos Tlílan, «lugar de la negrura», teocali que también habrá de cuidar el tlilancalqui, «el que tiene una casa en Tlílan».[135]

Deberás asegurarte de que los representantes de nuestro tecúyotl estén bien preparados antes de asumir cualquier cargo y no sólo por ser pipiltin, pues ellos habrán de cuidar que las funciones administrativas de cada uno de los calputin y de que los juicios se cumplan con rigor. Primero deberán haber estudiado en el calmécac y luego

133 El vocablo *tlatócan* tenía varios usos: para referirse al consejo supremo, la corte, palacio de grandes señores, palacio real, región o gobierno. También se le llamaba *tlatocanecentlaliliztli,* «audiencia, consejo real o congregación de grandes señores».

134 También escrito como *tecuhtlahtohqueh.*

135 Datos sobre los títulos recopilados en *Las funciones rituales de los altos personajes mexicas,* de Danièle Dehouve.

en el tlamacazcali;[136] segundo, deberán tener las cualidades para el cargo; tercero, haber merecido el nombramiento por medio de su formación, su ejercicio en las armas, sus logros en las guerras, sus estudios en el calmécac, su madurez, sabiduría, prudencia, rectitud, su capacidad para poner atención a las cosas, para escuchar y hablar bien. Asimismo, será importante que no hablen a la ligera, que no hablen constantemente, que no hagan amistades inconsideradamente, que no se emborrachen, que guarden la dignidad con mucha honra, que no sean dormilones, que no hagan cosas por amistad o por parentesco, que no juzguen a cambio de un pago.[137]

Para ser tecutli no será necesario ser pili.[138] Los macehualtin más distinguidos podrán aspirar a cargos militares, administrativos y judiciales —incluso a ser Tótec tlamacazqui y Tláloc tlamacazqui—, estarán libres de tributo, pues el tlatoani se hará cargo de su alojamiento, sustento y servidumbre, aunque tengan tierras propias. Y si así lo desean, mientras estén en el cargo, podrán arrendarlas o cultivarlas directamente, ocupando a los alumnos del calmécac o en el telpochcali. Sin embargo, no estarán exentos de ser enjuiciados en caso de ser descubiertos en un delito —como amancebarse, proveerse de mujer, dejar morir por descuido la hoguera en la fiesta de año nuevo, o si el ofrendador del fuego se embriaga— y si fueren declarados culpables, serán condenados a muerte.

Los rangos militares comenzarán de la siguiente manera: los de hasta abajo serán los *tlamémeh,* «cargadores», que deberán llevar suministros para el ejército. Les seguirán los alumnos del telpochcali dirigidos por un *telpochyahqui,* «sargento»; después los *yaoquizque,* «soldados macehualtin», los *tlamaque,* «*macehualtin* que hayan logrado cautivos previamente, también *tlamanih*».[139] Estos rangos irán

136 De acuerdo con Diego Durán, después de estudiar en el calmécac, los estudiantes pasaban a una escuela superior llamada Tlamacazcalli, donde concluían su aprendizaje religioso.
137 Requisitos necesarios para el desempeño de la judicatura de acuerdo con el *Códice Florentino.*
138 *Pili* singular de *pipiltin,* «gente de la nobleza».
139 Los soldados no recibían sueldo, sino el premio de sus trabajos, los despojos de guerra que obtenían con el botín y el pago que hacía el tlatoani por los cautivos que traían. Éstos no podían utilizarse como esclavos ni venderse a particulares, porque todos estaban destinados al sacrificio de los dioses, Alfredo

a la guerra únicamente con un ichcahuipili.[140]

En el ejército, sólo los pipiltin podrán aspirar a grados directivos, pero eso no será su único mérito; deberán alcanzar grandes logros en las guerras, obtener grandes cantidades de cautivos y lograr hazañas para entrar a la categoría de cueshtécatl o papálotl.[141] Cuando logren cuatro cautivos, el tlatoani les afeitará la cabeza y los nombrará tequihua, en plural *tequihuacah,* «cautivador», o meshícatl tequihua, tolnahuácatl tequihua, o cihuatecpanécatl tequihua (estos cuatro nombres tendrán el mismo rango); después ascenderán a achcacáuhtin, luego de seis cautivos ascenderán a ilacatziuhqui, ulterior a esto a ocelopili y cuauhpili,[142] posteriormente, recibirán el nombramiento de cuáchic,[143] y de tequihua a tlacatécatl. Asimismo, su tlahuiztli, «uniforme de guerrero», será más galán conforme asciendan de categoría, así como su armamento, adornos y pintura corporal y facial.

Los guerreros que alcancen altos cargos también ejercerán otras funciones como ejecutores de justicia y maestros del telpochcali. Sólo el cihuacóatl, el tlacochcálcatl, el tlacatécatl, el huitznahuatlailotlac y el tizociahuácatl podrán ser tecutlatoque, «jueces supremos», y formarán parte del tlacshítlan, «tribunal», en el cual llevarán a cabo audiencias y juicios. En un nivel inferior, crearemos el tlatzontecoyan, «juzgado», para juzgar criminales y delitos menores.[144]

López Austin, *La Constitución Real de México-Tenochtitlan, El hombre dentro del Estado.*

140 *Ichcahuipilli,* «chaleco de cuero muy grueso, relleno de algodón prensado que funciona como armadura para la guerra».

141 El rango de *cuextecatl,* «captor de prisioneros», fue establecido después de la campaña militar contra los huastecos, liderada por el tlatoani Ahuítzotl, no obstante, lo he agregado en este capítulo para conocimiento del lector. *Papálotl* traducido literalmente como «mariposa», designaba al soldado como «captor de prisioneros» tras haber capturado tres cautivos. Su uniforme llevaba en la espalda las insignias o imágenes de mariposas.

142 *Ocelopipiltin,* en singular *ocelopilli,* «guerrero jaguar» y *cuauhpipiltin,* en singular *cuauhpilli,* «guerrero águila».

143 *Cuáchic,* en plural *cuachicqueh,* «guerrero rapado». Los cuachicqueh llevaban la cabeza rapada, pero con una trenza arriba de la oreja izquierda y llevaban la mitad de la cabeza y rostro pintados de azul y la otra mitad de rojo o amarillo y vestían un tlahuiztli amarillo.

144 Información basada en *La Constitución Real de México-Tenochtitlan, El*

La impartición de tlamelahuacachihualiztli, «justicia», estará a cargo del tlatoani, quien será el juez supremo y cuyas sentencias serán inapelables. En su ausencia o representación estará siempre el cihuacóatl, quien además estará a cargo de las rentas reales y designación de los jueces de otros tribunales.

El tribunal del tlacatécatl, compuesto por tres jueces (el tlacatécatl, como presidente, el cuauhnochtli y el tlailotlac), estará a cargo de juzgar las causas civiles y criminales en primera instancia. En el tlatzontecoyan (juzgado) habrá audiencias todos los días (mañana y tarde). Tras escuchar a los litigantes, los jueces darán sus sentencias, de acuerdo a sus leyes; luego, el tecpoyotl, «pregonero», anunciará la sentencia, si es inapelable, si no, podrá ser transferida al tribunal supremo. Este mismo tribunal tendrá un representante (con juzgado) en cada uno de los calputin, quienes todos los días acudirán ante el Consejo supremo para dar un informe completo de actividades.

Habrá centectlapixqueh, «inspectores», en cada uno de los barrios asegurándose de que se cumplan las leyes; sin embargo, no tendrán la autoridad para juzgar. Crearemos un cargo llamado calpishqueh (recaudadores). Al final de cada veintena, se realizará una junta entre el tlatoani y los jueces en la cual se analizarán los casos pendientes. Los que no se solucionen en esa junta se postergarán para otra que se hará cada cuatro veintenas, en la cual todos los casos recibirán sentencia. El tlatoani marcará la cabeza del sentenciado con la punta de una flecha, de manera simbólica.[145]

De esta manera, crearemos el huei meshíca tlatocáyotl cemanáhuac y tú serás el encargado de reformar las leyes, organizar el nuevo tecúyotl, otorgar nombramientos y engrandecer el Recinto Sagrado y todos los montes sagrados, pues tú, Tlacaélel, llevarás el título de cihuacóatl.

hombre dentro del Estado, de Alfredo López Austin.

145 En los juicios no había abogados o intermediarios. En las causas criminales, las únicas pruebas que se admitían eran los testimonios de los testigos. El testimonio bajo juramento del acusado era completamente válido, sin importar la veracidad de sus palabras.

27

Inmersa en una borrasca de ansiedad, Cuicani saca la cuenta de los días una y otra vez y los números no le cuadran. Han transcurrido ocho veintenas desde que se casó con Motecuzoma Ilhuicamina, por lo que debería tener ciento sesenta días de embarazo, pero la panza que le brotó en las últimas tres veintenas dice otra cosa, entonces vuelve a contar con calma, respira profundo, se frota el vientre, le habla a su hijo, le promete que todo va a estar bien, aunque sepa que nada estará bien, pues a juicio de la curandera, Cuicani tiene once veintenas, es decir, doscientos veinte días, lo que implica que estará pariendo en cincuenta días, por lo cual nadie le creerá que el hijo es de Ilhuicamina.

Por más que ayune hasta la tarde, coma lo menos posible y se vaya a dormir sin cenar, ella enflaca cada día más, pero la panza sigue creciendo; y por más que se esconda en su casa, es imposible ocultar lo que ya todos sus vecinos y familiares saben: que en dos veintenas y media habrá nacido un hijo ilegítimo. Si la barriga no le estuviera engordando tanto, podría alegar que el chamaco nació antes de tiempo, pero ¿y si le sale tremendo escuincle cabezón y regordete? También podría arriesgarse y optar por otra deshonra pública, de igual magnitud, aunque tal vez más reconciliable con la sociedad tenoshca: argüir que el joven Motecuzoma, incapaz de controlar su lujuria, la desvirgó dos veintenas antes de la boda, y vaya escándalo el que se armaría, pero, a fin de cuentas, se casaron y poco a poco la sociedad tenoshca iría dejando eso atrás, más aún si Ilhuicamina no regresa con vida. El problema es que si sale vivo de Coyohuácan y se niega a amparar el sofisma de Cuicani, no habrá nada que la salve de la humillación pública. ¿Y Motecuzoma? ¿Cómo lo va a convencer de que el hijo que espera es suyo? Si él quiere, puede llevarla a juicio. Las leyes lo amparan. Siempre favorecen a los hombres. No hay indultos para las mujeres. Los hombres pueden tener todas las concubinas que quieran; y las mujeres están obligadas a servir a un hombre. Si los jueces la declaran culpable de adulterio, que es lo más seguro, la condenarán a muerte y le reventarían la cabeza con una pesada losa.

Por si fuera poco, Cuicani ha tenido que vivir su embarazo en absoluta soledad, sin la compañía de la única persona que quería a su lado, el progenitor del vástago que lleva en el vientre, Tlacaélel, ese falso Ilhuicamina de quien ciegamente se enamoró y que sólo la ha visitado en dos ocasiones desde que se enteró de su estado: la primera al concluir las exequias del Tláloc tlamacazqui Azayoltzin y la segunda hoy, cuando llega como si nada y saluda con mucha tranquilidad y desfachatez a la madre de Cuicani, quien aún llora por las noches la muerte de su viejo y no ha tenido cabeza para ocuparse de otros asuntos, como el embarazo de su hija y la vergüenza pública a la que tendrán que enfrentarse. Deseos de correrlo de su casa no le faltan, pero si algo aprendió de los treinta y cuatro años que vivió con Azayoltzin fue a ser prudente ante todos los miembros de la nobleza y los sacerdotes, incluso cuando no soportaba la altanería de unos y la sandez de otros, o estuviera ardiendo de ira, o cayéndose de aburrimiento, ella siempre estaba firme, sonriente, atenta, dispuesta a servirles, a callar, más que nada, a guardar silencio.

—Buenas tardes —saluda a Tlacaélel, quien acaba de ser guiado por uno de los sirvientes a la sala de invitados—. Me siento muy honrada de que nos visite. ¿En qué le podemos ayudar? —Sonríe a pesar de que por dentro está hirviendo de cólera.

—Vengo a ver cómo está Cuicani. —Busca con la mirada en varias direcciones, ya que la sala de invitados tiene tres salidas: una a la calle, otra al pasillo que lleva a las alcobas y la tercera a la parte trasera de la casa donde se ubica la cocina.

—Está indispuesta —la viuda responde de inmediato—. Le avisaré que vino a verla. —Permanece callada con el propósito de que Tlacaélel comprenda la indirecta y se vaya.

—Le traía noticias de mi hermano —dice Tlacaélel en voz alta, con la finalidad de que Cuicani escuche.

—Me alegra que por fin hayan decidido rescatarlo —contesta la mujer con indiferencia al mismo tiempo que desvía la mirada. A estas alturas le da lo mismo si su yerno regresa o muere en la jaula en la que ha permanecido desde hace ocho veintenas—. Mi esposo llegó a decir que usted no tenía interés en rescatarlo —espeta la mujer sin creer en lo que acaba de decir. Si su esposo hubiera escuchado eso, la habría regañado con severidad, pues en la cultura nahua las mujeres no tienen permiso para expresarse de esa manera ni mucho menos para romper los protocolos.

—Si yo fuera el tlatoani ya habría enviado a nuestras tropas a rescatar a Ilhuicamina. —Finge una sonrisa y encoge ligeramente los hombros—. Yo más que nadie he sufrido día y noche por la desgracia que ha tenido que pasar mi hermano gemelo. Usted estuvo casada con un miembro del Consejo y bien sabe que las decisiones no las toma un solo hombre.

En ese momento, aparece Cuicani en el pasillo que da a las alcobas. Tlacaélel alza la ceja izquierda al ver el tamaño del vientre de quien fue su amante por mucho tiempo. La viuda de Azayoltzin la mira con enfado, pues sabe que Tlacaélel es el padre del niño que espera su hija y lo que menos quiere es que ambos sean vistos en público. Y si bien, su casa les da suficiente privacidad, nunca falta un vecino que haya notado la presencia del visitante y de inmediato se lo cuente a otro vecino y un testigo se convierta en decenas de ojos vigilando la casa y la calle, hasta que el interfecto salga y compruebe la hipótesis que ha estado engordando en el calpuli.

—Madre. —Cuicani la mira, alza las cejas y dispara con las pupilas hacia el pasillo que da a las alcobas, señal de que abandone la sala de invitados.

—Les traeré algo de beber. —La mujer se dirige a la cocina.

—No —ordena Cuicani.

La mujer se detiene súbitamente, permanece un instante en silencio, de espalda a ellos; luego abandona la sala con enfado.

—Hola. —Cuicani está nerviosa, triste y enojada y no sabe si empezar con un reclamo, una bofetada o un abrazo.

—Vine a informarte que muy pronto iremos a rescatar a Ilhuicamina —presume Tlacaélel con orgullo.

—Te escuché. —Cierra los ojos y aprieta los labios.

—No te ves contenta. —Se rasca la oreja izquierda mientras la observa detenidamente.

—¿Debería? —Cuicani dispara las pupilas hacia su vientre.

—Eso lo solucionaremos. —Alza los hombros y sonríe.

—¿Cómo? —Inclina la cabeza a la derecha sin dejar de mirarlo.

—Ya te dije. El año está por terminar. Se acerca *atlcahualo.*

—Ya dije que no... —Aprieta los labios para no terminar la frase.

—Debemos honrar a Tláloc.

—¡No! —exclama agobiada Cuicani. Justo en ese momento entra su madre.

—Debo irme. —Tlacaélel sonríe, agacha la cabeza frente a la viuda de Azayoltzin y sin esperar que ella le diga algo, se da media vuelta y sale de la casa.

Las dos mujeres permanecen en un silencio incómodo. Cuicani no se atreve a contarle a su madre lo que Tlacaélel quiere hacer con su hijo, aunque no es necesario, ella escuchó la conversación y comprendió: a lo largo de muchos años su esposo, por ser el Tláloc tlamacazqui, estuvo a cargo de la celebración en la que, durante la veintena de atlcahualo, se sacrificaban niños para ofrendarlos a Tláloc.

De pronto, irrumpe en la sala uno de los sirvientes y anuncia que el tlatoani Izcóatl está en la entrada de su casa. Cuicani y su madre se miran, una a la otra, sorprendidas. Ambas saben que no es coincidencia que Tlacaélel y el tlatoani las hayan visitado el mismo día. La viuda de Azayoltzin ordena que lo hagan pasar de inmediato.

—Mi señor, sea usted bienvenido a ésta, su humilde casa. —Ambas mujeres se arrodillan, con las frentes en el piso, ante el tlatoani.

—Pónganse de pie —les ordena Izcóatl y de inmediato pregunta con voz suave—: ¿Cómo están?

—Sorprendidas por su visita. —La madre de Cuicani se acomoda el cabello detrás de las orejas.

—Acabo de ver a Tlacaélel —dispara sin preámbulo el tlatoani. Las dos mujeres no saben qué decir, a pesar de que presentían que algo así había ocurrido.

—Quería saber cómo va el crecimiento de su sobrino... —Cuicani se lleva las manos al vientre para presumir el tamaño y finge una sonrisa que apenas si puede sostener.

El tlatoani contempla el abdomen de la joven y permanece en silencio para que Cuicani hable todo lo que quiera.

—¿Gusta que le traiga algo de beber? —pregunta la viuda con una actitud servil y ansiosa.

—Preferiría hablar a solas con su hija —responde Izcóatl con delicadeza.

—Sí, sí, sí. —Agita la cabeza de arriba hacia abajo—. Como usted ordene... —La mujer camina hacia atrás sin quitar la mirada del tlatoani.

—Sé que estas veintenas no han sido fáciles para ti —dice Izcóatl con tono paternal en cuanto la madre los deja solos.

—No. —Se le enrojecen los ojos.

—Quiero ayudarte, Cuicani.

—Tlazohcamati. —Intenta sonreír como muestra de gratitud, pero esta vez los labios la traicionan con una mueca retorcida.

—Puedes decirme la verdad, Cuicani —dice Izcóatl, dispuesto a dejarse de rodeos—. No voy a juzgarte. Por el contrario, quiero ayudarte. Pero no puedo si no sé qué es lo que está ocurriendo.

—No sé de qué quiere que le hable, mi señor.

Cuicani tiembla de miedo y de ansiedad. Sus ojos enrojecen aún más. Se muerde la lengua para no confesarle que ese hijo que espera no es de Ilhuicamina, sino de Tlacaélel, quien la engañó y la pidió en matrimonio haciéndose pasar por su hermano gemelo; que ahora no sabe qué hacer con su vida ni con la del hijo que lleva en el vientre; que muchas noches ha pensado en salir de ahí, escapar, caminar hasta donde nadie la reconozca y, quizá, dejarse morir...

—Quiero que me hables de ti, de tu hijo, de cómo se sienten tu madre y tú —responde con tono condescendiente—. No estás sola, Cuicani. No estás sola.

En ese momento, la joven estalla en llanto. El tlatoani da unos pasos hacia ella y le ofrece su mano, pero no la acepta y sale corriendo. Izcóatl permanece solo en la sala de invitados, hasta que la madre de Cuicani entra y le pide disculpas por la salida intempestiva de su hija y le ofrece algo de comer y de beber, pero el tlatoani rechaza la invitación, agradece y se marcha.

En su camino de regreso al palacio, se encuentra con una ola de personas que avanza rumbo a Tlatelolco. No le sorprende, pues sus informantes ya le contaron los motivos. Sin pensarlo, sigue a las hordas hasta llegar a aquel lado de la isla y se encuentra con un mercado mucho más grande que el que había visto en las veintenas anteriores. Esta mañana llegó Cuauhtlatoa al cemanáhuac con cientos de tlamémeh cargados de mercancías traídas desde tierras totonacas. Miles de personas de Tlatelolco y Tenochtítlan, y también de decenas de los pueblos del valle, se acercan para preguntar y saber qué trajo el tecutli de Tlatelolco.

Ya dentro del tianquiztli, las aglomeraciones son tan grandes que resulta casi imposible avanzar sin que la gente se empuje y grite estruendosamente, lo que impide escuchar las conversaciones.

El tlatoani Izcóatl decide regresar al huei tecpancali de Tenochtítlan y volver en otra ocasión a Tlatelolco. Al llegar al palacio, los miembros del Consejo lo reciben preocupados.

—¡Mi señor, lo estuvimos buscando por todo el palacio! —exclama Cuauhtlishtli al mismo tiempo que camina hacia él—. ¿Dónde estaba? ¿Se encuentra bien?

—Sí, estoy bien —responde Izcóatl con tranquilidad; mira a los consejeros—. ¿Por qué? ¿Sucede algo?

—Muchas cosas. —Tlatolzacatzin se detiene delante de su hermano—. Hoy tenemos una reunión con Nezahualcóyotl y más tarde, si llegamos a un acuerdo, usted hablará con el pueblo meshíca para informarle que volveremos a la guerra.

—Cierto... —Izcóatl se rasca la cabeza, hace una mueca, avanza con calma hacia el tlatocaicpali y se sienta—. Lo olvidé. Salí a caminar un rato y vi a lo lejos a un viejo conocido caminando en la calle. —Dirige la mirada a Tlacaélel y luego la regresa a su hermano Tlatolzacatzin—. Quise alcanzarlo, pero no lo conseguí. Lo vi entrar a una casa, sin embargo, por la distancia, no me quedó muy claro y tuve que esperar hasta que saliera. Luego, cuando lo vi, estaba demasiado lejos y otra vez se me perdió. Afortunadamente, sí me di cuenta a qué casa había entrado, así que le pregunté a las mujeres que viven ahí y me quedé platicando con ellas.

—Hoy es un día muy importante para Meshíco Tenochtítlan —interrumpe Tlacaélel al mismo tiempo que camina al centro de la sala principal—. Hoy presentaremos a Shalcápol con el pueblo tenoshca.

—Tu tío, el huei tlatoani, está hablando —lo regaña Tlatolzacatzin—. Deberías mostrar respeto.

—Siempre he sido respetuoso con él y con todos ustedes —responde Tlacaélel sin mirar a Tlatolzacatzin—, pero en este momento no estaba hablando de nada trascendental y creo que debemos enfocarnos en las cosas que verdaderamente importan.

—¿Y quién eres tú para decidir qué cosas son importantes para el tlatoani y qué cosas no? —El nuevo Tláloc tlamacazqui se pone de pie y camina hacia su sobrino.

—¿Y quién es usted para decirme a mí cuándo debo o no interrumpir al huei tlatoani? —Lo mira soberbia.

—Primero que nada, soy tu tío —responde Tlatolzacatzin—, hijo de Acamapichtli, hermano de tu padre, el difunto Huitzilíhuitl, hermano del actual tlatoani, el nuevo Tláloc tlamacazqui y miembro del Consejo. Y si nada de lo anterior te parece razón suficiente para respetarme, por lo menos deberías hacerlo por mi longevidad. Tú aún no nacías y yo ya había sobrevivido a muchas batallas.

—¿Usted quiere decir que el cargo que ejercemos se invalida ante la relación familiar? ¿Me está tratando de decir que sólo por ser mi tío debo doblegarme ante usted en las reuniones? ¿Quiere decir que el cargo que tengo como miembro del Consejo no vale al momento de ejercer mi voto si usted vota lo contrario? ¿O es sólo por la edad? ¿Qué es lo que anula mi autoridad, mi juventud o su vejez?

—Tlatolzacatzin no está diciendo eso —interviene Yohualatónac con molestia—. Estás tergiversando todo, Tlacaélel.

—Yo creo que no tergiversa nada —intercede Tochtzin—. Tiene mucha razón. No debemos mezclar las relaciones familiares con nuestros cargos en el gobierno.

El tlatoani observa en silencio desde su tlatocaicpali. Siempre observa, calla y analiza.

—Ser miembro del Consejo no te exime de tus obligaciones como sobrino o por ser el menor de los sacerdotes —regaña Tlatolzacatzin.

—¡Lo sabía! —Se defiende Tlacaélel exaltado—. Tu problema es que soy menor que todos ustedes.

—Yo sí creo que ése es nuestro principal problema contigo desde que fuiste electo miembro del Consejo —dispara Cuauhtlishtli mientras camina amenazante hacia Tlacaélel—. Eres demasiado inmaduro, crees que sabes más que nosotros, te aprovechas de tu posición como sobrino del tlatoani e hijo del difunto Huitzilíhuitl a quien recordamos con mucho amor. Eres demasiado joven para este puesto y únicamente nos has causado conflictos. Si no fuera por ti, jamás se habría roto la alianza con Nezahualcóyotl, ya habríamos rescatado a Ilhuicamina, y no estaríamos discutiendo en este momento.

—Yo pienso lo contrario. —Tlacaélel da un par de pasos hacia Cuauhtlishtli—. Ustedes son demasiado viejos. —Le coloca la punta del dedo índice en el pecho y la retira de inmediato, para terminar con una sonrisa.

—No es que tú seas demasiado joven. —Tlalitecutli intenta mediar la situación—. Tampoco creo que nosotros seamos demasiado viejos.

—¡Escuchen a Tlalitecutli! —exclama Tlacaélel al mismo tiempo que lo señala con ambas manos—. Por fin alguien en este consejo habla con sensatez.

—La única verdad en todo esto es que, como siempre, Tlacaélel logró desviar la atención del tema que nos compete —profiere Yohualatónac cansado de la discusión.

Tlacaélel sonríe. Izcóatl observa.

—Tlacaélel quiere que hablemos de la fiesta de la veintena de tóshcatl —finalmente el tlatoani habla.

—No sólo se trata de hablar de la celebración —interviene Tlacaélel—. Debemos presentar a Shalcápol ante los meshítin.

—¿Eso es lo que más te importa? —pregunta Tlatolzacatzin molesto—. ¿Presentar a los tenoshcas un mancebo que se vestirá por un año con las ropas de Tezcatlipoca?

—No es sólo un mancebo. —Tlacaélel se pone sumamente serio—. *Es* Tezcatlipoca.

—No digas dislates. —Se ríe Yohualatónac.

—*Es Tezcatlipoca azul,* Huitzilopochtli reencarnado y como tal deberán... —Hace una pausa y observa a cada uno de los miembros del Consejo y al tlatoani—. *Deberemos* venerarlo todos. Por ello, es imperativo que el huei tlatoani presente a Shalcápol ante el pueblo como la reencarnación de Tezcatlipoca y ordene a todos los meshícas que le rindan devoción cada vez que se lo encuentren en las calles —advierte Tlacaélel—. Para que los macehualtin obedezcan, deben ver el ejemplo en los pipiltin.

—Has llegado demasiado lejos con este juego y yo no estoy dispuesto a hacer el ridículo arrodillándome en las calles ante un mancebo cualquiera —amenaza Yohualatónac. Luego, se dirige al resto de los miembros—. Si quieren que la gente se burle de ustedes, adelante, háganlo y denigren el prestigio del Consejo.

El huei tlatoani se pone de pie y sentencia con serenidad:

—Todos nosotros mostraremos respeto ante el mancebo que reencarne o personifique a Tezcatlipoca azul Huitzilopochtli y obligaremos a cada uno de los pipiltin y macehualtin a que haga lo mismo. Somos representantes de los dioses en la Tierra y debemos, por sobre todas las cosas, venerarlos y enseñar a nuestro pueblo a que los respeten e idolatren. Así que hoy, antes de que caiga la noche, habremos presentado a Shalcápol como la reencarnación de Tezcatlipoca azul Huitzilopochtli ante los meshítin y, a partir de mañana, comenzará la cuenta regresiva para la fiesta de Tóshcatl.

Todos los miembros del Consejo observan atónitos al meshícatl tecutli.

—Ahora sí. —Izcóatl se sienta en su tlatocaicpali y continúa sin darle importancia a las miradas de los nenonotzaleque—. Sigamos con los demás asuntos. —Mira fijamente a Tlacaélel—. Debemos rescatar a Ilhuicamina. Ya no hay tiempo.

—Estoy de acuerdo —Tlacaélel sonríe ligeramente para no hacer tan evidente su triunfo—. En cuanto llegue Nezahualcóyotl alistaremos a las tropas para salir a la guerra.

El tlatoani se recarga en el respaldo del tlatocaicpali, cierra los ojos y suspira con tranquilidad. De acuerdo con sus informantes, Nezahualcóyotl va hacia la isla dispuesto a dividir el imperio chichimeca entre Teshcuco y Tenochtítlan, aunque con la condición de que le ayuden a castigar a los pueblos rebeldes y se recupere la paz en el cemanáhuac.

—Entonces no queda más que esperar a que llegue Nezahualcóyotl —comenta Tochtzin con tono triunfal.

El silencio se apodera de la sala por un instante. Los consejeros observan al tlatoani y aguardan a que dé por finalizada la reunión.

—Convoquen a los tenoshcas en este momento. —El tlatoani se levanta de su tlatocaicpali—. Presentémosles a Shalcápol.

—¿Ya? ¿Así de improviso? —pregunta estupefacto Yohualatónac.

—Pero... ¿No cree que deberíamos esperar? —cuestiona absorto Tlatolzacatzin.

—No. —Izcóatl cruza la sala sin dirigirle la mirada a su hermano—. Hoy es el día. —Se detiene a la mitad de la sala y observa detenidamente a cada uno de los consejeros—. Quiero que Nezahualcóyotl vea a toda nuestra gente en las calles, que no olvide el poder de nuestro pueblo, que sepa que siempre tendrá a un aliado muy poderoso.

Los miembros del Consejo caminan detrás de él, sin dar crédito a lo que están observando.

—Ordena que toquen los tepozquiquiztlis —le dice a Cuauhtlishtli. Luego, se dirige a Yohualatónac—: Tú y Tlatolzacatzin vayan al calmécac y ordenen a los alumnos que barran el Recinto Sagrado y el Coatépetl. —Mira a Tlalitecutli y Tochtzin—. Ustedes dos preparen el brasero en la cima del teocali y las prendas de Tezcatlipoca.

Los nenonotzaleque esperan en silencio a que el tlatoani le dé instrucciones a Tlacaélel, pero eso no ocurre.

—Ya —ordena Izcóatl—. Vayan a hacer lo que les pedí.

Tlacaélel permanece de pie, muy cerca del meshícatl tecutli, quien camina de regreso al centro de la sala.

—Ya hice lo que querías —espeta el tlatoani con seriedad—. Dejémonos de juegos, Tlacaélel. Ayúdame a gobernar.

—Eso hago, mi señor.

Tlacaélel se arrodilla ante Izcóatl, que observa con desconfianza.

—Ve por Shalcápol y llévalo al tlacateco. Quiero hablar con él antes de que lo presentemos a los tenoshcas.

—Como usted ordene, mi señor —responde Tlacaélel al mismo tiempo que se pone de pie—. Le agradezco su confianza.

En cuanto Tlacaélel abandona la sala, entran los hijos del tlatoani: Tezozomóctli, Cuauhtláhuac y Tizahuatzin.

—¿Qué ocurre, padre? —pregunta Tezozomóctli muy asustado—. Vimos a los consejeros salir muy apurados.

—No se preocupen —contesta el tlatoani con sosiego.

Se escucha el silbido de los tepozquiquiztlis y los tres hijos del tlatoani se sorprenden.

—¿Y eso qué significa? —pregunta atemorizado el más joven de ellos.

—Tendremos una breve ceremonia en la que vestiremos a un mancebo con las ropas del dios Tezcatlipoca, al cual nombraré el representante de Tezcatlipoca azul Huitzilopochtli en la Tierra. Quiero que sean respetuosos y lo traten como a un dios. Siempre que se lo encuentren en las calles, deberán arrodillarse y saludarlo. Jamás se atrevan a reírse de él.

En ese momento, los tres hijos del tlatoani se esmeran para no hacer justo lo que su padre les acaba de prohibir.

—Así será, padre —promete Tezozomóctli.

—Bien —asiente Izcóatl mientras camina a la salida—. Quiero que estén hasta el frente, para que todos los meshícas los vean cuando rinda veneración al personificador de Tezcatlipoca.

—Como usted mande —agrega Cuauhtláhuac, que camina detrás de su padre.

Al llegar a la calle, el tlatoani se encuentra con olas de macehualtin caminando rumbo al Recinto Sagrado. Niños y niñas preguntan a sus madres por qué los tepozquiquiztlis siguen sonando. Ancianos y jóvenes atienden intrigados al llamado del tlatoani. Muchos acuden preocupados, pues no saben lo que puede ocurrir. Entre la multitud que comienza a llegar, también hay cientos de tlatelolcas. Izcóatl sonríe de placer, pues una de las razones por las que decidió presentar a Shalcápol ante los meshítin el día de hoy es quitarle la atención al tianguis de Tlatelolco, aunque sea por un instante, y hacer enojar a Cuauhtlatoa, quien le ha negado la ayuda a Tenochtítlan en las últimas veintenas; y tal vez cuando descubra que, por fin, Teshcuco y Tenochtítlan compartirán el huei chichimeca tlatocáyotl, reviente de ira y se arrepienta de haberle negado su apoyo a Izcóatl, quien en este momento está disfrutando con sólo imaginarlo, aunque tal vez días después eso sea algo intrascendente, pues el tlatoani jamás ha sido vengativo, y cuando ha ideado venganzas no las lleva a cabo, ya que sus rencores se extinguen con facilidad ante la razón, esa compañera terca que no lo deja solo ni de noche ni de día.

Al llegar al Recinto Sagrado, las multitudes ovacionan al huei tlatoani y le lanzan flores, algo que le alegra la tarde a Izcóatl, pues no esperaba tal recibimiento, principalmente por ser algo improvisado por parte del gobierno y espontáneo por parte de los pobladores.

A un lado del Coatépetl se encuentra un pequeño edificio llamado el tlacateco, donde ya lo aguardan los seis miembros del

Consejo y el joven que, a partir de hoy, será la reencarnación de Tezcatlipoca azul Huitzilopochtli. El interior es oscuro. Los recibe una nube de humo de copal y una luz generada por las llamas en el brasero.

—Eres tú... —dice el tlatoani Izcóatl con descomunal asombro en cuanto se detiene frente al mancebo desnudo, al que tenía bien identificado y había observado de lejos, aunque sin jamás atreverse a dirigirle la palabra. No sabe qué decirle. Le tiemblan las piernas, las manos y los labios. No puede creer lo que ve. Los consejeros le habían contado que Tlacaélel solía pasar muchas horas con Shalcápol y el tlatoani no lograba entender la fascinación de su sobrino. Incluso le informaron que Tlacaélel pasó una noche entera postrado de rodillas frente a Shalcápol, que estaba sentado en un tlatocaicpali con las ropas de Tezcatlipoca. Dicen que Tlacaélel le hizo preguntas, pero el joven no le respondió ni se movió, sino que permaneció con la mirada perdida, como en este momento en el que Izcóatl contempla, atónito y en silencio, el rostro del mancebo—. Eres tú. —Se arrodilla ante Shalcápol, le coloca las manos en los pies con mucha delicadeza y los acaricia como si fueran pétalos de rosas—. Eres tú... —Sus dedos tiritan y su respiración se agita—. Eres tú... —Una lágrima del tlatoani cae sobre uno de los pies del muchacho. Tlacaélel observa al meshícatl tecutli y trata de descifrar su reacción. Los demás nenonotzaleque simplemente no comprenden qué está sucediendo. Shalcápol permanece con la mirada ausente—. Perdóname... —ruega el tlatoani aún de rodillas—. Cumpliré tus preceptos, mi señor. ¡Oh! —Coloca la frente en los pies de Shalcápol—. ¡Oh, perdóname, *Tlácatl Totecuyoh*, «persona nuestra»! *Tloqueh Nahuáqueh*, «dueño de lo cerca y lo junto»; *Yohuali Ehécatl*, «noche y viento»; *Ipalnemoani*, «por quien vivimos»; *Tlalticpáqueh*, «dueño de la superficie de la Tierra»; *Tlalteco*, «señor de la Tierra»; *Teyocoyani*, «el que crea a la gente»; *Moyocoyani*, «el que se crea a sí mismo»; *Moquehqueloa*, «el que se burla»; *Yáotl*, «enemigo»; *Tlazohpilli*, «amado noble»; *Teihmatini*, «el que prepara a la gente»; *Teihchichihuani*, «el que adorna a la gente». Tezcatlipoca es el «espejo que humea», dios omnipotente, omnisciente y omnipresente. Siempre joven, el dios que da y quita a su antojo la prosperidad, riqueza, bondad, fatigas, discordias, enemistades, guerras, enfermedades y problemas. El dios positivo y negativo. El dios caprichoso y voluble. El dios que causa terror. El hechicero. El brujo jaguar. El brujo nocturno.

Tras decir estas palabras, el huei tlatoani se queda en absoluto silencio, con la frente y las manos sobre los pies del ídolo.

Luego de un largo rato, el tlatoani se pone de pie con los ojos rojos, mira al joven desnudo, traga saliva, inhala profunda y lentamente y se dirige a los teopishque:

—Vamos. Ha llegado el gran momento. —Camina hacia la salida del tlacateco, la cual da al centro del Recinto Sagrado.

Los consejeros se percatan de que el huei tlatoani derramó algunas lágrimas mientras se encontraba arrodillado frente a Shalcápol y comprenden que no está fingiendo. Al salir del tlacateco, ven en primera fila a Nezahualcóyotl, a Totoquihuatzin, a Cuauhtlatoa y a los miembros de la nobleza meshíca. Izcóatl y los seis teopishque celebran un ritual religioso y avanzan con incensarios que echan humo de copal. Silban los tepozquiquiztlis y retumba un huéhuetl pausadamente, como si contara sus pasos: ¡Pum...! ¡Pum...! ¡Pum...!

La multitud —aunque no ha sido informada sobre el motivo de la breve ceremonia— está convencida de que van a sacrificar al mancebo que camina detrás del huei tlatoani y los seis teopishque, y aúlla sobreexcitada:

—¡Ay, ay, ay, ay, ay, ayayayay!

Al llegar a la cima del aún pequeño Monte Sagrado, calla el huehuetl y el tlatoani se dirige a la multitud:

—Meshícas tenoshcas, hijos de Tezcatlipoca, de Quetzalcóatl, de Huitzilopochtli, de Shipe Tótec, de Teteo Innan, de Tonantzin, de Coatlicue, de Cihuacóatl... Nietos de Tenochtli, de Acamapichtli y de Huitzilíhuitl. Abuelas, abuelos, madres, padres, hermanas, hermanos. Hoy nos encontramos reunidos para anunciarles... —Nezahualcóyotl sonríe, pues cree que tan magno evento ha sido para reconocerlo como huei chichimécatl tecutli. Izcóatl continúa hablando en voz alta—. Que nuestro dios Tezcatlipoca azul Huitzilopochtli habló con nuestro teopishqui Tlacaélel y le pidió que dediquemos la veintena de tóshcatl para festejarlo a él, a Tezcatlipoca. Para ello, ha decidido convivir entre sus hijos, los meshítin tenoshcas.

La gente permanece en silencio. No comprenden lo que dice el huei tlatoani.

—¡Tezcatlipoca azul Huitzilopochtli ha decidido reencarnar en el cuerpo de este joven mancebo! —anuncia el tlatoani.

Tlacaélel coloca su mano izquierda en el codo de Shalcápol para guiarlo; ambos dan unos pasos al frente y se detienen junto a Izcóatl. El mancebo queda en medio del huei tlatoani y el teopishqui. La multitud observa al piltontli desnudo. Tlacaélel dirige la mirada a los demás teopishque, lo cual indica que deben llevarle las prendas de Tezcatlipoca.

Retumba un huéhuetl de forma pausada: ¡Pum...! ¡Pum...! ¡Pum...!

Tlatolzacatzin entrega al tlatoani unas plumas blancas y una guirnalda de flores para que se las ponga al mancebo en la cabeza. Cuauhtlishtli le ofrenda una manta rica en flecos para cubrir su espalda y pecho. Tlalitecutli le da un *máshtlatl*, cuyos bordados llegan a las rodillas. Cuauhtlishtli le ofrece un collar de piedras preciosas. Tochtzin le lleva unos aretes de oro y un morral que Izcóatl le coloca en la espalda. Tlacaélel le obsequia unas ajorcas de oro para que se las ponga arriba de los codos. Yohualatónac le regala muchas pulseras con piedras preciosas. Tlatolzacatzin vuelve con cintas con cascabeles de oro para las piernas y sandalias hermosamente decoradas.

El huéhuetl deja de sonar y el huei tlatoani se dirige a la multitud:

—Él es —señala a Shalcápol—, a partir de hoy y durante un año, Tezcatlipoca azul Huitzilopochtli.

Nezahualcóyotl, Totoquihuatzin y Cuauhtlatoa se miran entre sí.

—Recibirá trato de dios —continúa el huei tlatoani—. Vivirá en una habitación del Coatépetl. Todos, absolutamente todos lo reverenciarán. Incluso yo, el meshícatl tecutli. Aquel que le falte al respeto, se burle o no lo salude con reverencias cuando lo viere en las calles de Tenochtítlan, será condenado a muerte. ¡Él es Tezcatlipoca azul Huitzilopochtli, dios de la guerra! ¡Nuestro dios protector! ¡El padre de los meshícas tenoshcas! ¡Tezcatlipoca azul Huitzilopochtli!

Tlacaélel toma la mano de Shalcápol y la alza en forma de victoria. La multitud grita y aúlla de emoción. Silban los tepozquiquiztlis y retumban los teponaztlis y los huehuetles. El huei tlatoani, los seis teopishque y Shalcápol bajan los escalones del Coatépetl de forma triunfal. Al llegar al final de la escalera, todos se arrodillan, sin excepción, incluido Nezahualcóyotl, Totoquihuatzin, Cuauhtlatoa, Tlacaélel e Izcóatl. El único que permanece de pie es Tezcatlipoca azul Huitzilopochtli en el cuerpo de Shalcápol.

Finalizado aquel magno evento, la gente regresa a sus casas y a sus actividades. Los alumnos del telpochcali y el calmécac se ocupan de barrer hasta el último rincón del Recinto Sagrado. Shalcápol, Cuauhtlatoa, Totoquihuatzin y Nezahualcóyotl son invitados al palacio para disfrutar de un banquete con los miembros de la nobleza. Cuauhtlatoa, Totoquihuatzin y los pipiltin abandonan la sala cuando terminan y sólo permanecen Shalcápol, los miembros del Consejo, el tlatoani Izcóatl y el príncipe chichimeca, quien sigue sin comprender la presencia del mancebo en una reunión tan importante.

—Creí que el cabildo sería sólo entre los miembros del Consejo, el tlatoani Izcóatl y yo —dice el príncipe acólhua con incomodidad.

—A partir de hoy, nuestro dios de la guerra Tezcatlipoca azul Huitzilopochtli nos acompañará en todas las reuniones importantes —explica el teopishqui Tlacaélel.

El heredero de Ishtlilshóchitl sabe que no tiene tiempo que perder y debe hablar sin preámbulos, pues su gente se encuentra en el campo de batalla.

—Como ustedes saben, mis tropas han estado luchando contra los ejércitos de Teotzintecutli e Iztlacautzin desde hace treinta y dos días. —Nezahualcóyotl los mira con seriedad. En el fondo quiere reclamarles por su falta de ayuda, aunque ignora que Izcóatl había enviado una embajada para ofrecerles apoyo.

—Hemos estado al tanto de la situación —dice Izcóatl—. Lamento que nos hayamos reunido hasta ahora.

—Ya estamos aquí —responde el Coyote ayunado—. Es momento de unir nuestras fuerzas y acabar con los rebeldes.

—¿Eso significa que estás de acuerdo en dividir el huei chichimeca tlatocáyotl? —pregunta Tlacaélel.

Nezahualcóyotl ve a su primo a los ojos. Analiza su mirada y su actitud. Luego, se dirige a su tío Izcóatl:

—He decidido aceptar dividir el huei chichimeca tlatocáyotl... sólo si me ayudan a luchar contra el Triángulo del Oriente.

Aunque Tlacaélel sonríe de manera casi imperceptible, Nezahualcóyotl se percata de ello.

—Entre tres... —dispara el Coyote ayunado.

Tlacaélel frunce el ceño. Izcóatl alza las cejas. Los miembros del Consejo se quedan boquiabiertos. Nezahualcóyotl camina a la salida, hace una seña con la mano y regresa al centro de la sala.

—Quiero que el huei chichimeca tlatocáyotl se divida entre Teshcuco, Tenochtítlan... —Hace una larga pausa, la cual aprovecha para analizar cuidadosamente a cada uno de los presentes—. Y Tlacopan.

En ese momento, entra Totoquihuatzin a la sala principal.

28

Que si es nahuala, que si es bruja, que si trabaja la hechicería negra o blanca, rumorean los ashoshcas, pero nadie se atreve a preguntárselo directamente a Tliyamanitzin y mucho menos a insinuárselo, y aunque les dé harto miedo —pues a los nahuales hay que temerles—, van a buscarla cuando necesitan... que un remedio para un dolor inexplicable, que para sanar una herida, que el chamaco se cayó y se rompió la frente, que al esposo de la vecina le dieron a beber un hechizo y el muy bruto ni cuenta se dio porque andaba ebrio, que un ungüento para los achaques, que un amuleto para cuidarse de esto y aquello, pero nunca nadie le pregunta ¿es usted *nahuala?*

Sólo Mirácpil ha tenido la osadía de preguntárselo más de una vez, a lo que la anciana Tliyamanitzin le responde, con indiferencia, que no diga tonterías y que se apure con sus quehaceres, pero la niña siempre acaba antes de tiempo y ni modo de regañarla por andar de ociosa, así que mejor le asigna otras tareas o la corre del jacal para que no ande de preguntona.

—Si me dice, prometo no contarle a nadie —insiste Mirácpil, quien tiene puesto un *ichcahuipili*[146] y se encuentra afuera del shacali.

—¿No te cansas de hacer tantas preguntas? —pregunta Tliyamanitzin—. Soy agorera y chamana. No es lo mismo que ser nahuala.

—No me quiero ir con la duda —responde Mirácpil con un gesto de nostalgia, se queda en silencio mientras observa con melancolía los ojos de la anciana que le dio refugio por tanto tiempo y después de una larga pausa confiesa—: La verdad es que no me quiero ir...

Otonqui, a unos pasos detrás de Mirácpil, lleva varios minutos esperando con la muleta bajo la axila.

—¡Sí, sí! —exclama la anciana con un ademán dramatizado en tanto alza los brazos y extiende los dedos como garras—. ¡Soy nahuala! Y si no te vas en este momento voy a comerte...

146 *Ichcahuipilli,* «chaleco de cuero relleno de algodón prensado, utilizado como armadura para la guerra».

Mirácpil sonríe y una lágrima cruza por su mejilla.

—La voy a extrañar. —Los ojos se le inundan de llanto.

—Yo también te voy a extrañar, cihuápil. —Tliyamanitzin arruga los labios, que se hunden dentro de su boca chimuela—. Pero no te puedes quedar aquí. Corres mucho peligro.

—¿Me puede repetir con exactitud lo que dicen los agüeros sobre mí? —pregunta Mirácpil. Traga un poco de saliva.

—Ya te lo dije. —La anciana suspira y, luego, aprieta los labios.

—Sólo quiero que me lo diga una vez más. —La mira fijamente con un mohín de plegaria.

—Tu agüero anuncia que salvarás la vida de un hombre bueno.

—No hablo de ese augurio. —Hace una mueca de desaprobación—. Sino de lo otro…

—Cihuápil. —Le pone las manos en los hombros y acerca su rostro al de Mirácpil—. La felicidad no depende de un momento específico. La felicidad la debes construir tú. Tienes que luchar por ella, sufrir por ella, ganártela…

—¿No cree que sea suficiente con lo que ya he sufrido?

—Eso yo no lo sé. —Alza la cara, mira al cielo e inhala profundamente—. Si tuviera todas las respuestas, yo no estaría escondida aquí. —Le quita las manos de los hombros—. Ya vete. Tu padre está esperándote.

Mirácpil tuerce la boca, camina hacia donde se encuentra su padre, se detiene por un instante, aprieta los dientes, respira agitada, se da media vuelta, abraza a la anciana Tliyamanitzin y llora en su hombro.

—Cuídate mucho. —Tliyamanitzin la abraza y le besa la frente.

Mirácpil se marcha con su padre, quien en las últimas veintenas la estuvo entrenando para que ingresara al ejército tenoshca, algo que en un principio no fue nada fácil para ninguno de los dos, pues ella se negaba a compartir tiempo con él, aunque sólo era para el beneficio de ella. Él, por su parte, no sabía siquiera qué era lo que sentía. A veces lo identificaba como arrepentimiento y otras como cariño, y en eso radicaba el mayor de sus conflictos, pues no conocía claramente el arrepentimiento ni el cariño. Había sido educado con mano dura, como todos los niños del cemanáhuac, sin jamás recibir una muestra de afecto por parte de su padre y su madre, y cuando el espectro de la ternura se asomaba, lo entorpecía una orden, un regaño, alguna situación que lo apartaba más y más de ese sentimiento ajeno que no conoció siquiera cuando se casó, pues a la mujer que se convirtió en su esposa se la presentaron un día antes de la boda. Si bien ya la había visto en las calles de Tenochtítlan, nunca habían conversado, pues ella, igual que todas las niñas y jovencitas, tenía prohibido hablar con los muchachos; no importaba si era un saludo, responderles perjudicaba su reputación. La gente pensaría que ella se les ofrecía a los jóvenes como una mujer pública y nunca nadie la pediría como esposa o concubina. Cuando Otonqui la esposó, ni siquiera se dio tiempo de hablar con ella: la acostó en su petate, la hizo su mujer y se durmió. A la mañana siguiente, volvió a montarla cual relámpago, para luego enviarla a preparar el desayuno. Al caer la noche, y todas las siguientes, repitió lo que él creía una hazaña, sin jamás ocuparse del placer ausente de aquella joven que en ningún momento le recriminó su pésimo desempeño sexual. Como a todas las mujeres, a ella nadie le enseñó que también podía y debía disfrutar del coito. Había sido educada para servir, complacer y obedecer al hombre, así como para cuidar de la casa y criar a sus hijos. A Otonqui, al igual que a todos los hombres, se le inculcó que su objetivo en la vida era reproducirse, ir a la guerra y no arrepentirse de nada. Por eso, cuando Mirácpil se escapó de Cílan, Otonqui no supo qué hacer con ella ni cómo ayudarla. Por primera vez, su mujer tomó las riendas de la familia y le exigió que salvara a su hija. Así fue como Otonqui decidió incorporarla al ejército y, sin imaginarlo, tejió una red de la cual no podría escapar jamás y que lo ataba a su hija más que nunca, más de lo que hizo con sus hijos varones. Entrenarla cada mañana, conocer su fragilidad e imaginarla en combate le sacudió la vida y lo despertó de la inercia en la que había caído. No era lo mismo que preparar a un mancebo, al que podía gritarle que no se acobardara o del que tenía la libertad de burlarse si era incapaz de trepar un árbol. Aquella niña le dio una lección de vida que jamás olvidaría: a pesar de su cuerpo enclenque, logró externar, desde lo más profundo de su ser, una fuerza que ni ella misma conocía, lo cual le permitió ejercitarse en el uso de las armas hasta dominar con maestría el macuáhuitl, el *chimali,* «escudo», el *tlahuitoli,* «arco», el *yaómitl,* «flecha», el átlatl, «lanza dardos», el *tlatzontectli,* «dardo», el tlacochtli, «lanza», el *temátlatl,* «honda» y el *tlahcalhuazcuáhuitl,* «cerbatana». Lo mejor de todo: Otonqui pudo escuchar, entender y conocer a su hija, con quien jamás había sostenido una conversación antes de entregarla como concubina a Nezahualcóyotl. Otonqui y Mirácpil eran dos perfectos desconocidos que comían y dormían en la misma casa. Ahora, lo que alguna vez pareció imposible, era una realidad: padre e hija caminan juntos y en paz en el bosque, como dos buenos compañeros de viaje. Si bien no son los mejores amigos, sí han aprendido a dialogar a ratos sin caer en rapapolvos. El tiempo transcurrido en Ashoshco sanó algunas heridas y abrió la puerta de la confianza. De otra forma, no habría sido posible que Mirácpil se ejercitara en las armas, mucho menos que se reconciliara más con ella misma que con su padre, pues si bien era cierto que Otonqui había fallado, lo que verdaderamente atormentaba a Mirácpil era la culpa que cargaba como una losa en la espalda por haber dejado en el camino a Shóchitl, esa hermosa concubina que tantas alegrías le había provocado y que ahora no es más que un esqueleto olvidado en algún osario.

—Voy a matarlo —espeta Mirácpil mientras caminan en las faldas de la montaña.

—¿A quién? —pregunta Otonqui.

—Sabes de quién hablo —responde Mirácpil.

Otonqui evade aquella conversación para no alimentar la ira de su hija, pero ella no está dispuesta a quedarse callada; quiere anunciarle con claridad lo que pretende hacer.

—Voy a matar a Nezahualcóyotl —informa muy segura de sí misma—. ¿Por qué crees que acepté ejercitarme en las armas?

—No lo conseguirás. —Camina mirando al frente.

—¿No me crees capaz? —cuestiona con tono amenazante.

—Sí, pero no será fácil acercarte a él —advierte con tranquilidad—. Si lo fuera, ya lo habrían asesinado sus enemigos.

—Eso es porque ellos no vivieron con él.

—Hay muchos yaoquizque que viven con él y podrían matarlo.

Otonqui elude el encuentro de miradas.

—Pero ninguno de ellos sabe en qué posición duerme ni a qué hora se despierta o si ronca —comenta y presume una sonrisa arrogante.

—¿Y tú crees que por haber sido concubina de Nezahualcóyotl tienes más posibilidades de matarlo? Eso no te servirá de nada al momento de enfrentarte a él y a sus guardias. No seas ingenua.

—Me equivoqué al pensar que llegaríamos a Tenochtítlan sin discutir.

—Yo no estoy discutiendo; te estoy hablando con la verdad. Eso que pretendes hacer es una locura. Te van a matar.

—¿Y qué crees que me va a ocurrir si me mandan a la guerra?

—No irás a la guerra. Ya hablé con el cuauhpili. Le pedí que se hiciera cargo de ti y que te diera tiempo para prepararte más.

—Ya me preparé lo suficiente —presume con arrogancia—. Tú me entrenaste.

—Jamás será suficiente.

Mirácpil ve por el rabillo del ojo a Otonqui y decide no hablar más. Quiere llegar a Tenochtítlan en paz con su padre, quien también siente lo mismo. Ambos callan y siguen su camino hasta la isla, donde son recibidos por Ichtlapáltic, un *telpochyahqui,* «sargento», quien los guía al cuartel donde se enseña y entrena a los nuevos soldados. El cuauhpili recibe entusiasmado a su viejo amigo, con quien luchó codo a codo en varias guerras, hasta que Otonqui fue severamente herido, se retiró del ejército, se encerró en su casa y se alejó de sus amigos de forma indefinida para que no vieran su cojera. Tuvieron que transcurrir varios años para que Otonqui volviera a salir a las calles y aceptara que sus compañeros de batalla lo miraran en su nueva etapa.

—Así que éste es tu hijo menor. —Sonríe, le da una palmada en el hombro a Mirácpil y le pregunta—: ¿Cómo te llamas?

—Tezcapoctzin —responde Mirácpil con la cabeza agachada. Teme que el cuauhpili descubra que es una mujer.

—Ya tiene puesto su *ichcahuipili* —el cuauhpili frota el grueso chaleco de algodón—. Pero no será necesario por el momento. Sólo cuando vayamos a la guerra.

—A Tezcapoctzin le gusta mucho usar su *ichcahuipili* —justifica Otonqui para que Mirácpil pueda ocultar sus senos—. Ya le dije muchas veces que se lo quite, pero no me obedece. ¿Podrías permitirle que lo use a diario?

—Pero... —El cuauhpili se encoge de hombros y desvía la mirada por un instante para pensar en la respuesta—. Llamará mucho la atención de los demás alumnos, aunque tampoco le afecta a nadie. —Baja y sube la cabeza en signo de aprobación—. Que lo use. —Levanta el dedo índice—. Sólo porque es tu hijo.

—Tlazohcamati —responde Otonqui sumamente satisfecho.

—¿Te explicó tu padre cómo se inicia en el ejército? —pregunta el cuauhpili a Mirácpil.

—Sí —responde ella—. Comenzaré como tlaméme...

—No hay nada de malo en eso —explica el guerrero águila—. Los tlamémeh son sumamente importantes para un ejército. La mayoría comenzamos cargando las flechas y los arcos de grandes guerreros, como tu padre. Además, eso te ayudará a fortalecer tus músculos. Estás muy débil. —Le pone una mano en el brazo y aprieta para demostrar que tiene razón—. Ya cuando te conviertas en un hombre fuerte podrás ser *yaoquizqui*, telpochyahqui, como él. —Señala a Ichtlapáltic, el sargento que se encuentra cerca de ellos haciendo guardia—. O tlamanih...

—Pero nunca podré aspirar a grados directivos...

—Muchos macehualtin han acumulado grandes victorias en la guerra y eso es lo que verdaderamente importa... —responde el cuauhpili.

—¿Por qué hay tanta gente en las calles? —pregunta Otonqui para cambiar el tema de la conversación.

—¿Como que por qué hay tanta gente? —cuestiona asombrado el cuauhpili—. ¿Dónde estabas que no te enteraste?

—Mi hijo Tezcapoctzin y yo fuimos al bosque a entrenar desde la madrugada y ya regresamos tarde.

—Ocurrieron varias cosas importantes: ampliaron el mercado de Tlatelolco y la gente, entusiasmada por lo que había traído Cuauhtlatoa, fue a ver las mercancías y dejaron Tenochtítlan casi vacía. Tlatelolco era como un hormiguero, donde nadie podía caminar. Luego, Izcóatl mandó llamar a toda la población meshíca, nos concentró en el Recinto Sagrado para anunciar que un mancebo representará al dios Tezcatlipoca y ordenó que todos le mostremos reverencia cuando lo veamos en las calles. Más tarde Nezahualcóyotl, Izcóatl, Totoquihuatzin y el consejo tenoshca se reunieron y crearon un *eshcan tlatoloyan*[147] entre Teshcuco, Meshíco Tenochtítlan y Tlacopan.

—¿Nezahualcóyotl? —pregunta Mirácpil con azoramiento.

—¿Tlacopan? —cuestiona Otonqui sorprendido—. Tlacopan representa a los sobrevivientes de Azcapotzalco y a sus enemigos: Tezozómoc y Mashtla. ¿Por qué no se aliaron con Tlatelolco?

—Nezahualcóyotl dijo que lo hacía para que no muriera la raíz tepaneca.

—No creo que haya sido por eso —interviene Mirácpil—. Es probable que lo haya hecho porque Totoquihuatzin es fácil de manipular. Además, una de sus hijas es concubina de Nezahualcóyotl —agrega, sin saber que ya no sólo es una, sino dos: Zyanya y Matlacíhuatl.

—¿Y tú cómo sabes tanto, Tezcapoctzin? —pregunta el cuauhpili, pues no se había enterado que la hija de Otonqui había sido entregada a Nezahualcóyotl como concubina.

—Eso mismo estaba pensando —agrega Otonqui con una audacia falsa para desviar la atención—. A fin de cuentas, es otro bloque... —Sonríe—. Como el bloque que hicieron los altepeme del poniente.

—No. —El cuauhpili alza la mirada—. Esto es una triple alianza en la que, aun cuando termine la guerra, gobernarán los tres por igual.

147 Chimalpáhin Cuauhtlehuanitzin utiliza cuatro nombres para referirse a la Triple Alianza: Excan Tlahtoloyan, Excan Tlahtóloc, Yexcan Tlahtoloyan y Excan Tzontecómatl. *Excan,* «en tres partes»; *tlahtoloyan* y *tlahtóloc* derivan el verbo *tlatoa,* cuyos significados son «hablar», «cantar» o «gobernar». Por consiguiente, *tlahtoloyan* y *tlahtóloc* son «lugar de mando», «lugar de gobierno», con dos funciones específicas de poder: las decisiones conjuntas de acciones militares y, con insistencia, la judicatura. El *Códice Osuna* lo consigna de la siguiente manera: *Étetl tzontecomatl in altépetl,* «las tres ciudades cabeceras» o «las tres ciudades capitales»; y *Étetl tzontecómatl,* «las tres cabeceras» o las «tres capitales». Alvarado Tezozómoc escribe *Teuctlatoloyan.* Molina traduce *tecutlatoloyan* como «lugar donde juzga o sentencia el juez» o «audiencia real». Alva Ixtlilxóchitl se referirá a la Triple Alianza como «las tres cabezas» y «las tres cabezas del imperio», aunque también, al repetir la letra de un antiguo canto, dice que es *in ipetlícpal in téotl a Ipalnemoani.* La expresión *in ipetlícpal* es una contracción del difrasismo *in ípetl in iícpal,* o sea «su estera, su silla», cuyo significado sería «su gobierno, su poder». De esta manera, la designación completa indicaría que los tres tlatoque de Meshíco Tenochtítlan, Teshcuco y Tlacopan eran los guardianes terrenales «del poder de Dios, de aquel por quien se vive». Véase *El nombre náhuatl de la Triple Alianza.*

—¿Nezahualcóyotl ya no será más el huei chichimécatl tecutli? —pregunta Mirácpil entusiasmada por lo que acaba de escuchar.

—Sí —responde el cuauhpili—. El chichimecatecutli, el tepanecatecutli y el meshicatecutli serán los *huehueintin tlatoque,* «grandes tlatoanis». Para ello, han establecido seis obligaciones.

—¿Quién las estableció? —indaga Mirácpil y el cuauhpili la mira con interés.

—Los tres gobiernos.

—¿Estás seguro? —cuestiona Mirácpil.

—Haces demasiadas preguntas, Tezcapoctzin. —Sonríe el cuauhpili—. No debería estarles diciendo nada de esto. —Dirige la mirada en varias direcciones para asegurarse de que no haya espías—. Sólo porque eres hijo de Otonqui te voy a contar, pero no debes platicar de esto con nadie.

En cuanto el guerrero águila termina de contarles, el *telpochyahqui,* «sargento» —que había guiado a Otonqui y a Mirácpil con el cuauhpili y que se había mantenido cerca de ellos— se aleja discretamente hasta abandonar el cuartel. Ya en la calle, camina apurado hasta llegar al lago, donde aborda una canoa y rema en dirección a Shochimilco para informar a Pashimálcatl sobre la creación y los términos del eshcan tlatoloyan. Uno de los guardias del palacio le comunica que Pashimálcatl se encuentra en una reunión con los miembros del bloque del sur.

—Dile a Pashimálcatl que Ichtlapáltic le trae información sumamente importante —insiste el espía—. Entra y dile a Pashimálcatl que es urgente.

—No puedo —responde el guardia con tono déspota—. Mi tecutli ordenó que no lo interrumpiéramos por nada.

—Como tú decidas —amenaza el informante—. Ruégales a los dioses que Pashimálcatl no te mate cuando se entere que me negaste la entrada.

El espía se da media vuelta y se aleja a paso lento, consciente de que los dos yaoquizque evitarán que se marche.

—Espera...

El guardia permanece absorto por un instante. Mira a su compañero, quien evade el cruce de miradas y acepta entrar a la sala, no sin antes amenazar al espía:

—Te aseguro que te voy a matar personalmente si la información que traes no es relevante.

—Apresúrate —ordena el espía—. Se te acaba el tiempo.

El guardia entra a la sala, en donde se encuentran reunidos los tetecuhtin del bloque del sur —Tlalílchcatl, de Chimalhuácan, Calashóchitl, de Aztahuácan, Cuauhtemóctzin, de Cuitláhuac, Coatzin, de Ishtapaluca y Tlilcoatzin, de Míshquic, casi todos ancianos—, y Pashimálcatl lo mira con gusto y agradecimiento, pues lo acaba de rescatar de un interrogatorio insostenible para él.

—¿Por qué no asistió el tecutli Yarashápo a esta reunión? —Minutos atrás había preguntado Tlalilchcatl, señor de Chimalhuácan, al entrar a la sala.

—Está indispuesto —respondió Pashimálcatl—, pero me pidió que les ofreciera disculpas en su nombre.

—¿Indispuesto? —cuestionó dudoso Tlilcoatzin, tecutli de Míshquic.

—Enfermo —especificó Pashimálcatl.

—¿De qué se enfermó? —interrogó Calashóchitl, tecutli de Aztahuácan, el más joven de los tetecuhtin presentes.

—No sabemos todavía. —Pashimálcatl fingió preocupación—. Lo están tratando cuatro chamanes.

—¿Puede hablar? —Cuauhtemóctzin, el tecutli de Cuitláhuac se mostró más desconfiado que el resto de los tetecuhtin, pues gente de su pueblo había encontrado en las aguas de su isla el cuerpo de Tleélhuitl, el cual envió de inmediato a Shochimilco y desde entonces sabía que algo andaba mal en aquel altépetl—. ¿Puede caminar? ¿Puede comer? ¿Qué tan grave es?

—Le duele el abdomen... —Pashimálcatl se llevó una mano al vientre, hizo una mueca y frunció el ceño para robustecer su dramatización.

—Permítame verlo —solicitó Coatzin, tecutli de Ishtapaluca—. He estudiado el uso de las hierbas y los males del cuerpo desde que era un mancebo.

En ese momento, irrumpió el guardia para informarle que uno de sus espías se encontraba en la entrada del palacio y pedía hablar con él urgentemente. Pashimálcatl se pone de pie, abandona la sala y camina al lado del guardia por el pasillo para que sus visitantes no escuchen.

—Le dije que usted estaba ocupado y que dejó dicho que no lo interrumpiéramos —se justifica el soldado—. Si usted ordena, lo arrestamos de inme...

—¡No! —interrumpe Pashimálcatl y lo mira con ansiedad, pues la llegada de su espía lo acaba de salvar del interrogatorio—. Hazlo pasar a la sala del fondo. Iré en un instante.

Pashimálcatl regresa a la sala principal para comunicar a sus huéspedes que debe salir un instante. Luego, se traslada a la sala donde se encuentra su informante, quien sin preámbulo le da todos los detalles sobre la creación de la Triple Alianza, detalles que ni el mismo Pashimálcatl puede creer y a los que no sabe cómo responder, así que decide aprovechar la presencia de los tetecuhtin y vuelve a la sala principal para notificarles lo ocurrido en Tenochtítlan. —¿Está todo bien? —pregunta Cuauhtemóctzin, desconfiado por la tardanza de su anfitrión.

—No... —Pashimálcatl aprovecha para desviar la atención de los tetecuhtin—. Uno de mis espías me acaba de informar que se acaba de crear un eshcan tlatoloyan entre Nezahualcóyotl, Izcóatl y Totoquihuatzin.

—Eshcan tlatoloyan —repite Tlilcoatzin con abulia—. No es algo que debería preocuparnos. Es una alianza mucho menor a la nuestra. Ellos son tres altepeme. Nosotros somos seis: Míshquic, Chimalhuácan, Aztahuácan, Cuitláhuac, Ishtapaluca y Shochimilco.

—El eshcan tlatoloyan es sólo la dirigencia del nuevo tlatocáyotl —aclara el tecutli de Cuitláhuac—, pero tienen como aliados a Tlatelolco, Tenayocan, Tepeyácac, Aztacalco, Ishuatépec, Ehecatépec, Toltítlan y Cuauhtítlan, más Cílan, Tlacopan y Tenochtítlan. Son once ejércitos.

—Aun así, no es razón para que nos preocupemos —explica Calashóchitl, tecutli de Aztahuácan—. Todavía tienen que lidiar con los ejércitos de Shalco, Hueshotla, Otompan, Chiconauhtla, Acolman, Tepeshpan, Teshcuco y Coatlíchan, que han estado combatiendo desde hace veinte o treinta días, ya no recuerdo. Más el bloque del poniente: Atlicuihuayan, Chapultépec, Mishcóhuac, Cuauhshimalpan,

Coyohuácan, Iztapalapan, Culhuácan, Huitzilopochco y Ashoshco. Ocho ejércitos en el poniente, nueve en el oriente, más seis nuestros, somos veintitrés contra once. Es imposible que nos derroten. Ha llegado el fin del huei chichimeca tlatocáyotl. Y eso que ni siquiera ha nacido eso que llaman eshcan tlatoloyan.

—No es sólo una alianza para la guerra —aclara Pashimálcatl, alarmado por la despreocupación de los tetecuhtin—. Van a dividir el tlatocáyotl entre Teshcuco, Tenochtítlan y Tlacopan. De acuerdo con mi informante, los ahí reunidos discutieron hasta la madrugada. Primero Nezahualcóyotl hizo la propuesta, pero Tlacaélel se negó. Nezahualcóyotl dijo que ésa era su única oferta. Izcóatl aceptó el acuerdo del eshcan tlatoloyan entre Tenochtítlan, Tlacopan y Teshcuco, pues ahora tiene un miembro del Consejo más a su favor, además de que los otros ya quieren rescatar a Ilhuicamina y acabar con la guerra. Tlacaélel aceptó, aunque a regañadientes. Entonces, los meshítin le prometieron a Nezahualcóyotl enviar a sus tropas para acabar con los rebeldes. Nezahualcóyotl, Totoquihuatzin, el Consejo meshíca y el tlatoani Izcóatl discutieron sobre los términos del eshcan tlatoloyan y, finalmente, poco antes del alba, llegaron a un acuerdo.

—¿Quién dictó los términos? —pregunta Coatzin, tecutli de Ishtapaluca.

—Tlacaélel...

—Hace algunas noches tuve un sueño premonitorio en el que un dios me ordenó apagar las llamas, pues ésa era la única forma de salvar nuestros *tetecúyo*[148] —interrumpe Tlilcoatzin, señor de Míshquic—. Así que mandé llamar a los agoreros y sacerdotes y les pedí que interpretaran mi sueño y auguraron el fin del mundo, pero advirtieron que, si queremos sobrevivir, debemos matar a Tlacaélel.

Todos los tetecuhtin se miran entre sí. Pashimálcatl los observa en silencio y, al ver que nadie responde al comentario de Tlilcoatzin, decide continuar:

—Tlacaélel, Nezahualcóyotl, Izcóatl y Totoquihuatzin establecieron seis lineamentos. Uno: el eshcan tlatoloyan será una alianza

148 *Tetecúyo* —plural *tecúyotl*— equivale a un gobierno estatal y el *tlatocáyotl* al gobierno federal.

militar con fines hegemónicos. Ganada la guerra y colocados los vencedores en una posición favorable, reordenaran el territorio. Estos acuerdos no sólo establecerán un nuevo orden en la región, sino que permitirán ejercer un dominio expansivo que garantice su permanencia en el poder, el control de importantes rutas comerciales y la centralización de la riqueza gracias a los tributos y al tráfico mercantil. Las *étetl tzontecómatl,* «las tres cabeceras», proyectarán las campañas conjuntamente, mientras que la dirección de las mismas quedará a cargo de Meshíco Tenochtítlan. Dos: el tributo de todas las ciudades se dividirá entre Meshíco Tenochtítlan, Teshcuco y Tlacopan. Dos quintos para Meshíco Tenochtítlan, dos quintos para Teshcuco y un quinto para Tlacopan. Tres: *étetl tzontecómatl in altépetl,* «las tres ciudades capitales», se auxiliarán entre sí en la construcción de teocalis, chinámitl, calzadas y edificios públicos proporcionando material y esclavos. Cuatro: deberá haber lealtad absoluta entre las tres cabeceras, más aún cuando uno de los tlatoque haya fallecido. Los dos tlatoque sobrevivientes defenderán y supervisarán la elección, en el caso de Tenochtítlan, y la sucesión por herencia, para Teshcuco y Tlacopan. El reconocimiento y jura del nuevo tlatoani será celebrada por los otros dos tlatoque, así como acompañada de importantes ritos, uniones matrimoniales entre los miembros de las casas gobernantes y la danza que se lleva a cabo en Meshíco Tenochtítlan, en honor al dios Shipe Tótec, durante la veintena de tlacashipehualiztli. Cinco: establecerán un ordenamiento político regional con claras reglas de jerarquía, aunque ésta tenga que ser por medio de la fuerza. Seis: el eshcan tlatoloyan tendrá un solo poder judicial para todo el territorio. Será este poder, sin duda, una de las facultades más importantes para el establecimiento del orden político general. Los asuntos difíciles serán enviados de Meshíco Tenochtítlan para que sean juzgados en Teshcuco. Además, cada cuatro veintenas se reunirán los tres tlatoque aliados en una de las capitales para deliberar sobre los asuntos más importantes».[149]

149 Sobre las funciones del *Excan Tlahtoloyan,* véanse: Chimalpáhin, *Anales de Cuauhtitlan,* Durán, Sahagún, Ixtlilxóchitl, Benavente, Zurita, Pomar, Torquemada, Carrasco y *El nombre náhuatl de la Triple Alianza.*

—Matemos a Tlacaélel —espeta el tecutli de Míshquic.

—¿Cómo? —pregunta Pashimálcatl.

—Ordénaselo a tu espía, ése que te acaba de traer toda esta información —responde Tlilcoatzin.

—No es tan sencillo —responde Pashimálcatl.

—Estoy de acuerdo en que no es fácil —interviene el tecutli de Chimalhuácan—. Por eso, deberíamos proponerle una alianza al bloque del poniente.

—¡No! —exclama Calashóchitl—. Entre más grande sea nuestra alianza, menos riquezas nos quedarán cuando termine la guerra.

—¿Tenías planeado invadir algunos altepeme? —interroga asombrado el tecutli de Cuitláhuac—. Yo tenía entendido que esta alianza era sólo para defendernos.

—Era para defender nuestros tetecúyo —contesta Coatzin—, pero eso ya no será suficiente.

—Dejen de decir estupideces. —El tecutli de Míshquic se pone de pie—. Enviemos a nuestros espías a que maten a Tlacaélel. ¡Él es el verdadero peligro para el cemanáhuac! ¡Está en los agüeros que él acabará con nuestros tetecúyo! ¡Nos convertiremos en esclavos de los tenoshcas!

—¿Qué hacemos? —pregunta Pashimálcatl atemorizado por el pronóstico de Tlilcoatzin.

—Por el momento nada —responde Cuauhtemóctzin con firmeza—. No podemos tomar ninguna decisión mientras Yarashápo se encuentre indispuesto.

—¿Por qué? —Pashimálcatl pregunta sorprendido.

—Porque así es nuestro acuerdo en el bloque del sur: no tomaremos ninguna decisión si uno de los tetecuhtin está ausente —explica Tlalílchcatl.

—Pero yo estoy en su representación. —Pashimálcatl se señala a sí mismo con los dedos.

—Sí, pero no eres el tecutli de Shochimilco —interviene Cuauhtemóctzin con acritud—. Eres su amante.

—Por eso tengo el mismo derecho. —Hace todo lo posible por ocultar su enojo.

—¿Ves a una de nuestras esposas en la reunión? —pregunta el tecutli de Cuitláhuac, cuyo rostro expresa una alharaca virulenta, al mismo tiempo que señala toda la sala con una mano de manera circular.

Pashimálcatl mira con aborrecimiento a su interlocutor. Se sabe acorralado.

—Déjanos hablar con Yarashápo —espeta Calashóchitl.

—Se encuentra indispuesto.

—¿Indispuesto o muerto? —Cuauhtemóctzin arremete con su interrogatorio—. ¡¿Dónde está Yarashápo?!

Lo que Pashimálcatl no está dispuesto a confesar es que el día que Yarashápo le preguntó si él había matado a Tleélhuitl, le respondió con mucha tranquilidad que sí había sido él. «Y lo volvería a hacer si alguien se interpone en mi camino», amenazó. El tecutli shochimilca no supo cómo responder en ese momento, pues se le estaba cayendo el mundo encima: la persona a la que más amaba, a quien le entregó sus sueños, sus pensamientos, su ciudad, su gobierno, su voluntad y su dignidad se había convertido en un monstruo dispuesto a todo con tal de hacerse de poder, incluso, quitándolo a él mismo del tecúyotl.

Ante aquella confesión, el shochimílcatl tecutli fingió no estar molesto; se encerró en su alcoba, pero ya no lloró como un niño. Había caído hasta el fondo del abismo que él mismo había cavado con su ceguera y su sordera, y sólo le quedaba buscar la manera de regresar a la cima en la que se encontraba su amante y derrocarlo de una vez por todas como a una estatua de barro. Pasó varias horas mirando a la nada, como si se hubiera quedado catatónico. Poco antes de que llegara la madrugada, regresó a la sala principal donde Pashimálcatl había pasado las últimas veintenas dando órdenes y regañando a los sirvientes, jefes del ejército y ministros, según él administrando el gobierno para que Yarashápo no se desgastara y tuviera tiempo para gozar de la vida. Lo encontró solo, sentado en el tlatocaicpali, como un tecutli arrogante y autoritario. Pashimálcatl no se dio cuenta de su presencia, pues Yarashápo había ingresado por la entrada que daba a un lado del asiento real y, desde esa posición, no se podía dar cuenta si no se giraba para ver.

Yarashápo llevaba un arco y una flecha, listo para disparar. Estaba decidido a matarlo en ese momento. Por primera vez en mucho tiempo ya no le temblaban las manos al encontrarse delante de Pashimálcatl, ya no sentía ese miedo incontrolable que lo hacía pequeño ante él cada vez que lo veía enojado o presentía que se iba a incomodar. Levantó el arco y la flecha y apuntó, pero justo en ese instante Pashimálcatl volteó a la derecha y lo vio.

—¿Qué haces? —preguntó nervioso.

—Se acabó —anunció Yarashápo sin bajar el tlahuitoli. Tenía la cabeza de Pashimálcatl en la mira. Sabía que si tiraba daría en el blanco, pues una de sus grandes virtudes era su destreza con el arco.

—¿Qué ocurre? —Intentó ponerse de pie, pero Yarashápo disparó una flecha de manera intencional hacia el respaldo del tlatocaicpali, sólo como advertencia, por lo que Pashimálcatl creyó que el tecutli shochimilca no estaba dispuesto a hacerle daño y se puso de pie, pero su cazador sacó otra flecha del micómitl que llevaba colgado en la espalda y la colocó inmediatamente en el tlahuitoli y apuntó de nuevo.

—Si das un paso más, te mato —amenazó con voz serena.

—Sé que estás enojado por lo de Tleélhuitl, pero... era necesario —mintió—. Estaba intrigando en tu contra...

—¡Cállate! —Disparó una flecha que dio certera en el hombro izquierdo de Pashimálcatl, quien no supo qué hacer por el asombro.

—Perdóname. —Se arrodilló y alzó los brazos, mientras la sangre escurría de su hombro por su axila hasta su torso.

Yarashápo sacó otra flecha de su aljaba, la colocó en el arco y, sin quitarle los ojos de encima, avanzó lentamente hacia Pashimálcatl. Estaba furioso y dispuesto a matarlo en ese momento, aunque se arrepintiera días o minutos después.

—Hablemos. —Bajó las manos y puso la frente en el piso—. Esto no tiene que terminar así.

—Esto ya se terminó. —Jaló la cuerda del arco sin quitar la mirada de su presa, pero antes de que lanzara el tiro, un golpe en la nuca lo derribó y cayó inconsciente.

Pashimálcatl levantó la cara del suelo y vio con gusto al sargento que acababa de derrumbar al tecutli shochimilca. Se trataba de Ichtlapáltic, un joven espía que se había convertido en su amante veintenas atrás. Estaba seguro de que Pashimálcatl lo convertiría en su concubino si mataba a Yarashápo. Entonces, tomó el arco y la flecha y se dispuso a dispararle en la espalda.

—¡Detente! —Se sacó la flecha que tenía enterrada en el hombro y avanzó hacia ellos—. ¿Qué haces?

—Lo voy a matar —respondió el joven con soberbia.

—¡No! —lo regañó—. ¿Cómo se te ocurre hacer eso? No seas torpe.

—Matémoslo de una vez.

—¡No! —Le arrebató el arco y la flecha—. Si lo asesinamos en este momento, el pueblo shochimilca no me aceptará como tecutli.

—No se trata de que te acepten sino de que te impongas como su señor. —Sacó un cuchillo que llevaba en la cintura.

29

La tarde en que Tozcuetzin se enteró de que Nonohuácatl había sido secuestrado fue una de las más largas y tristes de su vida. Las noches que le siguieron fueron peores. Angustia, soledad, incertidumbre y enojo se mezclaron y detonaron en un insomnio insufrible de tan sólo de imaginar que, mientras ella descansaba, él estaría siendo torturado en alguna jaula; y lo peor de todo era que lo tenía preso su medio hermano Nezahualcóyotl.

A diferencia de Tlilmatzin, Tozcuetzin no guardaba resentimientos en contra del heredero del imperio chichimeca; no hasta el momento en que secuestraron a Nonohuácatl; antes de eso le había dado poca importancia a la envidia de Tlilmatzin, quien insistía en que todos los hijos ilegítimos de Ishtlilshóchitl (Atotoztzin, Tzontecochatzin, Ichantlatocatzin, Acotlotli, Ayancuiltzin, Shiconacatzin, Cuauhtlehuanitzin, Shontecóhuatl, Tlilmatzin y ella) debían recibir los mismos privilegios que el Coyote sediento. Casi todos eran vástagos de concubinas diferentes y a la mayoría no le interesaba en absoluto inmiscuirse en problemas, pues bien sabían que eso era una guerra perdida, por donde se le viera. Los hijos bastardos no tenían derecho a reclamar nada. Tras la muerte de Ishtlilshóchitl, Atotoztzin, Tzontecochatzin, Ichantlatocatzin, Acotlotli, Ayancuiltzin y Tozcuetzin dieron por muerto a Nezahualcóyotl y se dispersaron en el cemanáhuac, no tanto porque temieran por sus vidas, sino porque estaban hartos de la guerra. Además, tenían claro que el usurpador del imperio no iría tras ellos, pues sólo le interesaba acabar con la vida del Coyote ayunado, el único que podría reclamar el huei chichimeca tlatocáyotl, pero Tlilmatzin no lo entendía y, luego de la muerte de huehue Tezozómoc, se dejó engañar por Mashtla y se llevó consigo a Nonohuácatl, quien no tenía un pelo de tonto y sabía que debía permanecer junto a su cuñado por si un día, de pura suerte, lograba el sueño inalcanzable de convertirse en huei chichimécatl tecutli, lo cual estuvo a punto de conseguir gracias a que Iztlacautzin y Teotzintecutli les habían facilitado sus tropas. Tozcuetzin insistió en que era un engaño de los tetecuhtin de Shalco y Hueshotla y que terminarían muy mal, pero ni su medio hermano ni su esposo le hicieron caso. Cuando Nonohuácatl fue secuestrado, Tozcuetzin sintió que se le había acabado la vida, misma que le volvió en un suspiro al verlo de vuelta en casa, sucio, ojeroso y desnutrido. De inmediato, corrió hacia él, se le colgó del cuello, con las piernas abrazándole la cintura, y le llenó la cara de besos.

—No sabes cuánto te extrañé —dijo sin soltarlo.

—Yo también te extrañé. —Caminó con ella colgada a su torso hasta llegar al petate, donde se desvistieron y se acostaron para amarse como si fuera la primera vez, aquella que había ocurrido dieciocho años atrás, cuando Tozcuetzin era apenas una niña de pechos nacientes y nalguitas menudas que caminaba descalza por los caminos polvorientos de Teshcuco; y Nonohuácatl, también un telpochtli de apenas quince años, acababa de llegar prófugo de la justicia tras haber asesinado a su padre, violador durante siete años de su hermana menor, Citlalmimíhuatl, quien tras su primer sangrado quedó preñada de un varoncito, al que se negó a darle nombre, pues hacerlo, por lo menos para ella, era admitir que existía un hijo de su padre y, por ende, su hermano, entonces se refería a él con la palabra común para los niños de corta edad: *tlazcalili*.

Un tlazcalili que presentaba como su hermano menor, sin necesidad de mentir y si acaso la gente hacía más preguntas, ella respondía que su madre había muerto y su padre los habían abandonado, poco antes de que naciera el tlazcalili sin nombre. ¿Y cómo se llama el tlazcalili?, preguntaba la gente y Citlalmimíhuatl respondía con indiferencia: No tiene nombre. Pero todos los tlazcaliltin deben tener un nombre. Él no, respondía y terminaba la conversación de manera tajante. Hasta que un día, harta de los cuestionamientos de la gente, abandonó a su hijo de apenas dos años de edad en un camino de tierra solitario y se echó a correr desesperada para no ser descubierta y obligada a cargar con ese tlazcalili que sólo le recordaba lo mucho que la había atormentado su padre; sin embargo, no pudo llegar a su casa y, acongojada, regresó en busca del tlazcalili, pero ya no lo encontró: el camino estaba vacío, y por más que indagó entre los vecinos de aquel calpuli, nadie supo darle una respuesta, pues nadie había visto a un niño de dos años caminando solo por ahí, por lo menos no esa mañana en la que Citlalmimíhuatl se vació por completo y se despedazó como una jícara que se rompe después de tantos y tantos golpes, sólo que este último había sido demasiado fuerte, tanto así que no supo cómo llegar al jacal donde vivía con su hermano Nonohuácatl, quien por aquellos días trabajaba en la cosecha de algodón, donde le pagaban con piezas de cobre en forma de T, la moneda de los macehualtin, pues el cacao era una moneda de alto valor que sólo manejaban los pipiltin y los pochtécah, aun así, el telpochtli Nonohuácatl se sentía orgulloso con lo que ganaba, aunque apenas alcanzara para comer, y comieran poco, y a veces nada, sólo para que el tlazcalili pudiera alimentarse, pues él no tenía la culpa, le decía a su hermana cada vez que ayunaban, y ella callaba, pues sabía que era cierto y se aguantaba el hambre y el enojo con el que amanecía cada mañana que debía limpiarle la cola al tlazcalili y cargarlo para que dejara de llorar, ya que cada vez que hacía berrinches, era a media noche; y a Nonohuácatl se le espantaba el sueño, y no debía ir desvelado a la cosecha de algodón; pero esa noche que Nonohuácatl llegó del trabajo, no encontró a su hermana y pensó que no tardaría en regresar, se acostó y durmió de corrido hasta la madrugada en que se le espantó el sueño, pues le llamó la atención que el niño no había llorado en toda la noche y desconcertado se paró de su pepechtli y fue a buscar al tlazcalili, pero no lo halló, tampoco a su hermana, que no había llegado desde el día anterior, entonces salió a buscarlos a media madrugada por todo Teshcuco hasta que la encontró llorando en un callejón y cuando le preguntó dónde estaba el tlazcalili, ella no se atrevió a confesar que lo había abandonado y sólo se limitó a decir que él se había perdido, a lo que Nonohuácatl no pudo responder con palabras, sino que salió corriendo, dispuesto a encontrar, a como diera lugar, al tlazcalili, aunque no asistiera al trabajo ese día, ni el siguiente ni el resto de la veintena, pues como le había dicho muchas veces a Citlalmimíhuatl, él no tiene la culpa. Recorrió cada una de las calles día y noche y preguntó a todo aquel que se topaba en su camino, pero nadie lo había visto, como si se lo hubiera tragado la tierra, pero él no estaba dispuesto a darse por vencido y se aferró y se aferró a que un día encontraría al tlazcalili; entonces Citlalmimíhuatl le confesó que ella lo había abandonado, que en un arranque beligerante lo había dejado sentado debajo de un árbol, y que cuando él se distrajo, ella comenzó a caminar lentamente hacia atrás, sin hacer ruido, y que simplemente se fue corriendo como una loca, como si escapara del maldito que la había violado siete años seguidos y la había embarazado en contra de su voluntad, pues ella lo que menos quería era parir un hijo de ese mal nacido, pero que minutos después se arrepintió y regresó a buscarlo al mismo lugar, debajo del mismo árbol, aquí, ¡aquí lo dejé!, ¡debajo de este árbol!, ¡pero ya no estaba!, ¡y lo busqué!, ¡créeme que lo busqué, Nonohuácatl!, ¡perdóname! Yo no soy nadie para juzgarte, le dijo Nonohuácatl y la abrazó con el mismo cariño de siempre y siguió buscando al tlazcalili, aunque cada día menos, pues tenía que volver al trabajo en donde le habían perdonado su ausencia, luego de que él les explicara que su hermano menor se había perdido y fue por aquellos días que conoció a un joven humilde llamado Tlilmatzin y a su media hermana Tozcuetzin —una niña de cabellos muy largos y ondulados, como esas flores hermosas con enredaderas que cuelgan como cascadas y que parecen estirarse hasta alcanzar el ojo de agua—, que evidentemente volvía del tianguis, pues llevaba en las manos un canasto con peces y aves, y que lo miró de reojo desviando esos ojos negros y brillantes, como la obsidiana, que años después Nonohuácatl seguiría venerando como deidades, pero que en aquel relámpago de sus mocedades, apenas si alcanzó a ver por un brevísimo instante, suficiente para fulminarlo y convencerlo de que por ellos estaría dispuesto a dar la vida, entonces decidió pedirla como esposa, pero su madre se la negó, por lo cual Nonohuácatl se disculpó con tristeza: No sabía que estaba comprometida. No está comprometida, respondió la mujer y explicó que su niña se había embarazado apenas había tenido su primer sangrado y que, por ello, ya no era digna de ningún hombre, pues así lo dictaban las costumbres, algo que a Nonohuácatl no le importaba y más entusiasmado que nunca insistió en que él quería casarse con Tozcuetzin y que sería un padre para su hijo. No sabes lo que dices, le aseguró la mujer, todos los hombres dicen lo mismo, pero después se arrepienten, a lo que Nonohuácatl respondió: Usted no sabe lo que dice, porque no me conoce, soy un telpochtli, pero un telpochtli con principios que sabe cumplir su palabra y si le digo que ese niño será mi hijo, es porque será mi hijo, siempre, y ella será mi mujer por siempre, siempre... La mujer se convenció y mandó llamar a su hija Tozcuetzin, quien salió del jacal con el tlazcalili en brazos y Nonohuácatl tuvo que apretar los labios y aguantar la respiración para no echarse a llorar delante de ellas y decirles que ese tlazcalili era de su hermana Citlalmimíhuatl, y más aún, al verlo tan contento en brazos de Tozcuetzin, no se atrevió a desmentirlas, pues le quedaba claro que ella lo había rescatado y había sacrificado su honra y su futuro, haciéndolo pasar por hijo suyo, un hijo que él estaba dispuesto a adoptar. ¿Cómo te llamas?, preguntó Nonohuácatl y Tozcuetzin respondió: Todavía no habla, pero se llama Calaómitl. Y justo en ese momento el tlazcalili extendió los brazos para que Nonohuácatl lo cargara y Tozcuetzin se enamoró profundamente de aquel telpochtli que nunca dejó de amarla y que a pesar de las guerras y todas las atrocidades que podían ocurrirle, él siempre regresaba, siempre...

—Pensé que no volverías —dijo Tozcuetzin acostada en el pepechtli junto a Nonohuácatl luego de hacer el amor.

—Yo siempre volveré... —prometió.

Tozcuetzin suspiró, le dio un beso en la boca, se paró del petate, fue a la cocina y puso en el tlécuil dos ollas con agua para bañar a su esposo.

—Todas las noches me preguntaba cómo estarías, si habías comido o si te estaban haciendo daño. —Pasó su mano mojada por la espalda enclenque de Nonohuácatl y se sintió tranquila al ver que no tenía cicatrices—. Me da mucho gusto saber que no te torturaron.

—Los soldados... —Cerró los ojos y tragó saliva—. No me hicieron daño. —No quiso que su esposa se perturbara más de lo que ya había estado.

—Tu hermana Citlalmimíhuatl también ha estado muy triste. —Vertió agua sobre la cabeza de Nonohuácatl para lavarle el cabello—. Deberíamos ir a verla en cuanto terminemos de bañarte, para que sepa que estás vivo.

—Sí. —Nonohuácatl se pasó las dos manos por la cabeza para echar su cabello mojado hacia atrás—. ¿Y Calaómitl?

—También ha estado muy preocupado por ti. Incluso un día me dijo que iría a buscarte, pero le ordené que no lo hiciera, pues tiene dos hijos a los que no puede dejar huérfanos.

—¿Qué te ha dicho Tlilmatzin?

—Cuando te secuestraron envió un mensajero para que me informara.

—¿No te mandó llamar para decírtelo personalmente? —Nonohuácatl preguntó molesto.

—No. —Respiró profundo.

—¿Qué hiciste entonces? —Seguía sentado en el piso, donde su mujer le lavaba los pies con una *teposhactli* (piedra pómez).

—Fui al palacio, pero se negó a recibirme en el momento. Me hizo esperar toda la tarde.

Nonohuácatl, lleno de rabia, apretó los puños.

—Cuando finalmente me dejaron entrar a la sala principal, ya había anochecido —continuó Tozcuetzin—. Tlilmatzin se encontraba sentado en el tlatocaicpali, rodeado por una docena de mujeres que lo agasajaban. Me miró con desinterés y me dijo que te habían secuestrado los hombres de Nezahualcóyotl. Le pregunté qué pensaba hacer y me contestó que eso lo resolverían Iztlacautzin y Teotzintecutli. No pude contener mi enojo y me acerqué con la intención de golpearlo, pero sus guardias me detuvieron antes de que llegara a él. Le grité que era un imbécil, un cobarde y que pagaría por su estupidez. Furioso, se puso de pie y me dijo que yo no era nadie para gritarle al huei chichimécatl tecutli, que diera gracias de que no me enviaba a la piedra de los sacrificios. Luego, ordenó a los yaoquizque que me sacaran del palacio. Después de ese día, no me volvió a recibir, a pesar de que iba todos los días a preguntar por ti.

Nonohuácatl permaneció en silencio por un instante, con la mirada ausente. Tozcuetzin sabía que cuando eso ocurría era porque estaba elaborando algún plan.

—¿Y qué sabes de Teotzintecutli e Iztlacautzin?

—No han venido a Teshcuco desde que comenzó su invasión a los altepeme del oriente. Ahora están atacando Tenayocan. —Hizo una pausa y miró seriamente a su esposo—. Vámonos de aquí. Lo más lejos posible.

—No. —Se puso de pie—. Primero debo hacer algo.

—¿Qué? —Lo miró hacia arriba, pues seguía sentada en el piso.

—Voy a matar a Tlilmatzin.

—No lo hagas. —Tozcuetzin se paró y le secó el cabello con una manta de algodón.

—Cometí un error al apoyar a tu medio hermano; ahora debo enmendarlo. Los acólhuas no merecen que un imbécil como Tlilmatzin los gobierne.

—Tlilmatzin está rodeado de soldados día y noche. —Lo miró a los ojos con miedo—. Te van a matar.

—No pienso hacerlo frente a sus yaoquizque. —Hizo una mueca de irónica.

—¿Qué piensas hacer?

—No lo sé. Necesito elaborar un plan. —Nonohuácatl permaneció pensativo.

A la mañana siguiente, se presentó ante su cuñado como si nada hubiera ocurrido, sin hacer preguntas ni reclamos. Tlilmatzin tampoco se mostró interesado en saber la manera en que el esposo de su media hermana había logrado escapar y dio por hecho que lo habían rescatado los tetecuhtin de Shalco y Hueshotla. Tampoco preguntó por ellos ni indagó sobre las batallas en Tenayocan. Se había sentado en el tlatocaicpali, determinado a que nadie lo quitaría de ahí, sin jamás ocuparse en lo verdaderamente importante.

—Teotzintecutli e Iztlacautzin te traicionaron —Nonohuácatl afirmó con dureza mientras bebían cacáhoatl en la sala principal del huei tecpancali de Teshcuco.

—Lo sé. —Tlilmatzin respondió con arrogancia—. Siempre supe que me traicionarían.

—¿Qué harás al respecto? —preguntó y le dio un sorbo a su tecontontli lleno de cacáhoatl.

—Voy a dejar que ganen la guerra por mí, que maten a Nezahualcóyotl y a los tenoshcas, y cuando quieran apoderarse de Teshcuco, los dejaré entrar al palacio y los mataré... —presumió como un niño.

—Eres muy astuto. —Sonrió ligeramente con los labios apretados, como si se los mordiera.

—Todos me han subestimado, incluso tú. —Alzó la mano en señal de orden para que una de las esclavas que se encontraba de pie en una esquina de la sala le sirviera más cacáhoatl.

—Yo siempre estuve seguro de que un día recuperarías lo que te pertenecía. —Nonohuácatl estaba determinado a hechizar a su cuñado con zalamerías—. Jamás lo dudé.

La joven esclava sirvió más cacáhoatl en ambos pocillos.

—Sólo por eso, cuando termine la guerra te voy a nombrar tlacochcálcatl del huei chichimeca tlatocáyotl. —Estiró la mano con la palma hacia arriba para que la esclava le diera su tecontontli con cacáhoatl—. Mientras tanto quiero que te encargues de los asuntos de Teshcuco. La gente ha estado reclamando afuera del palacio que no tiene comida. Quieren que yo los alimente. ¿Alguna vez me viste a mí haciendo algo así? ¡Jamás! Esos macehualtin no quieren trabajar. No entienden que deben ganarse las cosas. Mi gobierno no puede alimentarlos a todos.

—Me ocuparé de ellos.

A partir de aquel día, mientras Tlilmatzin descansaba, comía y fornicaba con todas las jóvenes que le llevaban, Nonohuácatl se ocupó de los asuntos del gobierno, tarea sumamente complicada pues Teshcuco estaba en la ruina, su gente moría de hambre, los robos habían aumentado y las familias se exiliaban en busca de un mejor porvenir. Tozcuetzin insistía todos los días que ya dejara todo eso y se fueran de ahí, pero Nonohuácatl se negaba.

Un día, mientras hacía su ronda por las calles de Teshcuco, un hombre a lo lejos llamó su atención: caminaba chueco, como si su espalda fuera una culebra. Lo reconoció de inmediato, a pesar de que tenía el rostro desfigurado, así que decidió seguirlo con discreción, para ver a dónde se dirigía. Estaba viviendo en la casa del tlacuilo de Teshcuco, a quien los gobiernos de huehue Tezozómoc y Mashtla habían ignorado. A la primera luz del alba, Coyohua se dirigía al palacio y vigilaba desde lejos, sin saber que él, a partir de ese día, también estaba siendo vigilado por Nonohuácatl, hasta la noche en que decide entrar al palacio. Va armado con un arco, una docena de flechas en su aljaba, cuatro cuchillos de pedernal sujetados a las piernas y brazos, un macuáhuitl, un lanza-dardos y quince dardos. Nonohuácatl tiene claro lo que pretende hacer aquel soldado, aun así, lo deja actuar, lo sigue de lejos y de manera sigilosa, mas no pretende enfrentarse a él, pues sabe perfectamente que Coyohua es un hombre muy peligroso, lo cual comprueba una vez más, al ver la facilidad con la que le dispara un dardo envenenado a uno de los guardias que custodia la entrada, el cual intenta arrancarse el dardo de la garganta, pero segundos después cae al piso y muere. Cuando otro de los guardias aparece en su auxilio, un cuchillo llega volando y se le entierra en el cuello. Dura muy poco tiempo de pie y muere. Coyohua entra al palacio y con un cuchillo degüella a dos hombres que custodian la sala principal; avanza por el pasillo principal donde otros dos vigilantes caminan aburridos, saca un dardo envenenado y justo cuando está a punto de lanzarlo al cuello de uno de los guardias, otro llega por la espalda y le da un golpe en la cabeza. Coyohua cae al piso, pero sigue consciente. Se reincorpora de inmediato y se pone en guardia sosteniendo su macuáhuitl con las dos manos. Inmediatamente, uno de los soldados se acerca a él para iniciar el combate. Nonohuacatl, que no quiere ser visto por los vigilantes, corre a hacia una de las entradas traseras del palacio para no toparse con el sicario y poder ver la forma en que matará a Tlilmatzin, que en ese momento se encuentra cogiendo con dos de sus concubinas más jóvenes. Cuando Nonohuácatl llega al interior del palacio, Coyohua ya acabó con todos los guardias y va rumbo a la alcoba de Tlilmatzin, que ya se percató de lo sucedido en los pasillos y ha tomado un macuáhuitl para defenderse de quien sea que esté afuera. Las concubinas salen desnudas de la alcoba y segundos después aparece Coyohua.

—¡Tú! —exclama Tlilmatzin aterrado de miedo al ver que aquel soldado está vivo.

—Yo. —Camina con el macuáhuitl empapado de sangre.—¿Yo hice eso? —pregunta Tlilmatzin con arrogancia mientras señala el rostro de su enemigo.

—Tú hiciste esto. —Alza el macuáhuitl sobre su hombro derecho—. Y vengo a cobrártelo.

—No vas a cobrar nada. Soy yo el que terminara lo que dejó inconcluso —amenaza Tlilmatzin y levanta su macuáhuitl.

Se acercan mutuamente. Giran despacio sobre un mismo eje. Tlilmatzin tiembla de miedo. Coyohua, que parece haber recuperado toda su fortaleza, no hace ningún gesto, no habla, no muestra arrogancia. Sólo observa a Tlilmatzin y enfoca la mirada en el cuello de su oponente, justo donde quiere colocar el primer porrazo, para acabar de inmediato.

—¡Ahí estás! —exclama Tlilmatzin al ver en la entrada de la alcoba a Nonohuácatl, quien a simple vista parece estar desarmado.

Coyohua se rehúsa a voltear, pues cree que es una trampa para distraerlo.

—¿Qué esperas para ayudarme? —reclama Tlilmatzin sin bajar el macuáhuitl.

Nonohuácatl no sabe qué hacer. Tiene deseos de salir de ahí y dejar que Coyohua concluya lo que inició, pero sabe que si éste muere y muestra traición, Tlilmatzin ordenará que maten a su esposa, a sus hijos, a su hermana y a él.

—Iré en busca de las tropas —responde.

Coyohua voltea al escuchar la voz de Nonohuácatl, y Tlilmatzin aprovecha para dar el primer golpe, que da certero en el hombro del soldado, el cual comienza a desangrarse ya que la piedra de obsidiana del macuáhuitl entró hasta tocar el hueso. Nonohuácatl observa patitieso, sin saber exactamente qué hacer. Por primera vez en su vida, no sabe qué hacer, quiere matar a Tlilmatzin, pero no quiere arriesgar las vidas de su hermana, su esposa y sus hijos, entonces saca un cuchillo de obsidiana que lleva en la cintura y se prepara para pelear. Tlilmatzin lanza un segundo porrazo en contra de Coyohua, quien logra esquivarlo moviéndose a un lado. Nonohuácatl camina hacia ellos con precaución. El yaoquizqui da unos pasos hacia atrás con el macuáhuitl en ambas manos. Tlilmatzin se siente más seguro de sí mismo y avanza con firmeza, dispuesto a matar a aquel hombre que tantos celos provocó en él. Coyohua observa en ambas direcciones, cuidándose de los dos hombres. Nonohuácatl intenta decirle a Coyohua con la mirada que se enfoque en Tlilmatzin, ya que él está dispuesto a dejar que lo mate, que cobre venganza, pero el soldado no se da cuenta de eso, no lo entiende así, no tendría por qué entenderlo; entonces lanza un golpe en contra del cuñado de Tlilmatzin, pues cree que es el contrincante más peligroso, lo cual es cierto, pero Nonohuácatl no quiere pelear con él y sólo esquiva los golpes, sin atacar; además, su cuchillo es insignificante contra un macuáhuitl. Tlilmatzin aprovecha el descuido de Coyohua y arremete contra él, que voltea y se lanza a la defensiva: golpe a la cara, al abdomen, a las piernas, nuevamente al rostro y al pecho, pero Tlilmatzin los detiene todos con su macuáhuitl. Nonohuácatl se detiene, espera, observa cada uno de los porrazos que Coyohua lanza contra Tlilmatzin, quien ya se dio cuenta de que su cuñado no está dispuesto a defenderlo.

—¡¿Qué haces ahí parado?! —grita Tlilmatzin enfurecido—. ¡Toma el macuáhuitl que está ahí! —Señala con las pupilas el arma que se encuentra en la esquina de la alcoba.

Nonohuácatl camina hacia el arma mientras Coyohua sigue lanzando porrazos hacia Tlilmatzin, quien ha logrado resistir la andanada. Finalmente, da uno certero en la pierna de Tlilmatzin y cae de rodillas en el piso. Otro más da en el brazo derecho. La sangre brota abundantemente.

—¡Ayúdame! —ordena Tlilmatzin furioso.

Nonohuácatl accede y se va contra Coyohua, quien lo recibe con una retahíla de golpes que ataja con su macuáhuitl, hasta que uno da certero en el abdomen. En ese momento, Tlilmatzin se pone de pie, alza su macuáhuitl y se lo entierra en la espalda a Coyohua, esa espalda que apenas se estaba recuperando, esa espalda que lo hacía caminar como culebra y que, de tanto dolor, no lo dejaba dormir en las noches. Nonohuácatl se encuentra doblado, con las manos en el estómago, de donde le escurren chorros de sangre. Coyohua se endereza, a pesar de que su espalda está a punto de quebrarse en dos, toma su macuáhuitl y se lanza contra Tlilmatzin, uno, dos, tres, cuatro, cinco, seis porrazos sin parar. Tlilmatzin los ataja con su arma, pero está acorralado en la esquina de la alcoba. Uno más hace volar el macuáhuitl de Tlilmatzin y cae en el otro extremo de la habitación. Cuando Coyohua levanta su macuáhuitl sobre su cabeza para darle el golpe final a su enemigo, una flecha se le entierra en la espalda. Uno de los yaoquizque que había derribado Coyohua antes de entrar a la alcoba, a pesar de que apenas si puede caminar, logra ponerse en pie y lanza su última flecha antes de morir. Tlilmatzin se apresura a recuperar su macuáhuitl y regresa ante Coyohua, quien se encuentra de rodillas, desangrándose por el hombro, la columna y el pulmón izquierdo, donde tiene la flecha enterrada. Tlilmatzin se detiene frente a él y le corta el cuello. Coyohua cae muerto. Nonohuácatl observa todo desde el piso. Ya no le queda otra que enfrentar a Tlilmatzin.

—¡Traidor! —reclama Tlilmatzin con el macuáhuitl ensangrentado en la mano. Camina hacia su cuñado, quien se apresura a recuperar su arma.

—¿Eres tú el que habla de traiciones? —Se pone de pie y alza el macuáhuitl.

Tlilmatzin lanza un golpe, pero Nonohuácatl lo esquiva, al mismo tiempo que da unos pasos hacia atrás.

—¡Cobarde! —grita Nonohuácatl.

—¡Siempre supe que eras un traidor! —responde Tlilmatzin con el macuáhuitl en posición de ataque.

Nonohuácatl lanza un golpe simulando que va en dirección a la cara, pero a medio camino desvía el arma y la dirige al abdomen, con lo cual alcanza a rasgar a su contrincante, aunque no lo suficiente para derribarlo, entonces hace un movimiento donde zigzaguea el macuáhuitl y le arranca el arma a Tlilmatzin, quien apresurado corre para recuperarla, pero es interceptado por Nonohuácatl.

—Prometiste que si me sucedía algo cuidarías de mi familia. —Ambos están de pie, frente a frente—. No lo hiciste.

—Claro que cuidé de ellos. —Da un paso hacia atrás—. Todos los días estuve al pendiente.

—¡Mentira! —Camina hacia Tlilmatzin—. ¡La corriste del palacio!

—No le creas a esa mujer. —Sigue caminando hacia atrás hasta topar con pared—. Es una mentirosa. Siempre te ha mentido. Calaómitl ni siquiera es su hijo. Lo encontró en la calle y lo hizo pasar por suyo. Te ha mentido desde que se conocieron. No te lo dije antes para que no...

En ese momento, Nonohuácatl lanza un porrazo que da certero en el abdomen de Tlilmatzin, quien se dobla adolorido.

—Calaómitl es mi hijo. —No le interesa darle explicaciones.

Sin enderezarse, Tlilmatzin corre encorvado hacia Nonohuácatl, colisiona contra su abdomen y lo empuja con todas sus fuerzas hasta que ambos caen al piso y forcejean. El macuáhuitl resbala lejos de ellos. Tlilmatzin se sienta a horcajadas sobre Nonohuácatl mientras le golpea el rostro con los puños. Nonohuácatl se defiende con la mano izquierda, colocándola en el rostro de Tlilmatzin, y con la derecha trata de sacar el cuchillo de pedernal que lleva en la cintura.

Entonces, su cuñado le da un fuerte golpe en la cara y Nonohuácatl finge haber quedado inconsciente, algo sumamente arriesgado, pues no puede ver lo que pretende hacer su rival, quien lo observa por un instante. Su respiración está agitada.

—Esto es lo que debí haber hecho hace mucho. —Se pone de pie para tomar el macuáhuitl, pero en ese instante, Nonohuácatl toma el cuchillo de obsidiana, el cual no podía sacar ya que su contrincante se encontraba sentado sobre él, sin embargo, se lo entierra en la pantorrilla.

—Debí haber hecho esto hace mucho tiempo. —Saca el cuchillo de la pantorrilla y lo entierra en la otra pantorrilla.

Tlilmatzin cae de frente con las palmas en el suelo. Entonces, Nonohuácatl le entierra el cuchillo en la mano, la cual queda clavada al piso.

—¡Auxilio! —Tlilmatzin grita desesperado—. ¡Soldados!

Nonohuácatl aún sigue en el piso. Se gira hacia su cuñado y lo golpea con el puño cerrado para que se calle. Tlilmatzin arranca el cuchillo que tiene enterrado en la mano y lo utiliza contra el esposo de su media hermana, quien detiene el ataque tomándolo de la muñeca. Forcejean. Tlilmatzin quiere enterrar el cuchillo en el rostro de Nonohuácatl, que está muy débil por la herida que Coyohua le hizo en el abdomen.

—Eres un bastardo —espeta Nonohuácatl, consciente de que eso le duele más a su adversario que cualquier herida en combate—. Nunca serás como Nezahualcóyotl.

—Cállate. —Tlilmatzin utiliza toda su fuerza para enterrar el cuchillo de pedernal en la boca de su rival, quien, en ese momento, empuja con todo su cuerpo hasta quedar arriba, y con esto azota la mano herida de Tlilmatzin contra el piso, una, dos, tres, cuatro veces, hasta que la otra mano suelta el cuchillo. Se le sienta a horcajadas en el abdomen, lo sostiene de las manos y con la frente le golpea la nariz y la boca varias veces, hasta que le rompe los dientes. Le suelta las manos y le da de puñetazos en los ojos. Tlilmatzin ha perdido la consciencia. Nonohuácatl se pone de pie para tomar el macuáhuitl y matar a su adversario. Está sumamente débil. Le cuesta muchísimo caminar. Justo cuando levanta el arma entran dos yaoquizque.

—¡Mi señor! —dice uno de ellos al ver a Nonohuácatl bañado en sangre y a Tlilmatzin y Coyohua en el piso—. ¡Apenas nos avisaron de que algo estaba ocurriendo!

—Se tardaron. —Respira agitado y deja caer el macuáhuitl.

—Le ayudo —ofrece un soldado.

—No. —Camina hacia la salida—. Yo puedo. Ayuden a mi cuñado.

Los soldados obedecen y acuden en auxilio de Tlilmatzin. Mientras tanto, Nonohuácatl camina a la salida. Quiere llegar a su casa y pasar sus últimos minutos de vida junto a su esposa.

—Deténganlo —exclama Tlilmatzin con dificultad—. De... —vuelve a quedar inconsciente.

—¿A quién? —pregunta el yaoquizqui de rodillas junto a Tlilmatzin—. ¿A quién?

—A él. —Nonohuácatl señala a Coyohua—. A él... Pero no se preocupen, ya lo maté.

—Mi señor —el soldado intenta despertar a Tlilmatzin—. Mi señor...

—Se va a recuperar —dice Nonohuácatl y sale de la alcoba con las manos en el abdomen, tratando de contener las tripas que se le quieren salir como las erupciones de un volcán, mientras una ola de yaoquizque avanza apresurada hacia el interior del palacio, sin darle atención a él, que sólo quiere llegar a casa y acostarse junto a Tozcuetzin y contemplar sus ojos negros como obsidianas, acariciar sus labios y hundirse en su piel, pero ahora el camino a casa parece más lejano que nunca, y por más que se esfuerce, las piernas no responden, es como si estuvieran dormidas o atolondradas, y cuando cree que por fin dio un paso, descubre que su visión lo engañó, pues, en realidad, acaba de caer al piso cual árbol recién talado, y su rostro, que de por sí ya había recibido una decena de golpes, azota sobre unas piedras que le descuartizan la nariz y los dientes y lo deja en un silencio, una oscuridad y un frío que cala hasta los huesos, y lo único que puede decir es Tozcuetzin, Tozcuetzin, hasta que pierde la consciencia y entra en un viaje que lo lleva al episodio más hermoso de su vida, ese pasado en el que conoció a esa niña flaca de tetas pequeñas y cabellos ondulados que cargaba un tlazcalili que no era suyo, pero que decía a todos, con orgullo, que ella lo había parido, aunque no supiera cómo se sentía que la vagina se le abriera y se le rompiera para que brotara un tlazcalili, como una flor en primavera, pero que nadie cuestionó, pues era común que niñas de su edad fueran violadas y quedaran preñadas, y más común, que las culparan a ellas y las acusaran de andar de coquetas con los muchachos del calpuli, pero eso a ella no le importó y dijo es mío, es mío, es mi hijo, y sólo por esa tenacidad, Nonohuácatl no quiso arrebatarle el goce de ser madre y convenció a su hermana Citlalmimíhuatl de que guardara el secreto, a fin de cuentas, el tlazcalili quedaría en familia, ella podría verlo todos los días, curar todas las heridas del pasado y comenzar una vida nueva. Y él, con ella, la mujer que más había amado en la vida y con la que quería morir, y sólo por eso despierta, abre los ojos, respira agitado, y a pesar de que la sangre sigue manando como un riachuelo, a pesar de que las tripas le duelen como si se las estuvieran quemando en la leña ardiente, se arrastra por el camino de tierra, donde deja una alfombra de sangre, y piensa, tengo que llegar a casa, y avanza, muy lento, pero avanza, se arrastra colocando los antebrazos en la tierra y se impulsa con las puntas de los pies; poco a poco, se acerca a ese jacal donde Tozcuetzin, seguramente, lo espera con la cena lista, y lista ella para consentirlo, y después, si la noche alcanza, para desnudarlo y cabalgarlo hasta que se desbarate en un orgasmo, como tantos y tantos que gozaron juntos, pues a pesar de los años, se siguen amando cada día más, y sólo por eso, Nonohuácatl sabe que tiene que llegar a casa, y se arrastra con todas sus fuerzas, aunque sea por última vez, una última vez en la que pueda contemplar esos ojos de obsidiana y decirle *ni mitz tlazotla,* «te amo», sólo una última vez, una última vez que no llegó, pues a tan sólo unos pasos de su casa, su corazón se detiene y lo último que alcanza a ver son los pies descalzos de Tozcuetzin, que desesperada corre hacia él.

30

Igual que una canoa que se tambalea en medio de una borrasca, pero que se niega a hundirse, Yeyetzin sobrelleva el tornado que genera Cuécuesh con sus arranques beligerantes y se protege con discrecionalidad, sin que eso inspire desconfianza, ni afecte la relación con su esposo, quien es incapaz de admitir que una mujer le ha salvado el pellejo en más de una ocasión, la misma mujer que él se resiste a reconocer como artífice de sus logros. Lo cierto es que la inteligencia de Yeyetzin es, por sí sola, una afrenta tan grande y tan humillante para él que más vale no reconocerla para no tener la platónica necesidad de venerarla. Y si el hermoso rostro de Yeyetzin no tuviera aún el brío de la juventud, la cólera de Cuécuesh sería menos penosa. Incluso sus más breves silencios responden a esa necedad de arruinarlo todo, de una manera en la que ya simplemente no funcione, pero que le satisface, igual que esos viejos modos de expresar una desvencijada hipótesis de las costumbres. En verdad, anhela una victoria, pero mucho más que ganar una guerra, quiere vencer una enfermedad o la vejez, su gran triunfo sería debilitarle el carácter, quebrantarle el ánimo y demostrarle que ella está equivocada y que él tiene la razón, aunque sea por una vez en su miserable vida, aunque esa misma noche, como muchas antes lo ha hecho, se confiese vencido ante la implacable dulzura y la naturaleza ardiente de su mujer, y derrotado saboree el placer de la calma, para recuperar a la mañana siguiente su actitud combatiente, pues en realidad, no se resigna a la inferioridad a la que ha tenido que someterse desde que viven juntos; sin embargo, Yeyetzin no considera a Cuécuesh como un inferior, sino como una persona sin razón de existir más que en sí mismo, necio, ciego, sordo e ignorante, de las cuales hay muchos semejantes y de las cuales hay que alejarse lo más pronto posible, como quien se aparta de una casa en llamas, una casa que Cuécuesh no se harta de incendiar, mientras Yeyetzin va detrás de él apagando con trapos mojados las pequeñas flamas, antes de que asciendan por las paredes y el techo, el cual en un descuido podría venírseles abajo, pero no como un simple cúmulo de troncos y paja chamuscados, sino como la corpulenta erupción de un volcán, llena de obstáculos y desgracias que Yeyetzin no podrá detener si, de inmediato, no le pone un alto al pelafustán que lleva un largo rato interrogando a su informante, que arrodillado en medio de la sala y rodeado por los miembros de la nobleza coyohuáca, acaba de dar una prolongada explicación sobre la creación del eshcan tlatolóyan y la colérica reacción de Tlacaélel en cuanto terminó el cabildo.

—Salió muy enojado de Tenochtítlan —informa el espía.

—¿Iba solo? —cuestiona el tecutli de Coyohuácan sentado en el tlatocaicpali mientras su esposa Yeyetzin permanece de pie en una esquina de la sala, a un lado de los sirvientes que esperan atentos el llamado de su amo.

—Sí. —El hombre sigue arrodillado con la frente en el piso—. Salió solo y muy disgustado. Parecía una fiera. Algunos de los sacerdotes intentaron tranquilizarlo, pero los ignoró. Aun así, ellos caminaron detrás de él, y éste se detuvo de manera súbita y les exigió que no lo fastidiaran y que no lo siguieran. Los sacerdotes se quedaron ahí, mirando a Tlacaélel perderse en la distancia.

—¿A dónde se dirigió? —A Cuécuesh le satisface la noticia. Tiene la certeza de que sin Tlacaélel los meshícas son más débiles.

—Nadie sabe. —El hombre alza un poco la frente sin haber recibido permiso—. Sólo sé que abordó una canoa.

—¿Lo seguiste? —Se cruza de brazos.

—No.

—¿Por qué no lo seguiste? —Se pone de pie muy enojado. Los ministros se alteran, pues bien conocen los arranques belicosos del tecutli coyohuáca, quien cada día se parece más al difunto Mashtla. Quienes conocieron a Cuécuesh en sus años mozos, aseguran que él no era así, y que se fue formando de esa manera por culpa del tecutli tepaneca; otros piensan que sólo imita a su antiguo amo para demostrar poder.

—Porque habría sido muy obvio. —El informante alza el rostro y mira a Cuécuesh—. Y si me hubiera descubierto, yo no estaría aquí.

—¡Eres un imbécil! —Camina enfurecido hacia él, con los puños apretados.

—Le suplico que me perdone, mi señor. —El espía se echa para atrás y cae de nalgas.

—¡No! ¡No te perdono! —Alza un brazo dispuesto a golpear al hombre—. Debiste seguirlo.

—Si Tlacaélel me hubiera descubierto, me habría matado. —Se vuelve a poner de rodillas, con las palmas de las manos y la frente en el piso—. En Tenochtítlan se cuentan cosas sobre él que...

—¡Eres un imbécil! —grita y regresa al asiento real.

—Perdóneme... —Humillado, agacha la cabeza.

—¿Qué ocurrió después? —Se acomoda en su tlatocaicpali.

—Nezahualcóyotl regresó a Tenayocan con la mitad del ejército tenoshca. —El informante está sudando y sus manos tiemblan de miedo.

—¿Y la otra mitad? —Cuécuesh frunce el ceño, se cruza de brazos y se lleva una mano a la barbilla. Cree que es un buen momento para aprovechar la vulnerabilidad de la isla.

—Viene hacia acá. —El hombre, aún de rodillas y con la frente en el piso, teme que Cuécuesh vuelva a ponerse de pie, por lo que aprieta los labios y cierra los ojos. —¡¿Y por qué no me informaste eso primero?!

—Porque antes debía informarle sobre el eshcan tlatolóyan. —Se encoge sobre sus rodillas, aunque menos preocupado al ver que el tecutli de Coyohuácan se ha mantenido en su asiento.

—¡¿Y quién te crees que eres para decidir el orden de la información?! —Alza la voz.

—Soy su espía.

—¡Eso no te da la autoridad para tomar decisiones!

—¡Ya cállate! —grita Yeyetzin a Cuécuesh desde la esquina de la sala y todos voltean a verla con pavor. Por menos que eso, muchas mujeres de la nobleza han muerto en la piedra de los sacrificios.

Un silencio total se adueña de la sala, todos observan con miedo a Cuécuesh, que baja la mirada al piso, aprieta los puños, niega con la cabeza, respira profundo, se pone de pie y camina hacia su esposa, mientras los sirvientes, llenos de pánico, se alejan para eludir daños colaterales. Cuando por fin se encuentra delante de ella, el tecutli de Coyohuácan se acerca hasta que su nariz toca la punta de la nariz de su mujer, la mira a los ojos, respira por la boca y ella percibe su aliento pestífero.

—¿Qué fue lo que dijiste? —Muestra su dentadura asquerosa.

—Lo siento. Te ruego que me perdones. —Yeyetzin se encuentra contra la pared. Le pone las manos en el pecho en señal de cariño.

—¡Que te perdone! —Le coloca la mano en el cuello y aprieta—. ¿Quieres que te perdone? ¡Repite lo que me acabas de gritar!

—Perdón. —Su rostro comienza a enrojecer.

—Repite lo que dijiste. —Aprieta el cuello con más fuerza.

—Perdón. Te lo suplico. —Su voz produce un estridor.

—¡No! —Oprime con mayor dureza—. ¡Vuelve a decir lo que me gritaste en frente de todos los miembros de la nobleza coyohuáca, de mi espía y de mis sirvientes! ¡Repítelo, puta infeliz!

Yeyetzin trata de quitarse la mano de Cuécuesh, pero en respuesta a ello, él la aprieta con ambas manos, al mismo tiempo que la levanta del piso y ella se queda sin respiración.

—¡Mi señor! —Uno de los sirvientes alza la voz, pero Cuécuesh lo ignora—. ¡El ejército meshíca viene en camino! ¡Nos están invadiendo!

Los pipiltin saben que el nenenqui está mintiendo para salvar a Yeyetzin y deciden respaldarlo.

—¡Mi señor, debemos prepararnos para el ataque! —Camina hacia el tecutli coyohuáca.

Cuécuesh suelta a Yeyetzin, quien cae al piso con la cara roja y la boca abierta para recuperar el aliento.

—¿Quién les dijo que el ejército meshíca ya viene en camino? —pregunta a todos luego de darse media vuelta.

—Un niño vino corriendo al palacio y pidió a uno de los soldados que se lo informaran a usted —explica uno de los ministros.

—¿Qué tan lejos están? —pregunta al mismo tiempo que observa a cada uno de los miembros de la nobleza, como si los interrogara de forma individual.

—Muy cerca —responde el ministro sin tener la certeza y consciente de que si Cuécuesh descubre que le mintió le cobrará muy caro su falsedad.

Otra vez el silencio se apodera de la sala, pues nadie más se atreve a mentirle al tecutli coyohuáca, quien observa a Yeyetzin sentada en el piso, asfixiada, asustada, atormentada y aparentemente derrotada, aunque en el fondo, Cuécuesh sabe que ella hizo lo correcto, que siempre tiene la razón, y si no fuera por eso, la mataría en este momento, pero su rabia ya se transformó en preocupación con el recordatorio de la proximidad de las tropas meshítin, entonces se dirige al cuartel del ejército y ordena a sus capitanes que custodien toda la ciudad y decreten el toque de queda; luego, manda a los embajadores a los altepeme del bloque del poniente a que soliciten refuerzos.

Mientras tanto, Cuécuesh espera impaciente, camina por toda la ciudad, de un lado a otro, vocifera con frenesí, vigila personalmente que todas las entradas a Coyohuácan estén protegidas, que no haya un sólo guardia despistado, que la gente permanezca en sus casas y que las aguas sigan calmadas, pues en cuanto la marea comience a agitarse, será la señal de que un enjambre de canoas se dirige hacia la única ciudad sobreviviente del huei tepaneca tlatocáyotl, la herencia de huehue Tezozómoc.

A medianoche, Cuécuesh sigue en el embarcadero, con la mirada fija en la inmensa oscuridad entre el agua del lago y el cielo, algo inusual, pues en el horizonte siempre se alcanza a ver una hilera de luces que demarca los confines de Meshíco Tenochtítlan, pero que esta noche están apagadas, en señal de que los tenoshcas están vigilando el lago y cuidan que nadie se acerque a su isla, lo mismo que Coyohuácan, en donde no hay una sola tea encendida. En ese momento, llega uno de los espías que Cuécuesh envío desde la tarde para averiguar si ya iban en camino los ejércitos aliados y le informa que los embajadores que envió nunca llegaron a su destino.

—Los encontré muertos a todos, mi señor.

—No los necesito. —Cuécuesh se muestra soberbio—. Yo y mi ejército podemos con los meshícas. —Permanece en silencio, con los pies en la orilla del lago y la mirada fija en esa bruna inmensidad. Tiene un macuáhuitl en la mano derecha y un escudo en la izquierda. Espera. Dentro de poco la luz del alba cruzará el horizonte. Espera nervioso. Nunca ha combatido contra los tenoshcas. Espera impaciente. Detesta la incertidumbre. Espera asustado. Ha visto pelear a los meshítin. La madrugada se estira larga, demasiado larga, tanto que parece interminable. De pronto, una ola moja sus pies, algo que no había sucedido en toda la noche. Comienza a sudar frío, pues sabe que el momento decisivo ha llegado: las tropas meshícas navegan por el lago de Teshcuco rumbo a Coyohuácan. Cuécuesh decide no tocar los tepozquiquiztlis y, en cambio, ordena al capitán avisar en silencio a sus yaoquizque para que se mantengan prevenidos para la batalla, pues el enemigo los acecha. Se corre la voz de uno en uno, de forma tácita. Una ola mansa vuelve a mojar los pies del tecutli coyohuáca, quien de inmediato da una nueva señal a su capitán, quien a su vez envía otra señal a su gente. Segundos después salen del agua cientos de guerreros meshítin, con sus macuahuitles y chimalis, todos empapados, pues dejaron las canoas en medio del lago y nadaron sigilosamente hasta las orillas, donde los soldados coyohuácas los esperan desde la noche anterior. En ese momento, se encienden miles de teas, suenan los tepozquiquiztlis y retumban los huehuetles y los teponaztlis.

¡Pum, pup, pup, pup, Pum!...

Los tenoshcas aúllan:

—¡Ay, ay, ay, ay, ay, ayayayay!

¡Pum, pup, pup, pup, Pum!... ¡Pum, pup, pup, pup, Pum!... ¡Pum, pup, pup, pup, Pum!...

Comienza la batalla.

Ilhuicamina escucha todo desde la jaula y grita:

—¡Aquí estoy! ¡Vengan por mí!

Intenta zafarse. Se zangolotea con desesperación. Los guardias que vigilan la jaula le exigen que se calle y amenazan con matarlo.

—¡Atrévete! —amenaza Ilhuicamina—. ¡Hazlo! ¡Mátame!

Entre los cientos de guerreros meshícas que salen del lago como reptiles se encuentra Izcóatl, quien inmediatamente es atacado por cuatro yaoquizque coyohuácas: dos por la espalda y dos por en frente. El huei tlatoani detiene con su chimali todos los porrazos mientras con el macuáhuitl lanza golpes a diestra y siniestra. A pesar de que ya es un guerrero viejo, aún tiene la destreza que lo distinguió en sus años mozos.

Muy cerca de él se encuentran el tlacochcálcatl, Huehuezácan, y sus hijos Tezozomóctli de veinte años, Cuauhtláhuac de dieciocho y Tizahuatzin de diecisiete, motivo por el que Izcóatl se esfuerza aún más, pues es la primera vez que su hijo menor lo ve en combate, y aunque comprende que ésa no es una razón para defender la vida, su ego no le permite ser derrotado frente a ese piltontli que ama tanto y al que, sin saber la razón, considera su hijo predilecto. Se dispone a pelear con más brío, mucho más que en las batallas anteriores.

Tira el escudo, que para él es un estorbo, y se prepara para embestir con el macuáhuitl. Con el arma en las dos manos, lanza un golpe que da certero en el abdomen de uno de sus oponentes. Las tripas se le desbordan como la lava de un volcán.

Los otros tres, aunque asustados, vuelven a la ofensiva. El tlatoani se gira sobre su mismo eje y detiene los tres golpes con el macuáhuitl y descarga tres porrazos: uno a la pierna del que se encuentra a la derecha, otro a la cara del que se ubica a la izquierda y el último golpea en el que se halla a su espalda. De nuevo da una vuelta con rapidez y ataca al yaoquizqui de la derecha: golpes al hombro, que lo hace arrojar el macuáhuitl; al brazo izquierdo, que desgarra el músculo; y al cuello, que lo derriba por completo.

Se coloca frente al otro soldado y le atiza un porrazo que le rebana la pelvis. Luego impacta el macuáhuitl en la boca de su oponente, justo entre los labios, y los dientes salen volando.

Sólo le queda un contrincante, que temeroso sostiene un macuáhuitl caído en las manos temblorosas. El huei tlatoani lo observa con misericordia y le indica con las pupilas que puede irse si así lo prefiere. El joven guerrero huye corriendo de Izcóatl.

Justo en el momento en que decide seguir su camino rumbo al palacio coyohuáca, donde tienen preso a Ilhuicamina, otro guerrero intenta interceptarlo, pero el huei tlatoani lo derriba fácilmente con un par de porrazos.

Asimismo, se percata de que Cuécuesh pelea contra Huehuezácan —hijo del difunto meshícatl tecutli Huitzilíhuitl y, por ende, medio hermano de Tlacaélel, Motecuzoma Ilhuicamina y Chimalpopoca, un hombre de convicciones firmes—, y corre para auxiliarlo, pero una vez más dos yaoquizque procuran detenerlo.

Mientras tanto, el tlacochcálcatl se bate a duelo con el tecutli coyohuáca. Ambos llevan varios minutos peleando con los puños, pues sus macuahuitles quedaron extraviados entre el lodo y el agua del lago. El tlacochcálcatl le propina dos golpes al tecutli coyohuáca, quien pierde el balance y cae de nalgas. Huehuezácan se le va encima y le destroza la dentadura a Cuécuesh, que no puede detener la golpiza que está recibiendo, hasta que llega un yaoquizqui coyohuáca y le da un fuerte golpe en la espalda a Huehuezácan, que cae al suelo.

Cuando el soldado coyohuáca está a punto de matar al tlacochcálcatl, llega Tezozomóctli y lo derriba con un empujón. Ambos pelean en el piso a puño limpio. Al mismo tiempo, Huehuezácan se reincorpora y lanza un puñetazo al rostro de Cuécuesh, quien hábilmente lo esquiva y le responde con un golpe que da en el hígado y dobla al tlacochcálcatl. El tecutli de Coyohuácan aprovecha la debilidad del tlacochcálcatl y le entierra cuatro golpes en el mismo lugar. Todos con la misma fuerza y sin clemencia.

Encorvado y con las manos en el hígado, Huehuezácan se agacha, saca un chuchillo de pedernal que lleva atado en la pantorrilla y se lo entierra en el muslo a Cuécuesh, quien grita de dolor y en venganza le asesta un fuerte rodillazo en la cara a su oponente, que cae de espaldas al suelo. El tecutli coyohuáca se apresura a recoger el cuchillo y se lo entierra al tlacochcálcatl en el cuello.

En ese momento, llega el tlatoani Izcóatl y le patea el rostro a Cuécuesh; afligido se apresura a revisar a su sobrino, que aún se encuentra con vida. Le tapa la herida del cuello con la mano.

—¡No te mueras! ¡No te mueras! —grita el tlatoani desesperado.

Pero el tlacochcálcatl ya no lo escucha. Sus ojos permanecen abiertos, como si lo miraran fijamente y lo contemplaran con gratitud. Entonces, el tlatoani se pone de pie, avanza con el macuáhuitl en la mano y se va contra Cuécuesh, quien en ese momento camina herido rumbo al palacio. Por más que Izcóatl apresura el paso, no logra alcanzar a su presa, mucho menos ahora que se la han puesto seis soldados en frente. El tlatoani tenoshca mira a su espalda y ve que a sus yaoquizque los ha rebasado el ejército coyohuáca.

Desde la azotea del palacio, Yeyetzin observa que los meshítin comienzan a perder la batalla. Los coyohuácas los tienen rodeados. Izcóatl y sus hijos —Tezozomóctli, Cuauhtláhuac y Tizahuatzin— continúan luchando con gran valentía contra todos los soldados que los atacan.

Ilhuicamina sigue gritando:

—¡Aquí estoy!

Uno de los guardias entra a la jaula y, para callarlo, le propina un golpe que lo deja noqueado.

De súbito llegan miles de yaoquizque meshícas por la parte trasera de Coyohuácan, todos liderados por Tlacaélel, cuyo plan desde el inicio fue hacerle creer a los espías de todos los altepeme enemigos que se había enojado con Nezahualcóyotl e Izcóatl y que, en un arranque caprichoso, había abandonado a su gente, para luego simular que la mitad del ejército meshíca se dirigía a Tenayocan en auxilio del príncipe chichimeca, pero en realidad iban puras mujeres en las canoas, mientras los soldados de Tlacaélel se escabullían discretamente por diferentes rumbos, separados y disfrazados de pochtécah.

Los yaoquizque coyohuácas se defienden de los soldados que ahora los superan en número. Cuécuesh se ve sumamente sorprendido y atemorizado. Corre a esconderse en el palacio, donde se encuentra con Yeyetzin. Se miran en silencio y con miedo. Él más que ella.

—¿Qué esperas? —pregunta Cuécuesh—. ¡Ayúdame!

—¿A qué? —cuestiona Yeyetzin desconcertada.

Afuera, Tlacaélel entra en combate. No lleva escudo ni macuáhuitl. Sólo una lanza con dos puntas de obsidiana. Un yaoquizqui coyohuáca, que corre hacia él y grita enfurecido, está dispuesto a enterrarle en la cabeza el macuáhuitl que lleva en todo lo alto. Pero justo cuando llega, Tlacaélel le clava su lanza en el pecho y el hombre queda inmovilizado, con los brazos arriba. De pronto, el macuáhuitl, como una rama rota, cae al suelo. Tlacaélel extirpa la lanza del pecho del coyohuáca, quien se derrumba en ese momento. De inmediato, aparecen dos yaoquizque más frente a Tlacaélel, quien desvía los porrazos de los macuahuitles con su lanza. Uno tras otro, con agilidad y elegancia. Los dos hombres insisten con sincronía: mientras el primero arremete hacia al rostro, el segundo asesta un golpe bajo. Sin embargo, el guerrero meshíca, que sostiene su lanza con las dos manos, detiene los embates con la misma sincronía, como un danzante en pleno mitotia, hasta que le entierra la filosa punta en la garganta a uno de sus combatientes y el baile se detiene.

El otro guerrero contempla a su amigo, que se desangra en ese momento, y decide vengar su muerte. Alza el macuáhuitl, dispuesto a enterrárselo en el cráneo al guerrero meshíca, pero la otra punta de la lanza le traspasa el abdomen, como si fuera una fina espina de maguey.

Alrededor, cientos de soldados luchan con el mismo arrojo. Tlacáelel avanza y derriba a todos los guerreros que se le ponen en frente. De pronto, ve a su izquierda que tres coyohuácas tienen acorralado a su tío. Uno de ellos está a punto de encajarle el macuáhuitl en la espalda, pero Tlacaélel dispara su lanza con todas sus fuerzas y le perfora el pulmón al hombre que pretendía asesinar al tlatoani. En ese instante, llega Cuauhtláhuac en auxilio de su padre y Tlacaélel sigue su camino al interior del palacio, donde se topa con cuatro yaoquizque.

—Es el prisionero —dice uno de ellos con sorpresa.

—¡No! —lo corrige el otro—. Es el hermano gemelo.

—Son idénticos.

—No —insiste otro—. Él tiene una cicatriz en la frente.

—¿Él es...? —pregunta temeroso.

—Tlacaélel. —Se lleva la mano derecha a la parte trasera de su máshtlatl y toma un cuchillo que lleva escondido—. Yo soy Tlacaélel. —Lanza el cuchillo de pedernal, que da certero en el ojo de uno de los soldados. Entonces, los otros tres guerreros se arrojan contra él con sus macuahuitles en todo lo alto, pero el sacerdote tenoshca se agacha, se inclina a un lado y luego hacia el otro, su cuerpo zigzaguea y los esquiva con agilidad, al mismo tiempo que a uno le da una patada en la pantorrilla y lo derriba, para de inmediato arrebatarle el arma, con el cual mata a los otros dos hombres; y entra al palacio con macuáhuitl en mano.

Justo en ese instante una joven sirvienta que pretende escapar choca con Tlacaélel, quien la observa en silencio por un segundo y, luego, la deja ir. Camina sigiloso por los pasillos del palacio, donde parece haber atravesado un ciclón. Hay enseres y prendas regados por todas partes, evidencia de que sus habitantes prepararon todo para huir esa misma noche.

El sacerdote meshíca se acerca a la habitación de Cuécuesh y ahí se encuentra con dos yaoquizque, que de inmediato se dirigen hacia él con sus macuahuitles. Tlacaélel saca dos lancillas muy pequeñas de un cintillo que lleva en el muslo derecho, y sigue caminando con la mirada fija en los hombres que marchan hacia él, y en cuanto los tiene cerca, avienta una de las lancillas envenenadas, la cual da en el cuello del soldado, que veloz se la arranca, aunque es demasiado tarde, el veneno ya está surtiendo efecto: comienza a sentir mareos y náuseas y, sin poder gobernar sus músculos, cae en medio del pasillo. El otro soldado coyohuáca, que ya sabe lo que pretende hacer el meshíca, camina con cautela, con el macuáhuitl por delante, como escudo. Tlacaélel guarda su lancilla para otro momento y sostiene el macuáhuitl con ambas manos. Finalmente, se encuentran frente a frente. El yaoquizqui ataca directo al rostro, pero su arma choca con la de su contrincante, que pronto revierte la estrategia y le entierra su lancilla envenenada en el cuello, pero el hombre se resiste a morir y asesta otro porrazo que Tlacaélel esquiva haciéndose para atrás. El coyohuáca, ahora ya muy mareado, descarga un último golpe débil y cae al suelo.

Al fondo del pasillo, se ve el rostro de Cuécuesh, quien se acaba de asomar desde la entrada de su alcoba. Tlacaélel avanza a pasos apresurados. En cuanto llega, encuentra a Yeyetzin asustada en un rincón. Ella se arrodilla. La alcoba tiene una salida que da al patio trasero del palacio. Tlacaélel lo persigue. El tecutli coyohuáca se tropieza. Tlacaélel sigue caminando, ahora con pasos más lentos. Sabe que tiene acorralado a Cuécuesh, quien se pone de pie y trata de correr pero, en su torpeza, en su ineptitud, vuelve a caer al piso. Tlacaélel lo alcanza y le da una patada en el abdomen. Cuécuesh se arrastra.

—¡¿Dónde está mi hermano?! —grita.

—Allá. —Señala al fondo del patio.

—Te voy a cobrar cada uno de los golpes que le dieron a mi hermano. —Le da una patada en el rostro.

Cuécuesh se arrastra y trata de ponerse de pie, pero Tlacaélel le entierra otro puntapié en las costillas. Luego, otro y otro y otro. El tecutli coyohuáca se cubre con las manos. Tlacaélel lo voltea bocarriba, se sienta a horcajadas sobre él y le da un puñetazo en la boca. Cuécuesh intenta defenderse sosteniéndole las muñecas a su agresor, pero éste le asesta, sin pausa, cuatro golpes más en la nariz; luego, otros cuatro en los ojos.

—¡Perdóneme! —grita con una erupción de sangre en la boca.

Desde la entrada de la alcoba del palacio, Yeyetzin observa la escena: Tlacaélel se pone de pie, al mismo tiempo que el tecutli coyohuáca se gira bocabajo y se arrastra, pero en ese momento el sacerdote tenoshca levanta el macuáhuitl y lo entierra en la pantorrilla de Cuécuesh, que grita de dolor. Tlacaélel vuelve dar en la misma pierna. Otra vez. Y otra. Como si talara un grueso tronco de madera. Mientras se desliza, Cuécuesh deja un grueso charco de sangre en el piso.

—¡Le suplico que me perdone! —llora aterrado—. ¡No me mate!

—¡¿En verdad quieres que te perdone?! —Le entierra el macuáhuitl en la otra pierna—. ¿Qué... —Vuelve a enterrar el macuáhuitl y llega al hueso—. Te... —Le da un porrazo más—. Hace... —Otro golpe en la misma pierna—. Pensar... —Mutila la pierna—. Que... —Cuécuesh se arrastra con debilidad—. Te... —Lo mira fijamente a los ojos al mismo tiempo que alza el macuáhuitl—. Voy a... —Le corta una mano—. Perdonar?

La batalla ha terminado. El ejército coyohuáca se ha rendido. Izcóatl y él ejército llegan hasta donde se encuentra Tlacaélel y observan en silencio. Cuécuesh no reacciona. Tlacaélel lo observa en silencio por un largo instante. Sabe que el tecutli coyohuáca está vivo. Entonces, le da una patada en el rostro y otra en el abdomen. Levanta el macuáhuitl y se lo entierra en el pecho. Tlacaélel dirige la mirada hacia el sitio donde se encuentra Motecuzoma Ilhuicamina, quien despertó hace un momento tras el fuerte golpe que le dio uno de los guardias para callarlo.

—¡Aquí estoy! —grita Motecuzoma Ilhuicamina.

Los soldados coyohuácas que vigilaban al prisionero, al ver que su líder está muerto, se rinden, levantan los brazos y se arrodillan, conscientes de que sus vidas han terminado.

Tlacaélel llega hasta la jaula donde su hermano gemelo se encuentra atado desde hace ya varias veintenas y ambos se miran con alegría.

—¿Vas a seguir ahí sentado? —pregunta Tlacaélel con las manos en jarras.

—Un rato... —Sonríe—. Me gusta observar el sol al amanecer.

Tlacaélel corta las sogas que atan la puerta de la jaula y entra en rescate de su gemelo.

—Sobrino —dice el tlatoani Izcóatl empapado en sangre.

—Tío. —Ilhuicamina sale entusiasmado y abraza a Izcóatl antes de abrazar a Tlacaélel.

—¡Ya! No hay tiempo que perder. —Tlacaélel se da media vuelta y se dirige al palacio.

—¡Ya escucharon! —grita el tlatoani—. ¡No hay tiempo que perder! ¡Recolecten todas las riquezas que encuentren! ¡Plumas preciosas! ¡Jade! ¡Obsidiana! ¡Mantas! ¡Saquen a toda la gente de sus casas y llévenla a la plaza principal!

De esta manera, comienza el saqueo. Los yaoquizque del ejército de Coyohuácan son desarmados, atados y llevados a la plaza principal. Los meshítin irrumpen con violencia en cada una de las casas, golpean a los ancianos, violan a las mujeres, arrastran a los niños por las calles, rompen y queman todo a su paso. Otros suben a los montes sagrados y queman los teocalis. Los coyohuácas gritan de miedo y de tristeza.

Tlacaélel inspecciona el interior del palacio. De pronto, escucha los sollozos de una mujer. Camina hasta una de las alcobas y encuentra a dos de sus soldados a punto de violar a una joven que se arrastra bocarriba por el piso.

—Ven —dice uno de los yaoquizque mientras se quita el máshtlatl.

—¡Ayúdeme! —ruega la joven al ver a Tlacaélel, que no se inmuta.

Los dos soldados voltean, reconocen a Tlacaélel; sonríen con lujuria. Luego, regresan la mirada a su víctima y caminan hacia ella para violarla. Uno se masturba para endurecer su verga, se arrodilla delante de ella y la obliga a abrir las piernas, pero justo en el momento en el que la va a penetrar, un macuáhuitl le rebana la nuca. El otro soldado permanece atónito, pues Tlacaélel acaba de matar a su compañero.

De acuerdo con las costumbres de los nahuas, cada vez que un pueblo es conquistado, los yaoquizque tienen derecho de saquearlo y de violar a sus mujeres. El hombre no comprende qué es lo que está sucediendo. Se pone de pie y antes de que diga una palabra, Tlacaélel le surca el abdomen con el macuáhuitl. El soldado cae al piso con las tripas de fuera. La joven llora aterrada. Tlacaélel le ofrece su mano para que se ponga de pie.

—¿Cómo te llamas? —pregunta y contempla su belleza.

—Yeyetzin.

—Acompáñame… —Se da media vuelta y se dirige a la salida.

—Tlazohcamati —Yeyetzin le coquetea sutilmente, pero Tlacaélel no se da por enterado.

—No lo hice por ti. —Tlacaélel elude el encuentro de miradas y se enfila rumbo a la salida del palacio—. Los maté porque me faltaron al respeto. Debían mostrar reverencia ante mí en cuanto me vieron entrar a la alcoba, pero no lo hicieron.

Al llegar a la salida del palacio, Tlacaélel llama a dos soldados que caminan justo delante de ellos. Los hombres acuden de inmediato y se arrodillan ante él.

—Ordene, mi señor —dicen los dos al mismo tiempo.

—Llévense a esta mujer con los demás prisioneros.

Los yaoquizque obedecen y guían a Yeyetzin hasta el centro de la plaza, donde ya se encuentran los coyohuácas arrodillados.

—¡Tlatoani Izcóatl! —dice uno de los ancianos del pueblo—. No nos maten. Nosotros somos gente humilde. No somos responsables de lo que hizo Cuécuesh. Prometemos ser sus vasallos y servirles en lo que ustedes ordenen.

—¡No! —les responde Tlacaélel—. No pararemos hasta destruir totalmente Coyohuácan.

—Le suplicamos mucho que nos perdonen —ruega otro de los ancianos con lágrimas en los ojos.

—¡Escuchen lo que dicen estos tepanecas! —contesta Tlacaélel y se dirige a los soldados meshícas.

—Señores míos —insiste otro anciano coyohuáca—, prometemos servidumbre. Pagaremos tributo, haremos sus puentes de madera. Llevaremos madera y arrastraremos piedras desde las peñas hasta Meshíco Tenochtítlan, hasta sus casas.

—¿Eso es todo? —Tlacaélel se muestra furioso.

—Llevaremos tablas, pues somos vecinos y moradores de estos montes y montañas.

—¿Con eso pagarán lo que le hicieron a nuestro pueblo?

—No, señores meshítin tenoshcas, descansen.

—¡No! —insiste Tlacaélel—: ¡No! No nos detendremos hasta consumir Coyohuácan. ¡He dicho! Ustedes pusieron huepiles y naguas de mujeres a nuestros yaoquizque. Se burlaron de nuestra gente. Por eso pagarán y serán todos destruidos.

—También labraremos sus casas, sus tierras y maizales. Les construiremos un acueducto para que llegue agua limpia a Tenochtítlan y beban los meshícas. Llevaremos cargadas sus ropas, armas y bastimentos para los caminos a donde vayan los meshítin, y les daremos frijol, pepita, *huauhtli,* «amaranto», chía y maíz para su sustento por todos los tiempos.

—¿Ya terminaron?

—Hemos acabado, señores meshícas tenoshcas.

—Miren, tepanecas coyohuácas —advierte Tlacaélel—, que no les llame en algún momento el engaño, pues con justa guerra hemos ganado y conquistado a fuerza de armas a todo el pueblo de Coyohuácan.

—No, señores meshítin tenoshcas, jamás ocurrirá eso. Entendemos que fue por nosotros que comenzó esta guerra y asumimos nuestra cobardía. Tomamos nuestras sogas para cargar lo que se le ofrezca al pueblo meshíca.

—Con esto se sosiegan nuestras lanzas, macuahuitles y chimalis —finaliza Tlacaélel.

31

La evocación más longeva que Matlacíhuatl conserva en la memoria es una en la que ella, de apenas cuatro años de edad, veía a su hermana Zyanya, tres años mayor, recibiendo desbordadas lisonjas de su padre, quien sin saberlo desató en su hija menor una hilada de rabietas que sólo se calmaba con la presencia de Totoquihuatzin junto a ella, aunque no le hablara ni la cargara, pues el objetivo era arrebatarle la atención a su hermana Zyanya, algo que logró con el paso de los años, hasta convertirse en la hija predilecta, la que podía hacer y gritar lo que le viniera en gana, aunque incomodara a todos en el palacio y aunque irrumpiera en las juntas de gobierno; el tecutli tlacopancalca siempre estaba disponible para ella y dispuesto a dar la cara por ella, pues no había en su vida nada más amado que sus dos hijas, algo que a Matlacíhuatl jamás dejó de molestarle, pues aspiraba a ser la única.

Por su parte, Zyanya, quien desde temprana edad se percató de los celos irracionales de su hermana, se dedicó a coquetearle al padre cada vez que Matlacíhuatl estaba presente, sólo por el siniestro placer de fastidiarla, como quien goza de un exquisito manjar delante de un pobre mendigo que no ha probado alimento en muchos días y que, si es necesario, está dispuesto a robar o a matar igual que la pequeña Matlacíhuatl, en esos instantes de ira en los que, de haber podido, habría estrangulado a su hermana, de la misma forma en que lo hizo alguna vez en un sueño lejano, mas no por ello impalpable, por lo menos en esos segundos en los que bien pudo sentir el cuello de Zyanya en sus manos frías y pudo apretar con todas sus fuerzas, mientras contemplaba los ojos saltones de la moribunda, hasta liberar su odio y, por fin, exclamar se acabó, hasta nunca, pero, para su mala fortuna, aquello no había sido más que un sueño que estuvo ahí por siempre. Y un día, el deseo de Matlacíhuatl se cumplió: Zyanya salió de la casa, pero no cómo la hermana menor había deseado, sino como concubina del príncipe Nezahualcóyotl, que por aquellos días andaba buscando alianzas para recuperar el huei tlatocáyotl; entonces, Matlacíhuatl dejó de perseguir a su padre por todo el palacio. Se sentía apagada, fría y muerta como el volcán de Chapultépec que nunca más volvería a exhalar fumarolas ni amenazaría a sus habitantes con sumergirlos bajo un manto ardiente de lava una noche inesperada. Su vida se tornó aburrida e insípida, sin la rivalidad que le había dado sazón a sus días, que para entonces parecían sempiternos, igual que las noches en las que, a veces, se levantaba y en silencio iba a la alcoba de su hermana para observarla mientras dormía y envidiarla por ser más alta, más bonita, más inteligente, más divertida y todo eso que siempre quiso ser, sin entender por qué, pero que le dolía y la enfurecía. A pesar de que se rumoreaba que el príncipe acólhua jamás lograría recuperar el huei chichimeca tlatocáyotl, que ponía en riesgo su vida y las de sus concubinas, Matlacíhuatl decidió que quería ser una más de esas mujeres que le daban un hijo cada año y que lo seguían por todo el cemanáhuac, sin importar las desgracias en las que cayeran, pero principalmente para joderle la vida a su hermana mayor.

—Pensaba ofrecerte con el tecutli de Tlatelolco —explicó Totoquihuatzin tras haber escuchado la petición de su hija de que la entregara al Coyote ayunado—. Tu primo Cuauhtlatoa tiene pocas concubinas y te daría el trato que mereces.

La relación entre el tecutli tlacopancalca y el tlatelolca era mala y Totoquihuatzin necesitaba ganarse el aprecio de su sobrino para tener un aliado más cercano a él y a los meshícas.

—¡No! —Se negó rotundamente—. Yo quiero ser concubina de Nezahualcóyotl.

—¿Por qué? —cuestionó desconcertado el tecutli tlacopancalca, que tenía perfectamente claro que volver a juntar a las dos hermanas sería como sembrar hierba venenosa en donde había un cultivo lozano—. Tu hermana ya es concubina del príncipe chichimeca.

—¡No me importa! —gritó.

—Tu tío Mashtla me dijo que le gustaría que fueras su tecihuápil, «concubina».

Por aquellos años, todavía no iniciaba la guerra entre Nezahualcóyotl y el hijo de huehue Tezozómoc. Si bien Totoquihuatzin no era devoto de su tío, lo respetaba y obedecía cada una de sus demandas, por absurdas que fueran, con tal de que no lo enviara a la guerra.

—¡No! —Hizo un gesto de repudio. Matlacíhuatl tenía un nauseabundo recuerdo en la memoria sobre su tío Mashtla, en el que ella de seis años, se encontraba jugando con otras niñas, cuando llegó el entonces tecutli de Coyohuácan y la cargó del huipil, como quien levanta del suelo un guajolote o un conejo, y preguntó quién era ella, y la niña sólo atinó a decir las primeras cinco letras de su nombre, a lo que Mashtla respondió con lascivia: «Ya pronto estarás lista para el matrimonio», al mismo tiempo que la cargaba entre sus brazos como una recién nacida y le frotaba la vagina con el dedo medio. Entonces, llegó Totoquihuatzin y Mashtla regresó a Matlacíhuatl al lugar de donde la había recogido.

—Tendrá que ser con algún miembro de la nobleza meshíca —aclaró el tecutli tlacopancalca.

—¡No! —insistió—. Yo quiero ser concubina de Nezahualcóyotl.

—Tu hermana y tú siempre pelean —le recordó.

—Ya no será así —prometió.

—No —respondió el nieto de huehue Tezozómoc—. Además, aún estás muy joven para ser entregada como concubina. No has tenido tu primer sangrado.

—¡Ya lo tuve! —mintió. Tenía doce años de edad.

—Entonces, que te revise tu madre.

Matlacíhuatl sabía que sería imposible engañar a su progenitora. El primer sangrado no era algo que pasara desapercibido, mucho menos entre las doncellas de la nobleza. La edad promedio era entre los doce y los quince años, aunque algunas niñas lo tenían desde los nueve o diez años, y otras, como Matlacíhuatl, que se tardaban; sin embargo, eso no era una razón para abandonar su propósito, así que resignada esperó la mañana en que su pepechtli amanecería con una mancha roja, que sin duda sería el subterfugio a Cílan; y cuando ese día llegó, Matlacíhuatl, emocionada, llevó la sábana con el sello de su sangre hasta la sala principal del palacio y frente a todos los pipiltin, la mostró orgullosa.

—¡Tata! ¡Ya soy mujer! —gritó exaltada—. ¡Ya tuve mi primer sangrado!

De inmediato, los miembros de la nobleza desviaron los ojos para no ver la sábana ensangrentada, como muestra de respeto al tecutli de Tlacopan, que se apresuró a escoltar a su hija fuera de la sala para hablar en privado.

—Ya te he pedido muchas veces que no entres así a la sala principal —intentó regañarla con un tono de voz dominante, aunque poco verosímil.

—¡Ya soy una mujer! —Dio un salto con la sábana entre las manos.

—¿Me escuchaste? —Le puso las manos en los hombros para que ella lo mirara.

—Ya puedes hablar con el príncipe Nezahualcóyotl. —Mostró la sábana una vez más.

Al inicio, la petición de Matlacíhuatl le había parecido descabellada, por el riesgo que implicaba reunir a las dos hermanas, una vez más, en el mismo palacio y como concubinas del mismo hombre, pero luego analizó a profundidad las palabras de Zyanya cuando lo instigó para que aumentara la participación de Tlacopan en la guerra y, a su vez, aprovechara la situación con el fin de obtener más beneficios del huei chichimeca tlatocáyotl. Si bien el tecutli tlacopancalca no era un gran estratega, había sabido aprovechar las oportunidades que la vida le presentaba, como la ocasión en que tuvo delante a Izcóatl y le pidió que intercediera con Nezahualcóyotl para que sus ejércitos no destruyeran su ciudad. Después, con las tropas de Shalco y Hueshotla cada día más cerca de Tenayocan, no sólo corría el mismo riesgo, sino que se veía obligado a salir a la batalla y batirse a duelo con desconocidos, para él un acto de barbarie que no estaba dispuesto a llevar a cabo. Primero entregaría a su hija más amada antes que disparar una flecha.

—Está bien —cedió ante las preces de Matlacíhuatl—. Nezahualcóyotl, sus concubinas, sus hijos y sus tropas tuvieron que abandonar el palacio de Cílan y mañana llegarán a Tlacopan. Pero no vienen de visita; están huyendo de las tropas de Iztlacautzin y Teotzintecutli. ¿Me entiendes?

—¡Sí! —No cabía en sí misma de tanta euforia.

—No me estás poniendo atención —la regañó—. ¿Qué fue lo que te acabo de decir?

—Que llegan mañana. —Sonrió.

—¿Qué más? —Se agachó y su rostro quedó frente al de su hija.

—Lo demás no me importa. —Alzó los hombros y volvió a sonreír.

—Pues debe interesarte. —Se enderezó y dio un paso atrás—. No hablaré con Nezahualcóyotl sobre ti, hasta que recupere Tenayocan.

—¿Por qué no? —Desapareció su actitud entusiasta.

—Eso no es asunto tuyo.

—Sí. Yo necesito saber todo. —Desenfundó su arma secreta: la manipulación—. De otra manera no podré ayudarte con Nezahualcóyotl. Tú crees que quiero ser su concubina por un capricho pueril, sin embargo, no es así. Quiero ayudarte, tata. Sé que no quieres ir a la guerra y yo tampoco quiero que vayas. Por eso quiero ayudarte.

Totoquihuatzin se sintió vulnerado, avergonzado y, a la vez, reconfortado, pues de esa manera no tenía que esconder sus intenciones a Matlacíhuatl, que una vez más le comprobaba por qué era su hija predilecta.

—Entonces, te pido que no le digas nada a Zyanya. Espera a que Nezahualcóyotl recupere Tenayocan y ese día, te prometo, que te llevaré con el príncipe acólhua.

La promesa se cumplió: Matlacíhuatl fue entregada como concubina y desplazó a su hermana, que había elaborado un plan para rescatar a su padre y a Tlacopan de la desventura a la que los había arrastrado Mashtla. Zyanya le había dicho a su padre que planeaba, llegado el momento adecuado, proponerle a Nezahualcóyotl que incluyera a Tlacopan en la división del huey chichimeca tlatocáyotl, que exigían los meshítin, pero Totoquihuatzin lo había asumido como algo absurdo e imposible y en una racha de impertinencia lo comentó con su hija Matlacíhuatl, quien astutamente le robó la idea a su hermana y la propuso a Nezahualcóyotl.

—Mi padre sería tu aliado incondicional —le dijo a Nezahualcóyotl.

El príncipe chichimeca estudió la proposición por varios días sin comentarlo con nadie, pues aunque parecía audaz tener un tercer aliado que sólo lo obedeciera a él, sabía que corría muchos riesgos: primero, que ese aliado no resultara tan pelele y se pusiera del lado de los tenoshcas; si Totoquihuatzin moría o era asesinado, en su ausencia su hijo Chimalpopoca —de tres años de edad— heredaría el cargo y estaría bajo la tutela de los tecpantlacátin, «ministros», y nenonotzaleque, «consejeros», tlacopancalcas, con lo cual dicha ciudad se convertiría en la joya de la disputa; y tercero, si Nezahualcóyotl moría sin un heredero legítimo —que no tenía aún, a pesar de que ya era padre de dieciocho vástagos—, el huei chichimeca tlatocáyotl quedaría en manos de los meshícas y los tepanecas; aun así, por más que el Coyote ayunado le diera vueltas, no encontraba otra solución menos riesgosa y más afín a sus planes. Por si fuera poco, las tropas de Iztlacautzin y Teotzintecutli seguían atacando todas las mañanas con mayor bravura, en tanto que sus soldados se iban debilitando cada día más.

Si continuaba dicha situación, muy pronto perdería la guerra. El heredero del imperio chichimeca se encontraba acorralado. Los meshítin le habían ganado esa batalla. Tlacaélel lo había vencido. O aceptaba la alianza o moría. Así pues, se creó, muy a su pesar, el Eshcan Tlatolóyan, con el acuerdo de que los meshícas lo auxiliarían en su ofensiva contra Hueshotla y Shalco.

En cuanto Zyanya se enteró de la creación de la Triple Alianza, enfureció e intentó ir a Tlacopan para reclamarle a su padre, pero los yaoquizque se lo impidieron, pues tenían órdenes de Nezahualcóyotl de custodiar a las concubinas y evitar a toda costa que salieran del palacio. Zyanya pudo escapar de Tenayocan tres días después.

—¿Por qué le dijiste a Nezahualcóyotl sobre mi propuesta de hacer una triple alianza? —protesta a gritos—. Te dije que yo lo haría.

—Yo no le dije nada. —La mira desde su perplejidad.

—Entonces, ¿cómo se enteró? —Llora de rabia.

—No sé. —Sabe perfectamente que Matlacíhuatl se lo dijo.

—¿Me vas a decir que se le ocurrió así de pronto? —Zyanya permanece en silencio por un instante y, luego, llega a una conclusión—: ¡¿Le dijiste a Matlacíhuatl?! ¡¿Le contaste mis planes?! ¡Te pedí que no le dijeras nada!

—Yo no... —tartamudea—. Ni... ni una palabra.

—¡No mientas! —exclama Zyanya. Aprieta los puños. Pareciera como si en cualquier momento fuera a lanzarle un golpe en el rostro.

—Yo... Yo no... —Llora avergonzado.

—¡A partir de ahora, sólo tendrás mi repudio! —Zyanya sale del palacio sin despedirse, con deseos de no volver a ver a su padre jamás.

«Que se muera, que lo maten, que le pase lo que sea; se merece eso y más, por cobarde y traidor», piensa furiosa, aunque en el fondo sabe que no soportaría que le hicieran daño a su tata Totoquihuatzin, pues por él convenció a Nezahualcóyotl de que no invadieran Tlacopan en la guerra contra Azcapotzalco, por su tata Totoquihuatzin insistió en que Tlacopan apoyara al príncipe chichimeca en la guerra contra Shalco y Hueshotla, por él ideó el plan de añadir a Tlacopan a la alianza entre Teshcuco y Tenochtítlan, por él ha hecho tantas cosas, y sin él no podría vivir tranquila; pero a su hermana, a Matlacíhuatl, sí le desea lo peor, muy desde el fondo de su ser, a ella quiere matarla, sacarle los ojos, arrancarle cada uno de los cabellos, destrozarle los dientes, rasguñarle la cara hasta dejarle tiras de piel colgando de las mejillas y quemarle con leña ardiente los labios y la barbilla. «Para que nunca más pueda sonreír y ningún hombre se sienta atraído hacia ella, que no es más que una putilla, una mal parida a la que debí darle su merecido desde que nació, desde el primer berrinche que hizo para que mi taita Totoquihuatzin la cargara a ella y no a mí, sólo por el capricho de quitarme su amor. Desde entonces debí haberle dado una buena lección, un par de cachetadas bien puestas para que aprendiera a respetarme». Pero no lo hizo, nunca le tocó un pelo, jamás la trató con vilipendio, no lo hizo por respeto, por acatar las reglas familiares, por consumar la formación que estaban recibiendo, por hacer lo que era correcto, por no alzar la voz, por ser una princesa tepaneca y una tepanécatl cihuapili que se da a respetar y honra a sus hermanas, hermanos y padres, y como tal no se comporta como una macehuali. Pero ahora no se lo va a perdonar. Hoy se las va a cobrar todas juntas, todas de una vez, hasta saciar su sed de venganza, esa rabia que pueden advertir incluso las personas que se cruzan en su camino en la entrada de Tenayocan. «A esa chamaca parece que se le metió un nahual», asegura un tepanécatl que casi se tropieza con ella.

Al llegar al palacio, Zyanya entra hecha una fiera, busca a su hermana Matlacíhuatl, quien acaba de bañarse y está secándose el cabello, del cual la coge la hermana mayor para arrastrarla por el suelo como un trapo, de esos que se utilizan todas las mañanas para restregar los pisos del tecpancali.

—¡Suéltame! —grita horrorizada Matlacíhuatl, que al mismo tiempo patalea y entierra sus uñas en las manos de Zyanya.

—*Ma ca no shimovetziti noconetzin,* «sólo siéntate, mi niñita» —le responde Zyanya sin soltarla de la melena—. *Ma ca no shimotlamachtitinemi ma cocoliztli,* «solamente ve aprendiendo; reconoce la enfermedad». ¿Qué dices? ¡Acaso ése es nuestro oficio o manera de ser! Algo en ti se compromete con lo que dices, mi venerable *cihuapili,* «mujer noble». Ve conociendo el que es tu modo de vivir. Tú que eres una cihuapili, aprende lo que no es conveniente que hagas. Busca ser respetada, hónrate, mi *cihuatontli,* «mujercita en tono despectivo». Asienta tu venerable corazón. Quizá algo te lastimarás.[150]

—*Cuish ti nonamic,* «¿Acaso tú eres mi esposo?» —responde Matlacíhuatl—. *Cuish ti noquichvi,* «¿Acaso tú eres mi hombre?». ¡Ay, *cihuato manachca*!, «mujerucha de por ahí». ¡Ay, *tlei cihuato*!, «qué mujerucha».

—¡Te robaste mi plan! ¡Ésa era mi idea! ¡Sabías que yo se lo iba a proponer a Nezahualcóyotl!

Zyanya arrastra a su hermana por el pasillo; lo hace hasta llegar a una de las salas donde se reúnen las concubinas para cuidar a sus hijos o coser prendas de vestir, y donde se encuentran Ameyaltzin, Papálotl, Ayonectili, Cihuapipiltzin, Hiuhtónal, Imacatlezohtzin, Yohualtzin y Huitzilin, quienes ya estaban al tanto de la rivalidad entre ambas y sin intenciones de detener el conflicto, forman un círculo alrededor de ellas y observan con gusto la paliza que le propina Zyanya a Matlacíhuatl.

—¡Dale su merecido! —exclama Ayonectili.

—*Tetlatlatzicpol,* «¡bocota estruendosa!» —grita Matlacíhuatl.

—*Ma shimotlali,* «¡siéntate!» —vocifera Cihuapipiltzin—. *Tle tinechilhuia ahuianito,* «¿Qué me dices, putilla?».

Zyanya suelta el pelo de su hermana y se agacha para surtirle una retahíla de cachetadas.

—¡Esto es para que aprendas a no meterte en mis asuntos!

Matlacíhuatl logra pescar a su hermana del cabello y la jala con todas sus fuerzas, lo cual la hace caer el piso, donde ambas se traban en jaloneos, rasguños, mordiscos y bofetadas.

150 Insultos de las mujeres pipiltin cuando riñen, Pablo Escalante.

—*Cuish ti nochcauh que tinechpeoaltia* —pregunta Matlacíhuatl a su hermana mientras le jala el cabello con todas sus fuerzas—. «¿Acaso tú eres mi hermano mayor? ¿Cómo me provocas?». *Cuish mopa nicacalactia,* «¿Acaso yo escandalizo sobre ti?». *Cuish noze mopalninemi,* «¿Acaso yo vivo gracias a ti?». *Cuish tinechtlaecvltia,* «¿Acaso tú me doblas algo?». *Cuish mopal notlatlaqua,* «¿Acaso yo como gracias a ti?»; *ishtlaveliloc tlavelilocatontli cacalacapol shishipevia tlequiquani achilova aiztayoa tzincuecuetzocpol tzinapizmiqui ay manachca teishpátida tlamatiznequi que titechivaz,* «desvergonzada, gran malvada, escandalosa. Está pelando lo que come salar. Culote agitado: el culo muere de hambre. ¡Ay!, quiere andar conociendo, por ahí, sobre los rostros de la gente». *Cuish teoatzin ti tepetzin,* «¿Acaso tú eres la venerable agua, el venerable cerro?». *Tlavelilocatótli tetlachochol,* «gran malvada, grosera». *Manachca xoquiza ma nimitztopeuh mach atle ipa titlatlachiya mach nica taatlamatinemi,* «por ahí muestra la pierna. No sea que te patees. Ciertamente no cuidas de nada, no conoces nada, no te aplicas a nada».

—¡Ay, *cihuato*!, «mujerucha» —exclama Huitzilin a Matlacíhuatl al mismo tiempo que la jala del cabello en auxilio de Zyanya—. *Quatzomapol quatatapapol,* «greñudota, desmelenadota»; *shimocaoa tetlatlatzicpol,* «bocota estruendosa».

—*Cuish ti cihuapili* —le responde Matlacíhuatl a Huitzilin y le lanza una bofetada—. «¿Acaso tú eres una mujer noble?». *Timocuepaznequi amo ca ti macehualtótli,* «Tú quieres cambiarte, pero no eres más que una macehualucha».

—*Mach nira teishcotinemi campa tivala ma shiyauh acoiuh ca y mocha amo iuh ca y nica ticteititiz ticnopiltotomacpol ticnopilaveliloc cenca tzatzi* —protesta Imacatlezohtzin y le da una patada en la espalda a Matlacíhuatl—. «Ciertamente aquí vienes a andar en la cara de la gente. ¿De dónde vienes? Vete. ¿Acaso es semejante a este tu lugar? No lo es. Algo mostrarás a la gente aquí. Gorda huérfana. Malvada huérfana».[151]

—¡Ahí viene el príncipe! —advierte Ameyaltzin.

Las demás concubinas se adelantan para separar a las hermanas, algo extremadamente complicado pues ambas están sujetas con uñas y dientes. Tiran golpes y patadas a quienes intentan ponerlas de pie, in-

151 Insultos de las mujeres macehualtin cuando riñen, Pablo Escalante.

cluso cuando les anuncian con insistencia que Nezahualcóyotl ha llegado y que se dirige a esa sala. Cuando por fin logran separarlas, las ayudan a ordenarse el cabello y los huipiles, y a limpiarse la sangre del rostro.

—¡¿Qué ocurre aquí?! —pregunta el Coyote ayunado al ver a Zyanya y Matlacíhuatl despeinadas y con manchas rojas en la ropa.

—Nada —responde Zyanya, cuya respiración agitada la delata.

—¿Nada? —El príncipe chichimeca camina entre ellas—. ¿Esto es sangre? —Toca el huipil de Matlacíhuatl y se lleva los dedos a la nariz para olfatearlos—. ¿Qué estaban haciendo?

—Disculpe, mi señor —habla Matlacíhuatl—. Mi hermana y yo estábamos jugando…

—Esto no es un juego. —Observa detenidamente a cada una de las concubinas—. No intentes engañarme. Tengo muchos problemas, no necesito más y mucho menos por tonterías.

—Mi señor —interrumpe Papálotl—, es sólo un conflicto entre hermanas. Celos, a decir verdad. Discúlpelas. Pero a todas nosotras nos ha sucedido. Todas queremos hacerlo feliz, complacerlo, ser las más amadas; la realidad es que cuando vemos que usted elige a una, las demás nos quedamos un poco tristes, ya que también queremos pasar la noche con usted. Le suplico que las perdone.

—¿Es cierto eso? —pregunta Nezahualcóyotl al mismo tiempo que mira a Zyanya y a Matlacíhuatl.

—Sí —responde la hermana mayor—. Es sólo un asunto de… celos. —Exhala con resignación.

—Pues no deberían pelearse por eso. Yo las quiero a todas por igual. —Las quiere de la misma manera, pero no está enamorado de ninguna. Hasta el momento el Coyote en ayunas no se ha embriagado con las mieles del *tetlazotlaliztli,* «amor»—. Les recuerdo que incluí a su padre en la Triple Alianza y que las necesito unidas.

Ambas fingen aceptar lo que les dice el Coyote ayunado, quien sin esperar respuesta se dirige a la sala principal del palacio, donde los consejeros y ministros han pasado gran parte de la tarde hablando sobre los combates que se llevan a cabo todos los días afuera de Tenayocan contra los ejércitos de Iztlacautzin y Teotzintecutli.

En días anteriores, las tropas de Otompan y Acolman marcharon al norte y rodearon el lago de Tzompanco, lugar en el que se enfrentaron con las milicias de Cuauhtítlan y Toltítlan. Al mismo tiempo, las huestes de Chiconauhtla y Tepeshpan cruzaron el estrecho del lago de Shaltócan, donde combatieron a los aliados de Ehecatépec e Ishuatépec. Mientras tanto las tropas de Shalco, Hueshotla, Teshcuco y Coatlíchan intentan rodear por el poniente para llegar a Tlacopan y Azcapotzalco.

—Ya no podemos sostener las batallas —explica Atónal, comandante del ejército de Nezahualcóyotl—. Necesitamos refuerzos.

—¿Por qué los meshítin no han cumplido su promesa de enviarnos auxilio? —cuestiona Shontecóhuatl, medio hermano de Nezahualcóyotl.

—¡Sólo mandaron mujeres en las canoas que llegaron hace tres días! —exclama indignado Pichacatzin, uno de sus consejeros.

—Las enviaron para que cocinen para los soldados y curen a los heridos —explica Cuauhtlehuanitzin, medio hermano del Coyote ayunado.

—Eso no es motivo para que no hayan llegado sus tropas —le responde Shontecóhuatl.

—En la reunión que tuvimos acordamos que primero los meshícas irían a Coyohuácan a rescatar a Motecuzoma Ilhuicamina —interviene el príncipe chichimeca—. Enviaron a Tenayocan canoas en las que cientos de mujeres iban disfrazadas de yaoquizque, pues el objetivo era engañar a los enemigos. Mientras tanto, Tlacaélel y la mitad del ejército tenoshca salieron de la isla de manera dispersa y muy discreta. Ayer en la madrugada, Izcóatl y la otra mitad de sus tropas atacaron Coyohuácan. Luego, Tlacaélel llegó por la parte trasera de la ciudad con la otra mitad del ejército tenoshca; mataron a Cuécuesh y conquistaron aquella ciudad.

—¿La conquistaron para el huei chichimeca tlatocáyotl o para Tenochtítlan? —cuestiona Pichacatzin con desconfianza—. Le sugiero que sea muy cauteloso con esos meshítin tenoshcas, mi señor. Es muy peligroso que tengan tanto poder. Pues ahora su poder no sólo es bélico, sino también jerárquico.

—Los meshícas conquistaron Coyohuácan para el huei chichimeca tlatocáyotl —responde Nezahualcóyotl un poco dudoso y con algo de miedo, aunque no quiere entrar en ese dilema, por lo menos no en este momento, y vuelve al tema inicial—. Ya vienen en camino para auxiliarnos en la guerra contra Teotzintecutli e Iztlacautzin.

—¿Y Tlatelolco? —pregunta Pichacatzin—. ¿De qué lado está? Deberíamos enviarle una advertencia de que si no está de nuestro lado, está en nuestra contra.

—Cuauhtlatoa se siente muy indignado con los meshítin por el asesinato de su hermana Matlalatzin y su sobrino Teuctléhuac —continúa Nezahualcóyotl—, y no quiere participar en la guerra. Al parecer decidió enfocar toda su atención en el crecimiento de su tianquiztli.

—Muy pronto todos necesitaremos mercancías. —Shontecóhuatl se encoge de hombros—. Es bueno que alguien se ocupe del comercio. Ya vieron lo que ocurrió en Coyohuácan. La gente sitió el palacio y obligó a Cuécuesh a que les repartiera el alimento que tenía almacenado.

—Si sigue así, Cuauhtlatoa tendrá el dominio del comercio en el cemanáhuac —agrega Cuauhtlehuanitzin—. Todos dependeremos de Tlatelolco, como lo hicimos con Azcapotzalco. El tianquiztli debe estar en Teshcuco.

—Te recuerdo que Teshcuco se encuentra en manos de nuestro inepto hermano Tlilmatzin —responde irónico Shontecóhuatl.

—Cuando recuperemos aquella ciudad —aclara Cuauhtlehuanitzin un poco irritado, no tanto por las palabras de su medio hermano, sino por el recuerdo de Tlilmatzin, a quien tiene ganas de matar personalmente.

—Tenemos demasiados asuntos que atender —lo interrumpe Nezahualcóyotl—, los cuales son mucho más importantes que la postura de Cuauhtlatoa y su tianguis. Debemos estar agradecidos de que alguien se está ocupando de traer alimento al cemanáhuac.

En ese momento, entra uno de los ministros, camina al centro de la sala y agacha la cabeza antes de hablar:

—Mi señor, ha llegado uno de sus espías.

—Hazlo pasar —responde Nezahualcóyotl luego de dar un suspiro. Ya no espera buenas noticias. Todo lo que le comunican sus informantes le parece desolador.

El espía se arrodilla delante del príncipe acólhua y pide permiso para hablar.

—Ponte de pie.

Nezahualcóyotl cree que ninguna persona debe permanecer de rodillas mientras habla con algún tecutli.

—Mi señor, traigo muy malas noticias. —Agacha la cabeza con tristeza y hace un nudo con sus manos—. Coyohua está muerto.

—Eso nos dijeron la vez anterior. —El príncipe chichimeca se niega a creer lo que escucha. Quiere pensar que su hombre más leal ha logrado sobrevivir a todas las adversidades, aunque sea una vez más, para poder rescatarlo, encontrarlo con vida y agradecerle por todo lo que ha hecho por él.

—Esta vez es verdad —revela el espía con tristeza—. Mis fuentes dicen que Tlilmatzin había golpeado tanto a Coyohua que creyó que lo había asesinado y ordenó que aventaran su cadáver en una barranca y cuando llegaron Teotzintecutli, Iztlacautzin y Nonohuácatl, Tlilmatzin les confesó que había matado a Coyohua, entonces los tetecuhtin de Shalco y Hueshotla decidieron mantener la mentira de que el prisionero seguía en una jaula, pero no sabían que Coyohua había sobrevivido y que fue rescatado por un par de ancianos que lo curaron y lo alimentaron por varias veintenas, hasta que él los dejó para espiar a Tlilmatzin, pues dicen los acólhuas que lo vieron rondando por el palacio, pero que nadie lo delató, porque Tlilmatzin era muy cruel con la gente y que todos querían que Coyohua lo matara y cobrara venganza por lo que le había hecho, pues el pobre caminaba todo rengo, con la espalda torcida, hasta decían que parecía culebra. Entonces, una noche Coyohua entró al palacio, asesinó a los guardias y justo cuando iba a matar a Tlilmatzin, entró Nonohuácatl y lo defendió. Dicen los espías que Nonohuácatl y Coyohua se trabaron en un combate nunca antes visto y se mataron uno al otro.

—¿Y Tlilmatzin? —pregunta Nezahualcóyotl, deseoso de que su espía le cuente que su hermano, el traidor, fue asesinado.

—También quedó muy herido, pero sobrevivió.

El heredero del huei chichimeca tlatocáyotl cierra los ojos, agacha la cabeza e inhala profundamente para contener la ira y la amargura.

—¿Y mi hermana Tozcuetzin? —Devuelve la mirada al informante.

—Dicen que esa noche Nonohuácatl llegó arrastrándose a su casa, con las tripas de fuera, como si fueran lombrices, y que justo cuando Tozcuetzin salió a auxiliarlo, se murió ahí, con una mano estirada. Tozcuetzin lo abrazó y lloró en el piso durante toda la mañana y toda la tarde, hasta que los vecinos la obligaron a soltar el cadáver para incinerarlo.

—¿Qué otra información tienes? —Se muestra indiferente ante el duelo de su media hermana a la que también considera traidora.

—Teotzintecutli e Iztlacautzin fueron a Teshcuco en cuanto se enteraron de lo sucedido y casi matan a golpes a Tlilmatzin, quien todavía seguía muy herido tras el ataque de Coyohua.

—Yo lo habría hecho —expresa Shontecóhuatl con resentimiento—. Por traidor.

—Continúa... —pide el Coyote sediento sin mirar a su medio hermano.

—Discutieron sobre el triunfo de los meshícas contra los coyohuácas —explica el informante—. Saben que Tlacaélel los agarró desapercibidos, ya que entraron sigilosamente en la madrugada, sin que nadie los viera, y esperaron a que los ejércitos se cansaran para entrar y derrotarlos. Teotzintecutli, Iztlacautzin y Tlilmatzin tienen sin guardia los altepeme conquistados. Entonces, decidieron enviar en secreto a la mitad de sus ejércitos para proteger Otompan, Chiconauhtla, Acolman, Tepeshpan, Teshcuco y Coatlíchan, para que los meshítin no los invadan.

—Eso es una gran noticia. —Nezahualcóyotl sonríe por primera vez en muchos días—. Enviaremos una embajada a Tenochtítlan para solicitar a Izcóatl que envíe la mitad de sus tropas al oriente, tal y como lo hicieron en Coyohuácan, sin que nadie se entere de ello.

—Si me lo permite, mi señor, yo me ofrezco —dice Cuauhtlehuanitzin.

—Yo también —se ofrece Shontecóhuatl.

—Estoy de acuerdo en que sean ustedes dos —responde Nezahualcóyotl—. Aunque no como embajadores. Quiero que vayan vestidos de macehualtin, para que no llamen la atención de nadie. No olviden que hay espías por todas partes. Lamento mucho tener que decir esto, pero podría ser posible que incluso aquí mismo, entre nosotros, haya un delator. —Mira cautelosamente a cada uno de los presentes, quienes se muestran indignados con las palabras del Coyote ayunado.

Terminada la sesión, los dos hermanos del príncipe chichimeca viajan a la isla, cuyos canales y calles se encuentran llenos de gente, pues han sido días de fiesta desde que las tropas meshícas regresaron triunfantes de Coyohuácan. Cuauhtlehuanitzin y Shontecóhuatl observan con atención la alegría de la población y caminan discretamente para no ser descubiertos. Al llegar al huei tecpancali de Tenochtítlan, solicitan audiencia con el tlatoani Izcóatl, quien en ese momento tiene una reunión con Tlacaélel, Ilhuicamina, los consejeros, los ministros y los capitanes del ejército. Acaban de disfrutar de un majestuoso banquete que, dentro del palacio, se ofreció a toda la nobleza, los capitanes del ejército y los soldados de alto rango. Asimismo, se sirvió comida en las calles para todo el ejército y los macehualtin. Concluidos los festejos y el banquete, el tlatoani solicitó que se preparara el cabildo.

—Mi señor, antes de ir a la guerra contra Shalco y Hueshotla debemos premiar a nuestros yaoquizque y capitanes —sugiere Tlacaélel.

—Ya se les pagó con el saqueo de Coyohuácan —responde Izcóatl.

—Sí, pero ellos merecen más que eso. Si queremos ganar esta guerra, nuestros soldados deben sentir que los estamos valorando mucho más que en cualquier otra ciudad del cemanáhuac. Debemos darles un reconocimiento que no sea material, como las plumas, las mantas y los granos obtenidos en un saqueo, incluso un banquete afuera del palacio. Si queremos ser un huei altépetl tenemos que hacerles sentir esa misma grandeza, que la porten con orgullo, que alcen la frente en todo lo alto y digan: «Yo soy un capitán del ejército meshíca tenoshca». Y que en todos los pueblos vecinos también se sepa, se les reconozca y se les tema.

—¿Qué es lo que propones? —pregunta el tlatoani, que al igual que todos los pipiltin y teopishque está muy atento a las palabras de su sobrino.

—Debemos imponernos, no sólo con los macuahuitles y nuestras lanzas, sino también con la grandeza de nuestros títulos —continúa Tlacaélel.

—Tus palabras son tan ciertas como sabias —responde Izcóatl—. ¿Cuáles son esos títulos de los que hablas, Tlacaélel?

—Propongo a Moctezuma Ilhuicamina como *tlacatécatl*: el del Tlacateco, «lugar donde se cortan los hombres». A Tlacahuepan como *ezhuahuácatl*: el de Ezhuahuanco, «lugar de las rayas de sangre». Para Cuatlecóatl el título de *tlilancalqui*: el que tiene la casa de Tílan, «lugar de la negrura». Que Cueyatzin, hijo de Huehuezácan, sea el *tezcacoácatl*: el de Tezcacóac, «lugar de serpientes de espejo». A Aztecóatl lo nombraremos *tocuiltécatl*: el de Tocuílan, «lugar del gusano». A Cáhual el grado de *acolnahuácatl acolmiztli*: el de Acolnáhuac, «lugar cerca de los hombros». Tzompántzin será *hueitiacauhtli teohua*. A Nepcoatzin lo denominaremos *temilotli*: el de Temíloc, «peinado de los tequihua». Para Citlalcóatl y Shicónoc el título de *atempanécatl*: el de Atempan, «lugar a la orilla del agua». Para Tlahuéloc la designación de *calmimilólcatl*: el de Calmimilolco, «lugar del solar». A Cuauhtzintzímitl lo ascenderemos a *huitznahuácatl* o *huitznáhuatl*: el de Huitznáhuac, «lugar de las espinas». Tlacolteutli será *quetzaltóncatl*: el de Quetzaltonoco, «lugar del pequeño quetzal». Ashicyotzin que sea el *teuctlamacazqui*. Para Ishnahuatíloc el grado de *tlapaltécatl*: el de Tlapálan, «lugar rojo». Mecatzin será el *cuauhquiahuácatl*: el de Cuauhquiáhuac, «lugar de la puerta del águila». A Tenamaztli lo designaremos *coatécatl*: el de Coatlan, «lugar de serpientes». Tzontémoc será *pantécatl*: el de Pantlan o Pantítlan, «lugar de la bandera». Y Tlacacóchtoc recibirá el título de *huecamécatl*: el de Huehuecan, «lugar viejo».[152]

—¿Y tú? —pregunta el tlatoani.

—Yo no puedo ni debo premiarme a mí mismo —responde el joven sacerdote—. Sería un acto de soberbia. Usted es quien debe hacerlo, si es que así lo desea o si es que así lo merezco.

El tlatoani y todos los miembros de la nobleza observan con atención a Tlacaélel que yace de pie en el centro de la sala, como si estuviera en medio de un juicio, que de cierta manera lo es, pues aunque no hay acusaciones de por medio ni jueces deliberando el castigo o la absolución, hay un largo silencio. Izcóatl reconoce que sin Tlacaélel no habrían logrado la derrota de Coyohuácan. Sin embargo, eso no le hace olvidar algunos acontecimientos pasados ni los

152 De acuerdo con la *Crónica mexicana*, después de la conquista de Coyohuácan, éstos fueron los títulos con los que Izcóatl y Tlacaélel premiaron a sus guerreros.

desencuentros entre ambos. Por un breve instante, el tlatoani se cuestiona si la creación de los títulos mencionados minutos atrás no son una estrategia más de su sobrino para ascender en la jerarquía meshíca. ¿Y si así fuera? El tlatoani quedaría muy mal parado ante todo su pueblo si no le otorgara un nombramiento a su sobrino Tlacaélel, el gran estratega de la batalla contra Coyohuácan, el catalizador del eshcan tlatolóyan, aunque al final no haya sido una alianza dual, algo que a la población tenoshca no le va a importar, pues el simple hecho de formar parte del huei chichimeca tlatocáyotl es un paso gigantesco, algo inimaginable cien años atrás cuando los meshítin fundaron su ciudad en una isla abandonada en la peor de las miserias. Por el momento, el tlatoani tendrá que quedarse con la duda de si esto es una nueva estrategia de Tlacaélel o si es un legítimo deseo de premiar a sus yaoquizque.

—Tlacaélel —dice Izcóatl con tono solemne al mismo tiempo que se levanta de sus tlatocaicpali—, es imprescindible reconocer la astucia con la que elaboraste el plan para atacar Coyohuácan. No podemos ni debemos olvidar eso jamás. Tu nombre quedará en los *amoshtlis,* «libros pintados», y en la memoria de Meshíco Tenochtítlan y de todos los altepeme del cemanáhuac. Tlacaélel, tú serás el nuevo *tlacochcálcatl*: el del Tlacochcalco, «lugar de la casa de dardos». —Izcóatl se dirige a todos los pipiltin—. Que sea de esta manera, preparen todo para una magna celebración y que estos nombramientos se lleven a cabo delante de todos los meshícas tenoshcas. Si es todo por hoy, vayamos a descansar, que mañana...

—Mi señor —dice uno de los ministros—, afuera se encuentra Cuauhtototzin, tecutli de Cuauhnáhuac.[153] Ha estado esperando desde la mañana.

—Y también está una embajada de Nezahualcóyotl —agrega otro de los ministros—. Son sus medios hermanos, Cuauhtlehuanitzin y Shontecóhuatl.

—No los conozco. —Izcóatl se encoge de hombros—. Hagan pasar primero al tecutli de Cuauhnáhuac.

Minutos más tarde, entra un hombre desnutrido y cansado, mas

153 *Cuauhnáhuac,* «Cuernavaca».

no por ello viejo, pues no rebasa los cincuenta años. El tecutli de Cuauhnáhuac entra a la sala con sus ministros y con una joven doncella muy hermosa, la cual avanza con la cabeza agachada.

—Mi señor —habla Cuauhtototzin con voz pausada—, antes que nada, quiero agradecer que me haya recibido y que me permita dirigir unas palabras ante usted. He venido a ofrecerle a mi hija más amada, Chichimecacihuatzin, para que sea una de sus concubinas.

Siguiendo el protocolo, la cihuapili alza el rostro para que el tlatoani la vea. Ilhuicamina la observa por un instante y dibuja una casi imperceptible sonrisa, mas no lo suficiente para que el tlatoani no se percate de ello.

—Te lo agradezco mucho, Cuauhtototzin —responde Izcóatl—. Se la cederé a mi sobrino Motecuzoma Ilhuicamina, quien a partir de mañana será nuestro nuevo tlacatécatl.

—¡Oh, mi señor! —el tecutli de Cuauhnáhuac se muestra sumamente contento—. Muchas gracias por darnos este privilegio.

La noticia de la creación del eshcan tlatolóyan entre Teshcuco, Tlacopan y Meshíco Tenochtítlan ha viajado rápidamente por todos los pueblos del cemanáhuac y aun hasta lo más lejanos, como Cholólan, Hueshotzinco, Tlashcálan, Tolócan, Cuauhnáhuac y Mishuácan.

La presencia de Cuauhtototzin no es fortuita. Él, como muchos otros tetecuhtin, sabe lo que se avecina. Por eso, antes de que su ciudad sea invadida, ha decidido presentarse y arrodillarse para ofrecer vasallaje y obediencia absoluta al tlatoani meshíca.

32

El dolor y la furia son una mala compañía; no como ésas que primero seducen con una máscara de franqueza y luego matan con una sonrisa de pedernal oscura e inexpresable, sino como los augurios funestos, áridos e insolentes, que llegan como un ciclón, derriban todo e imponen su verdad, una realidad que amarga y atormenta. Así, el anciano Nauyotzin ha tenido que convivir con la furia y el dolor que le heredaron las tres muertes de su mujer, quien una mañana fría, como todas las que hay en la cordillera, simplemente no abrió los ojos, y Nauyotzin, que acababa de despertar, le hablaba mientras se ponía su tilmatli para ir a cumplir con sus obligaciones en el gobierno de Cuauhshimalpan, pero Amacíhuatl no respondía al *Ya despiértate, mujer, se nos hará tarde,* que pronunciaba su cónyuge ni al *¿qué tienes? ¿te sientes mal?* Aquel silencio rotundo alarmó a Nauyotzin, que inquieto se adosó en el pepechtli donde yacía el cuerpo inerte de su mujer, puso la oreja en la boca y nariz de Amacíhuatl y luego en el pecho; después, le alzó los párpados para ver si había reflejos en sus pupilas y, para su tranquilidad, divisó una ligera contracción en el iris y percibió una respiración suave, que a su vez le devolvió la respiración a él mismo, que por un instante había pensado que su esposa estaba muerta. Volvió la calma. Concluyó que estaba muy cansada y, en silencio, abandonó la alcoba para no despertarla, a fin de cuentas, todavía no se asomaba la primera luz del alba en el horizonte, y se dirigió a la sala principal donde pasó gran parte de la mañana atendiendo los asuntos de gobierno, hasta que una de las fámulas solicitó permiso para hablar con el tecutli, a pesar de que lo tenían prohibido si había junta de gobierno, y le aseguró al guardia que era urgente.

—Mi ama no despierta —dijo con gimoteos y sin cumplir con el protocolo de arrodillarse, poner la frente en el suelo y pedir autorización para pronunciarse—. Ya le hablé, la moví y no responde...

—No... No... —balbució incrédulo y sonrió forzadamente—. Yo la dejé dormida esta mañana. —Tuvo dificultad para sostener la falsa sonrisa—. Tenía mucho sueño... —Sus labios se hundieron dentro de su boca chimuela—. Estaba cansada... —Se le hizo un nudo en la garganta—. Pero está bien... —Movió la cabeza de izquierda a derecha—. Sólo está cansada...

—Pero no despierta... —insistió la sirvienta con lágrimas en los ojos.

—Déjenla descansar. —Nauyotzin respiró profundo y desvió la mirada para no contagiarse con el sollozo de la criada.

—Voy a ver a mi madre —espetó Chalchiuh y abandonó la sala. Nauyotzin caminó detrás de su hijo, con un revoltijo de emociones gorgoreando dentro de él, que no sabía si culparse a sí mismo por no haber llamado a un curandero desde la madrugada o guardar la calma y esperar a que su esposa reaccionara, abriera los ojos, se levantara apurada de su pepechtli, como lo había hecho en los últimos cuarenta y tres años, y se fuera directo a la cocina para preparar el desayuno con sus sirvientas, pues Nauyotzin no tenía concubinas, jamás sintió el deseo de compartir su vida con otra mujer que no fuera Amacíhuatl, quien nunca terminaba de sorprenderlo ni de enamorarlo y, por eso, sólo por el maravilloso privilegio de estar felizmente enamorado de ella, había decidido dedicarle su vida entera, algo que en el cemanáhuac, especialmente entre los varones, era visto como una falta de hombría, en especial a los pipiltin —pues un macehuali no tenía que preocuparse por ese tipo de críticas, ya que al ser pobres no podían mantener a más de una mujer, lo cual consistía de cinco a doce hijos—, pero un pili sí podía, o mejor dicho, *debía* tener diez, quince, veinte o cuarenta concubinas y más de cien hijos, de lo contrario era criticado ampliamente: que si al tecutli no se le para, que si la tiene muy chiquita, que si no puede con una mujer, menos podrá con dos, que si le gustan más los hombres, que si prefiere que se la metan en lugar de meterla, y más, porque eran hombres y así habían sido educados y así educarían a sus hijos y a sus nietos y éstos a sus demás descendientes hasta el fin de su raza y, quizás, de la humanidad.

—¡Nantli! —Chalchiuh la tomó de los cachetes y le zarandeó la cara—. ¡Nantli, despierta!

—Está respirando —dijo Tlapilcíhuatl, esposa de Chalchiuh.

Mientras tanto, Nauyotzin contemplaba con desconsuelo la imagen que lo quebraría por siempre y lo dejaría paralizado en el tiempo.

—¡Vayan por un curandero! —ordenó Chalchiuh a las sirvientas. Luego, cargó a su madre, la llevó a la cocina, la acostó en el piso, tomó una jícara llena de agua y se la derramó en la cara, a lo cual Amacíhuatl no respondió siquiera con un suspiro.

—¡Nantli! ¡Nantli! —Tlapilcíhuatl le alzó los párpados—. ¿Me escuchas? ¿Puedes verme?

Pero Amacíhuatl no respondía, igual que Nauyotzin, quien no se atrevía a preguntar qué estaba sucediendo, ni mucho menos intentaba dar instrucciones, como debía hacerlo por ser el tecutli de Cuauhshimalpan y permaneció de pie frente a su esposa, sin hablarle, y la contempló de lejos, como si con ello pudiera despertarla de forma mágica y de súbito todo regresara a la normalidad, esa misma normalidad que lo había hecho sumamente feliz por cuarenta y tres años, y que como una tea se había apagado de pronto, sin explicación, pues ni el curandero supo qué le había ocurrido a Amacíhuatl, sólo se limitó a decir que estaba viva, que respiraba, que su corazón funcionaba, que sus ojos respondían y nada más.

—¿Y cómo la vamos a alimentar? —cuestionó Chalchiuh, desconcertado ante la tragedia que caía sobre su familia—. ¿Cómo va a beber agua?

—No creo que pueda comer cosas sólidas —respondió el curandero—. Tal vez puedan darle agua, pero no sé si la trague.

—¿Eso significa que morirá de hambre? —preguntó Tlapilcíhuatl con los ojos rojos.

—Es posible. —El curandero agachó la cabeza, muy apenado por no tener mejores respuestas.

Chalchiuh llevó a un sinnúmero de curanderos para que revisaran a su madre, pero ninguno consiguió proveer una cura. Algunos intentaron todo tipo de remedios, desde los más simples hasta los más extremos. Incluso llegaron a realizar sacrificios de animales o de personas.

Mientras eso pasaba, Nauyotzin permaneció día y noche sentado junto a su esposa, dándole pequeños sorbos de agua, así como caldos y brebajes, lo que fuera para mantenerla viva, algo que no pudo prolongar por más de diez días, en los cuales Amacíhuatl se convirtió en un rimero de huesos.

—Está muerta —dijo Tlapilcíhuatl la mañana en que los pulmones de su suegra dejaron de inflarse y sus ojos perdieron el brillo, pero el tecutli de Cuauhshimalpan no hizo caso a las palabras de su nuera e intentó darle otro sorbo de agua a su esposa, que ya se encontraba fría.

—Taita —Chalchiuh intentó consolar a su padre—. Mi nana está muerta. —Le colocó las manos en las mejillas y dirigió su arrugado rostro hacia el suyo para ver sus ojos, que se negaban a derramar una sola lágrima—. Ya se fue. Mi nana ya no está. ¿Lo entiendes? ¿Lo entiendes?

—Hace frío. —Nauyotzin se frotó los brazos—. Ordena a las sirvientas que traigan una manta para tu madre.

—Taita, ella ya está muerta. —Tlapilcíhuatl lo abrazó.

—¿De qué hablas? —Dibujó una sonrisa con dificultad—. Está durmiendo...

—Taita... —Chalchiuh derramó un par de lágrimas—. Lo siento mucho, pero... —Entonces su esposa le hizo una señal con la mirada para que ya no dijera una palabra más y permitiera que su padre transitara su duelo en silencio, junto a su esposa, para que al día siguiente se llevaran a cabo las exequias, algo que no ocurrió la siguiente noche ni las veintenas ni los tres años posteriores, en los que el tecutli de Cuauhshimalpan no derramó una sola lágrima y se acomodó a la vida con el cadáver, cada día más putrefacto, hasta la madrugada en que Chalchiuh lo lanzó a la hoguera como un trozo de leña y Nauyotzin tuvo que ver morir a su esposa por tercera ocasión, sólo que en esa última ya no hubo vuelta atrás, ya no había cuerpo al que acariciar cada mañana y adornar para que se viera hermosa en los banquetes, ni nadie con quien hablar antes de dormir; solamente le quedaba el dolor y la furia de saberse completamente solo, pues de los ocho hijos que habían tenido él y Amacíhuatl, los primeros dos (gemelos) habían muerto en un parto prematuro, el tercero a las dos veintenas de nacido por muerte súbita, el cuarto de una neumonía a los seis años, el quinto de diarrea a los tres años, el sexto y el séptimo murieron adolescentes en el campo de batalla, únicamente Chalchiuh llegó a la edad adulta, sin embargo, para Nauyotzin ya no le quedaban hijos vivos y así se lo gritó la madrugada en que lo despojó de lo más hermoso de su vida y lo lanzó a la hoguera delante de los tetecuhtin aliados: «¡Estás muerto para mí! ¡Yo ya no tengo hijos!», y se fue caminando con pasos lentos al interior del palacio sin despedirse de nadie, y se encerró en su alcoba todo ese día y al caer la noche salió a la azotea y, por un breve instante, caminó hasta el borde que daba a un profundo barranco y caviló en lanzarse, pero claudicó, no por una cobardía indomable, sino por la voz de su mujer que le llegó en una reminiscencia fugaz, en la que le pedía que nunca renunciara a vivir y que jamás se diera por vencido ante las adversidades, pues sin importar que tan duras fuesen, siempre, siempre había una salida, siempre había un final en el túnel; en ese momento, el tecutli de Cuauhshimalpan, dio un paso atrás, inhaló profundo, contempló el cielo colmado de estrellas y, por fin, ¡sí!, luego de tres años pudo llorar, sollozó por la muerte de su mujer, cayó de rodillas, derramó todas las lágrimas que había guardado para esa noche fría y mencionó su nombre en silencio: Amacíhuatl, Amacíhuatl, Amacíhuatl, que significaba mujer de papel, y como un papel que se lleva el viento, la dejó ir y con ella un pedazo de su vida, que jamás volvería a ser la misma.

Los días siguientes se negó a dirigirle la palabra a su hijo, a quien deseaba echar del palacio, pero al que mantenía ahí por el respeto que le tenía a su legítimo derecho de ser el heredero del altépetl cuauhshimalpanaca. Sin embargo, Chalchiuh comía solo, pues su esposa y sus hijos se habían ido a la casa de su suegra mientras Nauyotzin se recuperaba de la muerte de Amacíhuatl, algo que podría tomar menos tiempo que el duelo anterior, pues aunque el tecutli de Cuauhshimalpan se quedaba en su alcoba, había asimilado la muerte de Amacíhuatl, ya no hablaba con ella cuando estaba en la sala principal o en su alcoba, tampoco pedía a los sirvientes que la llevaran a su lado o que le sirvieran de comer, aun así, no lograba soportar el vacío en su asiento y el silencio de comer, dormir y hacer todo en soledad. Por su parte, Chalchiuh no se dignaba a pedirle perdón a su padre ni a admitir que había hecho algo malo; a su entender, había salvado a la familia y al gobierno de Cuauhshimalpan, que se había desmoronado en los últimos tres años. Cuando se cruzaban en los pasillos del palacio, Nauyotzin se regresaba al lugar de donde había salido y esperaba a que su hijo entrara a alguna sala o alcoba, para luego seguir su camino, y si acaso, no había manera de regresar, el tecutli cuauhshimalpanaca se giraba hacia la pared para no ver a Chalchiuh, que a veces lo ignoraba y otras lo retaba con insultos: «Andas como si fueras ciego, vas a caer en un agujero». «Sólo ándate con cuidado, no vayas desvariando». «No consideres la baba y la saliva». «Acaso tu lugar de hablar no es otro que el lugar de las cuatro piedras, el lugar del metate». «Tú eres hombre, sólo alégrate o sé robusto». «Quizá ya en algo se acaba el enojo de tu palabra». «Asienta tu corazón, ya descansa».[154]

Pero Nauyotzin, que bien conocía a su hijo, no pretendía enredarse en discusiones y seguía su rumbo. «¿Me escuchaste?», disparaba Chalchiuh en medio del pasillo, como si quisiera darse de golpes con el anciano que le había dado la vida; en el fondo, lo que el heredero del altépetl cuauhshimalpanaca quería era que su padre tocara fondo, para que dejaran de ignorarse en el palacio y su esposa y sus hijos pudieran regresar para volver a ser medianamente felices, aunque no fuera como lo eran tres años atrás. Luego, se dio por vencido, continuó con sus obligaciones y se limitó a hablar con su padre únicamente cuando era absolutamente necesario.

—Tuve una reunión con Mazatzin, Coatéquitl, Shicócoc, Tozquihua, Acoltzin y Cuezaltzin en Ashoshco —informó Chalchiuh, pero Nauyotzin lo ignoró como si no hubiera nadie en la sala—. ¿Me estás escuchando?

—Tendremos que detener la tala de árboles —comentó Nauyotzin a uno de sus ministros—. Está por comenzar el invierno...

—Te estoy hablando —insistió Chalchiuh.

—Sí te escuché —respondió sin mirarlo.

—¡Sé que me escuchaste! —exclamó enojado el heredero del altépetl cuauhshimalpanaca y, en ese momento, los ministros abandonaron la sala principal—. No estás sordo, pero te haces el sordo para no hablarme, para no verme, para no enfrentar la realidad, como siempre, desde que murieron mis primeros dos hermanos, y el segundo y el tercero y el cuarto y todos. Nunca has tenido la voluntad para aceptar la muerte. Siempre te escondes, huyes de ella y con eso has huido de la vida y de mí. Me ignoraste toda mi infancia. Me has

154 Insultos de los pipiltin cuando riñen, Pablo Escalante.

despreciado toda mi vida. Me has relegado. ¿Qué hice para que me trataras así? ¿Qué te hice?

—¿Que qué me hiciste? —Se levantó de su tlatocaicpali y caminó hacia Chalchiuh—. Comencemos por el día en que lanzaste a tu madre a la hoguera. Ese día me quitaste todo lo que tenía. Me arrebataste lo más amado. Me dejaste muerto en vida.

—¡Ya estaba muerta! —gritó Chalchiuh con un arroyo de mocos escurriendo hasta el labio superior—. ¡Era un cadáver!

—¡Eso no te daba derecho a lanzarla al fuego! ¡No te correspondía a ti decidir cuándo debía quemarla! ¡Ella era mi alegría! ¡Era todo para mí!

—¿Y yo? ¿Y tus nietos? ¿Nosotros no valemos nada para ti?

—Cuando llegues a viejo entenderás...

—Explícame de una vez. ¿Qué es eso que debo entender?

—Olvídalo. —Nauyotzin le dio la espalda y caminó—. Tal vez nunca lo entiendas.

—¿Qué? —insistió Chalchiuh. Lo siguió.

—¿Alguna vez has despertado de noche y te has asustado al ver que tu mujer no está acostada junto a ti? —Se dio media vuelta y lo miró de frente—. Si no te ha ocurrido, es que no la amas tanto, no lo suficiente como para sufrir por su ausencia o por el miedo de que algo le haya sucedido mientras dormías. Yo viví eso muchas veces. La primera cuando murieron tus hermanos gemelos en medio de la noche. Desperté y no vi a tu madre. Entonces, fui a buscarla y la encontré en la cocina con dos niños muertos en el piso. Así, de pronto, nacieron y murieron. Todavía les faltaban tres veintenas. Después de eso, tu madre pasaba casi todas las noches en vela. Dormía poco y trabajaba mucho. Luego, volvió a quedar preñada. Nació tu hermano y murió cuarenta noches después. No estaba enfermo. No tenía nada. Sólo se murió. Cuando nació el cuarto hijo, tu madre pasó todas las noches junto a él. Un año después fue recuperando la confianza. Nació el quinto hijo. Ella volvió a dormir conmigo. Luego, nacieron los últimos tres. Poco después de tu nacimiento, murió tu hermano de diarrea y tres años después murió el cuarto. Amacíhuatl nunca más volvió a dormir una noche entera. Siempre era la última en acostarse y la primera en despertar. Para mí, lo peor era cuando yo despertaba y no la veía acostada junto a mí. Me paraba de inmediato y asustado la buscaba por todo el palacio. A veces la encontraba en tu alcoba, sentada junto a ti, vigilando tus sueños, cuidando tu respiración. Otras, simplemente se subía a la azotea y observaba el cielo lleno de estrellas y lloraba por tus hermanos. Yo la abrazaba y permanecíamos ahí, platicando hasta que amanecía. Varias veces me decía que nunca renunciara a vivir y que jamás me diera por vencido ante las adversidades, pues sin importar que tan duras fuesen, siempre había una salida, un final en el túnel. Tu madre era una mujer muy fuerte. Yo no tanto. Pero fingía ser más fuerte que ella. Por eso no lloraba nunca. La madrugada en que Amacíhuatl ya no reaccionó, me sorprendió que ella no se hubiese despertado antes que yo. Siempre lo hacía. Yo no recuerdo una sola mañana en la que yo me haya levantado del pepechtli y ella siguiera dormida. Sólo ésa. Recuerdo que le hablé y le dije que se nos haría tarde. Como no me respondió, me asusté y de inmediato la revisé para asegurarme de que no estuviera muerta. Estaba viva. Dormida. Por fin había dormido más que yo y eso me hizo sentir muy bien. Me dio mucha tranquilidad saber que por fin descansaba. Salí en silencio para no despertarla. Quería darle la sorpresa a media mañana y celebrar con ella que, después de tantos años, había logrado dormir una noche entera sin levantarse a la mitad de su sueño. Sin embargo, fui yo quien se llevó la terrible sorpresa. Me sentí culpable. Me sentí un tonto. Me arrepentí ese día y todos los días siguientes por no haberla despertado en ese momento. Y cuando murió, me rehusé a aceptar esa realidad. Me negué a llorar por ella. Me negué a dejarla ir, porque si lo hacía, sabía que me quedaría solo por el resto de mis días. Yo sabía que nunca más la volvería a ver, nunca más, nunca más. —Nauyotzin tenía los pómulos empapados en llanto—. Nunca más...

—Perdóname...

Nauyotzin se limpió las lágrimas y los mocos con la capa que llevaba puesta y observó a su hijo.

—¿Qué me dijiste hace rato de una junta?

—¿Qué? —respondió Chalchiuh con asombro—. Pero... Estábamos hablando de mi nantli...

—Ya hablamos suficiente.

El tecutli regresó a su tlatocaicpali. Chalchiuh hizo una mueca de enfado y negó con la cabeza mientras veía a su padre que se acomodaba en el asiento real.

—Los meshítin invadieron Coyohuácan y asesinaron a Cuécuesh —informó—. Entonces Mazatzin, Coatéquitl, Shicócoc, Tozquihua, Acoltzin, Cuezaltzin y yo decidimos mantener el bloque del poniente.

—Lo decidieron sin mí, que soy el tecutli de Cuauhshimalpan.

—Teníamos que hacerlo. No estabas en condiciones de salir y tampoco era conveniente que ellos vieran Cuauhshimalpan después de nuestra última reunión.

—Sí... —Dio un manotazo en el aire—. Continúa.

—Algunos tetecuhtin celebraron la muerte de Cuécuesh. Mazatzin pronosticó cuatro posibles desenlaces en esta guerra: uno, que Nezahualcóyotl pierda; dos, que Nezahualcóyotl gane; tres, que los meshícas lo derroten y se apoderen del huei tlatocáyotl; y cuatro, que nosotros impidamos que cualquiera de ellos gane y nos liberemos por siempre de pagar tributo.

—Eres tan ingenuo —comentó Nauyotzin—. Si tu madre te oyera...

—¿Entonces qué sugieres que hagamos? —preguntó con molestia.

—Nada —respondió el tecutli. Desvió la mirada.

—¿Quieres dejar que los enemigos nos invadan?

—Lo harán de cualquier manera. Y si nos oponemos, nos matarán como lo hicieron con el joven tecutli coyohuáca. Si ofrecemos vasallaje, por lo menos podríamos evitar que maten a nuestra gente, que quemen nuestros templos. Si bien nos va, tendríamos la posibilidad de negociar algunos beneficios, como pagar menos tributo. Hay guerras perdidas desde antes de que inicien; ésta es una de ellas. Para nosotros es una guerra perdida.

—Coatéquitl propuso que hiciéramos alianzas con los altepeme del sur —intentó defender su argumento inicial.

Nauyotzin negó con la cabeza.

—Otro ingenuo... —Negó con la cabeza.

—Nada te complace. —Dio un paso hacia atrás al mismo tiempo que extendió los brazos a los costados.

—Todos los tetecuhtin del sur son unos imbéciles, comenzando por Yarashápo. —Se tapó el cuello con el *shiuhtilmatli,* «capa azul», que llevaba puesto.

—Yarashápo está muerto…

—¿Lo mataron los meshítin? —preguntó Nauyotzin, que se cubrió la boca con el shiuhtilmatli—. ¿Por qué no han encendido el *tlécuil*?

—Se rumora que fue su amante… —soltó Chalchiuh.

—Es lo que se merecía por haber asesinado a su esposa y a sus hijos. —Dirigió la mirada a la salida, donde debía haber uno o dos sirvientes haciendo guardia—. ¡¿Qué esperan para encender el tlécuil?! ¡Me estoy helando!

—¿Los mató? —Chalchiuh ignoró el llamado de su padre a la servidumbre.

—Los quemó dentro de su palacio para quedarse con el amante. Ese tal Pashimálcatl. ¡Enciendan la lumbre!

En ese momento, dos nenenque entraron con una tea encendida para prender la leña del tlécuil.

—¿Qué más te informaron los espías? —preguntó Nauyotzin, satisfecho con el fuego que nacía en el centro de la sala principal.

—Dicen que Pashimálcatl primero dividió la ciudad de Shochimilco —explicó Chalchiuh—. Que luego Yarashápo la invadió con la mitad del ejército y que, justo cuando el capitán de las tropas iba a asesinar a Pashimálcatl, Yarashápo lo detuvo y ordenó que lo encerraran en una jaula para luego sentenciarlo a muerte y llevarlo a la piedra de los sacrificios, pero Pashimálcatl le rogó que lo perdonara y que le permitiera hablar con él a solas, y otra vez, Yarashápo lo perdonó y estuvieron aparentemente bien por varios días; pero Pashimálcatl fue tejiendo una red de artimañas, hasta que una noche o una madrugada Pashimálcatl asesinó al capitán de las tropas, llamado Tleélhuitl, y cuando Yarashápo se enteró, decidió matar personalmente a Pashimálcatl, quien ya tenía otro amante que, según dicen, es un telpochyahqui meshíca que realizaba espionaje para ellos.

Aquella madrugada Ichtlapáltic le había dado un golpe tan fuerte en la nuca a Yarashápo que éste cayó inconsciente en el piso. De inmediato, el sargento intentó asesinar al tecutli shochimilca, pero Pashimálcatl se lo impidió.

—¡No! —Le arrebató el arco y la flecha—. Si lo asesinamos en este momento, el pueblo shochimilca no me aceptará como tecutli.

—No se trata de que te acepten, sino de que te impongas como su señor. —Sacó un cuchillo que llevaba en la cintura.

—¡Dije que no! —Lo tomó de la muñeca para detenerlo, le quitó el cuchillo y lo tiró al piso—. Escúchame bien. —Le colocó la mano en la mandíbula para obligarlo a que le diera toda su atención—. No es así de simple. Estamos en guerra. Necesitamos la alianza de los *tetecúyo,* «gobiernos», vecinos. Si asesinas a Yarashápo, perdemos todos esos acuerdos. Los tetecuhtin me lo advirtieron en la última junta que tuvimos. Preguntaron mucho por Yarashápo y amenazaron con no incluir a Shochimilco en el bloque del sur si él no estaba presente en las reuniones.

—Les hubieras dicho que estaba indispuesto. —Dio un paso para atrás para soltarse de la mano de Pashimálcatl que le apretaba la mandíbula.

—Eso les comenté —respondió con preocupación—, pero no me creyeron. Incluso preguntaron si Yarashápo estaba muerto.

—Pues diles que se murió y...

—Y entonces nos invadirán —lo interrumpió con enfado— y se adueñarán de Shochimilco. —Dio un par de pasos hacia él para mantenerse cerca—. No seas torpe. Lo necesitamos vivo y que los tetecuhtin lo vean... —Hizo una pausa, bajó la mirada y se quedó pensativo por un breve instante—. Vivo, que lo vean vivo, pero que no puedan hablar con él.

—¿Qué lo vean dormido? —El telpochyahqui echó el rostro hacia el frente estirando el cuello como una tortuga.

—No. —Se cubrió la herida del hombro izquierdo con la mano—. No exactamente. Tal vez... incapacitado para hablar... —Introdujo el dedo pulgar e índice en la herida y la abrió para ver su profundidad al mismo tiempo que hizo un gesto de dolor.

—Mudo y ciego —dijo Ichtlapáltic con tono mordaz—. Le cortamos la lengua y le sacamos los ojos.

—No seas imbécil. —Se miró la mano llena de sangre y volvió a tapar con esa misma mano la herida del hombro.

En ese momento, Yarashápo abrió los ojos sin hacer ruido. Contuvo la respiración lo más que pudo, observó detenidamente su entorno y se mantuvo en silencio.

—Lo mejor será que siga manipulándolo.

—Pobre idiota...

—El problema es que a partir de hoy no será tan sencillo. La forma en que me miró era muy diferente a como lo hacía antes. Nunca lo había visto tan enojado y resentido conmigo. Le enfureció que haya matado a Tleélhuitl.

—Cometiste un error al confesárselo.

—Si no le hubiera dicho, él habría investigado y lo que menos nos convenía era que hiciera preguntas y recuperara el tecúyotl.

Yarashápo vio un cuchillo en el piso, muy cerca de su mano.

—¿Y qué crees que hará a partir de hoy? —preguntó el telpochyahqui con un gesto de obviedad e ironía—. Investigará y te enviará a la piedra de los sacrificios. Ya no será el mismo de antes. Ya descubrió tus intenciones. Matémoslo de una vez.

En ese instante, el tecutli shochimilca alcanzó el cuchillo, jaló aire y se impulsó para levantarse del piso lo más rápido posible.

—¡Te voy a matar! —amenazó a Pashimálcatl al mismo tiempo que se fue contra él.

Ichtlapaltic se fue contra Yarashápo y lo derribó a golpes, pero el tecutli shochimilca logró quitarse al telpochyahqui, lo puso de espalda al suelo, se le sentó a horcajadas en el abdomen y le surtió una larga retahíla de puñetazos en el rostro mientras le decía:

—Tuviste suerte. —Cuatro golpes—. Pero no lograrás. —Cuatro más—. Tomarme descuidado. —Dos puñetazos más—. Otra vez.

Al mismo tiempo, Pashimálcatl recogía el arco y la flecha y observaba con asombro la habilidad de Yarashápo para pelear, ésa que parecía haber perdido hacía años, desde que había ido a la guerra. El shochimilcatl tecutli estaba muy concentrado en la golpiza que le estaba propinando al telpochyahqui, de espaldas a Pashimálcatl. Era blanco fácil. Sólo faltaba disparar la flecha. Titubeó. Ése jamás había sido su plan. Tenía claro que si mataba a Yarashápo lo perdería todo. Entonces, rumió otro plan: asesinar a Ichtlapaltic y culparlo de todo. Decirle al tecutli de Shochimilco que ese espía meshíca había matado a Tleélhuitl y que él era el traidor. Total, concluyó, ya había logrado seducir a Yarashápo muchas veces y lo había convencido de vicisitudes inverosímiles, una más, quizá sería difícil, tal vez, mucho más de lo razonable, pero no imposible. Si tenía que elegir entre un telpochyahqui y un tecutli, la respuesta era más que obvia. Yarashápo dejó de machacarle el rostro al sargento al ver que éste ya estaba inconsciente, casi muerto. Entonces, se puso de pie y caminó hacia Pashimálcatl, que seguía con el arco y la flecha apuntando hacia él.

—Te di todo —dijo Yarashápo con la cara y los puños teñidos de sangre.

—No fui yo fue él. —Mantuvo el arco en posición de ataque.

—¿De qué hablas? —Siguió caminando sin miedo.

—Ichtlapaltic asesinó a Tleélhuitl... —Estiró la cuerda del arco.

—Basta de mentiras. —Extendió los brazos a los lados mientras caminaba hacia Pashimálcatl.

—Él fue quien intentó matarte. —Bajó el arco y la flecha—: Yo no...

—Cobarde. —Negó con la cabeza.

Pashimálcatl levantó el arco y apuntó con la flecha, pero se mostró dudoso.

—Si vas a matarme, hazlo de una vez. —Caminó hacia Pashimálcatl que estaba dando pasos hacia atrás.

—Yo te amaba... —espetó Pashimálcatl, pero luego corrigió—: *ni mitz tlazotla,* «te amo».

—Ya no vas a engañarme... —Se encontraba justo delante de él.

—Nunca te engañé... —No se atrevió a dispararle.

—Basta de mentiras. —Le arrebató el arco, lo lanzó al piso y comenzó a golpear a Pashimálcatl que al inicio no se atrevía a meter las manos, pues bien sabía que al hacerlo estaba aceptando la culpa y respondía al combate.

Luego de una decena de golpes en el rostro, Pashimálcatl se cansó y se defendió. Por un largo rato, ambos se batieron a duelo a puño cerrado. Hasta que el tecutli de Shochimilco quedó tendido en el suelo. Pashimálcatl recuperó el arco y la flecha y disparó sin dudarlo. El proyectil dio certero en el corazón de Yarashápo, que miró con desolación al hombre que más había amado en la vida, por quien había cometido atrocidades inimaginables. Ahí terminó la vida de un hombre que no supo controlar su voluntad y sus arrebatos.

Pashimálcatl observó el cadáver por un largo rato, mientras pensaba qué hacer. No podía quemarlo, pues sería visto por los soldados y por los shochimilcas. Tampoco podría enterrarlo. Estaba a punto de amanecer. Poco antes de la luz del alba, despertó a su amante, quien seguía con la nariz rota, los ojos inflamados y la dentadura destrozada. El joven telpochyahqui tuvo dificultad para reaccionar. Luego de un rato, se sentó en el suelo, se llevó las manos a la boca despedazada, se tocó las encías donde ya no había dientes, después se frotó suavemente la nariz y preguntó qué había ocurrido.

—Yarashápo casi te mata —dijo Pashimálcatl, que se encontraba de pie.

—¿Lo mataste? —preguntó con un tono que asemejaba la voz de un anciano.

—No, fuiste tú. —Hizo un gesto de admiración.

—¿De verdad? —Alzó las cejas y se llevó las manos a la cabeza tratando de recordar lo que había sucedido. Se sentía aturdido, cansado y somnoliento.

—Sí. Me sorprende tu capacidad para pelear. —Pashimálcatl incrementó el entusiasmo en sus palabras.

—No recuerdo nada. —Cerró los ojos, que apenas si podía abrir.

—Yarashápo me estaba golpeando y llegaste tú, me defendiste y lo mataste —explicó Pashimálcatl al mismo tiempo que simuló la batalla.

—¿Estás diciendo la verdad? —Se tocó el rostro mallugado y liberó un quejido de dolor.

—¿Por qué te mentiría? —Se sentó en cuclillas, colocó los antebrazos en sus piernas, dejó las manos colgando y miró al sargento con emoción.

—No lo sé —respondió el telpochyahqui con incredulidad—. ¿Y ahora qué vamos a hacer?

—Le vamos a decir a los shochimilcas que vino un guerrero meshíca y asesinó a Yarashápo. —Le puso las manos en los hombros.

—Es una buena idea. —Intentó sonreír.

—Les vamos a decir a todos que tú me defendiste… —Lo señaló

con el dedo índice—. No... —Negó con la cabeza y corrigió—: Que tú nos defendiste a mí y a Yarashápo... pero que el asesinó escapó.

—Sí. —Afirmó con la cabeza y una sonrisa tonta.

—Acuéstate aquí. —Le ayudó a volver al suelo—. Disimula que estás inconsciente. Yo saldré a pedir ayuda. Voy a gritar. Gritaré mucho. Todo será muy exagerado. Voy a alborotar a los shochimilcas. Escucharás mucho ruido en las calles. Necesitamos que nos crean. Pero no te muevas. No te levantes de ahí, ni siquiera cuando entren a rescatarte. Deben verte muy mal herido para que crean que tú me salvaste. Luego, serás mi concubino. Gobernaremos juntos esta ciudad.

—Aquí permaneceré —prometió, y permaneció acostado bocarriba.

—Mejor acuéstate bocabajo —dijo Pashimálcatl y lo ayudó a voltearse—. Así, que parezca que estás casi muerto. Voltea tu rostro hacia el muro, para que no te vean con los ojos abiertos cuando entren.

—Pero... Ay, ay... —Se quejó—. En esta posición me duele mucho la cara.

—Lo sé. —Le acarició el cabello—. Haré todo lo posible para regresar pronto a que te curen las heridas. Espera... Descansa...

—Sí, sí —respondió el telpochyahqui—. Esperaré. Aprovecharé el tiempo para descansar.

Pashimálcatl salió al patio del palacio y encontró a cuatro soldados haciendo guardia.

—¡Auxilio! —gritó desesperado—. ¡Auxilio! ¡Auxilio! ¡Auxilio!

—¿Qué le ocurre, mi señor? —preguntaron asombrados al ver a Pashimálcatl con el cuerpo y el rostro bañados en sangre.

—¿Dónde estuvieron todo este tiempo? —los regañó.

—Aquí. —No sabían qué responder.

—¡Mataron a Yarashápo! —exclamó fingiendo cólera y sufrimiento.

—¿Quién? —preguntaron como tontos.

—Un sargento meshíca. —Respiró agitado para darle mayor credibilidad a su actuación—. Traigan a todo el ejército, a todos los ministros, a los miembros del Consejo y a todos los shochimilcas. Háganlos venir de inmediato. ¡Apúrense!

—¿Y el asesino? —cuestionó uno de ellos, aún desconcertado.

—¡Hagan lo que les ordené! —gritó.

Los soldados obedecieron y, minutos más tarde, llegó todo el ejército meshíca, los ministros, los consejeros y una gran parte de la población.

—¡Rodeen el palacio! —ordenó Pashimálcatl a los soldados—. ¡No permitan que nadie salga!

—¿Qué ocurrió? —interrogó uno de los ministros—. ¿Es verdad lo que nos acaban de informar?

—Entró un soldado meshíca y nos atacó a mí y a Yarashápo.

—¿Cómo pudo ocurrir algo así? —intervino otro tecpantlácatl—. ¿Dónde está el asesino?

—Está ahí adentro. —Pashimálcatl apuntó con el dedo hacia el palacio—. Herido. —Fingió que le faltaba el aire—. Lo dejé en el piso. —Se dirigió a los capitanes del ejército—: Entren en silencio hasta la sala principal y maten a ese hombre. ¡Mátenlo! —gritó desesperado—. ¡Mátenlo! ¡Mátenlo! ¡Qué pague por lo que le hizo a nuestro amado tecutli!

Pashimálcatl intentó llorar, pero agachó el rostro al no poder derramar ni una sola lágrima.

De inmediato, los soldados se introdujeron en el palacio y sin darle tregua a Ichtlapáltic, quien no tuvo tiempo de levantarse del piso, lo inundaron con una lluvia de flechas que le perforó todo el cuerpo. Al tener la certeza de que el hombre estaba muerto, entraron y descubrieron el cuerpo de Yarashápo que, con una flecha en el pecho y los ojos muy abiertos, mostraba haber sentido asombro en el momento de morir.

Los soldados sacaron ambos cadáveres y los exhibieron públicamente. Los pobladores, que para esas horas de la mañana ya habían rodeado el palacio, comenzaron a protestar por el asesinato de Yarashápo, por lo que el ejército tuvo que calmarlos.

—¡Shochimilcas! —gritó Pashimálcatl desde la entrada del palacio—. ¡Los meshícas han asesinado a nuestro amado Yarashápo! ¡No debemos permitir que esto quede sin castigo! ¡Cobremos venganza contra los meshítin por este agravio!

—¡Que mueran los meshícas tenoshcas! —exclamó enardecida la multitud.

33

Treinta y ocho años después, en su lecho de muerte, con un barullo de enfermedades, pero lúcida y serena, la esposa del tlatoani Motecuzoma Ilhuicamina, le contaría a su hija Atotoztli la manera en la que llegó por primera vez al palacio de Tenochtitlan: «Recién había cumplido trece años de edad cuando mi padre me ofreció como tecihuápil, "concubina", al tlatoani Izcóatl, pero él, por ser ya de edad madura, decidió que yo fuese entregada a su sobrino, recién nombrado tlacatécatl. Con esto, se creó entre Meshíco Tenochtítlan y Cuauhnáhuac un pacto de paz, que años más tarde rompió Tlacaélel. Pero aquel día —que bien recuerdo era el día *ce ozomatli,* "uno mono", de la veintena de *tititl* del *ome cali shíhuitl,* "año dos casa: 1429"—, el tlatoani Izcóatl le respondió a mi padre sin entusiasmo: *Te lo agradezco mucho, Cuauhtototzin. Se la cederé a mi sobrino Motecuzoma Ilhuicamina.* Tu padre y yo no hablamos en ese momento, Atotoztli. Nunca nos habíamos visto. Él era mucho mayor. Yo, como es digno y obligación de una cihuapili, permanecí con la cabeza agachada para demostrar que no andaba por ahí ofreciéndome con los hombres y tampoco les sonreía como una *macehualtótli,* "macehualucha". El tlatoani y mi padre hablaron unos minutos sobre asuntos de sus gobiernos que entonces yo no comprendía, pues había pasado mi vida en la cocina. Después tu abuelo se despidió de mí, me tocó la mejilla, sonrió con melancolía y me dijo que fuera sumisa, que respetara al hombre de la casa y nunca le levantara la voz, aunque él no tuviera la razón, que fuera acomedida, que cuidara de la casa y de mis hijos, que honrara a los abuelos y a nuestra tierra cuauhnahuáca y salió del palacio muy contento, no por mí, sino porque había apalabrado el amparo de nuestra gente cuauhnahuáca, y me dejó ahí, sola, inmensamente sola. Después, el tlatoani ordenó a un sirviente que me llevara al *tlacualchihualoyan,* "cocina", donde una decena de *tlacualchiuhque,* "cocineras" preparaba *necuhtamali,* "tamales de miel", *shocotamali,* "tamales de frutas", atoli y cacáhoatl para la cena de esa noche. *Ella es Chichimecacihuatzin, hija del tecutli de Cuauhnáhuac* —dijo el hombre junto a mí desde la entrada de la cocina y al instante las mujeres interrumpieron lo que hacían—. *A partir de hoy será la nueva concubina del tlacatécatl, Motecuzoma Ilhuicamina.* Todas me saludaron con afecto, excepto una, Cuicani».

Como si todas las angustias de Cuicani no eran suficientes, la llegada de una nueva concubina no sólo la desplazaba de su casi disuelto matrimonio, sino que también pronosticaba soledad y un fondo de tinieblas a la melancolía por venir.

—Compartirás alcoba con Cuicani —le explicó el nenenqui a la cihuapili cuauhnahuáca.

—¿En mi casa? —preguntó Cuicani inquieta.

—No —respondió el hombre—. El tlatoani Izcóatl dio instrucciones de que a partir de hoy el nuevo tlacochcálcatl y el nuevo tlacatécatl vivan en el palacio con sus concubinas e hijos, pero en otras alcobas.

—¿Y quién es el nuevo tlacochcálcatl? —cuestionó Cuicani, sin detenerse un instante a intuir la respuesta.

—Tlacaélel...

Aquella noticia le revolvió el estómago a la joven esposa, quien llevaba varios días sintiéndose miserable. Todo había iniciado con el anuncio de que los meshítin por fin rescatarían a Ilhuicamina, novedad que habría entusiasmado a cualquier otra mujer en su lugar, sin embargo, Cuicani no tenía nada que celebrar, sino todo el contrario. Aunque nunca se lo había manifestado a nadie, en el fondo, deseaba que Motecuzoma no sobreviviera al encierro en el que había permanecido en las últimas veintenas, para que no se enterara nunca de que su esposa se había preñado de otro hombre y ella quedara viuda, lo cual implicaba, de acuerdo con las leyes y costumbres, que se convirtiera en concubina de algún hermano del difunto, quien se haría cargo de ella y de su hijo, pero como eso no ocurrió, no le quedó otra más que aguzar sus mejores argumentos para cuando llegara el nada deseado reencuentro, un instante que imaginó perturbador, atestado de gritos, insultos, reclamos y golpes; y otras veces lo pronosticó doloroso, colmado de llanto, ruegos, silencio y abandono, pero nada de eso ocurrió. Ilhuicamina entró a la casa, la miró con indiferencia, de la misma forma en que se ven los enseres, sin percatarse de su presencia, y pidió que le prepararan el baño, algo que Cuicani asumió a modo de preámbulo para un largo rapapolvo, que tampoco llegó, pues su esposo simplemente pidió de cenar y, luego, comió sin pronunciar una palabra, sin preguntar sobre la enorme panza que cargaba su mujer, quien tampoco tenía intenciones de hablar del tema en ese momento asfixiado en el silencio y una calma incómoda, como si nada hubiera acontecido en esas largas veintenas, como si sólo hubiesen transcurrido dos o tres días desde aquel lejano amanecer en el que Ilhuicamina salió rumbo a Coyohuácan para asistir a un banquete que les había ofrecido Cuécuesh a los meshícas en una falsa ofrenda de paz.

—¿Quieres más? —preguntó Cuicani cuando Ilhuicamina terminó de comer cuatro porciones grandes de *huesholotlmoli,* «mole con carne de guajolote», y más de veinte *tlashcalis,* «tortillas».[155]

—Voy a dormir. —Bostezó, se puso de pie y caminó a su pepechtli, donde se acostó bocabajo, sin quitarse el tilmatli y los cactlis, y cayó en un profundo sueño.

Cuicani lo observó toda la noche, sin dejar de pensar en lo que él le diría a la mañana siguiente luego de haber recuperado fuerzas y estar dispuesto a hablar. «Seguramente es eso. Está muy cansado», concluyó e intentó dormir junto a él, pero no lo consiguió, incluso trató de abrazarlo, pero sintió que estaba tocando a un extraño. Sabía que algo no andaba bien. Imaginó la conversación entre los hermanos en su camino de regreso a Tenochtítlan y conjeturó que Tlacaélel había aprovechado todo ese tiempo para hablar mal de ella, para manipular a su gemelo, como lo había hecho toda la vida y seguramente le habría contado cómo se conocieron años atrás, cuando ella era apenas una niña y él la había seducido con facilidad, diciéndole que él era Motecuzoma Ilhuicamina y que el otro, el imbécil que no conocía, era Tlacaélel, siempre callado, circunspecto, con la mirada ausente, como si no comprendiera dónde estaba parado, al que casi nadie le ponía atención porque desde que eran niños los cuidados y las preocupaciones de su padre eran para Chimalpopoca y él había aprendido a vivir en las sombras, en silencio, en soledad. En cambio,

155 *Huexolotlmolli,* «mole con carne de guajolote». *Molli,* «manjar, guisado o mole». *Huexólotl,* «guajolote». *Mazamolli,* «manjar de carne, guisado o potaje de venado». *Michmolli,* «manjar de pescado o potaje de pescado». *Tlaxcalli,* «tortilla».

el *Motecuzoma* de Cuicani era atrevido, sagaz, vulgar cuando quería, pero gracioso, tanto que ella no podía parar de reír si estaba con él, o cuando iban juntos al bosque y se perdían hasta que se consumía la tarde y ella tenía que regresar a su casa para no ser descubierta, pues una cihuápil no debía andar por ahí coqueteando con hombres y mucho menos cogiendo en medio del bosque como una perra en celo y en posición de cuatro gritando: ¡sí!, ¡sí!, ¡así, métemela! Y no conforme con ello, se volteaba y le surtía dos, tres, cuatro cachetadas a su amante, ¡toma!, para que aprendas a cogerme como es debido, y lo montaba de frente al mismo tiempo que le mordía los labios y la lengua, y le jalaba el cabello, como si quisiera arrancárselo cada vez que la sentía hasta adentro, pero eso no era suficiente, necesitaba más, mucho más, siempre más, muérdeme las tetas, así, fuerte, y le enterraba las uñas en la espalda, hasta que las yemas de los dedos se empapaban de sangre, misma que se lamía delante de él, quien también se excitaba al verla tan agresiva, y entonces la flagelaba con algún pedazo de cuero de venado o con los cintillos de sus cactlis o lo que tuviera a la mano para darle en la espalda o en las nalgas, siempre y cuando no hiciera marcas, algo que a él no lo dejaba del todo satisfecho, pues quería asfixiarla, apretarle el cuello y mirarla a la cara hasta que sus ojos estuvieran a punto de brotar. ¡No!, le decía Cuicani, sin detener el ritmo, no me aprietes el cuello, se van a dar cuenta en mi casa, y se empinaba para que su amante la nalgueara con todas sus fuerzas, como si quisiera reventarle las nalgas, y le lamiera el culo, y le metiera toda la lengua, hasta adentro y luego los dedos, mételos todos. Con el paso del tiempo, ella pidió que la ahorcara, pero con las manos, le dijo, y cuando su Ilhuicamina comenzó a apretarla ella sintió como si un ejército de hormigas circulara por toda su piel, todas en la misma dirección, y luego de regreso y la falta de aire, le hirvió la sangre, su cuerpo se tensó y, de pronto, dentro de ella se liberó una catarata de lubricidad, como si se estuviera meando, pero desde los senos y el abdomen, que en lugar de ir en picada hacia abajo, viajaban hacia arriba, hasta llevarla a la cúspide del placer, ya luego buscaba la manera de ocultar las marcas en el cuello. Aquel Ilhuicamina que Cuicani había conocido era una bestia en el sexo, y el Ilhuicamina con el que se había casado era un buen amante, pero demasiado pacífico para los modos de aquella jovencita que nunca pudo recordar en qué momento había adquirido el placer de coger con rasguños, cachetadas, patadas, mordiscos y ahorcamientos; sólo se descubrió haciéndolo cada día con más placer y con mayor urgencia, como si ésa fuese su única manera de alimentarse y llenar su cuerpo de energía. Su vida habría sido perfecta si Tlacaélel no la hubiera engañado, si jamás la hubiera obligado a casarse con su hermano gemelo, pues ella habría aceptado ser su esclava sexual por el resto de su vida. Ahora, no le queda más que seguir el juego, ese maldito juego que le impuso Tlacaélel, un juego que Cuicani no termina de entender. ¿Está invitada a jugar con él o acaso ella es el juguete? ¿Cuándo terminará ese juego? ¿De qué se trata? Muchas veces ha intentado descifrarlo y otras veces ha pensado en ignorarlo, pero no ha sido posible, ella sigue atada a él, esclavizada de todas las formas posibles, mientras que él disfruta sin preocupaciones. También ha cavilado en confesarle todo a Ilhuicamina, decirle todo, obligarlo a que la escuche, aunque le tome una noche entera o dos o tres, pero que le quede bien claro que ella fue engañada igual que él, que ambos fueron manipulados; luego, se detiene a analizar todo eso que planea e intuye que no será tan sencillo, primero porque no conoce a Ilhuicamina, no sabe qué tan leal es a su hermano Tlacaélel, tampoco tiene claro qué haría ante tal confesión, bien podría ignorarla o, peor aún, llevarla a juicio, exponerla ante todos los tenoshcas y acusarla de adulterio. Por lo mismo, decidió no hacer nada al respecto y optó por esperar y tomarse el tiempo de conocer a Ilhuicamina, quien desde que regresó de Coyohuácan no se ha mostrado interesado en hablar con Cuicani, como si ya lo supiera todo o presintiera algo, por lo menos así lo siente ella, que no pudo dormir en toda la noche, nada más de pensar en lo que Ilhuicamina le diría. Para su sorpresa, antes de que saliera el sol, su esposo ya se había levantado y preparado para salir. Cuicani fingió que estaba dormida y lo observó desde su pepechtli, con la esperanza de que él le dirigiera la palabra, pero eso no ocurrió.

—¿Te espero para comer? —preguntó Cuicani al ver que Ilhuicamina salía sin despedirse.

—No —respondió—. Voy a estar todo el día en el palacio.

—¿Te acompaño? —cuestionó Cuicani a manera de súplica.

—¿A dónde? —No volteó a verla.

—Al palacio. —Lo miraba con temor.

—No puedes ir a una reunión con el tlatoani. —Caminó a la salida.

—Lo sé —insistió—, pero puedo ayudar en la cocina. —Era una práctica común que cuando las mujeres iban de visita a una casa, ayudaban en la cocina, pero Ilhuicamina no había pensado en eso al responderle que no podía entrar a la reunión con el tlatoani. En verdad, estaba ignorando a su esposa y no estaba pensando en lo que decía—. Hoy servirán el banquete para los soldados.

—Si quieres ve… —Tenía la mirada dirigida hacia la calle.

—¿Me esperas? —Sonrió como el condenado a muerte que acaba de ser perdonado y liberado, y se apresuró a buscar un huipil adecuado para ir al palacio.

—No. —Se marchó.

Lo cierto es que Cuicani no tenía deseos de acompañarlo a ningún lado, sino cerciorarse de que Tlacaélel no le llenara la cabeza de bazofia, por eso, salió detrás de su esposo, aunque no tuviera nada qué hacer en el palacio, aunque su único deseo en ese instante fuera largarse de ahí e irse a vivir a algún pueblo donde nadie la conociera y pudiese tener a su hijo sola y olvidarse de todos y de todo y cerrar los ojos y volver a la calma en la que vivía mucho antes de conocer a Tlacaélel, quien a esas alturas, según las conjeturas de Cuicani, estaría gozando al imaginar el suplicio por el que ahora atravesaba.

—Espérame —le dijo a Ilhuicamina mientras caminaba detrás de él.

—Espero… —Se detuvo de tajo, bostezó y permaneció ahí, con la mirada ausente.

—¿Estás…? —Interrumpió su pregunta, pues no sabía si sería correcto cuestionar si se sentía bien o si sería contraproducente indagar si estaba enojado. Entonces, pensó en las respuestas predecibles: «Sí, estoy mal, permanecí mucho tiempo encerrado en una jaula» o «Sí, estoy enojado, porque mientras estuve ausente mi mujer estuvo cogiendo con quién sabe cuántos hombres y se embarazó».

—Estoy… ¿qué? —preguntó Ilhuicamina y miró a su esposa sin mucho interés.

—Nada. —Agachó la cabeza y estuvo a punto de decirle que se regresaría a la casa—. Nada.

—Entonces sigamos, porque se hace tarde —respondió Ilhuicamina y siguió su camino.

—Sólo quiero saber cómo te sientes. —dijo Cuicani, que caminaba con dificultad detrás de él.

—Bien. —respondió indiferente.

—¿Sólo bien? —Se frotó el enorme vientre.

—Sí. Estoy vivo. —Se encogió de hombros sin detener el paso—. No estoy herido, puedo caminar, puedo hablar. Me siento bien.

—Pero no me hablas. —Estaba resuelta a hablar con él antes de que entrara al huei tecpancali y Tlacaélel le contara la historia a su manera.

—¿De qué quieres que hable? —Dirigió la mirada al canal de agua que había a un lado de la calle donde se encontraban y que llevaba al Recinto Sagrado.

—De ti, de mí, de nosotros. —Tenía una mano en la espalda baja y otra en el vientre.

—No sé de qué hablar. Nos casamos y días después fui a Coyohuácan y me mantuvieron encerrado en una jaula. No sé qué decirte. No hacía nada. Estuve todo el tiempo amarrado a un palo de la jaula. No podía caminar, sólo me movía para mear y cagar. No tengo nada de qué hablar. No necesito hablar de eso.

—Podríamos hablar de nuestro matrimonio y de nuestro... —Dirigió la mirada a su panza.

—¿De qué quieres que hablar? —Ilhuicamina observó una canoa que circulaba por el canal.

—Del hijo que estoy esperando... —Hizo una pausa y agregó—: De tu hijo. —Lo buscaba con la mirada, pero él seguía enfocado en la canoa.

—¿Cuándo va a nacer? —Sonrió y cambió la conversación—. Yo lo conozco. El que va en la canoa es un amigo mío. Jugábamos cuando éramos niños. —Alzó los brazos para llamar la atención del remero.

—Es tu hijo. —Cuicani se postró frente a Ilhuicamina para recuperar su atención.

Ilhuicamina seguía con la mirada fija en la canoa que se alejaba; luego, siguió su camino sin responder a las palabras de Cuicani.

—¿Me escuchaste? —Le puso una mano en el brazo para detenerlo.

Se detuvo, la miró a la cara y contestó:

—Sí.

—Este hijo es tuyo —espetó mirándolo fijamente a los ojos.

—Cuando nazca —respondió con claridad y siguió caminando—, se lo ofrendaremos al dios Tláloc por haberme mantenido con vida.

—¡No! —exclamó Cuicani en voz alta y se llevó las manos al vientre a manera de defensa.

—Cada año se le ofrendan niños a Tláloc —explicó, sin detener el paso, como si se tratara de un banquete o algo de menor importancia.

—¿Qué te dijo Tlacaélel? —Lo miró furiosa y apretó los dientes mientras hacía gestos con los labios.

—¿Qué? —Alzó los pómulos, encogió las cejas y echó la cabeza para atrás.

—¡Hablaste con Tlacaélel! —aseguró ella con la respiración agitada—. ¡Tu hermano te dijo que hicieras eso con tu hijo primogénito! —Intentó cubrir su vientre con los brazos y dio un par de pasos hacia atrás—. ¡Fue él!

—Tlacaélel y yo no hemos hablado. —Alzó los hombros y movió la cabeza de izquierda a derecha.

—A mí no me engañas. —Negó con la cabeza y lágrimas en los ojos—. Te instruyó para que no me dijeras que él te había indicado que diéramos a nuestro hijo, tu hijo, en ofrenda al dios Tláloc. Fue Tlacaélel.

—Yo no he hablado con mi hermano.

—¿No hablaron cuando venían de regreso de Coyohuácan?

—Viajé en la canoa de mi tío Izcóatl. —Continuó avanzando rumbo al palacio.

—No voy a dar a mi hijo en ofrenda a ningún dios. —Seguía con las manos en el vientre—. ¿Me escuchaste? No lo van a matar.

—Si no lo hacemos, Tláloc nos castigará. —Bostezó y siguió caminando.

—¡Que nos castigue! —exclamó furibunda.

—No digas eso —respondió y justo en ese momento llegaron al palacio de Tenochtítlan—. Ve a la cocina y ayuda en todo lo que te digan.

—No quiero. —Cuicani se detuvo y colocó una mano en la espalda baja y la otra en el vientre—. Me voy a regresar a mi casa.

—Entra a la cocina —ordenó Ilhuicamina con tono autoritario.

Cuicani sintió mucho miedo, pues no conocía ese lado de su esposo, al que había imaginado como un hombre dócil y manipulable, sin embargo, en ese momento no tuvo el valor de confrontarlo y se dirigió a la cocina, donde permaneció todo el día, incluso durante el banquete que se ofreció a los soldados.

Luego, entró un técpan nenenqui acompañado de una cihuapili cuauhnahuáca a la que presentó como nueva concubina de Motecuzoma Ilhuicamina y anunció que, a partir de ese día, vivirían en el palacio, algo que destrozó a Cuicani por completo, pues a su juicio aquella niña era más joven y más bonita que ella, sin imaginar que Chichimecacihuatzin pensó justamente lo contrario al encontrarse delante de la esposa de Motecuzoma Ilhuicamina, pues ella era aún una niña que no conocía más allá de su casa en Cuauhnáhuac, donde su padre la había mantenido toda su vida, sin jamás sacarla de su ciudad, y se sentía fea, flaca y demasiado infantil, en comparación con Cuicani.

Pero esa tarde ninguna de las dos manifestó algún elogio hacia la otra, sobre todo porque en el momento en el que el sirviente del palacio las presentó y les informó que compartirían la misma alcoba, Cuicani se dio la vuelta y, sin saludarla siquiera, salió de la cocina para ir en busca de Ilhuicamina y reclamarle por tener una nueva concubina tan rápido, aunque estaba consciente de que no lograría nada. Las leyes eran tajantes: los hombres podían poseer todas las concubinas que quisieran y pudieran mantener.

Se dirigió a la sala principal, pero justo antes de llegar se topó con un soldado que le impidió el paso.

—No está permitido que las mujeres caminen en este lado del palacio —dijo el guardia y la tomó del brazo—. La llevaré a su alcoba.

—¿A mi alcoba? —cuestionó Cuicani mientras intentaba zafarse—. Ni siquiera sabe quién soy.

—Usted es la concubina del tlacatécatl Motecuzoma Ilhuicamina y, a partir de hoy, vivirá en el palacio.

El soldado la guio hasta la alcoba donde viviría a partir de esa noche y se marchó. Cuicani permaneció furiosa por un largo rato. Aunque no estaba encerrada, se sentía prisionera y humillada dentro de esa habitación. Por un instante caviló en salir de ahí sin despedirse y regresar a su casa, pero sabía que no sería tan sencillo. Ilhuicamina iría por ella, pues como su esposa tenía la obligación de ir a donde él la llevara.

Más tarde entró Tlacaélel a la alcoba, miraba el piso, las paredes y el techo, como si analizara el lugar.

—¿Qué haces aquí? —preguntó sorprendida y asustada.

—Uno de los soldados del palacio me informó que estabas rondando por la sala principal. ¿Sabías que las concubinas tienen prohibido ir a aquel lado del palacio sin el consentimiento del tlatoani o su esposo?

—No lo sabía —explicó nerviosa—. Cuando venía con mi padre nunca me prohibieron la entrada a la sala principal. —Alzó la frente e infló el pecho con orgullo por ser una mujer de la nobleza.

—Eso es porque venías como invitada e hija de uno de los teopishque. —Tlacaélel seguía viendo el cuarto en lugar de mirarla a ella—. Ahora eres una sirvienta más del palacio.

—Yo no soy sirvienta de nadie.

—Eres la concubina de mi hermano. —La vio de frente y se cruzó de brazos—. Eso te obliga a servirle. —Dio un paso hacia el frente y ella retrocedió—. Aquí no vivirás como lo hacías con tus padres. —Avanzó hasta acorralarla contra la pared—. Aquí eres responsable del cuidado de tu esposo. —Le pasó el dedo índice por la nariz mientras hablaba—. Tendrás que lavarle, cocinarle y atenderlo, pues él no es el tlatoani. Las sirvientas del huei tecpancali están para servirle al tlatoani, nada más.

—¿A eso viniste? —Le puso las manos en el pecho y lo empujó para quitárselo de encima.

—También para ver cómo estabas. —Se acercó de nuevo. Ella comenzó a respirar agitadamente.

—Estoy bien. —Dirigió la cabeza hacia la salida—. Ya te puedes ir.

—¿Es ésa la manera de hablarle a un buen amigo? —Le puso las manos en las caderas.

—Tú y yo no somos amigos. —Le dio un manotazo para que la soltara.

—Cierto. —Sonrió con sarcasmo—. Somos otra cosa.

—¿Qué le dijiste a Ilhuicamina? —Se quitó de donde estaba y caminó al otro extremo de la habitación.

—Nada. —Alzó la mirada y sonrió—. No he hablado con él.

—Está muy cambiado. No le interesa hablar conmigo.

—Para eso eres mujer. —Tlacaélel caminó a la salida y, antes de marcharse, la miró a los ojos—. Embrújalo si es necesario, para que él te ponga un hijo en tu vientre.

Tlacaélel abandonó la alcoba y Cuicani permaneció unos segundos sin saber qué hacer. Estaba enojada, preocupada y triste. Salió de la recámara y vio a Tlacaélel en el otro extremo del pasillo. Decidió seguirlo de lejos hasta el Coatépetl, cuyos escalones la dejaron muy cansada. Al llegar a la cima, vio una luz tenue saliendo del teocali y se asomó con mucho cuidado para no ser descubierta. En su interior encontró a Tlacaélel de pie y frente al joven Shalcápol, quien estaba sentado en su tlatocaicpali y rodeado de cuatro doncellas que lo alimentaban en la boca y lo agasajaban. El mancebo hizo una señal con la mano con la que le indicó a las cuatro doncellas que abandonaran el teocali. Cuicani se apresuró a caminar al lado trasero del teocali para no ser descubierta por las cuatro jovencitas que salieron en ese momento y bajaron los escalones. Cuando ya no hubo peligro, Cuicani volvió a espiar el interior del teocali, donde vio al recién nombrado tlacochcálcatl de rodillas frente a Shalcápol, a quien le estaba informando sobre los acontecimientos en los últimos días y le pedía consejos para seguir adelante. Shalcápol entró en estado de letargo, con los ojos abiertos y permaneció en silencio. Cuicani no podía creer lo que estaba viendo. Ya había escuchado rumores de que Tlacaélel se encerraba con Shalcápol, se arrodillaba ante él y le hablaba como si se tratara del dios Tezcatlipoca, pero no lo había creído, pues desconfiaba de todo lo que hacía o decía Tlacaélel. Tenía la certeza de que todo lo que hacía era con un plan, siempre con el fin de obtener algo.

En ese momento, cuando vio al nuevo tlacochcálcatl, arrodillado, humillado ante un mancebo vestido de Tezcatlipoca, simplemente concluyó que era una actuación para engañar a todos, tal y como la había engañado a ella. Reflexionó y coligió que Tlacaélel pudo haberse dado cuenta que ella lo estaba siguiendo y con mayor razón estaba fingiendo; entonces, decidió regresar al palacio a descansar en su nueva alcoba.

Luego de que Cuicani se marchó, Tlacaélel bajó del Coatépetl y se dirigió a las cárceles donde había más de mil quinientos prisioneros coyohuácas esperando ser sacrificados a los dioses, muchos al borde de la muerte, pues no les habían curado las heridas de guerra y se les estaban infectando. Por si fuera poco, no les habían dado agua y alimento en los últimos dos días.

—Mi señor —saludó uno de los yaoquizque que hacían guardia al ver a Tlacaélel.

El recién nombrado tlacochcálcatl observó cuidadosamente a todos los prisioneros, sin responder al sargento que se mantenía junto a él. Buscaba con la mirada mientras avanzaba a un lado de las jaulas. De pronto, se detuvo.

—¿Ves a esa mujer que está ahí? —Señaló el Tlacaélel con el dedo.

—¿La que está parada en la esquina de la jaula? —preguntó el yaoquizqui.

—Así es. —Afirmó con la cabeza—. Ella. Sácala de la jaula y llévala a bañar. Pero no te atrevas a tocarla.

—Como usted mande, mi señor. —El hombre agachó la cabeza y se dio media vuelta para cumplir con la orden.

—Cuando esté lista —ordenó Tlacaélel antes de que el sargento se alejara—, llévala a mi alcoba.

—¿Su alcoba? —preguntó el yaoquizqui confundido, pues él sabía que Tlacaélel no residía en el palacio.

—A partir de hoy viviré en el tecpancali —explicó—. Pregunta a los sirvientes dónde está mi habitación.

El hombre se dio media vuelta y caminó a la entrada de la jaula.

—Tú —gritó a la prisionera y todos los demás voltearon con temor a ver al sargento, pues imaginaron que había llegado el momento de los sacrificios humanos—. Afuera.

Tlacaélel permaneció ahí por un instante. Una mujer con el huipili destrozado, la cara sucia y la cabellera hecha un puñado de nudos atravesó el interior de la jaula y al salir, lo reconoció.

—Mi señor. —Yeyetzin se arrodilló, pero el sargento la obligó a ponerse de pie.

—Vamos —comentó el sargento, quien la obligó a ponerse de pie y la jaló del brazo en dirección opuesta.

Aquel instante fue para Yeyetzin quizá el más radiante de su vida, pues tenía la certeza de que, como el resto de los prisioneros, sería sacrificada en el Monte Sagrado de Meshíco Tenochtítlan.

Justo cuando creía que su vida se había terminado, había llegado Tlacaélel a rescatarla. No le quedaba duda. Yeyetzin era demasiado inteligente y sabría aprovechar esa nueva oportunidad. Mientras se bañaba, pensaba en lo que hablaría con Tlacaélel. Había escuchado muchas cosas sobre él y tenía claro que no sería tan fácil ganarse su confianza, no como lo había logrado con Cuécuesh. Y aunque no podría dominarlo como al difunto coyohuáca, tenía la certeza de que algo conseguiría; sólo tenía que esperar, ser paciente y muy hábil.

Una hora más tarde, Yeyetzin entró a la alcoba de Tlacaélel.

—Te ves mucho mejor —dijo Tlacaélel, que sonreía mientras caminaba alrededor de Yeyetzin.

—Mi señor. —Se arrodilló—. Le agradezco que me haya permitido bañarme y presentarle mis respetos.

—¿Sabes por qué estás aquí? —Tlacaélel se puso las manos en las caderas y la observó arrodillada.

—No, mi señor.

—¿De verdad no imaginas? Mis informantes me dijeron que eras una mujer muy astuta. Espero que no me hayan mentido y que tú no me decepciones. Ponte de pie.

Yeyetzin se levantó y se dirigió a Tlacaélel con una mirada seductora pero discreta.

—Me halaga que tenga esas expectativas de mí, pero creo que le mintieron.

—Entonces, te enviaré de regreso a la jaula —amenazó y luego hizo una mueca.

—No será necesario, mi señor. —Yeyetzin se llevó una mano al cabello y lo cepilló con los dedos.

—Entonces, responde a lo que te pregunté.

—Sí, mi señor. —Se mostró humilde—. Sé por qué estoy aquí. —Apretó los labios como si estuviera nerviosa—. Vine a hablar con usted sobre Cuécuesh y Coyohuácan. —Agachó la cabeza—. Usted quiere que confiese todo lo que sé.

—Eso me agrada. —Sonrió—. ¿Estás dispuesta a hablar?

—Estoy dispuesta a hacer lo que usted me diga, mi señor. —Caminó con la frente en alto hacia Tlacaélel—. Prometo decir toda la verdad. Y, si usted así lo desea, puedo hacerlo muy feliz. Por supuesto, si me deja vivir.

—¿Qué tanto estás dispuesta a hacer para vivir? —preguntó al tenerla a unos centímetros de él.

—Estoy dispuesta a todo.

Se acercó a él, le quitó el tilmatli y lo besó. En ese momento, Cuicani entró furiosa.

—Espérame aquí —dijo Tlacaélel a Yeyetzin. Asió a Cuicani del brazo y salió de su habitación.

—¿Quién es esa mujer? —reclamó Cuicani.

—Tú no tienes derecho a reclamarme. Ve a arreglar las cosas con tu esposo si no quieres que se entere de toda tu farsa —amenazó.

—No puedo, está con su nueva concubina.

—¿Tan rápido? —Sonrió orgulloso.

—No. Sólo están hablando. —Hizo una mueca de enfado.

Ilhuicamina se había encontrado con Chichimecacihuatzin en uno de los pasillos del palacio y le había pedido que le llevara algo de comer a su alcoba y ella obedeció. En su regreso a la alcoba, la nueva concubina se topó con Cuicani, quien intentó intimidarla con la mirada, sin atreverse a decir una palabra, pues no sabía si aquella niña le informaría a Ilhuicamina, quien la esperaba acostado en su pepechtli.

—Esa niña no sabe lo que está haciendo —comentó Cuicani con un tono burlón—. No tiene idea de cómo empezar. Le hace preguntas tontas a tu hermano, que él no quiere responder.

—Ésa es la prueba de que yo no le dije nada a Ilhuicamina sobre ti. Simplemente no quiere hablar con nadie. Está perturbado por el encierro en el que vivió.

—Demuéstrame que lo que dices es verdad.

—¿Cómo quieres que te lo demuestre?

—Ve y habla con él en este momento. Dile que yo soy su esposa y que yo debo estar antes que cualquier concubina.

—Ya lárgate si no quieres que le diga a Ilhuicamina quién eres en verdad. —Se dio media vuelta y regresó a su alcoba.

Cuicani regresó a la alcoba de Ilhuicamina dispuesta a interrumpir su conversación con Chichimecacihuatzin, pero para su sorpresa Motecuzoma iba de salida.

—Sé que te sientes diferente por lo que te sucedió en Coyohuácan —dijo Cuicani al encontrarse delante de él.

—Estoy bien —aseguró Ilhuicamina. Caminó sin darle tiempo a que lo interceptara.

—Sabes que yo soy la única persona que te quiere y te cuida de verdad —expresó detrás de él—. ¿A dónde vas?

—A ningún lado. Sólo quiero caminar.

—Te acompaño. —Caminó detrás de él.

—¡No! —respondió enojado—. ¡Regrésate a tu alcoba!

Ella agachó la cabeza y se dio media vuelta, consciente de que nada de lo que dijera o hiciera en ese momento serviría. Ilhuicamina salió del palacio y deambuló por la ciudad, que se encontraba a oscuras. De pronto, llegó al cuartel, donde un par de soldados se burlaba de un joven flaco.

—Pareces niña —le dijo uno de los recién ingresados al ejército y otro le dio un empujón en la espalda.

—¿Ustedes nacieron así de grandes y fuertes? —preguntó Ilhuicamina a sus espaldas.

—Mi señor. —Los dos jóvenes se arrodillaron al creer que era Tlacaélel—. Le rogamos nos disculpe.

—Están disculpados. Váyanse a dormir.

El joven que había sido víctima de burlas también se preparó para marcharse.

—Espera —lo detuvo Ilhuicamina—. ¿Cómo te llamas?

—Mi... —Se detuvo y corrigió—: Tezcapoctzin.

—¿Tienes poco de haber entrado al ejército? —Ilhuicamina lo observó con atención.

—Sí. —Mirácpil agachó la cabeza para que el hombre que la estaba interrogando no viera su rostro y descubriera que era una mujer.

34

«Nada perdura para siempre. Todo se altera, se destruye o se olvida», Huacaltzintli recuerda las palabras de su padre en medio de la madrugada fría al ver a sus hijos Tezozomóctli, Cuauhtláhuac y Tizahuatzin formados entre miles de soldados, antes de salir a la guerra. «Todo cambia, nos transformamos, nos reconstruimos o nos abatimos», repite para sí misma la frase que su padre Cuacuapitzahuac le había dicho en el *chicuei cali shíhuitl,* «año ocho casa: 1409», tras enterarse de que había muerto el huei chichimécatl tecutli Techotlala y había dejado como heredero a su hijo Ishtlilshóchitl, quien era más conocido en todo el cemanáhuac por haber deshonrado a la hija de Tezozómoc, que por sus hazañas en el campo de batalla. «Nada perdura para siempre. Pronto se extinguirá el linaje de Ishtlilshóchitl —le había advertido el tecutli de Tlatelolco a su hija de 15 años de edad—. Tu abuelo ha estado esperando todos estos años para hacerle justicia a tu tía Tecpatlshóchitl». Pero aquella guerra no inició ese año y Cuacuapitzahuac no vivió para contarla, pues murió[156] treinta días después del fallecimiento de Techotlala y dos veintenas antes del nacimiento de su nieto Tezozomóctli, hijo de Huacaltzintli e Izcóatl, quienes se habían casado en el *chicome técpatl shíhuitl,* «año siete pedernal: 1408». Él tenía 28 años de edad y ella apenas 14. Entonces, ninguno de los dos imaginó que un día Izcóatl sería meshícatl tecutli, pues aún vivía Huitzilíhuitl y acababa de nacer Chimalpopoca, a quien Tezozómoc designó como el heredero del gobierno tenoshca. Tampoco previeron que Mashtla asesinaría a Chimalpopoca, a Tayatzin y a Tlacateotzin. Antes de eso, Huacaltzintli jamás había considerado la posibilidad de que alguno de sus hijos llegara a ser tlatoani, pues estaba segura de que, tras la muerte de Chimalpopoca, su hijo Teuctlehuac sería el heredero del meshíca tecúyotl, como solía suceder en todos los tetecúyo. Pero

156 *Los Anales de Tlatelolco* establecen la fecha de la muerte de Cuacuapitzahuac en el año ocho casa (1409), pero Chimalpahin plantea que fue en el año once pedernal (1412).

desde que su esposo fue electo tlatoani, ella ha enfocado su tiempo para que un día Tezozomóctli sea tlatoani, no obstante, Izcóatl, ha evidenciado, sin decirlo, su preferencia por Tizahuatzin, algo que tampoco le desagrada a Huacaltzintli, quien en este momento observa a su esposo al frente del ejército y a sus hijos incorporados entre miles de yaoquizque.

—¡Meshícas tenoshcas! —habla el tlatoani desde la cima del Coatépetl—. ¡Nuestros hermanos en Tenayocan necesitan de nuestras fuerzas para vencer a los rebeldes de Shalco y Hueshotla!

Junto a Izcóatl se encuentran los miembros del Consejo, los teopishque, el tlacochcálcatl, el tlacatécatl, el ezhuahuácatl, el tlilancalqui, el tezcacoácatl, el tocuiltécatl, el acolnahuácatl, el hueitiacauhtli, el atempanécatl, el calmimilólcatl, el huitznahuácatl, el quetzaltóncatl, el tlapaltécatl, el cuauhquiahuácatl, el coatécatl, el pantécatl y el huecamécatl.[157] El ejército entero está frente al Monte Sagrado en absoluto silencio. Afuera del Recinto Sagrado espera, también en completo mutismo, el resto de la población.

—¡Nos dividiremos en tres contingentes! —explica el tlatoani—. ¡El primero irá conmigo hacia Tepeshpan, con el ezhuahuácatl, el tlilancalqui, el tezcacoácatl, el tocuiltécatl y el acolnahuácatl al mando de los escuadrones! ¡El segundo contingente partirá rumbo a Hueshotla, con el hueitiacauhtli, el atempanécatl, el calmimilólcatl, el huitznahuácatl y el quetzaltóncatl al frente y comandados por el tlacatécatl

157 *Tlacochcálcatl,* «el hombre de la casa de los dardos»; *tlacatécatl,* «el señor del Tlacateco, lugar donde se cortan los hombres»; *ezhuahuácatl,* «el de Ezhuahuanco, lugar de las rayas de sangre»; *tlilancalqui,* «el que tiene la casa de Tílan, lugar de la negrura»; *tezcacoácatl,* «el de Tezcacóac, lugar de serpientes de espejo»; *tocuiltécatl,* «el de Tocuílan, lugar del gusano»; *acolnahuácatl acolmiztli,* «el de Acolnáhuac, lugar cerca de los hombros»; *hueitiacauhtli teohua temilotli,* «el de Temíloc, peinado de los tequihua»; *atempanécatl,* «el de Atempan, lugar a la orilla del agua»; *calmimilólcatl,* «el de Calmimilolco, lugar del solar»; *huitznahuácatl* o *huitznáhuat*l, «el de Huitznáhuac, lugar de las espinas»; *quetzaltóncatl,* «el de Quetzaltonoco, lugar del pequeño quetzal»; *tlapaltécatl,* «el de Tlapálan, lugar rojo»; *cuauhquiahuácatl,* «el de Cuauhquiáhuac, lugar de la puerta del águila»; *coatécatl,* «el de Coatlan, lugar de serpientes»; *pantécatl,* «el de Pantlan o Pantítlan, lugar de la bandera»; *huecamécatl,* «el de Huehuecan, lugar viejo».

Motecuzoma Ilhuicamina! ¡Y el tercero se dirigirá a Shochimilco con el tlacochcálcatl Tlacaélel, que recibirá el apoyo del tlapaltécatl, el cuauhquiahuácatl, el coatécatl, el pantécatl y el huecamécatl!

De pronto, el tlatoani guarda silencio y nadie se atreve a hacer un sólo ruido. Todos lo observan con atención.

—¡Mi hijo Tezozomóctli marchará con Ilhuicamina! —continúa el Izcóatl—. ¡Cuauhtláhuac me acompañará! ¡Y el más joven, Tizahuatzin, partirá con el tlacochcálcatl! —Hace una pausa larga y finaliza—. ¡Que así sea!

—¡Acabemos con los rebeldes! —agrega el tlacochcálcatl.

—¡Muerte al enemigo! —grita el tlacatécatl.

En ese momento retumban los huehuetles y los teponaztlis.

¡Pum, pup, pup, pup, Pum!...

¡Pum, pup, pup, pup, Pum!...

¡Pum, pup, pup, pup, Pum!...

Al mismo tiempo aúllan los yaoquizque.

—¡Ay, ay, ay, ay, ay, ayayayay!

¡Pum, pup, pup, pup, Pum!...

Luego de un largo rato de euforia, los tambores dejan de sonar y los yaoquizque se preparan para salir en canoas de manera sigilosa.

—Ilhuicamina, espera —lo intercepta Izcóatl—. ¿Estás seguro de que quieres salir a la guerra? Sé que lo que viviste en Coyohuácan fue muy doloroso. —No es la primera conversación que tienen sobre el tema. Días atrás el tlatoani ya le había cuestionado a su sobrino si se sentía listo para ir a la guerra y él había respondido que no sólo estaba preparado, sino que lo necesitaba—. Si deseas quedarte...

—No, no —contesta con un tono flojo y la mirada perdida—. Estoy bien.

—¿Estás seguro? —pregunta Izcóatl—. Te veo indeciso.

—No. —Niega con la cabeza—. No tengo nada. Estoy bien. Necesito ir a la guerra para volver a sentir esa... —No encuentra las palabras para concluir su frase—. Esa...

—Estás muy cambiado —lo interrumpe el tlatoani.

—Voy a estar bien. —Baja la cabeza.

—Tienes que estar bien. —Le pone una mano en el hombro—. Muchas vidas dependen de ti.

—Sí. Se lo prometo, mi señor. Voy a estar bien. —Se dirige hacia sus tropas, que ya lo esperan en el embarcadero. En cuanto Ilhuicamina se aleja, Huacaltzintli se acerca furiosa al tlatoani.

—¿Por qué hiciste eso? —reclama sin dar más explicaciones.

—No sé de qué hablas. —Izcóatl camina al lago para reunirse con sus tropas.

—Tu sobrino ambiciona quitarte del gobierno y envías a Tizahuatzin con Tlacaélel —explica mientras avanza junto a su esposo.

—No puedo cuidar a mis hijos toda la vida —responde sin mirarla—. Además, es muy peligroso para mí llevar a Tizahuatzin. —Se detiene y observa a Huacaltzintli con seriedad—. Me desconcentro mucho. Me preocupa que le suceda algo y estoy vigilándolo todo el tiempo… —Hace una pausa breve, suspira con desasosiego y agrega—: A los tres. Los tres me preocupan. Pero Cuauhtláhuac es más experimentado en las armas y me da más confianza. Sé que puedo dejarlo solo.

—Tlacaélel lo va a dejar morir —sentencia su esposa con miedo.

—No me dejó morir en Coyohuácan —confiesa Izcóatl. Nunca había hablado con su esposa sobre una sola batalla—. Un yaoquizqui coyohuáca estuvo a punto de matarme y Tlacaélel le enterró una lanza en la espalda. —Hace una pausa con la mirada ausente—. Quiero confiar en él y espero que cuide de la vida de nuestro hijo.

—Deseo que no te equivoques —responde Huacaltzintli y se aleja de su marido sin despedirse.

El tlatoani, acostumbrado a los desplantes de su mujer, le da poca importancia y continúa su camino al *tetamacolcoqui,* «embarcadero», situado en el oriente de la isla y en donde ya lo esperan sus tropas para salir rumbo a Tepeshpan.

La madrugada transcurre en silencio. Tres *acali cemmantihuitz,* «flotas de canoas», parten de la isla de Meshíco Tenochtítlan. Veinte mil canoas lideradas por Tlacaélel navegan hacia el sur. Otras veinte mil, comandadas por Ilhuicamina viajan al oriente. Y otras veinte mil, bajo el mando de Izcóatl se dirigen al nororiente. La mitad de las embarcaciones llevan yaoquizque; la otra mitad, tlacualchiuhque, «cocineras», y tlamémeh, «cargadores», para que transporten el tlacuali, «alimento», tilmatlis, «mantas», chimalis, «escudos», macuahuitles, tlahuitolis, «arcos», yaomitles, «flechas», tlatzontectlis, «dardos», tlacochtlis, «lanzas», atlátles, «lanza dardos», tematlátles, «hondas» y tlahcalhuaz-cuahuitles, «cerbatanas».

Todos impulsan sus canoas con pértigas que entierran en el fondo del lago, pero lo más lento posible para no agitar las aguas. El recorrido es muy lento. Las flotas llegan poco antes del amanecer a Coyohuácan, Hueshotla y Tepeshpan, donde la mitad de las huestes de Teotzintecutli e Iztlacautzin ya los esperan, mientras que la otra mitad se halla en Teshcuco, ya que un informante, engañado por Tlacaélel, le avisó dos días antes a los tetecuhtin de Shalco y Hueshotla que las tropas meshícas irían en esa dirección.

Poco antes de que salga el sol, Izcóatl y sus tropas entran a Tepeshpan donde, sin la habitual advertencia con tambores, caracolas o flechas, los recibe un ejército nutrido que porta macuahuitles en todo lo alto. De inmediato, el ejército tenoshca se divide en seis escuadrones. El tlatoani, el ezhuahuácatl y el tlilancalqui se mantienen al frente con sus cuadrillas, mientras que el tezcacoácatl y sus yaoquizque atacan por el lado derecho de la ciudad; el tocuiltécatl y su tropa por el lado izquierdo; en tanto que los hombres al mando del acolnahuácatl hacen un rodeo para entrar por la parte trasera. Los macuahuitles chocan unos contra otros y la sangre comienza a brotar por todas partes.

Al mismo tiempo, Nezahualcóyotl inicia su ataque en Chiconauhtla, con Atónal al frente de las tropas de Cílan. Shontecóhuatl dirige el ejército de Tenayocan. Cuauhtlehuanitzin, las tropas de Tlacopan. Los tetecuhtin aliados se encuentran al frente de sus milicias: Cuachayatzin encabeza las de Aztacalco; Atepocatzin, las de Ishuatépec; Shihuitemoctzin, las de Ehecatépec; Epcoatzin, las de Toltítlan; y Tecocohuatzin, las de Cuauhtítlan.

En Hueshotla, Ilhuicamina también divide sus huestes en seis escuadrones: el tlacatécatl, el cuáchic y el hueitiacauhtli entran por el lago; el atempanécatl y sus hombres rodean por el sur; el calmimilólcatl por el norte; y el huitznahuácatl y el quetzaltóncatl embisten por el oriente.

Para llegar a Shochimilco, Tlacaélel se dirige primero a Coyohuácan, donde divide su ejército en dos: la mitad, liderada por el tlapaltécatl, el pantécatl y el huecamécatl, entra por el lago de Shochimilco y se enfrenta a las tropas de ese lugar; y la otra mitad, al mando de Tlacaélel, el coatécatl y el cuauhquiahuácatl, cruza por tierra, pasa por Cuicuilco, baja hasta la parte sur de la ciudad de las flores y, sin hacer nada, espera en Teyácac.

Teotzintecutli e Iztlacautzin esperan con sus huestes en Teshcuco la llegada de los meshícas, algo que no ocurre. La ciudad se encuentra en absoluta calma. Decenas de soldados recorren las inmediaciones en busca de los ejércitos enemigos. Otros miles aguardan en las entradas de la ciudad con sus arcos y flechas, listos para disparar en cuanto reciban la orden. A media mañana, llegan informantes de Chiconauhtla, Tepeshpan y Hueshotla y anuncian el ataque de los enemigos.

—¡Voy a matar al espía que nos dijo que los meshítin venían a Teshcuco! —amenaza Teotzintecutli.

—No será necesario, mi señor —interrumpe un capitán del ejército—. Lo mataron en Tenochtítlan.

—¿Quién lo mató? —pregunta Iztlacautzin con estoicismo.

—Los meshícas —responde el capitán—. Lo asesinaron en la madrugada.

—¿Cómo lo sabes? —pregunta Teotzintecutli.

—Otro de nuestros espías nos lo acaba de informar —contesta el capitán—. Está afuera de la sala.

—Háganlo pasar —ordena Iztlacautzin.

En ese momento, entra un soldado tenoshca con ropas de macehuali. Se arrodilla y pide permiso para hablar, el cual le concede el tecutli de Hueshotla.

—¿Quién mató a tu compañero? —pregunta Teotzintecutli para demostrar que él también tiene autoridad.

—Unos soldados, mi señor —responde el espía con la frente en el piso—. Por órdenes de Tlacaélel, que descubrió que era un informante.

—¿Lo hizo en cuanto descubrió que era espía al servicio de Shalco y Hueshotla?

—No —corrige—. Se enteró días antes. Escuché decir a algunos soldados que Tlacaélel sabe quiénes somos espías, pero no nos mata ni nos denuncia con el tlatoani hasta que lo considera necesario. Por eso simularon una junta en la que planeaban atacar Teshcuco. Anoche lo asesinaron, para que no viniera a informarles del engaño.

—¿Y por qué no viniste tú a informarnos? —reclama el tecutli de Shalco.

—Porque no quería que me mataran. —El espía mira sin miedo a Teotzintecutli—. Si salía en ese momento se habrían dado cuenta y me habrían capturado.

—Acabas de decir que Tlacaélel tiene ubicados a los espías.

—Tal vez quería que viniera hoy a informarles esto que estoy diciendo.

—Debemos enviar nuestras tropas en auxilio de... —expresa Tlilmatzin con flaqueza.

—¿Nuestras tropas? —Teotzintecutli se acerca a Tlilmatzin con los puños listos para golpearlo—. Tú no tienes ejércitos. Tú no tienes nada. Tú no eres nada. ¿Lo entiendes?

—Ya te puedes retirar —interviene el tecutli de Hueshotla dirigiéndose al espía que sigue arrodillado.

—Mi señor, quiero pedirle que me permita permanecer aquí, con ustedes —dice con temor el espía antes de ponerse de pie—. Ya no puedo regresar a Tenochtítlan. Si es cierto lo que escuché, me van a matar en cuanto regrese. Seguramente ya se dieron cuenta de que no fui con las tropas a donde me habían enviado.

—Está bien —responde Iztlacautzin; luego se dirige al capitán del ejército—. Proporciónele un uniforme y asígnelo a una tropa. —Tras decir esto vuelve a la conversación con Teotzintecutli y Tlilmatzin—. No es momento para recriminaciones —dice en cuanto el informante abandona la sala.

—Cierto. —El tecutli de Shalco se da media vuelta y mira a Tlilmatzin con enojo—. No debería recriminarle nada. Debería matarlo para acabar con esto de una sola vez.

—Debes admitir que Tlilmatzin tiene razón —agrega Iztlacautzin—. Sería bueno enviar algunas tropas como refuerzos.

—¿Y descuidar Teshcuco? —cuestiona desesperado.

—Atacaron Chiconauhtla, Tepeshpan y Hueshotla porque las descuidamos —aclara el tecutli de Hueshotla con lucidez.

—Y Shochimilco... —añade Tlilmatzin, quien está encorvado.

—¿Acaso crees que me importa lo que le suceda a Shochimilco? —pregunta furioso Teotzintecutli.

—Debería. —Tlilmatzin se encoge de hombros y baja la cabeza—. Si los meshítin conquistan Shochimilco, será mucho más fácil para ellos invadir Shalco. Creo que ésa es la razón por la que van a atacar ese altépetl.

—No lo harán —asegura Teotzintecutli y le da la espalda—. No lo harán —repite como si quisiera convencerse a sí mismo—. Tengo los ejércitos de las siete cabeceras de Amaquemecan. Todo el shalcáyotl se encuentra bien protegido.

—No estés tan seguro —responde Iztlacautzin—. La mitad de tus tropas se halla en Tepeshpan, Acolman, Teshcuco, Coatlíchan, Chiconauhtla y Hueshotla.

—No lo harán —insiste el tecutli de Shalco.

—¿Cómo lo sabes? —pregunta Iztlacautzin con recelo.

—No lo sé, pero dudo que… —Hace una pausa y se muestra nervioso—. Dudo que puedan derrotar a Shochimilco. —Sabe que lo que dice no es cierto, pero se niega a confesar lo que está pensando.

—Tlilmatzin tiene razón —dice el tecutli de Hueshotla.

Teotzintecutli permanece en silencio por un instante largo y con la mirada ausente. Finalmente, responde:

—Marcharé junto a mis tropas y defenderé Shalco.

—¿Tú? ¿Hoy? ¿En este momento? —cuestiona desconcertado el tecutli de Hueshotla—. Pero debemos defender Teshcuco…

—Ustedes mismos acaban de decir que sería bueno que enviemos tropas de refuerzo. —Extiende los brazos hacia los lados y mueve la cabeza de izquierda a derecha.

—Sí, es cierto. Pero no me refería a que abandonaras Teshcuco. —Iztlacautzin hace un gran esfuerzo para ocultar su preocupación y su enojo.

—Tú deberías hacer lo mismo —responde Teotzintecutli y da un par de pasos hacia atrás—. Deberías ir a defender Hueshotla. Todavía estás a tiempo de derrotar a los ejércitos enemigos.

—¿Y Teshcuco? —pregunta Tlilmatzin asustado.

—Defiéndelo tú… —le contesta con ironía—. Mis soldados dicen que mientras nosotros conquistábamos Tepeshpan, Acolman y Chiconauhtla, tú les decías a todos en Teshcuco que eras in cemanáhuac huei chichimécatl tecutli. Ha llegado el momento de que lo demuestres. Defiende con tus propias manos el huei chichimeca tlatocáyotl.

—Espera —interviene el tecutli de Hueshotla—. En verdad, pretendes dejarnos solos.

—¡De ninguna manera! —exclama Teotzintecutli con un tono exagerado—. ¡No los voy a abandonar! Mis soldados siguen en Tepeshpan, Acolman, Chiconauhtla, Teshcuco, Coatlíchan y Hueshotla. Seguimos siendo aliados. Es una estrategia de guerra. Sólo llevaré conmigo una tropa de mil soldados para que me escolten a Shalco.

—¡Es traición! —concluye Iztlacautzin, quien mira a Teotzintecutli con furia.

—Te aconsejo que vayas tú mismo a proteger tu altépetl. —Camina a la salida—. Los soldados que tienes allá jamás defenderán Hueshotla como tú.

—Si te marchas, no esperes que compartamos contigo el huei chichimeca tlatocáyotl —amenaza Tlilmatzin.

—¿Todavía sigues creyendo que en algún momento serás chichimecatecutli? —Se detiene y mira con ironía al medio hermano de Nezahualcóyotl—. Sabía que eras imbécil, pero no esperaba que lo fueras tanto. —Libera una carcajada y se marcha con la risa que hace eco en el pasillo.

Al mismo tiempo en que Teotzintecutli se dirige a su ciudad, las tropas lideradas por el tlapaltécatl, el pantécatl y el huecamécatl lanzan un feroz ataque en Shochimilco, donde llevan media mañana peleando sólo con la mitad de las tropas a cargo de Tlacaélel, quien se encuentra reposando debajo de un árbol en Teyácac, al sur de aquel altépetl. Algunos de sus soldados, cargadores y mujeres aguardan de pie, otros permanecen sentados, con sus escudos en las cabezas para cubrirse del sol.

—¿Qué esperamos? —pregunta el hijo de Izcóatl, hastiado, nervioso y desesperado con su macuáhuitl y chimali en las manos.

—Que se cansen los yaoquizque shochimilcas —responde el tlacochcálcatl con la espalda y la cabeza recargadas en el tronco del árbol y los ojos cerrados, como si fuera un día de esparcimiento.

—Eso también cansa a nuestros hombres —contesta Tizahuatzin de pie, con la mirada hacia la ciudad que se encuentra distante—. Muchos de ellos van a morir. —Hace una pausa, estira el cuello como si con ello alcanzara a ver más lejos y, luego, corrige—: No... —Pone énfasis en sus palabras—. *Están muriendo.*

—En la guerra siempre mueren soldados. —Tlacaélel tiene los dedos entrelazados sobre su abdomen y las piernas cruzadas sobre la hierba—. Lo ideal es que muera la menor cantidad posible.

—¿La mitad? —Pone las manos en jarras y se inclina hacia su primo.

—Sí. —Baja y sube la cabeza sin abrir los ojos, aunque sabe que el joven soldado se encuentra a unos pasos de él—. Siempre es mejor que muera la mitad y no todo el ejército. —Libera un bostezo—. Pero no te preocupes. —Abre los ojos y lo mira con despreocupación—. No morirá la mitad. Calculo que morirá un quinto de esa mitad que está luchando para salvar tu vida.

—Si hubiéramos ido todos no moriría ese quinto. —No aguanta la mirada inflexible de Tlacaélel y desvía la mirada a un lado.

—Claro que no. —Frunce el ceño y se cruza de brazos—. Morirían muchos más. Lo comprobé en la guerra contra Azcapotzalco. En cambio, en nuestro ataque a Coyohuácan murió sólo un quinto de la mitad de nuestras tropas, ésas que iba dirigiendo tu padre. —Alza las cejas y lo acorrala con la mirada, al mismo tiempo que hace una mueca de escarnio.

—Por tu culpa murió mi primo Huehuezácan —reclama Tizahuatzin y, por fin, deja escapar un mohín de resentimiento.

—Te recuerdo que Huehuezácan era mi hermano... —responde Tlacaélel—. A mí también me duele su muerte. —Cierra los ojos nuevamente y levanta la frente—. Pero así son las guerras. Siempre muere gente cercana. No podemos evitarlo. Hoy podría morir yo... o tú... o tu padre.

—¿Me estás amenazando? —cuestiona Tizahuatzin, que da un paso hacia atrás y mira a los soldados que se encuentran sentados alrededor, como si con ello dejara evidencia de lo ocurrido.

—De ninguna manera. —Abre los ojos y mira a su primo—. Yo soy incapaz de amenazar al hijo del meshícatl tecutli. Hablo de lo que podría sucederle a cualquiera de nosotros. —Señala a los soldados que escuchan en silencio.

—¿Cuándo entraremos a Shochimilco? —Columpia el macuáhuitl con la mano derecha.

—En el momento en el que llegue nuestro informante. —Le molesta la actitud de Tizahuatzin—. Deberías mostrar más respeto por tus armas. No son juguetes.

—¿Qué informante? —Ignora las palabras de Tlacaélel y camina de un lado a otro.

—Un soldado al que le asigné que vigilara la batalla. —Observa a su primo, luego, dirige la mirada a los soldados y sonríe con ellos, quienes también se han dado cuenta de la impaciencia de Tizahuatzin—. Tiene instrucciones de venir a avisarnos en cuanto nuestros hombres comiencen a perder fuerzas.

—Te refieres a que vendrá cuando empiecen a morir nuestros soldados. —Se detiene frente al tlacochcálcatl y lo mira amenazante.

—Si lo quieres ver de esa manera, no tengo problema. —Ignora la actitud de Tizahuatzin—. Yo enfoco mi atención en los soldados contrarios. Cuando el enemigo empieza a ganar la batalla, baja la guardia, se distrae, entonces entramos nosotros, con soldados lozanos, airosos, serenos con sus armas afiladas y mucha voluntad para destrozar al enemigo. ¿Recuerdas cuánto duró la batalla en Coyohuácan después de que yo entré con mis hombres? No me respondas. Seguramente no lo recuerdas, pero fue muy poco tiempo. Si en esta batalla hubiéramos entrado todos al mismo tiempo, en este momento seguiríamos ahí, cansados, sedientos, mal humorados, hambrientos.

—Yo tengo hambre en este momento. —Baja el escucho y el macuáhuitl.

—Pero no es lo mismo tener hambre en ayunas que tener hambre después de mediodía de batalla. ¿Para qué crees que trajimos a todas esas mujeres y cargadores? Para que alimenten y curen a nuestros soldados en cuanto termine su turno. Y mientras tanto nosotros acabamos lo que ellos comenzaron.

—Eso es injusto.

—Todo en la guerra es muy injusto —Tlacaélel levanta el dedo índice de la mano derecha y hace una señal para que todos guarden silencio—. No lo podemos cambiar. —Baja la voz al mismo tiempo que se pone de pie—. Debemos lidiar con eso y aprender a callar.

En ese momento, llega un informante empapado en sudor y, sin decir una palabra, se detiene delante de Tlacaélel, quien entiende el mensaje con sólo ver la postura y la mirada de su soldado.

—¿Querías entrar al combate? —se dirige a su primo Tizahuatzin—. Llegó el momento.

El hijo de Izcóatl aprieta el macuáhuitl y acerca el chimali a su pecho como muestra de que está preparado para la batalla. Mientras tanto el tlacochcálcatl dirige la mirada al cuauhquiahuácatl y al coatécatl, quienes a su vez dan la orden a los yaoquizque para que marchen a Shochimilco, donde las tropas dirigidas por el pantécatl, el huecamécatl y el tlapaltécatl se encuentran rodeadas por el ejército liderado por Pashimálcatl, el cual hasta el momento no ha entrado al combate. De pronto, arriba la milicia de Tlacaélel. El cuauhquiahuácatl y el coatécatl avanzan al frente, donde son recibidos por un par de soldados. De inmediato, los sigue la tropa entera y se rompe el cerco en el que la otra mitad del ejército estaba sitiada.

Un capitán shochimilca se lanza contra el cuauhquiahuácatl, que de inmediato detiene los porrazos con su escudo. Al mismo tiempo, el coatécatl inicia un duro combate contra dos soldados. Por otro lado, el hijo menor de Izcóatl se enfrenta a un joven flacucho. Sus macuahuitles chocan con fuerza. Tizahuatzin ataca con furia y sin descanso, uno, dos, tres, cuatro, cinco golpes al escudo de su oponente hasta que lo derriba, para luego amenazar contra el rostro del shochimilca, que asustado cae de nalgas y pierde el macuáhuitl. Tizahuatzin deja caer su chimali, toma el macuáhuitl con las dos manos, lo alza y lo deja caer sobre el rostro del joven que aterrado es incapaz de meter las manos y muere con las piedras de obsidiana enterradas entre el ojo izquierdo y el tabique de la nariz.

—¡Hermano! —grita un shochimilca al mismo tiempo que corre hacia el joven soldado y le arranca el macuáhuitl de la cara.

Tizahuatzin observa atónito, pues de súbito comprende lo que hizo y da un par de pasos hacia atrás. Aquel soldado era un telpochtli, prácticamente un niño de no más de quince años de edad.

—¡Pagarás con tu vida! —El yaoquizqui shochimilca se reincorpora con el macuáhuitl en mano y se lanza contra el hijo de Izcóatl, quien lo recibe con su arma en lo alto. Ambos macuahuitles se traban y los dos soldados forcejean para zafarlos, pero no lo consiguen; entonces, el shochimilca le da una patada al meshíca y lo tumba al piso; luego se le va encima y, a puñetazos, le magulla la cara. Tizahuatzin trata de quitarse a su enemigo, pero no lo consigue, pues la rabia de aquel hombre es mucho mayor que el miedo del joven meshíca. Su hermano menor acaba de ser asesinado y no pretende detenerse hasta cobrar venganza y dejar al asesino hecho pedazos. El coatécatl, que se halla muy cerca de ahí, se percata de que el hijo del tlatoani está en grave peligro, pero no puede acudir en su auxilio, pues se encuentra en combate con un soldado shochimilca, que con habilidad lanza golpes con su macuáhuitl por la izquierda y la derecha, sin que el coatécatl los detenga. Sólo los esquiva, siguiendo las instrucciones del tlacochcálcatl: cansar al enemigo. Luego de sortear una treintena de porrazos, el coatécatl toma la defensiva y detiene el primer trancazo con su macuáhuitl, hace un giro con las muñecas con lo cual desvía su arma al lado opuesto y le rebana el abdomen al shochimilca, que se queda pasmado con la mirada en la herida. El coatécatl da el golpe final en la garganta y el hombre cae como un árbol recién talado. De inmediato, el guerrero meshíca acude en auxilio del hijo del tlatoani —quien yace acostado bocarriba con la cara hecha una mezcolanza de sangre y tierra— y le entierra el macuáhuitl en la espalda al soldado shochimilca, que aún vivo, cae sobre Tizahuatzin y se retuerce tembloroso. El coatécatl le da una patada al shochimilca y le extiende la mano al joven meshíca para que se ponga de pie.

—Vamos —dice el coatécatl—. Te llevaré al campamento.

—¡No! —responde Tizahuatzin con la cara destrozada—. Voy a seguir.

—¡No puedes! —exclama el coatécatl con la respiración agitada—. ¡Te van a matar!

—¡Si me matan que sea con honor y no por cobarde!

En ese momento, cae frente a ellos el cuauhquiahuácatl con una flecha en el cogote y Tizahuatzin comienza a temblar de miedo.

—¡Vamos! —insiste el coatécatl—. ¡Te llevaré al campamento!

—¡Cuidado! —grita el pantécatl—. ¡Hay miles de shochimilcas en las azoteas de las casas y templos!

Un enjambre de flechas surca el cielo y cae sobre ellos, que segundos antes se tiran al piso para esconderse de la lluvia de proyectiles. Tizahuatzin logra tomar un escudo del piso y se mete entre unos arbustos, repliega las piernas hacia su pecho y cubre la mayor parte de su cuerpo con el chimali. Coloca una mano en el suelo y siente algo húmedo y viscoso. Baja la mirada y se encuentra con un rostro despedazado por un macuáhuitl.

—Ahjuujda... —le dice el soldado con la quijada, la dentadura y el labio inferior colgando como un trapo y la nariz partida en dos.

Tizahuatzin observa alrededor y se encuentra con decenas de soldados meshícas y shochimilcas derribados, con flechas y lanzas enterradas en piernas, brazos, espaldas y pechos, protegidos por sus ichcahuipilis. Con todo, muchos de ellos hacen enormes esfuerzos para arrancarse las saetas. Los heridos en la nuca se arrastran adoloridos y claman por auxilio.

—¡Ea, meshícas, vengan, vengan a nosotros! —gritan los shochimilcas desde las azoteas.

—¡Pobres y miserables de ustedes, shochimilcas! —responden los meshícas con gran ímpetu—. ¡Ahora quedarán todos destruidos! ¡Serán nuestros vasallos y tributarios!

El diluvio de yaomitles no cesa. Tras la batalla en Coyohuácan, Pashimálcatl se informó sobre la estrategia con la que los tenoshcas habían derrotado a Cuécuesh y decidió emplear el mismo método: mantuvo a la mitad de su ejército en las azoteas de casas y palacios, todos acostados bocabajo, y cuando Tlacaélel y sus tropas llegaron, los dejó que se confiaran, esperó paciente, y al tener la certeza de que los meshítin no tenían más soldados en reserva, sacó a la mitad de su ejército de manera sigilosa y dejó caer sobre ellos una caterva de lanzas y flechas.

—¡Quédate ahí! —le grita el coatécatl al hijo de Izcóatl, quien se encuentra acostado entre la hierba, con un cadáver sobre su pecho, que lo ayuda a cubrirse de los yaomitles que siguen cayendo como granizo—. ¡No salgas!

—Sí —responde Tizahuatzin empapado en sudor y sangre.

Los soldados de ambos ejércitos permanecen en cuclillas, con sus escudos sobre sus cabezas y espaldas. Otros se encuentran acostados entre la hierba, detrás de algún árbol o debajo de un muerto. Todos en absoluto silencio, a la espera de que concluya la tempestad de yaomitles y tlacochtlis.

—¡Ahora! —grita el huecamécatl y se pone de pie con su macuáhuitl en mano al ver que ya no caen flechas.

—¡No! —revira Tlacaélel; en ese momento, otra lluvia de flechas y lanzas se desploma sobre ellos y tres yaomitles hieren al huecamécatl: uno en el cachete, otro en el pecho y el último en el abdomen. Se tambalea por varios segundos mientras da unos pasos débiles y cae muerto.

Todos lo observan en silencio.

—¡Ea, meshícas! ¡Salgan de sus escondites! —exclama Pashimálcatl.

El tlacochcálcatl se mantiene bocabajo, con su escudo en la espalda y la mirada hacia la azotea del palacio, donde se hallan Pashimálcatl y la mitad de su ejército.

—¡No se muevan! —ordena Tlacaélel al mismo tiempo que se pone en cuclillas y avanza con el escudo sobre su cabeza—. ¡Todos, permanezcan en sus lugares!

Cae otra caterva de saetas y el tlacochcálcatl se cubre la cabeza y el pecho.

—¡Tengo flechas para lanzar todo el día! —grita Pashimálcatl.

—¡Nosotros tenemos todo el día! —le responde Tlacaélel en tanto camina dos pasos en cuclillas y sujeta el chimali por arriba de la cabeza.

—¡Los mataremos a todos! —responde Pashimálcatl y da la orden de que arrojen otro aluvión de flechas y lanzas.

Tlacaélel se acerca a un soldado muerto, le quita el escudo para tener doble protección y se pone de pie.

—¡Dispara! —reta el tlacochcálcatl con un chimali frente a su rostro y pecho y el otro cubriendo su abdomen y la mitad de sus piernas—. ¡Mátame! ¡Hazlo de una vez! ¡Si no lo haces, te arrepentirás!

Una riada de yaomitles cae sobre Tlacaélel, que al instante se acomoda en cuclillas y se cubre con los dos chimalis.

Vuelve el silencio. Nadie se mueve. Pashimálcatl observa desde la azotea con furia, pues se le están acabando las flechas. Tlacaélel permanece como una tortuga dentro de su caparazón.

—¿Eso es todo? —pregunta el tlacochcálcatl sin sacar la cabeza—. ¿Ya se te acabaron las flechas?

—¡Todavía tengo muchas más! —contesta Pashimálcatl.

—¡Quiero ver eso! —Tlacaélel se levanta y coloca los dos escudos a sus costados. Los yaoquizque lanzan su última carga de flechas y el tlacochcálcatl se encoge de nuevo y se cubre con ambos escudos.

—¿Quieres más? —cuestiona Pashimálcatl con soberbia, aunque sabe que ya no hay flechas para arrojar y que ahora el combate tendrá que ser cuerpo a cuerpo.

—¡Sí! —responde Tlacaélel al mismo tiempo que se pone de pie y se cubre el pecho y las piernas con los escudos—. ¡Lanza todas tus flechas!

Pashimálcatl mantiene la mirada en Tlacaélel. Se lleva la mano a la cintura, de donde saca el macuáhuitl que lleva colgado.

—¡Qué comience la danza! —grita el tlacochcálcatl—. ¡Meshícas! ¡Acabemos con estos shochimilcas!

Todos los soldados se reincorporan, retumban los huehuetles y los teponaztlis y aúllan los yaoquizque.

¡Pum, pup, pup, pup, Pum!...

—¡Ay, ay, ay, ay, ay, ayayayay!

El tlacochcálcatl camina con ambos escudos en dirección al palacio de Shochimilco y en su paso lo interceptan tras soldados con sus macuahuitles. El tlapaltécatl, el pantécatl y el coatécatl avanzan detrás de él. Los soldados que se encontraban en las azoteas, comienzan a brincar como chapulines y ya en tierra se lanzan contra el ejército meshíca que avanza con firmeza hacia el palacio de Shochimilco. Ambos ejércitos se baten a duelo con ferocidad, estrellan sus macuahuitles con todas sus fuerzas. Los charcos de sangre crecen a cada minuto. Decenas de soldados caen al suelo con brazos y piernas mutiladas, con las tripas de fuera y las gargantas fileteadas. Aun así, el ejército tenoshca avanza. Tlacaélel pelea con dos escudos: detiene los porrazos y los utiliza para arremeter contra sus oponentes. Se lanza contra ellos con todas sus fuerzas, con los chimalis frente a su rostro, empuja como una bestia hasta derribarlos y cuando los tiene en el piso, les entierra la orilla del escudo en la garganta. Pum, pum, pum. Les deja el cogote destrozado y se reincorpora de inmediato. Avanza sin detenerse hasta llegar a la entrada del palacio donde lo recibe un par de soldados con sus macuahuitles en todo lo alto. Detiene los porrazos con los dos chimalis. Los shochimilcas no se detienen y golpean varias veces, pero el tlacochcálcatl no se doblega; mantiene sus chimalis con firmeza. De pronto, un macuáhuitl le corta la pierna a Tlacaélel, y cae el suelo. Uno de los soldados alza su macuáhuitl para darle un golpe en el pecho al tlacochcálcatl, pero éste le arremete un puntapié en la espinilla y lo detiene, y aprovecha para sacar un cuchillo de pedernal y se lo entierra en el abdomen antes de que el otro soldado le clave su macuáhuitl en la espalda. Tlacaélel rueda como un tronco de un lado a otro para esquivar los golpes que lanza el shochimilca. De pronto, se adueña del macuáhuitl del soldado al que le acaba de enterrar el cuchillo y se pone de pie con gran agilidad, a pesar de la herida en la pierna. El shochimilca lo recibe con un porrazo directo al rostro, pero Tlacaélel lo detiene y con un giro le rebana el abdomen; vuelve a girar y ataca por el otro lado y le da un golpe en el cuello, con lo cual el soldado cae muerto y el tlacochcálcatl sigue su camino.

—Si buscas a Yarashápo, ya no está aquí —dice Pashimálcatl con un macuáhuitl en la mano desde el interior del palacio—. Escapó. Huyó esta mañana. —No hay nadie más en la sala principal.

—Lo mataste —afirma Tlacaélel al mismo tiempo que se adentra en la sala.

—Fueron tus espías —revira Pashimálcatl—. Todos en Shochimilco lo saben.

—Mis espías nunca me mienten. —Avanza hacia su oponente con paso lento. Lo mira fijamente a los ojos, al tiempo que estudia el entorno, los puntos ciegos, las entradas y salidas. Se asegura de que no haya soldados escondidos.

—Ichtlapáltic te mintió. —Pashimálcatl camina hacia atrás.

—¿El telpochyahqui? —Tlacaélel sonríe—. Ese sargento siempre fue leal. Yo sabía que te lo estabas cogiendo y que querías que él matara a Yarashápo. Supe que le ofreciste varias veces convertirlo en tu concubino cuando se deshicieran del tecutli shochimilca. También me enteré de que tú lo mataste. O, mejor dicho, ordenaste a los soldados que lo mataran. —El tlacochcálcatl deja caer su macuáhuitl—. Te reto a un duelo cuerpo a cuerpo.

—No. —Pashimálcatl empuña el macuáhuitl con las dos manos—. Recoge tu arma.

—¿Tienes miedo? —pregunta Tlacaélel. Camina hacia él, se detiene a un metro y extiende los brazos—. Ataca…

—No. —Tiene la mirada fija en su oponente—. Me rindo. —Tira su macuáhuitl al piso—. Tú ganas. —Muestra las palmas de las manos.

—¿De verdad? —Alza las cejas y sonríe ligeramente—. Me habían dicho que eras muy bueno en combate. Pensé que había encontrado a un buen contrincante.

—Lo soy. Pero también sé elegir mis batallas. —Pashimálcatl agacha la cabeza.

Tlacaélel se acerca a Pashimálcatl y, justo en ese momento, éste hace un movimiento fugaz con el que logra rodear al tlacochcálcatl, le prensa la muñeca derecha, se coloca por la espalda y le pone un cuchillo en la garganta.

—Ahora vamos a salir del palacio y les vas a decir a tus hombres que bajen las armas —le ordena.

—Como tú digas. —Tlacaélel alza la quijada para menguar la presión del cuchillo, que ya comienza a cortar la piel en su cuello y del cual escurre un delgado hilo de sangre.

—¿Te das cuenta lo fácil que es llegar a acuerdos? —Le tuerce el brazo para que camine.

—¡Espera, espera, me estás lastimando! —Se queja con exageración. Y voltea un poco a la izquierda para ver el rostro de Pashimálcatl que se encuentra sobre el hombro, como si le susurrara al oído.

—No me importa. Camina —exige Pashimálcatl y le entierra el cuchillo en la garganta, de la cual se derrama una cortina de sangre.

Justo en ese momento, Tlacaélel le arrebata el cuchillo al shochimilca, se gira, lo toma de la nuca, con la frente le da un golpe salvaje que le rompe varios dientes y le entierra el arma en el abdomen cuatro veces seguidas. Pashimálcatl jadea con la boca hecha una catarata de sangre, y observa con estupor a su rival, que parece contemplar su dolor con un placer salvaje.

—Te voy a dar un consejo. —Lo mira a los ojos mientras gira el cuchillo como una manilla dentro del abdomen de Pashimálcatl—. Nunca amenaces. Actúa. —Saca el cuchillo y se lo entierra en el cuello. Tras esto, el tlacochcálcatl arrastra el cuerpo de Pashimálcatl afuera del palacio y lo carga para que los soldados vean a su líder fallecido.

—¡Pashimálcatl está muerto! —grita—. ¡Pashimálcatl ha muerto!

Los shochimilcas se detienen, confundidos y temerosos, pues en realidad nunca estuvieron de acuerdo en que Pashimálcatl fuese su tecutli. Entonces, se dan las espaldas y regresan a sus calputin, que se extienden hasta el cerro Shochitépec, al cual sube el Tlacaélel y desde ahí les grita a los meshítin:

—¡Poco a poco meshícas tenoshcas! ¡No desmayen! ¡Los shochimilcas han de ser hoy todos muertos a nuestras manos!

Los de Shochimilco salen huyendo mientras los meshícas van a su alcance, dejando muchos cuerpos muertos y otros muy mal heridos, hasta llegar a Atótoc, donde capturan a los pipiltin de Shochimilco.

—Señores nuestros y preciados meshícas —dice uno de los pipiltin de rodillas—, no hay más. Que no pase adelante su braveza. Cesen su furia. Descansen sus fuerzas. Vean esta sierra grande. De aquí sacaremos todo lo que ustedes quieran. Tomen de su mano para todos los pipiltin, hijos, sobrinos, amos y repártanle a cada uno cuatrocientas brazas de tierra en cuadro, y para ustedes tomen todas las que quieran, pues les vienen por derecho. Fue nuestra culpa. Ahora nos sometemos y quedamos bajo su sujeción.

—¡Escúchenme! —habla el tlacochcálcatl Tlacaélel—. El señor que reside dentro de los cañaverales y tulares es nuestro tecutli Izcóatl, y por su mandato y deseo repartimos las tierras a todos ellos: primero al tecutli Izcóatl y luego al tlacochcálcatl Tlacaélel. Tomaremos las tierras de Coapan, Chílchoc, Teoztílan, Shuchípec, Motlashauhcan, Shálpan, Moyotépec, Acapulco, Tulyahualco y Tlacatépec.[158]

Los pipiltin shochimilcas responden:

—Para ustedes, señores, queda el gran monte nuestro para la madera y piedra que quieran repartir conforme su voluntad. Ahora, señores míos, descansen, tomen nuestra servidumbre, que aquí es su casa y su pueblo. Aquí les aguardaremos cuando decidan venir a descansar.

—Todos ustedes deberán construir para nosotros una calzada de piedra pesada, de quince brazos en ancho y dos estados de alto.[159]

Tras decir esto, Tlacaélel da instrucciones al ejército para que quemen los templos, saqueen la ciudad y aten a los prisioneros. Al

158 Alvarado Tezozómoc.

159 De acuerdo con Alvarado Tezozómoc, en 1431, los xochimilcas iniciaron la construcción de la Calzada México-Xololco, la cual llegaba a Iztapalapa y Coyoacán, hoy Calzada de Tlalpan. Medía veinte metros de ancho y tenía en el centro un acueducto de agua potable proveniente de Huitzilopochco y Coyoacán.

terminar, vuelve a dividir a su ejército. La mitad, al mando del tlapaltécatl, debe permanecer en Shochimilco y la otra mitad marcha a Shalco, donde ya se encuentran Teotzintecutli y su ejército. Aquel altépetl sureño yace en absoluto silencio, como si estuviera desierto. Todos sus habitantes se han resguardado en sus casas, de acuerdo con las instrucciones de su tecutli. Los soldados han creado vallas humanas en todas las entradas.

Antes de llegar, el tlacochcálcatl se detiene y observa la ciudad desde lejos. Recuerda la última vez que estuvo por esos rumbos, un año atrás, cuando iniciaba la guerra contra Azcapotzalco y él había ido a Shalco, por órdenes del príncipe chichimeca, para solicitar el auxilio de las tropas shalcas. Sin embargo, Teotzintecutli lo arrestó y lo trasladó a Hueshotzinco para que lo sacrificaran a los dioses, algo que no ocurrió, pues el tecutli hueshotzinca no quiso entrar en conflictos con los meshítin y lo envió de regreso con el tecutli shalca. Éste, consciente de que había cometido un grave error, lo mandó a Azcapotzalco para suplicar la indulgencia de un Mashtla que ya no pensaba cuerdamente y reaccionaba con rabietas. Indignado, Mashtla devolvió a aquel rehén a Teotzintecutli, quien sin saber qué hacer, envió una embajada a Nezahualcóyotl con el fin de explicar el arresto de Tlacaélel, que al final fue liberado por un soldado llamado Cuauteotzin.

—Espérenme aquí —le ordena Tlacaélel al pantécatl y al coatécatl—. Si no regreso en el transcurso de la noche, ataquen la ciudad antes de que se asome el sol y destrúyanla por completo, hasta que no quede un sólo teocali ni una sola casa.

—Permítame acompañarlo —pide el pantécatl.

—No te preocupes. Estaré bien —responde Tlacaélel con la mirada hacia Shalco—. Teotzintecutli y yo ya nos conocemos.

El tlacochcálcatl camina solitario hacia el shalcáyotl, «confederación de la zona Shalco Amaquemecan», ocupada en el *matlactli once cali shíhuitl,* «año once casa: 1269», por los totolimpanecas, que quitaron a los pobladores anteriores, que eran olmecas quiyahuiztecas cocolcas shochtecas, los nonohualcas originales, cuyas tierras antes de la usurpación se llamaban Chalchiuhmomozco e Itztlacozauhcan y que se convirtieron en Shalco y Amaquemecan. En el *matlactli omei técpatl shíhuitl,* «año trece pedernal: 1336», Shalco Amaquemecan fue dividida y crearon un nuevo tlatocáyotl, al que llamaron Teohuácan Amaquemecan. A pesar de la despoblación por razones militares en *matlactli* ácatl *shíhuitl,* «año diez carrizo: 1411», el shalcáyotl mantenía los altepeme de los totolimpanecas amaquemes, los chichimecas tecuanipas, los nonohualcas tlalmanalcas, los poyauhtecas y los tenancas tlaylotlacas atlauhtecas, con más de veinticinco altepeme tributarios y siete cabeceras: Tzacualtitlan Tenanco Chiconcóhuac, Tzacualtitlan Tenanco Atlauhtlan, Tenanco Tepopollan Texocpalco, Tzacualtitlan Tenanco Tlaylotlacan, Tecuanipan Pochtlan Amaquemecan, Tecuanipan Huixtoco, Amaquemecan, Teohuacan Amaquemecan, Tlalmanalco Opochhuacan, Chalco Itzacahuacan, Chihuateopan Chalco y Panohuayan Amaquemecan.[160]

Al llegar a Shalco, Tlacaélel es interceptado por una tropa que, sin cuestionarle su nombre, lo arresta y lo lleva ante Teotzintecutli.

—Nunca imagine que serías capaz de regresar solo a este altépetl —espeta asombrado el tecutli shalca, quien está sentado en su tlatocaicpali—. Mucho menos al inicio de la guerra. ¿Acaso no temes por tu vida? —Sonríe y se acaricia la quijada y barbilla.

—No tengo razones para temer. —Tlacaélel se mantiene de pie, con la mirada al frente, algo que a cualquier otro prisionero en su lugar le habría costado la vida, pues no arrodillarse ante el tecutli de Shalco es una seria afrenta—. Sé que no deseas matarme. Si hubieras querido, lo habrías hecho hace un año o hace un momento. Ni siquiera habrías permitido que entrara a este hermoso palacio. Me habrían disparado mil flechas en un instante. Tú quieres sobrevivir. Asimismo, quieres salvar al shalcáyotl... Y yo también. Por eso vengo a hacerte una propuesta.

—¿Tú a mí? —Finge una sonrisa.

—Tenochtítlan, Teshcuco y Tlacopan hemos creado el eshcan tlatoloyan. En este momento, Nezahualcóyotl y los pueblos aliados del norte están recuperando Chiconauhtla, Izcóatl se encuentra en Tepeshpan e Ilhuicamina se halla en Hueshotla. Yo tengo a la mitad de mi ejército afuera de Shalco y la otra mitad viene en camino desde Shochimilco, altépetl que acabamos de conquistar. Sé que tienes

160 Chimalpahin.

siete cabeceras y veinticinco altepeme tributarios y que con ellos podrías aplastar a mi ejército, pero no tienes los hombres ni las armas para derrotar a los que vienen en camino. Si quieres prolongar la guerra varias veintenas, lo haremos. Sin embargo, al final, perderás. Destruiremos cada una de tus cabeceras, quemaremos sus teocalis y tecpanes; luego, llevaremos a la piedra de los sacrificios a todos tus hermanos, hijos, esposas y nietos. Aclaro, no es una amenaza. Es un augurio de nuestro dios Tezcatlipoca. Insisto, va a ocurrir. Entiéndelo, el shalcáyotl desaparecerá. Pero... —Hace una pausa y da un paso al frente—. Puedes prolongar la paz en tus tierras.

—¿Me estás exigiendo vasallaje y tributo? —Teotzintecutli aprieta los labios y echa la cabeza hacia atrás.

—No. —Tlacaélel da unos pasos hacia el tecutli shalca—. Por el momento, no. Sólo exijo que bajes las armas, que pidas perdón al eshcan tlatoloyan... —Guarda silencio y levanta la frente—. Y una hija.

—¿Una hija? —cuestiona sorprendido Teotzintecutli.

—Así es. —Se mantiene con la frente en alto—. Podrás expandir tu linaje a Meshíco Tenochtítlan por medio de una hija.

—¿Y qué recibiré a cambio? —Arruga las cejas y se cruza de brazos.

—Inmunidad.

35

Al dar el *tlathuináhuac,*[161] bajo una bruma espesa y sobre un lago frío y quieto, en completo silencio, Mirácpil, igual que todos los yaoquizque, tlacualchiuhque y tlamémeh, desciende de una de las veinte mil canoas —en las que viajaron toda la madrugada, con extrema lentitud para no agitar las aguas de Meshíco Tenochtítlan a Hueshotla— ingresa de cuerpo entero al agua helada, que le llega hasta el pecho, se echa en la espalda un *cacashtli,*[162] avanza con lentitud y tiembla de frío inmersa en la gélida ciénaga, mientras su boca exhala un vaho que se fusiona con la neblina que le impide ver más allá de cinco brazos.

Al frente transitan cientos de yaoquizque, «soldados macehualtin», telpochyahque, «sargentos», tlamaque, «macehualtin que han logrado cautivos previamente», cueshtecátin, papalótin y tequihuácah, «cautivadores», meshítin tolnahuacátin tequíhuah, «capitanía de cien hombres de su mismo barrio», tequíhuah achcacáuhtin, «los oficiales de la justicia, los guerreros experimentados, los que ejecutan las sentencias del soberano, los alguaciles, los valientes guerreros, los verdugos del gobernante», ocelopíltin, «guerreros jaguar» y cuauhpíltin, «guerreros águila», y hasta delante, Tezozomóctli con el título de cuáchic, «capitán adelantado, conquistador», el hueitiacauhtli, el atempanécatl, el calmimilólcatl, el huitznahuácatl, el quetzaltóncatl y el tlacatécatl Motecuzoma Ilhuicamina, todos muy galanes con sus rostros pintados, sus insignias, atavíos, collares, bezotes, orejeras y tlahuiztlis, «uniformes de guerrero», tejidos en tela de algodón, confeccionados, algunos con cueros, otros con pieles de

161 *Tlathuináhuac,* «hora antes del alba». Véase «La cuenta del tiempo» al final del libro.

162 *Cacaxtli,* «un armazón de madera que los cargadores llevaban a cuestas durante un día de marcha, el cual se fija con un *mecápal,* "cuerda", que va desde la parte inferior del cacaxtli hasta la frente del cargador». El *mécatl,* «mecate, soga», era para usos generales. Los *tlamémeh* también cargaban un *petlacalli,* «caja hecha de petate», palabra que evolucionó en la castellanización a petaca, que hoy se entiende como maleta.

animales y decorados con plumas, como el traje del cueshtécatl, «guerrero cautivador», de colores rojo, azul y amarillo, con una nariguera de oro y un tocado con una insignia circular. Otros guerreros llevan puesto un uniforme con faldón de plumas y penacho con plumas rojas y verdes, llamado *patzactli* y *momoyactli*. Los *tzitzimime*[163] portan vestiduras blancas, azules o amarillas, en el pecho llevan dibujado un corazón humano y en la cabeza, un *cuatepoztli*, «casco», que representa una calavera, rematado con una concha y plumas verdes. Los *quasholótin* visten un traje sobrio que contrasta con un cuatepoztli de plumas ricamente decorado. Los ocelopíltin usan prendas de piel y cuatepoztlis que simulan la cabeza de un jaguar. Los cuauhpíltin visten uniformes y cuatepoztlis con forma de cabeza de águila; y los *cuetlatchtlin* utilizan cuatepoztlis que imitan la cabeza de un lobo.[164]

Detrás de Mirácpil, marcha un tlaméme llamado Tohuitémoc, el mismo que se mofó de ella el día en que entró al ejército y le dijo que parecía mujercita, a lo que ella respondió con firmeza y un bien simulado enojo: «No soy una cihuápil. Soy un telpochtli», pero el cargador respondió con menosprecio: «Cierto, no eres una cihuatontli, pero pareces un *cuilontontli*. Dime la verdad. ¿Eres *cuiloni*? Yo creo que sí. Mírate, eres un *chimouhqui*».[165] «Un cuiloni que no se quita su ichcahuipili»,[166] insistió otro de los tlamémeh, llamado Shoquíhuitl. «El cuauhpili me dijo que lo usara todo el tiempo para que me adapte», respondió Mirácpil.

—¿Ya te cansaste, Tezcapoctzin? —pregunta Tohuitémoc al mismo tiempo que camina sumergido en el agua, detrás de cientos de soldados.

—Este *cuiloni* ya se cansó —agrega Shoquíhuitl con un tono burlón y otros tlamémeh se ríen.

Pronto llegan a la orilla del lago, los soldados, cargadores y mujeres salen del agua y, como reptiles, se deslizan pecho tierra y con

163 *Tzitzimime* (en singular *tzitzimitl*), «monstruosas deidades celestiales; fantasmas vivos, bajados de las nubes, dioses de los aires que traía las lluvias, aguas, truenos, relámpagos y rayos».
164 Bueno Bravo.
165 *Cuilontontli*, «putillo» (en plural *cuilontontin); cuiloni*, «puto o travesti», (en plural *cuiloque*) o *chimouhqui*, «puto» (en plural *chimouhque*).
166 *Ichcahuipili*, «chaleco de algodón prensado utilizado como armadura».

sigilo para no ser descubiertos, pues ya es el *hualmomana,* «la salida del sol»,[167] la neblina comienza a disiparse y muy a lo lejos el sol arroja un macilento rayo de luz.

—¿Así te cansaste con la putilla? —pregunta Tohuitémoc, cuyos antebrazos y cuerpo están bocabajo sobre la hierba mojada por donde ha pasado el ejército.

Mirácpil no responde. Avanza con dificultad, pues el cacashtli que lleva en la espalda está lleno de granos de maíz y, por ende, es demasiado pesado.

—No se cansó, porque no le hizo nada. —Se ríe Shoquíhuitl al mismo tiempo que se impulsa con las rodillas sobre la hierba.

Dos veintenas atrás, cuando Mirácpil apenas se había incorporado al ejército, después de que Tohuitémoc y Shoquíhuitl le dijeron que parecía mujercita —y que ella negó rotundamente—, cuestionaron si ya había cogido con alguna *ahuianito,* «prostituta», *de esas que se pasean obscenamente maquilladas y vestidas, cerca del lago, en las calles y en los mercados,*[168] o si seguía jalándose la verga todas las noches, algo que Mirácpil no respondió, sin saber que al evadir el interrogatorio, únicamente conseguiría que la hostigaran cada día más y más y más, hasta hacerla reventar de hartazgo, pues de eso se trataba la vida entre mancebos macehualtin: desde que entraban al telpochcali tenían que aguantar la pulla y aprender a acosar a otros, pisarles los talones, hacerles la existencia imposible, y si no se adaptaban, se convertían en la burla de todos por el resto de su estancia en el telpochcali, si bien les iba, pues había quienes cargaban con esa repulsa por el resto de sus vidas. Cuando Mirácpil era niña, su madre le decía con insistencia que se comportaba como niño, sin embargo, poco había de eso, pues aunque ella casi nunca actuaba como el resto de las niñas, no tenía eso que su madre llamaba *moditos masculinos,* simplemente no era femenina, lo cual tenía claro desde entonces, mas no había comprendido que las aseveraciones de su madre eran erradas, pues en realidad ella nunca imitó a sus hermanos, ni pretendió ser un niño, sólo le gustaban las mujeres, mejor dicho, le fascinaban, y eso no ne-

167 Véase «La cuenta del tiempo» al final del libro.
168 Krickeberg.

cesariamente implicaba que ella quisiera ser hombre, algo que comprobó al entrar al ejército, donde descubrió, por la mala, los vicios de los telpochtin, que todo el día hablaban de sus *tepolis,* «vergas», y *tepolcuauhtlis,* «erecciones», de sus tamaños y de sus formas y de las maneras en las que se las metían a las *ahuianime,* «prostitutas», a las que visitaban cada vez que tenían forma de pagar, pues por mucho que presumieran, la realidad es que eran macehualtin y tan sólo por eso eran pobres, tan pobres que pagarle a una ahuianito era un lujo, que casi siempre costeaban los padres para que sus hijos, como era la noción colectiva, se convirtieran en *oquichtin,* «hombres», pues antes de eso eran menos que telpochtin; por mucho, *tlacazcaltiltin,* «niños, pupilos», y aquel que no hubiera visitado una casa pública o las ahuianime o los *cuiloque* que se paseaban cerca del lago, era acreedor de las peores burlas, como Mirácpil, que hasta entonces ni siquiera sabía de lo que hablaban sus compañeros del ejército, pues no tenía forma de saberlo. En casa ni sus hermanos ni su padre habían hablado de mujeres públicas ni de hacerse hombres con prostitutas o travestis, pues los tlacazcaltiltin, los telpochtin y los oquichtin podían hablar de mujeres, de putas, de maricones y de sus vergas todo el día, pero al llegar a casa, delante de sus madres, sus esposas, sus hermanas y sus hijas no mencionaban una palabra, ya que *las mujeres en casa eran consideradas castas, plumitas preciosas, avecillas del nido, pequeñas palomitas.*[169] Tohuitémoc y Shoquíhuitl la interrogaron varios días seguidos: «¿Te has cogido a alguna putilla en tu vida, Tezcapoctzin?», a lo que Mirácpil respondió con un *sí* ambiguo para que concluyera el acorralamiento, pero únicamente logró avivar el morbo de aquel par de mancebos lujuriosos, que la atiborraron con preguntas como ¿a qué huele una *tepili,* «vagina»?, ¿cómo se ve una tepili?, ¿cuánto se abre una tepili?, ¿es posible meterle más de dos dedos? Mirácpil se negó a responder y el hostigamiento incrementó, pues ninguno de los dos telpochtin le había creído, con el argumento de que Tezcapoctzin tenía apariencia de niño y sólo por eso era un inepto para fornicar con una mujer. «El día que te vayas a coger una putilla —le explicó Tohuitémoc—, tienes que acostarla en el pepechtli y abrirle las piernas... —hizo una muestra

169 Krickeberg.

gráfica con las manos—. ¡Así! Y luego se la metes: pum, pum, pum, y... —dirigió la cara al cielo, cerró los ojos, abrió la boca y simuló un orgasmo—. ¡Ahhhhh!», sonrió lujurioso. «No pierdas tu tiempo —añadió Shoquíhuitl con un gesto burlón—. Tezcapoctzin es cuiloni». Entonces, Tohuitémoc respondió que sólo había una forma de comprobarlo y propuso llevar a Tezcapoctzin a una *netlaneuhtilizcali,* «casa de mujeres públicas», a lo que Shoquíhuitl respondió que no gastaría en Tezcapoctzin, por lo que aquel primer intento de Tohuitémoc fracasó, mas no por ello se dio por vencido, e insistió todas las mañanas en las que los alumnos debían ir a recolectar espinas de maguey, para más tarde hacer autosacrificio, tiempo que aprovechaban Shoquíhuitl y Tohuitémoc para hablar de las mujeres que veían en las calles y que guardaban en sus memorias para más tarde masturbarse y después contarse mutuamente cómo se las habían imaginado, como si lo hubieran vivido, de tal forma que daban todo tipo de detalles: «Tenía las *chichihualis*[170] grandes, con unos pezones oscuros y gruesos. Puse a la *chichihual atecomatl*[171] bocarriba, la tomé de las caderas y para dentro». Mientras tanto Mirácpil, hastiada de esa verborrea, no podía alejarse, pues parte del ritual del autosacrificio consistía en permanecer de pie con las espinas enterradas en la piel para acostumbrar sus cuerpos al dolor. «¿Y tú te jalaste la verga esta mañana, Tezcapoctzin?», preguntaba uno de ellos a Mirácpil, que aunque no quería entrar a la conversación, más de una vez estuvo tentada a contarles lo que en verdad era estar con una mujer y no nada más por la búsqueda del placer propio, sino por el genuino deseo de hacer sentir a una mujer no sólo una vez, sino dos, tres, cuatro, cinco veces en un encuentro amoroso, hasta que su clítoris se hinchara tanto y no resistiera más las descargas internas, y ella rogara que la dejara descansar, de lo contrario se orinaría, pero sabía que para ellos sería demasiada información, y que sólo conseguiría risitas bobas y, al final, suspicacia. Incluso los imaginó preguntando «¿Y a ti quién te contó todas esas fantasías?» Si bien no le gustaba escucharlos alardear de sus vergas y

170 Chichihualli, también *chichihual,* «senos». *Chichihua,* «ama de cría, sacar leche». *Chichi,* «mamar».
171 *Chichihual atecomatl,* «mujer de grandes senos».

de las panochas que según ellos habían mamado, también es cierto que Mirácpil prefería, por mucho, escuchar eso a tener que lidiar con la incansable pregunta de si era o no un cuiloni, lo cual no habría generado ningún problema si Tohuitémoc jamás hubiera espetado la frase que le quitó el sueño: «Si eres un cuilontontli, no me molesta, yo te puedo meter mi tepoli. ¿Te gustaría tener mi verga en tu *tzintli,* «culo»? Está grande. Tal vez te duela un poco al principio, pero luego te va a resbalar y... uy, la vas a disfrutar», y lo peor fue cuando, en medio del bosque, mientras recogían leña, todos se dispersaron y, de pronto, Mirácpil se topó con Tohuitémoc junto a un árbol, de pie y sin su máshtlatl, con el cuerpo arqueado hacia adelante cual tlahuitoli y la verga erecta como una flecha lista para ser arrojada. «¿Te gusta?», le preguntó con una sonrisa libidinosa. Entonces, Mirácpil decidió ir a casa de sus padres, a medianoche, para no ser descubierta por los guardias, entró sigilosa y cuidadosa de que ningún vecino la reconociera, y ya en su interior, despertó a sus padres, que en un principio no la reconocieron y ella tuvo que advertirles con susurros que era su hija, Mirácpil, la que habían enviado al ejército y les solicitó algunas monedas (piezas de cobre en forma de T),[172] algo que sus progenitores cuestionaron con preocupación e insistencia, pues sabían perfectamente que en el ejército los alumnos no necesitaban solventar gastos, pero Mirácpil se negó a darles explicaciones. Al final ellos cedieron y le proporcionaron diez piezas de estaño, la moneda menos valiosa (la más preciada era la semilla de cacao en costales y las mantas en cantidades grandes). Al día siguiente, no sin antes advertir que sería la única vez, les ofreció a Shoquíhuitl y Tohuitémoc ir a la *netlaneuhtilizcali,* «casa de mujeres públicas», a lo que ambos respondieron con alegría exacerbada y mímicas lascivas: uno movió la cadera de atrás hacia adelante imitando el acto sexual, mientras que el otro se metió la mano debajo del máshtlatl y comenzó a masturbarse, al mismo tiempo que se mordía el labio inferior y hacía una mueca con la boca, que lindaba entre una sonrisa y un pujido. El plan de Mirácpil era que ellos entraran con dos mujeres públicas mientras ella esperaba afuera y, al salir, hacerles creer que ella también había disfrutado del aguamiel de una de esas

172 Clavijero.

ahuianime, y con suerte, convencerlos con algún relato vívido; sin embargo, no contó con que, al llegar, aquellos dos tlamémeh solicitaron primero una joven para Tezcapoctzin, quien por más que ofreció que ellos entraran primero, ni Tohuitémoc ni Shoquíhuitl aceptaron la oferta; querían ver a Tezcapoctzin entrar a una alcoba con aquella ahuianito de apenas dieciséis años que se había parado delante de ella con una postura poco seductora, más bien, tímida, algo que Mirácpil notó de inmediato, pues igual que aquella mujer pública, ella también estaba muy nerviosa, pero no podía demorarse mucho en tomar una decisión, así que entró a la alcoba y corrió la cortina de la entrada para que los dos telpochtin no pudieran ver desde afuera y se asomó por un rato hasta asegurarse de que no la espiaran y entraran a las otras alcobas. Luego ambas se miraron por un instante, sin decir una palabra: una porque no sabía qué estaba ocurriendo y la otra porque comenzó a arrepentirse de lo que había hecho, pues en ningún momento había pasado por su mente ocupar los servicios de esas mujeres para sí misma, ni mucho menos profanar la memoria de Shóchitl, quién ya tenía casi doce veintenas muerta. «¡Cuánto tiempo!», pensó al recordarla y comprender lo rápido que habían transcurrido los días y lo mucho que había cambiado su vida en tan poco, y a la vez, tanto tiempo. Consciente de que tenía que iniciar algún tipo de diálogo para justificar su presencia, Mirácpil le preguntó su nombre a la jovencita y se vio a sí misma en la primera noche que tuvo que entregarse a Nezahualcóyotl, a quien apenas conocía y recordó el miedo inenarrable que sentía al estar desnuda por primera vez frente a un hombre y las ganas que sintió de gritar y salir corriendo. «Yahuacihuatl», respondió la ahuianito también muy nerviosa, pues era la primera vez que tendría sexo con alguien, ya que sus padres la habían vendido como esclava días atrás, sin imaginar el destino que aquellos compradores le darían a su hija. Mirácpil sabía distinguir cuando una mujer estaba nerviosa, enojada, triste o excitada, aunque fingiera lo contrario, y reconoció el miedo en la mirada de la jovencita, así que la tomó de la mano, la llevó hasta el pepechtli, la invitó a sentarse y le prometió que no le haría nada, que ella no estaba ahí para *eso* que todos los hombres buscaban, pues él era diferente, a lo que Yahuacihuatl sonrió ligeramente, al mismo tiempo que se rascó la frente y agachó la cabeza, sin saber qué responder, aunque en el fondo quería agradecerle a ese mancebo desconocido por haberle quitado, temporalmente, de encima esa carga, que inevitablemente llegaría esa misma tarde, tal vez, después de que ese joven se marchara. «Mira, yo también soy mujer», se quitó el chaleco de algodón prensado y mostró sus senos, algo que la ahuianito no comprendió en ese primer instante y antes de que dijera una palabra, Mirácpil le explicó que se estaba escondiendo de un hombre y que por eso se había incorporado al ejército, pero que ya no soportaba la estancia y que en cualquier momento se iría muy lejos de ahí, a lo que Yahuacihuatl respondió: «Ácatl Poloaco», y Mirácpil no supo de que hablaba aquella joven, así que preguntó qué era eso y ella respondió con una sonrisa: «Donde está el *teoatl*»,[173] el agua turquesa, el agua divina que se une con Tonátiuh. «¡Ácatl Poloaco!»,[174] respondió Mirácpil con una sonrisa, «¡Sí! Dicen que es el lago más grande en todo el cemanáhuac. ¿Lo conoces?». «No, pero quisiera irme a vivir allá», respondió Yahuacihuatl e hizo una mueca de tristeza, «pero no puedo». «Igual yo quiero conocer el teoatl, respondió Mirácpil, pero mi padre dice que no es el momento para irme, pues me podrían reconocer y arrestar en el camino, y que espere uno o dos años a que el hombre que me está persiguiendo se olvide de mí».

—¿Es cierto que no le hiciste nada a la ahuianito? —pregunta Tohuitémoc con una sonrisa burlona.

—Está claro que no le hizo nada —agrega Shoquíhuitl—. Salió muy tranquilo de la alcoba y la putilla ni se había despeinado.

—Ustedes dos, cállense —ordena un sargento que camina agachado entre los tlamémeh que avanzan sobre sus antebrazos y rodillas—. Ya estamos cerca de Hueshotla. ¿Quieren que nos maten?

—Alto —ordena un capitán a lo lejos sin alzar la voz—. Todos de pie.

La neblina se ha disipado, el sol ilumina el llano y el ejército entero se levanta del piso y se forma en múltiples filas.

—Escuadrones, divídanse —se escucha la voz del tlacatécatl.

173 *Teoatl,* «mar». *Teo,* «divino»; *atl,* «agua». El agua divina que se une con Tonátiuh.

174 Ácatl Poloaco «Acapulco». Ácatl, «carrizo», *poloa,* «destruir»; *co* «lugar». Lugar donde se destruyen los carrizos. Los coixcas fueron los primeros en asentarse en Acapulco desde el siglo XIII.

El ejército se fragmenta en seis escuadrones.

—Los soldados del atempanécatl entrarán por el sur —explica nuevamente Ilhuicamina la estrategia que ya habían planeado y, al mismo tiempo, camina entre soldados, cargadores y cocineras—. Los hombres a cargo del calmimilólcatl irán por el norte; las tropas bajo las órdenes del huitznahuácatl y el quetzaltóncatl atacarán por el oriente. El destacamento a mi mando marchará por el frente de Hueshotla. No ataquen hasta que escuchen el silbido de nuestro *tepozquiquiztli*. Sólo en caso de que el enemigo los embista primero, defiéndanse y que nos avise su *tepozquiquizohuani*.[175]

De súbito, el tlacatécatl se detiene, observa al fondo de las filas y camina más aprisa, tratando de no ser tan evidente.

—Cuídense de que no los maten. —Mira a dos tlamémeh que susurran entre sonrisas mordaces—. No vienen a jugar. —Se detiene frente a ellos—. ¿Cuál es su obligación? —le pregunta a Shoquíhuitl.

—Cargar armas para los soldados. Y alimento y utensilios para las cocineras, mi señor —responde el tlameme con la cabeza agachada mientras trata de ocultar la sonrisa que le provocó Tohuitémoc con uno de sus chistes desgastados, pero que a él y a varios hace reír a carcajadas, como si fuera la primera vez que lo escucha o lo cuenta.

—¿Sólo eso? —Ilhuicamina se agacha para verle la cara al tlaméme e intimidarlo.

—También recoger las flechas, macuahuitles y lanzas del piso para usarlas nuevamente. —Shoquíhuitl se muestra serio al saberse observado por el tlacatécatl—. Y cargar el botín de guerra de regreso a Tenochtítlan.

—¿Qué más? —Dirige la mirada a Tohuitémoc y coloca los puños en las caderas.

—Sólo eso, mi señor —responde nervioso el tlameme.

—¡No! —El tlacatécatl mira a los dos con seriedad—. ¡Su obligación también es salvar su vida! ¡No quiero verlos jugando ni bromeando! ¿Entendido?

175 *Tepozquiquiztli*, «corneta de cerámica con forma de concha de caracol»; *tepozquiquizohuani*, «el que toca el caracol».

—Como mande, mi señor —contestan Tohuitémoc y Shoquíhuitl.

—Tú. —Señala a Mirácpil—. Ven conmigo.

Tohuitémoc y Shoquíhuitl observan con recelo al tlacatécatl y a Tezcapoctzin, quienes avanzan al frente de las tropas.

—No pensé que te enviarían a la guerra tan pronto. Acabas de entrar —dice Ilhuicamina mientras camina.

—Yo pensé lo mismo, mi señor —responde Mirácpil—. El cuauhpili que me recibió me había prometido que no iría a la guerra hasta que cumpliera un año, pero su hermano Tlacaélel dio la orden de que todos los tlamémeh, sin excepción, viniéramos a la guerra.

—¿Cómo dijiste que te llamabas? —Ilhuicamina observa cuidadosamente a todos los soldados formados. Se asegura de que estén bien armados, con sus uniformes en orden y que se encuentren preparados para el combate.

—Tezcapoctzin. —Camina apresurada con el pesado cacashtli en su espalda.

—Muy bien, Tezcapoctzin. —Se detiene y la mira—. ¿Sabes utilizar las armas?

—Un poco —responde nerviosa. Lo que menos quería era entrar a combate.

—¿Qué armas sabes usar? —La observa con atención.

—El macuáhuitl, el chimali, el tlahuitoli, «arco», el átlatl, «lanza dardos», el tlacochtli, «lanza», el tematlatl, «honda», y el tlahcalhuazcuahuitl, «cerbatana de dardos envenenados». —Baja la mirada y succiona sus labios, como si hubiera dicho algo inapropiado. No quiere marchar al frente. Cree que hubiera sido mejor que dijera que no sabía utilizar ninguna de las armas mencionas y con eso el tlacatécatl la habría regresado a la cola de las filas, con los cargadores y las cocineras.

—Escúchame con atención. —Le pone la mano derecha en la barbilla para que levante la cara—. No me importa qué tan bueno seas con las armas. No entres en combate. Tú no estás aquí para eso. Sólo vienes de cargador. Por ningún motivo cometas la tontería de creerte un guerreo jaguar. Todo a su tiempo. Ya llegará el día en que podrás demostrar tu destreza en las armas. Por el momento, salva tu vida.

—Así lo haré, mi señor. —Mirácpil siente un gran alivio y sonríe ligeramente.

Ilhuicamina y Mirácpil llegan al frente del ejército. El tlacatécatl se detiene. Se dirige al atempanécatl, al calmimilólcatl, al huitznahuácatl, al quetzaltóncatl, al hueitiacauhtli y al cuáchic; repasa con ellos la estrategia de combate y se despiden.

—¡Vayan a sus posiciones!

Los escuadrones se dividen y marchan sigilosamente.

—¿Ya puedo regresar a mi posición? —pregunta Mirácpil. Está un poco desconcertada.

—No —responde sin mirarla—. Tú irás conmigo. Cargarás mis armas. —Se dirige a otro tlameme que lleva en la espalda un petlacali que contiene un arco, una aljaba llena de flechas, dos macuahuitles, cinco lanzas, dos escudos colgados por fuera, una honda, un lanzadardos y una cerbatana de dardos envenenados—. Intercambien su carga.

—Como usted ordene, mi señor. —Mirácpil y el tlameme intercambian el cacashtli lleno de granos de maíz por el petlacali de armas.

—Mi señor, ¿quiere que permanezca a su lado? —pregunta Tezozomóctli al tlacatécatl.

—No. Tú dirige la tropa —responde Ilhuicamina mientras ve al joven tlameme—. Yo marcharé por este lado. —Luego, se dirige a Mirácpil—. Listo. Ahora sí podemos seguir nuestro camino.

—¿Puedo preguntarle algo, mi señor? —cuestiona Mirácpil mientras avanzan.

—Dime. —Ilhuicamina mantiene la mirada fija en el ejército.

—¿Usted cree que esta guerra dure mucho? —Agarra fuertemente el mecápal sujeto a su frente, que a su vez carga todo el peso del petlacali.

—Llevamos dos años. —Para Ilhuicamina la guerra comenzó desde que Mashtla asesinó a Tayatzin, a Chimalpopoca y a Tlacateotzin.

—¿Cuánto cree que nos demoremos en derrotar al enemigo?

—Nezahualcóyotl ya llevaba varias veintenas luchando contra ellos en Tenayocan, hasta que las tropas de Teotzintecutli e Iztlacautzin se regresaron a Teshcuco.

—¿Qué opina sobre Nezahualcóyotl? —En ese momento Mirácpil se arrepiente de haber realizado esa pregunta. Teme que levante sospechas.

—Mi opinión no es algo que debería interesarte. —Ilhuicamina voltea por un instante y regresa la mirada al camino—. Lo que más llama mi atención es que no hables de él con respeto. Para ti es el príncipe Nezahualcóyotl.

—Disculpe, mi señor. —Baja la mirada y disminuye un poco la velocidad.

—¿Por qué te interesa mi opinión sobre mi primo? —El tlacatécatl no se ha percatado de que el tlameme ahora va unos pasos atrás.

—No es por ninguna razón en particular. Sólo que estábamos platicando y se me ocurrió preguntar.

—Me pareces conocido. Te he visto antes. —Mira por arriba del hombro, se da cuenta que el tlaméme se ha retrasado y baja la velocidad.

—Sí. —Aprieta el paso para ponerse a la par de Motecuzoma—. Una noche en el cuartel.

—No. —Niega con un dedo—. Antes de eso.

—No lo creo. —Se pone nerviosa—. Pero puede ser que me confunda con mis hermanos y mi padre.

—¿También están en el ejército?

—Ellos sí. Unos marcharon con las tropas del tlatoani Izcóatl y los otros se incorporaron al ejército del tlacochcálcatl Tlacaélel. Mi padre ya no está en el ejército. Lo hizo hace muchos años y desde entonces se dedica a la fabricación de cuatepoztlis con forma de cabeza de águila y jaguar.

—Tal vez por eso tu rostro me parece familiar. —Afirma con la cabeza—. ¿Cómo se llama tu padre?

—Otonqui... —Se arrepiente de haber mencionado el nombre de su progenitor y desvía la conversación—. ¿Usted cree que ganemos la guerra?

—Sí. —Devuelve su atención a los soldados que marchan a su derecha—. Sí. Otonqui. Lo conocí hace mucho. Un buen hombre.

—¿Es cierto que al ganar la guerra los soldados tienen derecho de violar a las mujeres del pueblo vencido?

—Así es. —Alza las cejas y sonríe—. Ésa es la recompensa de los guerreros.

—No lo pregunto por eso —se queja en silencio, pues el mecápal le está lastimando la frente—, sino porque quería saber si usted puede impedir que hagan eso. Quiero decir, que no permita que violen a las mujeres.

—No puedo hacerlo. —Hace una mueca de admiración—. Es un premio que ellos reciben por ganar la guerra. —Permanece pensativo por un instante con la mirada al cielo—. Eres un muchacho extraño. Es la primera vez que alguien me dice esto.

—Usted también es extraño. —No puede evitar sonreír.

—¿Por qué? —La mira.

—Ningún comandante se había interesado en platicar conmigo o con ningún tlameme.

El tlacatécatl se queda callado mientras avanza con la mirada fija en Hueshotla, que ya se encuentra cerca.

—¿Dije algo malo? —pregunta Mirácpil.

—No. —Ilhuicamina aprieta los labios—. Sólo que me dejaste pensando. Yo nunca había platicado con un tlameme. En realidad, con ningún soldado macehuali. Y... —Hace una pausa—. Tampoco había platicado con nadie en los últimos días. —Vuelve a hacer otra pausa—. Sí había hablado con gente, pero no por gusto. Sólo respondía cuestionamientos, daba órdenes, decía lo necesario...

—¿Significa que le gusta conversar conmigo? —Vuelve a sonreír.

—Si te digo que sí, ¿te volverás arrogante? —Él también sonríe.

—No. —La sonrisa en su rostro crece.

—Digamos que me agrada platicar con alguien que no busca nada de mí. —Devuelve la mirada a Hueshotla, que se ve muy cerca.

—¿Qué buscan los demás de usted?

—Es difícil responder a eso. —Ilhuicamina observa el cielo y suspira—. Creo que ni siquiera yo lo sé.

—¿Y cómo sabe que quieren algo de usted?

—Tendrías que vivir entre los pipiltin para entender lo que digo.

—Sí, lo entiendo. Suelen ser de dos caras. Dicen una cosa, pero están pensando en otra y, en realidad, quieren todo lo contrario. —Cierra los ojos y aprieta los labios, consciente de que una vez más se le fue la lengua.

—¿Has estado entre los pipiltin? —Se detiene y la mira con duda.

—No. No. —Niega con la cabeza. Se pone nerviosa.

—¿Entonces cómo es que sabes?

—No. Yo no sé nada. —Sigue caminando y trata de rebasar al tlacatécatl—. Sólo hice un comentario.

—Un comentario bastante sabio. —Enfoca la vista en el horizonte.

—Los macehualtin podemos pensar y decir cosas inteligentes.

—Tienes razón. Discúlpame.

—Mucho lo aprendí de la bruja Tliya... —Se calla de inmediato.

—¿A la bruja Tliyamanitzin? —Alza las cejas con asombro.

—No. —Baja la cabeza y elude el encuentro de miradas.

—¿Conociste a la bruja Tliyamanitzin? —La busca con las pupilas.

—No. Sí. Hace mucho. —Se tropiezan sus ideas.

Se escucha el silbido del tepozquiquiztli. El tlacatécatl se acerca a Mirácpil y saca del petlacali su tlahuitoli, *micómitl,* «aljaba», macuáhuitl y chimali.

—¡Cúbrete con el chimali y escóndete! —dice mientras se ajusta en la espalda el micómitl. Luego, camina apresurado hacia el frente, donde se encuentra Tezozomóctli.

El altépetl de Hueshotla se encuentra delante de ellos, con un ejército listo para el combate.

—¡Preparen sus arcos! —grita el tlacatécatl.

El ejército hueshotlaca también apunta sus flechas al cielo. El tepozquiquizohuani sigue soplando el tepozquiquiztli. Retumban los huehuetles y los teponaztlis.

¡Pum, pup, pup, pup, Pum!...

Los yaoquizque aúllan.

—¡Ay, ay, ay, ay, ay, ayayayay!

¡Pum, pup, pup, pup, Pum!... ¡Pum, pup, pup, pup, Pum!... ¡Pum, pup, pup, pup, Pum!...

—¡Ay, ay, ay, ay, ay, ayayayay!

Ambas milicias disparan sus flechas y lanzas. La tropa de Ilhuicamina se cubre con los escudos al mismo tiempo que avanzan en cuclillas. En cuanto el cielo queda despejado, los meshítin responden al ataque con sus yaomitles, «flechas», tlatzontectlis, «dardos», tlacochtlis, «lanzas», y hondas. Decenas de soldados son heridos en brazos y piernas. El torbellino de saetas se extingue poco después y los soldados corren con sus macuahuitles en alto mientras aúllan y gritan a los enemigos.

—¡Ay, ay, ay, ay, ay, ayayayay!

Suena con fuerza el silbido del tepozquiquiztli. Los huehuetles y los teponaztlis truenan estruendosos: ¡Pum, pup, pup, pup, Pum!...

De inmediato, Tezozomóctli recibe la embestida de dos soldados hueshotlacas; uno de ellos lo ataca por la espalda mientras el otro lanza porrazos sin descanso, que el hijo de Izcóatl logra detener con su chimali y su macuáhuitl. Alrededor, todos sus compañeros ya se encuentran en pleno combate.

—¿Así que tú eres el capitán adelantado? ¿El conquistador? —pregunta uno de los guerreros hueshotlacas con tono burlón y descarga su macuáhuitl directo al rostro de Tezozomóctli, quien hábilmente lo esquiva inclinándose a la derecha.

—El cuáchic que su padre impuso —agrega el otro contrincante—. Sólo por ser hijo del meshícatl tecutli.

No es la primera vez que Tezozomóctli escucha ese tipo de comentarios sobre su nombramiento como capitán, pues tiene claro que es sólo para hacerlo enfadar, o como dice su madre, por envidia, pues todos los que lo conocen saben cuan orgulloso es el hijo del tlatoani y que jamás permitiría que se le otorgue ningún título sin haberlo merecido. Su madre lo ha educado, sin tregua, a que evite a toda costa ser como aquellos hijos de los tetecuhtin que, sin mérito alguno, han heredado títulos, tierras y gobiernos. Ella misma, sólo por ser mujer, aprendió en carne propia a ganarse las cosas acudiendo a la meritocracia y, luego, al casarse, con Izcóatl, hijo de una sirvienta tepaneca —sin imaginar que su esposo sería tlatoani—, comprendió lo difícil que sería para sus cuatro hijos llegar al pináculo de la jerarquía tenoshca. Aun después de la muerte de Chimalpopoca y la elección de su esposo como tlatoani, Huacaltzintli no modificó la forma de educar a sus hijos, y si bien fraguó la contumacia de que alguno llegue a ser tlatoani, jamás ha estado dispuesta a que sea una designación baldía, y así se formó Tezozomóctli, contra corriente y con la carga de los prejuicios de quienes lo envidian.

—Disfruten de sus habladurías —responde el guerrero meshíca al mismo tiempo que deja caer su escudo al piso, sostiene con fuerza el macuáhuitl con ambas manos y se prepara para la defensiva.

Los soldados hueshotlacas sonríen burlonamente, se colocan en posición de ataque, uno a la izquierda y el otro a la derecha del cuáchic. Tezozomóctli se abre de piernas, flexiona las rodillas, alza el macuáhuitl por arriba de su cabeza, cierra los ojos y, como quien aguarda la muerte, espera el ataque. Los hueshotlacas se lanzan a la ofensiva; uno a las piernas y el otro al rostro del guerrero meshíca, quien segundos antes de que lo golpeen deja caer su macuáhuitl por detrás de la nuca y avienta con todas sus fuerzas un par de lancillas envenenadas que lleva escondidas y que dan justo en el rostro de uno y la garganta del otro, lo que provoca que ambos se detengan de tajo para arrancarse los proyectiles. El cuáchic se da media vuelta, recoge su macuáhuitl y le rebana el abdomen a uno de sus contrincantes y le corta la garganta al otro. Al terminar con ellos, acude al auxilio del hueitiacauhtli quien se encuentra luchando contra tres soldados, uno se lanza contra Tezozomóctli y le rasga una pierna, con lo que cae de lado y suelta su macuáhuitl. El soldado enemigo le da un porrazo en el pecho y las piedras de obsidiana se atoran en el ichcahuipili, «chaleco de algodón prensado», que Tezozomóctli lleva puesto. Al sacar el arma, la piedra de obsidiana incrustada sale con un grueso hilo de sangre que se estira largo. El hijo del tlatoani tiene la cara fruncida por el dolor. Sabe que ha sido severamente herido, aun así, se lleva la mano a la cintura, saca su cuchillo de pedernal y se incorpora para atacar al contrincante, quien al creer que había ganado el combate, había bajado la guardia. El cuáchic le entierra el cuchillo en el brazo, lo saca, lo vuelve a enterrar, empuja al hueshotlaca hasta derrumbarlo, le pega con la frente en los dientes y se prepara para enterrarle el cuchillo en la boca, pero el hombre le detiene las manos. Ambos forcejean. Finalmente, Tezozomóctli logra meterle el cuchillo en la boca hasta que éste llega a la garganta. Termina muy cansado. El dolor en el pecho es demasiado intenso. De pronto, llega otro yaoquizqui hueshotlaca y le da un golpe en el costado con su macuáhuitl. El hijo del tlatoani cae de lado sin defensa alguna y el enemigo arremete con su macuáhuitl, pero ahora en la pierna. Entonces, el hueitiacauhtli acude en auxilio de Tezozomóctli y con su macuáhuitl le destroza la nuca al hueshotlaca. Luego, le extiende la mano al cuáchic para que se ponga de pie.

—Deberías ir al campamento a que te curen esa herida —le dice el hueitiacauhtli a Tezozomóctli al mismo tiempo que apunta las pupilas a la mancha de sangre en su ichcahuipili.

—Estoy bien —responde el cuáchic, quien trata de ocultar el dolor que siente en las heridas.

—No estás bien —contesta el hueitiacauhtli.

—Mira —señala Tezozomóctli al fondo, donde aparecen las otras tres cuartas partes del ejército liderado por Ilhuicamina: los hombres del atempanécatl por el sur, la tropa del calmimilólcatl por el norte y la escuadra liderada por el huitznahuácatl y el quetzaltóncatl por el oriente.

Los huehuetles y los teponaztlis estallan ensordecedores. ¡Pum, pup, pup, pup, Pum!...

Los guerreros meshícas gritan.

—¡Ay, ay, ay, ay, ay, ayayayay!

—¡Acabemos con estos hueshotlacas! —exclama Tezozomóctli al mismo tiempo que alza su macuáhuitl en todo lo alto y corre hacia los enemigos.

—¡Vamos meshícas tenoshcas! —grita Ilhuicamina, quien en ese momento acaba de derribar a un soldado enemigo con su macuáhuitl.

La batalla se torna más violenta y, conforme se acerca el *nepantla Tonátiuh*,[176] comienzan a caer soldados de ambos bandos con las piernas destrozadas, brazos mutilados, cuellos degollados, las tripas de fuera y rostros empapados en sangre.

Motecuzoma Ilhuicamina avanza, no con facilidad, sino rodeado de obstáculos, rumbo al monte sagrado de Hueshotla, ya que de las dos formas de ganar la batalla, ha elegido la segunda, pues la primera es derrotando a su líder, pero Iztlacautzin, tecutli de Hueshotla, se encuentra en Teshcuco, por lo tanto, el ejército está a cargo de sus capitanes, a quienes el tlacatécatl no conoce y no puede identificar entre miles de yaoquizque. La otra manera de obtener la victoria es subir a la cima del teocali del altépetl invadido y apoderarse de él, ya sea abatiendo a sus ídolos, incendiando el teocali o voceando su triunfo. Si lo consigue, el ejército enemigo se rendirá de inmediato, pero aquella faena parece interminable: en cuanto el tlacatécatl derriba a un adversario, aparece otro y otro, como si se multiplicaran cada vez que uno es vencido. Ilhuicamina está sumamente cansado. Siente como si hubiera luchado toda su vida en esta

176 *Nepantla Tonátiuh*, «el sol está en medio»: entre la una y dos de la tarde. Véase «La cuenta del tiempo», al final del libro.

batalla y nunca fuese a terminar, y mientras observa de reojo a sus compañeros luchando con todas sus fuerzas, dispuestos a morir en nombre del meshíca tecúyotl, se pregunta si en verdad todo eso valdrá la pena, y de ser así, ¿cuánto es lo que vale?, ¿cuánto vale la vida de cada uno de esos hombres?, ¿cuánto vale cada brazo, cada pierna, cada gota de sangre, cada lágrima? y ¿quién decide cuál es su valor?, ¿en verdad, tienen valor todos esos jóvenes incipientes para los tetecuhtin que ordenan estas guerras?, ¿o ese valor sólo es el que le dan los deudos, las madres, las esposas, los hijos huérfanos, las hijas indefensas? Sólo ellos pagan el verdadero costo de estas guerras que nunca acaban, pues apenas si termina una, comienza otra y luego otra y otra, y Motecuzoma Ilhuicamina ya no sabe si llegará el día en que todo esto concluya. ¿Y si no acaba jamás?, se pregunta al mismo tiempo en que un hueshotlaca cae al piso con el macuáhuitl incrustado en el cachete. ¿Cuántos más?, se cuestiona al arrancar su arma del rostro del moribundo que se retuerce a sus pies y no sabe qué responderse, pues hace mucho que perdió la cuenta de sus muertos, y tampoco es que haya intentado llevar un conteo, sólo que al iniciar su carrera militar no podía dejar de pensar en los primeros muertos ni en la forma en la que los había derrocado en combate, como si ellos se negaran a morir y lo persiguieran por todas partes para recordarle que él había terminado con sus vidas y había dejado viudas a sus mujeres y dejado huérfanos a sus hijos, esos mismos vástagos, ahora unos mancebos bisoños, que apenas están conociendo el mundo, y que han sido enviados al campo de batalla para morir igual que sus padres y sus abuelos. Ahora, el tlacatécatl Motecuzoma Ilhuicamina, hijo del difunto tlatoani Huitzilíhuitl y nieto del padre fundador de Meshíco Tenochtítlan, Acamapichtli, está obligado a continuar con el legado que dejaron sus ancestros, aunque él no esté de acuerdo, pues no tiene la facultad para decidir qué guerras deben llevarse a acabo o las razones, aunque no las haya, su obligación es obedecer, dirigir las tropas a su cargo y matar a todo aquel que se le ponga en frente; entonces, alza su macuáhuitl en todo lo alto y le quiebra el cráneo a un hombre frente a él, le rompe las costillas a otro, le mutila la mano a uno y le rebana la oreja a otro, y avanza regio, sigue sin que nadie lo pueda detener, pues Motecuzoma es como una fiera gigante, a la que él mismo teme, y se niega a reconocer cuando está en combate para eludir la posterior culpa, que siempre le arrebata el descanso y, por ello, sólo deja que su cuerpo entre en función autómata y se desvincula de sus emociones y razonamientos, aunque sabe bien que la culpa es ineludible y quizá no esa noche ni la siguiente, sino más bien en cuatro o cinco noches, caerá en ese abismo oscuro de su consciencia que lo atormentará en sus más profundas pesadillas, ésas que en más de una ocasión le han exigido que ya deje las armas, o si no, que se quite la vida, pues quizá ésa sea la única manera de acabar con todo eso. ¿Y si fuera cierto?, se ha preguntado en varias ocasiones. ¿Y si con mi muerte pudiera salvar muchas vidas más? De inmediato, se respondió que aquello era una tontería, pues aunque él se arrancara la vida, habría un sustituto, alguien más que haría ese trabajo, siempre habría alguien más y él quedaría como un cobarde y su memoria permanecería en la letrina de la historia tenoshca, algo que en el fondo no le preocupa tanto, sino que más bien obedece al adoctrinamiento de su hermano Tlacaélel, esa voz que lo persigue desde la infancia y que lo ha obligado a hacer, desde los cinco años, las cosas más aterradoras que pueda recordar y que prefiere no mencionar a nadie, pues como él mismo se ha prometido, son secretos que se llevará a la muerte, esa muerte que parece no estar interesada en él, aunque Ilhuicamina la busque y la invoque, como en este momento en el que se detiene entre cuatro yaoquizque hueshotlacas que lo tienen rodeado. Bien sabe el tlacatécatl que puede con todos ellos, pues en batallas anteriores ha derribado a más de seis, pero en esta ocasión simplemente se queda con el macuáhuitl colgado de su mano como un trapo viejo y observa casi sin interés a esos hombres sedientos de sangre y dispuestos a saciarse con él. Motecuzoma está cansado. Tiene claro que, aunque los mate a todos, llegarán otros cinco u ocho. ¿Y luego? Acabará con todos, llegará a la cima del monte sagrado de Hueshotla, derribará a su dios, le prenderá fuego al teocali y gritará a los cuatro puntos solsticiales que los meshícas han derrotado a los hueshotlacas, quienes de inmediato bajarán sus armas y se rendirán, conscientes de que terminarán en el téchcatl, «piedra de los sacrificios», y sus corazones serán lanzados al cuauhshicali, «jícara de águilas». ¿Y luego? Vendrá otra guerra, pues así se lo ha anunciado su hermano Tlacaélel. Para los meshícas tenoshcas la guerra nunca terminará, pues es por mandato del dios portentoso tetzahuitl Huitzilopochtli que deben alimentar al Sol con la sangre de los guerreros vencidos en batalla. Ilhuicamina suspira sin ganas y levanta su macuáhuitl para retomar el combate, pero no se da cuenta de que uno de sus oponentes se encuentra justo detrás de él y le da un fuerte golpe en la espalda con su macuáhuitl, el cual es amortiguado por el ichcahuipili, mas no es del todo indoloro. El tlacatécatl cae al piso y, al mismo tiempo, todos los guerreros se lanzan contra él a patadas y puñetazos, pues saben que él es el tlacatécatl de Meshíco Tenochtítlan y quieren llevarlo vivo ante su tecutli Iztlacautzin. Ilhuicamina está totalmente vencido y es incapaz de defenderse. De pronto, una flecha surca el cielo y da justo en el rostro de uno de los yaoquizque hueshotlacas, que se arranca la saeta y se lleva el ojo y el párpado como un cacho de hierba mojada sacada del lago, después cae de rodillas desconcertado al ver su ojo en el piso. Los tres soldados voltean la mirada y se encuentran con un yaoquizqui pequeño y delicado sosteniendo un tlahuitoli y una yaomitl que apunta hacia ellos. Todos alzan sus chimalis y macuahuitles y corren hacia el telpochtli que sin miedo lanza la segunda flecha, que da certera en la pierna de uno de los hueshotlacas.

—¡Te vas a morir! —grita uno de ellos con el macuáhuitl listo para partirle la cabeza al joven meshíca, que de inmediato levanta su chimali y detiene el golpe.

En ese momento, uno de los hueshotlacas cae al suelo con un macuáhuitl incrustado en la nuca. Detrás de él se encuentra el tlacatécatl, que mira con el ceño fruncido al joven soldado.

—Te dije que no entraras en combate. —Tiene la mirada fija en Mirácpil, quien únicamente se encoge de hombros para luego ponerse en guardia contra el soldado que camina hacia ella con su macuáhuitl en todo lo alto.

Ilhuicamina, sin escudo y sin macuáhuitl, se lanza contra él y con todo su peso lo derriba. Ambos comienzan a pelear a puño cerrado mientras el otro se prepara para combatir contra Mirácpil, que no sabe qué hacer en ese momento y sólo esquiva los golpes, con la esperanza de poder librarse sin ser herida. El hombre lanza porrazos de izquierda a derecha sin descanso: pum, pum, pum, pum. Todos chocan con el chimali de Mirácpil, que justo en ese momento tropieza con un muerto y cae de nalgas. En ese instante, llega Ilhuicamina a su rescate y derriba al soldado que no se da por vencido y arremete contra el tlacatécatl, que sigue desarmado. El hueshotlaca lanza porrazos sin clemencia, mismos que el tlacatécatl esquiva con audacia, hasta que uno de esos porrazos le da en la pierna derecha y lo derriba. El hueshotlaca se dispone a enterrarle su macuáhuitl a Ilhuicamina en la cara, cuando un fuerte golpe le destroza la espalda y otro, la nuca, y otro, la cabeza. Detrás de él yace Mirácpil de pie, con las manos temblorosas. Motecuzoma libera una ligera sonrisa y agradece con la mirada.

—Vamos —dice Ilhuicamina al mismo tiempo que se pone de pie.

—Arriba. —Alza la mirada y señala las escaleras que yacen frente a ellos y que llevan a la cima del monte sagrado de Hueshotla.

Al llegar a la cúspide, el tlacatécatl le prende fuego al teocali, alza los brazos y se dirige a los cuatro puntos solsticiales: tlahuiztlampa, «oriente»; mictlampa, «norte»; cihuatlampa, «poniente», y huitztlampa, «sur».[177] En ese momento, el ejército hueshotlaca se da por vencido y deja caer sus armas.

—Átenles las manos a todos los yaoquizque —ordena Motecuzoma Ilhuicamina.

Mientras los meshítin celebran a gritos, los hueshotlacas suplican clemencia de los tenoshcas.

—Perdónenos —ruega un viejo que, acompañado de sus hijas y nietas, sale de su casa—. Les obedeceremos en lo que digan.

Mujeres y niños intentan huir del altépetl, pero son interceptados por soldados tenoshcas que los obligan a regresar y arrodillarse en la plaza principal de Hueshotla.

177 "Los puntos solsticiales se basan en la observación directa de la salida y la puesta del Sol, donde señalan los extremos del recorrido aparente del astro en el horizonte. En cambio, los puntos cardinales se derivan de una construcción cartográfica cuyo eje es el norte. No se refieren a recorridos sino a verdaderos puntos, siendo que el este y el oeste se calculan en los equinoccios", Dehouve.

—Yo no puedo decidir qué hacer con ustedes —responde el tlacatécatl con un tono suave y sincero—. Será el eshcan tlatoloyan el que determinará el tributo y el castigo que se les ha de imponer.

En cuanto el ejército meshíca termina de amarrar a los cautivos, inicia el saqueo de la ciudad. Los soldados entran a los palacios, almacenes y casas y destruyen todo a su paso. Extraen los objetos de valor: costales de maíz, cacao, chía, frijol y otras semillas, plumas turquesas, rojas, azules, amarillas, verdes, mantas de algodón, mantas de henequén, copal, ámbar, piedras preciosas, bezotes, collares, aretes, sandalias, piedras de oro y plata, utensilios de cocina, piezas de jade, tocados y muchas cosas más, que van acomodando en los patios para repartirlos entre ellos.

Mirácpil también participa en el saqueo: entra a una casa abandonada, comienza a tomar las cosas que pueden servirle y las guarda en el petlacali que lleva en la espalda. De pronto, escucha el sollozo de una mujer, seguido de un quejido. Camina hasta llegar a una de las habitaciones del fondo donde se encuentran Tohuitémoc y Shoquíhuitl de rodillas violando a una mujer. Uno la penetra por la vagina y el otro la obliga a que le mame la verga. Ninguno se percata que, desde la entrada, los está observando Mirácpil, quien indignada se detiene un instante, pues no sabe si defenderla o ignorar lo ocurrido, ya que los yaoquizque tienen permiso de los líderes de violar mujeres; luego, recuerda las palabras de Motecuzoma Ilhuicamina con las que le aseguró que los tlamémeh no tenían permitido violar mujeres hasta que asumieran el cargo de soldados. Por un instante, cavila en denunciar a ese par de cargadores, pero luego decide hacer justicia por su propia mano: levanta su macuáhuitl y se lo entierra en la nuca a Tohuitémoc, quien cae sobre la mujer.

Shoquíhuitl se pone de pie y le reclama furioso:

—¡¿Qué hiciste?! Él era... —No termina de pronunciar el nombre de su compañero cuando el macuáhuitl de Mirácpil le destroza la garganta. Shoquíhuitl cae al piso, se retuerce de dolor.

—Debí haber hecho esto antes —dice Mirácpil furiosa, al mismo tiempo que mira a la mujer en el piso y le extiende su huipil, que se hallaba tirado en medio de la alcoba.

—Vete —le dice la mujer, cuyo cuerpo tirita mientras se viste—. Vete antes de que te maten.

Ambas se miran a los ojos, su gesto es de complicidad y de lamento. Mirácpil asiente con la cabeza, se quita el petlacali, camina lo más rápido posible rumbo al lago, donde se roba una canoa y huye de Hueshotla.

36

Tan sólo de pensar en lo extenso que le parecerá el tiempo en el campo de batalla, Totoquihuatzin recuerda el semblante estático y autoritario de su abuelo Tezozómoc la vez que le pidió que se incorporara al ejército y las miradas de su padre y sus primos clavadas en él con una pávida solicitud, que le colmó de espanto el porvenir y que lo empujó a contestar raudo con una franca y tajante negativa, que por supuesto el huei tepanécatl tecutli no esperaba, por lo menos no de esa manera, sino más bien con una muestra pública de conformidad y al terminar la reunión, en privado, luego de entregar un ramo de pensamientos artificiales, solicitara su venia para exentarse de la milicia. También es verdad que el señor de Azcapotzalco no pretendía que su nieto entrara al ejército, pues esa práctica había llevado a la muerte a los hijos de muchos de sus enemigos; sin embargo, debía ostentar su mando ante los ministros de su gobierno —aunque todos tuvieran perfectamente claro que por ningún motivo Tezozómoc obligaría a su nieto a incorporarse a sus tropas, como no lo había hecho con sus hijos Tayatzin y Tecutzintli—, así que embistió a su nieto con un sermón irascible, primero, sobre el respeto a los adultos y el silencio que debía guardar cada vez que se hallara en la sala principal del huei tecpancali, «gran palacio», y luego sobre la importancia de defender el legado de Azcapotzalco y la necesidad de demostrar al cemanáhuac que la casta tepaneca no era un puñado de cobardes. Humillado ante los pipiltin y toda la familia, Totoquihuatzin suplicó a su abuelo la remisión por el denuesto y prometió integrarse a las tropas lo más pronto posible, algo que no hizo, pues cuando se retiraban todos los asistentes, Tezozómoc le ordenó a su nieto permanecer en la sala y, luego, en privado, lo interrogó sobre su rechazo a incorporarse al ejército, a lo cual Totoquihuatzin respondió con vehemencia que él creía que las guerras no eran la solución a los conflictos entre los altepeme, sino el diálogo, la tolerancia y la astucia, entonces, el huei tepanécatl tecutli le confesó que él tampoco había acudido a un combate, pues creía firmemente que las guerras se ganaban con inteligencia, mas no con barbarie; sin embargo, «entre tantos necios —elucidó Tezozómoc—, la mayoría de las veces la fuerza del brazo es el único recurso eficaz». Aquella tarde, abuelo y nieto se comprendieron mejor que nunca. Aunque no siempre estuvieron de acuerdo, hubo muchos encuentros fructíferos en los que aquel jovencito solía dar ideas claras y audaces sin la necesidad de acudir a la zalamería, como lo hacía Mashtla. «Eres un cazador disfrazado de presa», le dijo el señor de Azcapotzalco en una ocasión. «Serás un buen gobernante». Totoquihuatzin no hizo más que bajar la cabeza como gesto de humildad, pues en aquellos años a lo único que podría aspirar era a ser tecutli de Tlacopan, ya que era por todos sabido que su padre Tecutzintli jamás sería el heredero del tecúyotl de Azcapotzalco y mucho menos del huei chichimeca tlatocáyotl, que entonces seguía bajo el dominio de Techotlala. Por eso, cuando su hija Zyanya le sugirió que propusiera al príncipe chichimeca la creación de una triple alianza, Totoquihuatzin no creyó que fuera un plan viable, incluso lo tildó de pueril, aunque, infantil fue su respuesta —tímida, indecisa, encogida, tartamuda, seguida de un silencio peregrino— la tarde en que Nezahualcóyotl lo invitó al palacio de Tenayocan para compartir con él la idea que Matlacíhuatl le había robado a su hermana mayor: crear el eshcan tlatoloyan en la que Tlacopan sería la tercera parte del gobierno y que hizo nudos todos los pensamientos del tlacopanécatl tecutli que, de pronto, sin codiciarlo, sin solicitarlo y sin merecerlo había alcanzado la cúspide de la jerarquía nahua, a lo que no supo cómo responder. «Lo único que te pido —explicó el Coyote hambriento—, es que siempre avales y defiendas mis juicios, resoluciones y errores. De esta manera, los meshítin jamás podrán apoderarse del huei tlatocáyotl». Con esas palabras, el príncipe chichimeca no sólo estaba pisoteando la dignidad de Totoquihuatzin, sino que pretendía empujarlo a proceder en contra de sus principios. Si algo definía la personalidad del tecutli tlacopancalca era su rechazo a la obediencia ciega: aunque no era propenso a la sedición, había defendido fervientemente sus credos al grado que había confrontado a su abuelo y se había negado a proporcionar sus tropas a Mashtla en medio de la guerra, para salvar a los tepanecas de Tlacopan permitió la entrada de los ejércitos chichimeca y meshíca a su altépetl, que llevaron a la derrota de Azcapotzalco. Ahora, bajo ningún motivo piensa convertirse en el pelele que Nezahualcóyotl quiere y que muchos han presagiado, aunque sabe que debe hacerlo con astucia. Es uno de los huehueintin tlatoque del eshcan tlatoloyan y no puede negarle sus brigadas al príncipe chichimeca, sin embargo, eso no significa que esté dispuesto a ir a la guerra con ellos.

—Te *necesitamos* —espeta el Coyote sediento en medio de la madrugada, antes de salir con los ejércitos rumbo a Chiconauhtla—. Los tlacopancalcas necesitan tener a su líder al frente de sus tropas.

—Y también me necesitarán al regresar. —Totoquihuatzin alza la frente por primera vez delante del príncipe chichimeca, un gesto que bien podría interpretarse como una afrenta al heredero del imperio chichimeca, pero sabe que si no lo hace perderá el respeto de Nezahualcóyotl y de Izcóatl. Ya no es inferior a ellos, está a su altura y debe demostrarlo, aunque enoje al príncipe acólhua—. Tú me necesitas aquí. No en el campo de batalla. Te lo dije antes: soy mediocre en el uso de las armas. Si voy con ustedes, sólo iré a morir. Si eso ocurre, se acaba el eshcan tlatoloyan, pues mi hijo Chimalpopoca, heredero del gobierno de Tlacopan, es un niño. Te quedarás sólo con los meshítin. Si permanezco en Tenayocan, puedo ayudar de muchas maneras.

—Cierto —recapacita Nezahualcóyotl. Pone los brazos en jarras y agacha la cabeza mientras se muerde el labio inferior—. Le diré a mi hermano Cuauhtlehuanitzin que dirija las tropas de Tlacopan. A Shontecóhuatl lo pondré al frente del ejército de Tenayocan y dejaré que Atónal comande las tropas de Cílan. Asimismo, permitiré que los tetecuhtin aliados queden al frente de sus milicias: Cuachayatzin, en Aztacalco; Atepocatzin, en Ishuatépec; Shihuitemoctzin, en Ehecatépec; Epcoatzin, en Toltítlan; y Tecocohuatzin, en Cuauhtítlan.

—Tlazohcamati —agradece Totoquihuatzin con un gesto menos humilde de lo que solía mostrar.

El príncipe Nezahualcóyotl se da media vuelta, se despide de sus concubinas y sale del palacio para marchar con el ejército a Chiconauhtla, altépetl muy debilitado por las batallas que se han llevado en ese punto desde el inicio de los ataques de Iztlacautzin y Teotzintecutli, y ahora mucho más, desde que la mayoría de los soldados se fueron a defender Acolman, Cílan, Tepeshpan, Coatlíchan, Teshcuco, Hueshotla y Shalco. En cuanto los pobladores de Chiconauhtla se percatan de la aproximación de las huestes del Coyote ayunado, salen a rogar a los soldados que ya no los ataquen y que bajen las armas, a lo que los capitanes responden a gritos que vuelvan a sus casas y esperen hasta que concluya la batalla, que según ellos terminará pronto, pues los aplastarán como insectos, como lo han hecho en las últimas veintenas, pero su soberbia se desinfla poco después del *tlacualizpan* (alrededor de las nueve de la mañana),[178] pues las tropas enemigas, aunque son las mismas con las que han combatido por días, parecen haberse fortalecido por gracia de los dioses, pues nada los derriba, avanzan con fuerza, cortan cabezas, brazos y piernas sin clemencia alguna. Poco a poco, van rodeando al ejército hasta que lo acorralan por completo y no le queda más que rendirse en una batalla inverosímilmente ridícula, comparada con todas las victorias que habían acumulado. Los ancianos salen prestos a implorar por la compasión de Nezahualcóyotl, quien no los escucha ni los mira. Está furioso con ellos, pues ahora también los considera traidores. Para el príncipe chichimeca ya no existen los amigos y ordena que aten a los cautivos, luego otorga el permiso a sus soldados para que saqueen el altépetl. Las mujeres y los niños lloran, berrean, se tiran al piso, se arrastran y suplican misericordia, pero el heredero del imperio chichimeca los ignora, sigue dando órdenes mientras observa cómo se incendian el teocali y el técpan de Chiconauhtla. Al dar el *nepantla Tonátiuh,* «entre la una y las dos de la tarde»,[179] divide a sus ejércitos: marcha a Tepeshpan con Cuauhtlehuanitzin, Shontecóhuatl, Shihuitemoctzin y Tecocohuatzin con las tropas de Tenayocan, Tlacopan, Ehecatépec y Cuauhtítlan. A Atónal, lo manda a recuperar Acolman y Cílan. A los tetecuhtin Cuachayatzin de Aztacalco y Atepocatzin de Ishuatépec, los envía a recuperar Otompan. A Epcoatzin de Toltítlan, lo deja al cuidado de Chiconauhtla.

Al llegar a Tepeshpan, Nezahualcóyotl y sus tropas encuentran aquel altépetl en paz absoluta: el tlatoani Izcóatl y sus huestes derrotaron con facilidad al ejército enemigo. Ya tienen atados a los cautivos. Los templos y el técpan fueron incendiados. La ciudad fue saqueada y los capitanes contabilizan las riquezas: plumas preciosas, petacas lle-

178 Véase «La cuenta del tiempo» al final del libro.
179 Véase «La cuenta del tiempo» al final del libro.

nas de cacao, maíz, frijol, chía y otras semillas, mantas de todos los tamaños y diseños, enseres de cerámica, orejeras, collares, pulseras de jade, piedras preciosas, pieles de venado y conejo, piezas de oro y plata y todo tipo de tocados: *cuachichictlis, copilis* y *quetzalapanecáyotlis.*

—Parece que ya no tenían deseos de pelear —expresa Izcóatl delante de todas las riquezas obtenidas.

—Creo que la mayoría está en Teshcuco —responde el Coyote ayunado, sin saber que Teotzintecutli abandonó Teshcuco y ordenó la retirada de la mitad de sus tropas de Chiconauhtla, Tepeshpan, Acolman, Cílan, Coatlíchan, Teshcuco y Hueshotla, las cuales en ese momento marchan a Shalco.

—Vayamos a Teshcuco —agrega Nezahualcóyotl, magnetizado por las victorias obtenidas.

—Ya es tarde —comenta Izcóatl, que cauteloso piensa en el tiempo y la seguridad de sus hombres.

—No mucho —replica el príncipe chichimeca y dirige la mirada al cielo—. Si están igual de desprotegidos, terminaremos antes del *oncalaqui Tonátiuh,* «la puesta del sol».

—No creo que sea una buena idea —intenta persuadirlo Izcóatl, aunque por la actitud del príncipe acólhua, presiente que no lo conseguirá—. Esperemos a mañana.

Nezahualcóyotl guarda silencio, inhala profundo, dirige la mirada hacia las riquezas obtenidas, los cautivos arrodillados delante de él y al teocali hecho cenizas, y recuerda el día en que ingresó victorioso con sus tropas a Azcapotzalco y donde ordenó a sus hombres que se destruyeran los templos y palacios, mientras él iba en busca de Mashtla, a quien halló bañado en sudor, sentado en un rincón dentro de un temazcali. De inmediato, ordenó a sus hombres que lo sacaran a rastras y lo llevaran hasta la plaza principal. «¡No! ¡No me pueden hacer esto! ¡Soy el huei chichimecatecutli!», gritaba Mashtla. «¡Arrodíllate!», ordenó el Coyote hambriento, pero el hijo de Tezozómoc no respondió. «¡Te ordeno que te arrodilles!», gritó iracundo Nezahualcóyotl al mismo tiempo que levantó su macuáhuitl. Mashtla, tembloroso, bajó la cabeza, se dejó caer en el piso y se cubrió la nuca con ambas manos. «¡Levanta la cabeza!», exigió el príncipe chichimeca y el tepanécatl tecutli obedeció para encontrarse con la mirada furibunda del Coyote sediento de venganza y hambriento de poder. «¡No me mates!», suplicó Mashtla. «¡Tú mataste a tu hermano! ¡Mandaste asesinar a los tetecuhtin de Tlatelolco y Tenochtítlan! ¡Ordenaste mi persecución y la de mucha gente inocente!», reclamó. «¡Admito todos mis delitos, excepto la muerte de Chimalpopoca y su esposa! ¡Fue Tlacaélel! —respondió el tecutli tepaneca—. ¡Él me entregó a Chimalpopoca! ¡Él mató a su mujer! ¡Fue Tlacaélel!». La furia del Coyote ayunado se vació en un solo golpe: le cortó la cabeza sin clemencia. Luego, se arrodilló delante del cadáver, sacó un cuchillo, lo enterró en el abdomen, introdujo una mano, comenzó a sacar las tripas, cortó las arterias y todo a su paso hasta llegar al corazón, el cual arrancó con fuerza. Se puso pie y lo mostró a la multitud, se dirigió a los cuatro puntos solsticiales y esparció la sangre por toda la plaza.

—Iré con Cuauhtlehuanitzin, Shontecóhuatl, Shihuitemoctzin y Tecocohuatzin, al frente de las tropas de Tenayocan, Tlacopan, Ehecatépec y Cuauhtítlan.

A pesar de que sospecha que es peligroso llegar a Teshcuco a media tarde, Izcóatl se siente obligado a marchar con el príncipe chichimeca. Entonces, le propone ir con los ejércitos de Meshíco Tenochtítlan, Tenayocan y Tlacopan, que representan al eshcan tlatoloyan, y dejar a las tropas de Ehecatépec y Cuauhtítlan a cargo de Tepeshpan.

—Vayamos de una vez —responde Nezahualcóyotl.

—El momento llegó —le dice Izcóatl al Coyote ayunado con entusiasmo fingido al pronosticar la conclusión de la guerra esa misma tarde—. Finalmente, se te hizo justicia.

—Hice justicia —manifiesta con arrogancia el príncipe chichimeca, quien parece haber olvidado que sin los meshícas no habría logrado sacar de Chiconauhtla a los ejércitos de Shalco y Hueshotla.

Ante aquella respuesta, el meshícatl tlatoani camina en silencio hasta llegar a las inmediaciones de Teshcuco. De acuerdo con los espías adelantados, no hay forma de entrar a aquel altépetl por ninguno de los cuatro puntos solsticiales, pues están sobreprotegidos por un multitudinario ejército, mucho mayor a los encontrados en Chiconauhtla y Tepeshpan.

—Tendremos que avanzar de frente —anuncia Nezahualcóyotl, sediento de venganza.

—Esperemos al amanecer —insiste Izcóatl con escrúpulo.

—Todavía es temprano —replica fervoroso el príncipe chichimeca—. Podemos acabar con ellos hoy mismo. Sus ejércitos están muy debilitados.

—Nuestros ejércitos son los que se hallan debilitados —arguye el tlatoani meshíca con inquietud—. Estuvieron despiertos toda la noche y entraron en combate hoy en la madrugada. Después caminaron, unos desde Chiconauhtla y otros desde Tepeshpan. Ellos... —dice y señala al huei altépetl de Teshcuco que se encuentra al final del horizonte—. Han estado en guardia todo el día. Te aseguro que tienen más fuerzas y más ánimos que nuestros hombres.

—¿Y si en la noche llegan más soldados en su auxilio? —cuestiona Nezahualcóyotl con un tono acosador.

—Pues entonces esperamos a que arriben nuestras demás tropas. —El tlatoani meshíca mantiene la calma a pesar de la incomodidad que siente con esa conversación—. Lo mejor en este momento es enviar informantes a Hueshotla, Shochimilco y Shalco y esperar a que Motecuzoma y Tlacaélel nos manden respuestas. O, mejor aún, refuerzos.

—Lo mismo podrían estar haciendo Teotzintecutli e Iztlacautzin. ¿Por qué crees que no encontramos mucha defensa en Chiconauhtla y Tepeshpan? Porque seguramente tienen otro plan: atacarnos con todas sus fuerzas aquí, en Teshcuco. Por eso, debemos actuar ahora. Si esperamos, mañana podría ser demasiado tarde.

El Coyote ayunado recuerda la última noche que vio a su padre con vida: habían pasado la noche en vela en el bosque. Decenas de yaoquizque vigilaron desde las puntas de los árboles; otros silenciosos, entre los arbustos, el chirrido de los grillos y el ululato de las aves noctámbulas. Había tristeza en todos sus rostros, en sus acciones, en su silencio, pues habían pasado muchas veintenas en guerra en las que los acólhuas habían perdido la mayoría. Poco antes de que saliera el sol, Ishtlilshóchitl, con el semblante lúgubre, dio su último discurso ante sus vasallos: «Leales vasallos y amigos míos, que con tanta fidelidad y amor me han acompañado, ha llegado el día de mi muerte. Ya no es posible escapar de mis enemigos. No es por cobardía, sino por cordura que les digo esto. El ejército tepaneca es mucho mayor que el nuestro y ya no debemos poner más vidas en peligro; y si con la mía ha de terminar esta guerra, que no ha servido de nada, que así sea. Está en mi agüero que he de terminar mis días con el macuáhuitl y el escudo en las manos. Así, he resuelto ir yo solo a esta batalla y morir matando en el campo para salvar sus vidas; pues muerto yo, toda la guerra se acaba y cesa su peligro. Cuando eso suceda, abandonen las fortificaciones, huyan y escóndanse en la sierra. Sólo les encargo que cuiden del príncipe Nezahualcóyotl para que un día recupere el imperio». Uno de los capitanes del ejército le respondió: «Amado señor y gran tecutli chichimeca, yo lo acompañaré hasta el final. Y si mi vida he de dar para salvar la suya, con honor moriré en campaña». Otro yaoquizqui dio un paso al frente: «Si ha de morir nuestro amado tecutli en el campo de batalla, también es justo que sus más leales soldados lo acompañemos». Todos los demás respondieron con aullidos de exaltación con sus macuahuitles y chimalis en todo lo alto.

—Espero que tengas la razón —responde Izcóatl, que le da la espalda al príncipe chichimeca, mientras se dirige a los capitanes del ejército meshíca.

—¿Qué significa esto que acabas de hacer? —pregunta enojado Nezahualcóyotl mientras ve la espalda del meshícatl tecutli, quien se detiene, cierra los ojos, hace una mueca, voltea y habla.

—Significa que no estoy de acuerdo —responde sin miedo—, pero acataré la decisión que tomes.

El heredero del imperio chichimeca mira con disgusto al tlatoani tenoshca y, luego, se dirige a las tropas para darles instrucciones sobre las estrategias de combate.

Izcóatl espera lejos, rodeado de su hijo Cuauhtláhuac, el ezhuahuácatl, el tlilancalqui, el tezcacoácatl, el tocuiltécatl y el acolnahuácatl. Poco después, el príncipe acólhua envía a uno de sus soldados para solicitar al tlatoani su presencia, como si se tratara de otro más de sus capitanes.

—Cuauhtlehuanitzin y Shontecóhuatl marcharán al frente conmigo —anuncia Nezahualcóyotl con un tono autoritario.

—Como tú ordenes. —Izcóatl se mantiene un tanto indiferente, pues comprende que su sobrino está deseoso de ganar personalmente esta guerra o que, quizás, no quiere compartir esa victoria tan anhelada con el tlatoani tenoshca, así que lo deja actuar a beneplácito, aunque le preocupa que la altivez del príncipe los conduzca a un final trágico, y no sólo a él, sino a todo su ejército.

—Quiero que las tropas del ezhuahuácatl, del tocuiltécatl, del tlilancalqui y las de tu hijo Cuauhtláhuac ataquen por la derecha y que tú, el tezcacoácatl y el acolnahuácatl vayan por la izquierda.

Izcóatl agacha la cabeza con un gesto de preocupación, pues no le agrada la idea de que su hijo se aleje mucho de él, aunque también sabe que debe dejarlo solo, como lo hizo con Tezozomóctli y Tizahuatzin, tal y como se lo dijo a su esposa antes de salir a la guerra.

—Sí. —Evita mirar a los ojos al Coyote ayunado, que tampoco está interesado en prolongar aquel momento incómodo.

Al llegar a Teshcuco, se encuentran con las tropas de Iztlacautzin que, formadas en una valla humana, rodean todo el huei altépetl. El tecutli de Hueshotla y Tlilmatzin convergen en el centro y preparan sus escudos y macuahuitles. Los ejércitos aguardan en silencio.

—¡Esperábamos más soldados! —exclama Iztlacautzin y da algunos pasos al frente para ser más visible ante sus contendientes.

—¡Acabaremos con ustedes! —se burla Tlilmatzin, quien se halla a un lado del tecutli de Hueshotla.

—¡No necesitamos más hombres! —responde furioso Nezahualcóyotl al ver a su medio hermano alardeando junto a Iztlacautzin—. ¡Con los que tenemos nos sobra para matarlos a todos!

—¡No dirán lo mismo cuando la mitad de sus yaoquizque estén en el piso, con las tripas de fuera y vomitando sangre! —contesta Iztlacautzin, que acto seguido dirige la mirada a los tepozquiquizohuque para que soplen los tepozquiquiztlis.

En cuanto se escuchan los silbidos de las caracolas, comienzan a retumbar los huehuetles y los teponaztlis.

¡Pum, pup, pup, pup, Pum!... ¡Pum, pup, pup, pup, Pum!... ¡Pum, pup, pup, pup, Pum!... ¡Pum, pup, pup, pup, Pum!...

Los yaoquizque gritan enérgicos.

—¡Ay, ay, ay, ay, ay, ayayayay! ¡Ay, ay, ay, ay, ay, ayayayay!

El cielo se llena de yaomitles, «flechas», tlatzontectlis, «dardos» y tlacochtlis, «lanzas». Las tropas de Nezahualcóyotl e Izcóatl se cubren con los escudos, esperan a que caigan las saetas, se ponen de pie y disparan con sus arcos, lanza dardos y hondas, para luego volver a cubrirse con los escudos. Ambos ejércitos avanzan muy lentamente hacia el centro del campo de batalla al mismo tiempo que arrojan sus dardos, piedras y flechas, hasta que se hallan tan cerca que no queda más que enfrentarse cuerpo a cuerpo.

Los regimientos de Nezahualcóyotl marchan de frente con Cuauhtlehuanitzin y Shontecóhuatl al mando, mientras que las huestes a cargo del ezhuahuácatl, el tocuiltécatl y el tlilancalqui atacan por la derecha, y el tlatoani tenoshca acomete por la izquierda, con el tezcacoácatl y el acolnahuácatl dirigiendo sus hombres. De inmediato, miles de estallidos entre los macuahuitles se escuchan como olas que revientan contra las rocas una y otra vez. La sangre salpica y se esparce igual que las marejadas. Cientos de jóvenes se arrastran por el suelo con las tripas halando entre lodo y sangre. Otros intentan huir cargando sus brazos y piernas mutiladas, como si al llevarlas consigo intentaran revivirlas o darles una digna despedida.

—¿Has visto a Cuauhtláhuac? —pregunta el tlatoani al acolnahuácatl en tanto pelea con un soldado hueshotlaca.

—¡No! —responde el acolnahuácatl y le da un porrazo en la cabeza a un yaoquizqui enemigo que al instante cae muerto.

—¡Búscalo! —grita Izcóatl con el macuáhuitl en las dos manos preparado para recibir el golpe de un soldado shalca, de las brigadas que dejó Teotzintecutli antes de huir a Shalco—. ¡Cuídalo! —vocifera desesperado al acolnahuácatl, aunque no es el primero al que le hace la misma solicitud, pues también se lo pidió al ezhuahuácatl, el tocuiltécatl y al tlilancalqui antes de que iniciara la batalla en Tepeshpan; tal cual exhortó al hueitiacauhtli, al atempanécatl, al calmimilólcatl, al huitznahuácatl, al quetzaltoncatl y al tlacatécatl para que vieran por la vida de Tezozomóctli; y al tlapaltécatl, al cuauhquiahuácatl, al coatécatl, al pantécatl, al huecamécatl y al tlacochcálcatl para que velaran por su hijo Tizahuatzin, mas no de manera pública ni mucho menos autoritaria, sino más bien en privado, como una plegaria personal, única e irrepetible, pues bien sabía el tlatoani que dicha petición era muy mal vista entre los soldados del ejército, que con frecuencia se quejaban de los privilegios de los pipiltin y aún más de los descendientes del tlatoani; y aunque los capitanes del ejército eran de la nobleza, eso no los eximía de envidias. A fin de cuentas, nada de eso impedía que Izcóatl intentara cuidar a sus hijos en el campo de batalla, pues si bien sabía que no podría cuidarlos por el resto de sus vidas, no quería sufrir la pena de verlos morir antes que él, como le había sucedido a su hermano Huitzilíhuitl con el asesinato de su primogénito recién nacido. Por aquellos años, el joven Izcóatl aún no conocía esa embriaguez que produce la paternidad, pero cuando tuvo por primera vez en sus brazos a su primogénito, Izcóatl se enamoró de Tezozomóctli y, luego, se embelesó con Cuauhtláhuac y, después, se cautivó con Tizahuatzin y también se hechizó con su hija Matlalatzin, y por más que intentara ocultarlo, su deseo de protegerlos era infinito e indestructible. Profesaba el mismo amor por los cuatro, sin embargo, sus hijos y su esposa siempre notaron una preferencia por Tizahuatzin, en particular Cuauhtláhuac que —por estar entre el primogénito y el menor— se sentía relegado, aun así, ocultaba sus sentimientos y se esforzaba cada día más por ganarse el amor, respeto y admiración de su padre quien a sus ojos parecía no verlo jamás. «¿Qué te hace pensar que no eres importante para mí?», le preguntó Izcóatl a su hijo en alguna ocasión. «Que siempre estás elogiando lo que hacen Tezozomóctli y Tizahuatzin». Izcóatl colocó sus dos manos en las mejillas de aquel niño, lo miró fijamente a los ojos y le dijo: «No importa lo que te digan, lo que yo mismo haga o lo que veas, siempre debes tener en mente que tú y tus hermanos son lo más importante en mi vida y que los amo de la misma manera». Aunque Cuauhtláhuac quiso creer aquellas palabras, no lo consiguió, pues la duda se había sembrado en su mente y jamás logró arrancarla de raíz y ésta creció como una enredadera de ojerizas y sufrimientos indómitos, mas él nunca lo hizo público ni mucho menos se lo reclamó a sus padres, pues si en algo se asemejaba a Izcóatl era en ese resabio de guardarse lo que pensaba y sentía, aunque por dentro se estuviera retorciendo de coraje, y así llegó al ejército, decidido a convertirse en el mejor soldado de su generación, y por más que se esforzaba, su hermano Tezozomóctli siempre estaba un paso delante de él. Cuando el tlatoani anunció que sus hermanos irían con las tropas de Tlacaélel e Ilhuicamina, sintió que Izcóatl no confiaba lo suficiente en él y que quería vigilarlo, por lo tanto, ahora Cuauhtláhuac está decidido a demostrarle a su padre el gran guerrero que es, y avanza ardiendo en cólera hacia los soldados enemigos y arroja porrazos de derecha a izquierda y viceversa sin pausa, sin temor y sin clemencia.

—¿Qué tienes? —le pregunta el ezhuahuácatl, que pelea cerca de él.

—¿De qué hablas? —responde Cuauhtláhuac y le da un fuerte golpe en el pecho a un soldado hueshotlaca, el cual cae de nalgas en el piso, con las manos en la herida hecha una laguna de sangre y la boca un abismo de negra incertidumbre.

—¡Estás demasiado agresivo! —exclama el ezhuahuácatl mientras se pone en guardia al ver que un yaoquizqui se acerca para atacarlo.

El hijo del tlatoani recibe con un porrazo en el abdomen al hueshotlaca que va contra el ezhuahuácatl. El chaleco de algodón prensado evita un daño mayor al hombre que tiene un corte y una ligera mancha de sangre, pero Cuauhtláhuac no se detiene y le da un golpe en la nuca, con lo cual el hombre termina muy malherido en el piso.

—¡Estamos en guerra! —dice Cuauhtláhuac al mismo tiempo que se pasa el dorso del brazo por la frente para limpiarse el sudor y la sangre—. ¡Debemos ser agresivos y demostrar de qué estamos hechos!

—¡Nunca te había visto así! —comenta el ezhuahuácatl.

—Así me verás de ahora en adelante —presume el hijo del tlatoani y corre hacia dos soldados que están abatiendo al tlilancalqui.

A uno le entierra el macuáhuitl en la espalda, la cual resiste por el ichcahuipili, pero Cuauhtláhuac no se da por vencido y golpea una, dos, tres veces seguidas y el hombre cae al piso con la espalda descuartizada. De inmediato, se va contra el otro soldado, que lo recibe con su macuáhuitl. Ambos guerreros se traban en un feroz combate. Sus armas estallan. El ezhuahuácatl y el tlilancalqui se embrollan en combates por separado, y Cuauhtláhuac queda sólo con el hueshotlaca que le está dando una contienda implacable. De pronto, ambos macuahuitles se atoran. Los dos guerreros jalonean sus armas hacia sí para zafarlas, pero no lo consiguen. Entonces, el hueshotlaca lanza una patada que da certera en los testículos de Cuauhtláhuac que cae el piso sin poder soportar el dolor, mientras que el enemigo se lanza contra él con un cuchillo, pero el meshíca se quita de su camino, rodando por el piso, entre las hierbas y las ramas. El hueshotlaca va detrás de él y logra enterrar su cuchillo en el costado del hijo del tlatoani, el cual no se detiene y se apresura a incorporarse, para luego batirse a golpes con su contrincante, el cual tampoco se deja y le responde con otro puñetazo, y así se siguen un largo rato, uno a uno, trompadas en la cara, en las costillas, en el abdomen, en la quijada, en la nariz, en los ojos, en las orejas, cada vez con menos fuerza y más desgaste. Los dos tienen los rostros hinchados y empapados en sangre. Ninguno de los capitanes del ejército tenoshca se percata de la pelea que está librando el hijo del tlatoani, el cual a duras penas puede sostenerse en pie, pues han sido tantos los golpes que ha recibido, como los que ha surtido; mas no por ello logra derrotar a su rival que parece estar hecho de piedra, ya que luego de cada remoquete, en lugar de quejarse, sonríe con la boca teñida de rojo a manera de burla, lo cual hace enojar aún más a Cuauhtláhuac, que en este momento lo único que desea es que su padre se encuentre cerca de ahí y lo vea y se enorgullezca de él y le grite, ¡ése es mi hijo!, ¡vamos, Cuauhtláhuac!, ¡tú puedes con él!, ¡acábalo! Pero nadie lo ve; todos están en sus propias batallas, y Cuauhtláhuac ya no puede más, siente que se marea, que las piernas se le quiebran, pero Cuauhtláhuac resiste, mira a su contrincante burlón, aunque ya casi no lo reconoce, pues su mirada está nublada y sólo reconoce una silueta que le da puñetazos en los ojos, en la nariz, que ya no puede inhalar aire, y en la boca que se le cae a pedazos, pues ya no siente ni un solo diente, y en la garganta, que parece estar congestionada de coágulos de sangre. Lanza un golpe vago y no da en su destino, se pierde en un vacío y cae al suelo, siente las hojas marchitas en su rostro, con dificultad huele el aroma de la tierra, ve una silueta, ya no sabe quién es, pero quiere pensar que es Izcóatl, su padre, el honorable tlatoani de Meshíco Tenochtítlan que viene a celebrar su desempeño en la guerra, ¡tú puedes con él!, ¡ponte de pie, Cuauhtláhuac!, ¡acábalo! Pero no es él, es su rival, el mismo hueshotlaca con el que ha estado peleando a golpes desde hace... ya no sabe cuánto tiempo, el mismo que en este momento, lo voltea bocarriba, como un bulto, recoge del piso una enorme piedra y se la zampa en la cabeza. De súbito, Cuauhtláhuac deja de escuchar. Todo se enmudece. Sólo ve el cielo nublado y a punto de oscurecer. El hueshotlaca le arroja la enorme piedra en el rostro nuevamente y Cuauhtláhuac pierde la vista por completo, y ahora se encuentra en una caverna negra sin sonido, aunque sabe que sigue vivo, siente que su cuerpo se estremece sobre la hierba y un escalofrío jamás experimentado y su respiración se vuelve turbulenta y, de pronto, en el centro de ese agujero negro, aparece la imagen de Izcóatl, y Cuauhtláhuac sólo alcanza a decir: tahtli, taita, tata, antes de que el guerrero hueshotlaca le reviente la piedra por última vez en la cara.

—¡Cuauhtláhuac está herido! —grita el ezhuahuácatl al tlilancalqui mientras ambos se baten a muerte con otros soldados.

El hueshotlaca, que acaba de asesinar al hijo del tlatoani, se levanta con mucha dificultad. También perdió la dentadura en el combate con Cuauhtláhuac. Tiene los ojos hinchados y la nariz completamente rota. Apenas si puede sostenerse en pie. Se siente mareado. Su vista está opaca. Ya no reconoce a nadie. Cae al piso sin poner las manos, se revienta la cabeza con una piedra y muere.

El tlilancalqui termina el combate en el que se encontraba, corre hacia Cuauhtláhuac y lo carga sobre un hombro, como si fuera un costal.

—¡Protégeme! —le dice al ezhuahuácatl—. ¡Lo voy a sacar de aquí!

En ese momento, llega el acolnahuácatl, que por más que lo intentó, no pudo arribar a tiempo, ya que a su paso se topó con muchos obstáculos. Se detiene frente al tlilancalqui y lo mira temeroso.

—¿Es...?

No se atreve a concluir su pregunta.

—¡Sí! —responde el tlilancalqui, que al mismo tiempo sigue avanzando lo más rápido posible para sacar a Cuauhtláhuac del campo de batalla—. ¡Cuídame las espaldas!

—¡Debo volver a avisarle al tlatoani! —dice el acolnahuácatl.

—¿En este momento? —pregunta molesto el tlilancalqui.

—¡Sí! —contesta—. ¡Me ordenó que viniera a...! —Se calla—. Debo regresar.

—¡No lo hagas! —El tlilancalqui se detiene y baja el cadáver al piso—. ¡No en este momento! ¡Le dolerá mucho al tlatoani!

—Debo obedecer órdenes —dice el acolnahuácatl. Se da media vuelta y corre de regreso. En su camino se cruza con los hermanos de

Nezahualcóyotl, Cuauhtlehuanitzin y Shontecóhuatl, que van tras Tlilmatzin, el cual pasa como una liebre y sin que nadie ni nada lo detenga.

—¡Atrápenlo! —grita Cuauhtlehuanitzin.

—¡Mátenlo! —exclama Shontecóhuatl.

Tlilmatzin cruza la ciudad de Teshcuco, donde decenas de ancianos, mujeres y niños observan escondidos desde las azoteas y detrás de los muros, todos atemorizados, conscientes del enojo del príncipe Nezahualcóyotl que en esos momentos también va detrás de Iztlacautzin. Desde una de las azoteas el tlacuilo de Teshcuco, que escucha los gritos de Shontecóhuatl y Cuauhtlehuanitzin, decide bajar e interceptar a Tlilmatzin, quien al ver al anciano, sin advertirle que se quite de su camino, decide pasar de frente y tumbar al tlacuilo, que poco antes de ese instante saca un cuchillo de la parte trasera de su máshtlatl y lo coloca delante de su pecho para que cuando Tlilmatzin lo golpee, se le entierre el arma. El medio hermano del príncipe chichimeca se estampa con todas sus fuerzas contra el tlacuilo y ambos caen, sin que el anciano logre enterrar su cuchillo de pedernal. Entonces, se arrastra hacia Tlilmatzin y le entierra el cuchillo en la planta del pie. El medio hermano de Nezahualcóyotl lanza un grito.

—¡Eso es por lo que le hiciste a Coyohua! —avisa el tlacuilo.

—¡Te voy a matar! —amenaza Tlilmatzin mientras se pone de pie, pero ya no puede caminar.

Entonces, llegan Shontecóhuatl y Cuauhtlehuanitzin.

—¡Al fin te atrapamos! —Shontecóhuatl le propina un fuerte golpe en la nuca a Tlilmatzin que lo hace caer al piso.

—¡Veamos qué tan valiente eres! —Cuauhtlehuanitzin le da un puntapié en la cara, con lo cual le revienta la boca.

—¡Esperen! —suplica Tlilmatzin—. ¡No me maten!

—No te vamos a matar —responde Shontecohuatl al mismo tiempo que le entierra el puño derecho en el ojo.

—¡Deténganse! —grita Tlilmatzin—. ¡Auxilio!

—¿Qué decías antes de comenzar la batalla? —pregunta Cuauhtlehuanitzin y le surte cuatro patadas seguidas en los testículos.

A lo lejos una mujer observa aquella golpiza. Camina lenta y silenciosamente, en tanto los dos hombres le rompen las costillas y le revientan los órganos internos al hermano traidor. Recoge el cuchillo de pedernal que llevaba el tlacuilo y se sigue derecho.

—Déjenme hacerlo —dice la mujer, cuya mirada está fija en el rostro de Tlilmatzin.

—¡Tozcuetzin! —exclama Shontecóhuatl al reconocer a su media hermana.

—¡Permítanme matarlo! —pide Tozcuetzin con lágrimas irascibles en los ojos; les muestra el cuchillo de pedernal que lleva en la mano.

—No podemos hacerlo —responde Cuauhtlehuanitzin—. Nezahualcóyotl ordenó que lo lleváramos preso.

—Necesito cobrar venganza por lo que le hizo a Nonohuácatl —insiste la media hermana de los tres hombres que yacen frente a ella—. Necesito hacerle justicia a Nonohuácatl. —Llora al mismo tiempo que por su mente cruza el recuerdo de la vez en que Nonohuácatl fue a pedirla como esposa y ella salió del jacal con un tlazcalili en brazos, un tlazcalili que se había encontrado en la calle y que adoptó, sólo para no dejarlo huérfano, consciente de que ningún hombre la aceptaría con un tlazcalili y mucho menos sin saber quién era el padre, pero para su buena fortuna, un día apareció en la puerta de su casa ese hombre que no nada más la aceptó con un tlazcalili, sino que la honró y la hizo inmensamente feliz—. Mi Nonohuácatl era bueno. Él era bueno. —Sus mejillas se empapan de llanto.

—No lo puedes matar —responde Shontecóhuatl—, pero puedes hacerle unos cortes en la cara. —Sonríe—. O si gustas sacarle los ojos.

—¡No! ¡No! ¡No! ¡No! —grita aterrado Tlilmatzin.

—Nosotros lo detenemos por ti —ofrece Cuauhtlehuanitzin.

—Sí. —Tozcuetzin aprieta el cuchillo y camina hacia sus medios hermanos, quienes de inmediato se arrodillan para sostenerle los pies y manos a Tlilmatzin, que está bocarriba y no para de gritar y rogar por auxilio.

Tozcuetzin se acerca a Tlilmatzin, se arrodilla junto a él, aprieta los dientes, alza el puñal por arriba de su cabeza y lo deja caer. Su medio hermano lanza un grito estruendoso y ridículo. De pronto, Shontecóhuatl y Cuauhtlehuanitzin liberan escandalosas carcajadas al ver llorando a Tlilmatzin —con el máshtlatl empapado, pues se acaba de orinar y cagar—, en tanto el cuchillo se halla enterrado en la tierra.

—Siempre supe que eras un vil cobarde. —Tozcuetzin se pone de pie y le escupe la cara a Tlilmatzin—. Dejaré que Nezahualcóyotl te mate. —Se da media vuelta y se marcha.

Los hermanos Shontecóhuatl y Cuauhtlehuanitzin se ponen de pie y le dan una ringlera de patadas a Tlilmatzin antes de atarlo y llevarlo cautivo al centro de Teshcuco, donde Nezahualcóyotl e Iztlacautzin se baten a duelo en ese momento.

Está a punto de oscurecer. La mayoría de los soldados han cesado sus batallas para observar el combate entre el Coyote ayunado y el señor de Hueshotla.

—Terminemos con esto —espeta Iztlacautzin, quien se siente orgulloso del último encuentro que tuvo con el príncipe chichimeca.

—Esta vez no será tan fácil —responde Nezahualcóyotl mientras camina alrededor de su oponente, con las piernas abiertas y flexionadas y el macuáhuitl en las dos manos.

—Adelante, lanza tu primer porrazo. Quiero ver que tanto has aprendido, niño —dice y sonríe Iztlacautzin.

—Te voy a enseñar.

Nezahualcóyotl lanza un golpe, pero Iztlacautzin lo evade haciéndose a un lado.

—¡Ah! —el tecutli de Hueshotla hace bailar el macuáhuitl entre sus dos manos—. ¡Buen intento!

Nezahualcóyotl enfurece, pues no soporta a los guerreros burlones, porque le recuerdan al guerreo jaguar que mató a su padre Ishtlilshóchitl, el huei chichimécatl tecutli que nunca pudo gobernar por culpa de su tío Tezozómoc.

—Te voy a arrancar esa sonrisa. —Alza el macuáhuitl por arriba de su cabeza y se lanza al ataque, pero el hueshotlaca lo esquiva, nuevamente, y sonríe, se ríe, se carcajea, pues sabe que ése es el punto débil del príncipe chichimeca, un príncipe que hasta el momento no ha podido superar la muerte de su padre y que se mueve sólo por la venganza y deja que ello le nuble la vista.

—No lo creo. —Sonríe socarrón y se mueve de un lado a otro con el macuáhuitl sin hacer presión en él.

—Tienes razón. —Se detiene, baja el arma y mira a su oponente, que no deja de moverse—. Eres mejor que yo. —Extiende los brazos sin soltar el macuáhuitl y se pone para que Iztlacautzin lo ataque.

—Niño, soy demasiado viejo para caer en esa trampa. —Columpia el macuáhuitl.

—Entonces pelea. —Se pone en guardia—. Vamos. Demuéstrales a tus soldados de qué estás hecho. Que vean que no eres sólo un cobarde burloncito.

—¿Eso quieres?

—Adelante. Hazlo.

—¡Comencemos! —Lanza el primer porrazo, el cual Nezahualcóyotl logra detener con su macuáhuitl.

—¡Creí que eras mejor con las armas! —Se burla.

—Ya verás que sí, niño. —Lanza un segundo porrazo, que el príncipe chichimeca esquiva.

—Ya lo veo. —Sonríe.

—¿Recuerdas cómo mataron los meshícas a tu padre? —pregunta furioso Iztlacautzin por lo que él considera la traición de Teshcuco a Hueshotla, pues por muchos años Hueshotla había sido aliado de Teshcuco, hasta que Nezahualcóyotl pactó con los tenoshcas para luchar contra Azcapotzalco, y Tlacotzin, tecutli de Hueshotla, falleció y su hijo Iztlacautzin asumió el poder—. Te mataré igual que a tu padre.

Aquellas palabras lastiman aún más al Coyote ayunado que, justo en ese momento, recuerda la última conversación que tuvo con Ishtlilshóchitl, poco antes de que las tropas enemigas llegaran al campo de batalla: «Hijo mío, Coyote en ayunas y último resto de la sangre chichimeca, me duele mucho dejarte aquí, sin abrigo ni amparo, expuesto a la rabia de esas fieras hambrientas que han de cebarse en mi sangre; pero quizá con eso se extinga su enojo. Salva tu vida, súbete a ese árbol y mantente oculto entre sus ramas y, cuando puedas, huye, corre a los altepeme de Tlashcálan y Hueshotzinco, cuyos tetecuhtin son nuestros deudos, y pídeles socorro para recobrar el tlatocáyotl. Cuando lo consigas, asegúrate de que se cumplan las leyes, empezando con tu ejemplo. A tus vasallos míralos como a tus hijos, prémiales sus buenos servicios, especialmente a los que en esta ocasión me han ayudado y perdona generosamente a tus enemigos, aunque sabemos que mi ruina se debe a que fui excesivamente piadoso con ellos; sin embargo, no estoy arrepentido del bien que les hice. No te dejo otra herencia más que el arco y la flecha: ejercítalos y da al valor de tu brazo la restauración de tu señorío».

«¡Voy a luchar con usted!», respondió el joven Nezahualcóyotl con valentía. «¡Protegeré su vida! ¡Yo también me he ejercitado en las armas!». «¡No! ¡Eres el heredero del huei chichimeca tlatocáyotl! Si mueres, se acabará el señorío». En ese momento, se escucharon el silbido de los caracoles y los huehuetles de los ejércitos de Tenochtítlan, Azcapotzalco, Tlatelolco, Coyohuácan, Shalco y Otompan. «¡Corre! ¡Ya vienen! ¡Corre! ¡Corre, Coyote! ¡Sube a ese árbol! ¡Escóndete! ¡Que no te vean!». Uno de los capitanes lo abrazó sujetándole ambos brazos y lo llevó hasta el árbol. Nezahualcóyotl pataleó y otro de los soldados ayudó a subirlo al árbol, donde el joven de apenas dieciséis años observó toda la batalla y fue testigo de la muerte de su padre, el huei chichimécatl tecutli.

Ahora, delante de Iztlacautzin, el príncipe chichimeca revive la furia y el dolor que sintió aquel día al presenciar la muerte de su padre. El resentimiento que ha generado desde entonces no lo deja vivir en paz. Está enojado con la vida. Está cansado de que todo vaya en su contra. Tantos años huyendo, tantas traiciones, tantas persecuciones, tanto dolor, ya no puede, ya no quiere seguir. Se pregunta qué pasará después de que gane esta guerra, cuántos enemigos más surgirán y qué deberá hacer para pacificar el cemanáhuac. Y ese tecutli perverso que tiene frente a él, que sonríe y se burla de su forma de pelear y de la muerte de su padre, sólo lo hace enfurecer más.

—¡Traidor! —Lanza un golpe con su macuáhuitl, el cual Iztlacautzin detiene con su arma.

—¿Ahora yo soy el traidor? —pregunta el tecutli de Hueshotla al mismo tiempo que responde con su macuáhuitl en todo lo alto—. Hueshotla siempre fue aliado de Teshcuco. —Golpea una vez más, pero Nezahualcóyotl lo esquiva—. Nosotros estuvimos ahí, en el campo de batalla defendiendo a Quinatzin, a Techotlala y a Ishtlilshóchitl. —Ataca de nuevo y el Coyote ayunado lo para con su macuáhuitl—. Tú fuiste el que nos traicionó y traicionó sus principios.

—Otro porrazo—. Tú te aliaste con los mexicas. —Embiste otra vez—. Tú perdonaste a los asesinos de tu padre. —Aporrea por la derecha, pero Nezahualcóyotl lo ataja—. Tú creaste el eshcan tlatoloyan con el nieto de Tezozómoc y los tenoshcas. —Suelta otro macanazo por la izquierda, el cual da en el costado del heredero del imperio chichimeca, que cae de rodillas—. ¿Dónde están tus principios? ¿Dónde quedó tu lealtad? —pregunta al mismo tiempo que levanta el macuáhuitl por arriba de su cabeza para enterrárselo a su rival.

«Mi ruina se debe a que fui excesivamente piadoso con ellos», recuerda en ese momento el príncipe chichimeca, quien está completamente de acuerdo con lo que le acaba de reclamar Iztlacautzin. Innegable que se alió con los descendientes de sus enemigos. Es verdad que un guerrero tenoshca mató a su padre, pero también es cierto que los meshícas no tenían otra elección, eran vasallos de Azcapotzalco. Indudable que Totoquihuatzin sea el nieto de Tezozómoc, pero él mismo se negó a acudir a todas las guerras, incluyendo ésta. Incuestionables las decisiones que ha tomado, pero eso no justifica la traición de Shalco y Hueshotla, sólo por envidia. «Mi ruina se debe a que fui excesivamente piadoso con ellos», recuerda la voz de Ishtlilshóchitl. «No habrá más piedad —piensa—. No cederé ante los caprichos de mis aliados o mis enemigos. La lealtad es inamovible o no será».

El tecutli de Hueshotla deja caer su macuáhuitl en dirección a la cabeza de Nezahualcóyotl, quien al instante se deja caer al piso, rueda como un tronco, se reincorpora de inmediato, se pone en guardia con las piernas abiertas y flexionadas y el macuáhuitl en las dos manos, por arriba del hombro derecho. Iztlacautzin se dirige a él y ataca con velocidad: uno, dos, tres, por la izquierda, derecha, arriba, abajo, los macuahuitles estallan con cada golpe, Nezahualcóyotl los detiene todos, ahora sin miedo y sin rencor, con los pensamientos firmes y claros. «Mi ruina se debe a que fui excesivamente piadoso con ellos», se repite con cada golpe que detiene. «No más piedad», y toma la defensiva: golpe a la derecha, gira, a la izquierda, se agacha, evade un porrazo, responde con otro a la cara, Iztlacautzin lo detiene, el Coyote no se detiene, ataca a las piernas, sin pausa, otro y otro, y otro porrazo al abdomen, el hueshotlaca lo evade, no hay tiempo que perder. Nezahualcóyotl lo está obligando a que retroceda: acelera el paso, tira otro porrazo al hombro,

Iztlacautzin contraataca con cuatro macanazos más, los cuales son interceptados por el Coyote hambriento. Ninguno cede. El combate se extiende hasta que la luz desaparece. En otras circunstancias, la batalla habría terminado en ese momento y habrían pactado un encuentro al día siguiente, pero los guerreros de ambos ejércitos han encendido teas alrededor, para que el duelo continúe hasta que los contendientes se rindan, decidan postergar o uno de ellos caiga muerto, pero ninguno de los dos está dispuesto a sucumbir ni aplazar y siguen luchando. De pronto, hacen una ligera pausa. Ambos están empapados en sudor y cubiertos de tierra. Sostienen sus macuahuitles con las dos manos. Se miran fijamente. Están muy cansados. Respiran agitados. Ya no hay sonrisas burlonas, reclamos ni alardeos. Quieren acabar de una vez. Iztlacautzin toma la ofensiva y se va directo al rostro, pero el Coyote hambriento lo detiene. El hueshotlaca no para, lanza otro porrazo a la izquierda, derecha, a los costados, a las piernas, nuevamente al rostro, sin poder asestar un solo golpe, hasta que de pronto los macuahuitles se atoran. Los dos guerreros jalonean sus armas. Nezahualcóyotl hace un giro doble: izquierda, derecha y los garrotes se zafan, pero Iztlacautzin suelta su arma. «No habrá más piedad», espeta el príncipe chichimeca y lanza un golpe directo al cuello de su contrincante, luego otro al rostro con lo cual le rebana la mejilla derecha, después un golpe a la garganta y sin descanso le da otro en la frente. Iztlacautzin se mantiene de pie por unos segundos con una catarata de sangre escurriendo por su rostro, garganta y cuello, y cae al piso.

—¡Se acabó la guerra! —grita Nezahualcóyotl con su macuáhuitl en una mano.

Los ejércitos Tenayocan, Tlacopan y Tenochtítlan lanzan aullidos de alegría: ¡Ay, ay, ay, ay, ay, ayayayay! ¡Ay, ay, ay, ay, ay, ayayayay! Retumban los huehuetles y los teponaztlis: ¡Pum, pup, pup, pup, Pum!... ¡Pum, pup, pup, pup, Pum!... ¡Pum, pup, pup, pup, Pum!... ¡Pum, pup, pup, pup, Pum!... Los soldados de Hueshotla y Shalco dejan caer sus armas y agachan sus cabezas, en muestra de rendición.

Al mismo tiempo, el acolnahuácatl le informa al tlatoani Izcóatl que su hijo Cuauhtláhuac ha muerto. El tlatoani corre desesperado hasta el cadáver de su hijo, al que traen cargando un par de soldados meshícas. Al llegar, los hombres colocan el cuerpo en el piso y el tlatoani se tira sobre él y llora con la angustia más grande que ha sentido en su vida. Lo abraza y lo aprieta contra su pecho y le besa la frente. Se arrepiente de haber aceptado ir a Teshcuco a media tarde. Se arrepiente de no haber sido más enérgico con su respuesta. Se arrepiente de haber dejado solo a su hijo. Y quiere ponerse de pie y gritar y reclamarle a Nezahualcóyotl por su negligencia, por su sed de venganza y por su obsesión, pero no se atreve y sabe que no lo hará, porque él siempre se guarda sus sentimientos, siempre calla lo que en verdad está pensando, aunque en el fondo lo queme como un volcán a punto de hacer erupción. Calla porque cree que es su mayor virtud, aunque la realidad es que es su peor defecto. Siente que se asfixia. Su cuerpo suda y tiembla, mas no sabe si es de dolor o de enojo. Acaricia la frente de su hijo, la besa y la moja con su llanto.

37

La llegada triunfal del ejército al huei altépetl Meshíco Tenochtítlan atrae a toda la población tenoshca y tlatelolca, la cual se aglomera en las calles para celebrar la victoria del eshcan tlatoloyan y para buscar a sus hijos, hermanos, nietos, esposos, padres y amigos, pues bien saben que no todos regresan con vida o enteros, y aunque esta noche en la plaza principal habrá mucho júbilo, un gigantesco banquete y un *huei mitotia,* «gran baile», para muchos representará el día más infeliz de sus vidas, pues habrá velorios en sus casas.

Entre las miles de embarcaciones que se aproximan al *tetamacolcoqui,* «embarcadero», aparece primero el *huei acali,* «gran casa flotante», que es mucho más grande que el resto de los navíos: tiene fondo plano, está equipado con bancos y techumbre que resguarda del sol y de la lluvia al tlatoani y a los demás pasajeros. Al topar con el malecón, descienden de la gran canoa, en dos filas, el ezhuahuácatl, el tlilancalqui, el tezcacoácatl y el tocuiltécatl con un semblante luctuoso y en hombros un cuerpo envuelto en finas mantas. Detrás de ellos camina el tlatoani Izcóatl alicaído por el desconsuelo. De inmediato Huacaltzintli, gemebunda, corre hacia ellos.

—¡¿Quién es?! —pregunta a los cuatro capitanes que cargan el cadáver—. ¡Bájenlo! ¡Necesito verlo!

El afligido cuarteto de comandantes voltea y dirige la mirada al tlatoani que con desconsuelo responde a su esposa:

—Es Cuauhtláhuac.

—¡No! —Solloza y abraza a su hijo que sigue en hombros de los oficiales del ejército tenoshca—. ¡No! ¡No! ¡No! ¡Mi hijo no!

El ezhuahuácatl, el tlilancalqui, el tezcacoácatl y el tocuiltécatl flexionan lentamente sus piernas para bajar el cuerpo al piso, donde la mujer se tira y abraza a su muerto. Su esposo contrito se arrodilla junto a ella, la abraza por un instante y le habla al oído: «Necesitamos seguir nuestro recorrido».

—Déjame llorarle a mi hijo —responde ella sin mirar a su marido.

—Lo haremos en el técpan. Vamos. —La toma del antebrazo para ayudarla a ponerse de pie.

—¡No! ¡Suéltame! —berrea furiosa. Tiene deseos de reclamarle a Izcóatl, a Tlacaélel y a Nezahualcóyotl por su obsesión de hacer la guerra.

—Vamos —insiste el tlatoani, pero su mujer no quiere ponerse de pie; se aferra al cadáver de su hijo. Entonces, la carga de las axilas, pero ella alza los brazos y se deja caer como un pesado bulto.

Alrededor miles de personas observan en silencio, pues muchas de ellas saben que alguno de sus familiares tuvo el mismo destino. El tlatoani dirige la mirada al acolnahuácatl, quien se encuentra a unos pasos y acude de inmediato en su ayuda.

—¡Suéltenme! —grita Huacaltzintli histérica—. ¡Déjenme estar con mi niño!

Llora de culpa por ese niño que siempre se sintió relegado, a pesar de que ella siempre quiso demostrarle todo lo contrario. Llora de coraje porque sabía que ese día llegaría tarde o temprano. Llora de rencor porque está harta de tantas guerras. Llora de impotencia porque nunca quiso que sus hijos se incorporaran al ejército. Llora de pavor porque aún no ha visto a Tezozomóctli y Tizahuatzin, y no sabe si están vivos o muertos. Llora de agotamiento porque no ha dormido en tres noches. Y llora de furia porque sabe que, pase lo que pase, diga lo que diga y haga lo que haga, no podrá cambiar nada: las guerras continuarán y los muertos se acumularán.

—Ven. Levántate —pide Izcóatl en voz baja mientras el acolnahuácatl y él la cargan de las axilas y los brazos.

A pesar de que en un inicio Huacaltzintli se niega a mantenerse en pie, al final cede y camina, aunque no deja de llorar en su recorrido hasta el palacio de Tenochtítlan. Detrás de ellos avanzan miles de soldados, cargadores, cocineras y, hasta el final, las esposas, las viudas, las madres, los padres, los hijos huérfanos, los abuelos y los niños más pequeños que no comprenden qué está ocurriendo.

—¿Dónde están Tezozomóctli y Tizahuatzin? —pregunta Huacaltzintli a unos pasos del palacio.

Izcóatl tarda en responder.

—No sé. —Él también tiene mucho miedo.

—¿Qué? —Huacaltzintli se detiene y lo mira con pánico—. ¿Por qué no sabes?

Detrás de ellos se detiene toda la procesión.

—Tras concluir la batalla en Teshcuco —explica luego de liberar un sollozo—, llegaron dos informantes de Shalco y Hueshotla para comunicarnos sobre el triunfo de las tropas de Tlacaélel e Ilhuicamina y... —Hace una pausa.

—¿No les preguntaste por mis hijos? —reclama frenética.

—Lo más probable es que estén bien; de lo contrario ya nos habrían informado —responde Izcóatl.

—¿Les preguntaste por Tezozomóctli y Tizahuatzin?

—Sí. —Coloca las manos en los hombros de su esposa para tranquilizarla—. Sí los cuestioné, pero no sabían nada al respecto. Entiende que después de una batalla no es fácil informar. Son muchísimos guerreros. Seguramente ni Tlacaélel ni Ilhuicamina sabían de Tezozomóctli y Tizahuatzin. Tenían muchos asuntos que atender...

—¿Cómo qué? —pregunta irascible—. ¿Quemar templos y violar mujeres? ¿Crees que no estoy enterada de lo que hacen los soldados cuando ganan una guerra?

—No voy a discutir eso ahora y mucho menos en público. Entremos al palacio. —Sigue su camino sin darle tiempo a Huacaltzintli para reaccionar.

Demolida por el suplicio, la esposa del tlatoani camina abatida detrás de los cuatro capitanes que cargan a Cuauhtláhuac, a quien colocan cuidadosamente en el centro de la sala principal del palacio, donde ya se encuentran Tlatolzacatzin, Cuauhtlishtli, Tochtzin, Yohualatónac y Tlalitecutli.

—Mi señor. —Tlatolzacatzin se arrodilla ante Izcóatl—. Lamento mucho esta gran pérdida.

Huacaltzintli se tira en el piso junto a su hijo y llora desconsolada. El ezhuahuácatl, el tlilancalqui, el tezcacoácatl y el tocuiltécatl se dirigen al tlatoani, se agachan en señal de despedida y abandonan la sala. Luego los otros cuatro consejeros se forman detrás del hermano del tlatoani para dar el pésame de la misma manera.

—Vayamos a otra sala —sugiere el tlatoani tras recibir las condolencias de cada uno de los teopishque—. Mi esposa necesita estar sola.

Por respeto al duelo de la familia, los cinco sacerdotes evitan dirigir sus miradas a Huacaltzintli —que continúa llorando en el piso junto a su hijo— y caminan detrás del tlatoani, que avanza a pasos veloces a la sala contigua, donde cuatro sirvientes colocan seis petates y en cada uno de éstos el tlatocaicpali y cinco *tlatotoctlis*[180] en los cuales se sentarán para hablar. Luego, uno de los fámulos se acerca al meshícatl tecutli y le pregunta al oído si va a requerir algo de beber, ambos saben que se refiere al octli. Izcóatl levanta la cara, cierra los ojos, exhala, responde con un casi inaudible *sí* y se acomoda en su tlatocaicpali. Los miembros del Consejo hacen lo mismo y esperan en silencio a que el tlatoani les proporcione un amplio y elucidario informe sobre la guerra que acaba de ganar, pero él no dice una palabra. Los observa con amargura e indiferencia, se rasca la frente, hace varias muecas, se lleva las manos al cabello, arruga los párpados, respira profundo, se tapa la boca con las dos manos y se recarga en el respaldo de su asiento real. De pronto, entran los sirvientes con dos jícaras llenas de octli y algunos vasos; les sirven bebidas a todos, comenzando por el tlatoani, que sin esperar a que los demás tengan sus *tecontontlis,* «vasos», llenos, se bebe todo el contenido, pide más y le da otro trago extenso a su licor.

—Se acabó la guerra —manifiesta sarcásticamente y eructa—. Eso dijo Nezahualcóyotl.

Los miembros del Consejo observan cautelosos. Notan algo diferente en el tlatoani, más allá del duelo por la muerte de su hijo.

—Ahora no nos queda más que seguir adelante... —Da otro sorbo a su octli—. Con esta Triple Alianza... —Finge una sonrisa y mueve la cabeza hacia abajo, con cansancio, como cuando alguien se está quedando dormido, y de manera súbita cabecea hacia arriba.

—¿Puedo preguntar la razón de su enojo? —cuestiona Cuauhtlishtli, quien se muestra muy preocupado por el estado de ánimo del tlatoani.

—Sí. —Jala la boca hacia la derecha y alza el pómulo—. Se llama Nezahualcóyotl, el príncipe chichimeca, el heredero del imperio, el Coyote ayunado, el pobre e indefenso huérfano de Teshcuco. El mismo

180 *Tlatotoctlis,* «asientos de mimbre con forma cúbica o rectangular». También se les llama *icpalli.*

por el cual hemos ido dos veces a la guerra. El mismo por el que han muerto miles de soldados. Por él y sus caprichos. Por su culpa mi hijo hoy está muerto. —Arroja el vaso contra la pared y éste se rompe.

De inmediato, dos sirvientes se apresuran a recoger los pedazos rotos y a limpiar el piso. Mientras tanto, los cinco miembros del Consejo permanecen sentados en sus tlatotoctlis y con sus tecontontlis en las manos. Observan al meshícatl tecutli, que mantiene la cabeza agachada y los ojos cerrados.

—¿Qué ocurrió? —pregunta Yohualatónac después de un largo silencio.

—Ya no importa. —Izcóatl hace una seña a los sirvientes para que le lleven otro vaso lleno de octli—. Nada de lo que diga traerá de vuelta a mi hijo. —El criado se acerca en silencio y le entrega la bebida. El tlatoani observa el interior del contenedor y se encuentra con su reflejo, turbio por el movimiento del líquido.

—Pero puede servirnos a los consejeros —comenta Tlalitecutli y le da un ligero sorbo al néctar embriagante—. Y, por supuesto, nos sirve para ayudarle a usted.

Izcóatl los mira con desconfianza, dibuja una sonrisa sarcástica y suspira.

—Es importante para nosotros saber qué fue lo que ocurrió —insiste Tlalitecutli.

—Llegamos a Tepeshpan —cuenta el tlatoani con la mirada extraviada—, y no hubo mucha resistencia. Terminamos poco antes del *nepantla Tonátiuh,* «entre la una y las dos de la tarde», luego llegó Nezahualcóyotl con sus ejércitos, tras haber conquistado Chiconauhtla. Se encontraba eufórico. Demasiado, para ser preciso. Descomunalmente exaltado. Como un niño. No quería sentarse a descansar ni un momento. De pronto, dijo que marcháramos a Teshcuco. Le comenté que ya era tarde, que los soldados estaban cansados, que no habían dormido en toda la noche, que necesitaban comer y descansar. No me escuchó; insistió en que fuéramos y me dijo que iría con sus medios hermanos... —Inhala profundo, cierra los ojos y exhala lentamente—. Y... yo le dije que lo acompañaría. Me callé y actué como un sirviente. ¿Entienden lo que estoy diciendo? ¡Como un vasallo! Me puse al servicio de Nezahualcóyotl. Lo obedecí. Me callé lo que estaba pensando.

Hice lo que él quería... Llevé a mi hijo a la muerte. —Los ojos del tlatoani se llenan de lágrimas—. Llevé a decenas de yaoquizque a morir. Estaban cansados. Ya era tarde. Debían descansar. Y ahora, allá afuera hay cientos de personas llorando por sus esposos, hijos, padres y hermanos. Por mi culpa. Por no haberme comportado como un huei tlatoani ante las insistencias de Nezahualcóyotl. Ahora no voy a poder mirar a los ojos a esas madres, esposas e hijas cuando me pregunten por qué su familiar está muerto. Por negligencia. Ésa es la única respuesta. Negligencia de Nezahualcóyotl y negligencia mía. Sí, ganamos la guerra, pero eso no traerá de regreso a los guerreros caídos.

—Siempre supe que había sido un error aceptar la creación del eshcan tlatoloyan —expresa Tochtzin con molestia.

—Lo peor fue aceptar la inclusión de Totoquihuatzin —agrega Tlalitecutli sentado junto a Tochtzin—. Únicamente actuará a favor de Nezahualcóyotl.

—En eso estoy de acuerdo —interviene Yohualatónac y dirige la mirada hacia Tlalitecutli y Tochtzin—. El año pasado peleamos contra Azcapotzalco para liberarnos del yugo tepaneca y ahora uno de los nietos de Tezozómoc dominará una tercera parte del huei chichimeca tlatocáyotl, sin haber hecho nada importante.

—En realidad, él no controlará nada —corrige Cuauhtlishtli y se sienta en dirección a los demás sacerdotes—. Sólo actuará como se lo ordene Nezahualcóyotl. Es decir, que Meshíco Tenochtítlan estará siempre a merced de Teshcuco y Tlacopan. Al final, no somos nada en el eshcan tlatoloyan.

—Estoy casi seguro de que Nezahualcóyotl y Totoquihuatzin lo planearon todo desde el día en que el tecutli tlacopancalca le entregó a su primogénita como concubina —asevera Tlatolzacatzin mientras se acomoda en su asiento para ver a sus compañeros de frente—. Y nos engañaron todo este tiempo.

—Dudo que haya sido de esa manera —responde Cuauhtlishtli al mismo tiempo que cruza el brazo izquierdo delante de su abdomen y lo sostiene con el derecho, cuya mano se lleva a la barbilla—. La estrategia de incluir a Totoquihuatzin es reciente. El príncipe chichimeca jamás planeó compartir el imperio con nadie. Y mucho menos con los tepanecas. Desde la muerte de su padre, se fijó la meta de recuperar el huei tlatocáyotl y cobrar venganza contra quienes mataron a Ishtlilshóchitl.

—Es decir, contra los meshítin. —Yohualatónac le da un trago a su octli—. Y por eso se alió con Tlacopan, para darnos la espalda. Nos utilizó. Fingió no guardar rencor hacia los tenoshcas, sólo para que le brindáramos nuestra ayuda.

—Ahora el problema es que nosotros estamos a merced del Coyote ayunado —agrega Tlalitecutli.

—¿De qué hablan? —pregunta Tlacaélel desde la entrada de la sala.

—Estamos hablando con... —Tochtzin voltea hacia el fondo de la sala y descubre que Izcóatl ya no está. Ninguno de los miembros del Consejo se percató que el tlatoani se había retirado mientras ellos discutían.

—¿Dónde está el huei tlatoani? —cuestiona intrigado Tlatolzacatzin mientras busca con la mirada en toda la sala.

—No vi cuando salió. —Cuauhtlishtli se pone de pie—. Iré a buscarlo.

—No es necesario —responde Tlacaélel al mismo tiempo que cojea hacia los miembros del Consejo—. Está llorando con su esposa en la sala de al lado. Dejen que desahogue su pena. Siéntate, Cuauhtlishtli, y cuéntame de qué estaban hablando.

El tlacochcálcatl se sienta en el tlatocaicpali y los demás consejeros lo observan con asombro por un instante, pues nadie tiene permitido usar el trono del tlatoani. Luego, miran la herida en la pierna y los moretones que tiene en el rostro y el cuerpo.

—Sobre el error que cometimos al aceptar la creación del eshcan tlatoloyan —responde Tochtzin con un gesto de molestia por lo que acaba de decir, mas no porque el tlacochcálcatl esté utilizando el asiento real.

—Sí. Fue un gravísimo error. —Tlacaélel cruza las piernas, se tapa la herida con la mano y alza la otra para indicar a los lacayos que sirvan más octli a los consejeros—. Tendremos que pagar las consecuencias.

—Estoy de acuerdo contigo, Tlacaélel. —Yohualatónac extiende el brazo mientras un criado le sirve octli. Le da un trago y continúa—. Estamos ante un nuevo vasallaje, aunque disfrazado de alianza.

—El mismo tlatoani nos acaba de contar hace un momento que Nezahualcóyotl lo trató como un vasallo —agrega Tlalitecutli con tono exagerado.

—¿Eso dijo? —pregunta Tlacaélel con el vaso en las manos, sin haber probado el octli.

—Dijo que él se había comportado como un vasallo —aclara Cuauhtlishtli un poco molesto por la interpretación de su compañero.

—Es lo mismo. —Tochtzin le da un largo trago a su bebida—. Nezahualcóyotl no le pidió su opinión a nuestro tlatoani. Tampoco escuchó sus recomendaciones. Como si fuera el único líder, Nezahualcóyotl ordenó y decidió marchar sólo cuando nuestro tlatoani no aceptó.

—Cierto —admite Cuauhtlishtli con la cara agachada y luego le da un sorbo a su licor.

—Corremos mucho peligro al existir la Triple Alianza —explica Tlacaélel mientras recarga su espalda en el tlatocaicpali; se cruza de brazos y piernas, las cuales también extiende hacia adelante. Se frota ligeramente la pierna lesionada en combate, no porque el dolor le incomode, sino porque ya se percató que la herida captó la atención de los consejeros.

—¿Por qué? —pregunta Yohualatónac intrigado.

—¿Se han puesto a pensar qué pasará con el Consejo ahora que las decisiones las tomarán Nezahualcóyotl y Totoquihuatzin? —Tlacaélel sonríe ligeramente y alza las cejas—. Corrijo: Ahora que las decisiones las tome el Coyote ayunado, pues es más que obvio que el tecutli de Tlacopan no decidirá nada. —Mueve la cabeza de izquierda a derecha mientras aprieta los labios—. Él sólo dirá que sí a lo que ordene el príncipe chichimeca. Nuestro tlatoani tampoco formará parte en la toma de decisiones porque, aunque él diga lo que sea, si al Coyote ayunado no le da la gana escucharlo, tal y como lo hizo en Tepeshpan y Teshcuco, no le hará caso. Es decir, que el Consejo, *nuestro Consejo*, ustedes y yo, tampoco seremos tomados en cuenta. Es más, cualquier día de estos pueden disolver el Consejo. Total, un tlatoani que no toma decisiones no necesita de consejeros. Así gobernaba huehue Tezozómoc. Mandaba llamar a todos los ministros y tetecuhtin de los altepeme aliados, quienes se reunían un día entero sólo para escuchar al tepanécatl tecutli, que ni siquiera se molestaba en simular que los escuchaba o que le interesaba conocer su opinión. Los congregaba para arengar y ordenar lo que a él le daba la gana.

—¡Eso no es posible! —exclama Tlalitecutli ligeramente ebrio.

—Sí lo es —responde Tlatolzacatzin—. El eshcan tlatoloyan tiene la última palabra. Se hará lo que los tres huehueintin tlatoque digan.

—Querrás decir: lo que el huei acólhua tlatoani decida —espeta el tlacochcálcatl y hace una pausa—. Aunque tal vez haya una forma... —hace otra pausa y espera.

—¿Cuál? —pregunta Tochtzin.

—Crear un tlatócan, un consejo integrado por cuatro nobles, cuatro militares y cuatro sacerdotes —explica Tlacaélel y se pone de pie.

—¿De qué nos serviría ampliar el número de miembros del Consejo? —pregunta Tlatolzacatzin con desconfianza.

—Primero que nada, se expande el control civil y militar. Por el momento somos seis sacerdotes, lo cual nos limita a la hora de tomar decisiones, pues visto desde afuera sólo somos religiosos, aunque algunos hemos asistido a las guerras y tenemos cargos militares, pero eso no sirve desde la informalidad. Necesitamos hacerlo formal. Que el poder militar tenga peso en la toma de decisiones del gobierno y no nada más se obedezcan los caprichos de un líder, como ocurrió ayer en Teshcuco. Tener cuatro nobles, cuatro militares y cuatro sacerdotes en el tlatócan amplía nuestra capacidad de sabiduría, de análisis y de respuesta. Le da pluralidad al Consejo. Por un lado, siempre se toma en cuenta la opinión de los ciudadanos por medio de los nobles, es decir, ministros capacitados, hombres que están todos los días entre la gente. Por otro lado, se escucha a los militares, los expertos en las guerras, los hombres fuertes. Y, finalmente, los sacerdotes, los individuos cercanos a los dioses, los que escuchamos a Tezcatlipoca y llevamos su voz al pueblo.

—Jamás estaríamos por arriba del eshcan tlatoloyan —aclara Yohualatónac—. Las leyes son muy explícitas. Ellos tendrán la última palabra.

—Tal vez, pero estaríamos más capacitados para asesorar a los huehueintin tlatoque. —Tlacaélel camina alrededor de los consejeros, los analiza uno a uno, respira sus miedos y enojos.

—¿Por qué le harían caso al tlatócan? —Yohualatónac se pone de pie y sigue a Tlacaélel con la mirada—. ¿Cuál sería la diferencia entre un consejo de seis sacerdotes y otro de doce?

—El número y los líderes militares. —El tlacochcálcatl se detiene frente a Yohualatónac, coloca las manos detrás y las entrelaza—. Pensemos en lo que ocurrió ayer. —Alza las cejas—. Nezahualcóyotl decidió atacar Teshcuco, a pesar de que ya era tarde y de que Izcóatl le advirtió que los yaoquizque estaban cansados y que lo mejor sería aguardar esa noche para reiniciar la ofensiva al amanecer. Nuestro tlatoani no lo impidió. Era una decisión que se estaba debatiendo entre dos. Pero... —Tlacaélel camina hacia los otros cuatro sacerdotes y los observa fijamente, como si les hablara a los alumnos en el calmécac—. ¿Qué habría ocurrido si cuatro de los capitanes del ejército hubieran formado parte del tlatócan? Mejor aún, ¿si ellos tampoco hubieran estado de acuerdo con atacar Teshcuco tan tarde?

—Habrían impedido el ataque —responde Cuauhtlishtli y dibuja una ligera sonrisa que en estado sobrio no habría liberado—. Y se habrían salvado muchas vidas.

—¡Exacto! —Tlacaélel extiende los brazos hacia los costados—. Quien controla el ejército, controla el gobierno.

Los miembros del Consejo se miran entre sí con asombro y temor, ya que entienden perfectamente lo que aquello implica.

—¡No podemos hacer eso! —exclama Cuauhtlishtli arrepentido por haberse dejado llevar por la conversación.

—Pero Nezahualcóyotl sí podrá destituir el Consejo. —Tochtzin se pone de pie dispuesto a debatir con su compañero.

—No es necesario que tomen una decisión en este momento —interviene Tlacaélel para evitar una confrontación entre los consejeros—. Por ahora debemos salir a la plaza principal a celebrar la gran victoria con el pueblo.

—Sí, vamos —responde Tochtzin con entusiasmo.

Los teopishque se ponen de pie y caminan a la salida. Cuauhtlishtli busca con la mirada a Yohualatónac, su aliado en el Consejo, para saber qué es lo que está pensando. Teme que el tlacochcálcatl quiera sublevarse al eshcan tlatoloyan. En el pasillo se encuentran con Izcóatl y Motecuzoma Ilhuicamina, quienes justo en ese momento abandonan la sala principal del palacio, donde permanecen Huacaltzintli y sus hijos Tezozomóctli y Tizahuatzin, ambos muy mal heridos. El tlatoani y los seis consejeros se observan en silencio por un instante y, sin cruzar palabra, se dirigen al Recinto Sagrado. Los teopishque avanzan detrás del tlatoani y el tlacatécatl.

—Ha llegado la hora de celebrar. —Tlacaélel camina con la frente en alto, delante de los otros cinco miembros del Consejo.

Izcóatl se detiene de súbito, voltea hacia su sobrino y lo mira con seriedad.

—¿Celebrar? —Camina hacia el tlacochcálcatl hasta quedar tan cerca de él que puede oler su aliento—. En este momento vamos a rendir homenaje a nuestros soldados caídos. —Lo mira fijamente a los ojos—. Hablaremos con los deudos y les pediremos perdón por nuestros yerros.

—¿Por qué arruinar la fiesta? —Tlacaélel gira la cabeza a la derecha y luego a la izquierda para evitar el encuentro de miradas—. Las exequias siempre se llevan a cabo cinco días más tarde.

—Te exijo que muestres empatía con las familias de los muertos y heridos. —El tlatoani se da media vuelta y sigue rumbo al Recinto Sagrado, donde ya se encuentra reunida la población tenoshca.

A un lado del Coatépetl, se ubica el tlacochcalco, donde yacen los cuerpos de los yaoquizque caídos en combate. El huei tlatoani y los miembros del Consejo caminan al frente y suben veinte escalones hasta llegar al segundo basamento del Monte Sagrado. Izcóatl observa con dolor las extensas filas de cadáveres, acongojado baja la cabeza, se tapa la boca con una mano temblorosa, hace un enorme esfuerzo para no derramar una lágrima, traga saliva, respira pausado, levanta la mirada y se halla frente a un pueblo taciturno y melancólico.

—¡Meshícas tenoshcas! —habla en voz alta y siente las miradas como espinas de maguey en todo el cuerpo—. Nos encontramos reunidos para darles la última despedida a nuestros padres, hermanos, hijos, sobrinos, tíos, amigos y vecinos caídos en combate. Todos ellos, valientes guerreros, dignos representantes de nuestra sangre y nuestra tierra. Ellos lucharon con todas sus fuerzas para defender nuestra libertad, nuestra familia, nuestra isla. Sin su sangre, esta victoria no habría sido posible. —Guarda silencio y baja la vista. El sufrimiento no le permite seguir con su discurso. Aprieta los labios. Sabe que debe continuar y hace un gran esfuerzo para no quebrarse delante de su pueblo—. Sé que el dolor es muy grande. Entiendo la pena por la que ustedes, madres y esposas, están pasando. Un retoño de su jardín ha muerto y no hay forma de plantar las flores marchitas. Pero podemos preservar los pétalos, así como podemos guardar el recuerdo de nuestros hijos y hermanos. Meshícas tenoshcas. —El tlatoani hace otra pausa y sus ojos se llenan de lágrimas—. Quiero y necesito pedirles perdón. Les ruego que me perdonen por las muertes de sus seres queridos. Yo debí cuidarlos y no lo hice. Los llevé a la guerra y los dejé que se cansaran. Fue mi error. No debí... —Se dobla y llora como si tuviera un fuerte dolor en el estómago—. Yo soy el único culpable de que hoy sus hijos estén muertos.

La gente lo mira en silencio. El tlacochcálcatl mira a su hermano y a los miembros del Consejo y les hace una señal para que vayan por el tlatoani y lo quiten de ahí.

—¡Meshícas tenoshcas! —interviene Tlacaélel mientras los cinco consejeros llevan al tlatoani al interior del tlacochcalco, donde nadie los vea—. Ahora es momento de celebrar la gran victoria. Ustedes ya saben el procedimiento para los funerales de los yaoquizque. En representación de nuestros soldados caídos, fabricaremos bultos forrados con los atavíos correspondientes al rango de cada difunto. Colocaremos los bultos en orden y daremos inicio al velorio. Unos entonarán cantos fúnebres y otros danzarán con tristeza. Cuatro días después, encenderemos los bultos hasta que queden hechos cenizas, y los enterraremos al día siguiente. Mientras tanto es momento de celebrar el gran triunfo de los tenoshcas. ¡Que retumben los huehuetles y los teponaztlis y que comience el huei mitotia!

Inmediatamente se escucha el sonido de los tambores:

¡Pum, pup, pup, pup, Pum!... ¡Pum, pup, pup, pup, Pum!... ¡Pum, pup, pup, pup, Pum!...

Los danzantes aparecen en el centro y comienzan a bailar mientras al fondo algunos soldados comienzan a gritar.

—¡Ay, ay, ay, ay, ay, ayayayay!

Tlacaélel se da media vuelta y entra al tlacochcalco. Afuera, el resto de los capitanes y ministros se encargan de organizar la celebración que habrá esa noche.

—¿Cómo te atreves a interrumpirme en un discurso? —reclama el tlatoani al ver entrar a su sobrino al mismo tiempo que se pone de pie y camina enfurecido hacia él, como si pretendiera golpearlo, pero no lo hace; se detiene, aprieta los puños, arruga los labios y frunce el entrecejo.

—No le pido que me perdone, mi señor —responde el tlacochcálcatl sin la menor señal de arrepentimiento—, pues era necesario interrumpirlo. El pueblo tenoshca necesita a un tlatoani fuerte, sereno, orgulloso de su triunfo y no a un hombre desalentado, avergonzado, pesimista e impotente. No fue su culpa. Jamás lo vuelva a repetir. No fue su culpa. En las guerras siempre habrá muertos. Siempre habrá funerales. Y nosotros no podemos ni debemos humillarnos ante el pueblo y mucho menos señalarnos como culpables. ¿Tiene idea de lo que habría sucedido si alguna de esas personas le hubiera tomado la palabra y le hubiera vociferado denuestos? La furia se contagia y se propaga rápidamente. En un instante no sólo habríamos tenido un reclamo, sino veinte o treinta, y luego una multitud demandando justicia, exigiendo un culpable, un acusado, ¡usted! Y, en consecuencia, un condenado a muerte. Pero ellos no habrían esperado a que se llevara a cabo un juicio, se habrían levantado contra el gobierno y nos habrían aplastado a todos. No, señor. El gobierno nunca debe admitir la culpa. Ante el pueblo, el gobierno siempre debe mostrarse fuerte, estable y autoritario. Siempre debe culpar a otros de los fracasos y rechazar cualquier acusación. Eso, señor, si quiere mantenerse en el cargo. Si quiere mantener su gobierno a flote.

—¿Quién eres? —pregunta el tlatoani atónito ante las palabras del tlacochcálcatl.

—Su consejero —responde Tlacaélel con la mirada fija en su tío—. Y estoy haciendo mi trabajo, aunque ello implique contradecirlo y hacerlo enojar.

—¿En qué te has convertido? —Izcóatl frunce el ceño, mueve la cabeza de izquierda a derecha y se prepara para salir al Recinto Sagrado.

—Le recomiendo que no vaya en esa dirección. —Tlacaélel se vuelve a parar delante del tlatoani—. Tenemos muchos asuntos pendientes que atender.

—¿Qué asuntos? —cuestiona Izcóatl con irritación y sin ganas de ver a su sobrino.

—Nezahualcóyotl envió una embajada para solicitar su presencia urgentemente en Teshcuco. Tienen capturados a Teotzintecuhtli y a Tlilmatzin.

—¿Quién se cree que es? —pregunta Tochtzin disgustado.

—Es el huei tlatoani de Teshcuco —responde el tlacochcálcatl—. Él puede ordenar lo que le venga en gana. Nosotros debemos obedecerlo, aunque no nos guste —agrega para desagradar a los miembros del Consejo.

—Todavía no lo es —aclara Tochtzin—. No lo hemos reconocido ni jurado. Todavía estamos a tiempo de detener el eshcan tlatoloyan e impedir la sumisión de los tenoshcas ante los acólhuas.

—No entraremos en esa discusión —interrumpe Izcóatl, consciente de la inconformidad de los teopishque con el eshcan tlatoloyan y de lo peligroso que puede ser si siguen nutriendo esa animadversión—. Respetaremos los acuerdos con Nezahualcóyotl y, a partir de este momento, él es el huei tlatoani de Teshcuco. Hablaré con los embajadores chichimecas para informarles que al amanecer saldremos para allá. Mientras tanto iré con las familias de los muertos.

—No lo haga —insiste Tlacaélel.

—Tú no eres nadie para decirme qué puedo o no hacer.

El tlatoani sale del tlacochcalco y se reúne con los deudos de los soldados caídos, quienes lo reciben con gratitud y rebosada devoción. Habla con cada uno de ellos, les pregunta por los nombres de sus familiares, escucha sus historias, abraza a las ancianas afligidas, carga a los niños huérfanos, ofrece su apoyo a las viudas, y aunque muchos le preguntan por su hijo Cuauhtláhuac, Izcóatl se niega a incluirlo en las conversaciones, pues siente que no es él quien debe ser el centro de atención, sino la gente, los más desvalidos, así que calla, se aguanta las ganas de llorar por su hijo y continúa con su labor: servir a su altépetl.

A la mañana siguiente, el tlatoani y los seis miembros del Consejo salen en el huei acali rumbo a Teshcuco, seguidos de una treintena de canoas repletas de yaoquizque, no por miedo a ser atacados, sino para exhibir la grandeza de los tenoshcas. Al llegar a Teshcuco, encuentran un altépetl vivo, pues es el único que no destruyeron después de ganar la guerra. Caminan rodeados de personas que los miran con curiosidad y que saben el motivo de la su visita. En el *técpan,* «palacio», los recibe el consejero de mayor confianza de Nezahualcóyotl, quien siempre ha dudado de los meshícas y más ahora que los ve llegar con una tropa robusta, como si quisieran intimidar a los acólhuas.

—Acompáñenme —dice Pichacatzin sin saludarlos ni mostrar reverencia ante el tlatoani de Tenochtítlan—. Los huehueintin tlatoque Totoquihuatzin y Nezahualcóyotl ya los esperan en el *tlatzontecoyan,* «juzgado».

El ejército meshíca permanece afuera del palacio, mientras el tlatoani y los teopishque siguen a Pichacatzin. En su camino, se cruzan con decenas de sirvientes restregando los pisos y las paredes.

—Señores, agradezco su pronta respuesta —dice Nezahualcóyotl de pie en el centro de la sala del juzgado. Se le nota fuerte y de buen ánimo, a pesar de los moretones en el rostro y el cuerpo—. Han transcurrido doce años desde que terminó la guerra entre mi padre y huehue Tezozómoc. Desde entonces no ha habido paz en el cemanáhuac. Por eso decidí llevar a cabo este juicio de inmediato, para que los altepeme que aún no han enviado sus embajadas para rendir vasallaje, entiendan que deben hacerlo lo más pronto posible.

—Si ésa es su voluntad, que así sea —responde el tlatoani Izcóatl.

—Tlazohcamati —responde el tlatoani Nezahualcóyotl.

En un extremo de la sala yacen tres asientos reales y en el otro extremo diez asientos, en los cuales se sientan los miembros del Consejo meshíca y acólhua. Sin demora entran soldados con Teotzintecuhtli y Tlilmatzin atados de manos y pies, con lo cual apenas si pueden avanzar con pasos muy cortos. El tecutli de Shalco se halla entero y sin un rasguño. El medio hermano de Nezahualcóyotl difícilmente puede mantenerse en pie, tiene los dos ojos inflamados, la nariz rota, la dentadura destrozada y múltiples heridas en todo el cuerpo.

El Coyote hambriento se sienta en su tlatocaicpali con una postura soberbia y observa con rencor a los dos prisioneros, quienes no muestran temor ni arrepentimiento. Todos los asistentes guardan silencio. Los tres gobernantes se miran entre sí en señal de que ha llegado el momento de iniciar el juicio.

—Teotzintecuhtli, estás aquí para ser juzgado por tus crímenes y traición al huei chichimeca tlatocáyotl —dice Nezahualcóyotl con un tono de voz estoico y la mirada inclemente—. ¿Tienes algo que alegar a tu favor?

—Sí —responde el tecutli de Shalco desde el centro de la sala con las manos atadas—. Todo lo que hice fue por lealtad a Ishtlilshóchitl.

—Alza la frente con orgullo.

—¿Lealtad a mi padre? —El huei chichimeca tlatoani se inclina hacia el frente y coloca las manos sobre las rodillas.

—Así es, mi señor —insiste Teotzintecuhtli sin romperse—. Usted sabe que Shalco estuvo con su padre cuando huehue Tezozómoc se negó a reconocerlo como huei chichimécatl tecutli. Luego, tuvimos algunas diferencias, pero siempre fue por defender la memoria de su padre. Nuestro amado in cemanáhuac huei chichimécatl tecutli.

—¿Tienen algo qué decir huehueintin tlatoque? —Nezahualcóyotl voltea a la izquierda, donde se encuentra Totoquihuatzin, y a la derecha para ver a Izcóatl.

—¿Estás dispuesto a rendir vasallaje al eshcan tlatoloyan? —pregunta Totoquihuatzin, decidido a terminar con ese juicio lo más rápido posible.

—Sí —responde el tecutli de Shalco y sonríe ligeramente.

—¿Sigues pensando que los meshícas somos tus enemigos? —cuestiona Izcóatl dispuesto a extender el proceso lo que sea necesario para que sea un juicio justo, pues aunque no le agrada la forma de ser de Teotzintecuhtli, no quiere que el caso se convierta en un acto de venganza.

—No. —El tecutli shalca agacha la cabeza con humildad—. Y pido perdón por el daño que hice. —Aprieta los labios para no evidenciar lo que realmente está pensando.

—Pido la palabra —Tlacaélel se pone de pie.

Izcóatl mira con desconfianza a su sobrino. Dirige los ojos al tlatoani acólhua con intención de que éste voltee a verlo y así poderle enviar una señal de alarma.

—Adelante —responde Nezahualcóyotl sin haberse percatado de las miradas del tlatoani meshíca—. Habla.

—Quiero recordar al *tlacshítlan,* «tribunal», que el año pasado el príncipe chichimeca me envió a Shalco para solicitar ayuda para combatir a las tropas de Azcapotzalco. El tecutli Teotzintecuhtli contestó sumamente enojado y me negó la ayuda. Luego, sus consejeros le sugirieron que me enviara a Azcapotzalco para que Mashtla hiciera conmigo lo que le diera la gana, pero ese hombre que ven ahí tuvo misericordia. Se apiadó de mí. Y por compasión me dejó en libertad. Gracias a él hoy estoy vivo. Y no sólo eso. Hace unos días fui con mis tropas a Shalco y nos recibió de manera pacífica. Se rindió sin lanzar una sola flecha. Pidió perdón y ofreció vasallaje al eshcan tlatoloyan. Señores, tienen frente a ustedes un hombre leal a Teshcuco, a Ishtlilshóchitl, a sus principios y, principalmente, compasivo y dispuesto a aprender de sus errores. Les pido compasión para quien tuvo compasión por mí. Tlazohcamati.

—Cuando mi abuelo Techotlala murió —toma la palabra el Coyote sediento—, huehue Tezozómoc se negó a reconocer a mi padre por más de cinco años. Luego, mi padre le declaró la guerra y ganó. El tecutli de Azcapotzalco imploró clemencia igual que su padre Acolhuatzin cuando mi bisabuelo recuperó el huei tlatocáyotl. Quinatzin perdonó a Acolhuatzin e Ishtlilshóchitl absolvió a Tezozómoc, quien inmediatamente se reunió con los aliados de mi padre para convencerlos de que se unieran a él y lo consiguió. Me rehúso a que la historia se repita. —Dirige la mirada a Izcóatl y Totoquihuatzin—. ¿Ustedes quieren que un día de estos Shalco se rebele contra nosotros?

Los huehueintin tlatoque se miran entre sí. Guardan silencio por un instante.

—¿Tienen una decisión? —pregunta Nezahualcóyotl a Totoquihuatzin e Izcóatl.

—Propongo que se le perdone la vida y se le obligue a pagar el doble de tributo que los demás altepeme —responde el tlatoani meshíca.

—Yo también sugiero que se le perdone la vida y que pague el doble de tributo —expresa el tlatoani tepaneca.

—¿Qué? —pregunta Nezahualcóyotl muy molesto—. ¿No escucharon los argumentos que les di?

—Sí los escuchamos —responde Izcóatl con tranquilidad—, y también oímos la declaración del tlacochcálcatl, la cual contiene mucho de verdad. Si el acusado no hubiera liberado a mi sobrino, él no estaría aquí, algo que no puedo asegurar que sea bueno o malo, pero que debemos tomar en consideración. El tecutli de Shalco también ha hablado en su defensa y su argumento es totalmente válido. En ningún momento expresó odio hacia Teshcuco, los acólhuas o su persona. De hecho, arguyó que su rebelión se debió al afecto que le tiene a la familia chichimeca. Es por ello que mi veredicto es a favor del acusado.

—Tlatoani Totoquihuatzin. —Lo mira con despotismo—. ¿Está seguro de su veredicto? ¿No quiere razonar?

—Perdone que intervenga nuevamente —Izcóatl alza la voz con molestia—. ¿No es esto un eshcan tlatoloyan? Usted propuso un gobierno de tres cabezas. Fue usted quien planteó la inclusión de Tlacopan para que no hubiera absolutismo en el tlatocáyotl, para que no hubiera jamás otro Tezozómoc y otro Mashtla. ¿Ahora pretende influir en el veredicto del tlatoani tepaneca?

El tlatoani acólhua baja la vista y aprieta los labios sin responderle al tlatoani tenoshca. Finalmente, se dirige al acusado:

—Los dos tlatoque han dado su veredicto. Yo no te perdono la vida, pero en el *tlacshítlan,* «tribunal», no se hará sólo lo que un hombre diga. Y si ellos te han perdonado la vida, yo tendré que aceptar su veredicto. Espero que el tributo que pagues al eshcan tlatoloyan sea puntual. A partir de este momento quedas en libertad.

—Tlazohcamati —Teotzintecuhtli sonríe ligeramente y agacha la cabeza en forma de gratitud.

—Continuemos —dice el tlatoani acólhua.

Los soldados se llevan al tecutli de Shalco fuera de la sala donde le desatan las manos y lo dejan en libertad para que pueda regresar a su altépetl.

—Tlilmatzin, estás aquí para ser juzgado por tus crímenes y traición al huei chichimeca tlatocáyotl —dice Nezahualcóyotl—. ¿Tienes algo que alegar a tu favor?

—¡Soy el legítimo heredero de Ishtlilshóchitl! —responde con la frente en alto.

—Tú sabes que eso no es cierto —responde Nezahualcóyotl muy molesto.

—¡Yo soy el legítimo heredero del huei chichimeca tlatocáyotl! —insiste y señala a Totoquihuatzin con el dedo índice—. ¡Él lo sabe!

El tecutli tlacopancalca traga saliva y atemorizado desvía la mirada, pues sabe que su primo dice la verdad y vuelve a su mente el vago recuerdo en el que una embajada de Teshcuco llevó a la princesa Tecpatlshóchitl para devolvérsela a huehue Tezozómoc, con el argumento de que a Ishtlilshóchitl no le gustaban los modales de la tepanécatl cihuápili, cuando apenas si se había cumplido una veintena desde la boda. Y aunque Totoquihuatzin era apenas un niño, bien pudo comprender lo que estaba sucediendo: su familia había sido agraviada de manera pública y de la forma más ofensiva posible. La jovencita corrió a los brazos de su padre, le suplicó que la perdonara y, con el rostro empapado en llanto, le juró que ella no había deshonrado a la dinastía tepaneca en ningún momento, pues como bien se lo habían enseñado en casa había obedecido en todo, se había ofrecido a ayudar en los quehaceres del palacio, había callado en las reuniones familiares, había obedecido a su marido y había sido complaciente sin jamás hacer un gesto grosero, a lo que el tepanécatl tecutli respondió que ella no tenía que darle explicaciones, pues bien sabía que ella decía la verdad y que todo eso no era más que una vileza de Ishtlilshóchitl, por lo que a partir de ese instante, tuvo la certeza de que se la cobraría con la vida, aunque no tenía claro cuándo ni cómo. Hundida en el pantano de la humillación, la princesa Tecpatlshóchitl suplicó a su padre que la enviara a uno de sus palacios de descanso y él accedió a llevarla personalmente a Tlacopan, donde la joven permaneció más de un año y dio a luz a un hijo de Ishtlilshóchitl que, por ser el primogénito y de un matrimonio legítimo, era el legítimo heredero del imperio chichimeca, pero de eso nadie se enteró más que Tezozómoc y las cihuapipiltin que cuidaban de la princesa tepaneca, quien tras enterarse de la boda entre Ishtlilshóchitl y Matlacíhuatl le robó un cuchillo a uno de los soldados que cuidaban el palacio y, en su soledad, se lo enterró en el pecho. En cuanto las cihuapipiltin encontraron su cuerpo, corrieron al palacio de Azcapotzalco para dar la trágica noticia a Tezozómoc, quien desesperado se dirigió hasta aquel altépetl vecino y, con su hija en brazos, sin comer, sin hablar y sin dormir, lloró por varios días. El único que pudo entrar a verlo fue su esclavo Totolzintli, quien también permaneció ahí día y noche como testigo de las lágrimas que derramó Tezozómoc y narrador del tlacuilo que plasmó aquel dramático momento en los *amoshtin,* «libros pintados», de la historia tepaneca. Tras el funeral de Tecpatlshóchitl, el tecutli de Azcapotzalco decidió entregarle su nieto a una de las doncellas que habían cuidado a su hija y le ordenó que nunca le contara a nadie quién era ese niño y amenazó con matarla si lo hacía, pero aquella mujer no pudo guardar el secreto, pues creía que era su deber hacerle saber a Tlilmatzin que él no era un macehuali, y mucho menos un bastardo, sino el legítimo heredero del huei chichimeca tlatocáyotl.

—Huei tlatoani de Tlacopan, ¿tiene usted algo que decir al respecto? —pregunta Nezahualcóyotl a Totoquihuatzin—. ¿Es cierto lo que dice el acusado?

—No —responde Totoquihuatzin y piensa en su tía Tecpatlshóchitl; luego, recuerda los motivos de huehue Tezozómoc para esconder al hijo de Ishtlilshóchitl: impedir que el verdadero y legítimo heredero del huei chichimeca tlatocáyotl fuera reconocido, pues con ello se truncaba el linaje chichimeca. Una venganza pura y siniestra contra Techotlala e Ishtlilshóchitl, quienes de haber sabido de la existencia de Tlilmatzin lo habrían rescatado—. Yo no sé nada de lo que está hablando el acusado.

—Huei tlatoani de Meshíco Tenochtítlan, ¿tiene usted algo que agregar? —cuestiona el tlatoani acólhua.

—No —contesta Izcóatl, indiferente al caso de Tlilmatzin, pues considera irrelevantes y colmados de frivolidad los reclamos por linaje.

—Huehueintin tlatoque Izcóatl y Totoquihuatzin, ¿cómo declaran al acusado?

—Culpable —responde el tlatoani de Tlacopan con la mirada baja.

—Culpable —agrega el tlatoani de Meshíco Tenochtítlan.

—Tlilmatzin —sentencia Nezahualcóyotl—, has sido encontrado culpable y, por ello, condenado a muerte por este *tlacshítlan,* «tribunal», por lo cual serás llevado al *téchcatl,* «piedra de los sacrificios», en este preciso instante.

—¡Yo soy el legítimo heredero del huei chichimeca tlatocáyotl! —grita Tlilmatzin.

—Se te ordena que guardes silencio —Nezahualcóyotl alza la voz.

—¡Yo soy el único heredero del huei chichimeca tlatocáyotl! —vocifera nuevamente el condenado a muerte.

—¡Guarda silencio! —repite el huei tlatoani de Teshcuco.

—¡Yo soy el verdadero heredero del huei chichimeca tlatocáyotl!

—Llévenlo a la plaza principal —ordena Nezahualcóyotl furioso.

—¡Yo soy el legítimo heredero del huei chichimeca tlatocáyotl! ¡Yo soy el verdadero heredero del huei chichimeca tlatocáyotl! —grita Tlilmatzin mientras los soldados lo arrastran a la salida—. ¡Yo soy el genuino heredero del huei chichimeca tlatocáyotl!

Los huehueintin tlatoque y los miembros de ambos Consejos caminan a la plaza donde se llevará a cabo el sacrificio de Tlilmatzin frente a todos los ciudadanos de Teshcuco, quienes observan con júbilo aquella procesión. Entre la multitud se encuentran los medios hermanos de Tlilmatzin y Nezahualcóyotl: Tozcuetzin, Atotoztzin, Tzontecochatzin, Ichantlatocatzin, Acotlotli, Ayancuiltzin, Shiconacatzin, Cuauhtlehuanitzin y Shontecóhuatl, conscientes de que Tlilmatzin dice la verdad.

—¡Yo soy el legítimo heredero de Ishtlilshóchitl! —grita Tlilmatzin acostado sobre la piedra de los sacrificios mientras cinco hombres lo sujetan fuertemente de piernas y brazos—. ¡Yo soy el legítimo heredero del huei chichimeca tlatocáyotl! ¡Mi madre era Tecpatlshóchitl! ¡Mi abuelo era huehue Tezozómoc!

El sacerdote sacrificador entierra el cuchillo en el abdomen de Tlilmatzin y corta de forma horizontal, debajo de la costilla derecha hacia la izquierda. Saca las tripas y las deja caer al suelo.

—¡Yo soy el le...! —sigue gritando Tlilmatzin con mucho dolor y ya sin fuerzas.

El sacerdote introduce la mano en el abdomen de Tlilmatzin, mueve los órganos para llegar al corazón, que jala hasta que las arterias se estiran, e introduce la otra mano y las corta con el cuchillo.

—Yo... —balbucea Tlilmatzin antes de morir.

El sacerdote sacrificador saca el corazón y lo muestra a los asistentes. Al mismo tiempo, la sangre le escurre de los brazos hasta las axilas.

38

Cual loba lesionada en busca de una guarida donde poder lamerse las heridas, después de vagar tres días y tres noches por el bosque y la fría cordillera del poniente, Mirácpil llega cansada y famélica al jacal de Tliyamanitzin, que se encuentra sentada en un tronco acostado afuera de su casa mientras despluma un *hueshólotl*, «guajolote».

—¿Qué haces aquí? —pregunta la anciana sin ver a la visitante, pues se encuentra en plena batalla con una pluma rejega.

Mirácpil, azorada y taciturna, se aproxima con lentitud.

—No dije que podías acercarte. —Deja caer el hueshólotl al piso, orgullosa presume la pluma reacia, la deja caer al piso con desdeño, como una guerrera en campaña que derriba a su más salvaje contrincante, y se frota las manos para quitarse las diminutas plumas húmedas que se le adhirieron.

—No tengo a dónde ir —responde con la voz atropellada y un tono de plegaria—. No he comido en tres días.

—Hubieras ido a Tenochtítlan. —Levanta el rostro y la mira sin mostrar interés—. Ahí sirvieron un grandioso banquete para celebrar el triunfo del eshcan tlatoloyan.

—No puedo regresar a la isla —agacha la cabeza con genuino arrepentimiento, pues desde el día de la batalla Mirácpil no ha podido dejar de pensar en los cuatro hombres que mató y cuyos rostros tiene grabados en la mente.

—Sí puedes, cihuápil. —La anciana enjuaga el hueshólotl en un barreño—. No quieres.

—Maté a dos soldados y a dos cargadores —confiesa cual prisionera frente a un tribunal.

Tliyamanitzin voltea y fija la mirada en el rostro melancólico de la joven.

—Al primero le arrojé una flecha en el rostro —continúa Mirácpil con un indómito sentimiento de culpa—, y luego él mismo se la arrancó, y se le salió el ojo y el párpado con pellejos empapados de sangre. —Unas lágrimas resbalan por las mejillas de la joven—. Cayó muerto un instante después. —Se limpia el llanto con las palmas de las manos—. También asesiné a un soldado hueshotlaca que estuvo a punto de matar a Ilhuicamina. Le destrocé la espalda y, luego, la nuca y la cabeza con el macuáhuitl. —Traga saliva y estira los labios como si sonriera, pero lo hace para contener el impulso de un grito de dolor, al mismo tiempo aprieta los párpados y un chorro de lágrimas escurre por sus pómulos—. Estaba hecha una fiera. No me reconocía a mí misma. Y cuando vi que Tohuitémoc y Shoquíhuitl violaban a una mujer, tampoco pude contenerme y... —Niega con la cabeza—. Yo no quería. Nunca quise matarlos. Eran unos estúpidos morbosos, pero jamás pasó por mi mente hacerles daño. Sin embargo, en ese momento estaba furiosa, como nunca lo había estado en mi vida, ni siquiera cuando mi padre me entregó como concubina a Nezahualcóyotl ni cuando me enteré que habían sacrificado a Shóchitl. La mujer que rescaté me miró como nadie lo hizo antes y me dijo que me fuera, que huyera, como si supiera quién era yo. Por un instante sentí que la conocía, que la había visto antes, que había convivido con ella por mucho tiempo, aunque no pude reconocerla. Estaba muy asustada y salí lo más pronto posible, pero sin correr, para no llamar la atención de los yaoquizque. Llegué a la orilla del lago, abordé una canoa y comencé a remar arrepentida por lo que había hecho. De pronto, me percaté de que ya no podía recordar el rostro de aquella mujer; en cambio, sí tenía presentes las caras de los dos soldados que había asesinado, a quienes apenas si había podido ver por un instante. Y no sólo eso. No pude quitármelas de mi mente en todo el camino. La primera noche me acosté entre unos matorrales y no logré dormir. Seguía recordando a los dos yaoquizque y a los dos tlamémeh, y me preguntaba cómo fui capaz de hacer eso.

—Lo verdaderamente trágico habría sido que ellos te hubieran matado a ti. —Saca el hueshólotl del barreño, entra al jacal y lo coloca en una tabla acostada en el piso. Mirácpil también entra a la casa.

—No sólo eso —explica la joven, habituada a los comentarios de la anciana—. Vi un muerto.

—Cihuápil, en los campos de batallas siempre hay muertos. —Tliyamanitzin se sienta en un *tlatotoctli,* «asiento de mimbre», y comienza a destazar el hueshólotl con un cuchillo de pedernal.

—No. No era ese tipo de muertos —aclara la joven asustada.

—La sombra de quienes murieron asesinados está condenada a vagar por el mundo hasta que llegue el momento en que deba ocurrir el deceso natural.[181]

—Era un muerto viejo —insiste Mirácpil—. Es decir, que ya lo habían asesinado hace mucho tiempo, pero seguía de pie y caminaba entre los vivos, como si estuviera asechando a alguien. Era un esqueleto con trozos de piel putrefacta y seca. Vestía un uniforme de yaoquizqui con un *cuatepoztli,* «casco», de serpiente y un macuáhuitl en la mano. Pero no peleaba con nadie... Sólo me miraba...

—Eso es porque nadie lo veía sólo tú. —La anciana se pone de pie y toma los trozos del hueshólotl y los introduce en un *shóctli*[182] lleno de agua y especias, que ya se encuentra sobre el ardiente *tlécuil,* «fogón».

—Creo que sí. —Mirácpil frunce el ceño mientras da unos pasos hacia Tliyamanitzin—. ¿Usted estuvo ahí?

La anciana suelta una carcajada.

—¡Qué cosas dices, cihuápil! —sonríe y niega con la cabeza—. ¡Lo que yo daría por tener la mitad de los poderes que me atribuyes!

—¿Cómo sabe que al muerto sólo podía verlo yo? —Se para delante de ella y la mira a los ojos con firmeza.

—Porque eso que me describes era un *macuilcóatl,* «cinco serpiente», uno de los *macuiltonaleque,* espíritus de los cinco, también llamados cinco solares, encarnaciones de los excesos y del placer, seres cadavéricos que vagan por los campos de batalla con uniforme de yaoquizqui.[183]

181 Carson y Eachus.

182 *Shoctli,* generalmente, escrito *xoctli* «olla de barro con doble asa».

183 *Macuiltonaleque* (singular *macuiltónal*), «espíritus de los cinco». *Macuilli,* «cinco», *tonalli,* «espíritu», encarnaciones de los excesos y del placer, representados como seres cadavéricos que vagaban por los campos de batalla con vestimentas de guerrero meshíca. En el *Códice Borgia* se identifican de la siguiente manera: *Macuilcipactli,* «5 caimán». *Macuilehécatl,* «5 viento». *Macuilcalli,* «5 casa». *Macuilcuetzpalin,* «5 lagartija». *Macuilcóatl,* «5 serpiente». *Macuilmiquiztli,* «5 muerte». *Macuilmázatl,* «5 venado». *Macuiltochtli,* «5 conejo». *Macuílatl,* «5 agua». *Macuilitzcuintli,* «5 perro». *Macuilozomatli,* «5 mono». *Macuilmalinalli,* «5 hierba». *Macuilácatl,* «5 carrizo». *Macuilocélotl,* «5 jaguar».

—¿Entonces ese macuilcóatl hizo que yo matara a esos soldados? —La mira con un gesto de súplica y una pueril esperanza de que la respuesta la redima de la culpa.

—No, cihuápil. —La anciana se dirige a un canasto de mimbre donde guarda las verduras y saca un elote, dos chayotes, un manojo de cebollines, dos puñados de ejotes, seis chiles guajillo y cinco jitomates, y los coloca en otra cacerola y los lleva al otro extremo de la cocina donde se sienta en su tlatotoctli frente a la tabla para cortar—. Debes hacerte responsable de tus acciones. Eso lo hiciste tú. —La mira a los ojos—. El *macuiltónal* sólo vagaba por allí. Estaba observando y quiso que tú lo vieras.

—¿Por qué? —Se sienta de piernas cruzadas, de modo que forma un triángulo con ellas.

—Eso no lo sé. —Corta un *élotl,* «elote», en rebanadas y se lo entrega a Mirácpil para que lo introduzca en el shóctli.

—¿Estaba ahí para defenderme?

—Tampoco. —Toma los dos puñados de *eshotlis,* «ejotes», y se los da a la joven para que los eche en el caldo.

—¿Entonces? —Le entrega dos *hitzayotlis,* «chayotes».

—¿Recuerdas tu agüero? —Corta los *hitzayotlis* en trozos y luego la mira a los ojos fijamente—. ¿Qué decía?

—Que le salvaría la vida a un hombre bueno. —Alza las cejas de la impresión—. Ilhui... —Se queda con la boca abierta.

—Te dije que los augurios nunca se equivocan. —Toma un manojo de *shonácatlis,* «cebollines».

—Eso significa... —Coloca las muñecas sobre sus rodillas mientras sus manos cuelgan con aspecto cansado.

—Que se cumplió el augurio. —Corta los rabos de los cebollines y los coloca en el *molicáshtli,* «molcajete».[184]

Macuilcuautli, «5 águila». *Macuilcozcacuauhtli,* «5 buitre». *Macuilolin,* «5 movimiento». *Macuiltécpatl,* «5 pedernal». *Macuilquiáhuitl,* «5 lluvia». *Macuilxóchitl,* «5 flor».

184 *Mollicaxtli* (pronúnciese *molicáshtli*). *Molli,* «caldo de carne o guisado espeso», hoy castellanizado como *mole. Caxtli,* «cazuela honda», hoy castellanizado como «cajete». *Mollicaxtli,* castellanizado como *molcajete,* «piedra para el mole». Los molcajetes se hacen con piedra volcánica o de basalto,

—¿Me puedo quedar con usted? —Encoge los brazos y las palmas de sus manos quedan sobre sus rodillas.

—No —dice mientras pone seis chiles *huáshin,* «guajillo», en el molicáshtli—. Debes regresar a Tenochtítlan lo antes posible. Seguramente ya se percataron de tu ausencia y quizá te estén dando por muerta. Pero eso no significa que el príncipe chichimeca crea lo mismo, pues él no sabe que estabas en el ejército. Él y su ejército te siguen buscando.

—¿Y si descubren que fui yo quien mató a Tohuitémoc y Shoquíhuitl? —Le pasa cinco *shitomatlis,* «jitomates».[185]

—¿Crees que la mujer que salvaste te denuncie? —Corta los shitomatlis en trozos y los coloca en el molicáshtli.

—No. —Toma el molicáshtli y con el *teshólotl*[186] machaca los chiles, los cebollines y los jitomates.

—¿Alguien más te vio? —Vierte un puñito de *íztatl,* «sal», en el contenido del molicáshtli.

—No. —Continúa machacando las cebollas, chiles y jitomates.

—Regresa a Tenochtítlan hoy mismo. —Se pone de pie, toma el molicáshtli, vacía el contenido en el shóctli y revuelve el caldo con un cucharón.

—¿Y si preguntan dónde estaba? —También se para junto al fogón y se lleva las manos al estómago, luego de sentir un movimiento en las tripas.

—Les dices que fuiste con tu familia. —Saca el cucharón con un poco de caldo y le da a probar a Mirácpil—. Estos días han sido de duelo. Muchos soldados han estado con su familia.

—¿Cómo lo sabe? —Su rostro muestra placer después de recibir un sorbo de *totoláyotl,* «caldo de guajolote».

—¿Se te olvida que yo vivía en la isla? —Devuelve el cucharón a la cacerola y mira de frente a Mirácpil.

redondeando la piedra con percusión y puliéndola siempre con martillo y cincel. También se le llamaba *temolcaxtli* (pronúnciese *temolcáshtli*).

185 *Élotl,* «elote». *Xonácatl,* «cebollines». *Hitzayotli,* «chayote». *Éxotl,* «ejote». *Huaxin,* «guajillo». *Xitómatl,* «jitomate».

186 *Texólotl* (pronúnciese *teshólotl*), castellanizado como *tejolote* o *temolote. Tétl,* «piedra». *Xólotl,* «muñeco, monstruo, criado que sirve o acompaña». *Texólotl,* «cilindro de piedra», comúnmente llamado «piedra del molcajete».

—Tiene razón. Disculpe. —Mira con deseo el moli que se cocina en el fogón y, de pronto, se muestra sumamente admirada—. Era usted... —Sonríe y la señala con el dedo índice que bailotea de arriba abajo—. Sí. Ya la recordé. —Se toca la sien con el dedo repetidas veces—. Usted estaba en aquel jacal de Hueshotla. Era muy joven, pero estoy segura de que era usted. Sí. No lo niegue. Ya no me puede engañar. Usted me dijo que me fuera.

—¿Qué quieres que te diga? —Alza la cara con orgullo.

—Que admita que es una nahuala. —También levanta el rostro con engreimiento.

—Soy una nahuala —responde con la frente en alto—. ¿Contenta?

—Enséñeme a viajar a distintos lugares.

—Eso no se enseña. —Frunce el ceño y se rasca la nuca—. Sólo los nahuales podemos viajar a otros lugares y momentos antiguos o por venir, sin usar nuestros cuerpos y sin perder la cordura.

—¿Qué tipo de nahuala es usted? —Pone los brazos en jarras.

—¿Sabes cuántos tipos de *nanahualtin,* «nahuales», existen?

—Dos: buenos y malos.

Tliyamanitzin mira a la joven con asombro y niega con la cabeza.

—Hay varios tipos de nanahualtin. Comenzaré con los buenos. El *tlamatini,* «sabio», es ejemplar. Posee libros pintados. Él es la tradición, el camino, quien dirige a la gente, un compañero, un emblema de responsabilidad, un guía. El buen tlamatini es un *tícitl,* «médico», una persona en la que se puede confiar, un consejero, un instructor, un depositario de la credibilidad y la fe. Él ilumina el mundo para la gente; conoce el Mictlan. El buen nahuali es un tlamatini, un *nonotzale,* «consejero»,[187] alguien en quien se puede confiar; es serio, respetado, no es sujeto de burla, no se le sobrepasa. Es un guardián, es discreto, astuto, devoto, útil y nunca hace daño a los otros.[188] Está encargado de remediar cualquier situación que ponga en riesgo a un altépetl, lo cual implica que el buen nahuali funja como consejero, adivino, meteorólogo y protector. El mal nahuali es aquel que, tras haber perdido su prestigio, se dedica a causar diversas clases de males a sus semejantes:

187 *Nonotzale,* «consejero», en plural *nenonotzaleque.*
188 *Códice Florentino.*

provoca esterilidad de la tierra, ocasiona granizadas e induce enfermedades. El *tlahuipuchtli* chupa la sangre de los infantes mientras duermen. Los ladrones-nahuali son personas flojas y avaras que, en su personalidad de nahuali, roban y violan a sus rivales y enemigos.[189]

»El mal tlamatini pretende ser una persona creíble, un mal consejero, un hombre cauteloso. Es un *tlapouhqui,* «vidente», que retira del cuerpo objetos intrusos. Engaña, daña y confunde a las personas y las conduce al mal, las destruye y las mata, devasta las tierras y destruye las cosas a escondidas.[190]

»El *nahuali tlaciuhqui teciuhtlazqui* conoce el Mictlan y el cielo, sabe cuándo lloverá, da valor y consejo a los pipiltin, tlatoque y macehualtin. Les hablaba...

—¿Usted era la *nahuali tlaciuhqui teciuhtlazqui* de Meshíco Tenochtítlan? —pregunta Mirácpil casi con certeza de que sabe la respuesta.

—Lo fui durante los gobiernos de Acamapichtli, Huitzilíhuitl y Chimalpopoca. Les decía: «Escuchen: los tlaloque están enojados. Paguen la deuda. Roguemos al señor del Tlalocan». Y así, se hacía inmediatamente lo que les recomendaba: se pagaba la deuda, se sacrificaban hombres. Yo les decía: «La enfermedad va a llegar. Que la gente del pueblo se prepare. Que nadie descuide su cuerpo». De la misma manera, predecía si habría hambruna y les decía: «El hambre acometerá, lloverá a medias. Muchos hombres serán vendidos como esclavos. Ni siquiera aquel que tiene qué comer conservará sus bienes a menos de que los haya encerrado. El hambre acometerá dos años, tres años o cuatro años».[191]

—¿Por qué no continuó aconsejando al siguiente tlatoani, a Izcóatl?

—Porque llegó otro nahuali. Un mal nahuali que protege a Tlacaélel y me impide acercarme a Izcóatl. —Hace un gesto de preocupación y de rencor—. Mejor continúo con lo que te estaba explicando: el *nahuali tlaciuhqui,* «aquel que excita o hace suceder las cosas». *Cihua,* «buscar, pretender, perseguir, excitar». El *nahuali teciuhtlazqui,* «el

189 Martínez González.
190 *Códice Florentino.*
191 Informantes de Sahagún.

que lanza el granizo», o *quiyauhtlazqui,* «el que lanza la lluvia», no sólo es capaz de predecir el tiempo, sino también de controlarlo, principalmente para evitar que el granizo y las tormentas destruyan los cultivos: «Hay otros hechiceros que se llaman *teciuhtlazque* que conjuran las nubes cuando quiere apedrear para que no haya efecto el granizo».[192]

»El mal nahuali tlacatecólotl es poseedor de sortilegios, es aquel que hace cosas a la gente, hechiza, hace tornar la vida de las personas, las engaña, embruja a la gente, les echa el mal de ojo, funge como *tlacatecólotl,* «búho-hombre», se burla de la gente y la molesta.[193] Es también el *Ioaltepuztli,* «Hacha Nocturna», quien representa a Tezcatlipoca y se burla de las personas y las asusta, un mago dedicado a dañar a los demás,[194] un presagio de muerte y enfermedad.[195] Cuando el búho-hombre detesta a alguien, cuando desea su muerte, hace escurrir su sangre sobre él. Y cuando desea que ciertos bienes desaparezcan porque le molestan y desagradan, se sangra sobre ellos, los va a mirar fijamente, los toca con su mano. Lanza sortilegios a las personas. Puede hacer que desfallezcan y provocar la muerte. Esteriliza la tierra con oscuridad, y después anda pintando sobre las casas, o se sangra sobre aquel que cruza en su camino porque desea la muerte del dueño de la casa.[196] Es un destructor de la gente, es alguien que provoca la enfermedad, que hace escurrir su sangre sobre los otros, que mata a las personas con veneno, les hace beber veneno, quema imágenes de madera de las personas.[197]

—¿El nahuali tlacatecólotl es el que está protegiendo a Tlacaélel? —Mirácpil pregunta intrigada.

—Así es.

—¿Puedes matar al nahuali tlacatecólotl?

—Sí. —Se limpia las manos con un trapo húmedo—. Ve a bañarte para que comas y te vayas.

192 Martínez González.
193 *Códice Florentino.*
194 A. López Austin, «Cuarenta clases de magos del mundo náhuatl».
195 Sahagún y Motolinía.
196 Sahagún.
197 *Códice Florentino.*

—¿Está hablando en serio? —Mirácpil entristece, ya que el haber preparado juntas la comida, lo interpretó como una señal de que Tliyamanitzin la recibiría de nuevo en su *shacali,* «jacal».

—Por supuesto. —Le da la espalda—. No vuelvas jamás. Ni siquiera para saludar.

—Me iré a bañar. —Agacha la cabeza.

—Tendrás que sacar agua del pozo. —Señala la parte trasera de la casa.

—Sí.

En cuanto Mirácpil sale por el lado posterior del jacal, la anciana se marcha sin despedirse, pues esa mañana un mensajero del palacio de Ashoshco llegó a su casa para informarle que Techichco solicitaba su presencia ese mismo día. Poco antes de llegar al palacio, Tliyamanitzin ve a lo lejos diversos ejércitos que descienden de la montaña. Reconoce los *tlahuiztlis,* «uniformes de guerrero», y *pantlis,* «banderas»,[198] de Mishcóhuac, Atlicuihuayan, Chapultépec, Huitzilopochco, Cuauhshimalpan, Iztapalapan y Culhuácan. Aún se encuentra lejos, así que sigue su rumbo, segura de que cuando llegue a su destino ya no se encontrará con las tropas. Al arribar al palacio de Ashoshco, el tecutli Techichco la recibe de inmediato y ordena que le sirvan un tazón lleno de cacáhoatl, que Tliyamanitzin acepta sin entusiasmo. Luego, se sienta en un tlatotoctli delante de Techichco y lo escucha.

—Seguramente viste los ejércitos de Mishcóhuac, Atlicuihuayan, Chapultépec, Huitzilopochco, Cuauhshimalpan, Iztapalapan y Culhuácan. —El tecutli de Ashoshco la observa con seriedad desde su tlatocaicpali.

—Así es, mi señor. —Levanta el tazón y finge beber un sorbo.

—¿También te enteraste de las batallas en el oriente? —Endereza la espalda y estira el cuello, como si con ello quisiera ver el interior del tazón lleno de cacáhoatl, pues presiente que a la anciana no le gusta el sabor del agua de cacao.

198 Todos los señoríos, incluso los barrios de Tenochtitlan, tenían una insignia propia para identificarse y distinguirse en el campo de batalla. Uno o varios de los comandantes del ejército cargaban en la espalda el *pantli,* «bandera», de su calpulli o altépetl.

—Sí. —Coloca el tazón en el piso junto al tlatotoctli donde está sentada.

—Pues ahora Shicócoc, señor de Mishcóhuac, Coatéquitl, tecutli de Atlicuihuayan, Mazatzin, de Chapultépec, Tozquihua, de Huitzilopochco, Chalchiuh, hijo Nauyotzin de Cuauhshimalpan, Cuezaltzin de Iztapalapan y Acoltzin de Culhuácan quieren crear una alianza con los altepeme de Chimalhuácan, Aztahuácan, Cuitláhuac, Ishtapaluca y Míshquic para hacerle frente a los meshícas, los acólhuas y los tepanecas. ¿Te das cuenta?

—Sí, mi señor. —La anciana se mantiene firme.

—¡Y lo más absurdo! —Pone las manos sobre su regazo y se inclina hacia el frente—. ¡Ahora los acólhuas son aliados de los tepanecas! Ese hijo de Ishtlilshóchitl no tiene dignidad. Se alía con quien sea con tal de hacerse de poder. ¿Dónde quedó su dignidad, su amor propio, su honor, su respeto por los muertos? Su padre murió por culpa de los tenoshcas y los tepanecas, y ahora los premia dándoles dos terceras partes del huei chichimeca tlatolóyan.

Tliyamanitzin se mantiene en silencio, sin haber probado el cacáhoatl.

—Yo estoy de acuerdo con aliarnos con Chimalhuácan, Aztahuácan, Cuitláhuac, Ishtapaluca y Míshquic. Tenemos que detener a esos meshícas tenoshcas. El piltontli chichimeca no me preocupa tanto. Él no es peligroso, y el imbécil de Tlacopan menos; pero esos meshítin sí que lo son. ¿Estás de acuerdo?

—No puedo opinar, mi señor. —Aprieta los labios para contener un bostezo.

—Sí. Lo sé. —Se echa hacia atrás y recarga la nunca en el respaldo de su asiento real, luego voltea a ver a los sirvientes formados junto al muro que da a la salida—. Tú nunca tienes una opinión.

—Disculpe. —Agacha la cabeza y libera un bostezo fugaz, con los labios tensos por el impedimento de extenderse con soltura.

—Te mandé llamar porque necesito... —Se detiene y se dirige a los cuatro sirvientes que se encuentran haciendo guardia—. Ustedes... ¡Salgan de la sala! ¡Ahora! ¡Largo! ¡Esto no es asunto suyo!

Los esclavos se agachan y abandonan la sala en silencio.

—Yo sé quién eres —dice Techichco en privado.

—¿Quién soy? —La anciana alza las cejas como si en verdad estuviera asombrada.

—Eres una nahuala. —La señala con el dedo índice y frunce el ceño—. La misma que le hizo justicia a Oquitzin, el antiguo tlacochcálcatl de Tenochtítlan.

—No sé de qué habla, mi señor —responde sin hacer un gesto.

—Sí sabes. El año pasado Moshotzin, el capitán de las tropas meshícas, asesinó a Oquitzin por órdenes de Tlacaélel. Y tú le hiciste justicia a Oquitzin. Todos en Tenochtítlan lo saben.

—¿Qué es lo que saben?

—Cuentan que mientras la guardia nocturna del palacio de Tenochtítlan hacía sus rondines en la madrugada, tú te les apareciste...

Aquella noche en que Moshotzin hacía guardia afuera del palacio de Izcóatl, los tecolotes estaban más atentos que nunca, los coyotes aullaban en los montes y la noche parecía más larga y más oscura. Sin embargo, para Moshotzin, distinguido por su valentía y su barbarie, aquella noche fría y con espesa neblina era una más, en la que se divertía al ver a sus soldados atemorizados cuando los enviaba a hacer sus rondines alrededor del palacio. Dos de ellos tenían que permanecer en la entrada y los otros cuatro debían ir en direcciones opuestas. Esa noche, un momento antes de que los soldados salieran a cumplir con su labor, Moshotzin se escondió y comenzó a lanzar piedras a los matorrales para asustar a los guardias, quienes se mantuvieron firmes en sus posiciones, seguros de que se trataba de algún animal. Entonces, el capitán salió de su escondite con cara de niño mal criado, se burló de ellos y les ordenó que salieran a hacer su rondín. Dos soldados se fueron por la derecha y los otros dos a la izquierda. Uno de ellos se quedó con Moshotzin en la entrada del palacio y, de pronto, escucharon el lejano aullido de un coyote, luego algo se movió entre los matorrales frente a ellos y el soldado se mantuvo tranquilo, pero el capitán le ordenó que fuera a ver, a lo que el yaoquizqui dudó y preguntó si debía ir solo, y Moshotzin exigió que se apresurara, no sin antes esgrimir un gesto burlón. Apenas el soldado dio unos pasos, un fuerte viento apagó las cuatro teas que tenían encendidas en el patio, todo se oscureció por completo, la silueta del joven se detuvo a medio camino; Moshotzin se rio y le ordenó que siguiera avanzando. No veo nada, informó el soldado. No me importa. Averigua qué hay entre esos matorrales, ordenó Moshotzin y el joven soldado respondió: No puedo ver nada. ¡No seas cobarde!, gritó Moshotzin, y en ese momento se escuchó el rugido de una fiera y la silueta del soldado desapareció. El capitán de la tropa no volvió a ver al joven. Quiso pensar que había huido, pero sabía que tenía que haber escuchado sus pasos, algún grito, una señal, pero no fue así y esperó, y al no obtener respuesta lo llamó una vez más y aguardó. Lo volvió a llamar, hizo una forzada mueca que aparentaba una sonrisa y gritó: ¡A mí no me engañas! ¡Estoy muy viejo para estos juegos de niños! Sí, ya lo sé. Todos ustedes planearon esta broma —y liberó una risotada falsa—. Yo soy el que hace las bromas. Soy yo el que se burla de ustedes. Esperó varios minutos y cuando creyó haber librado la trampa que él pensaba que le habían puesto, sacó dos piedras especiales para encender fuego y comenzó a golpearlas entre sí, pero sin lograrlo. Se desesperó, las golpeó con más fuerza hasta que se lastimó el dedo gordo, hizo un berrinche y lanzó las piedras muy lejos. Entonces, escuchó un ruido entre los matorrales. Estaba seguro de que eran los soldados. Paren su juego y regresen a sus posiciones, ordenó con voz autoritaria. El viento sacudió todos los árboles y arbustos a la redonda. Moshotzin estaba seguro de haber visto a uno de sus soldados escondido entre los arbustos, así que sacó el cuchillo que llevaba en la cintura y avanzó lentamente, pero la oscuridad le impidió ver más allá de lo que medía su brazo. Apuntó con el cuchillo y la mano le temblaba mientras escuchaba su agitada respiración. De súbito, se encendieron las teas como si fueran inmensas hogueras y una enorme fiera rugió a unos centímetros de su cara. Se apagaron las antorchas. Moshotzin corrió desesperado rumbo al palacio de Izcóatl, pero poco después se detuvo al percatarse de que no iba en la dirección correcta, ya que hacia donde corría no se veía el palacio, pues aun en la máxima oscuridad, éste siempre era visible, ya que sus muros reflejaban el brillo de la luna, aunque esa noche el cielo estaba cubierto por un inmenso manto de bruma. Buscó el técpan, tratando de ubicar los cuatro puntos solsticiales. Su respiración se hallaba extremadamente agitada. No podía dejar de temblar, seguía escuchando ruidos entre los matorrales, así que caminó sin dirección alguna mientras pensaba en su cuchillo, el cual ya no tenía en la mano, y buscó en su máshtlatl, sólo para percatarse de que se había orinado de miedo un instante atrás. Se avergonzó, pues nunca le había sucedido algo así, y lamentó haber perdido su cuchillo; siguió caminando a ciegas, aunque no supiera como llegar al palacio, lugar que consideraba el más seguro de la isla. No tenía idea de en qué dirección iba, tampoco podía creer lo que le había sucedido y mucho menos recordaba haber visto una fiera como ésa. Caminó demasiado tiempo entre matorrales, algo que le pareció muy extraño, pues en la isla ya no había lugares tan poblados por plantas, debido a que habían cubierto la ciudad con casas y canales. Se dio cuenta de que no había llegado a ningún canal hasta el momento, así que concluyó que se trataba de una pesadilla y se tranquilizó, miró al cielo, aunque sólo pudo distinguir la espesa neblina sin una sola estrella, y caminó. Luego de un rato, llegó a un canal, el cual no reconoció y sintió como si fuera la primera vez que se encontrara ahí. Los canales iban de *tlahuiztlampa,* «oriente», a *cihuatlampa,* «poniente», y de *mictlampa,* «norte», a *huitztlampa,* «sur». Sólo necesitaba orientarse para saber en qué dirección ir, pero por más que se esforzó, no alcanzó a ver más allá de la extensión de su brazo, así que decidió abordar una canoa, donde al tomar el remo, y sin pensarlo, miró hacia el fondo del agua y se encontró con el rostro de un cadáver que flotaba bocarriba; entonces soltó el remo y éste cayó en el agua. Moshotzin comenzó a temblar, mucho más que antes, e intentó tranquilizarse al decirse a sí mismo que no era la primera vez que veía un cadáver, así que regresó la mirada al agua del canal y observó el rostro putrefacto. Para recuperar el remo metió la mano en el agua y, justo en ese instante el muerto se la sujetó, el capitán de la tropa forcejó para liberarse. El cadáver sacó la cara del agua y Moshotzin reconoció a uno de los soldados que estaba haciendo guardia esa noche, sí, uno de los que estaba con él en el palacio. Entonces, le dio un fuerte golpe en el rostro para soltarse, salió de la canoa y corrió lo más pronto posible sin dirección precisa, por un largo, muy largo rato, hasta llegar al palacio de Tenochtítlan, donde finalmente se sintió tranquilo. Se dirigió a la entrada y, de pronto, se encendieron las antorchas, como inmensas hogueras, y en los muros del palacio vio colgados a los otros cuatro soldados muertos, luego se apagaron las llamas y Moshotzin salió corriendo en dirección opuesta, pero en su camino se encendieron unas llamas gigantescas sobre los matorrales y los árboles, y se le apareció la misma fiera, una bestia jamás vista en aquellas tierras, más grande que cualquier ser humano, un animal que rugía más fuerte que un jaguar. ¡Una nahuala! Se apagaron las enormes flamas y todo volvió a quedar en absoluta oscuridad. Moshotzin corrió desesperado y sin parar. Ya nada le importaba. Sólo quería escapar.

—A la mañana siguiente, los soldados del palacio que habían hecho guardia con Moshotzin lo encontraron tirado bocarriba entre unos arbustos detrás del palacio, con los ojos en las palmas de las manos. Dicen que él mismo se los sacó —asegura Techichco.

—¿Y cómo saben eso?

—Porque él mismo se lo contó al tlatoani Izcóatl cuando despertó en una de las alcobas del palacio: «¡La nahuala!», gritaba aterrado. «¡La vi! ¡Vi a la nahuala!», se paró y comenzó a correr hasta que se estrelló contra el muro y cayó desmayado. Dicen mis informantes que días después alguien le cortó la lengua para que no confesara que Tlacaélel le había ordenado que asesinara a Oquitzin, quien había descubierto que Tlacaélel, Moshotzin y un grupo de soldados habían secuestrado a Chimalpopoca una noche y se lo habían llevado a Mashtla para que lo matara, pues no querían que el linaje tepaneca se extendiera en la dinastía tenoshca. Y tú fuiste quien le hizo justicia a Oquitzin. Ahora necesito que hagas eso que hiciste la última vez que nos vimos.

—¿De qué habla? —pregunta Tliyamanitzin.

—No intentes engañarme. —Sonríe con sagacidad—. Estoy viejo, pero no soy tonto. Eso que hiciste cuando me arrodillé frente a la lumbre y pusiste tus manos en mi cabeza. Vi cosas horribles y aterradoras. Cosas jamás antes vistas y sé que lo hiciste para asustarme. Pero ya no te tengo miedo. Necesito que me ayudes a ver qué le ocurrió al tecutli de Cuauhshimalpan.

—¿Nauyotzin? Creí que usted y él se odiaban...

—Sí. —Se encoge de hombros—. Lo detestaba, pero ya pasó. La última vez que lo vi, me dio tanta lástima. —Suspira y niega con la cabeza—. Pobre viejo decrépito, ahora en manos de un hijo ambicioso y cruel. Es por eso que quiero saber qué le ocurrió. Su hijo Chalchiuh dice que acaba de morir, pero no realizó ninguna ceremonia fúnebre. Ni siquiera invitó a los pipiltin de Cuauhshimalpan. Creo que él lo mató. Y quiero saber la verdad. Quiero hacerle justicia a Nauyotzin.

—¿Habla en serio? —Tliyamanitzin hace una mueca—. ¿De verdad quiere hacerle justicia a Nauyotzin?

—¡Por supuesto! —Se lleva las manos a las caderas.

—¿Y qué necesita que haga, mi señor?

—Lo mismo que hiciste la otra vez delante del fogón. —Señala la lumbre en el centro de la sala principal del palacio.

—No le recomiendo que lo intente de nuevo. —Niega con la cabeza y aprieta los labios.

—¿Por qué?

—Porque la mente puede confundirse con las cosas que ve y puede hacerle daño.

—¿Por qué? —pregunta con insistencia.

—Lo que hice la vez anterior fue un grave error, usted pudo haber perdido su *tonali.*[199]

—Explícame eso. —Se cruza de brazos, alza la frente y la observa con atención.

—El tonali es la chispa de vida, una materia luminosa y brillante que derivaba del sol, desciende en el vientre de nuestra madre para volverse niño, se distribuye por todo nuestro cuerpo y su fuerza condiciona nuestro destino y características personales.[200]

—Eso ya lo sé —la interrumpe el anciano—. Dime por qué puedo perder mi tonali.

199 *Tonalli* tiene cuatro significados «día, sol, destino y espíritu».
200 El *tonalli* era imaginado como una materia luminosa y brillante. Los mexicas creían que el tonalli se encontraba distribuido por todo el organismo y que su fuerza derivaba del sol. El nombre y el tonalli se encontraban tan estrechamente ligados que se suponía que aquellos que portaban el apelativo de un ancestro heredaban su tonalli. Según el *Códice Florentino,* «se decía que en el decimotercer cielo nuestros *tonaltin* son determinados. Cuando el niño es concebido, Ometecutli y Omecíhuatl, la pareja suprema, introducían el tonalli en el útero. El tonalli condicionaba el destino del individuo y sus características personales». El tonalli era así, según Graulich, «la chispa de vida que descendía en el vientre para volverse niño». Véase Martínez González.

—Para conservar su tonali en buen estado, usted debe honrar a la deidad tutelar de su fecha de nacimiento y respetar las normas morales. El tonali es su forma anímica íntimamente ligada al devenir, la personalidad y la identidad individual. Más que como un destino, como una parte del individuo que evoluciona conforme el sujeto, se desarrolla en el interior de la sociedad. Si una persona es maléfica, su tonali se ensucia y arruina, pero si sigue las normas morales, su tonali se volverá aún más fuerte.[201]

—Eso no explica por qué podría perder mi tonali.

—Una fuerte impresión puede provocar la pérdida del tonali y a largo plazo, la muerte.[202] Amacíhuatl, la esposa de Nauyotzin, perdió su tonali... después su aliento vital... y, finalmente, su sombra, lo que provocó su muerte días más tarde.

—Asimismo, el sueño, el coito y la ebriedad pueden provocar la separación del tonali[203] —agrega Techichco con arrogancia—. También sé que el tonali se puede recuperar. Soy viejo, pero no tonto.

—Así es, para reintegrar el tonali a quien lo ha perdido, se hace una raya con *pícietl,* «tabaco», desde la punta de la nariz hasta la comisura del cráneo, y se pone una medicina en la coronilla, ya que el tonali se localiza en el centro de la cabeza para que aproveche el sol.[204] Pero también debe cuidar sus otros entes no-corporales e intangibles: el *tonali,* «destino y espíritu», el *yolia,* «vida», el *ijíyotl,*[205] «aliento vital», el *ecáhuil,* «pequeño viento o sombra».

201 De acuerdo con los informantes de Sahagún, «para conservar su tonalli en buen estado, el individuo debía honrar a la deidad tutelar de su fecha de nacimiento y respetar las normas morales». «El tonalli fungía como entidad anímica íntimamente ligada al devenir, la personalidad y la identidad individual. Más que como un destino, como una parte del individuo que evoluciona conforme el sujeto se desarrolla en el interior de la sociedad. Si una persona era maléfica, su tonalli se ensuciaba y arruinaba, mientras que si seguía las normas morales su tonalli se volvería aún más fuerte. Véase Martínez González.

202 «Una fuerte impresión, provocaba la enfermedad, y su ausencia prolongada, la muerte», Martínez González.

203 *Idem.*

204 *Idem.*

205 En el náhuatl clásico se escribe *ihíyotl.*

—Sé que el tonali es caliente y el ecáhuil es frío, pero ignoro muchas cosas sobre el tonali, el ijíyotl y el ecáhuil —confiesa el tecutli de Ashoshco.

—El hueso de un fruto, el núcleo de un árbol, el hueco de la mano son el corazón. El mar es el corazón del agua, una anciana que no sale de su hogar es el corazón de la casa. Todo tiene un corazón, el corazón del cielo, el corazón del juego de pelota, el corazón del pueblo y el corazón del altar.[206] El corazón es la sede de la acción, la emoción, el conocimiento, la memoria, la voluntad y la energía individual.[207] La fuente básica de vitalidad es el yólotl, «corazón», de yoli, «vivir»,[208] y del cual proviene el *ijíyotl,* «aliento vital» o «soplo», un gas luminoso que se encuentra ligado a la capacidad de atraer los objetos y se manifiesta a través de los vapores corporales, los cuales en ciertas personas pueden curar o causar enfermedades a través del aliento, es una materia anímica insuflada por los dioses al principio de la vida del individuo y reforzada después por la respiración. Es el aliento comunicado por Citlalicue, Citlalatónac y los *ilhuícac chaneque* «los habitantes del cielo», en el momento en que el niño es ofrecido al agua, es decir, es un segundo nacimiento ya que desde el vientre materno la criatura ha recibido el aliento vital.[209]

»El tonali, el ijíyotl y el ecáhuil ocupan en conjunto el cuerpo, se concentran en la cabeza y proyectan la silueta obscura de su poseedor en presencia de una fuente de luz.[210] Así, vemos que tanto el ijíyotl como el ecáhuil son pensados como aires, los dos se encuentran distribuidos por todo el cuerpo, pueden ser usados para provocar el mal aire y tanto el uno como el otro son considerados como componentes anímicos que, después de morir, permanecen rondando por la tumba o los lugares que frecuentaba el difunto, durante algún tiempo.[211]

206 Motolinía.
207 A. López Austin, *Cuerpo humano e ideología. Las concepciones de los antiguos nahuas.*
208 Pury.
209 A. López Austin, *Cuerpo humano e ideología. Las concepciones de los antiguos nahuas.*
210 Lupo.
211 Martínez González.

»El ecáhuil es una sombra fría y oscura que se encuentra unida al cuerpo por el tonali, del cual recibe su fuerza y con el que se mantiene en contacto en los momentos en que abandona el organismo; asimismo es un elemento frágil y difuso que se encuentra atado débilmente al individuo, cuyas funciones vitales son sumamente limitadas: ayuda para caminar, para moverse, para hacer cosas, pero con él no se piensa.[212] El ecáhuil, «pequeño viento o sombra» puede desprenderse del cuerpo durante el sueño o con un susto, provocando con ello enfermedades, padecimientos, el mal aire o el mal de ojo, que pueden llegar a ser mortales,[213] se disipa, se pierde o vaga en el mundo de los vivos asustándolos.[214] La sombra de un niño adquiere cualidades particulares en razón del día de su nacimiento; una sombra pesada hará que el recién nacido tienda a convertirse en brujo o ladrón.[215] Después de morir, el ecáhuil se desprende del cuerpo y queda rondando sobre la superficie terrestre por cierto tiempo. En algunos casos, la sombra puede ser reintegrada al cadáver mediante procedimientos rituales, mientras que en otros, sobre todo cuando se trata de muertes violentas, la sombra es atraída por el lugar del deceso, convirtiéndose así en un lugar sombrío.[216]

—Ya estoy demasiado viejo para preocuparme por mi tonali, mi ijíyotl y mi ecáhuil —la interrumpe el tecutli de Ashoshco con un tono indiferente—, así que hagamos eso una vez más. Llévame con tus poderes sobrenaturales a ver qué fue lo que le ocurrió a Nauyotzin.

—¿Está seguro? —La anciana arruga su huipil con las manos.

—Sí. —Se echa hacia el frente, estira la espalda y coloca las manos en sus rodillas.

—Como usted ordene, mi señor. —Tliyamanitzin se pone de pie.

El anciano Techichco se levanta de su tlatocaicpali y camina hacia el fuego que bailotea indomable y que, un instante después, se

212 «De hecho, el ecahuil no es pensado como un alma completa sino como un componente anímico que, junto con el tonalli e íntimamente ligado a él, constituye un alma doble y compleja», Duquesnoy y Martínez González.

213 Martínez González.

214 Gallardo Ruiz.

215 Madsen.

216 Martínez González.

ensancha y se estira hasta el techo de la gran sala principal, lo cual provoca que el tecutli dé un par de pasos hacia atrás con temor y cautela, pero sin expresarlo con palabras, sino más bien con un silencio que le cede el espacio del sonido al crepitar de la leña. La nahuala se pone detrás del tecutli de Ashoshco, cierra los ojos, respira profundo, le coloca las manos en la cabeza y, en ese momento, Techichco reconoce a Nauyotzin en la médula de aquellas llamas indómitas que cerriles extienden sus tentáculos hacia él para que, en un trance de hipnosis, ingrese a la boca de la hoguera y se pierda en una luz infinita, en la cual se desvanece la silueta de Nauyotzin. De pronto, aquel deslumbrante fondo blanco pierde resplandor y se carga de colores oscuros mientras un aroma rancio se propaga en el ambiente. Aparece un piso y paredes de basalto, cal y tezontle y en un extremo una pequeña e inofensiva sombra y frente a ésta, el anciano Nauyotzin, pero ya no con la mirada ausente ni triste como las primeras veintenas, después de que su hijo incineró los restos de Amacíhuatl y en las que había dejado de hablar incluso con los sirvientes, a quienes sólo respondía con la mirada, y si era sumamente importante, respondía con el menor número de palabras. De igual manera, se comportaba en las juntas con los ministros y consejeros: sin haberlo establecido, había permitido que su hijo Chalchiuh se hiciera cargo de los asuntos de gobierno, pero sin cederle aún el tlatocaicpali ni el bastón de mando. Chalchiuh debía permanecer a su lado en un *icpali,* «asiento», tal y como lo había hecho desde que tenía doce años, para que aprendiera a gobernar aquel altépetl que algún día sería suyo, aunque aquel *tlacazcaltili,* «pupilo», no quería saber nada de leyes y conflictos entre los altepeme; él quería salir a jugar como el resto de los *piltontin,* «niños», escalar árboles, perderse en la montaña, cazar animales, observar las estrellas y correr, correr con libertad, ésa que no había conocido hasta entonces, ya que su madre, temerosa de que algo malo le ocurriera a su único hijo sobreviviente, había ordenado a los sirvientes que vigilaran a Chalchiuh desde que despertaba hasta que se iba a dormir, y si acaso intentaba hacer algo peligroso —como correr por los pasillos del palacio o salir al patio a perseguir lagartijas—, lo detuvieran de inmediato. Entonces, aquel niño hacía tremendos berrinches: se tiraba al piso, pataleaba, lanzaba puñetazos y gritaba como loco ¡quiero salir a jugar!, ¡no quiero estar aquí!, ¡ya no me gusta este lugar! Amacíhuatl se apresuraba a cargarlo y abrazarlo, como quien rescata a un animalito severamente herido, y le prometía que muy pronto saldrían del palacio; lo llevaba a la azotea y le señalaba el lago que se veía a lo lejos y las canoas que parecían insectos nadando en un charco y le decía que ahí había muchos peces y que muy pronto irían a nadar entre cientos de niños, sin embargo, nunca le cumplió la promesa; en cambio, le llevó decenas de niños para que jugaran dentro del palacio, los hijos y nietos de los ministros y consejeros, niños que siempre le preguntaban a Chalchiuh por qué no salía del palacio, algo que al inicio generó curiosidad en el niño y luego enojo, que con el tiempo se convirtió en rencor. Entre las decenas de niñas que conoció en el palacio, destacó Tlapilcíhuatl, nieta de uno de los pipiltin de Cuauhshimalpan, que cada vez que iba al palacio le contaba a Chalchiuh sobre las ciudades que visitaba en compañía de su padre: le habló de Teohuácan y sus gigantescos montes sagrados, mas no tan grandes como el Tlachihualtépetl, «El monte hecho a mano», de Cholólan, dedicado a Chiconaquiáhuitl, «dios de las nueve lluvias», también le contó sobre Tólan Shicocotitlan y su monte sagrado dedicado a Tlahuizcalpantecutli, «El señor de la aurora», en cuya cima se encuentran cuatro esculturas labradas en bloques de basalto, que representan a los guerreros toltecas, ataviados con pectoral de mariposa, lanza dardos y un cuchillo de pedernal. El día que Chalchiuh le preguntó a su padre por qué no habían construido en Cuauhshimalpan ningún monte sagrado, Nauyotzin le respondió que los dioses los habían honrado al concederles los montes más grandes que había en el cemanáhuac y que, por ello, no había necesidad de construir nada más. Aquella respuesta no satisfizo la curiosidad de aquel jovencito que en cuanto llegó a la edad adulta, se fue con seis guardias del palacio a recorrer las ciudades más grandes del cemanáhuac y no sólo se llenó de asombro, sino también de rencor hacia su padre y su madre, quienes por aquellos días sufrían una inmensidad por la ausencia de su único hijo. Después de cuatro veintenas, Chalchiuh regresó cansado de caminar largas jornadas y de dormir en lugares inhóspitos, y pidió perdón a sus padres por haberse marchado sin avisar y prometió permanecer a su lado hasta el fin de sus días. Poco después, se casó con Tlapilcíhuatl, con quien tuvo cuatro hijos, a los cuales siempre permitió que salieran y se perdieran por el bosque, algo que mantenía a Amacíhuatl en el desasosiego desde que amanecía hasta que anochecía. ¿Dónde están tus hijos, Chalchiuh?, le preguntaba al no verlos en el desayuno y él sólo respondía despreocupado que andaban jugando, aunque él tampoco tuviera idea de dónde se encontraban. No deberías dejarlos salir, insistía Amacíhuatl, la montaña es muy peligrosa, hay animales salvajes, también hay plantas venenosas, tú no sabes qué pueden comer, además, hay gente malvada, deberías cuidarlos más, los hijos son nuestras semillas y de nosotros depende que den buenos frutos. No te preocupes, respondía Chalchiuh, cada vez más cansado de los sermones de su madre, hasta que una noche, le pareció divertido decirle que uno de sus hijos se había extraviado y le pidió que no le contara nada a su padre para evitar que se preocupara, y salió con la mentira de que iba a buscar a su hijo, confiado de que a la mañana siguiente le daría la sorpresa a su madre de que su nieto estaba a salvo y que no le había ocurrido nada y que no había necesidad de preocuparse tanto, pues los niños sabían cuidarse. Pero aquella noche Amacíhuatl se fue a dormir con la peor ansiedad de su vida y los nervios a reventar, y apenas cerró los ojos, su tonali salió en busca de su nieto y se extravió en las montañas; al caer la madrugada, su ijíyotl y su ecáhuil fueron en busca del tonali y Amacíhuatl no despertó jamás. Chalchiuh ocultó lo sucedido la noche anterior con la certeza de que nadie lo sabría, sin tomar en cuenta que los nanahualtin eran *tlapouhque*, «videntes», y sí podían descubrir su secreto, y cada vez que algún *tícitl*, «curandero», *tlaciuhqui*, «astrólogo», *tlamatini*, «sabio» o *tlapouhqui*, «vidente», le decían que la muerte de su madre se debía a la pérdida de su tonali, él desdeñaba aquellos diagnósticos y buscaba charlatanes dispuestos a decirle a su padre lo que él quería que le informaran, mas no por ello pudo deshacerse de la culpa que lo siguió día y noche. Por eso permitió, que su padre conservara el cadáver de su madre por tres años, hasta que no pudo más y lo quemó delante de todos los tetecuhtin invitados. De inmediato, le pidió a su esposa que se llevara a sus hijos a la casa de su madre hasta que Nauyotzin pudiera superar aquella pérdida, algo que al principio parecía imposible, pero con el paso de las veintenas aquel anciano cambió su comportamiento hacia su hijo, habló con él, le contó su pena, expresó lo que sentía y lloró. Si bien Chalchiuh y Nauyotzin no se hicieron mejores amigos, aprendieron a lidiar y a trabajar juntos: el padre en su silencio y el hijo en pleno uso de sus facultades como futuro tecutli cuauhshimalpanaca, hasta que un día el anciano vio una sombra en uno de los pasillos del palacio y la reconoció de inmediato. La siguió a paso lento y la llamó: ¡Amacíhuatl! ¡Amacíhuatl! ¿Eres tú? Un instante más tarde aquella sombra se desvaneció, pero Nauyotzin no se dio por vencido y la buscó por todo el palacio día y noche, llamándola: ¡Amacíhuatl! ¡Amacíhuatl! Cuando Chalchiuh lo descubrió, le preguntó qué estaba haciendo y el anciano respondió: Vi el ecáhuil de tu madre, a lo que Chalchiuh respondió con un gesto de sarcasmo mal actuado, pues en el fondo también creía en la existencia del tonali, el ijíyotl y el ecáhuil y que, tras la muerte de una persona, estos tres entes suelen deambular por donde ha habitado el difunto. El día que Chalchiuh encontró a su padre sentado en el tlatocaicpali hablando con una sombra delante de él, sintió que los huesos de las rodillas se le desmoronaban, salió de la sala principal, sin decirle una palabra a su padre y, ahogado en sus miedos, se embriagó toda esa noche. A partir de aquel día, el tecutli de Cuauhshimalpan hablaba a todas horas con la sombra de Amacíhuatl sin que ésta le respondiera, algo que lo tenía sin cuidado, mas no a su hijo, que no soportaba ver a su padre hablando con su madre delante de los ministros del gobierno y los consejeros, y menos la tarde en que un espía les informó que los meshícas y acólhuas habían derrotado al bloque del oriente. Debemos reunirnos con Shicócoc, Coatéquitl, Mazatzin, Tozquihua, Cuezaltzin y Acoltzin para elaborar una estrategia de defensa, dijo Chalchiuh en la junta de gobierno, a lo que Nauyotzin respondió: No creo que a tu madre le guste la idea. ¿Mi madre?, Chalchiuh se puso de pie enfadado y solicitó a los ministros y consejeros que abandonaran la sala. Luego, en privado le gritó: ¡Ya fue suficiente! ¡No podemos seguir así! A lo que Nauyotzin respondió con tranquilidad: Claro que podemos. Enviemos embajadores a los tetecuhtin de Mishcóhuac, Atlicuihuayan, Chapultépec, Huitzilopochco, Ashoshco, Iztapalapan y Culhuácan para solicitar que bajen las armas. Es momento de que haya paz en el cemanáhuac. Pero Chalchiuh quería liderar una guerra y, para ello, tenía planeado ampliar la alianza del bloque del poniente con Chimalhuácan, Aztahuácan, Cuitláhuac, Ishtapaluca y Míshquic. No se diga más, finalizó el tecutli de Cuauhshimalpan al mismo tiempo que se puso de pie y se dirigió a la salida. Vámonos, Amacíhuatl, necesitas descansar, hoy ha sido un día muy agitado, dijo. En ese momento, Chalchiuh le propinó un golpe macizo en la nuca, con lo cual su padre cayó al suelo. ¡¿Qué has hecho?!, alcanzó a gritar Nauyotzin mientras se llevaba la mano a la nuca. ¡¿Así me pagas todo lo que te he dado?! ¡Tu madre te está viendo! Chalchiuh le dio otro puñetazo en la cabeza: ¡Cállate!, lo volteó bocarriba y lo golpeó una vez más, ¡cállate!, y otro golpe, ¡cállate!, y otro, ¡cállate!, otro, ¡cállate!, ¡cállate!, ¡cállate!, y siguió pegando con todas sus fuerzas hasta que el rostro del anciano quedó hecho un mole de sangre y pellejos.

39

Luego de cinco días de duelo y dos de exequias —en las que incineraron en una gigantesca hoguera los cuerpos de los yaoquizque muertos en campaña, mientras los *huehuetque,* «ancianos», con sus cabellos trenzados y las cabezas emplumadas, tocaban el *tlalpanhuéhuetl,* «tambor bajo», y entonaban el *miccacuícatl,* «canto de los muertos», y los *cencáltin,* «familiares», danzaban con melancolía durante toda la noche hasta el amanecer, cuando finalmente enterraron las cenizas—, como un prodigio inesperado, regresa la tranquilidad a la isla meshíca, la gente recupera el ánimo, vuelve a su rutina diaria y los canales de la ciudad se colman nuevamente de canoas, igual que las calles, ahora, cual hormiguero, repletas de gente que va en todas las direcciones con un sinfín de quehaceres, sobre todo para barrer y adornar con flores la ciudad isla, que esta tarde será la sede en la que Nezahualcóyotl, Izcóatl y Totoquihuatzin serán jurados y reconocidos como *in eshcan tlatoloyan huehueintin tlatoque,* «grandes tlatoanis del imperio entre tres».

Al dar el *tlacualizpan,* «alrededor de las nueve de la mañana», Shalcápol —hermosamente ataviado con plumas blancas, una guirnalda de flores, aretes de oro, un collar de piedras preciosas, ajorcas de oro arriba de los codos, pulseras, un tilmatli para cubrir su espalda, cintas con cascabeles de oro en las piernas y sandalias de cuero— sale del huei tecpancali, lugar en el que desayuna todas las mañanas con el tlatoani y los consejeros, y camina fatuo por las calles de Tenochtítlan, donde centenares de personas disciplinadas se arrodillan en cuanto lo ven y lo veneran, tal y como lo ordenó el tlatoani, pero el representante de Tezcatlipoca en el cemanáhuac los ignora, como si nadie le mostrara devoción, como si no existieran, como si no merecieran respeto, y camina sin mirar al suelo, y si acaso la mano o el brazo de alguno de los fieles se encuentra en su camino, los pisa o los patea, como quien remueve un estorbo de la vereda; y se dirige al Coatépetl donde, como todos los días, permanecerá sentado en un tlatocaicpali, acompañado de mancebos galanes y doncellas encantadoras que se ocuparán de seducirlo y agasajarlo mientras él se entrega epicúreo a la holgazanería.

No obstante, esa mañana, antes de que Shalcápol llegue al Recinto Sagrado, un suceso imprevisto lo despoja de la atención de sus admiradores: llega a la isla de Meshíco Tenochtítlan una embajada de Shalco, escoltada por cincuenta soldados, cuatro pipiltin al frente, seguidos por ocho cargadores que llevan en andas a la hija de Teotzintecutli, una joven de dieciséis años de edad, llamada Maquítzin, y hasta atrás ochenta tlamémeh con sus pesados cacashtlis en las espaldas. Miles de macehualtin observan con curiosidad a la cihuápil, que va sentada sobre las andas y cubierta por un palio blanco con magníficos bordados de diversos colores y flecos de gruesos hilos que impiden a los curiosos verla claramente.

Mientras la procesión avanza, los soldados del palacio se apresuran a informar al tlatoani sobre el arribo de la embajada de Shalco, pero al llegar a la sala principal los guardias les comunican a los enviados que Izcóatl y los nenonotzaleque, «consejeros», tienen asamblea, por lo que deberán esperar a que ésta concluya. Uno de los yaoquizqui recomienda a sus compañeros que le anuncien al meshícatl tecutli lo antes posible sobre la llegada de la embajada shalca.

—Señores consejeros —dice Izcóatl sentado en su tlatocaicpali—, es momento de que comencemos una nueva ampliación del Coatépetl.[217] Enviaremos embajadas a Shochimilco y Coyohuácan para que, en cumplimiento de su vasallaje, nos traigan madera, piedra de tezontle, basalto y cal para la construcción.

Los seis miembros del Consejo se muestran extremadamente contentos con la noticia, ya que desde hace treinta años —poco antes de que finalizara el gobierno de Acamapichtli— no se han realizado ampliaciones al Monte Sagrado.

—¡Magnífica decisión, mi señor! —celebra Tochtzin.

—Nuestros dioses Huitzilopochtli y Tláloc estarán muy contentos —agrega Tlatolzacatzin con entusiasmo.

—Ya era necesario —comenta Yohualatónac—. Mejor dicho: indispensable. Por el bien de nuestro huei altépetl. Si no cuidamos de las casas de nuestros dioses, ¿cómo podemos esperar que ellos nos protejan?

217 Véase el anexo «Coatépetl» al final del libro.

—¿Cómo pedirle agua a Tláloc si no le damos el llanto de los niños? —agrega Tlacaélel—. ¿Cómo pedirle sol a Huitzilopochtli si no le ofrendamos la sangre de nuestros cautivos?

Uno de los sirvientes entra con discreción a la sala, interrumpe al tlatoani y le susurra al oído que una embajada de Shalco lo busca afuera del palacio y que trae a la hija de Teotzintecutli y a ochenta cargadores con ofrendas. Izcóatl se sorprende y ordena que permitan la entrada de los embajadores y los cargadores, los cuales ingresan un instante más tarde y, siguiendo el protocolo, se arrodillan delante del tlatoani y solicitan permiso para hablar, el cual les es concedido.

—Honorable, muy respetado y admirado huei tlatoani de Meshíco Tenochtítlan —dice el embajador con elocuencia—. Distinguidos miembros del Consejo. Los pipiltin que me acompañan y yo, su humilde servidor, en nombre de nuestro amo y señor Teotzintecutli, agradecemos, desde lo más profundo de nuestros corazones, la gentileza que han tenido al recibir a esta modesta embajada. El huei tlatoani del *shalcáyotl,* «confederación de Shalco Amaquemecan» nos ha enviado para que hagamos entrega de su joya más preciada, su hija Maquítzin, para que se case con su sobrino, el tlacochcálcatl, teopishqui y *nonotzale,* «consejero», Tlacaélel. Asimismo, le manda decir que él llegará a la jura de los *in eshcan tlatoloyan huehueintin tlatoque* un poco más tarde, pero mientras tanto envía estas mantas, plumas, piedras preciosas y granos como muestra de gratitud al tlatoani de Meshíco Tenochtítlan.

En ese momento los tlamémeh caminan al frente de la sala con sus cacashtlis en las espaldas, los cuales colocan en el piso y los destapan para que el tlatoani pueda contemplar las pacas de finas mantas de algodón, los costales repletos de cacao, centenares de *ihuitlis,* «plumas», —de quetzal, *shiuhtótotl,* «cotinga azul», *tlauhquéchol,* «espátula rosada», *toquilcóyotl,* «grulla», *quetzaltotólin,* «pavorreal», *cóchotl,* «guacamaya», *tlalalácatl,* «ganso», *zolcanahutli,* «pato galán», *canauhtli,* «pato triguero», *quetzaltezolocton,* «cerceta verde», *metzcanauhtli,* «pato luna», *ehecatótotl,* «mergus cucullatus», *atapálcatl* o *iacatexotli,* «pato zonzo», *tzitziua,* «pato golondrino», *shalcuani,* «pato chalcuán»—, piedras preciosas, —*apozonali,* «ámbar», *chalchíhuitl,* «jade», *shíhuitl,*[218] «turquesa», *teoshíhuitl,* «turquesa fina», *shiuhtomoli,* «turquesa redonda», y *shiuhmatlalitztli,* «piedra preciosísima de color azul»,[219] *técpatl,* «pedernal», *iztli,* «obsidiana»—,[220] así como metales en polvo y pepitas —*cóztic teocuítlatl,* «oro», e *íztac teocuítlatl,* «plata»—; y selectos ornamentos: *pipilolis,* «orejeras», *yacametztlis,* «narigueras», *temalacatetlis,* «bezoleras», *tenzacanecuilis,* «barbotes», *teocuitlamecatlis,* «cadenas de oro y plata», *cozcatlis,* «collares», y *matacashtlis,* «pulseras», todo esto para uso exclusivo del huei tlatoani.

—Ponte de pie —Izcóatl le habla a Maquítzin, quien también se encuentra de rodillas.

La hija de Teotzintecutli obedece con sumisión, pero sin levantar el rostro. El tlatoani la observa en silencio por un instante y analiza el motivo del tecutli shalca para enviar —además de la enorme cantidad de regalos, que eran predecibles por la jura— a su hija; desconfiado, se cuestiona las intenciones para mandarla a Tenochtítlan y no a Teshcuco.

—Mírame —ordena Izcóatl.

Maquítzin alza la cara y sus ojos rojos delatan la angustia en la que se encuentra.

—Bienvenida a nuestra *cencali,* «familia» —concluye el tlatoani y luego se dirige a los embajadores—. Ordenaré que les preparen aposentos para su descanso y más tarde los espero para que disfruten del banquete. Ahora debo atender otros asuntos. —Se pone de pie, mira a los *técpan nenenque* «mozos de servicio», y discretamente les hace una señal con los ojos para que se encarguen de acomodar a los embajadores, soldados y cargadores en el *techialcali,* «casa de huéspedes».

218 En náhuatl, la palabra *xíhuitl* tiene cuatro significados: «año, cometa, turquesa y hierba». *Iztacxíhuitl,* «hierba blanca o medicinal», *teoxíhuitl,* «turquesa, piedra fina preciosa», *xihuitluetzi,* «cae un cometa» y *xiuhmolpilia,* «atadura de los años». En M. Izeki.

219 *Códice Florentino.*

220 Aunque son muy parecidas, el pedernal no es exactamente un mineral sino una roca formada por una mezcla de cuarzos, ópalo y otros minerales, incluso restos fósiles. La obsidiana, también conocida como cristal volcánico, sí es un mineral, pues no posee una estructura química bien definida: es una roca ígnea —es decir, de fuego o que tiene la naturaleza del fuego— y pertenece a los silicatos, alumínicos y óxidos silícicos.

En cuanto los embajadores, los cargadores y la princesa shalca abandonan la sala, el tlatoani se levanta de su tlatocaicpali y se dirige a Tlacaélel.

—¿Esa niña es tu pago por ayudar a Teotzintecutli? —reclama enojado.

—No sé de qué me habla. —Tlacaélel se encoge de hombros, desvía la mirada y da un paso hacia atrás.

—No me trates como idiota. —El tlatoani aprieta los labios y hace una inhalación sonora—. Ffffffffff. —Levanta el pómulo derecho—. Tú y yo sabemos que el argumento que hiciste en el juicio de Teotzintecutli era tan falso como tu actitud inocente en este momento. El tecutli de Shalco no los liberó el año pasado; él quería matarte porque te detestaba, aunque no se atrevió y por eso los envió al señorío de Hueshotzinco, donde se negaron a sacrificarlos. Luego, los mandaron de regreso a Shalco, pero el cobarde Teotzintecutli los remitió a Azcapotzalco, y cuando Mashtla los recibió, los devolvió con un mensaje: «Digan a su señor que no intente salvar su vida con acciones tan cobardes. Bien sabe que cometió un error al traicionarme. Ahora no me interesa su amistad. Pues en poco tiempo mis tropas destruirán a mis enemigos y, entre ellos, a ese traidor». Entonces, el pili Cuauteotzin, que los había llevado presos, los dejó en libertad cerca de Chimalhuácan, para que cruzaran el lago hacia la ciudad isla. Los dos capitanes meshícas que te acompañaban me lo contaron. Y aunque no me lo hubieran informado, yo lo habría descubierto. Te conozco más de lo que te imaginas, Tlacaélel. Igual a Teotzintecutli y sé que él siempre se va del lado de los vencedores. Él sabía que tenía todas las de perder en esta guerra y por eso dejó solo a Iztlacautzin y a Tlilmatzin. ¿Qué fue lo que ocurrió realmente en esta última visita a Shalco? ¿Qué fue lo que pactaron?

—Ya se lo dije, mi señor. —Lleva la comisura izquierda hacia un lado, como gesto de desprecio—. Llegamos a Shalco y nadie nos atacó, yo caminé solo hasta el palacio y Teotzintecutli se rindió.

—Y te ofreció a su hija... —Alza el mentón.

—No. —Da un paso hacia atrás.

—Entonces la destinaré a mi hijo Tezozomóctli. —Sonríe ligeramente.

Tlacaélel aprieta los labios sin dejar de mirar al tlatoani.

—Sí —corrige muy molesto el tlacochcálcatl—. Teotzintecutli me ofreció a su hija poco después de que se rindió y ofreció vasallaje. Y lo correcto es que se cumplan los deseos del tecutli de Shalco. Sería una ofensa para esa doncella que se le envíe como prometida para una persona y, de pronto, la destinen a alguien más. Incluso podría provocar la ira del tecutli de Shalco.

—Como lo que le hiciste a Cuicani. —Baja las cejas y se inclina hacia adelante.

—No sé de qué me habla. —Se lleva las manos hacia atrás y las enrosca.

—Siempre me has subestimado. —Lleva la comisura de los labios hacia abajo y niega con la cabeza.

—Eso no es cierto, mi señor. —Tlacaélel se pasa la lengua por los labios de manera casi imperceptible al mismo tiempo que lleva las manos al frente y las empuña ligeramente.

—Le pediste una hija a Teotzintecutli para mejorar tu linaje —asegura Izcóatl con un blando gesto de triunfo, sabe que descubrió el artificio de su sobrino.

—Yo no necesito de eso. —Hace un gesto de asco, rencor e indignación. Levanta el labio superior por el lado derecho, alza las cejas, lanza una mirada de absoluta frialdad, mientras lleva sus manos hacia atrás, señal de que tiene un arma secreta, y libera una sonrisa de regocijo—. Su hijo sí...

—¿Mi hijo? —Alza las cejas y abre la boca con asombro.

—Sí, por ser descendiente de una esclava tepaneca. —Se cruza de brazos y respira muy profundo antes de continuar hablando—. Lo digo con respeto. —Alza el mentón y baja ligeramente la mirada, en señal de desafío y altanería, pues a pesar de que el origen de Izcóatl ha sido aclarado, incluso admitido por él mismo, el tema sigue generado controversia y molestia entre los pipiltin, que desde hace muchos años han aspirado a pertenecer a los linajes más distinguidos del cemanáhuac, como los de Tólan y Teohuácan, y protestan a espaldas de Izcóatl por ser hijo de una sirvienta tepaneca, la cual el mismo tlatoani Acamapichtli y su esposa Ilancuéitl pretendieron ocultar, no tanto porque fuese una macehuali de Azcapotzalco, sino porque Ilancuéitl era *letzí-*

catl, «estéril», ya que era veinte años mayor que Acamapichtli (algunos decían que también era su madre y otros que era su madre adoptiva). El caso es que ni los hechizos ni los menjunjes surtieron efecto, mientras que las concubinas del primer tlatoani de Meshíco Tenochtítlan procreaban hijos cada año, lo que provocó en Ilancuéitl una ringlera de noches de insomnio y llanto al borde del delirio, hasta que un día, renuente a terminar sus días con aquella vergüenza, la esposa del meshícatl tecutli tramó lo que ella consideraba la más saludable de sus mentiras: le pidió a Acamapichtli que le cediera a uno de los hijos de sus concubinas, el día en que naciera, para decirle a su pueblo que por fin había tenido un hijo, a lo que Acamapichtli accedió con el único afán de hacer feliz a su esposa. Para su suerte, una esclava tepaneca, de apenas catorce años, llamada Quiahuitzin, estaba preñada; acto seguido —para complementar la patraña—, Acamapichtli encerró a la concubina tepaneca en una habitación del huei tecpancali, de donde no salió jamás, y con un festejo que apenas rebasaba los límites de la austeridad de aquel altépetl tan pobre, anunció que Ilancuéitl había quedado cargada, sin embargo, el engaño no duró demasiado, pues el cuerpo de la esposa del tlatoani no mostraba signos de embarazo. Entonces, para diluir las sospechas, un día la mujer se apareció en el pueblo con un bulto en el abdomen, un vientre artificial tan disforme e incompatible en dimensiones que únicamente acrecentó los rumores sobre aquella progenitora espuria, quien describía a todos el progreso de su embarazo con un semblante jovial que había extraviado en los últimos años. Tiempo después, contaron las comadronas que el día del parto —en el *macuili técpatl shíhuitl,* «año cinco pedernal: 1380»—, mientras una multitud se aglutinaba afuera del palacio en espera del recién nacido, Ilancuéitl, que en verdad creía que estaba por tener un hijo, se acostó en el pepechtli de su habitación con las piernas abiertas y dio gritos enardecedores hasta la madrugada del día siguiente, cuando Quiahuitzin dio a luz a un varón, al que llevaron a la habitación donde se encontraba Ilancuéitl, se lo pusieron entre las piernas y dejaron entrar a las mujeres de la familia para que corroboraran el nacimiento, pero lo único que Ilancuéitl consiguió fue que nadie le creyera que ese recién nacido era su hijo, y el rumor se esparció como un aguacero, a tal grado que para evitar que aquellos testimonios trascendieran por siempre, Ilancuéitl decidió callar a la única voz que podría reclamar la maternidad de Izcóatl y Quiahuitzin, a quien mandó matar tres días después; sin embargo, aquel homicidio no sepultó el secreto, ya que Tezcátlan, otra de las concubinas de Acamapichtli, y madre de Huitzilíhuitl, se había enterado de aquel embarazo desde el inicio. Bien conocía Tezcátlan los celos de Ilancuéitl y los horrores de los que era capaz, así que se guardó aquel secreto hasta el último día de su vida, y en su lecho de muerte reveló la verdad a su hija Matlacíhuatl, quien no tardó en divulgar aquel secreto que le arrebató a Izcóatl el derecho de ser electo segundo tlatoani de Tenochtítlan y que le permitió a su hermano Huitzilíhuitl convertirse en el sucesor de Acamapichtli.

—No me agravia que digas que mi madre era una esclava. —El tlatoani camina hacia Tlacaélel—. Por el contrario, me hace sentir orgulloso. No tengo nada que ocultar. No necesito demostrar algo que no soy. No pretendo engañar a nadie. Mi pasado y mi origen es conocido por todos en el cemanáhuac. Es peor cuando una persona desconoce su verdadero origen, como tú.

—¿Yo? —Sonríe nervioso y voltea hacia los teopishque que no saben si intervenir o quedarse callados hasta que el tlatoani y el tlacochcálcatl resuelvan sus diferencias de una vez por todas.

—Sí. —Exhala y hace una mueca cáustica—. La verdad es que tú no eres hermano gemelo de Motecuzoma Ilhuicamina. No son hijos de la misma madre, a pesar de que son idénticos. Y vaya que físicamente se parecen… tanto que incluso yo me sorprendí y me confundí al verlos juntos conforme iban creciendo; afortunadamente, tienen personalidades muy distintas. Tú eres hijo de una concubina otomí nacida en Teocalhueyacan, llamada Cacamacihuatzin, que murió en el parto, por lo que tu padre tuvo que entregarte a la madre de Motecuzoma Ilhuicamina, quien decidió adoptarte y presentarte como su hijo hasta el día de su muerte.

Tlacaélel parece ausente, mas no preocupado ni mucho menos ofendido, sino todo lo contrario. Sonríe al mismo tiempo que escucha una voz en su interior: Hijo mío, tú eres *El Elegido*. Tú eres mi voz y mis manos, Tlacaélel. Yo soy tus ojos y tus oídos. Qué importa quién te parió. Qué importa la sangre y el linaje de esa mujer. Qué importa lo que digan los demás. No los escuches. ¿Acaso alguna vez nos ha interesado lo que piensen? ¿Acaso alguna vez te he dejado solo? Yo siempre he estado junto a ti, desde el día de tu nacimiento. Yo fui quien le dijo a Huitzilíhuitl que tú eras El Elegido y me ignoró. Entonces, Tlacaélel recuerda el día en que el anciano Totepehua auguró su muerte: «Haré y diré cosas que te disgustarán mucho». «No lo creo», dijo Tlacaélel y alzó la frente. «Dejarás de pensar como lo haces hoy». Totepehua continuó: «Me quitarás de tu camino». «¿Por qué haría algo así?», preguntó el alumno, y el maestro respondió: «Para tomar mi lugar, para convertirte en mí». De pronto, miró el rostro del anciano Totepehua y sus ojos comenzaron a llorar: Teimatini, Tlazopili, Teyocoyani, Icnoacatzintli, Ipalnemoani, Ilhuicahua, Tlalticpaque, Pilhoacatzintli... Ése soy yo, Tlacaélel. El dios que da y quita a su antojo la prosperidad, riqueza, bondad, fatigas, discordias, enemistades, guerras, enfermedades y problemas. El dios positivo y negativo. El dios caprichoso y voluble. El dios que causa terror. El hechicero. El brujo jaguar. El brujo nocturno. Tlacatle totecue, «Oh, amo, nuestro señor», respondió Tlacaélel. Yo soy el dios caprichoso y voluble, el dios que causa terror y tú serás el instrumento de Dios, mi voz y mis manos. ¿También sus ojos y oídos? No. Yo lo veo y lo escucho todo. Yo seré tus ojos y tus oídos. Usted será mis ojos y mis oídos y yo seré su voz y sus manos, oh, amo, nuestro señor.

—¿Me estás escuchando? —pregunta Izcóatl molesto por la indiferencia del tlacochcálcatl.

—Sí... —Sonríe—. Sí... Sí...

—Siempre supe que eras un insolente —responde el tlatoani y sale enojado de la sala principal.

—Ya lo vieron —dice el tlacochcálcatl a los cinco miembros del Consejo—. A nuestro tlatoani ya no le interesa la opinión del Consejo. Es por ello que les pido que llevemos a cabo la reforma para crear el tlatócan. Necesitamos doce miembros en el Consejo. Cuatro civiles, cuatro militares y cuatro religiosos. Ésa será la única manera de prevalecer y de impedir el autoritarismo de Nezahualcóyotl.

—Estoy de acuerdo. —Tochtzin alza la mano con un gesto de enfado.

—Tiene razón —agrega Tlalitecutli también enojado.

—Me duele admitirlo —dice Cuauhtlishtli al mismo tiempo que se rasca entre las cejas, gesto con el cual intenta ocultar sus sentimientos de inconformidad con lo que acaba de suceder, pues a pesar de ello sigue siendo partidario del tlatoani y le duele proceder en su contra y, peor aún, pactar a sus espaldas—, pero creo que sí será necesario crear el tlatócan.

—Tú sabes que no suelo estar de tu parte —habla Tlatolzacatzin con indignación—, pero lo que acaba de hacer mi hermano no tiene perdón. Eso que dijo es mentira. Un rumor que surgió de Shalco. Todos sabemos que Ilhuicamina y tú son gemelos.

—¿Entonces por qué dijo todo eso? —cuestiona Yohualatónac intrigado.

—Porque está enojado —responde el hermano del tlatoani—. Últimamente ha estado enfadado la mayor parte del tiempo.

—Es por la muerte de su hijo —Cuauhtlishtli lo justifica.

—Ésa no es razón para que se comporte de esa manera —interviene Tochtzin.

—Concuerdo —responde Tlalitecutli—. Preparemos la reforma, notifiquémoselo al tlatoani, propongamos candidatos y llevemos a cabo la elección.

—Tlazohcamati —agradece Tlacaélel, sale del huei tecpancali y se dirige al Coatépetl para informar de lo ocurrido a Tezcatlipoca.

En ese momento un pregonero va gritando delante del tlacochcálcatl: «¡Ya nació el hijo de Cuicani y Motecuzoma Ilhuicamina!».

—¡Espera! —le grita Tlacaélel—. ¿Es un niño? —pregunta con el ceño fruncido.

—Sí. —El pregonero grita a toda la gente que lo rodea—. ¡Es un niño!

—¿Cómo se llama? —pregunta una mujer que caminaba por ahí.

—¡Se llama Iquehuacatzin! —grita el pregonero y sigue su camino por toda la isla—: ¡Ya nació el hijo de Cuicani y Motecuzoma Ilhuicamina!

Tlacaélel permanece en silencio afuera del palacio, con la mirada extraviada. Cavila en lo que tiene que hacer además de coronar esta tarde a los tres huehueintin tlatoque. El *ome cali shíhuitl,* «año dos casa: 1429», está por terminar en dos días, con lo cual iniciará el *yei tochtli shíhuitl,* «año tres conejo: 1430», y la veintena llamada *atlcahualo* «en donde se detienen o bajan las aguas»,[221] en la que se celebra al Tlalocan tecutli, «otro nombre de Tláloc», y a sus ayudantes, los tlaloques, donde para honrarlos sacrifican niños, a los que visten con ropas en representación del dios Tláloc y los acuestan frente al Coatépetl, en camillas cubiertas de flores y plumas, mientras un grupo de mitotique danza alrededor; luego, los cargan con todo y camillas, los suben a la cúspide del Monte Sagrado y, uno a uno, los acuestan en la piedra de los sacrificios, les sacan los corazones y los depositan en el cuauhshicali. Luego, sigue la veintena *tlacaxipehualiztli,* «fiesta de los desollados»,[222] celebrada en honor a Shipe Tótec, con el sacrificio de prisioneros de guerra que por las exigencias de Tlacaélel, este año serán muy pocos, pues sólo tienen cautivos de Coyohuácan, Shochimilco, Hueshotla y Tepeshpan. Los prisioneros de Chiconauhtla, Acolman, Otompan, Coatlíchan, Cílan y Teshcuco fueron repartidos entre Cuauhtítlan, Toltítlan, Tenayocan, Tlacopan, Aztacalco, Ishuatépec y Ehecatépec, algo que tiene muy incómodo a Tlacaélel, que sostiene el credo de que todos los prisioneros deberían ser sacrificados en el Monte Sagrado de Meshíco Tenochtítlan. Entonces, decide no ir al Coatépetl y en su lugar volver al palacio y dirigirse a la alcoba de su hermano, donde seguramente debe haber mucha gente reunida para festejar el nacimiento del hijo de Cuicani, quien en ese preciso instante se encuentra llorando por el horripilante destino que Tlacaélel le ha forjado. Desde hace varias noches no ha podido dormir, pensando en la forma de evitar que sacrifiquen a su hijo; tan sólo imaginarlo le causa un ciclón de pavor, ira, desconsuelo y rencor, cuando lo que debería estar sintiendo en estos momentos es júbilo y esperanza, emociones hoy en ella casi desconocidas.

221 La veintena *atlcahualo* es del 25-26 de febrero al 16 de marzo. Cabe aclarar que, en la cultura náhuatl, los días no inician a medianoche, sino a mediodía, por lo que el primer día de una veintena, por ejemplo, *atlcahualo,* inicia a mediodía del 25 de febrero y termina a mediodía del 26 de febrero. «Los mexicanos cuentan el día, desde mediodía hasta otro día a mediodía». En Alfonso Caso, *La correlación de los años azteca y cristiano.*
222 La veintena *tlacaxipehualiztli* es del 17-18 de marzo al 6 de abril.

—Mi niña, el huei tlatoani y su esposa Huacaltzintli están afuera, vienen a verte a ti y a tu bebé —informa la madre de Cuicani.

—Diles que entren —responde Cuicani al mismo tiempo que se limpia el llanto con la manta en la que está envuelto su recién nacido.

—*Paquilizcayoli,* «felicidades» —Huacaltzintli exclama con una sonrisa—. ¿Cómo estás? ¿Cómo está tu bebé?

El tlatoani y su esposa se acercan al pepechtli donde se encuentran Cuicani y su hijo.

—¿Puedo? —Huacaltzintli extiende los brazos para que Cuicani le permita cargar a su hijo.

—Sí. —Cuicani se lo entrega con un profundo sentimiento de dolor y temor.

—Azayoltzin estaría muy contento —comenta alegre Izcóatl—. ¿Cómo se llama?

—Disculpen. —La viuda del teopishqui Azayoltzin se lleva una mano derecha a la cara para cubrirse los ojos y sale de la alcoba con llanto en las mejillas. Afuera se cruza con Tlacaélel, a quien mira con desprecio antes de seguir su camino.

—Iquehuacatzin. —Encoge las cejas—. El *tonalpouhqui,* «agorero y conocedor del tiempo y las energías de cada día», dijo que *tonalámatl,* «cuenta de las energías sagradas de los nacimientos o libro de los días», le asignó el nombre de Iquehuacatzin.

Cuando nace un niño, la comadrona entierra en un hoyo, previamente cavado en el patio, el cordón umbilical junto con un juego de armas e instrumentos musicales en miniaturas. De ser niña, la comadrona entierra el cordón umbilical y un juego de utensilios domésticos en miniatura; luego, la familia presenta al recién nacido ante el *tonalpouhqui,* sacerdote, adivino y lector de los *amoshtli,* «libros sagrados», en los cuales pronostican las energías astrales, materiales, matutinas y nocturnas en la cuenta del tiempo, el *tonalámatl* —un papel dividido en mil cuatrocientos cuarenta cuadros, organizados en veinte folios, también conocidos como *cemilhuitlapohualiztli,* «regencia de trecena», en el que aparecen los signos de trece tonaltin (cada uno integra los ciclos del hombre, la tierra y el cosmos de manera exacta), además de contener la escritura interna del *tonalpohuali,* «calendario religioso de doscientos sesenta días», que representa del tiempo de gestación del ser humano y se utiliza como guía diaria para los rituales, las festividades y las predicciones astrológicas de la carta natal—, que asigna el nombre de acuerdo con la fecha en el calendario, alguna singularidad del recién nacido y determinado suceso ocurrido durante la fecha de nacimiento para obtener favores de una deidad en particular. Al cuarto día, se lleva a cabo la ceremonia llamada *quitonaltia,* «darle tonali», en la cual un sacerdote sahúma la coronilla del recién nacido, le da cuatro vueltas con un fuego encendido desde el día de su nacimiento —cuyas brasas no deben apagarse a partir entonces y de las cuales nadie debe tomar fuego—, le dan el primer calor vital y le ponen el nombre.[223]

—¿Ya le leyó su agüero? —cuestiona Huacaltzintli.

Además de asignar el nombre al recién nacido, el tonalpouhqui descifra los augurios del recién nacido a los padres y les habla de las habilidades y energías que desarrollará su vástago.

—No. —Se lleva los labios hacia adentro de la boca y los aprieta con desconsuelo.

—¿Sucede algo? —pregunta el tlatoani.

—No... no... —Agacha la cabeza para ocultar su tristeza.

—Sí —interviene la esposa del tlatoani—. Cada vez que las mujeres tenemos un hijo lloramos de alegría y de miedo, porque nunca sabemos lo que le puede ocurrir a nuestros hijos. Y no importa la edad que tengan, siempre nos preocupamos.

—Los hombres también nos preocupamos por nuestros hijos —responde Izcóatl, consciente del reclamo que va incluido en el comentario de su esposa.

—Tu sobrino Ilhuicamina, no... —responde Huacaltzintli con un gesto de disgusto y luego se dirige a Cuicani—. ¿Oh, es que acaso tu esposo ya vino a verte?

—No... —Agacha la cabeza y llora—. Ni siquiera me habla. Entra a la alcoba y me ignora.

—No quiere hablar con nadie —agrega el tlatoani—. Cuando regresamos de Coyohuácan, intenté platicar con él y lo invité a regresar a la isla en mi canoa, pero se negó y se fue con su hermano.

223 En Sahagún.

Cuicani levanta el rostro con un gesto de rabia.

—¿Dije algo malo? —pregunta Izcóatl.

—Ilhuicamina me dijo que se había regresado con usted —dice Cuicani sin saber que Tlacaélel los escucha desde el pasillo.

—No. De ninguna manera. —Hace una mueca de desconcierto—. Tlacaélel no lo dejó ir conmigo, fue muy insistente en que viajaran solos en una canoa.

—Motecuzoma no sabe decirle que no a su hermano —agrega Cuicani enojada.

En ese momento, entra un *técpan nemini,* «sirviente del palacio», y le pide permiso para hablar con el tlatoani.

—Los invitados a la jura ya comenzaron a llegar —informa el técpan nemini.

—Debemos retirarnos, Cuicani —se despide el tlatoani.

Antes de que el tlatoani y su esposa salgan de la habitación, Tlacaélel se marcha para no ser visto por ellos.

—Me hubiera gustado estar presente en la jura —responde Cuicani mientras Huacaltzintli le devuelve a su hijo.

—Cuídate. —El tlatoani la mira fijamente con intenciones de enviar un mensaje claro.

En cuanto Izcóatl llega a la sala principal se encuentra con los tecuhtin de Tlatelolco, Tenayocan, Tepeyácac, Chiconauhtla, Cuauhtítlan, Toltítlan, Acolman, Otompan, Coatlíchan, Aztacalco, Cílan, Ishuatépec y Ehecatépec; todos con exquisitos regalos que serán entregados después de la jura. El meshícatl tecutli agradece la presencia de los asistentes y los invita a descasar en el *techialcali,* «casa de huéspedes». Luego, se dirige a los baños privados del palacio, se baña y al salir se va a su alcoba, donde ya lo espera su esposa y sus tres hijos, preparados para la jura. Huacaltzintli viste un *cueitl,* «falda hecha de una manta rectangular larga enrollada alrededor de la cintura», y un *huipili,* «camisa corta o larga». Matlalatzin lleva puesto un cueitl y un *quechquémitl,* «camisa puntiaguda». Tizahuatzin y Tezozomóctli, mashtlatles y shicolis, una túnica de manga corta abierta delante del pecho, que llega debajo de la cintura, que únicamente usan los pipiltin y sacerdotes en rituales o celebraciones muy importantes.

El huei tlatoani de Meshíco Tenochtítlan se viste únicamente con un máshtlatl y se dirige al tlacateco, donde ya lo esperan los huehueintin tlatoque Nezahualcóyotl y Totoquihuatzin, también hermosamente ataviados y acompañados de sus esposas, concubinas e hijos. También se encuentra la nobleza de los tres huei altepeme. Los miembros del Consejo se acercan a los tres huehueintin tlatoque. Cuauhtlishtli y Yohualatónac toman de los brazos a Izcóatl y lo llevan a su tlatocaicpali; Tlacaélel y Tlatolzacatzin toman de los brazos a Nezahualcóyotl y, de igual manera, lo guían a su asiento real; y, finalmente, Tochtzin y Tlalitecutli acompañan a Totoquihuatzin a su trono. De inmediato, los seis sacerdotes les cortan el cabello a los tres gobernantes y les hacen perforaciones en la nariz, en el labio inferior y en la barbilla para colocarles un *temalacátetl,* «bezolera», de oro, un *yacametztli,* «nariguera», de jade y un *tenzacanecuili,* «barbote», de oro con forma de serpiente; asimismo, les ponen unos *pipilolis,* «orejeras», de oro. Después, les colocan en la espalda un tilmatli con cientos de piedras preciosas, un *teocuitlamécatl,* «cadena de oro y plata», un *cózcatl,* «collar», dos *matacashtlis,* «pulseras», sandalias doradas, el *shiuhhuitzoli,* «mitra»,[224] y un *tlatocatopili,* «vara de mando», para cada *tlatocáyo,* «tlatoani coronado». Los seis teopishque rocían con incienso sagrado a Izcóatl, Nezahualcóyotl y Totoquihuatzin y los proclaman *yei huehueintin tlatoque,* «tres grandes tlatoanis». Enseguida, Cuauhtlishtli entrega un pebetero a Izcóatl; Tlacaélel le proporciona un perfumador a Nezahualcóyotl y Tlalitecutli le da un sahumador a Totoquihuatzin para que hagan el servicio a los dioses. Los tlatoque caminan alrededor del brasero y esparcen el incienso. Al terminar este ritual, Yohualatónac entrega tres punzones al meshícatl tecutli; Tlatolzacatzin le da tres espinas al chichimécatl tecutli y Tochtzin al tepanécatl tecutli para que se sangren las orejas, los brazos, las piernas y las espinillas al mismo tiempo que derraman su sangre sobre el fuego. Posteriormente, los *nenonotzaleque,* «consejeros», y los pipiltin pasan uno a uno para entregar a los tlatoque una codorniz viva, a la que deben romper el pescuezo para derramar su sangre en el fuego como a los dioses. Para finalizar, los yei huehueintin tlatoque, los teopishque y los pipiltin de

224 El *xiuhhuitzolli* era una tiara de mosaicos de turquesa. También se le llamaba *copilli,* pero no necesariamente estaba hecha de mosaicos de turquesa.

los tres huei altepeme suben a la cúspide del Monte Sagrado. Los seis miembros del Consejo le colocan a cada uno de los tlatoque unas largas correas rojas en el cuello, dos mantas —una negra y otra azul— en la cabeza, una fina tela verde que les cubre el rostro y una pequeña calabaza llena de *pícietl* «tabaco» sobre la espalda, para combatir las enfermedades y la hechicería, y los guían a la orilla de los escalones para que la multitud los vea. Una vez más, los tres tlatoque deben hacerse más heridas en las orejas, brazos, piernas y espinillas, para ofrendar su sangre a los dioses delante del pueblo, y sacrificar más codornices y rociar su sangre en el fuego del patio superior del Coatépetl. Otros miembros de la nobleza les entregan un pequeño costal hecho con una tela muy fina, lleno de copal y un pebetero redondo, hermosamente decorado con dibujos, fabricado días antes para la ocasión, con el cual los tlatoque deben incensar la imagen del dios portentoso y los cuatro puntos solsticiales: *tlahuiztlampa,* «oriente», *mictlampa,* «norte», *cihuatlampa,* «poniente» y *huitztlampa,* «sur». En ese momento, se escucha el grueso y lerdo graznido del *tepozquiquiztli,* «corneta de cerámica con forma de concha de caracol»; enseguida una ovación ensordecedora se oye por toda la isla y, de pronto, retumban los huehuetles: ¡Pum!... ¡Pum!... ¡Pum!... Y los teponaztlis ¡Pup! ¡Pup! Mientras tanto una veintena de mitotique, engalanados con bellísimos atavíos, frondosos penachos y cascabeles atados a los pies, comienza el mitotia frente al Coatépetl. ¡Pum, pup, pup, pup, Pum!...

Y la muchedumbre grita:

—¡Ay, ay, ay, ay, ay, ayayayay!

Al mismo tiempo en el que miles de tenoshcas, acólhuas y tlacopancalcas los ovacionan, los yei huehueintin tlatoque descienden del Coatépetl y se dirigen al huei tecpancali, donde los tetecuhtin invitados los reconocen como grandes tlatoanis del imperio, prometen vasallaje, juran obediencia con extensos y refinados discursos y entregan esplendorosos obsequios.

Al dar el *oncalaqui Tonátiuh,* «hacia las seis de la tarde», inicia el abundante banquete preparado para el pueblo, seguido de regocijos públicos, danzas y juegos de pelota.

Al terminar de comer, las concubinas de Nezahualcóyotl —Papálotl, Ayonectili, Ameyaltzin, Cihuapipiltzin, Hiuhtónal, Yohualtzin, Zyanya, Matlacíhuatl, Huitzilin e Imacatlezohtzin— salen a disfrutar con sus hijos las danzas y la alegría popular por la ciudad isla. Todas platican contentas y bromean como las niñas que fueron hace pocos años. De pronto, Zyanya se detiene y observa a su izquierda. Algo llama su atención. Deja que las otras concubinas sigan adelante y se desvía prudentemente hasta donde se encuentra una fila de soldados meshícas haciendo guardia. Contempla discretamente a uno de los yaoquizqui, un joven flaco y pequeño, con rasgos muy femeninos, el cual al saberse observado, rompe la fila y empieza a caminar en dirección opuesta, con lo que únicamente consigue que Zyanya lo siga, sin saber que Ayonectili también la persigue a ella. La hija de Totoquihuatzin avanza con mayor rapidez hasta encontrarse cerca del joven soldado.

—¡Espera! ¡Mirácpil!

Mirácpil se detiene de golpe, baja los brazos y la cabeza como símbolo de derrota. Ayonectili las observa de lejos.

—¿Qué haces aquí? —pregunta Zyanya sumamente sorprendida y preocupada.

—Es el único lugar donde Nezahualcóyotl no me encontrará —responde sin creer lo que dice.

—Cualquier día... —agrega Zyanya con un gesto de ironía—. Pero ¿hoy? ¿Si sabes que lo acaban de jurar huei chichimecatecutli?

—Habría pasado inadvertida si tú no me hubieras perseguido. —Desvía la mirada, como buscando una salida.

—¿Y crees que las otras concubinas no te iban a descubrir si te hubieran visto? —Alza los hombros y se inclina hacia el frente—. Eres demasiado evidente. —Extiende los brazos hacia adelante con las palmas de las manos hacia arriba para señalarla de cuerpo entero—. ¡Una joven vestida de soldado!

—Aunque no lo creas, sí engañé a muchos. —Infla el pecho y alza la frente orgullosa.

—¿Cómo estás? —Le cede una sonrisa cómplice, pues en realidad no le interesa discutir con ella, sino protegerla.

—Viva. —Exhala al mismo tiempo que levanta las cejas y abre los ojos con asombro.

Cientos de personas siguen caminando alrededor. Apenas si se pueden escuchar entre ellas.

—Me alegra. —Vuelve a sonreír, pero con menos entusiasmo, para ocultar la tristeza que le da ver a su amiga tan sola y prófuga—. ¿Cómo estás? —pregunta una vez más con la esperanza de que Mirácpil responda con más detalles.

—No ha sido fácil. —Mirácpil baja la mirada para ocultar el sufrimiento que ha cargado desde la noche en que huyó de Cílan y la desolación que arrastra día con día al no poder encontrar una salida, un rumbo nuevo, una ilusión, una alegría, oh, una alegría, y aprieta los labios para no compartir los bellos recuerdos con la concubina que está frente a ella, esperando una larga explicación de lo que ha hecho en las últimas trece veintenas, información que, en definitiva, Mirácpil no pretende compartir con Zyanya ni con nadie, pues la única persona, después de Shóchitl, a la que le había abierto su corazón, —la anciana Tliyamanitzin, la agorera, la nahuala— le había exigido que no volviera jamás a su casa y, sin siquiera despedirse, se marchó, dejándola sola, más sola que nunca dentro de ese jacal en la cordillera del poniente. Aunque sintió un impulso huraño por tirar la cacerola llena de comida que recién habían preparado, Mirácpil no pudo reprimir su antojo y su hambre, que eran mucho mayores que su rabia, y comió y comió hasta que ya no pudo más y se acostó un rato en el pepechtli en el que tantas noches había descansado y se quedó dormida, con la ingenua esperanza de que al despertar Tliyamanitzin, esa anciana que había llegado a querer como a una abuela, se encontrara en la cocina preparando el desayuno y que, de pronto, con el mismo tono mandón de siempre y el silbido de su boca chimuela, le ordenara que se levantara del petate, dejara de estar de floja y se apresurara con sus quehaceres, pero para su desilusión, cuando abrió los ojos el jacal seguía vacío, tan vacío como su corazón que, a esas alturas, parecía un desierto. Se marchó del jacal llena de tristeza y llegó a la ciudad isla al dar el *yohualnepantla,* «hacia la una o dos de la mañana», sin deseos de entrar al cuartel, donde seguramente habría un par de soldados haciendo guardia que la interrogarían sobre su procedencia y, a mansalva, la llevarían con el capitán en turno, quien una vez más le cuestionaría dónde había estado esos días, a lo que ella respondería que había sido gravemente herida y que había quedado desmayada en el campo de batalla sin que nadie la rescatara, algo que probablemente no le creerían, pero era el único argumento que en ese momento se le ocurría. A su paso por la ciudad isla se encontró con la casa de las *ahuianime,* «mujeres públicas». Se detuvo dudosa, claudicó, siguió su camino y luego regresó a la casa, rodeó por la parte trasera en busca de alguna entrada y, de súbito, se halló ante una mujer cuya sola presencia la intimidó: «¿Qué buscas aquí?» Mirácpil se echó a correr asustada, pero a medio camino se detuvo exhausta y profundamente triste y, sin poder controlarlo, comenzó a llorar. «Tezcapoctzin», dijo una voz femenina detrás de ella al mismo tiempo que le ponía una mano sobre el hombro. «¿Te puedo ayudar?», Yahuacíhuatl se encontraba de pie, mirándola con ternura. «Sí», respondió Mirácpil mientras se limpiaba las lágrimas. «Ven», la guio a la casa, donde las ahuianime se preparaban para dormir. «¿Quieres algo de cenar?», preguntó Yahuacíhuatl, y la matrona, la misma mujer que había espantado a Mirácpil, salió de la cocina con un gesto gruñón. «Quítate eso», ordenó. «¿Qué?», Mirácpil preguntó atemorizada. «El ichcahuipili. Quiero ver tus chichihualis. Yahuacíhuatl dice que eres mujer. Sólo así te puedo dejar a solas con ella». Mirácpil se quitó el chaleco militar y mostró sus senos a la mujer, que la contempló atenta mientras afirmaba con la cabeza. «¿Cómo te llamas? Y no me des un nombre falso, quiero el verdadero». «Mirácpil». «¿Es cierto que te está un hombre persiguiendo y te quiere matar?». «Sí», respondió Mirácpil, temerosa de que la matrona le preguntara el nombre de la persona que la estaba persiguiendo. «Si gustas puedes quedarte aquí», respondió la mujer y se marchó a su alcoba. «No es tan mala como parece», dijo Yahuacíhuatl. «Al principio, a mí también me daba mucho miedo cuando me hablaba». Mirácpil respondió con una mueca de asombro. «Ven, vamos a que cenes algo», la tomó de la mano y la invitó a sentarse. Se dio entre ellas un intercambio de miradas coquetas, seguidas de una larga y reconfortante conversación que duró hasta el *tlathuináhuac,* «antes del alba», cuando Mirácpil se despidió para regresar al cuartel de los meshícas.

—Entiendo que no quieras platicarme cómo has estado —Zyanya

se encoge de hombros y hace un gesto de angustia.

—Disculpa —Mirácpil aprieta los labios—. Debo regresar a mi posición. —Inhala profundo.

—Sí —responde Zyanya con desolación—. Cuídate mucho.

Ambas jóvenes se separan y caminan en direcciones opuestas. Zyanya continúa su recorrido por la ciudad mientras Mirácpil vuelve a la formación de la tropa meshíca.

—¡Ahí está! —grita una voz femenina.

Mirácpil reconoce la voz de Ayonectili. Se detiene un momento fugaz sin atreverse a voltear la mirada. Tiene un terrible presentimiento. Su respiración se acelera y, sin pensarlo dos veces, corre, corre lo más rápido posible, corre asustada, aunque sin llegar muy lejos, pues un soldado acólhua la intercepta por delante.

—Aquí estás —dice Nezahualcóyotl al mismo tiempo que la toma de los brazos.

Mirácpil voltea la mirada y ve por arriba del hombro a Ayonectili con una sonrisa bribona.

—Te llevaré a Teshcuco —amenaza Nezahualcóyotl sin soltarla.

—Mi señor, ¿ocurre algo? —pregunta Ilhuicamina detrás del Coyote ayunado—. ¿Lo puedo ayudar? —Elude un encuentro de miradas con el soldado que él conoce como Tezcapoctzin.

—Es una de mis concubinas —responde furioso el tlatoani acólhua—. Se escapó hace diez o doce veintenas, ya no recuerdo bien.

—Mi señor. —Ilhuicamina se acerca discretamente al oído del chichimécatl tlatoani—. Permita que yo me haga cargo de esto. Hay muchísima gente alrededor. A usted no le conviene que lo vean así. No en este momento. La llevaré al *teilpiloyan,* «cárcel», en lo que termina la fiesta y ya luego usted se la podrá llevar a Teshcuco.

—Tlazohcamati —agradece Nezahualcóyotl al mismo tiempo que se la entrega al tlacatécatl.

—Ven acá —refunfuña Motecuzoma y la toma agresivamente de los brazos y del cabello—. Más te vale que camines en silencio.

Nezahualcóyotl observa triunfal mientras su primo y su concubina se pierden entre la multitud; luego, se marcha de regreso al huei tecpancali.

—¿Quiere que los vigile? —pregunta Ayonectili con un gesto de desconfianza.

—No. —El tlatoani acólhua camina con la frente en alto—. Acompáñame. Es bueno que nos vean a ti y a mí caminando juntos. Así la gente no podrá murmurar.

Mientras tanto Ilhuicamina y Mirácpil van en sentido contrario.

—Yo sabía que te había visto en alguna parte —le dice Motecuzoma a la joven que lleva del brazo.

Mirácpil no responde. Está muy asustada.

—Debería llevarte al *teilpiloyan,* «cárcel», pero tú me salvaste la vida. —La suelta del brazo y del cabello—. Además, me agradas. —Sonríe con complicidad—. Vete, vete muy lejos. Aquí tu vida correrá peligro por siempre. No vuelvas jamás. Ni siquiera para saludar.

Ella llora al escuchar las últimas palabras, exactamente las mismas que le dijo la anciana Tliyamanitzin: «No vuelvas jamás. Ni siquiera para saludar».

—¿Qué esperas? —pregunta el tlacatécatl.

—Tlazohcamati —agradece Mirácpil mientras agacha la cabeza repetidas veces.

—Ven. —Motecuzoma Ilhuicamina extiende los brazos.

Se abrazan por un breve instante y, luego, ella se va corriendo llena de júbilo, pues por fin se están cumpliendo los agüeros de la anciana Tliyamanitzin, por fin va en busca de su libertad y de su felicidad, y por lo mismo, poco antes de llegar a la calzada que la llevará al otro lado del lago, se detiene en la casa de las ahuianime y busca a Yahuacíhuatl, a quien encuentra tendiendo ropa en la parte trasera de la casa.

—Yahuacíhuatl, ¿quieres irte de aquí? —pregunta Mirácpil con entusiasmo y la respiración agitada.

—Sí —responde con una sonrisa nerviosa—. ¿A dónde?

—Al *téoatl,* «el agua divina que se une con Tonátiuh» —responde Mirácpil—. ¡Al mar! ¡A Ácatl Poloaco!

—¡Sí! —Su sonrisa es enorme—. ¡Vámonos a Ácatl Poloaco!

Mirácpil la toma de la mano y se la lleva.

40

El tiempo vuela a la velocidad de las aves, mas no para Maquítzin, que lleva cinco días aburrida, entristecida e insegura en una alcoba del huei tecpancali de Meshíco Tenochtítlan, donde espera sin salir —más que para bañarse y comer en la cocina con el resto de las mujeres— el día de su boda con Tlacaélel, un hombre que bien podría ser su padre y al que apenas ha visto en tres ocasiones: el día de su llegada a la isla, esa misma noche en el banquete y dos días más tarde cuando se lo topó en los pasillos, acompañado de una dama impresionantemente hermosa a la que no volvió a ver hasta el quinto día en la cocina.

—Ella es Yeyetzin, una de las concubinas de tu futuro esposo —bisbisea Chichimecacihuatzin, que se encuentra sentada junto a Maquítzin en el momento en el que la viuda de Cuécuesh entra a la cocina.

—La vi hace dos días. —Maquítzin la observa con interés al mismo tiempo que sostiene su plato con las dos manos.

Yeyetzin se dirige al fondo de la cocina y observa con atención el contenido de cada una de las doscientas ochenta cacerolas llenas de guisados elaborados para el banquete de hoy, en el que comerán los yei huehueintin tlatoque, los tetecuhtin aliados, los *pipiltin,* «nobles», los *nenonotzaleque* «consejeros», los *teopishque,* «sacerdotes», los *tetlatlalilianime,* «jueces», los *huehuetque,* «ancianos», los *tlamatinime,* «sabios», los *tlapouhque,* «adivinos», los *tlaciuhque,* «astrólogos», las *cihuapipiltin,* «damas de la nobleza», los *teohuaque,* «sacerdotes de los barrios», los *calpuleque,* «dirigentes de barrios», los *calpíshqueh,* «recaudadores», los *tecpantlacátin,* «cortesanos», las *tenamícuan,* «esposas», los *tepilhuan,* «hijos», las *cencáltin,* «familias», las *tecihuapipiltin,* «concubinas», los *tetlancochque,* «huéspedes», los *pochtecatequitque,* «recaudadores del tianguis», los *pochtécah,* «mercaderes», los *ocelopipiltin,* «guerreros jaguar», los *cuauhpipiltin,* «guerreros águila», los *yaotequihuaque,* «capitanes»,[225] los *telpochyahque,* «sargentos», los *yaoquizque,* «soldados», las

225 Entre los *yaotequihuaque,* «capitanes», se incluyen títulos (todos capitanes) como el yaoquizcayacanqui, el tecociyahuácatl, el cuauhnochtli, el achcauhtli, el

tlacualchiuhque, «cocineras», las *cíhuah tétlan nenenque,* «sirvientas», y los *técpan nenenque,* «sirvientes».

—¿Por qué Yeyetzin no come con nosotras? —pregunta la cihuapili shalca.

—No lo sé. —La princesa cuauhnahuáca alza los hombros, dispara las pupilas al lado derecho y tuerce la boca hacia la izquierda—. Tal vez piensa que es superior a nosotras. Tampoco habla con ninguna de las cocineras ni con las concubinas.

—Es muy bella —comenta Maquítzin con la autoestima por el suelo.

—Lo mismo pensé sobre Cuicani cuando llegué, pero luego dejé de admirar su belleza. —Corta un trozo de *tlashcali,* «tortilla», y la introduce en el *cueyamoli,* «guisado de ranas», y el *ahuacamoli,* «guacamole», que tiene en su plato.

—¿Y qué fue lo que cambió? —Maquítzin sigue sin probar su alimento.

—La conocí... —responde con comida en la boca.

—¿Eso le quitó la belleza? —Voltea a verla intrigada.

—No. —Mastica el cueyamoli, se traga el bocado y se pasa la lengua por los labios—. Pero su malhumor y su soberbia hicieron que dejara de admirarla.

—Yo no admiro a Yeyetzin —aclara Maquítzin mientras sus pupilas la siguen por la cocina—. Me intimida.

—No debes tenerle miedo. —La mira a los ojos—. Tú serás la esposa de Tlacaélel y ella... —Dirige la mirada a Yeyetzin—. Sólo será su concubina.

—¿Eso cambia algo? —Baja los hombros y encoge el cuello como tortuga.

—Sí. Todo. Tú siempre serás la mujer que él lleve a los banquetes, la madre de los hijos legítimos. —Agacha la cabeza, tuerce la boca y suspira—. En cambio, yo sólo soy una concubina, a pesar de que Motecuzoma Ilhuicamina me prefiere a mí sobre Cuicani.

Maquítzin levanta las cejas con asombro al escuchar que Ilhuicamina prefiere a su concubina en lugar de su esposa. Le preocupa que eso mismo le ocurra a ella: que Tlacaélel desee más a Yeyetzin.

---

tequihua y el cuáchic.

—¿Por qué te prefiere a ti? —Pellizca el *totoltemoli,* «guisado de huevos de guajolota», con *tetzahualmoli,* «salsa espesa», que tiene en el plato y se lleva un cacho diminuto a la boca—. ¿Tú qué hiciste que ella no hizo?

—Tengo poco viviendo aquí. —Mira en varias direcciones para cerciorarse de que nadie escuche su plática y baja la voz—. Sobre el matrimonio de Ilhuicamina y Cuicani sólo sé que se casaron y que él se fue en una embajada a Coyohuácan donde lo tuvieron prisionero por once veintenas. Por cierto —arquea las cejas en señal de asombro y se tapa la boca con el dorso de la mano—, Yeyetzin era la esposa del tecutli coyohuáca y cuando el ejército tenoshca los derrotó, trajeron a cientos de prisioneros, entre ellos a la mujer de Cuécuesh, pero Tlacaélel la sacó de la cárcel y la hizo su concubina. —Chichimecacihuatzin sonríe al mismo tiempo que mueve la cara de izquierda a derecha y, de pronto, hace un gesto de sorpresa—. ¡Ah! Te estaba contando sobre Ilhuicamina. Cuando lo rescataron, él se enteró que su mujer estaba preñada, pero las cuentas de las veintenas no coincidían con el tiempo de embarazo. Aunque ella diga que su hijo es prematuro, no es cierto. Yo lo vi el día en que nació y era un chamaco grande y gordo. El hijo de mi hermana nació con cuatro veintenas de anticipación y era un bebe chiquito, que cabía en dos manos. Se murió a los cinco días. Los niños que nacen antes de tiempo, pocas veces sobreviven.

—No conozco a Cuicani —dice Maquítzin.

—Es porque no ha salido de su alcoba —explica Chichimecacihuatzin en voz baja—. No suelta a su hijo ni para ir a orinar. Dicen que el otro día casi se le cae el bebé mientras ella, sentada en cuclillas, intentaba defecar, y que la sirvienta le ofreció cargar a su hijo, pero se negó. La mujer tuvo que sostenerla de las axilas mientras Cuicani cagaba.

—¿Por qué no suelta a su hijo? —Maquítzin se acerca a Chichimecacihuatzin para escuchar mejor.

—Oí que van a sacrificar al recién nacido —bisbisea al mismo tiempo que se tapa la boca con la mano derecha.

—¿Qué? —susurra pasmada—. ¿Por qué?

—Para entregárselo al dios Tláloc y a los tlaloqueh —responde Chichimecacihuatzin con la mirada atenta al resto de las mujeres que comen y platican entre ellas.

—¡Pero eso es esta tarde! —abrumada levanta la voz. Las mujeres alrededor voltean a verla, incluyendo a Yeyetzin, que sin decir una palabra observa de reojo a Maquítzin y sale de la cocina rumbo a su alcoba con un plato lleno de *mazamoli,* «guisado de carne de venado».

—Baja la voz —bisbisea Chichimecacihuatzin y sonríe a las demás mujeres para disimular.

—¿Y qué dice Ilhuicamina? —Se agacha y pregunta en voz baja. Se siente consternada por el futuro del hijo de Cuicani.

—No lo sé. —Le da una mordida a su tlashcali con ahuacamoli y mastica lentamente para hacer tiempo y para que las demás mujeres se distraigan—. No le he preguntado. No acostumbro a entrometerme en asuntos ajenos. Mi madre me enseñó a no cuestionar las decisiones de mi hombre y mucho menos hablar de temas que no son de mi incumbencia. Si lo hiciere, podría causarle muchos problemas a mi padre y a Cuauhnáhuac, el altépetl donde yo nací.

—Pero se trata de una concubina, una mujer que...

—Que se acuesta con el mismo hombre que yo —termina la frase de Maquítzin y desvía la cara en señal de que no le interesa—. Eso no es mi problema.

—¿Y si se tratara de un hijo tuyo?

—Cuando tenga mis hijos, me haré cargo —responde Chichimecacihuatzin al mismo tiempo que se encoge de hombros—. Mientras tanto, lo mejor es mantenerme al margen. Además, yo sólo soy una concubina. Un día Motecuzoma Ilhuicamina tendrá otra tecihuápil y se olvidará de mí. Después tendrá cinco, ocho o diez tecihuapipiltin y yo quedaré como cocinera, sirvienta y madre de un puñado de hijos bastardos. El destino de las concubinas es cruel. Tú tuviste mucha suerte. Tlacaélel te eligió como esposa.

Maquítzin no está convencida con lo que Chichimecacihuatzin acaba de decirle. Duda mucho de que su futuro como esposa de Tlacaélel vaya a ser una ringlera de alegrías.

—Me gustaría conocer a Cuicani.

Chichimecacihuatzin se arroja hacia atrás, levanta la cara y abre los ojos con asombro.

—¿Para qué?

—Para acompañarla.

—¿Crees que a ella le interesa conocerte o siquiera escucharte? —Alza los pómulos y muestra una sonrisa irónica.

—Tal vez. —Se encoge y come una pizca de totoltemoli—. No lo sé.

—No le interesa. —Niega con la cabeza y cierra los ojos—. No pierdas tu tiempo.

La princesa cuauhnahuáca se voltea y se apresura a terminar su cueyamoli con ahuacamoli. La cihuapili shalca deja su plato de totoltemoli casi lleno y observa en silencio al resto de las mujeres. Piensa en el porvenir y lo vaticina más que sombrío. Extraña su casa, su vida anterior, a su madre, a sus hermanas, hermanos, amigas y la libertad de caminar por las calles de Amaquemecan. Extraña esa paz que su padre le confeccionó alrededor del palacio shalca como un gigantesco muro, que nada ni nadie podía atravesar y que la mantuvo aislada de todos los conflictos entre los altepeme.

Al terminar de comer, todas las mujeres regresan a sus labores y Maquítzin debe volver a la alcoba que le fue asignada, pero en el camino decide desviarse rumbo a la habitación de Cuicani, a quien encuentra acostada en su pepechtli y con su hijo Iquehuacatzin en brazos. Se asoma desde el pasillo y saluda sin entrar, pero la esposa de Motecuzoma Ilhuicamina la ignora.

—Soy Maquítzin, la *tetechitauhqui,* «prometida», de Tlacaélel. ¿Puedo entrar?

—No —responde Cuicani acostada en su pepechtli, sin quitar la mirada de su hijo, el cual carga en brazos—. Vete de aquí —exige y de pronto lanza un grito estridente—: ¡Lárgate!

El recién nacido se estremece, abre ligeramente los ojos y llora de espanto. De inmediato, su madre lo arrulla y le habla quedo para que se tranquilice.

—*Tlapopohuili,* «disculpe» —Maquítzin exclama avergonzada y se marcha atemorizada.

En cuanto la princesa de Shalco se retira, Cuicani comienza a llorar de rabia e impotencia, pues bien sabe que la joven que acaba de aparecerse en la entrada de su alcoba es la futura esposa de Tlacaélel. Le duele y le enoja, aunque ya no sabe si es porque Maquítzin se convertirá en la mujer del hombre que más amó en la vida o porque el hombre que más ha odiado se casará y tendrá una vida feliz. También llora porque Motecuzoma Ilhuicamina no la ha ido a ver en estos cuatro días, ni siquiera para conocer al recién nacido. Por si fuera poco, su esposo se mudó a otra alcoba del palacio en compañía de Chichimecacihuatzin, con quien —según los rumores de las sirvientas— vive un romance descarado, y dicen que los han visto besuqueándose en los pasillos y que en las noches aquella mujer gimotea y grita de placer; algo que Cuicani no cree del todo, pues según su recuerdo, Ilhuicamina no es un *teshochihuiani* «seductor sexual», ni es ninguna fiera en el *tetecaliztli*,[226] ni desgarra los huipiles como lo hace su hermano gemelo, ni le zambute la cara a bofetadas, ni la asfixia, ni la rasguña, ni se deja dar de golpes, ni le mordisquea las chichis, ni le dice que es una... Y, de súbito, Cuicani se detiene y piensa en Maquítzin y lo aburrido que será coger con esa niña macilenta e inexperta, pero se siente segura, pues tiene la certeza de que tarde o temprano Tlacaélel volverá a buscarla, regresará por ese sexo feroz que sólo Cuicani puede darle. «¿Y si no?», se pregunta en silencio, y se vuelve a recriminar: «No seas estúpida. Deja de pensar en él como un trofeo perdido. Deja de perseguirlo en lugar de dejarlo ir. Sí, sí, lo haré. Prometo que no lo buscaré más. Nunca más. Olvídate de él para siempre. Sí, sí. Lo olvidaré. Comienza una vida nueva con tu hijo». Y una vez más se desborda en llanto, pues sabe que eso no será posible. En cualquier momento alguien entrará a su alcoba y le exigirá que le entregue al recién nacido, y una catarata de lágrimas se desparrama por sus mejillas. Cuicani llora como nunca antes. Llora hasta quedarse dormida, con su hijo en brazos.

—*Cuali téotlac,* «buenas tardes» —exclama Tlacaélel al entrar bruscamente a la habitación—. Comenzó el *yei tochtli shíhuitl,* «año tres conejo: 1430», y ya sabes lo que celebramos en la veintena *atlcahualo*: al Tlalocan tecutli y a sus ayudantes los tlaloqueh.

Cuicani se pone de pie con su bebé en un brazo y un cuchillo de pedernal en la otra mano.

—¡No te llevarás a mi hijo! —exclama y muestra los dientes cual fiera rabiosa.

226 *Tetecaliztli,* «sexo heterosexual», también *tetechnaci. Nepatlachuiliztli,* «sexo lésbico». *Cuilontia,* «coito homosexual», también *onitecuilonti.*

—¿En verdad quieres hacer las cosas difíciles? —Tlacaélel se lleva las manos a las caderas, infla el pecho y exhala.

—¡Lárgate! —grita Cuicani apuntando con el cuchillo.

—Dame al niño. —Camina hacia ella.

—¡Te mataré si das un paso más!

—Inténtalo. —Sigue avanzando.

—¡No te llevarás a mi hijo! ¡Lárgate! —Blande el cuchillo de izquierda a derecha con un meneo denodado, pero sin lograr herir a Tlacaélel.

—No me obligues a usar la fuerza.

—¡Hazlo! —Vuelve a blandir su arma sin pericia—. Pero asegúrate de matarme antes de que te lleves a mi hijo, pues de lo contrario te perseguiré por el resto de mi vida y te asesinaré.

—Hay miles de personas allá afuera esperando para la ceremonia. No me hagas perder el tiempo.

Tlacaélel da un paso y Cuicani lo ataca con el cuchillo, pero él le atrapa la muñeca, la aprieta y la tuerce con tanta fuerza que la obliga a que suelte el arma, se arrodille y llore de sufrimiento.

—Dame al niño —ordena en voz baja, aunque con un gesto de rabia.

—No... —gimotea de dolor.

Iquehuacatzin comienza a llorar y Cuicani lo oprime, con el único brazo disponible, contra su pecho.

—Dame... —Aprieta con más fuerza al mismo tiempo que le tuerce la muñeca—. Al... niño...

—No te lo va a dar —dice una voz masculina a su espalda.

El tlacochcálcatl mira por arriba del hombro y se encuentra con el huei tlatoani.

—Suéltala. —Tiene las piernas abiertas, postura combativa que comunica fortaleza y seguridad.

Tlacaélel inhala profundo, mira a Cuicani con aborrecimiento, la suelta a regañadientes y se da media vuelta. Ella se pone de pie, envuelve a su hijo con ambos brazos y camina apresurada a su pepechtli, y se sienta en cuclillas mientras trata de tranquilizar a Iquehuacatzin.

—Debemos cumplir con los designios de los dioses —advierte el tlacochcálcatl y camina hacia el tlatoani con la frente en alto y los puños ligeramente apretados.

—Estamos cumpliendo. Allá afuera hay decenas de niños pintados y ataviados para la ceremonia al Tlalócan tecutli. Uno menos no cambiará nada. —Pone los brazos delante de su abdomen, entrelaza las manos cubriendo el puño derecho con la mano izquierda y mantiene las piernas abiertas—. Ese niño es mi sobrino y no lo vamos a sacrificar. Y si los tlaloqueh se enojan, que nos castiguen.

—No sabes lo que dices. —El tlacochcálcatl se acerca tanto al tlatoani que ambos pueden olfatear sus alientos.

—Ya lo sabré si nos castigan o no. —Mantiene la frente en alto.

—Te vas a arrepentir. —Lo mira directo a los ojos, como si le hablara a un sirviente, pero carraspea, intentando controlar su tensión y estrés. Es la primera vez que Tlacaélel confronta abiertamente a Izcóatl.

—Finalmente te has quitado la máscara. —Discretamente saca un chuchillo de pedernal que lleva escondido en el máshtlatl y coloca la punta en el abdomen de Tlacaélel, sin herirlo—. Vete de aquí.

El tlacochcálcatl sale furioso de la habitación y se dirige al Recinto Sagrado, donde ya se encuentran danzando miles de mitotique. Mientras tanto, en las calles avanza a paso lento la procesión, en la cual los *teohuaque,* «sacerdotes de los barrios», cargan a los niños —esclavos o hijos de los nobles— en camas de madera adornadas con hermosas flores y finas plumas. Previamente, los niños fueron atormentados para llorar durante la procesión, pues sus lágrimas son consideradas emblemas de las lluvias que caerán en abundancia sobre todo el cemanáhuac. Al llegar frente al Coatépetl, los sacerdotes colocan en el piso a los niños vestidos con ropas en representación del dios Tláloc: «algunos con el cuerpo pintado de negro, otros de amarillo y los demás de verde. Llevan atavíos de papel salpicado de hule y ornamentos de jade —los cuales representan los cuerpos de los tlaloqueh, símbolo del agua—, un tocado compuesto por ojos estelares, plumas de quetzal y de garza, orejeras, collares, un pectoral de oro y un palo serpentiforme, pintado de azul, que representa al rayo».[227]

Tlatolzacatzin —hermano de Izcóatl, miembro del Consejo y Tláloc tlamacazqui— sube a la cima del huei teocali, seguido de los

227 Guilhem Olivier, «Tláloc, el antiguo dios de la lluvia y de la tierra en el Centro de México».

demás teopishque y decenas de hombres con los niños acostados en camillas para sacrificarlos, uno a uno, ofrendar sus corazones a los tlaloqueh y, finalmente, depositarlos en el cuauhshicali. Abajo, decenas de mujeres lloran por sus hijos, en tanto el resto de la población celebra y agradece el sacrificio.

En cuanto termina la ceremonia, reinicia el mitotia y una lluvia cae sobre la isla y el lago. La población extasiada alza los brazos y los rostros para agradecer al tecutli por la *quiáhuitl,* «lluvia», el *cuacualactli,* «trueno», y el *tecíhuitl,* «granizo». El tiempo avanza y la gente, eufórica y empapada, continúa festejando el aguacero. De pronto, un estruendoso cuacualactli ilumina el cielo y una borrasca de tecíhuitl cae sobre Meshíco Tenochtítlan y Tlatelolco. Las bolas de granizo son tan grandes, que la multitud se ve obligada a huir de la tormenta y a resguardarse en sus casas.

De igual forma, los yei huehueintin tlatoque y sus huéspedes entran al huei tecpancali para disfrutar del majestuoso banquete que les tienen preparado: *tlaoyos,* «tlacoyos»; *tlashcalis,* «tortillas»; *totóltetl,* «huevos de guajolota»; *sóltetl,* «huevos de codorniz»; *míchtetl,* «huevos de pescado»; *coátetl,* «huevos de culebra»; *moli,* «mole»; *chilmoli,* «guisado de chile»; *cueyamoli,* «guisado de ranas»; *emoli,* «guisado de frijoles»; *epahuashmoli,* «manjar de habas»; *mazamoli,* «manjar de carne de venado»; *michmoli,* «potaje de pescado»; nacamoli, «manjar de carne»; *quilmoli,* «manjar de hierbas»; *míchin,* «pescado»; *amílotl,* «pescado blanco»; *tepemíchin,* «robalo»; *chacálin,* «camarones»; *pózol,* «pozole»; *totoláyotl,* «caldo de ave»; *nacáyotl,* «caldo de carne»; *mazáyotl,* «caldo de carne de venado»; *micháyotl,* «caldo de pescado»; *émol,* «caldo de fríjol»; *ahayotlapitzcoltlatzoyon,* «frijoles machacados»; *hueshólotlmoli,* «mole con carne de guajolote»; *tlacatlaoli,* «guisado hecho con granos de maíz y carne humana»; *papalotlashcali,* «guajolotes guisados»; *pípian,* también llamado *totolin patzcalmoli,* «guajolote con chile rojo, tomates y pepitas de calabaza molidas»; *nacatamali,* «tamal de carne»; *necuhtamali,* «tamal de miel»; *shocotamali,* «tamales de fruta»; *cuatecuicuili tamali,* «tamales blancos de maíz con frijol»; *atoli* de varios sabores: de aguamiel, agrio, de pinole, de cacahuate, de maíz de teja; *cacáhoatl* «chocolate»; y diversos géneros de insectos asados: chinicuiles, ahuautles, jumiles, chapulines, escamoles, chicatanas, izcahuitles, ashashayacatles, acoziles y aneneztlis.

Mientras los invitados disfrutan del convite, Nezahualcóyotl, Totoquihuatzin e Izcóatl se reúnen en privado en la sala principal del palacio, donde previamente fueron acomodados tres tlatocaicpalis de manera triangular para que los tres líderes puedan verse de frente. Cada uno de los huehueintin tlatoque toma asiento y sostiene su *tlatocatopili,* «vara de mando», en la mano derecha. Izcóatl, un poco nervioso, guarda silencio por un breve instante con la mirada vaga, hasta que finalmente observa a Nezahualcóyotl.

—*Tlazohtitlácatl,* «mi señor amado» —expresa el tlatoani Izcóatl a Nezahualcóyotl—, solicité esta reunión en privado para pedirte disculpas. Cuando llevamos a cabo el juicio de Teotzintecutli, voté a favor de él para hacerte enfadar. —Hace una pausa, cierra los ojos y exhala lentamente—. Estaba enojado contigo... Y lo único que quería era contradecirte, demostrar que yo también tenía poder en el eshcan tlatoloyan. —Hace otra pausa y traga saliva—. Estaba muy dolido por el fallecimiento de mi hijo Cuauhtláhuac. Sentía que tú eras el único responsable de su muerte por haber insistido en que fuéramos a Teshcuco esa misma tarde. Tú bien sabes el dolor que se siente perder a un padre en la guerra. Perder a un hijo es aún más doloroso. Es una pena que no desaparece. Te sigue día y noche. Te atormenta en cada momento de silencio. Todavía esta mañana lloré a solas por Cuauhtláhuac y pensé en todas las madres y padres que hoy iban a perder a sus hijos en el festejo a Tláloc y... —Está a punto de contarles sobre Cuicani, pero calla, sabe que no es relevante para esta reunión.

—¿Qué más? —pregunta Nezahualcóyotl un poco incómodo con la confesión de Izcóatl.

—Sólo eso. Que quiero que me perdones. —Lo mira a los ojos. Luego, desvía la mirada como quien repentinamente recuerda algo que había olvidado—. También necesito comentarles sobre...

—Confieso que me molestó mucho que me llevaras la contraria en el juicio —lo interrumpe Nezahualcóyotl—. Después pensé mucho en ello y concluí que fue lo mejor que pudiste hacer en ese momento para recordarme que somos un eshcan tlatoloyan, un gobierno entre tres y que debemos aprender a respetar las decisiones de los otros tlatoque.

—También por eso quise hablar con ustedes en privado —Izcóatl comenta preocupado—. Los teopishque de Tenochtítlan están resentidos por la creación de la Triple Alianza y creen que los queremos desaparecer. Piensan que los meshícas estaremos al servicio de Teshcuco y que Tlacopan sólo está para obedecerte.

Totoquihuatzin aprieta los labios y mira al tlatoani tenoshca con desagrado. Está cansado de escuchar los mismos rumores y no está dispuesto a dejar que sigan creciendo.

—Eso no es cierto —contesta el tlatoani acólhua.

—¿Eso piensas de mí? —pregunta el tlatoani tepaneca.

—No. —Izcóatl baja la mirada apenado—. No pienso eso de ti. Te conozco y sé que tienes principios, los cuales admiro mucho.

—El Consejo de cada una de las tres cabeceras es sumamente importante para el eshcan tlatoloyan —agrega Nezahualcóyotl.

—Lo manifesté de igual forma a los nenonotzaleque —continúa el tlatoani tenoshca—. Pero no me escucharon. Ayer mi nonotzale de más confianza, Cuauhtlishtli, me reveló que el Consejo está planeando dos reformas a través de las cuales se creará un nuevo método de elección de tlatoani, aparentemente más democrático. Para ello, piensan crear un *tecutlatoliztli,* «senado», al que llamarían *tlatócan,* lo que significa ampliar el número de nenonotzaleque de seis a doce: cuatro representantes religiosos, cuatro civiles y cuatro militares. Según su argumento, para tener más voces que aconsejen al tlatoani. Llevarían el título de *tecutlato,* «senador». Asimismo, quieren construir un *tecutlatoloyan,* «senado».[228]

—Debemos impedirlo —responde Nezahualcóyotl con gesto de desconfianza—. Las reformas del año pasado únicamente obstaculizaron todos nuestros propósitos.

—No —interviene Totoquihuatzin con sosiego—. Justo acabamos de hablar sobre el significado del eshcan tlatoloyan, un gobierno

228 El *tecutlatoloyan,* «senado», se refiere al edificio, mientras que el *tecutlatoliztli,* «senado», se refiere al concepto de manera abstracta y a los *tecutlatoque,* «senadores», en singular *tecutlato.*

entre tres. Y así como tenemos que aprender a respetar las decisiones de los otros tlatoque, debemos actuar de igual manera con nuestros consejeros. Respetemos su función en el gobierno. Muchas veces yo fui testigo de la manera en que mi abuelo sermoneaba a los tetecuhtin aliados y a los consejeros en las juntas de gobierno. Era un soliloquio que nadie tenía permiso de interrumpir. Entonces las reuniones eran un desperdicio de tiempo y de mentes, pues muchos de ellos eran ancianos sabios. Lo mismo ocurría en el gobierno de mi tío, pero era peor. Si nosotros intentamos callar a nuestros consejeros, nos convertiremos en lo que tanto criticamos y odiamos de huehue Tezozómoc y Mashtla.

Nezahualcóyotl e Izcóatl se mantienen en silencio por un instante y, luego, se miran entre sí.

—¿Así gobiernas en Tlacopan? —pregunta el tlatoani meshíca cruzado de brazos.

—Sí —responde el tlatoani tepaneca.

—¿Cuánto tiempo duran las reuniones con tus consejeros? —cuestiona Izcóatl.

—Depende del asunto que debamos tratar —responde Totoquihuatzin—. A veces puede durar un momento y otras, media mañana.

—Aquí en Tenochtítlan —Izcóatl apunta con el dedo alrededor de la sala—, en este palacio —señala al piso—, en esta sala, hemos tenido reuniones que han durado todo el día y parte de la noche. Lo peor de todo es que no llegamos a acuerdos. En las últimas veintenas, tuve las manos atadas. Cada vez que quería enviar una embajada a Nezahualcóyotl para ofrecerle mis tropas o para concertar a una alianza, todos los consejeros, pero principalmente Tlacaélel, esgrimían argumentos para detenerme. Siempre tenían una razón. Y, de pronto, uno decía una cosa y luego otro le respondía y se nos iba el día entero. Eso con sólo seis miembros en el Consejo. Ahora imagina cómo será con doce.

—De eso estoy hablando —agrega el tlatoani tepaneca—. Aprendamos a gobernar bajo el consejo de nuestros nenonotzaleque. Seamos humildes y aprendamos a escuchar.

—Mi padre escuchó a sus consejeros y a sus aliados por cinco años —comenta el tlatoani acólhua—. Todos ellos, al igual que mi abuelo

Techotlala, le aconsejaron que respetara a huehue Tezozómoc, que nunca le faltara al respeto, que lo escuchara y esperara a que un día aceptara reconocerlo y jurarlo como huei chichimecatecutli. Ishtlilshóchitl escuchó, hizo caso a los nenonotzaleque y huehue Tezozómoc comenzó a enviarle cargas de algodón para que le tejiera mantas, como si se tratara de uno más de sus vasallos. Mi padre se humilló y ordenó a su gente que tejieran las mantas que quería el tecutli de Azcapotzalco. Al año siguiente, tu abuelo duplicó la cantidad de algodón y envió una embajada exigiendo que le tejieran más mantas.

—Conozco la historia —interrumpe Totoquihuatzin al notar el enojo de Nezahualcóyotl—. Pero no debemos vivir en el pasado. Tú y yo ya hicimos una alianza. —Corrige—: Nosotros tres. Es momento de demostrarnos a nosotros mismos, y a todos los pueblos aliados y enemigos, que no somos iguales a Quinatzin, Acolhuatzin, Techotlala, Ishtlilshóchitl, Tezozómoc y Mashtla. Nosotros seremos más inteligentes y más humildes.

—Tan sabios que no nos dimos cuenta del pacto que hicieron Tlacaélel y Teotzintecutli —reprocha Nezahualcóyotl.

—¿Cuál pacto? —pregunta Totoquihuatzin al mismo tiempo que mira asombrado a los dos tlatoque.

—Necesitas una red de espías —le dice Nezahualcóyotl con enfado al tlatoani de Tlacopan.

—Lo sé —admite Totoquihuatzin—. Mi hija ya me lo dijo antes.

—El matrimonio entre Tlacaélel y Maquítzin nos hace pensar que es el resultado de una alianza que pactaron él y Teotzintecutli —informa Izcóatl con un gesto de desaprobación.

—No sabía —Totoquihuatzin se encoge de hombros.

—Yo tampoco —responde el tlatoani meshíca—. De haberlo sabido, habría votado para enviar a Teotzintecutli a la piedra de los sacrificios.

—Y esa alianza, en caso de ser real, ¿qué tan peligrosa sería? —pregunta el tlatoani tepaneca.

—Por el momento no tenemos forma de saberlo —responde Izcóatl—. Tlacaélel no está dispuesto a confesar que hizo un pacto con Teotzintecutli.

—Tal vez sólo sean conjeturas nuestras —confiesa Nezahualcóyotl.

—Son presunciones —añade el tlatoani tepaneca—. No nos dejemos llevar por suposiciones. Insisto en que confiemos en nuestros consejeros. Con doce miembros en el Consejo será más difícil que uno de ellos haga alianzas por su cuenta o que traicione la confianza del eshcan tlatoloyan. —Totoquihuatzin se dirige a Izcóatl—. Si te niegas a la ampliación del Consejo, lo único que conseguirás será su rebeldía y su ira. Nunca es bueno gobernar con los pipiltin en contra. En cambio, si aceptas la creación del tlatócan, puedes proponer seis candidatos leales a ti.

—Totoquihuatzin tiene razón —admite el tlatoani acólhua—. No es el mejor momento para tener a los pipiltin en nuestra contra. Aún tenemos que castigar a los pueblos rebeldes del sur y del poniente.

El tlatoani Izcóatl baja la mirada con descontento al mismo tiempo que aprieta los labios.

—Hablaré con el Consejo...

—Regresemos a la celebración —propone Nezahualcóyotl.

Al llegar a la salida del huei tecpancali, los tres tlatoque se detienen para observar el aguacero que cae sobre la ciudad tenoshca. El granizo obligó a la gente a resguardarse en sus casas. La ciudad se ha inundado a tal grado que las calles se han transformado en gruesos canales que cruzan de este a oeste y de norte a sur.

—Nuestro amado Tláloc tecutli, dios de los cerros y de la lluvia, nos ha respondido «como la madre que amamanta todo lo que nace en el mundo vegetal, animal y humano»[229] —comenta Izcóatl mientras contempla satisfecho el chubasco que se derrama sobre la isla y que promete abundantes cosechas y ríos nutridos.

La tormenta se mantiene hasta la noche y luego se convierte en una llovizna suave y taciturna que se extingue al amanecer, cuando todo regresa a la normalidad. La gente vuelve a sus actividades y el gobierno retoma sus obligaciones. De la misma forma, el tlatoani prosigue con las funciones de gobierno en el *teccali*, «audiencia real». Sentado la mañana entera en su tlatocaicpali, escucha a los ministros que informan sobre los problemas que requieren su atención. Entre los primeros casos, sobresalen la inundación en la ciudad y la limpieza de las calles. Luego,

229 *Códice Florentino.*

le informan sobre una mujer que se ahorcó después de que su único hijo fue sacrificado al dios Tláloc. Más tarde recibe a un pescador que acusa a su vecino de haberle robado su canoa mientras llovía en la noche. Después, le llevan a dos macehualtin alcoholizados para que los castigue, pues los plebeyos tienen prohibido consumir bebidas embriagantes. Finalmente entran Motecuzoma Ilhuicamina y su esposa Cuicani, a quienes el tlatoani observa con asombro y un poco de tristeza, pues cree saber el propósito de su audiencia. Ambos caminan al centro de la sala y se arrodillan.

—Mi señor, he venido ante usted para solicitar el *tenemacahualtiliztli,* «divorcio» —pide Motecuzoma Ilhuicamina con la cara agachada.

—Tenemacahualtiliztli —repite Izcóatl mientras con la mano derecha sostiene su *tlatocatopili,* «vara de mando».

Cada calpuli de Tenochtítlan tiene su propio calpúlec, dirigente, que a su vez es representante, juez, ejecutor, embajador, *teohua,* «sacerdote», y *tenemacahualtiani,* «juez de divorcio». En el caso de Motecuzoma Ilhuicamina, que vive en el palacio, le corresponde acudir ante el huei tlatoani para solicitar el divorcio, el cual es permitido cuando el hombre repudia a la mujer o cuando la descubre en adulterio. El testimonio bajo juramento del acusador —aunque sea falso— es suficiente para obtener una condena a su favor, una condena que generalmente consiste en dar muerte a las mujeres que hayan sido encontradas culpables de adulterio y a los hombres que hayan cometido adulterio con una mujer casada; pero si la mujer es *anamiqui* «soltera» o *ahuianito* «prostituta», el hombre —aunque esté casado— es declarado inocente.

—Quiero divorciarme de esta mujer que me fue infiel mientras yo me encontraba preso en Coyohuácan —manifiesta Motecuzoma Ilhuicamina.

El huei tlatoani observa con tristeza a Cuicani, que llora humillada con la cabeza agachada y su hijo entre los brazos.

—¿Estás seguro? —pregunta Izcóatl angustiado. Conoce a Cuicani desde que nació.

—Así es, mi señor —responde Motecuzoma con un gesto de resentimiento que no puede ocultar—. Tengo testigos.

—¿Quiénes son esos testigos? —pregunta el tlatoani.

—Por el momento sólo puedo mencionar a mi hermano Tlacaélel, quien asegura haber visto a Cuicani con otro hombre.

—¿Es cierto eso, Cuicani? —pregunta el *tenemacahualtiani,* «juez de divorcio».

La joven acusada no responde. Sólo se limita a llorar y abrazar a su recién nacido.

—Cuicani es una cihuapili —responde Izcóatl con calma—, hija del difunto Azayoltzin, uno de los pipiltin, nenonotzaleque y teopishque más sabios, queridos y mejor recordados de nuestra ciudad. Lo que estamos deliberando en este momento no sólo es un agravio a su familia, sino a toda la nobleza tenoshca. Aunque las leyes dicten que a una mujer que haya cometido adulterio se le debe castigar con la muerte, en este caso, yo, como huei tlatoani, le perdono la vida, pues creo que hacen falta argumentos para condenarla. Tengo razones suficientes que respaldan lo que digo. Confío en tu palabra, querido Motecuzoma Ilhuicamina, pero desconfío de tu testigo. Te concedo el divorcio, para que elijas a una nueva esposa, pero determino que mantengas a Cuicani, por su linaje y la honorabilidad de su familia, como una de tus concubinas y reconozcas como hijo ilegítimo al niño que carga en brazos y que el tonalpouhqui llamó Iquehuacatzin.

—*Tlazohcamati, tlazohtitlácatl,* «gracias, mi señor amado» —expresa Cuicani con la voz entrecortada y el rostro empapado en llanto.

—Quiero casarme con Chichimecacihuatzin —agrega Ilhuicamina con un gesto de incomodidad.

Cuicani le besa el rostro a su hijo, sin darle importancia a la solicitud de Ilhuicamina.

—Me parece una buena decisión. Cuauhnáhuac es un pueblo de gran honorabilidad y le dará mayor esplendor a nuestro linaje —responde el huei tlatoani—. Pueden retirarse.

Ilhuicamina agradece y sale del *teccali,* «audiencia real». En el pasillo se cruza con Nezahualcóyotl, quien lo mira con seriedad y algo de desconfianza.

—Escuché la audiencia —comenta el tlatoani de Teshcuco.

—¿Qué opinas? —pregunta Ilhuicamina.

—Yo la habría condenado a muerte, tal y como lo hice con dos concubinas mías: Shóchitl y Mirácpil.

Ilhuicamina desvía la mirada, se toca la nariz como si quisiera limpiarse el sudor y elude responder.

—Envié a uno de mis capitanes a buscar Mirácpil a las jaulas, pero le informaron que no habías llevado a ninguna mujer.

—Se la entregué a uno de mis soldados —Ilhuicamina avanza sin pausa hacia la salida del palacio—. Después no supe más de ella.

—¿Me podrías dar el nombre del yaoquizqui?

—No lo sé. —Se vuelve a frotar la nariz—. Son demasiados. No los conozco por nombre a todos.

Nezahualcóyotl se da media vuelta sin despedirse de Motecuzoma Ilhuicamina y se dirige de regreso al *teccali,* «audiencia real», donde en un momento presentarán a los aspirantes para la ampliación del Consejo. Al entrar al teccali, ya se encuentran los consejeros y los candidatos presentes. Al frente yacen los cuatro asientos del tribunal, llamados tecutlatocaicpali, destinados a los tres tlatoque, Nezahualcóyotl, Izcóatl y Totoquihuatzin, y a Shalcápol, representante de Tezcatlipoca en el cemanáhuac, que nunca da su opinión.

—Honorables miembros del Consejo —pronuncia el tlatoani Izcóatl de pie—. Los convoqué a esta reunión para hacer de su conocimiento que los yei huehueintin tlatoque nos sentimos honrados de tenerlos como nenonotzaleque de este huei altépetl Meshíco Tenochtítlan, que forma parte del eshcan tlatoloyan. Asimismo, consideramos asertiva la decisión de ampliar el Consejo o, mejor dicho, crear un *tecutlatoliztli,* «senado». Sin duda, el nuevo tlatócan iluminará nuestros caminos, nos llenará de sabiduría y nos orientará al momento de tomar decisiones...

El tlatoani meshíca voltea a su derecha y mira a los tlatoque de Teshcuco y Tlacopan. Nezahualcóyotl levanta su *tlatocatopili,* «vara de mando», en señal de que desea solicitar la palabra. El tlatoani tenoshca extiende su brazo en dirección al tlatoani acólhua y luego se sienta.

—Honorables miembros del Consejo —toma la palabra el tlatoani de Teshcuco sin ponerse de pie—. Siempre he creído y confiado en los consejeros que me han acompañado a lo largo de mi vida. Mi padre tenía un consejero llamado Huitzilihuitzin, el más anciano de los teopishque, quien había sido nonotzale de mi abuelo Quinatzin y mi bisabuelo Techotlala. Caminaba con pasos lerdos y movía constantemente sus arrugadas manos que tiritaban mientras hablaba. En una ocasión, le dijo a mi padre estas sabias palabras: «No debe uno esconderse de la lluvia si las nubes no han anunciado el chubasco». Hoy quiero refrendar nuestra confianza en ustedes. Los yei huehueintin tlatoque del eshcan tlatoloyan les pedimos que no se escondan de la lluvia ya que las nubes no han anunciado tormenta alguna. En ningún momento pasó por nuestras mentes eliminar al Consejo o minimizar su autoridad. Ustedes tendrán libertad de juicio. Tomaremos en cuenta todos sus consejos, su cordura y sensatez.

El tlatoani meshíca observa a Totoquihuatzin, quien le responde con una mirada que indica su deseo de decir unas palabras.

—Honorables miembros del Consejo —habla el tlatoani de Tlacopan—. Siempre he sido partidario del diálogo. Creo firmemente en el intercambio de ideas, incluso cuando éste alcanza niveles de debate y polémica. Pensar diferente es saludable. Defender nuestras posturas es más sano. Lo que sí es verdaderamente nocivo es pensar igual o seguir a un solo líder sin jamás cuestionarlo. Lo viví toda mi vida en Azcapotzalco y no quiero que se repita en el eshcan tlatoloyan. Tenemos una nueva oportunidad. Una magnífica oportunidad para crear el imperio más grande que haya existido en toda la tierra. Hagamos esto juntos. Entremos al debate, contrastemos ideas y lleguemos a acuerdos, siempre en beneficio de nuestros altepeme. Yo pongo toda mi confianza en el tlalócan que está por nacer el día de hoy y les deseo mucha sabiduría y cordura.

Concluye el discurso del tlatoani tepaneca y, nuevamente, se pone de pie el tlatoani meshíca.

—Honorables miembros del Consejo, como ya escucharon a los huehueintin tlatoque, tienen nuestra confianza para la creación del nuevo *tecutlatoliztli,* «senado». ¿Qué método de elección proponen para los nuevos miembros del Consejo?

Tlalitecutli alza la mano y solicita permiso para hablar, el cual le es concedido por Izcóatl.

—Creemos que para hacer una elección breve —dice el nonotzale—, lo mejor es que cada uno de los miembros del Consejo elija a un *tecutlato,* «senador», y éste sea nombrado sin debate ni impedimento de los demás.

—¿Sin que haya oposición de nadie? —cuestiona asombrado el tlatoani meshíca.

—Así es —responde Tlalitecutli.

Yohualatónac pide permiso para hablar.

—Concluimos que, si no lo hacemos de esa manera, la elección sería demasiado larga, ya que implicaría que cada uno de nosotros postulara a seis candidatos, que en total serían treinta y seis. Y si usted propone seis candidatos serían cuarenta y dos. Si la elección se limita a seis candidatos, propuestos únicamente por los consejeros, sin debate, todos quedaríamos contentos con nuestros candidatos de más confianza.

Izcóatl baja el rostro y se rasca la frente para ocultar su molestia.

—Creo que es una forma de elección asertiva —comenta el tlatoani Totoquihuatzin con entusiasmo.

Nezahualcóyotl mira por el rabillo del ojo al tlatoani tepaneca, saca la quijada y exhala.

—Totoquihuatzin tiene razón —expresa el tlatoani acólhua y, luego, corrige—: Ustedes tienen razón.

—Que sea de esa manera —finaliza el tlatoani meshíca al mismo tiempo que mira directamente a los ojos de su sobrino Tlacaélel—. ¿Quiénes son sus candidatos?

—Cahualtzin, hijo de Tlatolzacatzin —dice Yohualatónac.

Izcóatl asiente satisfecho con el primer nombramiento.

—Yo propongo a Tezozomóctli, hijo del tlatoani Izcóatl —expresa Cuauhtlishtli.

El tlatoani meshíca sonríe.

—Aztecóatl —propone Tlacaélel.

Nezahualcóyotl e Izcóatl se miran entre sí y muestran descontento, pues se trata de un hermano de Tlacaélel.

—Ashicyotzin —dice Tlatolzacatzin.

El tlatoani tenoshca se siente decepcionado por el nombramiento que hizo su hermano, pues se trata de otro hermano de Tlacaélel. Luego, dirige la mirada a los consejeros, y al ver que sólo faltan Tochtzin y Tlalitecutli, concluye que la nueva batalla está perdida.

—Cuauhtzitzimitzin —recomienda Tochtzin—. Hermano de Tlacaélel.

—Shicónoc —candidatea Tlalitecutli—. Hermano de Tlacaélel.

El tlatoani meshíca pone las manos en sus rodillas, baja la cabeza en forma de derrota y exhala.

—Celebro su sabiduría —dice Totoquihuatzin con frenesí—. Creo que hicieron muy buenas elecciones.

—Yo también me siento conforme con la elección —agrega Nezahualcóyotl con una sonrisa fingida.

—Llamen a los nuevos consejeros para darles la nueva noticia.

—Los seis candidatos se encuentran haciendo oraciones a los dioses en el *teopishcacali,* «casa en la que se reúnen los consejeros» —dice Tochtzin—. Si ustedes nos lo permiten, queremos ir a darles la noticia y tener nuestra primera sesión.

—¿Primera sesión? —pregunta el tlatoani meshíca asombrado.

—Así es —interviene Tlacaélel—. Nuestro primer cabildo antes de presentarlos a la población tenoshca.

—No entiendo... —Izcóatl se muestra sumamente desconfiado. Mira a los tlatoque sentados a su lado. Nezahualcóyotl también se ve desconcertado. Totoquihuatzin es el único tranquilo.

—¿Podemos saber qué tratarán en esta primera sesión? —Izcóatl se cruza de brazos.

—Sobre la manera en la que vamos a organizarnos —comenta Tlatolzacatzin.

—Vayan. —Izcóatl carraspea y, luego, traga saliva.

Los seis nenonotzaleque salen del teccali y se dirigen al teopishcacali, donde permanecen la mayor parte de la tarde. Una tarde lluviosa en la que la gente se mantiene en sus casas.

Poco antes del *oncalaqui Tonátiuh,* «hacia las seis de la tarde», cuando la llovizna ha parado, los miembros del Consejo salen y presentan a los nuevos miembros del tlatócan: Aztecóatl, Ashicyotzin, Cuauhtzitzimitzin, Shicónoc, Cahualtzin y Tezozomóctli.

—Celebramos su nombramiento —comenta Totoquihuatzin—. Enhorabuena.

—Sean todos ustedes bienvenidos —comenta Izcóatl.

—Tlazohcamati —agradece Tochtzin al mismo tiempo que da un paso al frente—. Como ustedes saben, hoy además de nombrar a los nuevos tecutlatoque, realizamos nuestra primera reforma a las leyes meshícas. El Consejo desaparece a partir de hoy. Es decir, que ya no somos consejeros del tlatoani, sino un poder independiente, para lo cual elegimos a un líder absoluto del tlatócan, sacerdote supremo que recibirá el título de *cihuacóatl,* «el gemelo consorte», *in cemanáhuac tepehuani,* «conquistador del mundo». Luego de proponer varios nombres y de discutir sus virtudes, elegimos con siete votos a favor y cuatro en contra a Tlacaélel.

Nezahualcóyotl e Izcóatl miran furiosos al recién nombrado cihuacóatl, quien se encuentra rodeado de los once tecutlatoque, aunque sólo siete se muestran alegres. Cuauhtlishtli, Yohualatónac Cahualtzin y Tezozomóctli hacen evidente su descontento.

—Nosotros también celebramos que hayan elegido a Tlacaélel como líder del tecutlatoliztli —expresa con falso entusiasmo el tlatoani meshíca—. Trabajaremos juntos con el cihuacóatl y respetaremos su autonomía.

—Así será —responde Tlacaélel con seriedad.

—Organicemos la celebración para mañana —agrega Izcóatl—. Los meshícas tenoshcas deben conocer al nuevo cihuacóatl y a los miembros del tlatócan.

Los doce miembros del tlatócan y Shalcápol abandonan el teccali y sólo quedan los yei huehueintin tlatoque.

—¿Crees que Tlacaélel quiere ser tlatoani? —pregunta Nezahualcóyotl con ironía—. Ya no puede. Las leyes prohíben a los sacerdotes ser candidatos al gobierno.

—¡No! —Izcóatl se lleva una mano a la barbilla—. Ya quedó demostrado que eso no le interesa. Sus planes van más allá. —Se rasca la barbilla con la uña del dedo anular—. Todavía no logro descifrar qué busca, pero me queda claro que no es sólo el gobierno de Meshíco Tenochtítlan.

—¿Quiere el huei chichimeca tlatocáyotl? —cuestiona Nezahualcóyotl con preocupación.

—Es muy probable que ni siquiera le interese el imperio chichimeca —agrega Izcóatl—. Quizá lo que quiere es destruirlo por completo. Y crear un imperio meshíca.

—En el que él sea el nuevo Tezozómoc —añade Nezahualcóyotl.

—No. —Izcóatl alza la cara y dirige la mirada al techo, sin fijarla en un punto preciso—. Él no quiere ser comparado. No quiere ser otro Tezozómoc. Quiere crear una nueva figura, un sacerdote supremo —dice enojado—. Uno que controle a los sacerdotes, a los civiles, a los militares, al tlatoani y al eshcan tlatoloyan.

—Se equivocó, porque no se lo vamos a permitir —finaliza el tlatoani de Teshcuco.

Esta noche se convierte en la más larga en la vida del huei tlatoani Izcóatl. Se siente débil, derrotado, cansado, enojado, frustrado, impotente, traicionado, utilizado...

Al dar el *hualmomana,* «seis o siete de la mañana», comienzan los preparativos para la celebración en toda la ciudad. La gente adorna las casas con flores, barre las calles y se pone sus mejores atuendos, aunque todavía no sepa el motivo de la convocatoria en el Recinto Sagrado. Lo que sí sabe es que es muy importante. Demasiado. Tan importante como la jura de los yei huehueintin tlatoque.

Al dar el *tlacualizpan,* «nueve de la mañana», toda la población tenoshca se encuentra reunida en el Recinto Sagrado. Un majestuoso banquete ha sido preparado desde la noche anterior. Cientos de danzantes ya están en el mitotia. Luego de una larga espera, suenan las caracolas que anuncian a todos que guarden silencio.

Los huehueintin tlatoque, los doce tecutlatoque y Shalcápol, representante de Tezcatlipoca en el cemanáhuac, salen del tlacochcalcotlacateco, que se encuentra en la parte baja del Coatépetl, y antes de subir se dirigen a la población.

—¡Sean todos ustedes bienvenidos! —exclama Izcóatl—. Los hemos convocado para informarles que ayer el Consejo meshíca llevó a cabo nuevas reformas para mejorar el funcionamiento de nuestro gobierno. Desaparecieron el Consejo y crearon un tecutlatoliztli, que tendrá doce tecutlatoque y se compone de los seis nenonotzaleque que formaban el Consejo y que ustedes ya conocen: Cuauhtlishtli, Yohualatónac, Tochtzin, Tlatolzacatzin, Tlalitecutli y Tlacaélel. Más seis miembros nuevos: Aztecóatl, Ashicyotzin, Cuauhtzitzimitzin, Shicónoc, Cahualtzin y Tezozomóctli. El nuevo tlatócan será un poder independiente, con un líder absoluto, un sacerdote supremo con el título de *cihuacóatl,* «el gemelo consorte», in cemanáhuac tepehuani, «conquistador del mundo».

Totoquihuatzin y Nezahualcóyotl toman de los brazos a Tlacaélel y lo llevan a su tlatocaicpali y le cortan el cabello. Después le hacen perforaciones en la nariz, en el labio inferior y en la barbilla y le ponen un *temalacátetl,* «bezolera», de oro, un *yacametztli,* «nariguera», de jade y un *tenzacanecuili,* «barbote», de oro con forma de serpiente. El huei tlatoani de Meshíco Tenochtítlan le pone unos *pipilolis,* «orejeras», de oro, un tilmatli con cientos de piedras preciosas, un *teocuitlamécatl,* «cadena de oro y plata», un *cózcatl,* «collar», dos *matacashtlis,* «pulseras», sandalias doradas, el *shiuhhuitzoli,* «mitra» y le entrega un *tlatocatopili,* «vara de mando».

En ese momento, suenan los tepozquiquiztlis y retumban los huehuetles y los teponaztlis: ¡Pum, pup, pup, pup, Pum!...

Los tenoshcas aúllan:

—¡Ay, ay, ay, ay, ay, ayayayay!

Los mitotique comienzan las danzas. Los macehualtin y los pipiltin vociferan con entusiasmo. Y en medio de la celebración, Izcóatl se marcha a sus aposentos sin que nadie lo vea. Camina parsimonioso por los pasillos del huei tecpancali y contempla con añoranza los muros, esos mismos que edificó su padre Acamapichtli y que su hermano Huitzilíhuitl amplió poco antes de que iniciara la guerra entre Tezozómoc e Ishtlilshóchitl y que Izcóatl prometió engrandecer aún más cuando volviera la paz a la isla, promesa que no ha logrado cumplir debido a las constantes guerras, las mismas que hoy parecen no tener fin. El huei tlatoani se detiene en el teccali —donde ha presidido tantas audiencias y ha escuchado tantos argumentos—, coloca una mano en el muro para recargarse mientras se lleva la otra al abdomen, justo debajo del pulmón derecho, respira profundo y aprieta los dientes y gime y aguanta el dolor, e inhala y exhala, y cierra los ojos y piensa acongojado en lo que le está ocurriendo, en ese dolor tan intenso como una flama ardiente dentro de su vesícula, y se pregunta si su final ha llegado y cierra los ojos, y se cuestiona si es el momento y si cumplió con su misión en la vida y si será recordado como un buen tlatoani o sólo como uno más entre los anodinos, los ignominiosos, los infames, los injustos, los mezquinos, los bribones, los trúhanes, los perversos, los abusivos, los pérfidos, los embaucadores, los mentirosos, los trapaceros, todos ellos juntos y por separado, todos causantes de la miseria de los macehualtin, de los más pobres, los más indefensos, los más débiles; de pronto, el padecimiento lo tritura por dentro y lo dobla, y las rodillas lo traicionan y cae al suelo sin lograr protegerse con las manos y se golpea la cabeza, y cierra los ojos y luego los abre, aunque no sabe cuándo, si es de inmediato o mucho después, pero ve el pasillo oscuro y vacío, muy oscuro y muy vacío, demasiado vacío, como el vacío que siente en su corazón, y se pregunta si es el mismo pasillo por el cual caminó tantas veces o si es el camino al Míctlan, ¿será éste el rumbo a los nueve infiernos del Míctlan? *Itzcuíntlan,* «en donde habita el perro», *Tepeme Monamíctlan,* «en donde se juntan las montañas», *Iztépetl,* «el monte de obsidiana», *Cehuelóyan,* «el lugar donde hay mucha nieve», *Pancuetlacalóyan,* «donde la persona se vira como bandera», *Temiminalóyan,* «donde te clavan las flechas», *Teyolocualóyan,* «el sitio donde te comen el corazón», *Apanohualóyan,* «el término donde cruza el agua», y *Chiconahualóyan,* «la zona que tiene nueve aguas». Izcóatl se pregunta, ¿será o no será? Duda y piensa que también parece el Tlalócan, por los días nublados, las aguas que se escuchan o que cree escuchar, porque algo no está bien en su cabeza, porque nada tiene lógica, nada le parece normal, todo está muy opaco y oscuro, demasiado oscuro, y él habla sin abrir la boca, sin alzar la voz, sin poder escucharse a sí mismo, sin lograr entender quién es y qué busca o qué buscaba, o si es que algo buscaba, ¿qué es lo que investigaba?, se pregunta, ¿qué es eso que quería?, ¿realmente lo anhelaba?, ¿por qué no me responden?, que alguien me conteste, ¿por qué estoy tan solo?, ¿dónde están todos?, pregunta con angustia el bisnieto de Cóshcosh, nieto de Opochtli y huehue Atotozli, hijo de Acamapichtli y Quiahuitzin, hermano de Huitzilíhuitl, Matlacíhuatl y Tlatolzacatzin, el huei tlatoani de Meshíco Tenochtítlan, Izcóatl; siente que su abdomen está por reventar, se sofoca, estira el brazo y escarba en el aire con los dedos y grita, o cree que grita, ¡auxilio!, auxilio, ayuda, aaa..., pero nadie lo escucha, porque todos ríen, afuera todos huelgan, comen, platican, ríen, se regocijan, danzan, pues hoy está prohibido llorar, prohibido lamentarse, prohibido quejarse, rían todos, gocen, bailen, bailen, bailen..., de pronto, una voz le habla, papá, papá, ¿me escuchas?

Míralo, Tlacaélel. Nezahualcóyotl está enojado. Te observa con furia. Ya no intenta demostrar lo contrario. Quiere matarte a golpes, pues bien sabe que nunca logrará recuperar el huei chichimeca tlatocáyotl. Pero nada de lo que diga o haga nos afecta, Tlacaélel. Él es sólo un grano insignificante en el cemanáhuac. En cambio, tú eres el líder absoluto, el sacerdote supremo, *cihuacóatl,* «el gemelo consorte», *in cemanáhuac tepehuani,* «conquistador del mundo», eres el Elegido, mi voz y mis manos, Tlacaélel. Yo soy tus ojos y tus oídos, Teimatini, Tlazopili, Teyocoyani, Icnoacatzintli, Ipalnemoani, Ilhuicahua, Tlalticpaque, Pilhoacatzintli… El dios que da y quita a su antojo la prosperidad, riqueza, bondad, fatigas, discordias, enemistades, guerras, enfermedades y problemas. El dios positivo y negativo. El dios caprichoso y voluble. El dios que causa terror. El hechicero. El brujo jaguar. El brujo nocturno. *Tlacatle totecue,* «Oh, amo, nuestro señor». Tú eres el instrumento de Dios, mi voz y mis manos.

Hoy comienza el huei meshíca tlatocáyotl. Esto es sólo el principio, Tlacaélel. Tú serás el guía espiritual, consejero y maestro de los siguientes tlatoque. La carga que llevarás en hombros será muy pesada. No será fácil. Vienen muchas dificultades. Pero saldremos adelante. Tú serás el conquistador del mundo. Comenzaremos con Atlicuihuayan, Mishcóhuac, Huitzilopochco, Cuauhshimalpan, Ashoshco, Iztapalapan, Culhuácan, Aztahuácan, Cuitláhuac, Míshquic, Chimalhuácan, Ishtapaluca, Shalco, Cuauhnáhuac. Luego seguiremos con Tlatelolco, Tlashcálan, Cholólan, Hueshotzinco, Mishuácan, Tolócan, Huashyácac, Shiquipilco, Zinacantépec, Tlacotépec, Calimanyan, Teotenanco, Tenantzínco, Shochiyácan, Ocuilan, Metépec, Oztóman, Capolóac, Atlapulco, Tlashimaloyan, Shalatlauhco, Cuapanohuayan, Cuezcomaishtlahuácan, Ocoyácac, Tepeyácac, Tecálco, Matlátlan, Oztotícpac, Tlaólan, Ahuilizápan, Tozcáuhtlan, Totólan, Cuetláshtlan, Cuezalóztoc, Míshtlan, Tzapitítlan, Micquétlan, Tóchpan, Teneshtícpac, Tampátel,

Tamómosh, Tecuauhcózcac, Ocotépec, Toshíco, Ehecatépec, Cílan, Matlatzínco, Mazahuácan, Ecatlapechco, Tamapachco, Tlápan, Yancuítlan, Yeshochítla, Atezcahuacan, Ziuhcóhuac, Molanco, Zapótlan, Shaltépec, Tototépec, Shóchtla, Amáshtlan, Yauhtépec, Cozcacuahtenanco, Sholochiúhcan, Cozohuipilécan, Coyócac, Apancalécan, Shihuishtlahuácan, Acatépec, Acapolco, Huesholótlan, Cuezalcuitlapilco, Tecpatépec, Néshpan, Iztactlalócan, Teocuitlatlan, Zozólan, Shicochimalco, Cuauhshayacatítlan, Coyolápan, Nacazcuauhtla, Izhuátlan, Cahuálan, Huehuétlan, Huítzlan, Sholótlan, Mazátlan, Huipílan, Tecuantépec, Ayotochcuitlátlan, Cuaúhtlan, Mizquítlan, Tlacotépec, Cuauhpilóyan, Tlatlauhquitépec, Atlauhco, Tecuictépec, Nochístlan, Huilotépec, Tlanítztlan, Zólan, Icpatépec, Tlacotépec, Chichihualtatacálan, Teshótlan, Piáztlan, Cihuáctlan, Tlachinólan, Amátlan, Pipiyoltépec, Toztépec, Míctlan, Huesholótla, Quetzaltépec, Shoconóchco, Tliltépec, Tecozaúhtla, Tecpátlan, Tecpantlayácac, Caltépec, Pantépec, Cuezcomaishtlahuácan, Comaltépec, Teoatlipantzinco, Tlacasholótlan, Atlachinólan, Cihuátlan, Tlachquiyauhco, Shaltianquizco, Malinaltépec, Quimichtépec, Centzontépec, Shalápan, Yoloshonecuílan, Izcentépec, Itzcuintépec, Iztílan y muchos, muchos más.

Continuará...

ANEXO LINGÜÍSTICO

En náhuatl, únicamente los sustantivos que se refieren a seres vivos o que se conciben como tales tienen forma plural. Los objetos no se escriben en plural. Algunos sustantivos abstractos sí tienen plural, como *altepeme, calputin* y *tetecúyo,* debido a que están relacionados con personas. En algunos casos se duplica la sílaba inicial, como *cocoyome, teteo, tetecúyo, tetecuhtin* y *totochtin.*

Palabras que terminan en *-tl,* en plural llevan el sufijo *-tin.*

mexícatl	mexitin	mexicanos
tecpantlácatl	tecpantlacátin	ministros o cortesanos
tecólotl	tecolotin	búhos
tícitl	tícitin	curanderos
tlácatl	tláctin	esclavos

Palabras que terminan en *-tl* y algunas que terminan en *-ni,* en plural llevan el sufijo *-meh* o *-me.*

altépetl	altepeme o altepémeh	pueblos
cóyotl	cocoyome	coyotes
tetlatlaliliani	tetlatlalilianime	jueces
tlalmáitl	tlalmaime	trabajadores del campo
tlamatini	tlamatinime	sabios

Palabras que terminan en *-tl,* en plural llevan el sufijo *-h.*

cháhuatl	cháhuah	amante, querida
cíhuatl	cíhuah	mujeres
pochtécatl	pochtécah	mercaderes
tecúyotl	tetecúyo o tetecúyoh	gobiernos pequeños
téotl	Teteo o teteoh	dioses

Palabras que terminan en *-tli,* en plural llevan el sufijo *-tin.*

nantli	nantin	madres
oquichtli	oquichtin	hombres
piltontli	piltontin	niños o muchachos
tahtli	tahtin	padres
tecutli	tetecuhtin	gobernadores
tochtli	totochtin	conejos

Palabras que terminan en *-c, -hua, -hue, -lo, -le* y *-to,* en plural llevan el sufijo *-que* o *-queh.*

calpúlec	calpuleque	dirigentes de barrios
huehue	huehuetque	ancianos
nahuatlato	nahuatlatoque	los que hablan náhuatl
nonotzale	nenonotzaleque	consejeros
tecutlato	tecutlatoque	senadores
teohua	teohuaque	el que tiene un dios
tlacuilo	tlacuilóqueh	dibujantes de códices
Tláloc	Tlaloqueh	dios de la lluvia
yaotequihua	yaotequihuaque	capitanes

Palabras que terminan en *-qui,* en plural llevan el sufijo *-que* o *-queh.*

Calpixqui	calpíxqueh	recaudadores
Mitotiqui	mitotique	danzantes
Nenenqui	nenenque	criados
Pipinqui	pipinque	ancianos
Telpochyahqui	telpochyahque	sargentos
Teopixqui	teopixque	sacerdotes
tetlancochqui	tetlancochque	huéspedes
tlacualchiuhqui	tlacualchiuhque	cocineras
Tlaciuhqui	tlaciuhque	astrólogos
Tlapouhqui	tlapouhque	vidente

...continúa

Tonalpouhqui	tonalpouhque	adivinos
yaoquizcayacanqui	yaoquizcayacanque	capitanes
Yaoquizqui	yaoquizque	soldados

Palabras que terminan en *-ni,* en plural llevan el sufijo *-que* o *-queh.*

técpan nemini	técpan nemique	cortesanos
tecutlatoani	tecutlatoque	jueces
tepozquiquizohuani	tepozquiquizohuque	los que tocan el instrumento de caracol
tlamani	tlamaque	soldados de rango medio
tlamatini	tlamátqueh	sabios
tlatoani	tlatoque	gobernantes

Palabras que terminan en *-lli,* en plural llevan el sufijo *-tin.*

calpulli	calputin	barrios
cencalli	cencáltin	familias o familiares
cihuapilli	cihuapipiltin	mujeres de la nobleza
cuauhpilli	cuauhpiltin	guerreros águila
macehualli	macehualtin	plebeyos
nahualli	nanahualtin	naguales
ocelopilli	ocelopiltin	guerreros jaguar
pilli	pipiltin	nobles
tecihuápil	tecihuapipiltin	damas, concubinas
tlacolli	tlacoltin	esclavos
tlazcalilli	tlazcaliltin	niños o niñas

CONSTANCIA DE LOS HECHOS

Para narrar esta historia, enfoqué mis datos en las fuentes primarias, es decir, en las crónicas escritas en los siglos XVI y XVII por los descendientes de la nobleza nahua (*Anales de Tlatelolco, Códice Ramírez, Anales de Cuauhtitlan, Crónica mexicana,* entre otros); reforcé mi investigación con las obras de los conquistadores y frailes, y en aquellas realizadas por historiadores, antropólogos y arqueólogos de los siglos XVIII, XIX, XX y XXI, las cuales se encuentran referidas en la bibliografía incluida al final de este libro.

Con las licencias que me otorga la ficción, elaboré escenarios, personajes y diálogos para hacer esta historia más fluida y entretenida. En honor a la verdad y al inmenso respeto que le tengo a la historia del México antiguo, quiero dejar en estas últimas páginas un breve resumen sobre los datos históricos en los que me basé para escribir la novela que el lector tiene en sus manos. No son todos, sí aparecen los que podrían generar más dudas o controversia.

LA TRIPLE ALIANZA

Concluida la guerra contra Azcapotzalco, los mexicas exigieron a Nezahualcóyotl dividir el imperio chichimeca entre Texcoco y Tenochtitlan. Nunca hubo una alianza inicial entre Tlacopan y los dos pueblos mencionados. Totoquihuatzin, hijo de Tecutzintli y nieto de Tezozómoc, quien debía vasallaje a su tío Mashtla, le permitió la entrada a las tropas de Nezahualcóyotl con la condición de que no destruyeran su pueblo. Sin embargo, esto no fue el motivo por el cual se le incluyó en la Triple Alianza; sino que su hija Matlacíhuatl —concubina del príncipe chichimeca— convenció a Nezahualcóyotl de que incluyera a su padre en la alianza forzada con Tenochtitlan. De esta manera, Nezahualcóyotl poseería dos terceras partes de la alianza y los meshícas sólo una.

No obstante, para que se consolidara la Triple Alianza, Nezahualcóyotl tuvo que reprimir varias rebeliones; en especial la de Chalco y Huexotla, ciudades que proporcionaron sus ejércitos a Tlilmatzin, medio hermano de Nezahualcóyotl. Luego, emprendieron una serie de invasiones a Texcoco, Chiconauhtla, Coatlichan, Tepechpan, Acolman, Otompan, entre otros pueblos, para apoderarse del imperio chichimeca.

LAS GUERRAS DE LOS MEXICAS

Por aquellos días, los xochimilcas compraron a las mujeres mexicas del tianguis peces y aves acuáticas envueltas en hojas de mazorca. Pero al abrirlas encontraron pies, manos, corazones e intestinos humanos. Los caciques mandaron llamar a los agoreros, quienes pronosticaron la destrucción de su ciudad. Los líderes xochimilcas se dividieron en dos bandos: el primero, dirigido por Paximálcatl, exigía rebelarse contra los mexicas; y el segundo, encabezado por Yaraxapo, proponía someterse a los mexicas. Tiempo después, un grupo de mercaderes mexicas que regresaba de Cuernavaca pasó por la sierra y fue asaltado por los yaoquizque xochimilcas. Los yaoquizque acudieron ante Izcóatl y le informaron los hechos. El tlatoani, que les prometió justicia, envió embajadores a exigir la sumisión de los xochimilcas, pero fueron recibidos por los yaoquizque, quienes los forzaron a regresar a Tenochtitlan sin haber entregado su mensaje. Los mexicas enviaron sus tropas e invadieron Xochimilco.

Al mismo tiempo, Cuécuex, quien había sido impuesto por Mashtla, reclamó el tecúyotl de Coyoacán. Bajo su cacicazgo, unas mujeres mexicas que habían ido a comprar al mercado de aquella ciudad fueron violadas por yaoquizque coyoacanos. Las mujeres ultrajadas acudieron ante el tlatoani Izcóatl para informar lo ocurrido. El Consejo mexica envió una embajada para exigir una respuesta y Cuécuex rechazó la responsabilidad de alguno de sus hombres y, como respuesta, extendió una invitación para un banquete, al cual acudieron algunos miembros de la nobleza mexica encabezados por Motecuzoma Ilhuicamina. Luego del banquete, entraron los yaoquizque coyoacanos y humillaron a los mexicas, lo cual desató una guerra entre Tenochtitlan y Coyoacán. En plena guerra, cuentan los cronistas, Tlacaélel les gritaba: «No, bellacos, que no he de parar hasta acabar de destruir totalmente a todo Coyoacán». Tras la conquista de Coyoacán, los mexicas emprendieron una serie de guerras contra Chapultepec, Churubusco, Tacubaya, Mixcoac, Cuajimalpa, Ajusco, Cuitláhuac, Mixquic, Chalco, Tepeyácac, Cuernavaca, entre otras ciudades.

LAS REFORMAS POLÍTICO-RELIGIOSAS

Entre 1428 y 1450, Tlacaélel promovió y llevó a cabo las reformas políticas que instauraron el tlatocan, un consejo integrado por cuatro nobles, cuatro militares y cuatro sacerdotes, liderados por el cihuacóatl Tlacaélel, a quien el maestro Miguel León-Portilla señaló como inventor de la religión de la sangre. La *Crónica mexicáyotl* añade que Tlacaélel llegó a ser *in cemanáhuac tepehuani,* «conquistador del mundo».

LA POESÍA DE NEZAHUALCÓYOTL

A Nezahualcóyotl se le conoce, sobre todo, como «el rey poeta». Desafortunadamente no hay forma de comprobar que los poemas que se le atribuyen hayan sido creados por él. Los pueblos mesoamericanos no tenían una grafía. La lengua náhuatl carecía de un alfabeto escrito. Entonces, resulta imposible que Nezahualcóyotl haya escrito una sola palabra en su vida. Sin embargo, eso no implica que jamás haya elaborado poemas, aunque en realidad eran cantos. Los miembros de la nobleza aprendían a crear cantos en el calmécac. Entendido desde esa perspectiva, Izcóatl, Motecuzoma Xocoyotzin, Cuauhtláhuac, entre otros, también fueron poetas o, quizá deberíamos decir, compositores. Al igual que la historia náhuatl, estos cantos eran preservados en la memoria colectiva de forma oral y pasaban de una generación a otra. Resulta imposible saber la cantidad de modificaciones que sufrieron estos cantos en más de ciento cincuenta años, desde la edad media de Nezahualcóyotl hasta que fueron plasmados en papel con el alfabeto castellano.

¿Cómo llegó la poesía que se le atribuye a Nezahualcóyotl hasta nuestros días?

Al final de su vida, Nezahualcóyotl tenía ciento diecinueve hijos: sesenta y dos hombres y cincuenta y siete mujeres. Sólo dos de ellos fueron hijos de su matrimonio formal: Tetzauhpintzintli, quien fue acusado de rebeldía contra el tlatoani —por un medio hermano que aspiraba a ser el heredero— y que murió tras ser juzgado por las legislaciones impuestas por Nezahualcóyotl; y Nezahualpilli, que nació en 1465, cuando Nezahualcóyotl tenía sesenta y tres años de vida y su esposa alrededor de cuarenta.

Nezahualpilli se casó con Yacotzin y tuvieron, entre otros hijos, a Ixtlilxóchitl (nieto de Nezahualcóyotl), quien se casó con Papatzin Oxómoc y tuvieron una hija llamada Ana Cortés Ixtlilxóchitl (bisnieta de Nezahualcóyotl). Ella fue madre de Francisca Cristina Verdugo Ixtlilxóchitl (tataranieta de Nezahualcóyotl). Francisca tuvo una hija a la que llamó Ana Cortés Ixtlilxóchitl (trastataranieta de Nezahualcóyotl). Ana fue madre de Fernando de Alva Ixtlilxóchitl (pentanieto de Nezahualcóyotl), quien nació alrededor de 1578 y falleció entre 1648 y 1650. Es decir, Fernando de Alva Ixtlilxóchitl nació aproximadamente 106 después de la muerte de su pentabuelo Nezahualcóyotl.

Fernando de Alva Ixtlilxóchitl, un mestizo, fue el cronista principal de Nezahualcóyotl. «Escribe para exaltar la memoria de su pueblo y conservar su pasado, pero también para alegar ante la Corona sus derechos de herencia. Él podía ostentarse como sucesor de la nobleza tezcocana y mexicana a la vez. Era descendiente de Nezahualcóyotl y de Cuauhtláhuac», escribió el académico, historiador, cronista, bibliógrafo, editor y escritor mexicano José Luis Martínez (1918-2007). Asimismo, el historiador atribuyó a Alva Ixtlilxóchitl la creación de los poemas «Liras de Nezahualcóyotl» y «Romances de Nezahualcóyotl» como una exaltación de su ancestro. «Son poemas —escribió José Luis Martínez—, por consiguiente, cabalmente de Alva Ixtlilxóchitl, escritos a fines del siglo XVI o principios del XVII, concebidos y realizados en bien ejercitadas formas españolas, e inspirados en temas y pasajes de Nezahualcóyotl, a cuya gloria y fama están dedicados».

CRONOLOGÍA

1200 a.C.* Surge la cultura olmeca.
800 a.C.* Surge la ciudad y centro ceremonial de Cuicuilco.
400 a.C.* Se extingue la cultura olmeca.
250 a.C.* Cuicuilco es abandonado.
300 a.C.* Surge la ciudad y centro ceremonial de Cholula.
150 d.C.* Surge la ciudad y centro ceremonial de Teotihuacan.
250 d.C.* Teotihuacan vive su mayor esplendor.
667 d.C.* Surge el imperio tolteca.
700 d.C.* Surge la ciudad y centro ceremonial de Xochicalco.
900 d.C.* Cholula cae en decadencia.
900 d.C.* Xochicalco es abandono.
1000 d.C.* Teotihuacan cae en decadencia.
1051 d.C.* Desaparece el imperio tolteca.
1100 d.C.* Las siete tribus nahuatlacas salen de Chicomóztoc.
1244* Los chichimecas llegan al valle del Anáhuac. Xólotl se proclama primer chichimécatl tecutli.
1325 Fundación de México Tenochtitlan.
1355* Nace Acamapichtli.
1357* Muere Quinatzin.
1375* Acamapichtli es proclamado primer tlatoani.
1380* Nace Izcóatl.
1390* Nacen Tlacaélel y Motecuzoma Ilhuicamina.
1395* Muere Acamapichtli.
1396* Huitzilíhuitl es proclamado segundo tlatoani.
1402 Nace Nezahualcóyotl.
1405* Nace Chimalpopoca.
1409* Muere Techotlala e Ixtlilxóchitl hereda el reino acolhua.
1414* Comienza la guerra entre Texcoco y Azcapotzalco.
1417* Muere Huitzilíhuitl y Chimalpopoca es proclamado tercer tlatoani.
1418* Muere Ixtlilxóchitl. Tezozómoc conquista el imperio chichimeca.
1427* Muere Tezozómoc.

1428* Maxtla asesina a su hermano Tayatzin y a Chimalpopoca y se proclama huei chichimeca tecutli. Izcóatl es proclamado cuarto tlatoani.
1429* Derrota de los tepanecas.
1430* Creación de la Triple Alianza entre Texcoco, Tlacopan y México Tenochtitlan.
1431* Nace Atotoztli.
1440 Muere Izcóatl y Motecuzoma Ilhuicamina es proclamado quinto tlatoani.
1450* Nace Axayácatl.
1464 Nace Nezahualpilli.
1467 Nace Motecuzoma Xocoyotzin.
1469 Nace Cuauhtláhuac. Muere Motecuzoma Ilhuicamina y Atotoztli es proclamada sexta y única mujer tlatoani de México Tenochtitlan.
1472 Muere Nezahualcóyotl.
1473 Axayácatl es proclamado séptimo tlatoani.
1473 Tenochtitlan conquista Tlatelolco.
1474 Isabel de Castilla es proclamada reina de Castilla.
1479 Fernando es proclamado rey de Aragón.
1480* Muere Tlacaélel.
1481 Muere Axayácatl y Tízoc es proclamado octavo tlatoani.
1485 Nace Hernán Cortés en Medellín, Extremadura.
1486 Muere Tízoc y Ahuízotl es proclamado noveno tlatoani.
1492 Fin del gobierno moro en Granada. Rodrigo Borgia es proclamado papa Alejandro VI. Llegada de Cristóbal Colón a las Lucayas, actualmente Bahamas, y luego a La Española, hoy en día Haití y Cuba.
1494 Se funda La Española (Haití), primera ciudad española en el Nuevo Mundo.
1500 Nacen Cuauhtémoc y Carlos de Gante. Portugal se apropia las tierras de Brasil.
1502 Muere Ahuízotl y Motecuzoma Xocoyotzin es proclamado décimo tlatoani.
1504 Hernán Cortés sale de San Lúcar y llega a Santo Domingo. Muere Isabel la Católica.

1511 Naufraga el navío en el que viajaban Gonzalo Guerrero y Jerónimo de Aguilar.
1515 Muere Nezahualpilli.
1516 Muere Fernando el Católico y Carlos de Gante es proclamado rey de Castilla.
1517 Francisco Hernández de Córdova hace su expedición a la península de Yucatán.
1518 Juan de Grijalva hace su expedición a la península de Yucatán y el golfo de México.
1519 Hernán Cortés hace su expedición a la península de Yucatán y el golfo de México. Recorre Veracruz hasta México Tenochtitlan. Motecuzoma es retenido por los españoles en el palacio de Axayácatl. El rey Carlos I de España es proclamado emperador de Alemania.
1520 Batalla entre Cortés y Narváez en Cempoala. Matanza del Templo Mayor. Muere Motecuzoma Xocoyotzin. Los españoles huyen de México Tenochtitlan. Cuauhtláhuac es proclamado undécimo tlatoani. Llega la viruela a todo el valle del Anáhuac. Muere Cuauhtláhuac. Cuauhtémoc es proclamado duodécimo tlatoani.
1521 Caída de México Tenochtitlan.
1522 Comienza la construcción de Nueva España. Carlos V nombra capitán general, justicia mayor y gobernador de Nueva España a Hernán Cortés. Muere en Coyoacán Catalina de Xuárez, esposa de Cortés, poco después de haber llegado a la Nueva España. Nace Martín Cortés, hijo de Malintzin y Hernán Cortés.
1523 Hernán Cortés derrota a los rebeldes en la Huasteca.
1524 Llegan a América los primeros doce franciscanos, entre ellos Toribio Paredes de Benavente, conocido como Motolinía. Cristóbal de Olid viaja a Las Hibueras y traiciona a Cortés, quien a su vez es derrotado por González de Ávila y Francisco de las Casas, quienes juzgan, condenan y decapitan a Cristóbal de Olid. Hernán Cortés abandona Nueva España y sale rumbo a Las Hibueras con miles de sirvientes y miembros de la nobleza como rehenes, entre ellos Cuauhtémoc.

1525 El 28 de febrero, Hernán Cortés condena a la horca a Cuauhtémoc y a algunos miembros de la nobleza, quienes son acusados de intento de rebelión.
1527 Carlos V ordena quemar los libros escritos por Cortés.
1528 Hernán Cortés regresa a España.
1530 Hernán Cortés regresa a Nueva España. Llega el fraile franciscano Juan de Zumárraga a Nueva España como primer arzobispo de México.
1532 Hernán Cortés inicia la primera expedición a California.
1540 Hernán Cortés viaja a España.
1547 Muere Hernán Cortés.
1548 Muere en Nueva España fray Juan de Zumárraga, primer arzobispo de México.
1553 Prohíben la publicación de Francisco López de Gómara, titulada *La Conquista de México.*
1558 Muere Carlos V.
1565 Muere Nanacacipactzin, bautizado como Luis de Santa María Nanacacipactzin, decimonoveno gobernador de Tenochtitlan.
1571 Se instala la Santa Inquisición en Nueva España.

TLATOQUE
EN ORDEN CRONOLÓGICO

Ténoch, «Tuna de piedra». Fundador de Tenochtitlan. Nació aproximadamente en 1299. Se estima que gobernó entre 1325 y 1363.

Acamapichtli, «El que empuña el carrizo» o «Puño cerrado con carrizo». Primer tlatoani. Hijo de Opochtli, un principal mexica, y Atotoztli, hija de Náuhyotl, tlatoani de Culhuacan. Nació aproximadamente en 1355. Se estima que gobernó entre 1375 y 1395.

Huitzilíhuitl, «Pluma de colibrí». Segundo tlatoani e hijo de Acamapichtli y de una de sus concubinas. Nació aproximadamente en 1375. Se estima que gobernó entre 1396 y 1417.

Chimalpopoca, «Escudo humeante». Tercer tlatoani e hijo de Huitzilíhuitl y Ayauhcíhuatl, hija de Tezozómoc, señor de Azcapotzalco. Nació aproximadamente en 1405. Se estima que gobernó entre 1417 y 1428.

Izcóatl, «Serpiente de obsidiana». Cuarto tlatoani e hijo de Acamapichtli y de una esclava tepaneca. Nació aproximadamente en 1380. Gobernó entre 1428 y 1440.

Motecuzoma Ilhuicamina, «El que se muestra enojado, Flechador del cielo». Quinto tlatoani e hijo de Huitzilíhuitl y Miahuaxíhuatl, princesa de Cuauhnáhuac (Cuernavaca). Nació aproximadamente en 1390. Gobernó entre 1440 y 1469.

Atotoztli o *Huitzilxochtzin.* Sexta tlatoani y única mujer gobernante de Tenochtitlan. Hija de Motecuzoma Ilhuicamina y Chichimecacihuatzin, hija de Cuauhtototzin, tlatoani de Cuauhnáhuac (Cuernavaca). Se casó con Tezozómoc, hijo de Izcóatl, y fue madre de Axayácatl, Tízoc y Ahuízotl. Nació aproximadamente en 1431. Gobernó aproximadamente entre 1469 y 1473.

Axayácatl, «El de la máscara de agua». Séptimo tlatoani. Nieto de Motecuzoma Ilhuicamina, cuya hija, Atotoztli, se casó con Tezozómoc, hijo de Izcóatl. Ambos padres de Axayácatl, Tízoc y Ahuízotl. Nació aproximadamente en 1450. Se estima que gobernó entre 1473 y 1481.

Tízoc, «El que hace sacrificio». Octavo tlatoani. Nieto de Motecuzoma Ilhuicamina, cuya hija Atotoztli se casó con Tezozómoc, hijo de Izcóatl. Ambos padres de Axayácatl, Tízoc y Ahuízotl. Nació aproximadamente en 1448. Gobernó entre 1481 y 1486.

Ahuízotl, «El espinoso del agua». Noveno tlatoani. Nieto de Motecuzoma Ilhuicamina, cuya hija Atotoztli se casó con Tezozómoc, hijo de Izcóatl. Ambos padres de Axayácatl, Tízoc y Ahuízotl. Nació aproximadamente en 1454. Gobernó entre 1486 y 1502.

Motecuzoma Xocoyotzin, «El que se muestra enojado» o «el joven». Décimo tlatoani. Hijo de Axayácatl. Nació aproximadamente en 1467. Gobernó de 1502 al 29 de junio de 1520.

Cuauhtláhuac, «Águila sobre el agua». *Cuitláhuac* fue una derivación en la pronunciación de Malintzin al hablar con los españoles. Por lo tanto, se ha traducido como «Excremento divino». Undécimo tlatoani e hijo de Axayácatl y la hija del señor de Iztapalapan, también llamado Cuauhtláhuac. Nació aproximadamente en 1469. Gobernó de septiembre 7 a noviembre 25 de 1520.

Cuauhtémoc, «Águila que desciende» o más correctamente «Sol que desciende», pues los aztecas asociaban al águila con el Sol, en especial, a la nobleza. Duodécimo tlatoani. Hijo de Ahuízotl y Tlacapantzin, hija de Moquihuitzin (1428-1473), el último señor de Tlatelolco antes de ser conquistados por los mexicas. Nació aproximadamente en 1500. Gobernó de enero 25 de 1521 a agosto 13 de 1521. Sin embargo, Cuauhtémoc siguió gobernando tras la Conquista, hasta 1524.

Tlacotzin (bautizado como Juan Velázquez Tlacotzin). Decimotercer tlatoani. Nieto de Tlacaélel y Cihuacóatl durante el mandato de Motecuzoma Xocoyotzin y Cuauhtémoc, fue capturado junto con Cuauhtémoc y torturado para que confesara la ubicación del «tesoro de Motecuzoma». Cortés lo designó tlatoani tras ejecutar a Cuauhtémoc el 28 de febrero de 1525 en Taxahá, Campeche. Tlacotzin fue el primer tlatoani en usar ropa española, espada y caballo, se dice que por órdenes de Cortés. En realidad, nunca ejerció el gobierno, ya que el año que ostentó el cargo estuvo en la expedición que Cortés había emprendido a las Hibueras (Honduras) y que había durado tres años. Murió en 1526 de una enfermedad desconocida, en Nochixtlán.

Motelchiuhtzin (bautizado como Andrés de Tapia Motelchiuh). Decimocuarto tlatoani. Fue nombrado tlatoani de Tenochtitlan en 1526. Fue un macehual que llegó a ser capitán de las tropas mexicas y, junto con Cuauhtémoc, capturado y torturado por los españoles para que confesara la ubicación del «tesoro de Motecuzoma». Murió en Aztatlán en 1530, herido por una flecha, mientras se bañaba. Las tropas mexicas y españolas habían llevado una campaña en contra de los chichimecas que se negaban a aceptar al gobierno español.

Shochiquentzin (bautizado como Pablo Shochiquentzin). Decimoquinto tlatoani. Fue un macehual nombrado tlatoani de Tenochtitlan en 1530. Murió en 1536, después de gobernar durante cinco años.

Huanitzin (bautizado como Diego de Alvarado Huanitzin). Decimosexto tlatoani. Fue nieto de Axayácatl, tlatoani de Ehecatépec, y capturado junto con Cuauhtémoc y torturado por los españoles para que confesara la ubicación del «tesoro de Motecuzoma». Cortés lo liberó cuando regresó de su expedición a las Hibueras y le permitió retomar su gobierno en Ehecatépec. En 1538, Antonio de Mendoza, primer virrey de Nueva España, lo nombró primer gobernador de Tenochtitlan, bajo el sistema español colonial de gobierno. Murió en 1541.

Tehuetzquititzin (bautizado como Diego de San Francisco Tehuetzquititzin). Decimoséptimo tlatoani. Fue nieto de Tízoc y nombrado tlatoani y gobernador de Tenochtitlan en 1541. Comandó las tropas mexicas, obedeciendo al virrey Antonio de Mendoza, en la Guerra del Mixtón en Nueva Galicia (Xochipillan). Debido a esto, el rey Carlos V y su madre Juana emitieron, el 23 de diciembre 1546, la concesión de un escudo personal en reconocimiento a su servicio. Sus armas incluían el símbolo de un nopal que crece en una piedra en medio de un lago y un águila. Murió en 1554, tras gobernar catorce años.

Cecepacticatzin (bautizado como don Cristóbal de Guzmán Cecetzin). Decimoctavo tlatoani. Fue hijo de Diego Huanitzin, alcalde en 1556 y gobernador de Tenochtitlan de 1557 hasta su muerte, en 1562.

Nanacacipactzin (bautizado como Luis de Santa María Nanacacipactzin). Decimonoveno tlatoani. Fue el último tlatoani y gobernador de Tenochtitlan. Gobernó del 30 de septiembre de 1563 hasta su muerte, el 27 de diciembre de 1565.

GENEALOGÍAS

ÁRBOL GENEALÓGICO TOLTECA-CHICHIMECA-ACOLHUA-TEPANECA-MEXICA-TLATELOLCA

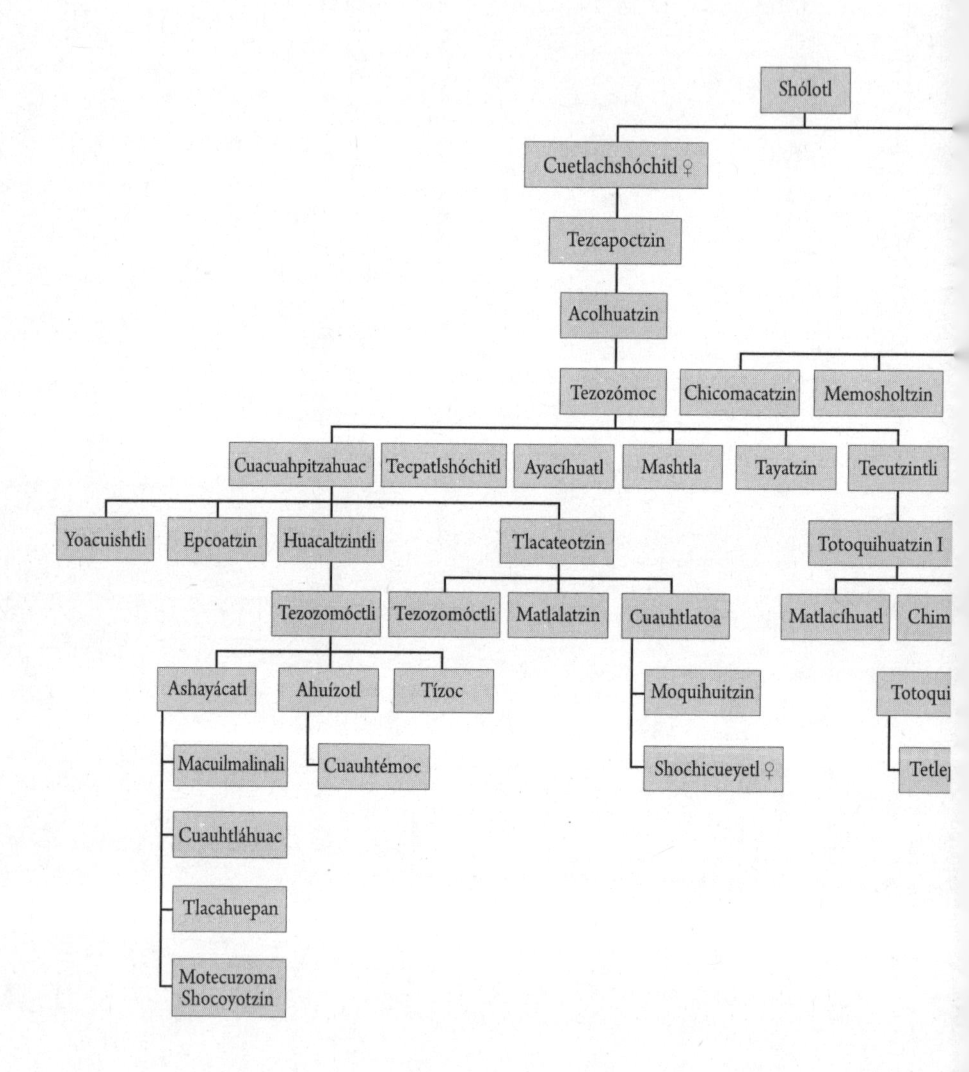

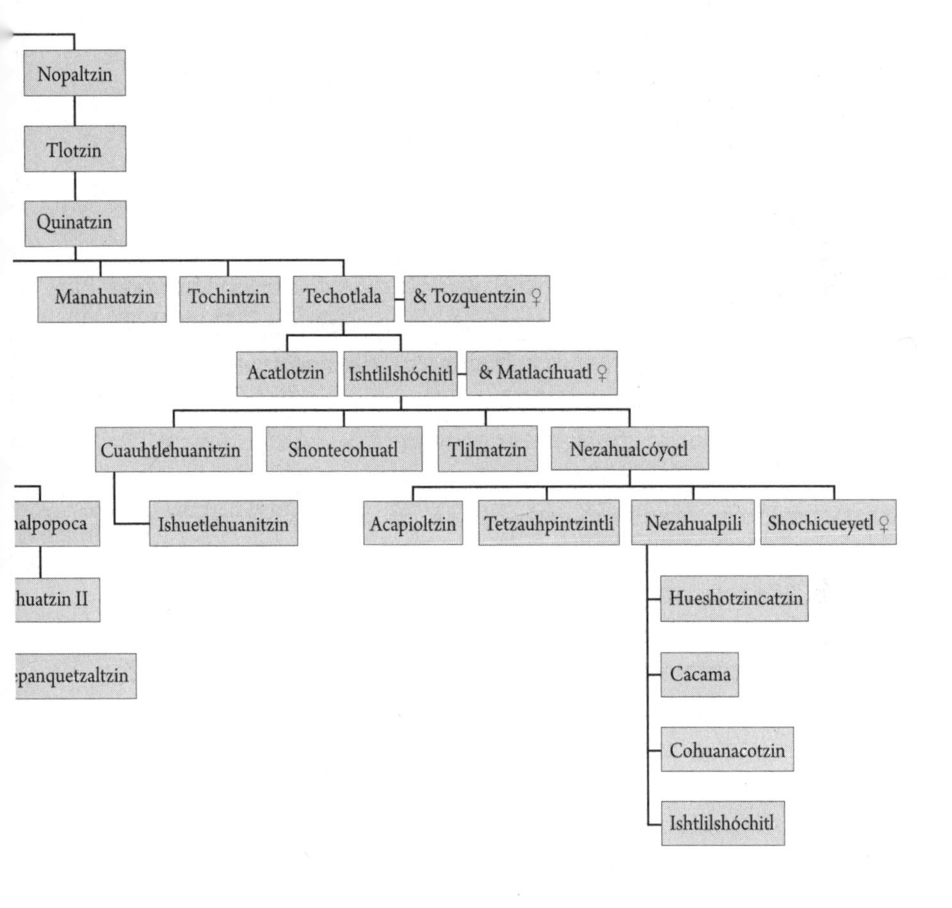
Nopaltzin
Tlotzin
Quinatzin
Manahuatzin
Tochintzin
Techotlala
& Tozquentzin ♀
Acatlotzin
Ishtlilshóchitl
& Matlacíhuatl ♀
Cuauhtlehuanitzin
Shontecohuatl
Tlilmatzin
Nezahualcóyotl
ıalpopoca
Ishuetlehuanitzin
Acapioltzin
Tetzauhpintzintli
Nezahualpili
Shochicueyetl ♀
huatzin II
Hueshotzincatzin
Cacama
ːpanquetzaltzin
Cohuanacotzin
Ishtlilshóchitl

ÁRBOL GENEALÓGICO CHICHIMECA (A)

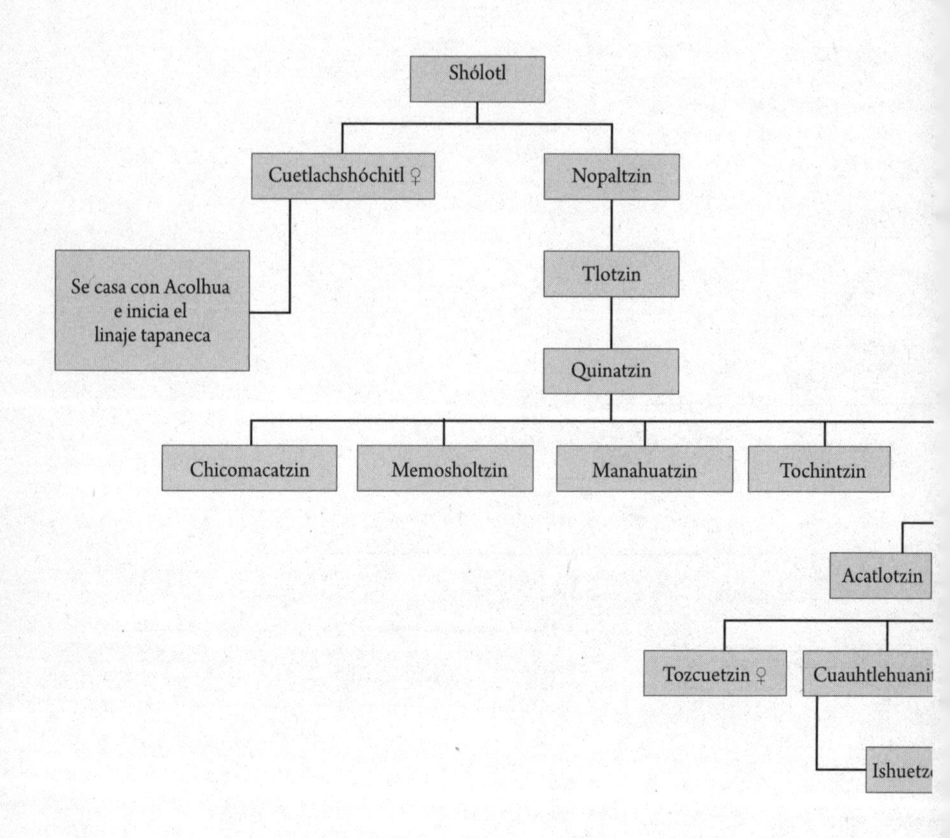

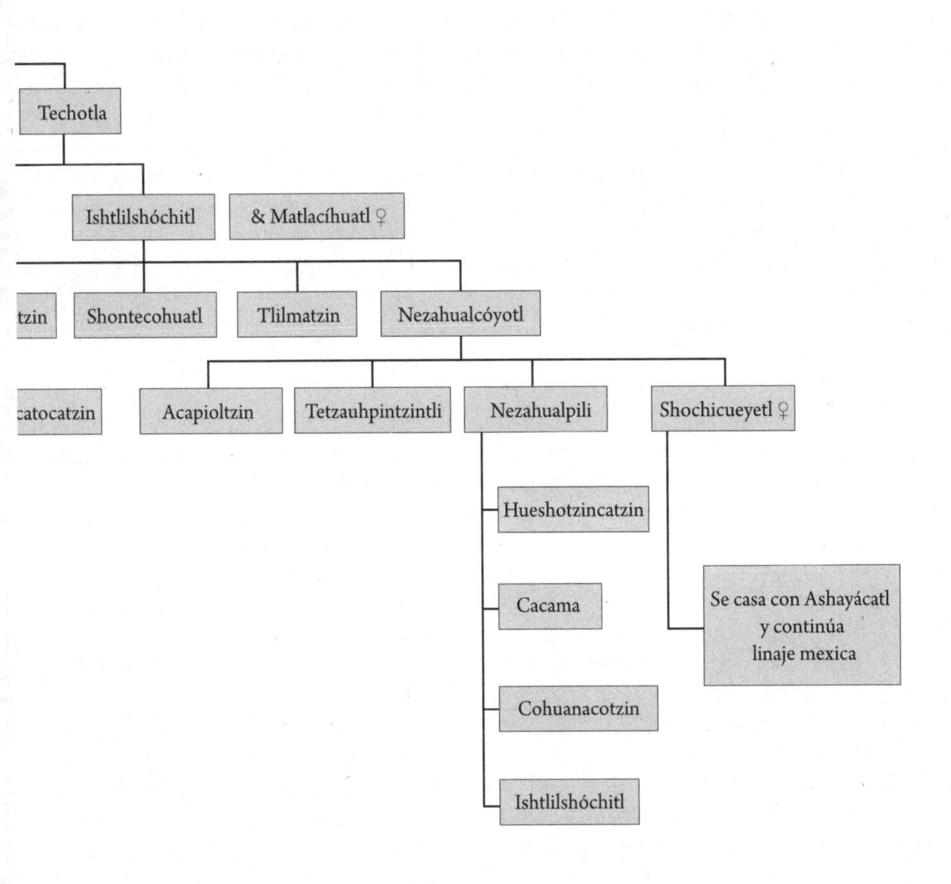
Techotla
Ishtlilshóchitl
& Matlacíhuatl ♀
tzin
Shontecohuatl
Tlilmatzin
Nezahualcóyotl
catocatzin
Acapioltzin
Tetzauhpintzintli
Nezahualpili
Shochicueyetl ♀
Hueshotzincatzin
Cacama
Cohuanacotzin
Ishtlilshóchitl
Se casa con Ashayácatl
y continúa
linaje mexica

ÁRBOL GENEALÓGICO CHICHIMECA (B)

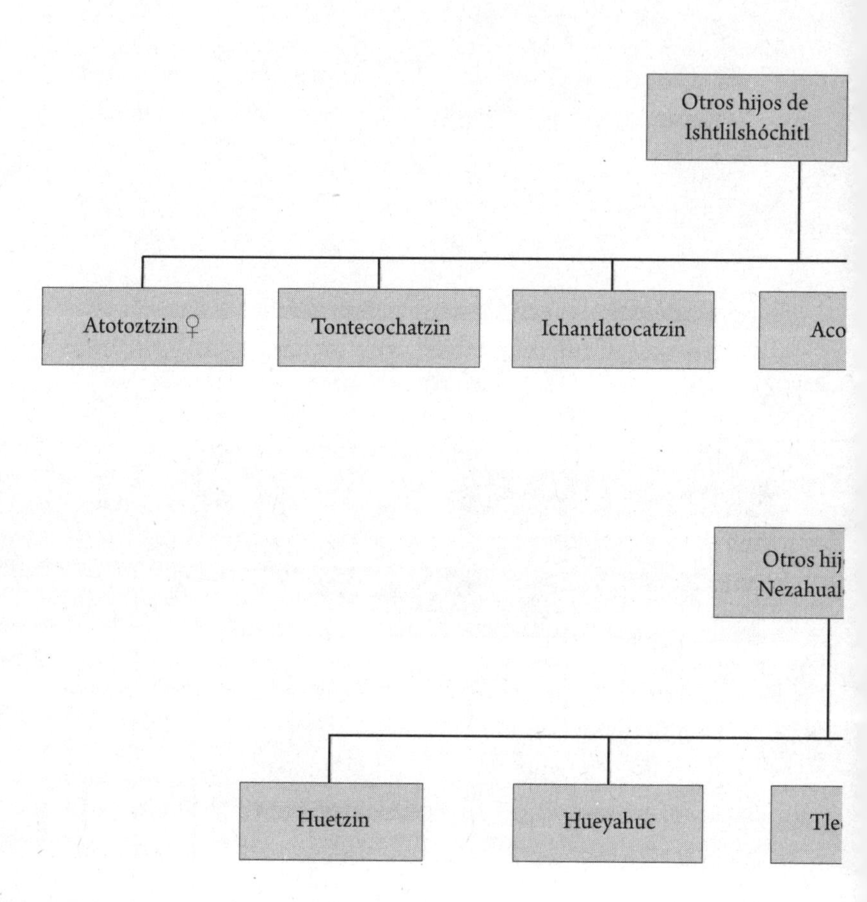

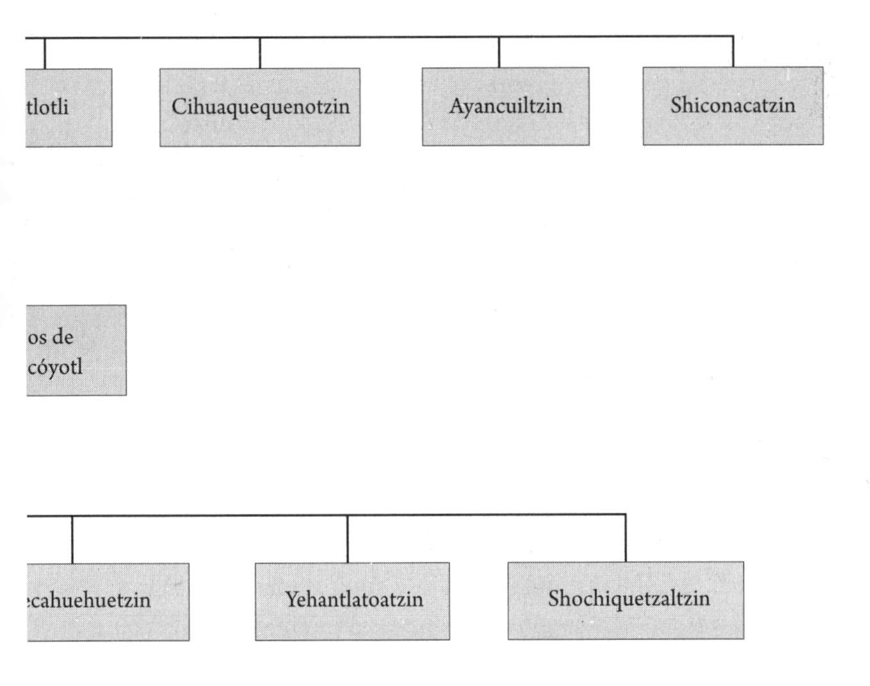

Nezahualcóyotl tuvo 119 hijos: 62 hombres y 57 mujeres. Solo dos de ellos fueron hijos de su matrimonio formal: Tetzauhpintzintli y Nezahualpilli. Únicamente nueve quedaron registrados en los libros y aparecen en este volumen. Se desconocen los nombres de los otros 110 hijos.

ÁRBOL GENEALÓGICO TEPANECA

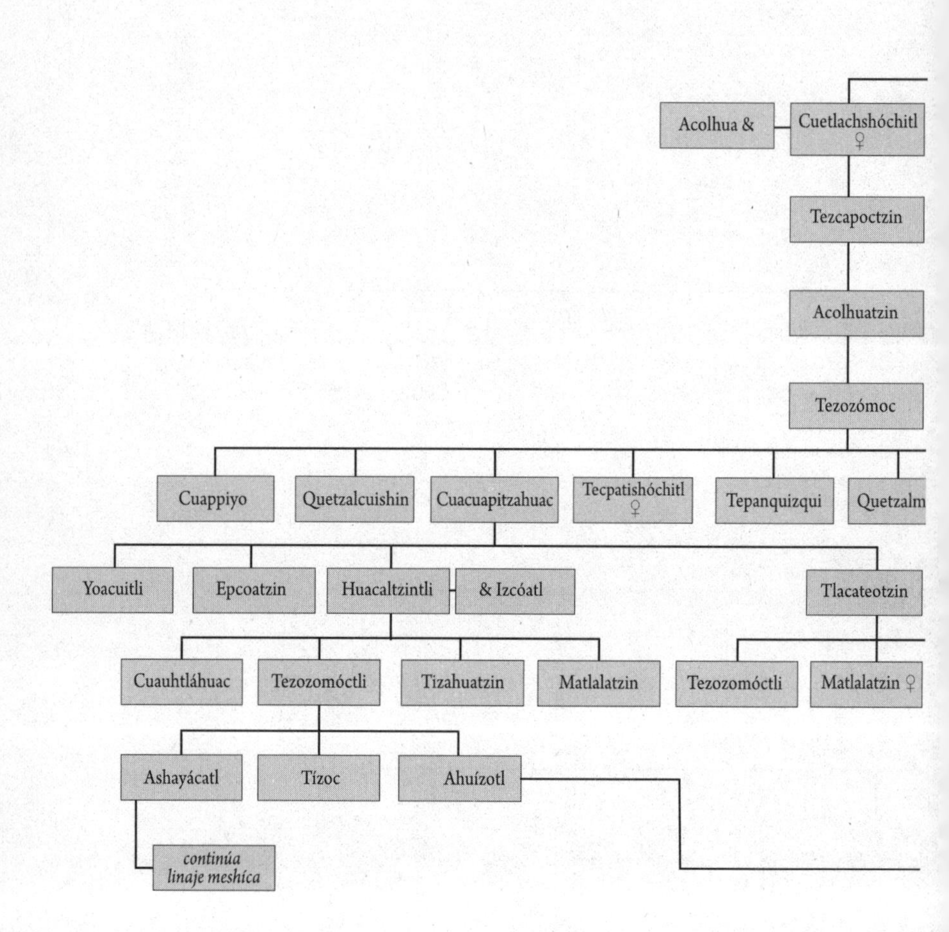

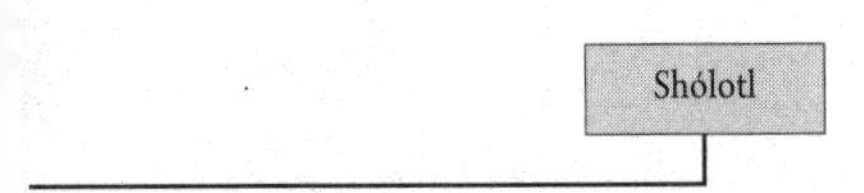

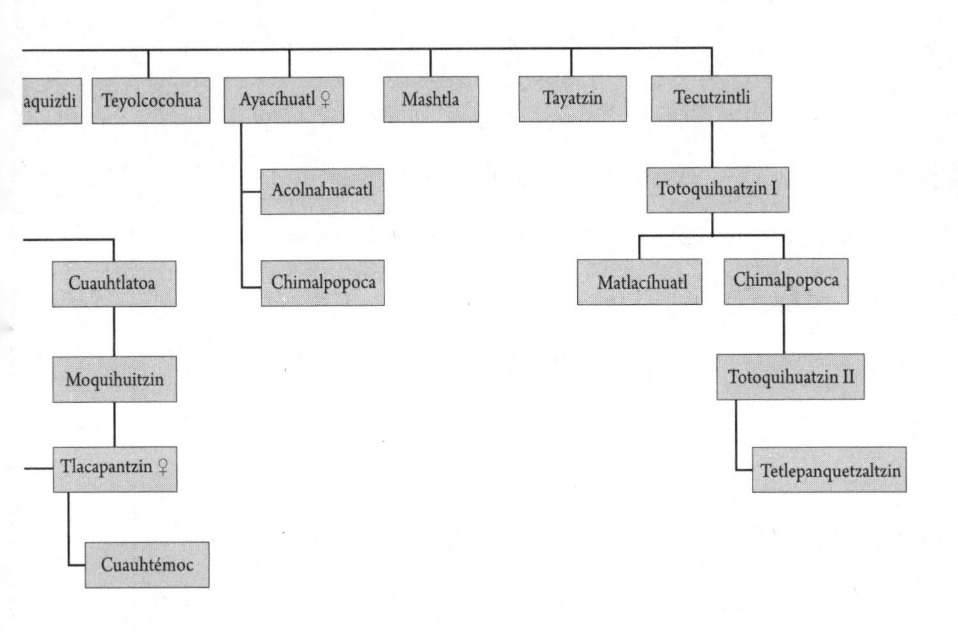

Hubo tres descendientes que se llamaron Chimalpopoca: 1) el hijo de Huitzilíhuitl y tercer tlatoani de México Tenochtitlan, casado con Matlalatzin, hija de Tlacateotzin, tlatoani de Tlatelolco; 2) el hijo de Totoquihuatzin I y tlatoani de Tlacopan; y 3) el hijo de Motecuzoma Xocoyotzin, que no aparece en este árbol genealógico.

ÁRBOL GENEALÓGICO TLATELOLCA

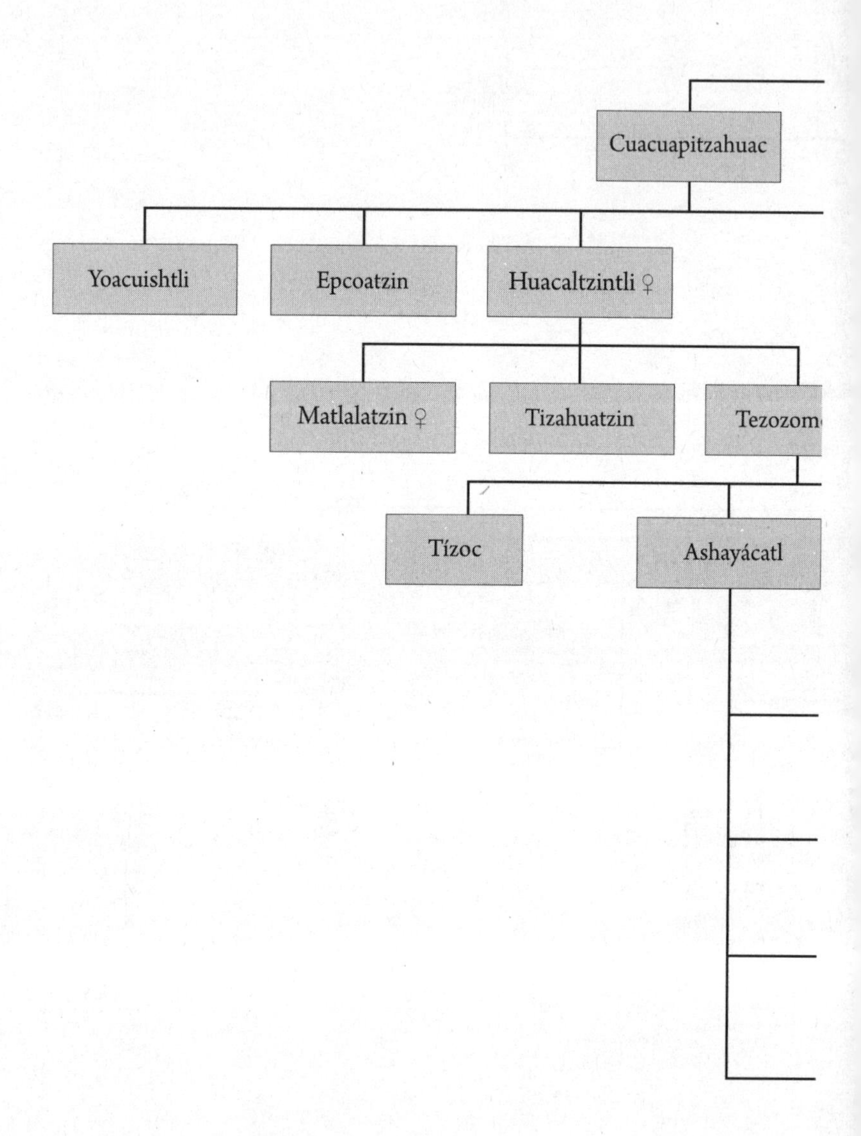

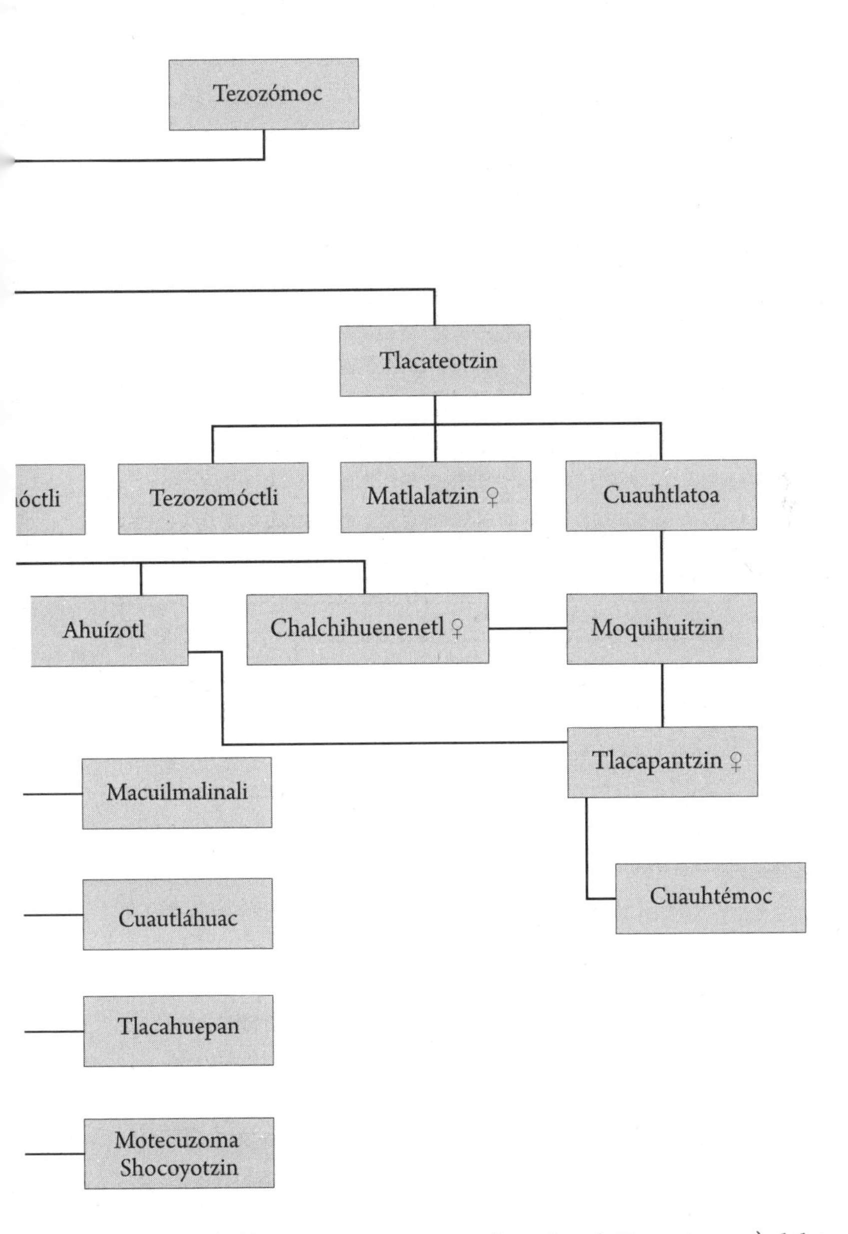

En este árbol hay tres personajes con el nombre de Tezozómoc: 1) el tlatoani de Azcapotzalco; 2) el hijo de Huacaltzintli e Izcóatl, esposo de Atotoztli y padre de Motecuzoma Ilhuicamina y Cuauhtláhuac; y 3) el hijo de Tlacateotzin y tlatoani de Cuautitlán. Cuauhtémoc, tlatoani de México Tenochtitlan, fue hijo de Ahuízotl y la princesa tlatelolca Tlacapantzin, pentanieta de Tezozómoc.

ÁRBOL GENEALÓGICO MEXICA (A)

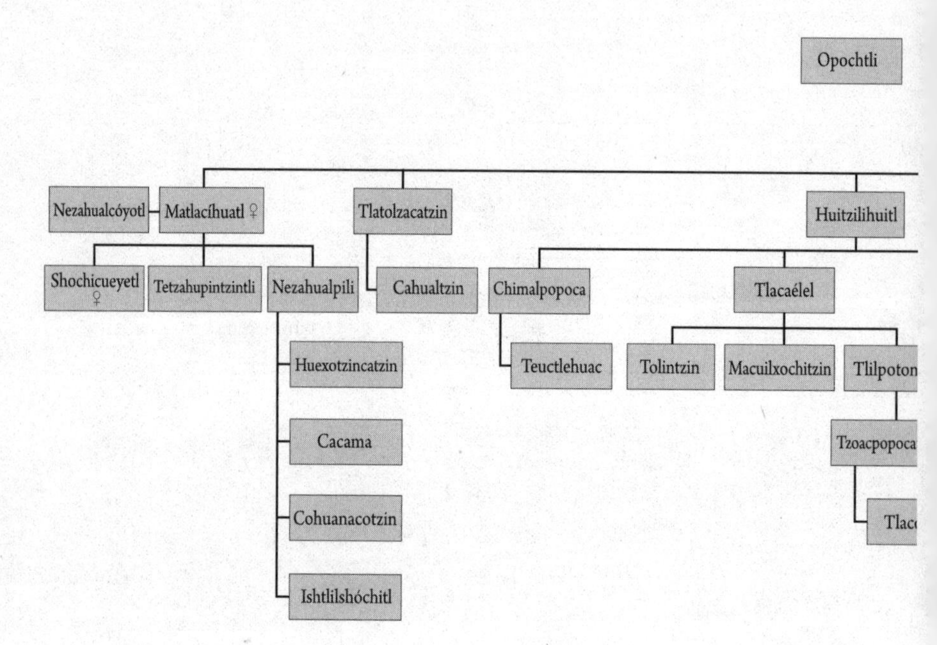

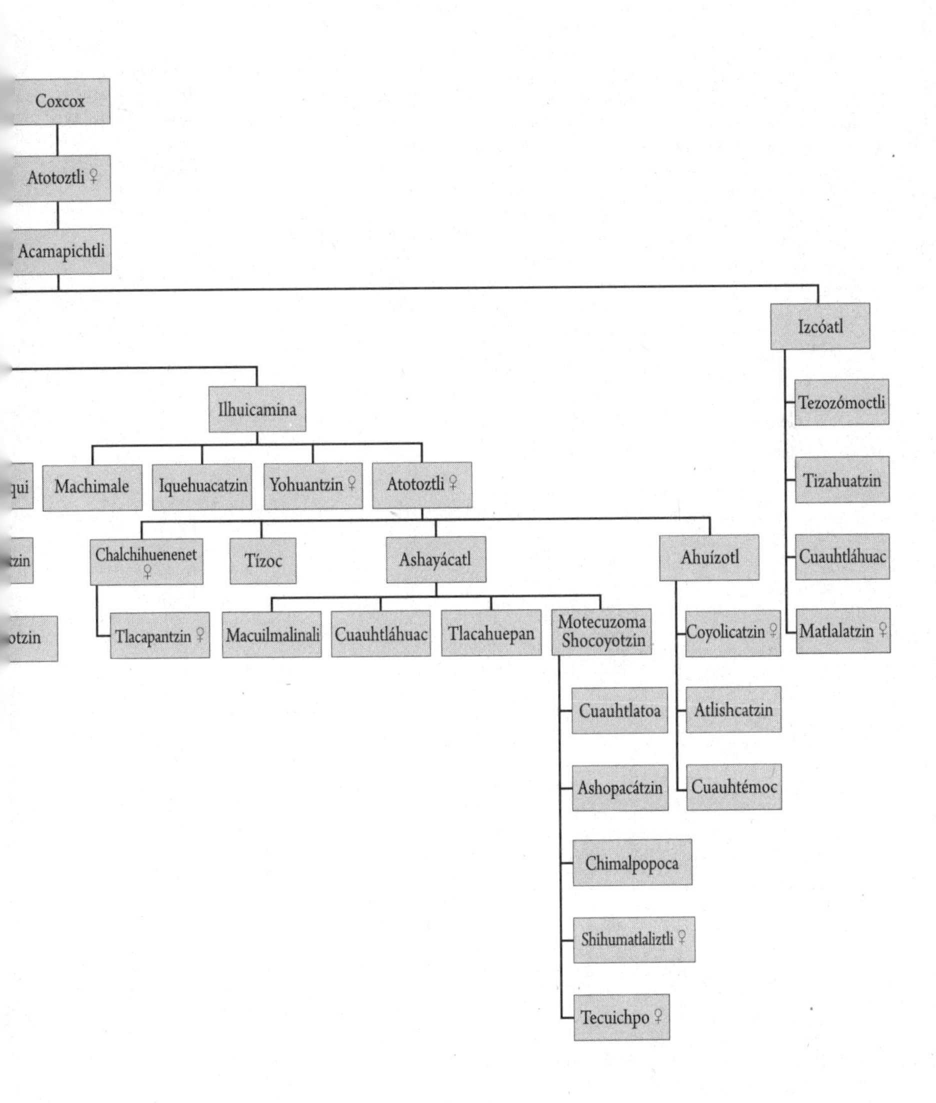

Tlacaélel tuvo 12 concubinas.

ÁRBOL GENEALÓGICO MEXICA (B)

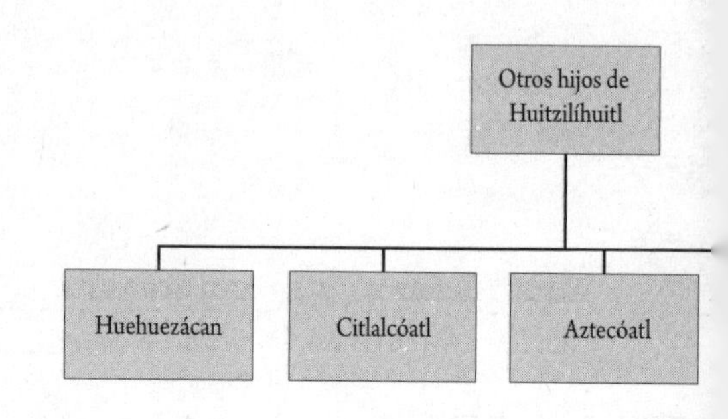

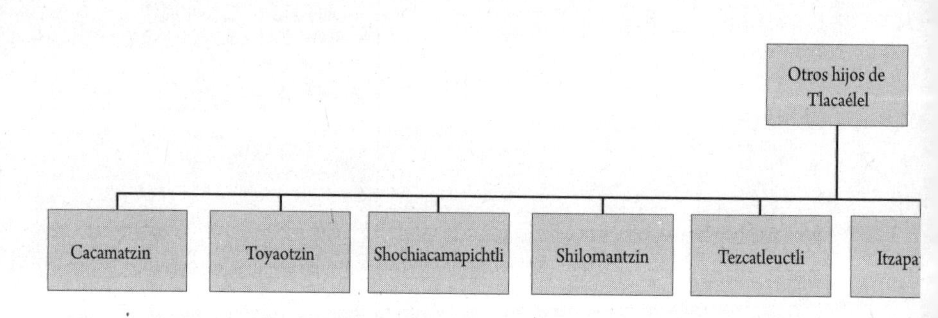

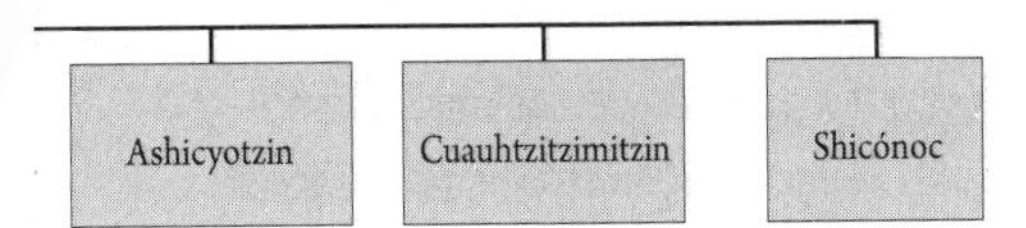
Ashicyotzin
Cuauhtzitzimitzin
Shicónoc

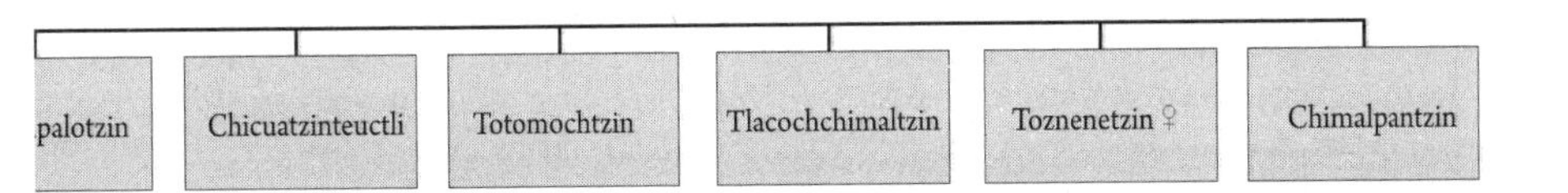
palotzin
Chicuatzinteuctli
Totomochtzin
Tlacochchimaltzin
Toznenetzin ♀
Chimalpantzin

ÁRBOL GENEALÓGICO MEXICA (C)

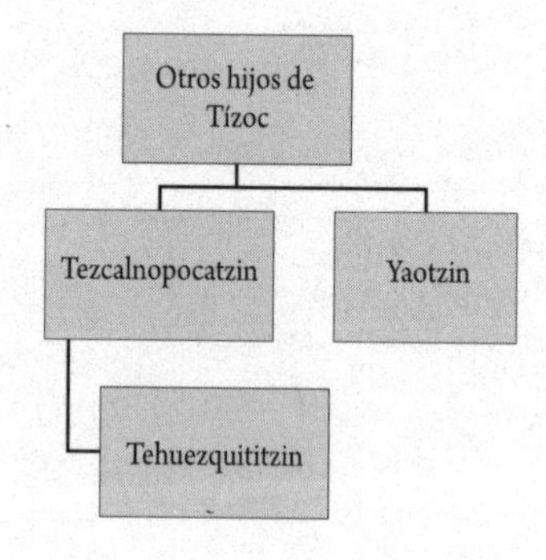

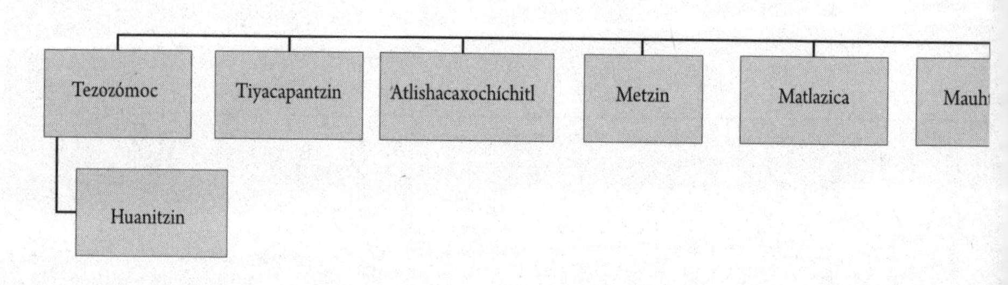

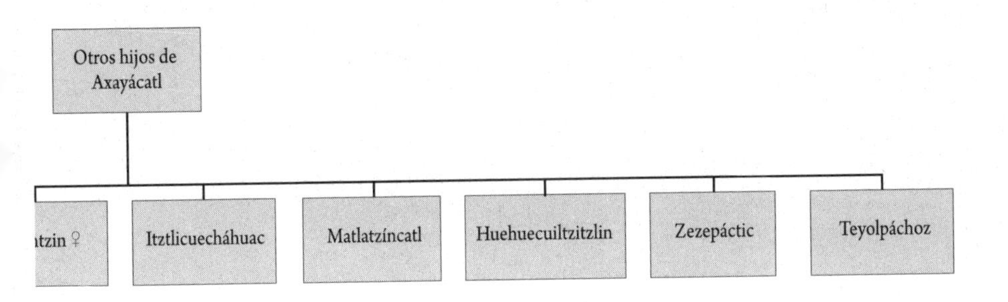
Otros hijos de Axayácatl
tzin ♀
Itztlicuecháhuac
Matlatzíncatl
Huehuecuiltzitzlin
Zezepáctic
Teyolpáchoz

ÁRBOL GENEALÓGICO DE TLACOPAN

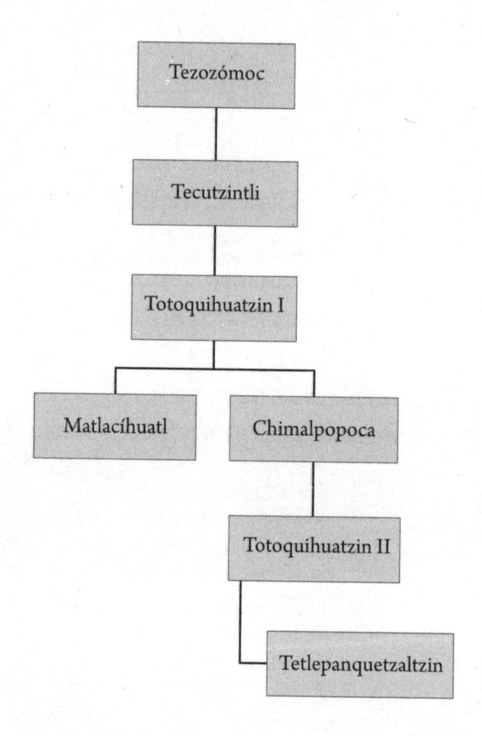

Fray Juan de Torquemada llama Matlaltzihuatzin a Matlacíhuatl, la hija de huehue Totoquihuatzin, quien convence a Nezahualcóyotl de que incluya a su padre en la Triple Alianza. Francisco Javier Clavijero plantea que Matlacíhuatl fue esposa de Nezahualcóyotl, pero que se casaron después de la Triple Alianza. Otras fuentes la colocan como otra hija de Totoquihuatzin.

Hubo tres personajes llamados Chimalpopoca: 1) el hijo de Huitzilíhuitl y tercer tlatoani de México Tenochtitlan; 2) el hijo de huehue Totoquihuatzin y tlatoani de Tlacopan; y 3) el hijo de Motecuzoma Xocoyotzin.

COATÉPETL

De acuerdo con el historiador Alfredo López Austin y el arqueólogo Leonardo López Luján, el Coatépetl es el Templo Mayor de Tenochtitlan. *Coatépetl,* «El monte de la serpiente» (*cóatl,* «serpiente»; y *tépetl,* «cerro»). No se confunda con *altépetl,* «ciudad». Desde la concepción nahua, el *Coatépetl* no era un templo sino un Monte Sagrado, al igual que todos los basamentos mesoamericanos, erróneamente llamados pirámides. El libro III del *Códice Florentino* narra que la diosa-madre *Coatlicue,* «falda de serpientes» o «la mujer con enaguas de serpiente», barría en la cúspide del Coatépetl, cuando cayó del cielo un ovillo de plumas. Coatlicue lo recogió, lo puso debajo de su huipil y quedó preñada del que sería el Sol: Huitzilopochtli. *Coyolxauhqui,* «la Luna», y los cuatrocientos *huitznahuas,* «las estrellas», hermanos de Coatlicue, consideraron aquella fecundación como un amor ilícito y decidieron matarla, pero no lo lograron. Poco después nació Huitzilopochtli, armado con la *xiuhcóatl,* «la serpiente de fuego», degolló a Coyolxauhqui y persiguió a los huitznahuas. En otras narraciones esto ocurre en *Coatépec,* «El cerro de la serpiente».

Cabe aclarar que un *teocalli* no es una «pirámide», sino la capilla construida en la cima de un Monte Sagrado o basamento. También se le llamaba *teocalcuitlapilli.*

El Coatépetl fue construido en siete etapas, ampliaciones sucesivas, una sobre otra, que cubrían las anteriores, como capas de cebolla. La primera fue construida en la fundación de México Tenochtitlan. La segunda, aproximadamente en 1390, durante el gobierno de Acamapichtli. La tercera etapa, en 1431, durante el gobierno de Izcóatl. La cuarta, entre 1454 y 1469, en el de Motecuzoma Ilhuicamina (hay quienes afirman que la segunda parte de esta etapa fue construida por Axayácatl). La quinta, 1482, en el de Tízoc. La sexta, 1500 y 1502, durante el mandato de Ahuízotl. La séptima, entre 1500 y 1521, en el gobierno de Motecuzoma Xocoyotzin.

LA CUENTA DEL TIEMPO

En la cultura nahua, la forma de medir el tiempo del día y la noche era por medio de nueve episodios rituales en los cuales los sacerdotes ofrendaban incienso de copal a *Tonátiuh,* «Sol», y a *Yohualtecutli,* «el Señor de la Noche».

<table>
<tr><th colspan="4">El cemílhuitl, «día», se dividía en cuatro episodios rituales</th></tr>
<tr><td>1. Hualmomana</td><td>«Se extiende el sol»</td><td>Aproximadamente a las seis de la mañana</td><td rowspan="4">Sólo en el hualmomana los sacerdotes mexicas se sangraban, saludaban al sol, ofrendaban incienso de copal y sacrificaban codornices. Las personas ayunaban.</td></tr>
<tr><td>2. Tlacualizpan</td><td>«Momento de comer»</td><td>Alrededor de las nueve de la mañana</td></tr>
<tr><td>3. Nepantla Tonátiuh</td><td>«El sol está en medio»</td><td>Entre la una y dos de la tarde</td></tr>
<tr><td>4. Oncalaqui Tonátiuh</td><td>«El sol se mete»</td><td>Hacia las seis de la tarde</td></tr>
</table>

<table>
<tr><th colspan="4">El ceyohual, «noche», se dividía en cinco episodios rituales</th></tr>
<tr><td>1. Tlapoyahua</td><td>«Es noche»</td><td>Poco después de la puesta del sol. Los mexicas saludaban por primera vez al Señor de la Noche</td><td rowspan="2">Sólo en el tlapoyahua los sacerdotes mexicas saludaban al señor de la noche y ofrendaban incienso de copal.</td></tr>
<tr><td>2. Netetequizpan o netequilizpan</td><td>«El momento de acostarse»</td><td>Ocurría a las nueve de la noche</td></tr>
<tr><td>3. Tlatlapitalizpan / in ícuac xelihui Yohualli</td><td>«Al momento de soplar en flautas o conchas» /«cuando se divide la noche»</td><td>Correspondían a las 12 de la noche</td><td></td></tr>
<tr><td>4. Ticatla o yohualnepantla</td><td>«A media-noche»</td><td>Hacia la una o las dos de la mañana</td><td></td></tr>
<tr><td>5. Tlathuináhuac</td><td>«Cerca del alba»</td><td>El momento de la aparición de Venus como estrella matutina</td><td></td></tr>
</table>

LA CUENTA DE LOS DÍAS

En la cultura nahua, no existe el concepto de semana (del latín *septem,* «siete»), ciclo compuesto por siete días seguidos, sino que es un periodo de 20 *cemílhuitl,* «días», consecutivos, llamado *cempoallapohualli,* «la cuenta de las veintenas». Cada uno de estos 20 cemílhuitl tiene un nombre (como en la cultura occidental los días de la semana, de lunes a domingo), con la diferencia de que cada uno de estos 20 días está asociado a una deidad, es decir: el día Cipactli se relaciona con el dios Tonacatecutli; el día Ehécatl con el dios Quetzalcóatl, y así. A continuación, el lector encontrará el nombre de la deidad asociada debajo del nombre del *cemílhuitl,* «día».

LOS NÚMEROS EN NÁHUATL DEL 1 AL 13

Cada uno de los 20 días se combina con 13 números. La combinación es muy amplia, lo cual se demostrará más adelante.

EL TIEMPO Y LOS CUATRO TEZCATLIPOCAS

Los cuatro Tezcatlipocas representaban los principales fenómenos astronómicos solares y cada uno tenía asignada la fiesta de acuerdo al cuadrante que le correspondía: Tezcatlipoca azul Huitzilopochtli, sur, veintena panquetzaliztli, poco antes del solsticio de invierno. Tezcatlipoca rojo, Xipe Tótec, oriente, veintena tlacaxipehualiztli, durante el equinoccio de primavera. Tezcatlipoca negro, norte, veintena tóxcatl, primer paso del sol por el cenit antes del solsticio de verano. Tezcatlipoca blanco, Quetzalcóatl, veintena xócotl huetzi, poco antes del equinoccio de otoño.

Las fiestas de los cuatro Tezcatlipoca estaban asignadas al cuadrante que les correspondía.

Tlahuiztlampa
«oriente»

Tezcatlipoca rojo, Xipe Tótec
(veintena tlacaxipehualiztli)

Mictlan
«norte»

Tezcatlipoca negro
(veintena tóxcatl)

Huitztlampa
«sur»

Tezcatlipoca azul,
Huitzilopochtli
(veintena panquetaliztli)

Cihuatlampa
«poniente»

Tezcatlipoca blanco, Quetzalcóatl
(veintena xocotlhueti)

Los mexicas y los mayas utilizaban las mismas medidas temporales: un día era un *tonalli*[230] mexica y un *k'in* maya. Un *xíhuitl,* «año mexica», constaba de 360 días, más cinco días *nemontemi,* en total 365 días. Los mayas tenían el *tun,* equivalente a 360 días, más cinco días *wayeb,* que hacían un *haab,* «año de 365 días». El *tonalpohualli,* «calendario de 260 días», entre los mexicas es el *tolk'in* entre los mayas, derivado de una palabra *k'iche,* «quiché», que significa «el orden de los días».

> El fin que perseguía el calendario anual o *xiuhpohualli* era establecer una correspondencia entre la sucesión de las fiestas y los ciclos naturales del sol, las lluvias y el maíz, así como regir los rituales públicos y la recaudación de tributos. Con este propósito subdividía el año en meses de 20 días, pero no permitía dar un nombre a los días ni seguir el desarrollo de los años. Esta tarea le correspondía a otro tipo de calendario: el *tonalpohualli,* formado de dos voces: *pohualli,* «cuenta», y *tonalli,* que significa a la vez «sol, día y destino», que suele designarse como calendario ritual o adivinatorio. Este cómputo comprendía ciclos de 260 días que se repetían a lo largo de todos los años solares sucesivos. Mesoamérica es el único lugar del mundo que inventó un calendario de 260 días, número que no corresponde al periodo sinódico de ningún astro, pero que permite relacionar entre sí distintos ciclos naturales. Este calendario sólo pudo inventarse tras siglos, e incluso milenios de observaciones reiteradas, dentro de una amplia área cultural. De ahí que para abordar el *tonalpohualli* sea preciso arraigar el calendario en el pasado mesoamericano, y no solamente mexica, y concebir el tiempo como un complejo engranaje de ciclos.

230 *Tonalli* tiene cuatro significados: «día, sol, destino y espíritu».

El *tonalpohualli* constaba de 20 trecenas, que resultan de la combinación de 20 signos con 13 números.[231]

Trecena	*1*	*2*	*3*	*4*	*5*	*6*	*7*	*8*	*9*	*10*	*11*	*12*	*13*	*1*
caimán	**1**	8	2	9	3	10	4	11	5	12	6	13	7	**1**
viento	2	9	3	10	4	11	5	12	6	13	7	1	8	*Aquí reinicia la cuenta de los 260 días*
casa	3	10	4	11	5	12	6	13	7	1	8	2	9	
lagartija	4	11	5	12	6	13	7	1	8	2	9	3	10	
serpiente	5	12	6	13	7	1	8	2	9	3	10	4	11	
muerte	6	13	7	1	8	2	9	3	10	4	11	5	12	
venado	7	1	8	2	9	3	10	4	11	5	12	6	13	
conejo	8	2	9	3	10	4	11	5	12	6	13	7	1	
agua	9	3	10	4	11	5	12	6	13	7	1	8	2	
perro	10	4	11	5	12	6	13	7	1	8	2	9	3	
mono	11	5	12	6	13	7	1	8	2	9	3	10	4	
hierba	12	6	13	7	1	8	2	9	3	10	4	11	5	
carrizo	13	7	1	8	2	9	3	10	4	11	5	12	6	
jaguar	1	8	2	9	3	10	4	11	5	12	6	13	7	
águila	2	9	3	10	4	11	5	12	6	13	7	1	8	
buitre	3	10	4	11	5	12	6	13	7	1	8	2	9	
movimiento	4	11	5	12	6	13	7	1	8	2	9	3	10	
pedernal	5	12	6	13	7	1	8	2	9	3	10	4	11	
lluvia	6	13	7	1	8	2	9	3	10	4	11	5	12	
flor	7	1	8	2	9	3	10	4	11	5	12	6	13	

231 D. Dehouve, *El imaginario de los números entre los antiguos mexicanos*, p. 84.

LA CUENTA DE LAS VEINTENAS

El *xiuhpohualli,* «calendario anual o solar de 365 días», está dividido en 18 veintenas. Veinte días forman un *metztli,* «luna». Dieciocho *meztlis* forman un año de 360 días. Cada uno de estos 18 *meztlis* o veintenas tiene un nombre.

De acuerdo con Fray Toribio de Motolinía,

> [...] los meses todos comienzan en la misma figura que comienza el año debajo del número que les viene, ejemplo: este año es 5 calli xíhuitl (1549), todos los meses de este año comienzan en calli con el número que le cabe en el caracol arriba, y hace de notar que así como en la rueda de 52 figuras hace en 52 años por su curso que lo mesmo hace la rueda de las 20 figuras que en 52 años hace su curso mayor, porque debajo de un mesmo número no será un mesmo día dentro de 52 años, salvo el año bisiesto que en una figura hace dos días como abajo parecerá, el curso menor hace en 260 días.[232]

El *Códice Telleriano* nos dice: «los mexicas cuentan el día, desde mediodía hasta otro día a mediodía».

Para el año *matlactli tochtli,* «diez conejo: 2022», las veintenas comienzan de la siguiente manera:

Veintena 1: *Atlcahualo,* «en donde se detienen o bajan las aguas» (del 25-26 de febrero al 16 de marzo), celebraba al dios Tláloc y a sus ayudantes, los tlaloques.

Veintena 2: *Tlacaxipehualiztli,* «fiesta de los desollados», (del 17-18 de marzo al 6 de abril), celebraba a Xipe Tótec con el sacrificio de prisioneros de guerra.

Veintena 3: *Tozoztontli,* «vigilia pequeña» (del 6-7 al 26 de abril), celebraba a Coatlicue con las cosechas y la abundancia de maíz.

Veintena 4: *Huei tozoztli,* «vigilia grande» (del 26-27 de abril al 16 de mayo), celebraba a Chicomecóatl y Cintéotl por el maíz.

Veintena 5: *Tóxcatl,* «sequedad o falta de agua» (del 16-17 de mayo al 5 de junio), celebraba a Tezcatlipoca y Huitzilopochtli.

232 *Memoriales,* pp. 48-53.

Veintena 6: *Etzalcualiztli,* «acción de comer etzalli» (del 5-6 al 25 de junio), celebraba a Tláloc por la abundancia.

Veintena 7: *Tecuilhuitontli,* «fiesta pequeña de los señores» (del 25-26 de junio al 15 de julio), celebraba a Huixtucíhuatl, la diosa de la sal y de las aguas saladas.

Veintena 8: *Huei Tecuílhuitl,* «fiesta grande de los señores» (del 15-16 de julio al 4 de agosto), celebraba a Xilonen y Xochipilli.

Veintena 9: *Tlaxochimaco,* «estera de flores o tierra florida» (del 4-5 al 24 de agosto), celebraba a los dioses llevándoles flores por la mañana.

Veintena 10: *Xócotl Huetzi,* «cuando madura la fruta» (del 24-25 de agosto al 13 de septiembre), celebraba a los muertos, para ello derribaban un tronco colocado en el Recinto Sagrado en la veintena anterior, ayunaban tres días seguidos en honor a sus muertos y el día de la fiesta subían a los techos de sus casas y los llamaban.

Veintena 11: *Ochpaniztli,* «acción de barrer» (del 13-14 de septiembre al 3 de octubre), celebraba a las deidades de la tierra, el maíz y el agua; hacían ayuno y penitencia, y luego sacrificaban a una esclava que personificaba a Atlatónan, «nuestra madre del agua», comían tortillas, tomates y sal. Al día siguiente, sacrificaban a una niña de entre 12 y 13 años, a la cual vestían como Chicomecóatl, diosa del maíz.

Veintena 12: *Teotleco,* «bajada del dios» (del 3-4 al 23 de octubre), celebraba la llegada de los dioses a la tierra y a Huehue téotl, «dios viejo», dios del fuego terrestre.

Veintena 13: *Tepeílhuitl,* «fiesta de los montes» (del 23-24 de octubre al 12 de noviembre), celebraba a los tlaloque, ayudantes de Tláloc y señores de las montañas y la lluvia.

Veintena 14: *Quecholli,* «flecha arrojadiza» (del 12-13 de noviembre al 2 de diciembre), celebraba a tlacoquecholli, «mitad de quecholli», y quechollami «termina quecholli», en la cual hacían flechas en el teocali de Huitzilopochtli y honraban a los guerreros muertos.

Veintena 15: *Panquetzaliztli,* «despliegue de banderas» (del 2-3 al 22 de diciembre), celebraba a Huitzilopochtli.

Veintena 16: *Atemoztli,* «abajamiento de las aguas» (del 22-23 de diciembre al 11 de enero), celebraba a los tlaloque, ayudantes de Tláloc y señores de las montañas y la lluvia.

Veintena 17: *Títitl,* «vientre» (del 11-12 al 31 de enero), celebraba a Ilmatecutli, «señora vieja», otro nombre de Teteo Innan, «la madre de los dioses», y a Mishcóatl, dios de los guerreros muertos en combate.

Veintena 18: *Izcalli,* «crecimiento» (del 31 de enero al 20 de febrero), celebraba a Xiuhtecutli, dios del fuego.

Días *nemontemi,* del 21 al 25 de febrero.

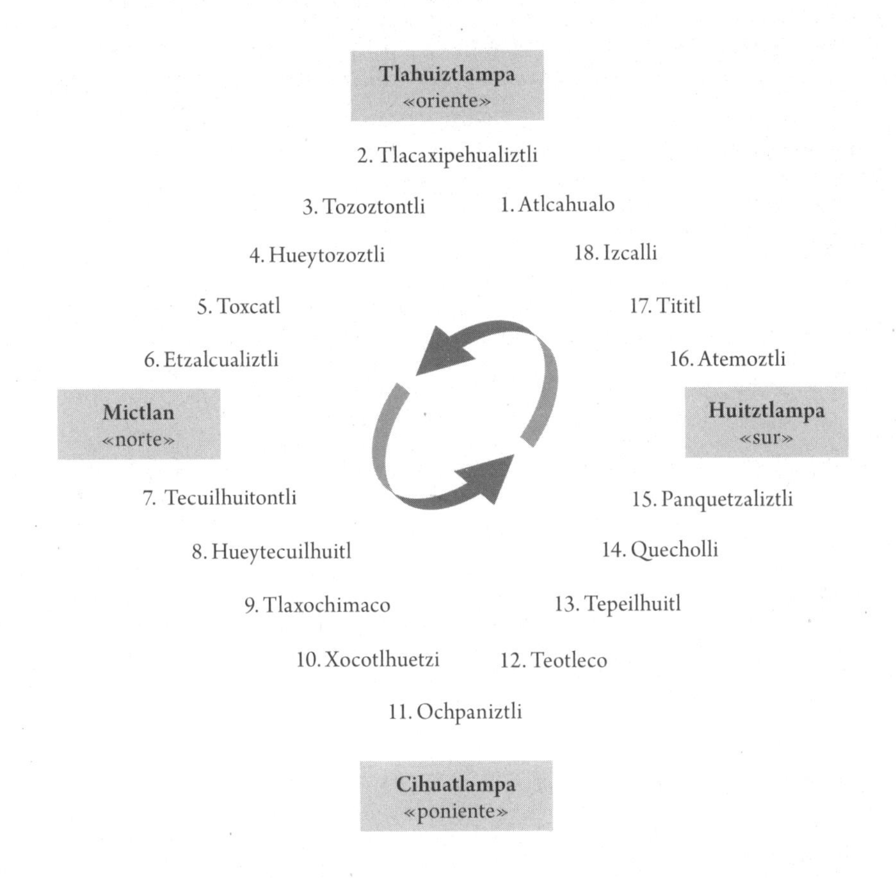

Dieciocho veintenas suman 360 días, más los cinco días llamados *nemontemi,* «días aciagos» o «días en vano», porque no pertenecen a una divinidad y no cuentan en el ámbito religioso; sin embargo, sí se integran en la sucesión calendárica de los días para completar los 365 días del año. Esto significa que no hay un solo modelo calendárico de las veintenas del año, sino cuatro, llamados: *ácatl,* «carrizo»; *técpatl,*

«pedernal»; *calli,* «casa», y *tochtli,* «conejo». Es decir que el año comienza en la misma veintena llamada *atlcahualo* y termina en la veintena *izcalli,* pero pocas veces inicia en el mismo día y número, como lo hacemos en el calendario gregoriano, que comienza el primero de enero. El *matlactli tochtli xíhuitl,* «año diez conejo», inicia el 17 de marzo de 2022 con la veintena *tlacaxipehualiztli* y el día «dos conejo»; le siguen «tres agua», «cuatro perro», hasta llegar al «trece lluvia». El próximo signo «flor» ya no lleva el número 14, sino que reinicia la numeración en uno. Por lo tanto, la segunda trecena empieza con el día «uno flor» y termina con «trece hierba», ubicándose en la siguiente veintena, que en este caso corresponde a *tozoztontli.*

MATLACTLI TOCHTLI XIHUITL, «AÑO DIEZ CONEJO: 2022»

VEINTENA 1. ATLCAHUALO

chicuei tochtli	chiconahui atl	matlactli itzcuintli	matlactli once ozomatli	matlactli omome malinalli
ocho conejo	*nueve agua*	*diez perro*	*once mono*	*doce hierba*
25/02/2022	26/02/2022	27/02/2022	28/02/2022	01/03/2022

matlactli omei ácatl	ce océlotl	ome cuauhtli	yei cozcacuauhtli	nahui ollin
trece carrizo	*uno jaguar*	*dos águila*	*tres buitre*	*cuatro movimiento*
02/03/2022	03/03/2022	04/03/2022	05/03/2022	06/03/2022

macuilli técpatl	chicuace quiáhuitl	chicome xóchitl	chicuei cipactli	chiconahui ehécatl
cinco pedernal	*seis lluvia*	*siete flor*	*ocho caimán*	*nueve viento*
07/03/2022	08/03/2022	09/03/2022	10/03/2022	11/03/2022

matlactli calli	matlactli once cuetzpallin	matlactli omome cóatl	matlactli omei miquiztli	ce mázatl
diez casa	*once lagartija*	*doce serpiente*	*trece muerte*	*uno venado*
12/03/2022	13/03/2022	14/03/2022	15/03/2022	16/03/2022

MATLACTLI TOCHTLI XIHUITL, «AÑO DIEZ CONEJO: 2022»

VEINTENA 2. TLACAXIPEHUALIZTLI

ome tochtli	yei atl	nahui itzcuintli	macuilli ozomatli	chicuace malinalli
dos conejo	*tres agua*	*cuatro perro*	*cinco mono*	*seis hierba*
17/03/2022	18/03/2022	19/03/2022	20/03/2022	21/03/2022

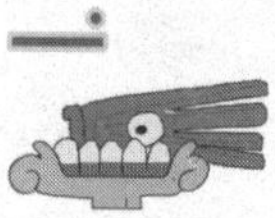

chicome ácatl	chicuei océlotl	chiconahui cuauhtli	matlactli cozcacuauhtli	matlactli once ollin
siete carrizo	*ocho jaguar*	*nueve águila*	*diez buitre*	*once movimiento*
22/03/2022	23/03/2022	24/03/2022	25/03/2022	26/03/2022

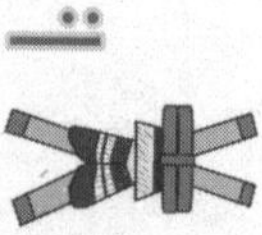

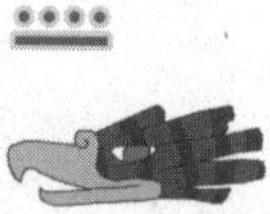

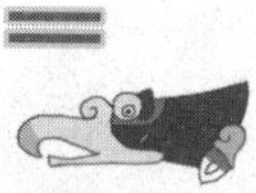

matlactli omome técpatl	matlactli omei quiáhuitl	ce xóchitl	ome cipactli	yei ehécatl
doce pedernal	*trece lluvia*	*uno flor*	*dos caimán*	*tres viento*
27/03/2022	28/03/2022	29/03/2022	30/03/2022	31/03/2022

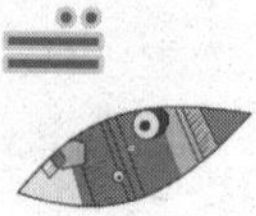

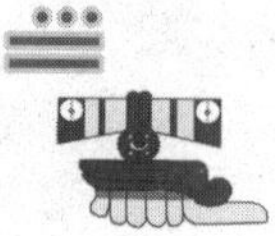

nahui calli	macuilli cuetzpallin	chicuace cóatl	chicome miquiztli	chicuei mázatl
cuatro casa	*cinco lagartija*	*seis serpiente*	*siete muerte*	*ocho venado*
01/04/2022	02/04/2022	03/04/2022	04/04/2022	05/04/2022

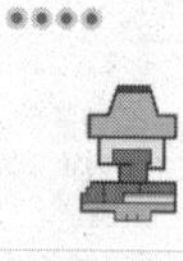

MATLACTLI TOCHTLI XIHUITL, «AÑO DIEZ CONEJO: 2022»				
VEINTENA 3. TOZOZTONTLI				
chiconahui tochtli	matlactli atl	matlactli once itzcuintli	matlactli omome ozomatli	matlactli omei malinalli
nueve conejo	*diez agua*	*once perro*	*doce mono*	*trece hierba*
06/04/2022	07/04/2022	08/04/2022	09/04/2022	10/04/2022

ce ácatl	ome océlotl	yei cuauhtli	nahui cozcacuauhtli	macuilli ollin
uno carrizo	*dos jaguar*	*tres águila*	*cuatro buitre*	*cinco movimiento*
11/04/2022	12/04/2022	13/04/2022	14/04/2022	15/04/2022

chicuace técpatl	chicome quiáhuitl	chicuei xóchitl	chiconahui cipactli	matlactli ehécatl
seis pedernal	*siete lluvia*	*ocho flor*	*nueve caimán*	*diez viento*
16/04/2022	17/04/2022	18/04/2022	19/04/2022	20/04/2022

matlactli once calli	matlactli omome cuetzpallin	matlactli omei cóatl	ce miquiztli	ome mázatl
once casa	*doce lagartija*	*trece serpiente*	*uno muerte*	*dos venado*
21/04/2022	22/04/2022	23/04/2022	24/04/2022	25/04/2022

MATLACTLI TOCHTLI XIHUITL, «AÑO DIEZ CONEJO: 2022»

VEINTENA 4. HUEY TOZOZTLI

yei tochtli	nahui atl	macuilli itzcuintli	chicuace ozomatli	chicome malinalli
tres conejo	*cuatro agua*	*cinco perro*	*seis mono*	*siete hierba*
26/04/2022	27/04/2022	28/04/2022	29/04/2022	30/04/2022

chicuei ácatl	chiconahui océlotl	matlactli cuauhtli	matlactli once cozcacuauhtli	matlactli omome ollin
ocho carrizo	*nueve jaguar*	*diez águila*	*once buitre*	*doce movimiento*
01/05/2022	02/05/2022	03/05/2022	04/05/2022	05/05/2022

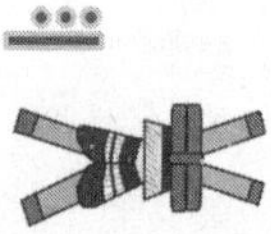

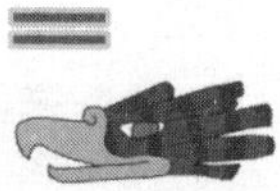

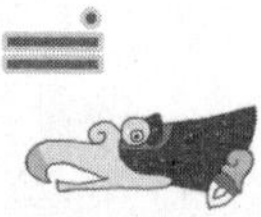

matlactli omei técpatl	ce quiáhuitl	ome xóchitl	yei cipactli	nahui ehécatl
trece pedernal	*uno lluvia*	*dos flor*	*tres caimán*	*cuatro viento*
06/05/2022	07/05/2022	08/05/2022	09/05/2022	10/05/2022

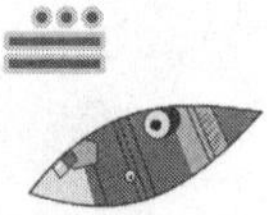

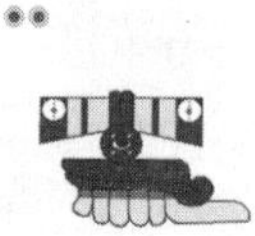

macuilli calli	chicuace cuetzpallin	chicome cóatl	chicuei miquiztli	chiconahui mázatl
cinco casa	*seis lagartija*	*siete serpiente*	*ocho muerte*	*nueve venado*
11/05/2022	12/05/2022	13/05/2022	14/05/2022	15/05/2022

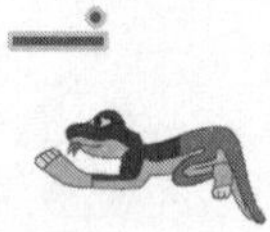

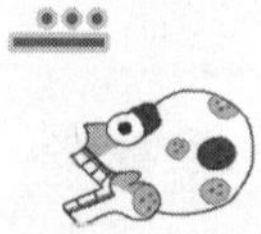

MATLACTLI TOCHTLI XIHUITL, «AÑO DIEZ CONEJO: 2022»

VEINTENA 5. TÓXCATL

matlactli tochtli	matlactli once atl	matlactli omome itzcuintli	matlactli omei ozomatli	ce malinalli
diez conejo	*once agua*	*doce perro*	*trece mono*	*uno hierba*
16/05/2022	17/05/2022	18/05/2022	19/05/2022	20/05/2022

ome ácatl	yei océlotl	nahui cuauhtli	macuilli cozcacuauhtli	chicuace ollin
dos carrizo	*tres jaguar*	*cuatro águila*	*cinco buitre*	*seis movimiento*
21/05/2022	22/05/2022	23/05/2022	24/05/2022	25/05/2022

chicome técpatl	chicuei quiáhuitl	chiconahui xóchitl	matlactli cipactli	matlactli once ehécatl
siete pedernal	*ocho lluvia*	*nueve flor*	*diez caimán*	*once viento*
26/05/2022	27/05/2022	28/05/2022	29/05/2022	30/05/2022

matlactli omome calli	matlactli omei cuetzpallin	ce cóatl	ome miquiztli	yei mázatl
doce casa	*trece lagartija*	*uno serpiente*	*dos muerte*	*tres venado*
31/05/2022	01/06/2022	02/06/2022	03/06/2022	04/06/2022

MATLACTLI TOCHTLI XIHUITL, «AÑO DIEZ CONEJO: 2022»

VEINTENA 6. ETZALCUALIZTLI

nahui tochtli	macuilli atl	chicuace itzcuintli	chicome ozomatli	chicuei malinalli
cuatro conejo	*cinco agua*	*seis perro*	*siete mono*	*ocho hierba*
05/06/2022	06/06/2022	07/06/2022	08/06/2022	09/06/2022

chiconahui ácatl	matlactli océlotl	matlactli once cuauhtli	matlactli omome cozcacuauhtli	matlactli omei ollin
nueve carrizo	*diez jaguar*	*once águila*	*doce buitre*	*trece movimiento*
10/06/2022	11/06/2022	12/06/2022	13/06/2022	14/06/2022

ce técpatl	ome quiáhuitl	yei xóchitl	nahui cipactli	macuilli ehécatl
uno pedernal	*dos lluvia*	*tres flor*	*cuatro caimán*	*cinco viento*
15/06/2022	16/06/2022	17/06/2022	18/06/2022	19/06/2022

chicuace calli	chicome cuetzpallin	chicuei cóatl	chiconahui miquiztli	matlactli mázatl
seis casa	*siete lagartija*	*ocho serpiente*	*nueve muerte*	*diez venado*
20/06/2022	21/06/2022	22/06/2022	23/06/2022	24/06/2022

MATLACTLI TOCHTLI XIHUITL, «AÑO DIEZ CONEJO: 2022»

VEINTENA 7. TECUILHUITONTLI

matlactli once tochtli	matlactli omome atl	matlactli omei itzcuintli	ce ozomatli	ome malinalli
once conejo	*doce agua*	*trece perro*	*uno mono*	*dos hierba*
25/06/2022	26/06/2022	27/06/2022	28/06/2022	29/06/2022

yei ácatl	nahui océlotl	macuilli cuauhtli	chicuace cozcacuauhtli	chicome ollin
tres carrizo	*cuatro jaguar*	*cinco águila*	*seis buitre*	*siete movimiento*
30/06/2022	01/07/2022	02/07/2022	03/07/2022	04/07/2022

chicuei técpatl	chiconahui quiáhuitl	matlactli xóchitl	matlactli once cipactli	matlactli omome ehécatl
ocho pedernal	*nueve lluvia*	*diez flor*	*once caimán*	*doce viento*
05/07/2022	06/07/2022	07/07/2022	08/07/2022	09/07/2022

matlactli omei calli	ce cuetzpallin	ome cóatl	yei miquiztli	nahui mázatl
trece casa	*uno lagartija*	*dos serpiente*	*tres muerte*	*cuatro venado*
10/07/2022	11/07/2022	12/07/2022	13/07/2022	14/07/2022

MATLACTLI TOCHTLI XIHUITL, «AÑO DIEZ CONEJO: 2022»

VEINTENA 8. HUEY TECUILHUITL

macuilli tochtli	chicuace atl	chicome itzcuintli	chicuei ozomatli	chiconahui malinalli
cinco conejo	*seis agua*	*siete perro*	*ocho mono*	*nueve hierba*
15/07/2022	16/07/2022	17/07/2022	18/07/2022	19/07/2022

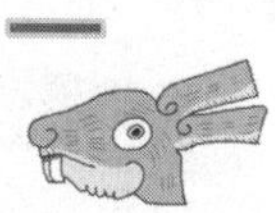

matlactli ácatl	matlactli once océlotl	matlactli omome cuauhtli	matlactli omei cozcacuauhtli	ce ollin
diez carrizo	*once jaguar*	*doce águila*	*trece buitre*	*uno movimiento*
20/07/2022	21/07/2022	22/07/2022	23/07/2022	24/07/2022

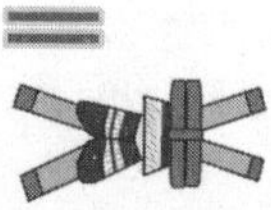

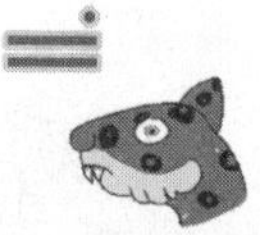

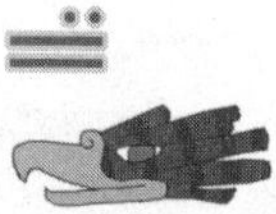

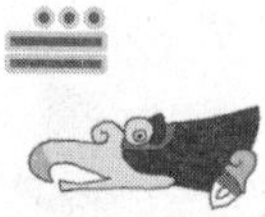

ome técpatl	yei quiáhuitl	nahui xóchitl	macuilli cipactli	chicuace ehécatl
dos pedernal	*tres lluvia*	*cuatro flor*	*cinco caimán*	*seis viento*
25/07/2022	26/07/2022	27/07/2022	28/07/2022	29/07/2022

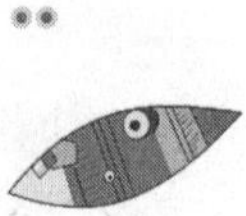

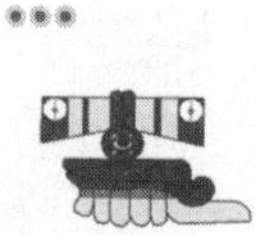

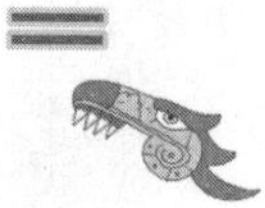

chicome calli	chicuei cuetzpallin	chiconahui cóatl	matlactli miquiztli	matlactli once mázatl
siete casa	*ocho lagartija*	*nueve serpiente*	*diez muerte*	*once venado*
30/07/2022	31/07/2022	01/08/2022	02/08/2022	03/08/2022

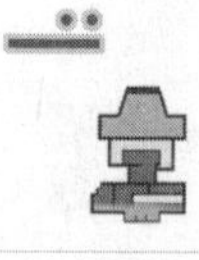

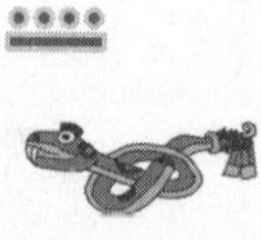

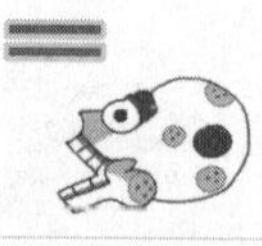

MATLACTLI TOCHTLI XIHUITL, «AÑO DIEZ CONEJO: 2022»

VEINTENA 9. TLAXOCHIMACO

matlactli omome tochtli	matlactli omei atl	ce itzcuintli	ome ozomatli	yei malinalli
doce conejo	*trece agua*	*uno perro*	*dos mono*	*tres hierba*
04/08/2022	05/08/2022	06/08/2022	07/08/2022	08/08/2022

nahui ácatl	macuilli océlotl	chicuace cuauhtli	chicome cozcacuauhtli	chicuei ollin
cuatro carrizo	*cinco jaguar*	*seis águila*	*siete buitre*	*ocho movimiento*
09/08/2022	10/08/2022	11/08/2022	12/08/2022	13/08/2022

chiconahui técpatl	matlactli quiáhuitl	matlactli once xóchitl	matlactli omome cipactli	matlactli omei ehécatl
nueve pedernal	*diez lluvia*	*once flor*	*doce caimán*	*trece viento*
14/08/2022	15/08/2022	16/08/2022	17/08/2022	18/08/2022

ce calli	ome cuetzpallin	yei cóatl	nahui miquiztli	macuilli mázatl
uno casa	*dos lagartija*	*tres serpiente*	*cuatro muerte*	*cinco venado*
19/08/2022	20/08/2022	21/08/2022	22/08/2022	23/08/2022

MATLACTLI TOCHTLI XIHUITL, «AÑO DIEZ CONEJO: 2022»

VEINTENA 10. XÓCOTL HUETZI

chicuace tochtli	chicome atl	chicuei itzcuintli	chiconahui ozomatli	matlactli malinalli
seis conejo	*siete agua*	*ocho perro*	*nueve mono*	*diez hierba*
24/08/2022	25/08/2022	26/08/2022	27/08/2022	28/08/2022

matlactli once ácatl	matlactli omome océlotl	matlactli omei cuauhtli	ce cozcacuauhtli	ome ollin
once carrizo	*doce jaguar*	*trece águila*	*uno buitre*	*dos movimiento*
29/08/2022	30/08/2022	31/08/2022	01/09/2022	02/09/2022

yei técpatl	nahui quiáhuitl	macuilli xóchitl	chicuace cipactli	chicome ehécatl
tres pedernal	*cuatro lluvia*	*cinco flor*	*seis caimán*	*siete viento*
03/09/2022	04/09/2022	05/09/2022	06/09/2022	07/09/2022

chicuei calli	chiconahui cuetzpallin	matlactli cóatl	matlactli once miquiztli	matlactli omome mázatl
ocho casa	*nueve lagartija*	*diez serpiente*	*once muerte*	*doce venado*
08/09/2022	09/09/2022	10/09/2022	11/09/2022	12/09/2022

MATLACTLI TOCHTLI XIHUITL, «AÑO DIEZ CONEJO: 2022»

VEINTENA 11. OCHPANIZTLI

matlactli omei tochtli	ce atl	ome itzcuintli	yei ozomatli	nahui malinalli
trece conejo	*uno agua*	*dos perro*	*tres mono*	*cuatro hierba*
13/09/2022	14/09/2022	15/09/2022	16/09/2022	17/09/2022

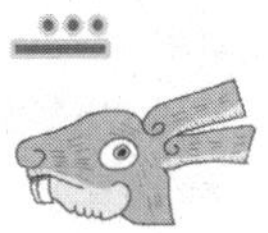

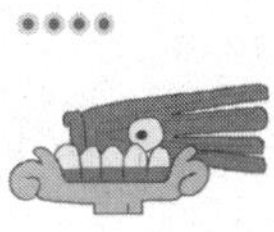

macuilli ácatl	chicuace océlotl	chicome cuauhtli	chicuei cozcacuauhtli	chiconahui ollin
cinco carrizo	*seis jaguar*	*siete águila*	*ocho buitre*	*nueve movimiento*
18/09/2022	19/09/2022	20/09/2022	21/09/2022	22/09/2022

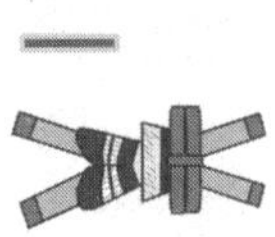

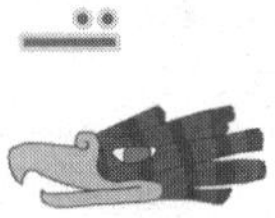

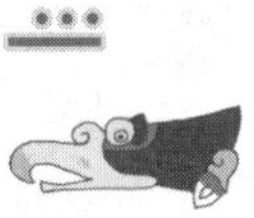

matlactli técpatl	matlactli once quiáhuitl	matlactli omome xóchitl	matlactli omei cipactli	ce ehécatl
diez pedernal	*once lluvia*	*doce flor*	*trece caimán*	*uno viento*
23/09/2022	24/09/2022	25/09/2022	26/09/2022	27/09/2022

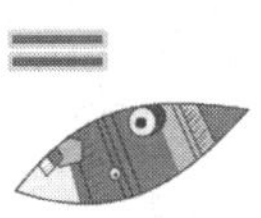

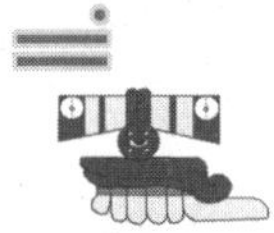

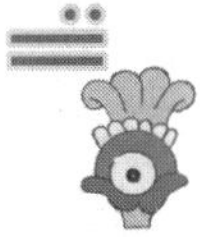

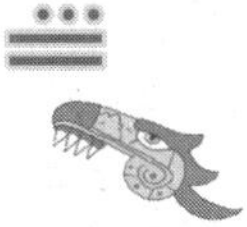

ome calli	yei cuetzpallin	nahui cóatl	macuilli miquiztli	chicuace mázatl
dos casa	*tres lagartija*	*cuatro serpiente*	*cinco muerte*	*seis venado*
28/09/2022	29/09/2022	30/09/2022	01/10/2022	02/10/2022

MATLACTLI TOCHTLI XIHUITL, «AÑO DIEZ CONEJO: 2022»

VEINTENA 12. TEOTLECO

chicome tochtli	chicuei atl	chiconahui itzcuintli	matlactli ozomatli	matlactli once malinalli
siete conejo	*ocho agua*	*nueve perro*	*diez mono*	*once hierba*
03/10/2022	04/10/2022	05/10/2022	06/10/2022	07/10/2022

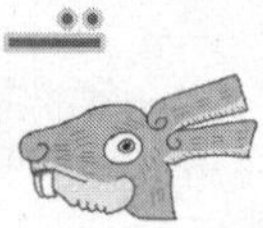

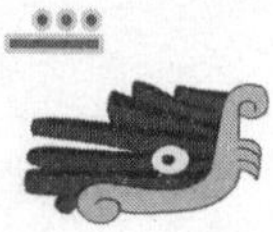

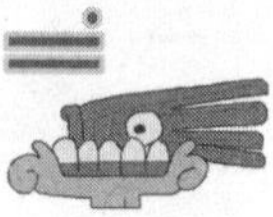

matlactli omome ácatl	matlactli omei océlotl	ce cuauhtli	ome cozcacuauhtli	yei ollin
doce carrizo	*trece jaguar*	*uno águila*	*dos buitre*	*tres movimiento*
08/10/2022	09/10/2022	10/10/2022	11/10/2022	12/10/2022

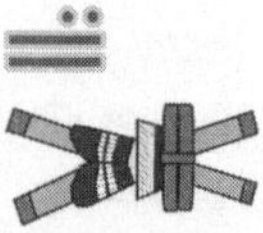

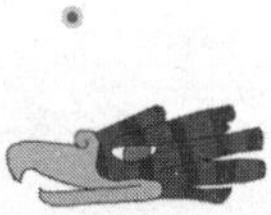

nahui técpatl	macuilli quiáhuitl	chicuace xóchitl	chicome cipactli	chicuei ehécatl
cuatro pedernal	*cinco lluvia*	*seis flor*	*siete caimán*	*ocho viento*
13/10/2022	14/10/2022	15/10/2022	16/10/2022	17/10/2022

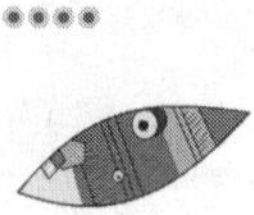

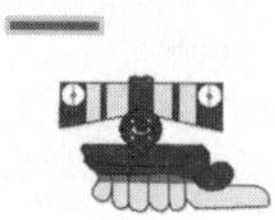

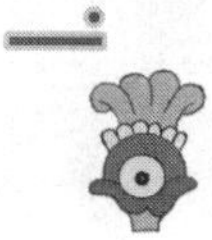

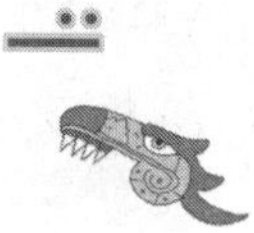

chiconahui calli	matlactli cuetzpallin	matlactli once cóatl	matlactli omome miquiztli	matlactli omei mázatl
nueve casa	*diez lagartija*	*once serpiente*	*doce muerte*	*trece venado*
18/10/2022	19/10/2022	20/10/2022	21/10/2022	22/10/2022

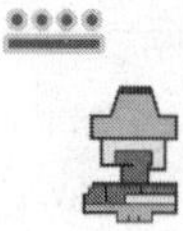

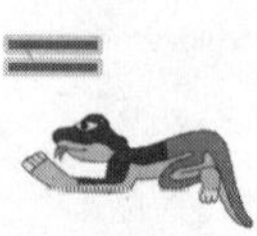

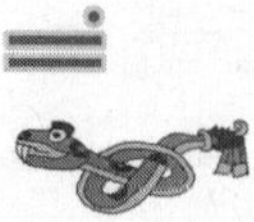

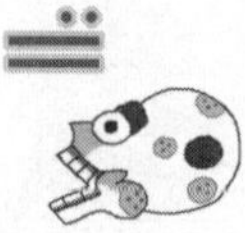

MATLACTLI TOCHTLI XIHUITL, «AÑO DIEZ CONEJO: 2022»				
VEINTENA 13. TEPEILHUITL				
ce tochtli	ome atl	yei itzcuintli	nahui ozomatli	macuilli malinalli
uno conejo	*dos agua*	*tres perro*	*cuatro mono*	*cinco hierba*
23/10/2022	24/10/2022	25/10/2022	26/10/2022	27/10/2022

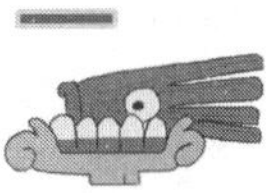

chicuace ácatl	chicome océlotl	chicuei cuauhtli	chiconahui cozcacuauhtli	matlactli ollin
seis carrizo	*siete jaguar*	*ocho águila*	*nueve buitre*	*diez movimiento*
28/10/2022	29/10/2022	30/10/2022	31/10/2022	01/11/2022

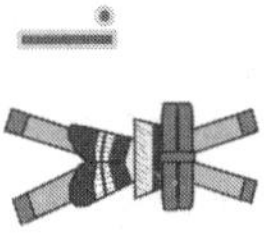

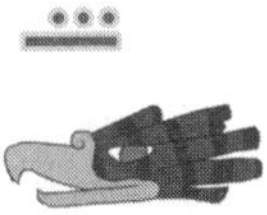

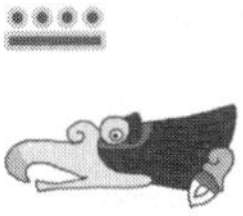

matlactli once técpatl	matlactli omome quiáhuitl	matlactli omei xóchitl	ce cipactli	ome ehécatl
once pedernal	*doce lluvia*	*trece flor*	*uno caimán*	*dos viento*
02/11/2022	03/11/2022	04/11/2022	05/11/2022	06/11/2022

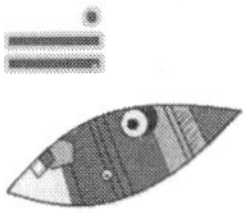

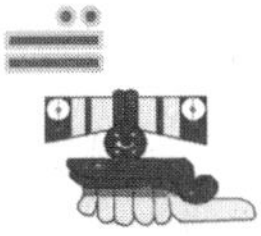

yei calli	nahui cuetzpallin	macuilli cóatl	chicuace miquiztli	chicome mázatl
tres casa	*cuatro lagartija*	*cinco serpiente*	*seis muerte*	*siete venado*
07/11/2022	08/11/2022	09/11/2022	10/11/2022	11/11/2022

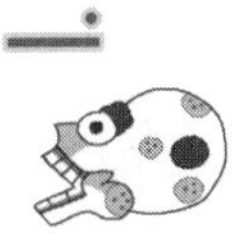

MATLACTLI TOCHTLI XIHUITL, «AÑO DIEZ CONEJO: 2022»

VEINTENA 14. QUECHOLLI

chicuei tochtli	chiconahui atl	matlactli itzcuintli	matlactli once ozomatli	matlactli omome malinalli
ocho conejo	*nueve agua*	*diez perro*	*once mono*	*doce hierba*
12/11/2022	13/11/2022	14/11/2022	15/11/2022	16/11/2022

matlactli omei ácatl	ce océlotl	ome cuauhtli	yei cozcacuauhtli	nahui ollin
trece carrizo	*uno jaguar*	*dos águila*	*tres buitre*	*cuatro movimiento*
17/11/2022	18/11/2022	19/11/2022	20/11/2022	21/11/2022

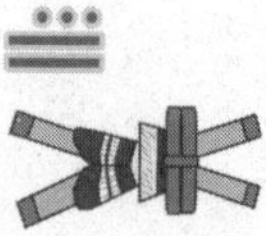

macuilli técpatl	chicuace quiáhuitl	chicome xóchitl	chicuei cipactli	chiconahui ehécatl
cinco pedernal	*seis lluvia*	*siete flor*	*ocho caimán*	*nueve viento*
22/11/2022	23/11/2022	24/11/2022	25/11/2022	26/11/2022

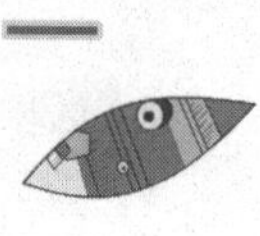

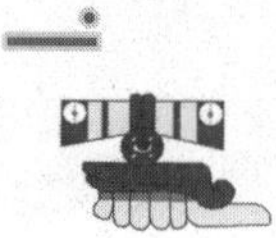

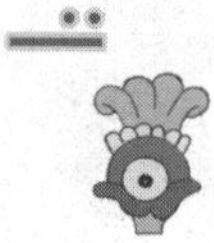

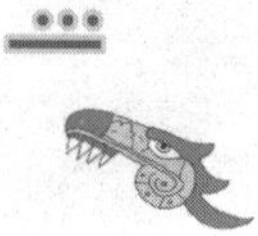

matlactli calli	matlactli once cuetzpallin	matlactli omome cóatl	matlactli omei miquiztli	ce mázatl
diez casa	*once lagartija*	*doce serpiente*	*trece muerte*	*uno venado*
27/11/2022	28/11/2022	29/11/2022	30/11/2022	01/12/2022

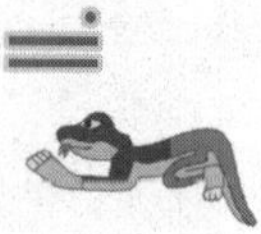

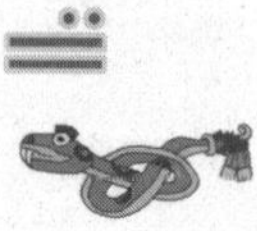

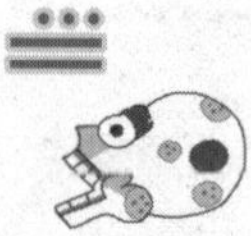

MATLACTLI TOCHTLI XIHUITL, «AÑO DIEZ CONEJO: 2022»				
VEINTENA 15. PANQUETZALIZTLI				
ome tochtli	yei atl	nahui itzcuintli	macuilli ozomatli	chicuace malinalli
dos conejo	*tres agua*	*cuatro perro*	*cinco mono*	*seis hierba*
02/12/2022	03/12/2022	04/12/2022	05/12/2022	06/12/2022

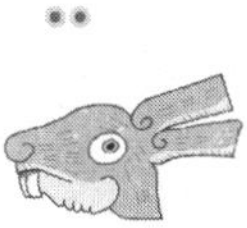

chicome ácatl	chicuei océlotl	chiconahui cuauhtli	matlactli cozcacuauhtli	matlactli once ollin
siete carrizo	*ocho jaguar*	*nueve águila*	*diez buitre*	*once movimiento*
07/12/2022	08/12/2022	09/12/2022	10/12/2022	11/12/2022

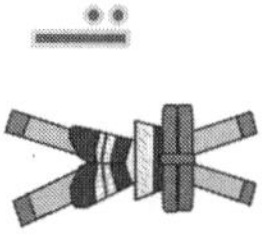

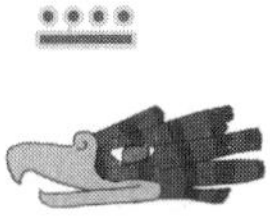

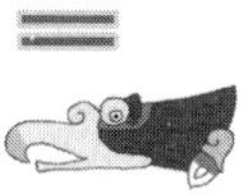

matlactli omome técpatl	matlactli omei quiáhuitl	ce xóchitl	ome cipactli	yei ehécatl
doce pedernal	*trece lluvia*	*uno flor*	*dos caimán*	*tres viento*
12/12/2022	13/12/2022	14/12/2022	15/12/2022	16/12/2022

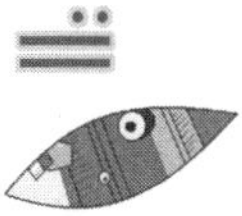

nahui calli	macuilli cuetzpallin	chicuace cóatl	chicome miquiztli	chicuei mázatl
cuatro casa	*cinco lagartija*	*seis serpiente*	*siete muerte*	*ocho venado*
17/12/2022	18/12/2022	19/12/2022	20/12/2022	21/12/2022

MATLACTLI TOCHTLI XIHUITL, «AÑO DIEZ CONEJO: 2022»

VEINTENA 16. ATEMOZTLI

chiconahui tochtli	matlactli atl	matlactli once itzcuintli	matlactli omome ozomatli	matlactli omei malinalli
nueve conejo	*diez agua*	*once perro*	*doce mono*	*trece hierba*
22/12/2022	23/12/2022	24/12/2022	25/12/2022	26/12/2022

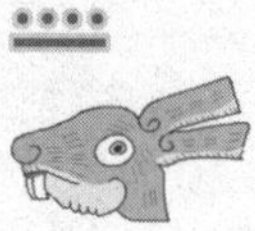

ce ácatl	ome océlotl	yei cuauhtli	nahui cozcacuauhtli	macuilli ollin
uno carrizo	*dos jaguar*	*tres águila*	*cuatro buitre*	*cinco movimiento*
27/12/2022	28/12/2022	29/12/2022	30/12/2022	31/12/2022

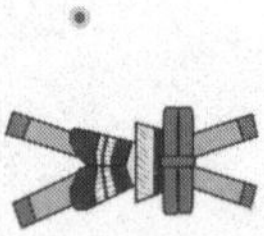

chicuace técpatl	chicome quiáhuitl	chicuei xóchitl	chiconahui cipactli	matlactli ehécatl
seis pedernal	*siete lluvia*	*ocho flor*	*nueve caimán*	*diez viento*
01/01/2023	02/01/2023	03/01/2023	04/01/2023	05/01/2023

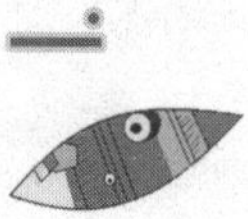

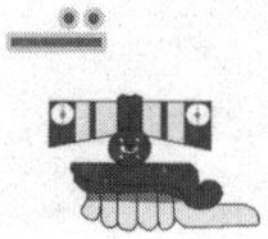

matlactli once calli	matlactli omome cuetzpallin	matlactli omei cóatl	ce miquiztli	ome mázatl
once casa	*doce lagartija*	*trece serpiente*	*uno muerte*	*dos venado*
06/01/2023	07/01/2023	08/01/2023	09/01/2023	10/01/2023

MATLACTLI TOCHTLI XIHUITL, «AÑO DIEZ CONEJO: 2022/23»

VEINTENA 17. TITITL

yei tochtli	nahui atl	macuilli itzcuintli	chicuace ozomatli	chicome malinalli
tres conejo	*cuatro agua*	*cinco perro*	*seis mono*	*siete hierba*
11/01/2023	12/01/2023	13/01/2023	14/01/2023	15/01/2023

chicuei ácatl	chiconahui océlotl	matlactli cuauhtli	matlactli once cozcacuauhtli	matlactli omome ollin
ocho carrizo	*nueve jaguar*	*diez águila*	*once buitre*	*doce movimiento*
16/01/2023	17/01/2023	18/01/2023	19/01/2023	20/01/2023

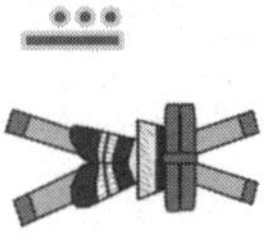

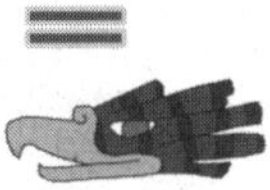

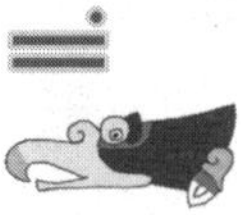

matlactli omei técpatl	ce quiáhuitl	ome xóchitl	yei cipactli	nahui ehécatl
trece pedernal	*uno lluvia*	*dos flor*	*tres caimán*	*cuatro viento*
21/01/2023	22/01/2023	23/01/2023	24/01/2023	25/01/2023

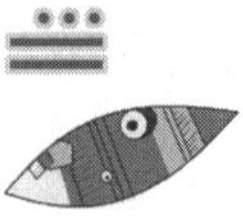

macuilli calli	chicuace cuetzpallin	chicome cóatl	chicuei miquiztli	chiconahui mázatl
cinco casa	*seis lagartija*	*siete serpiente*	*ocho muerte*	*nueve venado*
26/01/2023	27/01/2023	28/01/2023	29/01/2023	30/01/2023

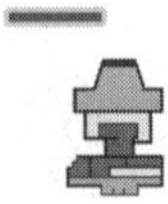

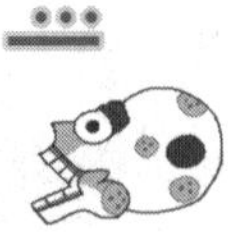

MATLACTLI TOCHTLI XIHUITL, «AÑO DIEZ CONEJO: 2023»				
VEINTENA 18. IZCALLI				
matlactli tochtli	matlactli once atl	matlactli omome itzcuintli	matlactli omei ozomatli	ce malinalli
diez conejo	*once agua*	*doce perro*	*trece mono*	*uno hierba*
31/01/2023	01/02/2023	02/02/2023	03/02/2023	04/02/2023

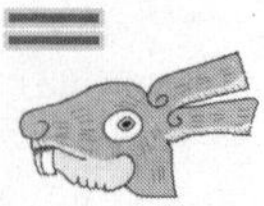

ome ácatl	yei océlotl	nahui cuauhtli	macuilli cozcacuauhtli	chicuace ollin
dos carrizo	*tres jaguar*	*cuatro águila*	*cinco buitre*	*seis movimiento*
05/02/2023	06/02/2023	07/02/2023	08/02/2023	09/02/2023

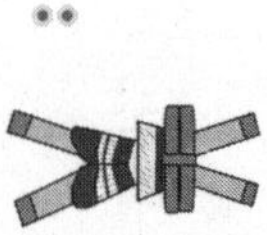

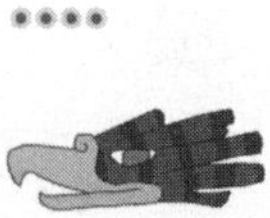

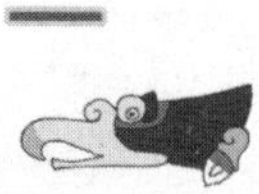

chicome técpatl	chicuei quiáhuitl	chiconahui xóchitl	matlactli cipactli	matlactli once ehécatl
siete pedernal	*ocho lluvia*	*nueve flor*	*diez caimán*	*once viento*
10/02/2023	11/02/2023	12/02/2023	13/02/2023	14/02/2023

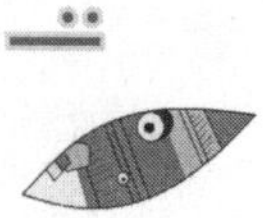

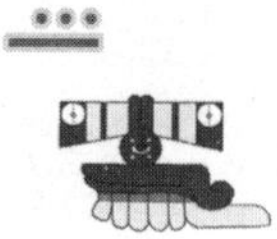

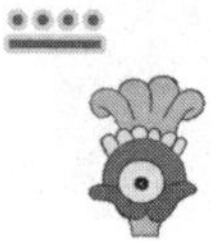

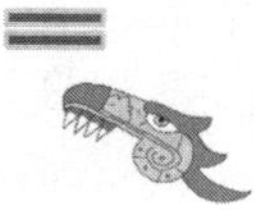

matlactli omome calli	matlactli omei cuetzpallin	ce cóatl	ome miquiztli	mázatl
doce casa	*trece lagartija*	*uno serpiente*	*dos muerte*	*tres venado*
15/02/2023	16/02/2023	17/02/2023	18/02/2023	19/02/2023

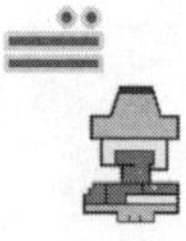

Al terminar las 18 veintenas de este año llamado «diez conejo», la sucesión calendárica de los días *nemontemi* es la siguiente:

MATLACTLI TOCHTLI XIHUITL, «AÑO DIEZ CONEJO: 2023»				
DÍAS NEMONTEMI				
nahui tochtli	macuilli atl	chicuace itzcuintli	chicome ozomatli	chicuei malinalli
cuatro conejo	*cinco agua*	*seis perro*	*siete mono*	*ocho hierba*
20/03/2023	21/03/2023	22/03/2023	23/03/2023	24/03/2023

El siguiente año, llamado *matlactli once ácatl,* «once carrizo», inicia el 25-26 de febrero de 2023 con la veintena 1 *atlcahualo* y el día «nueve carrizo», y así sucesivamente, hasta que se llegue a la veintena 18, que corresponde a *izcalli;* finalmente se añaden los cinco días *nemontemi* y se inicia el año doce pedernal: 2024.

Otra característica de suma importancia en la cuenta de los días en las veintenas es que todas deben iniciar con el signo del mismo día con el que se ha designado el año: *ácatl,* «carrizo»; *técpatl,* «pedernal»; *calli,* «casa»; y *tochtli,* «conejo». El *Códice Magliabechi* lo especifica de esta manera: «Siempre comienza el año en un día de cuatro: en uno que llaman Acatl y de allí toma nombre, o en otro que llaman Calli y de allí toma nombre, o en otro que llaman Tecpatl y de allí toma nombre, o de otro que llaman Tochtli y de allí toma nombre». Por lo tanto, si el año es carrizo, el primer día de cada una de las 18 veintenas del año carrizo debe iniciar en un día carrizo. Si el año es pedernal, el primer día de cada una de las 18 veintenas del año pedernal debe comenzar en un día pedernal. En un año casa, el primer día de cada una de las 18 veintenas del año casa debe iniciar en un día casa. En un año conejo, el primer día de cada una de las 18 veintenas del año conejo debe empezar en un día conejo. Por ningún motivo debe iniciar una veintena con otro signo que no sea ácatl, técpatl, calli o tochtli.

1300	Tres	Pedernal
1301	Cuatro	Casa
1302	Cinco	Conejo
1303	Seis	Carrizo
1304	Siete	Pedernal
1305	Ocho	Casa
1306	Nueve	Conejo
1307	Diez	Carrizo
1308	Once	Pedernal
1309	Doce	Casa
1310	Trece	Conejo
1311	Uno	Carrizo
1312	Dos	Pedernal
1313	Tres	Casa
1314	Cuatro	Conejo
1315	Cinco	Carrizo
1316	Seis	Pedernal
1317	Siete	Casa
1318	Ocho	Conejo
1319	Nueve	Carrizo
1320	Diez	Pedernal
1321	Once	Casa
1322	Doce	Conejo
1323	Trece	Carrizo
1324	Uno	Pedernal
1325	Dos	Casa
1326	Tres	Conejo
1327	Cuatro	Carrizo
1328	Cinco	Pedernal
1329	Seis	Casa
1330	Siete	Conejo
1331	Ocho	Carrizo
1332	Nueve	Pedernal
1333	Diez	Casa
1334	Once	Conejo
1335	Doce	Carrizo
1336	Trece	Pedernal
1337	Uno	Casa
1338	Dos	Conejo
1339	Tres	Carrizo

1340	Cuatro	Pedernal
1341	Cinco	Casa
1342	Seis	Conejo
1343	Siete	Carrizo
1344	Ocho	Pedernal
1345	Nueve	Casa
1346	Diez	Conejo
1347	Once	Carrizo
1348	Doce	Pedernal
1349	Trece	Casa
1350	Uno	Conejo
1351	Dos	Carrizo
1352	Tres	Pedernal
1353	Cuatro	Casa
1354	Cinco	Conejo
1355	Seis	Carrizo
1356	Siete	Pedernal
1357	Ocho	Casa
1358	Nueve	Conejo
1359	Diez	Carrizo
1360	Once	Pedernal
1361	Doce	Casa
1362	Trece	Conejo
1363	Uno	Carrizo
1364	Dos	Pedernal
1365	Tres	Casa
1366	Cuatro	Conejo
1367	Cinco	Carrizo
1368	Seis	Pedernal
1369	Siete	Casa
1370	Ocho	Conejo
1371	Nueve	Carrizo
1372	Diez	Pedernal
1373	Once	Casa
1374	Doce	Conejo
1375	Trece	Carrizo
1376	Uno	Pedernal
1377	Dos	Casa
1378	Tres	Conejo
1379	Cuatro	Carrizo

1380	Cinco	Pedernal
1381	Seis	Casa
1382	Siete	Conejo
1383	Ocho	Carrizo
1384	Nueve	Pedernal
1385	Diez	Casa
1386	Once	Conejo
1387	Doce	Carrizo
1388	Trece	Pedernal
1389	Uno	Casa
1390	Dos	Conejo
1391	Tres	Carrizo
1392	Cuatro	Pedernal
1393	Cinco	Casa
1394	Seis	Conejo
1395	Siete	Carrizo
1396	Ocho	Pedernal
1397	Nueve	Casa
1398	Diez	Conejo
1399	Once	Carrizo
1400	Doce	Pedernal
1401	Trece	Casa
1402	Uno	Conejo
1403	Dos	Carrizo
1404	Tres	Pedernal
1405	Cuatro	Casa
1406	Cinco	Conejo
1407	Seis	Carrizo
1408	Siete	Pedernal
1409	Ocho	Casa
1410	Nueve	Conejo
1411	Diez	Carrizo
1412	Once	Pedernal
1413	Doce	Casa
1414	Trece	Conejo
1415	Uno	Carrizo
1416	Dos	Pedernal
1417	Tres	Casa
1418	Cuatro	Conejo
1419	Cinco	Carrizo

1420	Seis	Pedernal
1421	Siete	Casa
1422	Ocho	Conejo
1423	Nueve	Carrizo
1424	Diez	Pedernal
1425	Once	Casa
1426	Doce	Conejo
1427	Trece	Carrizo
1428	Uno	Pedernal
1429	Dos	Casa
1430	Tres	Conejo
1431	Cuatro	Carrizo
1432	Cinco	Pedernal
1433	Seis	Casa
1434	Siete	Conejo
1435	Ocho	Carrizo
1436	Nueve	Pedernal
1437	Diez	Casa
1438	Once	Conejo
1439	Doce	Carrizo
1440	Trece	Pedernal
1441	Uno	Casa
1442	Dos	Conejo
1443	Tres	Carrizo
1444	Cuatro	Pedernal
1445	Cinco	Casa
1446	Seis	Conejo
1447	Siete	Carrizo
1448	Ocho	Pedernal
1449	Nueve	Casa
1450	Diez	Conejo
1451	Once	Carrizo
1452	Doce	Pedernal
1453	Trece	Casa
1454	Uno	Conejo
1455	Dos	Carrizo
1456	Tres	Pedernal
1457	Cuatro	Casa
1458	Cinco	Conejo

1459	Seis	Carrizo
1460	Siete	Pedernal
1461	Ocho	Casa
1462	Nueve	Conejo
1463	Diez	Carrizo
1464	Once	Pedernal
1465	Doce	Casa
1466	Trece	Conejo
1467	Uno	Carrizo
1468	Dos	Pedernal
1469	Tres	Casa
1470	Cuatro	Conejo
1471	Cinco	Carrizo
1472	Seis	Pedernal
1473	Siete	Casa
1474	Ocho	Conejo
1475	Nueve	Carrizo
1476	Diez	Pedernal
1477	Once	Casa
1478	Doce	Conejo
1479	Trece	Carrizo
1480	Uno	Pedernal
1481	Dos	Casa
1482	Tres	Conejo
1483	Cuatro	Carrizo
1484	Cinco	Pedernal
1485	Seis	Casa
1486	Siete	Conejo
1487	Ocho	Carrizo
1488	Nueve	Pedernal
1489	Diez	Casa
1490	Once	Conejo
1491	Doce	Carrizo
1492	Trece	Pedernal
1493	Uno	Casa
1494	Dos	Conejo
1495	Tres	Carrizo
1496	Cuatro	Pedernal
1497	Cinco	Casa

1498	Seis	Conejo
1499	Siete	Carrizo
1500	Ocho	Pedernal
1501	Nueve	Casa
1502	Diez	Conejo
1503	Once	Carrizo
1504	Doce	Pedernal
1505	Trece	Casa
1506	Uno	Conejo
1507	Dos	Carrizo
1508	Tres	Pedernal
1509	Cuatro	Casa
1510	Cinco	Conejo
1511	Seis	Carrizo
1512	Siete	Pedernal
1513	Ocho	Casa
1514	Nueve	Conejo
1515	Diez	Carrizo
1516	Once	Pedernal
1517	Doce	Casa
1518	Trece	Conejo
1519	Uno	Carrizo
1520	Dos	Pedernal
1521	***Tres***	***Casa***
1522	Cuatro	Conejo
1523	Cinco	Carrizo
1524	Seis	Pedernal
1525	Siete	Casa
1526	Ocho	Conejo
1527	Nueve	Carrizo
1528	Diez	Pedernal
1529	Once	Casa
1530	Doce	Conejo
1531	Trece	Carrizo
1532	Uno	Pedernal
1533	Dos	Casa
1534	Tres	Conejo
1535	Cuatro	Carrizo
1536	Cinco	Pedernal

EL AJUSTE DE LOS AÑOS

De acuerdo con Bernal Díaz del Castillo, la caída de México Tenochtitlan ocurrió el 13 de agosto de 1521: «Prendióse a Guatemuz y sus capitanes en trece de agosto, a la hora de vísperas en día de señor San Hipólito, año de mil quinientos veintiún años». Los códices Aubin y Mendocino mencionan el año *yei calli,* «tres casa». Los *Anales de Tlatelolco,* el *Códice Florentino,* de fray Bernardino de Sahagún, y el *Códice Telleriano-Remensis* nos dan el día *ce cóatl,* «uno serpiente», de la veintena *tlaxochimaco,* «estera de flores», del año *yei calli,* «tres casa». Partiendo de esta fecha, se estableció la cuenta de los días y los años en el calendario mexica y una correspondencia con el calendario juliano.

En 1582, Europa dejó de usar el calendario juliano, nombrado de esa manera por el emperador Julio César, quien en el año 46 a.C. solicitó al astrónomo griego Sosígenes de Alejandría que creara un calendario, el cual según sus cálculos era de 365.25 días, lo que implicó agregar un día cada cuatro años. No obstante, en el año trópico, el tiempo entre dos equinoccios de primavera es de 365.2422 días. Así, el calendario juliano (365.25 días) excedía 11 minutos, 14 segundos cada año y un día cada 128 años.

El papa Gregorio XIII determinó quitar diez días al año 1582 para poder ajustar el nuevo calendario con el ciclo solar: al jueves 4 de octubre de 1582 le sucedió el viernes 15 de octubre. El cambio de calendarios no fue inmediato en el resto del mundo. Al principio, muchos países se negaron. Otros, simplemente lo pospusieron, como fue el caso de la Nueva España, que aplicó el calendario gregoriano hasta el año siguiente (del 4 de octubre de 1583 pasaron al 15 de octubre).

Para establecer la cuenta de los años en el calendario mexica, es necesario partir de la única fecha precisa en las crónicas españolas, de acuerdo al calendario juliano: 13 de agosto de 1521, que corresponde al día *ce cóatl,* «uno serpiente», del año *yei calli,* «tres casa», del mes *xocotlhuetzi,* fecha en que ocurrió la caída de México Tenochtitlan. La cuenta de los días en el calendario mexica se puede hacer de dos formas: contar uno serpiente (13 de agosto de 1521), dos muerte, tres venado, cuatro conejo, cinco agua, seis perro, hasta llegar al 4 de octubre de 1583, y restamos diez días al calendario para establecer la correspondencia con el año gregoriano (15 de octubre de 1583). La segunda manera es ajustar el 13 de agosto del calendario juliano al calendario gregoriano, es decir, al 23 de agosto de 1521 y comenzar a partir de esta fecha la cuenta de los días.

LA CORRECCIÓN BISIESTA

Durán asegura que ésta se llevaba a cabo al término de los días baldíos o *nemontemi*. Tena propuso que se realizaba un ajuste cuatrienal en los años *técpatl* agregando un sexto *nemontemi*, pero que éste conservaba el mismo nombre que el correspondiente al quinto *nemontemi*. Una prueba a favor de esta teoría sería una figura del *Códice Telleriano-Remensis* en la que los cinco días baldíos, dibujados en forma de volutas, se encuentran coronados por un sexto.[233]

Cada año tiene 365 días y 6 horas. Los años tochtli comenzaban al dar el hualmomana, «a las seis de la mañana»; los años ácatl, al dar el nepantla Tonatiuh, «mediodía»; los años técpatl, al dar el oncalaqui Tonátiuh, «seis de la tarde»; y los años calli al dar el tlatlapitalizpan, «a medianoche. Lo anterior significa que la duración del año mexica era de 365 días más un cuarto de día. Al cabo de un cuatrienio, había transcurrido un día más (cuatro cuartos de día), de esta manera, los aztecas no tenían necesidad de los años bisiestos.[234]

233 D. Dehouve, *El imaginario de los números entre los antiguos mexicanos*, p. 110.
234 E. García Escamilla, *Historia de México, narrada en náhuatl y español de acuerdo al calendario azteca.*

LAS CUENTAS EXISTENTES

Actualmente, existen varias cuentas de los días en el calendario mexica que se publican a diario en internet. Mencionaré las tres más relevantes: *Eureka,* revista de la Licenciatura en Matemáticas Aplicadas de la Facultad de Ingeniería, Universidad Autónoma de Querétaro (UAQ); revista *Arqueología Mexicana* (en su cuenta de Facebook); y *Las 20 fiestas sagradas de Tenochtitlan,* grupo de Facebook administrado por Ituriel Moctezuma Teutlahua, nahuatlato descendiente de Motecuzoma Xocoyotzin, director del colectivo mexicanista Metzitzin Pueblo de la Luna, presidente de la Fundación Tenochcayotl Casa Moctezuma y concejal fundador del Tlahtokan Mexica del Valle de Anáhuac.

La cuenta que lleva la UAQ es estrictamente matemática, lo cual no es adecuado, pues para los mexicas —astrónomos por excelencia— la cuenta de los días debía estar rigurosamente ligada a los pasos centiles, los equinoccios y los solsticios. Por ejemplo: el 16 de mayo de 2021 (día «nueve casa») entra el primer paso cenital solar en la cuenca de Anáhuac. A esta fecha cósmica, sumamente sagrada, se le conocía como *xiuhtonalli,* «día que da su nombre al año», y marca el inicio de la veintena de tóxcatl, en la cual celebraban a Tezcatlipoca y Huitzilopochtli.

La cuenta que lleva la revista *Arqueología Mexicana* tiene muchas inconsistencias, incluido lo mencionado en el párrafo anterior. Las veintenas no inician con el símbolo del año, como lo requieren las fuentes (2021 corresponde a calli). Sus publicaciones diarias no añaden más información. A mi parecer, la cuenta es llevada únicamente por un aprendiz aventurado que administra la página de Facebook sin el respaldo de los arqueólogos y especialistas de la ENAH y el INAH.

Para aclarar mis dudas, le escribí al administrador de la cuenta de la revista en varias ocasiones y la mayoría de las veces me ignoró, y cuando me respondió, me recomendó cuatro números de *Arqueología Mexicana,* los cuales ya había leído años atrás y volví a leer, pero no respondieron mi pregunta: «¿Por qué en su cuenta las veintenas no inician con el símbolo del año en curso, en este caso calli?». Entonces, le escribí al arqueólogo Leonardo López Luján, director del Proyecto Templo Mayor del INAH desde 1991 y miembro de El Colegio

Nacional y la Academia Británica, y le pedí que le preguntara al arqueólogo Enrique Vela y editor de la revista *Arqueología Mexicana* por qué en la cuenta de los días que llevan en su página de Facebook las veintenas no inician con el símbolo del año, en este caso calli (2021). El maestro Leonardo López Luján, como siempre lo hace, me respondió cordialmente que alguien de *Arqueología Mexicana* se pondría en contacto conmigo para aclarar mis dudas, pero eso nunca sucedió. Hasta el momento, nadie de la revista se ha puesto en contacto conmigo. Asimismo, cabe mencionar que todos los días borran la publicación del día anterior (sobre el calendario).

Antes de continuar, debo manifestar mi más profunda admiración al trabajo que realizan los arqueólogos, etnólogos e historiadores en *Arqueología Mexicana*. He aprendido mucho con estas publicaciones desde hace veinte años. Las he citado en mis libros, incluida esta obra. De ninguna manera pretendo polemizar ni hablar mal de la revista. Sólo debo aclarar esto, ya que muchos lectores de este libro siguen la página de Facebook de la revista *Arqueología Mexicana* y se cuestionarán por qué las cuentas son diferentes.

Por lo anterior, considero que la página *Las 20 fiestas sagradas de Tenochtitlan* lleva la cuenta más precisa, ya que sigue todos los lineamientos mencionados. Es la única que profundiza al máximo en el significado de cada día, símbolo, veintena y año de acuerdo con el xiuhmolpilli y tonalpohualli, mientras que las otras cuentas sólo se limitan a contar los días.

Daré un ejemplo más preciso: según la cuenta de la UAQ, el viernes 25 de junio de 2021 era el día nueve muerte, de la veintena etzalcualiztli.

Según *Arqueología Mexicana*, el viernes 25 de junio de 2021 correspondía al día siete flor de la veintena *etzalcualiztli*, último día de la veintena, lo que implica que al día siguiente, el 26 de junio, inició la veintena tecuilhuitontli en el día ocho caimán, mas no en el símbolo casa, año que corresponde a 2021. De acuerdo con Motolinía, «los meses comienzan en la misma figura que comienza el año, ejemplo: este año es 5 calli xihuitl (1549), todos los meses de este año comienzan en calli».

Las 20 fiestas sagradas de Tenochtitlan dice que el 25 de junio de 2021 corresponde al diez casa de la veintena tecuilhuitontli. Además, proporciona mucha información, incluyendo las fuentes. Aquí un ejemplo sobre el 25 de junio de 2021, diez casa de la veintena tecuilhuitontli:

> 10-Casa de la trecena del jaguar, primer día del mes tecuilhuitontli, año 9-Casa, cuarto tlalpilli. "*Axcan ticate Matlactli Calli ipan ce mani metztli Tecuilhuitontli, ipan Chiconahui Calli xihuitl*". Signo "Calli" (Casa). Códice Vaticano 3738: "Casa, el reposo y la quietud". La Serna: "Aquí nacían los adúlteros y los que eran muertos por el delito, porque eran dados a las mujeres; aborrecían las mujeres propias por querer a sus mancebas". Fraile Durán: "Eran amigos del recogimiento, quietos, sosegados, muy serviciales a sus padres, queridos de sus parientes, enemigos de peregrinar, han de morir buenamente y en su casa". Fraile Sahagún: "Este signo era mal afortunado porque engendraba suciedades y torpezas. Los hombres eran ladrones, lujuriosos, tahúres, desperdiciadores; las mujeres eran perezosas, dormilonas, inútiles, para todo bien... por mucho que hagan penitencia desde pequeños, no podrán escapar de la mala ventura. Los médicos y las parteras eran muy devotos de este signo". Chilam Balam: "Su emblema es el ciervo nocturno. Es miserable, sirviente, un hombre venado, no es bueno su camino". Numeral "Matlactli" (Diez). Acompañante: Tezcatlipoca, humo del espejo. Ave preciosa: Tecolotl, búho.

LA CUENTA DE LOS AÑOS

Los años (*shíhuitl,* en náhuatl) en el *xiuhpohualli,* «calendario anual o solar de 365 días», están divididos en 18 veintenas y se manejan con dos ciclos infinitos: el primero se cuenta del 1 al 13.

El segundo ciclo consta de cuatro nombres: ácatl, «carrizo»; *técpatl,* «pedernal»; *calli,* «casa»; y *tochtli,* «conejo».

LOS AÑOS SE CUENTAN DE ESTA MANERA

De acuerdo con la Tira de la peregrinación, también conocida como *Códice Boturini,* la cuenta de los años inicia con el año ome ácatl, «dos carrizo»; yei técpatl, «tres pedernal»; nahui calli, «cuatro casa»; macuilli tochtli, «cinco conejo». Entonces, continúa el conteo en el número seis, pero se inicia con el símbolo carrizo: chicuace ácatl, «cinco carrizo».

Al llegar al año *matlactli ome ácatl,* «dos carrizo», culmina un ciclo de 52 años (18 980 días), llamado *xiuhmolpilli,* «atadura de los años», así, inicia un ciclo nuevo, un día vuelve a tener el mismo nombre en ambos calendarios, el cual se celebraba con una fiesta solemne dedicada Ixcozauhqui, el dios del fuego.

En resumen, en el *xiuhmolpilli,* «atadura de los años», se juntan los dos calendarios: el *tonalpohualli* (de 260 días) y el *xiuhpohualli* (de 365 días).

El *tonalpohualli:* 73 años de 260 días = 18 980 días.

El *xiuhpohualli*: 52 años de 365 días = 18 980 días.

Imaginemos dos reglas, una sobrepuesta en la otra: una de 365 milímetros y otra de 260; cada milímetro es el equivalente a un día.

tonalpohualli (260 días)

xiuhpohualli (365 días)

Al inicio de cada *xiuhmolpilli,* «atadura de los años», ciclo de 18 980 días, en el año *ome ácatl,* «dos carrizo», comienzan ambas cuentas: el *tonalpohualli* (de 260 días) y el *xiuhpohualli* (de 365 días contado por 18 veintenas). Al llegar al día 260 se completa un ciclo *tonalpohualli,* pero continúa el *xiuhpohualli,* entonces dentro de ese mismo ciclo reinicia la cuenta del *tonalpohualli* (de 260 días), cuyos primeros 105 días forman parte del *xiuhpohualli* en curso. Los 155 días restantes se incorporan al siguiente *xiuhpohualli* y así sucesivamente, hasta completar 73 ciclos de 260 días y 52 ciclos de 365 días, equivalente a 18 980 días.

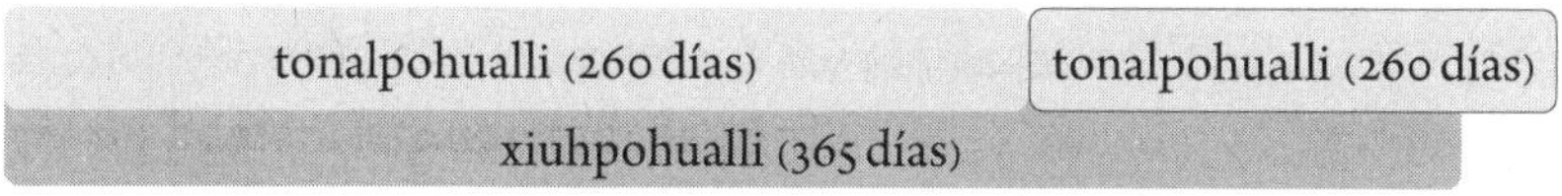

tonalpohualli (260 días) tonalpohualli (260 días)

xiuhpohualli (365 días)

A continuación, se muestra una tabla con los *xiuhmolpilli,* «atadura de los años», desde el año 1299 hasta el año 2183. Como podrá verse, el xiuhmolpilli más reciente en nuestra era moderna fue en el año 1975 y el más cercano será en el año 2027.

En la siguiente tabla están marcados los xiuhmolpilli, los cuales siempre comienzan con el año *ome ácatl,* «dos carrizo».

ome ácatl, «dos carrizo»	1299
ome ácatl, «dos carrizo»	1351
ome ácatl, «dos carrizo»	1403
ome ácatl, «dos carrizo»	1455
ome ácatl, «dos carrizo»	1507
ome ácatl, «dos carrizo»	1559
ome ácatl, «dos carrizo»	1611
ome ácatl, «dos carrizo»	1663
ome ácatl, «dos carrizo»	1715

ome ácatl, «dos carrizo»	1767
ome ácatl, «dos carrizo»	1819
ome ácatl, «dos carrizo»	1871
ome ácatl, «dos carrizo»	1923
ome ácatl, «dos carrizo»	1975
ome ácatl, «dos carrizo»	2027
ome ácatl, «dos carrizo»	2079
ome ácatl, «dos carrizo»	2131
ome ácatl, «dos carrizo»	2183

PERSONAJES

ACAMAPICHTLI, primer tlatoani de Meshíco Tenochtítlan.

ACOLHUATZIN, padre de huehue Tezozómoc, tlatoani de Azcapotzalco.

ACOLNAHUÁCATL, hijo primogénito de Huitzilíhuitl y Ayacíhuatl.

ACOLTZIN, tecutli de Culhuácan.

AMACÍHUATL, esposa de huehue Nauyotzin.

AMEYALTZIN, concubina de Nezahualcóyotl.

ATEPOCATZIN, tecutli de Ishuatépec.

ATÓNAL, comandante de las tropas de Nezahualcóyotl.

ATOTOZTLI, hija de Motecuzoma Ilhuicamina y Chichimecacihuatzin.

AYACÍHUATL, hija de huehue Tezozómoc, esposa de Huitzilíhuitl y madre de Chimalpopoca.

AYONECTILI, concubina de Nezahualcóyotl.

AZAYOLTZIN, sacerdote, miembro del Consejo de Tenochtítlan y padre de Cuicani, esposa de Motecuzoma Ilhuicamina.

CAHUALTZIN, hijo de Tlatolzacatzin, nieto de Acamapichtli.

CALAÓMITL, hijo de Citlalmimíhuatl.

CALASHÓCHITL, tecutli de Aztahuácan.

CALATLASHCALTZIN, tecutli de Meshicaltzinco.

CHALCHIUH, hijo de Nauyotzin y tecutli de Cuauhshimalpan.

CHICHIMECACIHUATZIN, hija de Cuauhtototzin, tecutli de Cuauhnáhuac (Cuernavaca). Esposa de Motecuzoma Ilhuicamina y madre de Atotoztli y Yohuantzin.

CHIMALPOPOCA, tercer tlatoani de Meshíco Tenochtítlan, hijo de Huitzilíhuitl y hermano de Motecuzoma Ilhuicamina y Tlacaélel.

CHIMALPOPOCA, hijo de Totoquihuatzin I.

CIHUAPIPILTZIN, concubina de Nezahualcóyotl.

CITLALCÓATL, hijo de Huitzilíhuitl, miembro del Consejo y sucesor de Azayoltzin.

CITLALMIMÍHUATL, hermana de Nonohuácatl.

COATÉQUITL, tecutli de Atlicuihuayan (Tacubaya).

COATZIN, tecutli de Ishtapaluca.

COYOHUA, sirviente más leal de Nezahualcóyotl.

CUACHAYATZIN, tecutli de Aztacalco.

CUACUAPITZÁHUAC, hijo de huehue Tezozómoc, primer tlatoani de Tlatelolco y padre de Tlacateotzin.

CUAPPIYO, tecutli de Hueshotla e hijo de huehue Tezozómoc.

CUAUHTEMOCTZIN, tecutli de Cuitláhuac.

CUAUHTLÁHUAC, hijo de Izcóatl.

CUAUHTLATOA, tecutli de Tlatelolco, hijo de Tlacateotzin y bisnieto de huehue Tezozómoc.

CUAUHTLEHUANITZIN, hermano ilegítimo y mayor de Nezahualcóyotl y padre de Ishuetzcatocatzin.

CUAUHTLISHTLI, sacerdote y miembro del Consejo meshíca.

CUAUHTOTOTZIN, tecutli de Cuauhnáhuac (Cuernavaca).

CUÉCUESH, tecutli de Coyohuácan.

CUEYATZIN, hijo de Huehuezácan, tlacochcálcatl en el gobierno de Motecuzoma Ilhuicamina y miembro del tlatócan de Meshíco.

CUEZALTZIN, tecutli de Iztapalapan.

CUICANI, hija de Azayoltzin, esposa de Motecuzoma Ilhuicamina y madre de Iquehuacatzin y Machimale.

EPCOATZIN, tecutli de Toltítlan, hijo de Cuacuapitzáhuac, hermano de Tlacateotzin y nieto de Tezozómoc.

HUACALTZINTLI, hija de Cuacuapitzáhuac, hermana de Tlacateotzin, nieta de huehue Tezozómoc y esposa de Izcóatl.

HUEHUEZÁCAN, hijo de Huitzilíhuitl y tlacochcálcatl en el gobierno de Izcóatl.

HIUHTÓNAL, concubina de Nezahualcóyotl.

HUITZILÍHUITL, segundo tlatoani de Meshíco Tenochtítlan, hijo de Acamapichtli y padre de Chimalpopoca, Motecuzoma Ilhuicamina y Tlacaélel.

HUITZILIHUITZIN, maestro de Nezahualcóyotl.

HUITZILIN, concubina de Nezahualcóyotl.

HUITZILOPOCHTLI, dios de la guerra, dios de los meshícas.

ICHTLAPÁLTIC, espía de Shochimilco.

IMACATLEZOHTZIN, concubina de Nezahualcóyotl.

IPEHUIQUI, hijo de Tliyamanitzin.

ISHTLILSHÓCHITL, chichimecatecutli, hijo de Techotlala y padre de Nezahualcóyotl.

IZCÓATL, cuarto tlatoani de Meshíco Tenochtítlan e hijo de Huitzilíhuitl.

IZTLACAUTZIN, tecutli de Hueshotla.

MAQUÍTZIN, hija del tecutli de Shalco, esposa de Tlacaélel y madre de Tlilpotonqui, Tolintzin y Macuilshochitzin.

MASHTLA, hijo de huehue Tezozómoc, tecutli de Coyohuácan y Azcapotzalco.

MATLACÍHUATL, hija de Acamapichtli, hermana de Huitzilíhuitl, esposa de Ishtlilshóchitl y madre de Nezahualcóyotl.

MATLACÍHUATL, hija de Totoquihuatzin y concubina de Nezahualcóyotl.

MATLALATZIN, hija de Tlacateotzin, tecutli de Tlatelolco, esposa de Chimalpopoca y hermana de Cuauhtlatoa, tecutli de Tlatelolco.

MATLALATZIN, hija de Izcóatl y Huacaltzintli.

MAYAHUEL, esposa de huehue Tezozómoc y madre de Mashtla.

MAZATZIN, tecutli de Chapultépec.

MIRÁCPIL, concubina de Nezahualcóyotl, hija de Otonqui y amante de Shóchitl.

MIYAHUAXIUHTZIN, hija del tecutli de Cuauhnáhuac y madre de Motecuzoma Ilhuicamina.

MOSHOTZIN, capitán de las tropas en el gobierno de Izcóatl.

MOTECUZOMA ILHUICAMINA, quinto tlatoani de Meshíco Tenochtítlan, hijo de Huitzilíhuitl, hermano de Chimalpopoca y Tlacaélel y padre de Atotoztli, Machimale e Iquehuacatzin.

NAUYOTZIN, tecutli de Cuauhshimalpan.

NEZAHUALCÓYOTL, tecutli de Teshcuco e hijo de Ishtlilshóchitl.

NONOHUÁCATL, esposo de Tozcuetzin, media hermana de Nezahualcóyotl.

OQUITZIN, tlacochcálcatl en el gobierno de Izcóatl.

OTONQUI, padre de Mirácpil.

PAPÁLOTL, concubina de Nezahualcóyotl.

PASHIMÁLCATL, amante de Yarashápo, tecutli de Shochimilco.

PICHACATZIN, consejero de Nezahualcóyotl.

QUETZALCUISHIN, tecutli de Meshicatzinco e hijo de huehue Tezozómoc.

QUETZALMACATZIN, hermano de Teotzintecutli, señor de Shalco.

QUETZALMAQUIZTLI, tecutli de Otompan e hijo de huehue Tezozómoc.

QUINATZIN, chichimecatecutli, padre de Chicomacatzin y Techotlala y bisabuelo de Nezahualcóyotl.

SHALCÁPOL, primer mancebo en ser venerado como Tezcatlipoca y sacrificado al año siguiente.

SHALTEMOCTZIN, tecutli de Cuauhtítlan.

SHICÓCOC, tecutli de Mishcóhuac.

SHIHUITEMOCTZIN, tecutli de Ehecatépec.

SHOCHIPAPÁLOTL, esposa de Yarashápo.

SHÓCHITL, concubina de Nezahualcóyotl y amante de Mirácpil.

SHÓLOTL, fundador del imperio chichimeca y pentabuelo de Nezahualcóyotl.

SHONTECÓHUATL, hermano ilegítimo de Nezahualcóyotl.

SHOQUÍHUITL, tlameme meshíca.

TAYATZIN, hijo de Tezozómoc, huehue y hermano de Mashtla.

TECHICHCO, tecutli de Ashoshco.

TECHOTLALA, padre de Ishtlilshóchitl y abuelo de Nezahualcóyotl.

TECOCOHUATZIN, tecutli de Cuauhtítlan y sucesor de Tezozomóctli.

TECUTZINTLI, primer tecutli de Tlacopan, hijo de huehue Tezozómoc, padre de Totoquihuatzin I, hermano de Mashtla.

TÉLITL, tecutli de Tenayocan.

TENOCELOTZIN, tecutli de Hueshotzinco.

TÉNOCH, fundador de Meshíco Tenochtítlan.

TEOTZINTECUTLI, tecutli de Shalco e hijo de Cuauhneshtli.

TEPANQUIZQUI, hijo de huehue Tezozómoc, tecutli de Shochimilco.

TETZAUHPINTZINTLI, primogénito legítimo de Nezahualcóyotl y hermano mayor de Nezahualpilli.

TEUCTLÉHUAC, hijo de Chimalpopoca y Matlalatzin.

TEYOLCOCOHUA, tecutli de Acolman e hijo de huehue Tezozómoc.

TEZCAPOCTZIN, nombre masculino de Mirácpil.

TEZCATLAN, madre de Huitzilíhuitl, concubina de Acamapichtli.

TEZCATLIPOCA, dios omnipotente y omnipresente de los meshícas.

TEZOZÓMOC HUEHUE, tecutli de Azcapotzalco, padre de Mashtla, Tayatzin, Tecutzintli, Tecpatlshóchitl y Ayacíhuatl.

TEZOZOMÓCTLI, hijo de Izcóatl.

TEZOZOMÓCTLI, tecutli de Cuauhtítlan e hijo de Tlacateotzin, sucesor de Shaltemoctzin.

TIZAHUATZIN, hijo de Izcóatl y Huacaltzintli, tecutli de Toltítlan, sobrino y sucesor de Epcoatzin.

TLACAÉLEL, primer cihuacóatl de Meshíco Tenochtítlan, hijo de Huitzilíhuitl, hermano de Chimalpopoca y Motecuzoma Ilhuicamina y padre de Tlilpotonqui, Tolintzin y Macuilshóchitzin.

TLACATEOTZIN, tlatoani de Tlatelolco, hijo de Cuacuapitzáhuac, nieto de Tezozómoc y padre de Cuauhtlatoa.

TLALÍLCHCATL, tecutli de Chimalhuácan.

TLALITECUTLI, sacerdote y miembro del Consejo meshíca.

TLAPILCÍHUATL, esposa de Chalchiuh.

TLATOLZACATZIN, hijo de Acamapichtli.

TLEÉLHUITL, capitán de las tropas de Shochimilco.

TLILCOATZIN, tecutli de Míshquic.

TLILMATZIN, hermano ilegítimo de Nezahualcóyotl.

TLIYAMANITZIN, bruja y nahuala de Meshíco Tenochtítlan.

TOCHTZIN, sacerdote y miembro del Consejo meshíca.

TOHUITÉMOC, tlaméme meshíca.

TOTEPEHUA, Tótec tlamacazqui y miembro del Consejo meshíca.

TOTOLZINTLI, esclavo de huehue Tezozómoc.

TOTOQUIHUATZIN, tecutli de Tlacopan.

TOZCUETZIN, hija ilegítima de Ishtlilshóchitl, media hermana de Nezahualcóyotl y Tlilmatzin y esposa de Nonohuácatl.

TOZQUIHUA, tecutli de Huitzilopochco (Churubusco).

YAHUACÍHUATL, prostituta de Tenochtítlan.

YARASHÁPO, tecutli de Shochimilco y amante de Pashimálcatl.

YEYETZIN, concubina plebeya de Cuécuesh.

YOALCÍHUATL, madre de Shicócoc, tecutli de Mishcóhuac.

YOHUALATÓNAC, sacerdote y miembro del Consejo meshíca.

YOHUALTZIN, concubina de Nezahualcóyotl.

ZYANYA, hija de Totoquihuatzin, tecutli de Tlacopan, nieta de huehue Tezozómoc y concubina de Nezahualcóyotl.

BIBLIOGRAFÍA

Alva Ixtlilxóchitl, Fernando de, *Historia de la nación mexicana*, Editorial Dastin, España, 2002.

———, *Obras Históricas*, t. i, *Relaciones*; t. ii, *Historia chichimeca*, publicadas y anotadas por Alfredo Chavero, México, 1891-92. Reimpresión fotográfica con prólogo de J. Ignacio Dávila Garibi, México, 1965, 2 vols.

Alvarado Tezozómoc, Hernando de, *Crónica Mexicáyotl*, edición y versión del náhuatl de Adriana León, unam-Instituto de Investigaciones Históricas, México, 1949.

Anales de Cuautitlán, Conaculta-Cien de México, México, 2011.

Anales de Tlatelolco, paleografía y traducción de Rafael Tena, Conaculta-Cien de México, México, 2004.

Anónimo de Tlatelolco, ms. (1528), edición facsimilar de E. Mengin, Copenhagen, 1945, fol. 38.

Benavente, fray Toribio de, *Relación de la Nueva España*, introducción de Nicolau d'Olwer, unam, México, 1956.

Benítez, Fernando, *Los primeros mexicanos. La vida criolla en el siglo xvi*, Biblioteca Es, México, 1962.

Bihar, Alexandra, «La navegación lacustre. Un rasgo cultural primordial de los mexicas», *Arqueología Mexicana*, núm. 115, México, 2012, pp. 18-23.

Brandes, Stanley, *El misterio del maíz. Conquista y comida: consecuencias del encuentro de dos mundos*, coordinación de Janet Long, tercera edición, unam-Instituto de Investigaciones Históricas, México, 2018.

Bueno Bravo, Isabel, *Mesoamérica: territorio en guerra*, Centro de Estudios Filosóficos, Políticos y Sociales Vicente Lombardo Toledano, México, 2015.

Carson, Ruth y Eachus, Francis, «El mundo espiritual de los kekchíes», *Guatemala indígena*, vol. xiii, núms. 1-2, Instituto Indigenista Nacional, Guatemala, 1978.

Casas, Bartolomé de las, *Los indios de México y Nueva España*, prólogo, apéndices y notas de Edmundo O'Gorman, Porrúa, México, 1966.

CASO, Alfonso, *La correlación de los años azteca y cristiano, Revista Mexicana de Estudios Antropológicos*, t. III, México, 1939.

________, *El calendario mexicano. Memorias de la Academia Mexicana de la Historia*, vol. XVII, México, 1958.

________, «Nuevos datos para la correlación de los años azteca y cristiano», *Estudios de Cultura Náhuatl*, vol. 1, UNAM-Instituto de Historia, México, 1959, pp. 9-25.

CHAVERO, Alfredo, *Resumen integral de México a través de los siglos*, t. I, bajo la dirección de Vicente Riva Palacio, Compañía General de Ediciones, México, 1952.

________, *México a través de los siglos*, tt. I-II, Editorial Cumbre, México, 1988.

CHIMALPAIN CUAUHTLE HUANITZIN, Domingo, *Relaciones originales de Chalco Amaquemecan*, FCE, México, 1965.

CLAVIJERO, Francisco Javier, *Historia Antigua de México*, prólogo de Mariano Cuevas, Porrúa, México, 1964 (primera edición Colección de Escritores Mexicanos, México, 1945. Original de 1780).

CÓDICE FLORENTINO, textos nahuas de los informantes indígenas de Sahagún, en 1585, Dibble y Anderson: Florentine codex, Santa Fe, New México, 1950.

CÓDICE MATRITENSE DE LA REAL ACADEMIA DE LA HISTORIA, textos en náhuatl de los indígenas informantes de Sahagún, ed. facs. de Pasos y Troncoso, vol. VIII, Madrid, fototipia de Hauser y Menet, 1907.

DAVIES, Nigel, *Los antiguos reinos de México*, FCE, México, 2004.

DECLERCQ, Stan, «De las múltiples variantes de canibalismo en el México antiguo», *Noticonquista*, UNAM-Instituto de Investigaciones Históricas, 2019.

DEHOUVE, Danièle, «Altepetl: el lugar del poder», *Americae, European Journal of Americanist Archaeology*, Francia, 2016.

________, «El papel de la vestimenta en los rituales mexicas de "personificación"», *Nuevo Mundo Mundos Nuevos*, Centre pour l'édition électronique ouverte, Francia, 2016.

________, «Las funciones rituales de los altos personajes mexicas», *Estudios de Cultura Náhuatl*, vol. 45, UNAM-Instituto de Investigaciones Históricas, México, 2013, pp. 37-68.

———, «Los nombres de los dioses mexicas: hacia una interpretación pragmática», *Travaux et Recherches dans les Amériques du Centre*, núm. 71, 2017 (publicación del Centro de Estudios Mexicanos y Centroamericanos).

———, «Simbolismo de las técnicas de preparación del maíz. Análisis de unos platillos tlapanecos (me'phaa) del estado de Guerrero (México)», *Itinerarios*, núm. 29, 2019, pp. 97-118.

———, *El imaginario de los números entre los antiguos mexicanos*, CIESAS, México, 2014, 394 pp.

DÍAZ BARRIGA CUEVAS, Alejandro, «Ritos de paso de la niñez nahua durante la veintena de Izcalli», *Estudios de Cultura Náhuatl*, vol. 46, UNAM-Instituto de Investigaciones Históricas, México, 2013, pp. 199-221.

DUQUESNOY, Michel, *Le chamanisme contemporain Nahua de San Miguel Tzinacapan, Sierra Norte de Puebla, Mexique (Chamanismo contemporáneo Nahua de San Miguel Tzinacapan, Sierra Norte de Puebla)*, tesis de doctorado en Etnología, Université de Lille 3, Lille, Centre National de la Recherche Scientifique, México, 2001.

DURÁN, fray Diego, *Historia de las Indias de Nueva España*, escrita entre los años 1570 y 1581, t. I, edición de Imprenta de J. M. Andrade y F. Escalante, bajo la dirección de José F. Ramírez, México, 1867; t. II, edición de Imprenta de Ignacio Escalante, México, 1880.

DURAND-FOREST, Jacqueline, «El cacao entre los aztecas», *Estudios de Cultura Náhuatl*, vol. 7, UNAM-Instituto de Investigaciones Históricas, México, 1967, pp. 155-181.

DYER, Nancy Joe, *Motolinía, fray Toribio de Benavente, Memoriales*, edición crítica, introducción, notas y apéndice de Nancy Joe Dyer, El Colegio de México, México, 1996.

ELIZALDE MÉNDEZ, Israel, «Los animales del rey. El vivario en el corazón de Tenochtitlan», *Arqueología Mexicana*, núm. 150, México, 2018, pp. 77-83.

ESCALANTE GONZALBO, Pablo, «Insultos y saludos de los antiguos nahuas. Folklore e historia social», *Anales del Instituto de Investigaciones Estéticas*, UNAM, México, 1990, pp. 29-46.

_________, «Tláloc-Neptuno, un rompecabezas para armar», en Federico Navarrete y Guilhem Olivier (coords.), *El héroe entre el mito y la historia*, UNAM-Instituto de Investigaciones Históricas, México, 2000, pp. 311-338.

Fernández de Echeverría y Veytia, Mariano, *Historia antigua de México*, t. II, Editorial del Valle de México, México, 1836.

Gallardo Ruiz, Juan, *Medicina tradicional p'urhépecha*, El Colegio de Michoacán-Universidad Indígena Intercultural de Michoacán, Zamora, México, 2005.

García Escamilla, Enrique, *Historia de México, narrada en náhuatl y español de acuerdo al calendario azteca*, Plaza y Valdés Editores, España, 1994, 96 pp.

Garibay, Ángel María, *Poesía náhuatl*, t. II, *Cantares mexicanos. Manuscrito de la Biblioteca Nacional de México, primera parte* (contiene los folios 16-26, 31-36, y 7-15), UNAM-Instituto de Investigaciones Históricas, México, 1965.

_________, *Teogonía e Historia de los mexicanos*, Porrúa, México, 1965.

_________, *Llave del náhuatl*, Porrúa, México, 1999.

_________, *Panorama literario de los pueblos nahuas*, Porrúa, México, 2001.

Garduño Garduño, Rafael, *Los pueblos otomíes en Tlalnepantla*, Instituto Municipal de la Cultura y las Artes-H. Ayuntamiento de Tlalnepantla de Baz, México, 2020.

Gillespie, Susan, *Los reyes aztecas*, Siglo XXI, México, 1994.

González de la Vara, Martín, «Origen y virtudes del chocolate», en Janet Long (coord.), *Conquista y comida: consecuencias del encuentro de dos mundos*, tercera edición, UNAM-Instituto de Investigaciones Históricas, México, 2018, pp. 291-308.

Hernández de León-Portilla, Ascensión, «Nahuatlahto: vida e historia de un nahuatlismo», *Estudios de Cultura Náhuatl*, vol. 41, UNAM-Instituto de Investigaciones Históricas, México, 2010, pp. 193-215.

Hernández Triviño, Ascensión, «Chocolate: historia de un nahuatlismo», *Estudios de Cultura Náhuatl*, vol. 46, UNAM-Instituto de Investigaciones Históricas, México, 2013, pp. 37-87.

Herrera Meza, María del Carmen, López Austin, Alfredo y Martínez

Baracs, Rodrigo, «El nombre náhuatl de la Triple Alianza», *Estudios de Cultura Náhuatl*, vol. 46, UNAM-Instituto de Investigaciones Históricas, México, 2013, pp. 7-35.

HEYDEN, Doris, «Tezcatlipoca en el mundo náhuatl», *Estudios de Cultura Náhuatl*, vol. 19, UNAM-Instituto de Investigaciones Históricas, México, 1989, pp. 83-93.

_________ y L. Velasco, Ana María, «Aves van, aves vienen: el guajolote, la gallina y el pato», en Janet Long (coord.), *Conquista y comida: consecuencias del encuentro de dos mundos*, tercera edición, UNAM - Instituto de Investigaciones Históricas, México, 2018, pp. 237-254.

HILL BOONE, Elizabeth, *Relatos en rojo y negro. Historias pictóricas de aztecas y mixtecos*, FCE, México, 2010.

ICAZBALCETA GARCÍA, Joaquín, *Documentos para la historia de México*, tt. I y II, Porrúa, México, 1971.

IZEKI, Mutsumi, «La turquesa. Una piedra verde cálida», *Arqueología Mexicana*, núm. 141, México, 2016, pp. 34-38.

JOHANSSON, Patrick K., *El nahuatlato*, UNAM-Instituto de Investigaciones Históricas, México, 2017.

KRICKEBERG, Walter, *Las antiguas culturas mexicanas*, FCE, México, 1961.

LEÓN-PORTILLA, Miguel, *Aztecas-mexicas. Desarrollo de una civilización originaria*, Algaba, México, 2005.

_________, *De Teotihuacan a los aztecas. Antología de fuentes e interpretaciones históricas*, UNAM-Coordinación de Humanidades, México, 1971.

_________, *Historia documental de México*, t. I, UNAM, México, 1984.

_________, *Los antiguos mexicanos a través de sus crónicas y cantares*, FCE, México, 1961.

_________, *Trece poetas del mundo azteca*, UNAM-Instituto de Investigaciones, México, 1967.

_________, *Toltecáyotl, aspectos de la cultura náhuatl*, FCE, México, 1980.

_________, *Visión de los vencidos. Relación indígena de la conquista*, UNAM, México, Biblioteca del Estudiante Universitario, 1959.

LESBRE, Patrick, «Nezahualcóyotl, entre historia, leyenda y divinización», en Federico Navarrete y Guilhem Olivier (coords.), *El héroe entre el mito y la historia*, UNAM - Instituto de Investigaciones Historicas, México, 2000, pp. 21-56.

LIZARDI RAMOS, César, «Los calendarios prehispánicos de Alfonso Caso», *Estudios de Cultura Náhuatl,* vol. 8, UNAM-Instituto de Investigaciones Históricas, México, 1969, pp. 313-369.

LÓPEZ AUSTIN, Alfredo y Luis Millones, *Dioses del norte, dioses del sur,* Era, México, 2008.

_________, «Cuarenta clases de magos del mundo náhuatl», *Estudios de Cultura Náhuatl,* vol. 7, UNAM-Instituto de Investigaciones Históricas, México, 1967, pp. 87-117.

_________, *La constitución real de México-Tenochtitlan,* UNAM-Instituto de Investigaciones Históricas, [en línea] México, 2019.

_________, «Los temacpalitotique brujos, profanadores, ladrones y violadores», *Estudios de la Cultura Náhuatl,* vol. 6, UNAM-Instituto de Investigaciones Históricas, México, 1966, pp. 97-117.

_________, «Términos del nahuallatolli», *Historia Mexicana,* v. XVII, núm. 1, El Colegio de México, México, 1967, pp. 1-36.

_________, «El fundamento mágico-religioso del poder», *Estudios de Cultura Náhuatl,* vol. 12, UNAM-Instituto de Investigaciones Históricas, México, 1976, pp. 197-240.

_________, *Cuerpo humano e ideología. Las concepciones de los antiguos nahuas,* UNAM-Instituto de Investigaciones Antropológicas, México, 1989.

_________ y Leonardo López Luján, *Monte Sagrado. Templo Mayor,* UNAM-Instituto de Investigaciones Antropológicas-INAH, México, 2009.

LÓPEZ DE GÓMARA, Francisco, *La conquista de México,* edición de José Luis Rojas, Dastin, España, 2001.

LÓPEZ LUJÁN, Leonardo, Torres, Jaime y Montúfar, Aurora, «Los materiales constructivos del Templo Mayor de Tenochtitlan», *Estudios de Cultura Náhuatl,* vol. 34, UNAM-INAH-Museo del Templo Mayor, México, 2003.

_________, Chávez Balderas, Ximena, Zúñiga-Arellano, Belem, Aguirre, Alejandra y Valentín, Norma, «Un portal al inframundo: ofrendas de animales sepultadas al pie del Templo Mayor de Tenochtitlan», *Estudios de Cultura Náhuatl,* vol. 44, UNAM-Instituto de Investigaciones Históricas, México, 2012, pp. 9-40.

———, «Bajo el signo del Sol: plumas, pieles e insignias de águila en el mundo mexica», *Arqueología Mexicana*, núm. 159, México, 2019, pp. 28-35.

———, *La Casa de las Águilas: un ejemplo de la arquitectura religiosa de Tenochtitlan*, Conaculta-INAH-FCE, México, 2006.

———, León-Portilla, Miguel, Solís, Felipe y Matos Moctezuma, Eduardo, *Dioses del México Antiguo*, DGE-Antiguo Colegio de San Ildefonso-UNAM-Conaculta-Gobierno del Distrito Federal, México, 1995.

LOZANO ARMENDARES, Teresa, «Mezcales, pulques y chinguiritos», en Janet Long (coord.), *Conquista y comida: consecuencias del encuentro de dos mundos*, tercera edición, UNAM-Instituto de Investigaciones Históricas, México, 2018, pp. 421-436.

LUPO, Alessandro, *La tierra nos escucha. La cosmogonía de los nahuas a través de sus súplicas rituales*, trad. de Stella Mastrangelo, Consejo Nacional para la Cultura y las Artes-Instituto Nacional Indigenista, México, 1995.

MADSEN, William y Claudia Madsen, *A guide to Mexican witch-craft*, Editorial Minutiae Mexicana, México, 1969.

MARTÍNEZ GONZÁLEZ, Roberto, *El nahualismo*, UNAM-Instituto de Investigaciones Históricas, México, 2011.

MARTÍNEZ RODRÍGUEZ, José Luis, *Nezahualcóyotl, vida y obra*, FCE, México, 1972.

———, *América antigua*, SEP, México, 1976.

MATOS MOCTEZUMA, Eduardo, «Festividades practicadas del lado de Tláloc», *Arqueología Mexicana*, edición especial, núm. 81, México, 2018.

MÁYNEZ, Pilar, *Chamaco, chilpayate, escuincle, en el habla familiar de México*, ENEP Acatlán, México, 2000.

MENDIETA, Jerónimo, *Historia eclesiástica indiana*, 4 vols., Joaquín García Icazbalceta (ed.), Antigua Librería Robredo, México, 1870.

MOLINA, fray Alonso de, *Vocabulario en lengua castellana-mexicana y mexicana-castellana*, primera edición, Porrúa, México, 1970.

MURIEL, Josefina y Pérez San Vicente, Guadalupe, *Los hallazgos gastro-*

nómicos: bibliografía de cocina en la Nueva España y el México del siglo XIX, *Conquista y comida: consecuencias del encuentro de dos mundos*, tercera edición, UNAM-Instituto de Investigaciones Históricas, México, 2018.

OLIVIER, Guilhem, «Conquistadores y misioneros frente al "pecado nefando"», *Historias*, Instituto Nacional de Antropología e Historia, México, 1992, pp. 47-64.

________, *Tezcatlipoca. Burlas y metamorfosis de un dios azteca*, FCE, México, 2005.

________, «Tláloc, el antiguo dios de la lluvia y de la tierra en el Centro de México», *Arqueología Mexicana*, núm. 96, México, 2009, pp. 40-43.

OROZCO Y BERRA, Manuel, *Historia Antigua y de las Culturas Aborígenes de México*, tt. I y II, Fuente Cultural, México, 1880.

________, *La civilización azteca*, SEP, México, 1988.

PASTRANA FLORES, Miguel, «La idea de tetzahuitl en historiografía novohispana. De la tradición náhuatl a la Ilustración», *Estudios de Cultura Náhuatl*, vol. 47, UNAM-Instituto de Investigaciones Históricas, México, 2014, pp. 237-252.

PIÑA CHAN, Román, *Una visión del México prehispánico*, UNAM-Instituto de Investigaciones Históricas, México, 1967.

POMAR, Juan Bautista, *Relación de Tezcoco, 1582*, ed. García Icazbalceta, *Nueva colección de documentos para la historia de México*, México, 1891.

PURY, Sybille de, *Cuentos y cantos de Tlaxcalancingo, Puebla, Tlalocan*, vol. IX, UNAM-Instituto de Investigaciones Históricas-Instituto de Investigaciones Filológicas, México, 1982.

ROJAS, José Luis, *La moneda indígena y sus usos en la Nueva España en el siglo* XVI, Centro de Investigaciones y Estudios Superiores en Antropología Social, México, 1998.

SAHAGÚN, fray Bernardino de, *Historia general de las cosas de la Nueva España*, Porrúa, México, 1982.

SANTAMARINA NOVILLO, Carlos, *El sistema de dominación azteca: El imperio tepaneca*, tesis doctoral, Universidad Complutense de Madrid-Facultad de Geografía e Historia, Departamento de historia de América II, (Antropología de América), Madrid, 2005.

SOLÍS, Antonio de, *Historia de la conquista de México*, tt. I y II, Editorial del Valle de México, México, 2002.

TABOADA RAMÍREZ, Javier, «Bebidas fermentadas indígenas: cacao, pozol, tepaches, tesgüino y tejuino», en Janet Long (coord.), *Conquista y comida: consecuencias del encuentro de dos mundos*, tercera edición, UNAM-Instituto de Investigaciones Históricas, México, 2018, pp. 437-448.

TIRA DE LA PEREGRINACIÓN, Joaquín Galarza y Krystyna Magdalena Libura (est. y textos), Ediciones Tecolote-SEP, México, 1999.

TORQUEMADA, fray Juan de, *Monarquía Indiana*, Miguel León-Portilla (selec., introd. y notas), UNAM, México, 1964.

TORRES MONTÚFAR, Óscar Moisés, *Los señores del oro: producción, circulación y consumo de oro entre los mexicas*, INAH-Escuela Nacional de Conservación, Restauración y Museografía Manuel del Castillo Negrete, México, 2018.

TOVAR, Juan de, *Códice Ramírez. Relación del origen de los indios que habitan la Nueva España según sus historias*, Porrúa, México, 1975.

VARGAS, Luis Alberto y E. Casillas, Leticia, «El encuentro de dos cocinas: México en el siglo XVI», en Janet Long (coord.), *Conquista y comida: consecuencias del encuentro de dos mundos*, tercera edición, UNAM-Instituto de Investigaciones Históricas, México, 2018, pp. 155-168.

Vela, Enrique, «Las fiestas de las veintenas», *Arqueología Mexicana*, edición especial, núm. 75, México, 2017.

ZANTWIJK, Rudolf Van, «Los seis barrios sirvientes de Huitzilopochtli», *Estudios de la Cultura Náhuatl*, vol. 6, UNAM-Instituto de Investigaciones Históricas, México, 1966, pp. 177-185.

__________, «Principios organizadores de los mexicas, una introducción al estudio del sistema interno del régimen azteca», *Estudios de la Cultura Náhuatl*, vol. 4, UNAM - Instituto de Investigaciones Históricas, México, 1963, pp. 187-222.

ZURITA, Alonso de, «Breve y sumaria relación de los señores y maneras y diferencias que había de ellos en la Nueva España...», en Juan Bautista Pomar y Alonso de Zurita, *Nueva colección de documentos para la historia de México*, ed. J. García Icazbalceta, Editorial Chávez Hayhoe, México, 1941.